D1747578

GEORGE GISSING   ZEILENGELD

DIE ANDERE BIBLIOTHEK

HERAUSGEGEBEN VON
HANS MAGNUS ENZENSBERGER

Verlegt bei Franz Greno

GEORGE GISSING

ZEILENGELD ROMAN

Nördlingen 1986

Aus dem Englischen von Adele Berger.
Einrichtung des Textes und Revision der Übersetzung
von Wulfhard Heinrichs und Helga Herborth.

Die Lithographie mit dem Porträt von George Gissing
schuf William Rothenstein 1897.

Copyright © 1986
by Greno Verlagsgesellschaft m.b.H., Nördlingen.

I. EIN MANN DES TAGES

Als die Familie Milvain sich zum Frühstück niederließ, schlug die Uhr in Wattleborough acht; die Kirche war zwei Meilen entfernt, aber der Westwind trug an diesem Herbstmorgen die Schläge deutlich herüber. Jasper hörte zu, ehe er sein Ei aufschlug, und bemerkte dann heiter: »In diesem Augenblick wird in London einer gehenkt.«

»Es ist gewiß nicht notwendig, uns das zu erzählen«, sagte seine Schwester Maud kalt.

»Und noch obendrein in einem solchen Ton!« fügte seine Schwester Dora hinzu.

»Wer ist es?« fragte Frau Milvain, indem sie ihren Sohn ängstlich anblickte.

»Ich weiß nicht, ich sah nur zufällig gestern in der Zeitung, daß einer heute früh in Newgate aufgehängt werden soll. Es liegt eine gewisse Befriedigung in dem Gedanken, daß man es nicht selber ist.«

»In dieser egoistischen Weise faßt du eben alles auf«, sagte Maud.

»Was hätte ich denn sagen sollen, da mir die Sache eingefallen ist?« meinte Jasper. »Freilich könnte ich die Brutalität eines Zeitalters verdammen, das solche Dinge gutheißt, oder auch über das Schicksal des armen Kerls sentimental werden, aber diese Emotionen würden anderen ebensowenig nützen, als mir selbst. So fiel es mir gerade ein, die Sache in einem tröstlichen Licht zu betrachten. Meine Lage ist zwar bedenklich, aber doch nicht *so* bedenklich. Schließlich könnte ich jetzt zwischen dem Henker und dem Pfarrer zum Galgen gehen — statt dessen esse ich ein wirklich frisches Ei, ausgezeichneten Toast und trinke einen Kaffee, wie man ihn in diesem Teil der Welt nicht besser erwarten kann. (Mutter, versuch doch einmal, die Milch zu kochen.) Der Ton, in dem ich sprach, war spontan und bedarf daher keiner Rechtfertigung.«

Er war ein junger Mann von fünfundzwanzig Jahren, gut gebaut, wenn auch ein wenig mager und von blasser Gesichtsfarbe. Er hatte fast tiefschwarzes Haar und ein glattrasiertes Gesicht. Seine Kleider waren aus teurem Stoff, mußten aber schon längere Dienste geleistet haben. Sein Stehkragen war an den Ecken umgebogen und seine Krawatte mit Fliederblüten bestreut.

Von den Schwestern war Dora, zwanzig Jahre, ihm am ähnlichsten, doch sie sprach mit einer Sanftmut, die auf einen ganz anderen Charakter hinzuweisen schien. Maud, die zweiundzwanzig Jahre alt war, besaß schöne, kühne Züge und herrliches Haar von rötlicher Farbe; ihr Gesicht war nicht eines von jenen, die leicht lächeln. Ihre Mutter hatte das Aussehen einer Kranken, obwohl sie dem Tisch präsidierte. Alle waren einfach, aber wie Damen gekleidet. Das Zimmer, welches auf einen kleinen Garten hinausging, war mit altmodischem Komfort eingerichtet, und nur ein oder zwei Gegenstände wiesen auf den dekorativen Geschmack des Jahres 1882 hin.

»Ein Mensch, der gehenkt werden soll«, fuhr Jasper unparteiisch fort, »hat die Genugtuung, zu wissen, daß er die Gesellschaft gezwungen hat, zu ihrem letzten Mittel zu greifen. Er ist ein Mensch von so verhängnisvoller Bedeutung, daß nur das Letzte gegen ihn anwendbar ist, und in seiner Art, wißt ihr, ist das auch ein Erfolg.«

»In seiner Art«, wiederholte Maud zornig.

»Wollen wir nicht von etwas anderem sprechen?« meinte Dora, die einen Konflikt zwischen ihrer Schwester und Jasper zu fürchten schien.

Fast im selben Moment bot sich eine Ablenkung durch die Ankunft der Post. Es war ein Brief für Frau Milvain, dazu ein Brief und eine Zeitung für ihren Sohn. Während die Mädchen und die Mutter über die unwichtigen Neuigkeiten des einen Briefes plauderten, las Jasper das an ihn gerichtete Schreiben.

»Von Reardon«, wandte er sich an das jüngere Mädchen. »Es geht ihm sehr schlecht. Er ist der Mensch danach, sich einmal zu vergiften oder zu erschießen.«

»Aber warum?«

»Er bringt nichts fertig und fängt obendrein an, sich wegen seiner Frau schwere Sorgen zu machen.«

»Ist er krank?«

»Überarbeitet, denk ich, aber ich habe das vorausgesehen. Er ist nicht der Mann, der die literarische Produktion als Broterwerb aushalten kann. Unter günstigen Umständen mag er alle zwei, drei Jahre ein recht gutes Buch schreiben, aber der Mißerfolg seines letzten drückt ihn, und nun müht er sich ab, vor der Wintersaison ein anderes fertigzubringen. Diese Leute werden ins Unglück kommen.«

»Mit welchem Vergnügen er das voraussieht!« murmelte Maud, ihre Mutter anblickend.

»Durchaus nicht«, sagte Jasper. »Es ist wahr, ich habe den Kerl beneidet, weil er ein schönes Mädchen bewog, an ihn zu glauben und es mit ihm zu wagen, aber es wird mir sehr leid tun, wenn er — vor die Hunde geht. Er ist mein einziger, wirklicher Freund; aber es ärgert mich, wenn ein Mensch an das Glück so große Ansprüche stellt. Man muß bescheidener sein — so wie ich. Weil eines seiner Bücher Erfolg hatte, bildete er sich ein, daß die Kämpfe vorbei seien. Er bekam für ›Auf neutralem Boden‹ hundert Pfund und rechnete sofort auf eine Fortsetzung der Honorare in geometrischen Proportionen. Als ich ihm sagte, daß er das nicht durchhalten werde, lächelte er herablassend, als dächte er: ›Er beurteilt mich nach sich selbst.‹ Aber ich tue nichts der Art ... (Bitte, Dora, etwas Toast) Ich bin stärker als Reardon, ich kann meine Augen offenhalten und warten.«

»Ist seine Frau so anspruchsvoll?« fragte Frau Milvain.

»Nun — ich glaube, ja. Das Mädchen gab sich nicht mit ein paar bescheidenen Zimmern zufrieden, er mußte gleich ein ganzes Stockwerk möblieren — es wundert mich, daß er ihr nicht auch einen Wagen genommen hat. Sein nächstes Buch aber trug wieder nur hundert Pfund ein, und bei dem jetzigen ist es zweifelhaft, ob er so viel bekommt. Der ›Optimist‹ war ein Mißerfolg.«

»Vielleicht hinterläßt ihnen Herr Yule Geld«, sagte Dora.

»Ja, aber er kann noch zehn Jahre leben, und wie ich ihn kenne, läßt er sie beide ins Armenhaus gehen, ehe er ihnen einen Shilling gibt. Ihre Mutter hat gerade genug, um leben zu können, kann ihnen also nicht helfen, und ihr Bruder rückt keinen Pfennig heraus.«

»Hat Reardon keine Verwandten?« fragte Maud.

»Ich hörte ihn nie welche erwähnen. Ja, er hat sich selbst ins Unglück gebracht. Ein Mann in seiner Lage muß, wenn er überhaupt heiratet, entweder eine Arbeiterin oder eine reiche Erbin nehmen, und in vielen Fällen ist die Arbeiterin vorzuziehen.«

»Wie kannst du das sagen?« rief Dora. »Du hörst nicht auf, von den Vorteilen des Geldes zu reden.«

»O, ich meine nicht, daß für *mich* eine Arbeiterin vorzuziehen wäre, durchaus nicht, aber für einen Mann wie Reardon. Er ist so töricht, gewissenhaft zu sein, liebt es, ein Künstler genannt zu werden usw. Bewahrte er sich einen klaren Kopf, so könnte er hundertfünfzig Pfund jährlich verdienen, und das würde genügen, wenn er eine anständige kleine Schneiderin geheiratet hätte. Er würde keine Überflüssigkeiten brauchen, und die Qualität seiner Arbeit würde an sich sein Lohn sein. So wie die Dinge stehen, ist er ruiniert.«

»Und ich wiederhole, daß du dich darüber freust«, sagte Maud.

»Nicht doch, wenn ich mit einem gewissen Schwung spreche, so rührt dies daher, daß mein Geist sich über die klare Auffassung einer Tatsache freut ... Ein bißchen Marmelade, Dora!«

Jasper studierte den Brief seines Freundes.

»In zehn Jahren«, sagte er, »falls Reardon noch lebt, werde ich ihm Fünf-Pfund-Noten leihen.«

Über Mauds Lippen flog ein ironisches Lächeln und Dora lachte.

»Ich weiß, ich weiß!« rief er. »Ihr habt kein Vertrauen zu mir, aber begreift doch den Unterschied zwischen einem Manne wie Reardon und einem Manne wie mir. Er ist der alte Typus des unpraktischen Künstlers, ich bin der Literat von 1882. Er will keine Konzessionen machen, oder besser gesagt, er kann sie nicht machen, er hat dem Markt nichts zu bieten. Ich — nun, ihr mögt sagen, daß ich gegenwärtig gar nichts tue, aber da irrt ihr, ich erlerne mein Geschäft. Die Literatur ist heutzutage ein Gewerbe, und abgesehen von den Genies, die sich durch schiere kosmische Kraft durchbringen, ist der erfolgreiche Literat nur ein geschickter Händler. Er denkt zuerst und vor allem an den Markt; wenn irgendeine Art Ware flau wird, kommt er gleich mit etwas Neuem und Appetitanregendem hervor. Seht ihr, wäre ich an Reardons Stelle gewesen, so hätte ich mindestens vierhundert Pfund aus dem ›Optimisten‹ herausgeschlagen; ich hätte mich mit Zeitschriften und Zeitungen und ausländischen Verlegern, mit — allen möglichen Leuten in Verbindung gesetzt. Reardon kann das nicht, er ist hinter seiner Zeit zurück, er verkauft ein Manuskript, als lebte er in Sam Johnsons Grub Street. Aber unsere heutige Grub Street ist etwas ganz anderes: sie hat den Telegraphen, sie weiß, was für literarische Ware in allen Teilen der Welt verlangt wird, und die Literaten sind einfach Geschäftsleute.«

»Das klingt gemein«, sagte Maud.

»Es hat auch nichts mit Edelmut zu tun, liebes Kind. Ich aber, wie ich euch sage, erlerne langsam, doch sicher mein Geschäft. Meine Branche ist nicht der Roman, das liegt mir nicht — freilich schade, weil da viel Geld zu holen ist. Aber ich bin vielseitig genug, und in zehn Jahren, ich wiederhole es, werde ich meine tausend Pfund jährlich machen.«

»Ich erinnere mich nicht, daß du bereits einmal diese Summe genannt hast«, bemerkte Maud.

»Schon möglich. Und dann: Denen die haben, wird gegeben werden. Wenn ich einmal ein anständiges Einkommen habe, heirate ich eine Frau mit einem noch etwas größeren Einkommen, damit ich gegen Zufälle geschützt bin.«

Dora lachte und rief:

»Es würde mich amüsieren, wenn die Reardons nach dem Tode Herrn Yules ein tüchtiges Stück Geld bekämen—und das kann gewiß keine zehn Jahre dauern.«

»Ich glaube nicht, daß sie Chancen haben, viel zu bekommen«, antwortete Jasper sinnend. »Frau Reardon ist nur seine Nichte; sein Bruder und seine Schwestern sind wohl die ersten Erben, und selbst, wenn das Geld an die zweite Generation kommt, so hat Alfred Yule, der Schriftsteller, eine Tochter, die, weil er sie hierher einlädt, wohl die Lieblingsnichte sein muß. Nein, verlaßt euch darauf, sie werden gar nichts kriegen.«

Nachdem er sein Frühstück beendet hatte, lehnte er sich in den Sessel zurück und entfaltete die Londoner Zeitung, die ihm die Post gebracht hatte.

Als das Dienstmädchen kam, um abzuräumen, schlenderte er langsam und vor sich hinsummend hinaus.

Das Haus lag sehr hübsch an der Landstraße in einem kleinen Dorfe namens Finden.

Frau Milvain und ihre Töchter wohnten hier seit sieben Jahren, seit dem Tode des Vaters, der Tierarzt gewesen war. Die Witwe bezog eine jährliche Rente von zweihundertvierzig Pfund, die mit ihrem Tode erlosch, die Kinder besaßen gar kein Vermögen. Maud gab gelegentlich Musikstunden, Dora war zeitweise Gouvernante in einer Familie in Wattleborough, und zweimal im Jahre kam Jasper auf vierzehn Tage aus London. Der heutige Tag markierte die Mitte seines Herbstbesuches, und das gespannte Verhältnis zwischen ihm und seinen Schwestern war bereits spürbar geworden.

Im Verlaufe des Vormittags hatte Jasper mit seiner Mutter ein Gespräch unter vier Augen, danach ging er spazieren. Kurz nachdem er das Haus verlassen hatte, kam Maud in das Wohnzimmer, wo Frau Milvain auf dem Sofa lag.

»Jasper braucht wieder Geld«, sagte die Mutter, als Maud einige Zeit nachdenklich dagesessen hatte.

»Natürlich, das wußte ich. Hoffentlich hast du ihm gesagt, daß er keines bekommen kann.«

»Ich wußte wirklich nicht, was ich sagen sollte«, antwortete Frau Milvain etwas ärgerlich.

»Dann mußt du mir die Sache überlassen. Wir haben kein Geld, und damit hat die Sache ein Ende. Ich möchte wissen, warum wir uns alles absparen müssen, um ihn in seiner Trägheit noch zu unterstützen.«

»Aber du kannst das nicht Trägheit nennen, Maud, er studiert seinen Beruf.«

»Bitte, nenne es Gewerbe, er hört das lieber. Woher weiß ich, daß er etwas studiert? Was versteht er unter

›Studieren‹? Und da spricht er noch verächtlich von seinem Freund Reardon, der so hart zu arbeiten scheint! Es ist abscheulich, Mutter, auf diese Weise wird er *nie* sein Brot verdienen. Wenn wir hundert Pfund mehr hätten, würde ich nichts sagen, aber wir können nicht von dem leben, was er uns läßt, und ich werde nicht zulassen, daß du es versuchst. Ich werde Jasper rundheraus sagen, daß er für seinen Lebensunterhalt zu arbeiten hat.«

Wieder eine Pause, und zwar eine längere, während welcher Frau Milvain sich heimlich eine Träne von der Wange wischte.

»Es ist sehr grausam, ihm etwas abzuschlagen, wenn das nächste Jahr ihm vielleicht die Gelegenheit, auf die er wartet, bringen könnte.«

»Auf jeden Fall«, rief das Mädchen ungeduldig, »hat er das Glück, eine Mutter zu besitzen, die bereit ist, ihm ihre Töchter zu opfern.«

Szenen dieser Art waren nichts Ungewöhnliches. Das Wortgefecht dauerte ein paar Minuten, dann stürmte Maud aus dem Zimmer, und als sie ein paar Stunden später bei Tisch erschien, waren ihre Bemerkungen etwas sarkastischer als gewöhnlich, doch war dies das einzige Zeichen des vorangegangenen Sturmes.

Jasper nahm das Frühstücksgespräch wieder auf.

»Warum schreibt ihr Mädchen nicht etwas?« fragte er. »Ich bin überzeugt, daß ihr Geld verdienen könntet, wenn ihr wolltet. Religiöse Bücher verkaufen sich glänzend, warum flickt ihr nicht eines zusammen? Ich meine es ernst.«

»Warum tust du es nicht selbst?« gab Maud zurück.

»Ich kann keine Geschichten schreiben, aber ihr könntet es. An eurer Stelle würde ich mich auf Preisbücher für Sonntagsschulen spezialisieren — ihr wißt, was ich meine. Das würde abgehen wie heiße Semmeln, und es ist verflucht wenig Konkurrenz dabei. Wenn ihr euch darauf verlegt, könnt ihr Hunderte verdienen.«

»Warum sollte ich eine so untergeordnete Arbeit auf mich nehmen?«

»Untergeordnet? Nun, wenn du das Zeug zu einer George Eliot hast — niemand hindert dich. Ich habe nur einen praktischen Vorschlag gemacht, aber ich glaube nicht, daß du Genie hast, Maud. Das alte Vorurteil sitzt zu fest, daß man nur nach dem Diktat des heiligen Geistes schreiben darf. Nein, Schreiben ist ein Geschäft. Suche ein halbes Dutzend Sonntagsschulbücher zusammen, studiere sie, ziehe die Essenz heraus, entdecke neue Anziehungspunkte und dann geh methodisch ans Werk, so und so viele Seiten am Tag. Es handelt sich nicht um die göttliche Eingebung, das gehört in eine andere Sphäre des Lebens. Wir sprechen von Literatur als Gewerbe, nicht von Homer, Dante und Shakespeare. Wenn ich das dem armen Reardon nur beibringen könnte! Was zum Teufel liegt am Drucken von Büchern, daß alles, was damit zu tun hat, heilig sein soll? Ich befürworte nicht die Ausbreitung lasterhafter Literatur, ich spreche nur von der guten, groben Marktware für die Plebs der Welt. Denk einmal darüber nach, Maud, und besprich dich mit Dora.«

Frau Milvain blickte Maud an, als wollte sie um Aufmerksamkeit für diese Ratschläge bitten. Nichtsdestoweniger sah sich Jasper eine halbe Stunde nach dem Essen im Garten seiner Schwester gegenüber. Auf ihrem Gesicht lag ein Ausdruck, der ihn das kommende Ungewitter ahnen ließ.

»Sag mir, Jasper, wie lange gedenkst du, dich von der Mutter unterstützen zu lassen? Ich möchte wenigstens wissen, wie lange es noch dauern soll.«

Er schaute zur Seite und dachte nach.

»Sagen wir ein Jahr«, antwortete er endlich.

»Vielleicht lieber gleich deine ›zehn Jahre‹?«
»Nein, ich meine es wörtlich: in einem Jahre, wenn nicht schon früher, werde ich anfangen, meine Schulden zu zahlen. Mein liebes Kind, ich habe die Ehre, ein ziemlich dickköpfiges Individuum zu sein. Ich weiß, was ich will.«
»Und wenn die Mutter in einem halben Jahre sterben sollte?«
»Ich würde mich schon durchschlagen.«
»Du? Und bitte — was wird aus Dora und mir?«
»Ihr würdet Sonntagsschulbücher schreiben.«
Maud wandte sich ab und ließ ihn stehen.
Er klopfte die Asche aus dem Pfeifchen, das er geraucht hatte und unternahm wieder einen langen Spaziergang. Sein Gesicht trug eine leichte Spur von Nachdenklichkeit, aber zumeist lag ein sinnendes Lächeln darauf. Hie und da strich er mit Daumen und Zeigefinger über seine glattrasierten Wangen, und von Zeit zu Zeit ließ er seinen Blick auf einem Baum oder einer Pflanze am Wegesrand ruhen. Die wenigen Leute, denen er begegnete, betrachtete er scharf, von Kopf bis Fuß.

Als er sich am Ende seines Spazierganges umwandte, sah er sich zwei Personen gegenüber, die schweigend nebeneinander daherkamen und deren Äußeres ihn interessierte. Die eine war ein Mann von fünfzig Jahren, grauhaarig, mit harten Zügen, leicht gebückt; er trug einen grauen Filzhut mit einem breiten Rand und einen sehr ordentlichen Anzug. Neben ihm ging ein Mädchen von etwa zweiundzwanzig Jahren, in einem schieferfarbenen Kleid mit wenig Putz und mit einem gelben Strohhut, wie ihn gewöhnlich Männer tragen; ihr dunkles Haar war kurz geschnitten und lag in zahllosen, krausen Locken um ihren Kopf. Augenscheinlich Vater und Tochter. Das Mädchen war weder hübsch noch schön, aber sie hatte ein ernstes, ausdrucksvolles Gesicht und eine Haut wie von Elfenbein; ihr Gang war anmutig bescheiden, und sie schien freudig die Landluft zu genießen.

Jasper sann über sie nach. Nach ein paar Schritten sah er sich um, und im selben Moment hatte auch der Unbekannte den Kopf gewendet.

»Wo zum Teufel hab ich ihn schon einmal gesehen — ihn und das Mädchen?« fragte sich Milvain.

Aber ehe er zu Hause anlangte, fiel es ihm ein.

II. DAS HAUS DER YULES

»Ich glaube, ich habe Alfred Yule und seine Tochter getroffen«, sagte Jasper, als er in das Zimmer trat, wo seine Mutter und Maud mit einer einfachen Näherei beschäftigt waren.
»Woran hast du sie erkannt?« fragte Frau Milvain.
»Ich begegnete einem alten Knaben und einem blassen Mädchen, das ich vom Sehen aus dem Lesesaal im Britischen Museum kenne. Es war nicht in der Nähe von Yules Haus, aber sie gingen spazieren.«
»Als Fräulein Harrow zuletzt hier war, sagte sie, daß sie erst in vierzehn Tagen kämen.«
»Kein Zweifel, daß sie es sind; man sah es ihnen gleich an, daß das schattige Tal der Bücher ihr Zuhause ist.«
»Ist Fräulein Yule also eine Vogelscheuche?« fragte Maud.
»Eine Vogelscheuche! Durchaus nicht, ein gutes Beispiel des modernen, literarischen Mädchens. Ihr habt von solchen Leuten ganz altmodische Anschauungen! Nein, sie gefiel mir sogar, *simpatica*, wie der Esel von Whelpdale wohl sagen würde. Ein sehr zarter, reiner Teint, wenn auch etwas leidend, hübsche Augen, noch nicht verdorbene Figur. Aber natürlich kann ich mich bezüglich ihrer Identität irren.«
Im Verlauf des Nachmittags wurde Jaspers Vermutung zur Gewißheit. Maud war nach Wattleborough gegangen, um Dora von einer Stunde abzuholen, und Frau Milvain saß allein, in niedergeschlagener Stimmung, als es klingelte und das Mädchen Fräulein Harrow hereinführte.

Diese Dame fungierte als Haushälterin des Herrn John Yule, eines reichen Gutsbesitzers in der Nachbarschaft. Sie war die Schwester seiner verstorbenen Gattin, eine magere, schüchterne, freundliche Frau von fünfundvierzig Jahren.

»Unsre Londoner Gäste sind gestern gekommen«, begann sie.

Frau Milvain erwähnte die Begegnung ihres Sohnes.

»Ohne Zweifel waren sie es. Frau Yule ist nicht mitgekommen, ich habe das auch nicht erwartet. Wie schwierig die Verhältnisse in dieser Familie sind, Sie wissen ja!«

Sie lächelte vertraulich.

»Das arme Mädchen muß es fühlen«, meinte Frau Milvain.

»Ich fürchte ja, und das verengt natürlich ihren Bekanntenkreis. Sie ist ein liebes Mädchen, und es wäre mir angenehm, wenn Sie sie kennenlernten. Wollen Sie morgen nachmittag zum Tee kommen? Vielleicht möchte auch Herr Milvain ihren Vater kennenlernen. Ich dachte, daß er ihm vielleicht von Nutzen sein könnte, denn Alfred hat so viele literarische Bekanntschaften, wie Sie wissen.«

»Ohne Zweifel wird es ihn freuen«, antwortete Frau Milvain. »Aber — was ist mit Jaspers Freundschaft zu Frau Edmund Yule und den Reardons? Könnte das nicht ein bißchen peinlich werden?«

»Oh nein, außer etwa ihm selbst — es wäre auch nicht nötig, davon zu sprechen.«

Am nächsten Nachmittag machten sich Maud und Dora, begierig, die junge Dame aus dem ›Schattental der Bücher‹ kennenzulernen, mit ihrem Bruder auf den Weg. Es war nur eine Viertelstunde bis zur Wohnung des Herrn Yule, einem kleinen Hause in einem großen Garten. Jasper war zum ersten Male dort; seine Schwestern besuchten Fräulein Harrow von Zeit zu Zeit, sahen jedoch selten Herrn Yule selbst, der kein Hehl daraus machte, daß er keine Vorliebe für weibliche Gesellschaft hege.

Ein Wort über die Familiengeschichte.

John, Alfred und Edmund Yule waren die Söhne eines Papierhändlers in Wattleborough und wurden bis zum Alter von siebzehn Jahren alle sehr gut erzogen. John, der älteste und kaufmännisch begabt, arbeitete zuerst bei seinem Vater. Als er fünfundzwanzig war, starb sein Vater; er benützte sein kleines Erbteil, um sich mit den praktischen Details der Papierfabrikation vertraut zu machen, da er beabsichtigte, der Partner eines Bekannten zu werden, welcher eine Papiermühle in Hertfordshire besaß. Seine Spekulation gelang, und mit den Jahren wurde er ein wohlhabender Fabrikant. Sein Bruder Alfred war mittlerweile von seiner Stelle in einer Londoner Buchhandlung zur Literatur übergegangen. Edmund führte das väterliche Geschäft, aber mit wenig Erfolg. Zwischen ihm und John bestand eine herzliche Neigung, und zuletzt bot ihm dieser eine Stelle in seiner blühenden Fabrik an. Johns Temperament war jedoch sehr hitzig, die Brüder trennten sich, und als der Jüngere, etwa vierzig Jahre alt, starb, hinterließ er seiner Witwe und zwei Kindern nur ein bescheidenes Vermögen.

Mit vierundfünfzig Jahren zog sich John Yule vom Geschäft zurück, kehrte in seinen Heimatort zurück und begann an der Verwaltung Wattleboroughs sehr tätigen Anteil zu nehmen.

Mit seinen Verwandten unterhielt er wenig Verkehr. Alfred Yule, der altgediente Literat, war seit der Rückkehr Johns erst zweimal in Wattleborough gewesen. Frau Edmund Yule, mit ihrer Tochter — jetzt Frau Reardon — war erst einmal, vor drei Jahren, zu Besuch gekommen. Diese beiden Familien standen nicht gut zueinander, weil sich Edmunds Frau und

Alfreds Frau nicht miteinander vertrugen, aber John schien sich gegen beide unparteiisch zu verhalten. Das einzige wärmere Gefühl, das er je gekannt, hatte Edmund gehört, und Fräulein Harrow bemerkte, daß er von Edmunds Tochter Amy mit etwas größerem Interesse sprach, als von Alfreds Tochter Marian.

Fräulein Harrow empfing ihre Gäste in einem kleinen, einfach eingerichteten Salon. Sie war etwas nervös, wohl Jaspers wegen, den sie erst einmal gesehen hatte und der ihr bei dieser Gelegenheit als ein erschreckend moderner junger Mann erschienen war. Im Schatten eines Fenstervorhanges saß ein schlankes, einfach gekleidetes Mädchen, dessen kurzes, lockiges Haar und sinnendes Gesicht Jasper wiedererkannte. Als er an die Reihe kam, Fräulein Yule vorgestellt zu werden, sah er, daß sie einen Augenblick schwankte, ob sie ihm die Hand reichen solle oder nicht, doch entschloß sie sich dazu, und in der warmen Weichheit dieser Hand lag etwas sehr Angenehmes für ihn. Sie lächelte ein bißchen verlegen und blickte ihn nur eine Sekunde an.

»Ich habe Sie schon mehrmals gesehen«, sagte er in freundschaftlichem Ton, »freilich ohne ihren Namen zu kennen: unter der großen Kuppel.«

Sie lachte, denn sie hatte ihn sofort verstanden.

»Ich komme oft dorthin«, antwortete sie.

»Was für eine große Kuppel ist das?« fragte Fräulein Harrow erstaunt.

»Die des Lesesaales im Britischen Museum«, erklärte Jasper. »Leute, die oft dort arbeiten, müssen sich natürlich vom Sehen kennen, und so habe ich auch Herrn Yule erkannt, als ich gestern an ihm vorbeikam.«

Die drei Mädchen begannen miteinander zu plaudern, natürlich über Belanglosigkeiten. Marian Yule sprach in ziemlich leisem Ton, nachdenklich und sanft; sie hatte die Finger ineinander verschlungen und die Hände, mit der Handfläche nach oben, in den Schoß gelegt — eine nervöse Gebärde. Ihre Aussprache war rein und unprätentiös, sie gebrauchte keine jener modischen Redewendungen, die auf ihren Verkehr mit der hauptstädtischen Gesellschaft hingewiesen hätten.

»Sie müssen sich wundern, wie wir in diesem weltabgelegenen Winkel existieren können«, meinte Maud.

»Nicht doch, ich beneide Sie«, antwortete Marian mit leichtem Nachdruck.

Die Tür öffnete sich, und Alfred Yule erschien. Er war groß, aber sein mächtiger Kopf mit den massiven Zügen wirkte auf seinem mageren Körper höchst unproportioniert. Geist und ein schwankendes Temperament prägten sich gleicherweise auf seinem Gesicht aus, seine Augenbrauen waren beständig streng zusammengezogen, und die zahlreichen Runzeln erzählten die Geschichte eines mühsamen und stürmischen Lebens. Obwohl er älter aussah, als er eigentlich war, schien er den Höhepunkt seiner geistigen Kräfte noch nicht überschritten zu haben.

»Es freut mich, Sie kennenzulernen, Herr Milvain«, sagte er, indem er ihm seine knöcherne Hand reichte. »Ihr Name erinnert mich an einen Artikel, der vor ein oder zwei Monaten im ›Wayside‹ stand, und der, wenn Sie einem Veteranen erlauben, das zu sagen, nicht schlecht gemacht war.«

»Ich bin Ihnen dankbar, daß Sie ihn bemerkt haben«, antwortete Jasper.

Ein Anflug sichtbarer Wärme lag auf seinen Wangen, denn jene Anspielung war so unerwartet, daß sie ihm lebhaftes Vergnügen bereitete.

Herr Yule ließ sich ungeschickt nieder, schlug die Beine übereinander und begann den Rücken seiner linken Hand, die auf seinem Knie lag, zu streicheln.

Es schien, als habe er vorläufig nichts mehr zu sagen und wolle es Fräulein Harrow und den Mädchen überlassen, die Konversation fortzuführen. Jasper hörte ein paar Minuten lächelnd zu, dann wandte er sich dem alten Literaten zu.

»Haben Sie diese Woche den ›Study‹ gesehen, Herr Yule?«

»Ja.«

»Haben Sie bemerkt, daß er eine sehr günstige Kritik über einen Roman enthält, der vor drei Wochen in denselben Spalten furchtbar verrissen worden war?«

Herr Yule fuhr auf, aber Jasper konnte sofort bemerken, daß seine Erregung keine unangenehme war.

»Hm, natürlich ist Herr Fadge, der Redakteur, nicht unmittelbar dafür verantwortlich, aber es wird ihm unangenehm sein, höchst unangenehm.«

Seine Betonung des Namens ›Fadge‹ bezeugte zur Genüge, daß er gegen den Redakteur des ›Study‹ einen persönlichen Groll hegte.

»Der Autor könnte durchaus Kapital daraus schlagen«, bemerkte Milvain.

»Wird er auch, ohne Zweifel. Sollte sofort an die Zeitungen schreiben und die Aufmerksamkeit auf dieses Muster kritischer Unparteilichkeit lenken. Haha!«

Er erhob sich und ging ans Fenster, wo er mehrere Minuten lang gedankenlos hinausstarrte, während ein grimmiges Lächeln nicht aus seinem Gesicht wich. Mittlerweile unterhielt Jasper die Damen (seine Schwestern hatten ihn bereits über diesen Gegenstand reden gehört) durch eine Beschreibung der zwei gegensätzlichen Kritiken, aber er wagte nicht, seine Meinung über das Rezensionswesen im allgemeinen so frei wie zu Hause zu äußern, denn es war mehr als wahrscheinlich, daß sowohl Yule als auch seine Tochter sich viel mit dieser Art Arbeit beschäftigten.

»Gehen wir in den Garten«, schlug Fräulein Harrow

vor, »es ist eine Schande, bei einem so herrlichen Wetter im Zimmer zu sitzen.«

Bisher hatte man den Hausherrn keiner Erwähnung gewürdigt, doch jetzt wandte sich Yule an Jasper:

»Mein Bruder würde sich freuen, wenn Sie zu ihm kommen wollten, denn er fühlt sich heute nicht wohl genug, um sein Zimmer verlassen zu können.«

Während sich also die Damen in den Garten begaben, folgte Jasper dem Literaten in ein Zimmer im ersten Stockwerk. Hier saß John Yule in einem tiefen, am offenen Fenster stehenden Rohrsessel. Die Ähnlichkeit zwischen seinen Zügen und denen seines Bruders war groß; dennoch mußten die Johns als die schöneren gelten; trotz seiner Krankheit besaß er eine Hautfarbe, deren Frische von Alfreds pergamentartiger Haut abstach.

»So sind auch Sie mit den Doktoren im Bunde«, war seine derbe Begrüßung, während er dem jungen Manne seine Hand entgegenstreckte und ihn mit einer ironisch-gutmütigen Miene betrachtete.

»Sicherlich ist das auch eine Art, den literarischen Beruf zu betrachten«, lächelte Jasper, der von Johns Denkungsart genug gehört hatte, um diese Worte zu verstehen.

»Und obendrein ein junger Mann wie Sie, dem die ganze Welt offensteht. Zum Teufel, Herr Milvain, haben Sie sich an keine weniger verderbliche Arbeit machen können?«

»Leider nein, Herr Yule — übrigens sind Sie in gewisser Hinsicht mit an meiner Verderbtheit schuld.«

»Wieso?«

»Ich höre, daß Sie den größten Teil Ihres Lebens der Papierherstellung gewidmet haben. Wäre dieser Artikel nicht so billig, so spürten die Menschen keine solche Versuchung, so viel zu kritzeln.«

Alfred Yule stieß ein kurzes Lachen aus.

»Jetzt bist du gefangen, John.«

»Ich wünschte, Euch beide würde man dazu verurteilen, auf solchem Papier zu schreiben, wie ich es fabrizierte — ein ganz besonderes Papier, graubraun und für Kaufleute gemacht«, sagte John.

Er lachte in sich hinein, während er nach der Zigarettenkiste auf dem Tischchen an seiner Seite griff. Sein Bruder und Jasper nahmen jeder eine und begannen zu rauchen.

»Sie möchten wohl, daß die literarische Produktion ganz aufhörte?« fragte Milvain.

»Ich wollte, daß das ganze Literaturgeschäft zugrunde ginge.«

»Es gibt doch einen Unterschied; im Großen und Ganzen muß man sagen, daß selbst dies Geschäft einem guten Zweck dient.«

»Was für einem Zweck?«

»Die Zivilisation zu verbreiten.«

»Zivilisation!« rief John zornig. »Was verstehen Sie unter ›Zivilisation‹? Nennen Sie es zivilisieren, wenn man aus den Menschen schwache, schlappe Wesen mit ruinierten Augen und verdorbenen Mägen macht? Wer liest am meisten von dem Zeug, das täglich aus der Druckerpresse strömt? Gerade jene Männer und Frauen, die ihre Mußestunden im Freien verbringen sollten, die Leute, die ihr Brot durch eine sitzende Beschäftigung erwerben und die, sobald sie ihr Pult oder den Ladentisch verlassen, *leben* sollten, statt über Kleingedrucktem zu brüten. Eure Schulen, eure Volksschriften, eure Verbreitung der Zivilisation! Maschinerien sind's, die das Land ruinieren, sonst nichts! Ich möchte am liebsten allen Männern und Frauen mit sitzender Beschäftigung Preise verleihen, wenn sie schwören, sich für einige Jahre allen Lesens zu enthalten. Das ist viel notwendiger als die Enthaltsamkeit von alkoholischen Getränken.«

Sein Bruder lachte mit verächtlicher Ungeduld.

Alfred sog an seiner Zigarette. Seine Gedanken waren bei Herrn Fadge, und er überlegte, wie er dazu beitragen könne, die Zeitung und ihren Redakteur in Verruf zu bringen. Milvain hörte der Kapuzinerpredigt des alten Mannes belustigt zu.

»Was schreiben Sie denn?« fragte John endlich.

»Nichts Besonderes — ich mache aus allem, was mir gerade einfällt, ein paar verkäufliche Bogen.«

»Wirklich! Also Sie geben nicht einmal vor, daß Sie etwas zu sagen haben! Sie leben davon, daß Sie den Leuten geistige Indigestionen verursachen ... und auch körperliche.«

»Wissen Sie, Herr Yule, daß Sie mich auf einen kapitalen Gedanken gebracht haben? Vielleicht schließe ich mich Ihren Ansichten an, und vielleicht werde ich einmal gegen das Schreiben schreiben. Ich könnte mich darauf spezialisieren, gegen die Literatur loszuziehen, und das lesende Publikum würde mich dafür bezahlen, daß ich ihm sage, es solle nichts lesen. Ich muß darüber nachdenken.«

»Carlyle ist Ihnen zuvorgekommen«, warf Alfred ein.

»Ja, aber in einer antiquierten Weise; ich würde meine Polemik auf die neuesten Philosophien stützen.«

»Schon wieder die neue Philosophie!« rief der Kranke. »Sehen Sie sich einmal den Mann an, der meine Nichte geheiratet hat — armes Mädel! — Reardon heißt er. Sie kennen ihn wohl. Aus bloßer Neugierde habe ich mir eines seiner Bücher angeschaut, es hieß ›Der Optimist‹. Aber das hat noch das krankhafteste Zeug übertroffen, das ich je gelesen habe. Ich wollte ihm einen Brief schreiben und ihm anraten, jeden Abend vor dem Schlafengehen ein paar Pillen gegen Gallensteine zu nehmen.«

In diesem Augenblick stand Alfred auf.

»Sollen wir uns den Damen anschließen?« fragte er mit jener Pedanterie in Wort und Miene, die so charakteristisch für ihn war.

»Kommen Sie zur Vernunft, solange Sie noch jung sind«, sagte John, als er seinem Gast die Hand schüttelte.

»Ihr Bruder sprach wohl ganz im Ernst?« bemerkte Jasper, als er sich mit Alfred im Garten befand.

»Ich glaube. Hie und da ist es amüsant, aber wenn man es oft hört, wird es langweilig. Nebenbei, Sie sind mit Fadge nicht persönlich bekannt?«

»Ich kannte nicht einmal seinen Namen, ehe Sie ihn erwähnten.«

»Der boshafteste Mensch, den es gibt. Ich könnte Ihnen unglaubliche Geschichten erzählen, aber so etwas ist wahrscheinlich ebenso wenig nach Ihrem Geschmack als nach meinem.«

Fräulein Harrow und die anderen hatten das Paar bemerkt und kamen ihnen entgegen, worauf der Tee in den Garten gebracht wurde.

»Sie können rauchen«, sagte Fräulein Harrow zu Alfred.

Aber der Literat hatte den Kopf nicht frei für ihre Gesellschaft und bat die Damen um Erlaubnis, sich zurückziehen zu dürfen, da er vor der Postzeit, die in Finden sehr früh war, einige Briefe zu schreiben hätte.

Jasper, durch den Abgang des Veteranen sehr erleichtert, begann sofort den angenehmen Gesellschafter zu spielen. Wenn es ihm beliebte, das Thema seiner eigenen Schwierigkeiten und Pläne beiseite zu legen, so konnte er mit einer spontanen Heiterkeit plaudern, die seine Zuhörer rasch mitriß. Natürlicherweise wandte er sich oft an Marian Yule, deren Aufmerksamkeit ihm schmeichelte. Sie sprach wenig und war augenscheinlich auch sonst nicht beredt, aber das Lächeln auf ihrem Gesicht sprach für ihre ruhig-heitere

Stimmung. Wenn ihre Augen umherschweiften, geschah es, um auf den Schönheiten des Gartens, den goldenen Sonnenflecken, den Formen der schimmernden Wolken zu ruhen. Jasper sah es gern, wenn sie den Kopf wandte: eine besondere Anmut lag in dieser Bewegung; Kopf und Nacken waren bewundernswert geformt, und das kurze Haar ließ dies noch deutlicher hervortreten.

Man kam überein, daß Fräulein Harrow und Marian am übernächsten Tage bei Milvains den Tee nehmen sollten, und als Jasper sich von Alfred Yule verabschiedete, sprach dieser den Wunsch aus, an einem der folgenden Morgen einen gemeinsamen Spaziergang zu unternehmen.

III. FERIEN

Jaspers Lieblingsweg führte ihn zu einem etwa anderthalb Meilen vom Hause entfernten Fleck. Als er die Felder hinter sich gelassen hatte, ging er in Richtung des kleinen Dammes, der über die Great-Western-Bahn führte und von da zu den Wiesen, die ein enges, kleines Tal bildeten. Ein Vorzug dieses Zufluchtsortes war, daß er vor allen Winden geschützt war, denn Jasper haßte den Wind. In der Mitte floß ein klarer, seichter Fluß, von Holunder- und Weißdornbüschen überhangen, und dicht neben der hölzernen Brücke, die ihn überspannte, stand eine große Esche, die den Kühen und Schafen Schatten gab, wenn die Sonne heiß auf den Feldern lag. Selten kam jemand hierher, höchstens Feldarbeiter morgens und abends.

Aber heute — an dem Nachmittag, der seinem Besuche in John Yules Hause folgte — sah er aus der Ferne, daß sein Ruheplatz auf der hölzernen Brücke besetzt war. Noch jemand hatte entdeckt, welches Vergnügen es war, das sonnige Glitzern des Wassers zu beobachten, wie es über den reinen Sand und die Steine floß. Ein Mädchen in einem gelben Strohhut — ja, es war eben die Person, die zu sehen er gehofft hatte. Er beeilte sich nicht, den abschüssigen Pfad hinabzusteigen, aber endlich ward sein Schritt hörbar. Marian Yule wandte den Kopf und erkannte ihn sofort.

Sie richtete sich auf und ließ eine ihrer Hände auf dem Geländer ruhen. Nach dem Austausch der gewöhnlichen Begrüßungen lehnte sich Jasper an dieselbe Stütze und zeigte sich zu einer Unterhaltung geneigt.

»Als ich im Spätfrühling hier war«, sagte er, »hatte diese Esche eben gesproßt, obwohl alles andere schon völlig belaubt war.«

»Ist es eine Esche?« murmelte Marian. »Ich wußte es nicht. Ich glaube, die Eiche ist der einzige Baum, den ich unterscheiden kann. Doch«, fügte sie rasch hinzu, »ich weiß, daß die Esche spät blüht, ein paar Zeilen von Tennyson fallen mir ein.«

»Welche?«

»*Und zögert, wie die zarte Esche zögert*
Sich einzukleiden, wenn der Wald schon grün —
irgendwo in den Idyllen.«

»Ich erinnere mich nicht an die Stelle und will auch gar nicht so tun als ob — gewöhnlich tue ich nämlich so als ob.«

Sie sah ihn erstaunt an und schien lachen zu wollen, tat es aber nicht.

»Das Leben auf dem Lande ist Ihnen anscheinend nicht vertraut?« fuhr Jasper fort.

»Kaum. Sie kennen es wohl von Kindheit auf?«

»In gewisser Hinsicht, denn ich wurde in Wattleborough geboren, und meine Familie hat immer hier gewohnt. Aber mein Temperament ist nicht sehr ländlich, ich habe auch keine Freunde hier — entweder haben sie das Interesse an mir verloren, oder ich an ihnen. Was halten Sie von den Mädchen, meinen Schwestern?«

Die Frage, obgleich mit vollkommener Einfachheit gestellt, war doch verwirrend.

»Sie sind ziemlich intelligent«, fuhr Jasper fort, als er sah, daß es ihr schwer wurde zu antworten. »Ich möchte sie überreden, sich an irgendeiner literarischen Arbeit zu versuchen. Sie geben Lektionen, und beide hassen es.«

»Würde die literarische Arbeit weniger — lästig sein?«

»Sie glauben wohl, sie sei noch schlimmer?«
Sie zögerte.
»Das hängt natürlich von — von verschiedenen Dingen ab.«
»Gewiß«, stimmte Jasper zu. »Ich glaube nicht, daß sie dafür irgendwelche hervorragenden Fähigkeiten besitzen; aber da sie auch keine für das Unterrichten haben, so tut das nichts. Es handelt sich um das Erlernen eines Geschäftes. Ich mache meine Lehrlingszeit durch und finde, daß sie sehr lange dauert. Geld würde sie abkürzen, aber unglücklicherweise habe ich keines.«
»Ja«, sagte Marian, die Augen auf den Fluß richtend, »Geld zu haben hilft immer.«
»Wenn es fehlt, so verbringt man den besten Teil des Lebens damit, festen Fuß zu fassen, eine Position zu gewinnen, die man mit Geld sofort kaufen könnte. Geld zu haben wird in der literarischen Karriere immer wichtiger, hauptsächlich, weil Geld haben — Freunde haben heißt. Hie und da kann sich ein Glücklicher kraft seines eigenen ehrlichen Strebens durchsetzen, aber der ist verloren, der die einflußreichen Leute nicht für seine Person zu interessieren vermag, seine Arbeit wird von der anderer mit besseren Chancen einfach in den Schatten gestellt.«
»Glauben Sie nicht, daß selbst heutzutage wirklich gute Arbeit früher oder später anerkannt wird?«
»Eher später als früher, und höchstwahrscheinlich kann der Betreffende nicht so lange warten, unterdessen verhungert er. Sie begreifen, daß ich nicht vom Genius rede, ich meine Marktware. Ich habe da einen Freund, der Romane schreibt. Seine Bücher sind nicht die Werke eines Genies, aber sie heben sich deutlich von dem gewöhnlichen Leihbibliotheksroman ab. Nun, nach ein oder zwei Versuchen errang er einen halben Erfolg, d. h. der Verleger brachte in wenigen

Monaten eine zweite Auflage heraus. Nun war seine Gelegenheit da, aber er konnte sie nicht nutzen; er hatte keine Freunde, weil er kein Geld hatte. Sonst würden einflußreiche Freunde das Buch in Leitartikeln, in Zeitschriften, in Reden, in Predigten besprochen haben. Es hätte zahlreiche Auflagen erlebt, und der Autor hätte nichts weiter tun müssen, als ein anderes Buch zu schreiben und sein Honorar zu bestimmen. Aber der Roman, von dem ich spreche, war ein Jahr nach seinem Erscheinen vergessen, von der Flut der Neuerscheinungen weggespült.«

Marian wagte eine zögernde Bemerkung.

»Aber lag es unter diesen Umständen nicht in der Macht des Autors, sich Freunde zu schaffen? War Geld wirklich unumgänglich nötig?«

»Ja — weil er heiratete. Als Junggeselle wäre er vielleicht in die richtigen Kreise gekommen, obwohl es seinem Charakter stets schwergefallen wäre, um Gunst zu buhlen. Aber als verheirateter Mann, ohne Mittel, war seine Lage hoffnungslos. Ist man einmal verheiratet, so muß man sein Leben nach den Kreisen einrichten, mit denen man verkehrt: man kann sich nicht bewirten lassen, ohne wieder zu bewirten. Wenn seine Frau wenigstens ein paar tausend Pfund mitgebracht hätte, wäre alles noch gut gewesen; ich hätte ihm in allem Ernst geraten, zwei Jahre lang je tausend Pfund auszugeben. Am Ende dieser Zeit hätte er genug verdient, um auf diesem Fuße weiterleben zu können.«

»Mag sein.«

»Ich sollte vielleicht sagen, daß der Durchschnittsliterat dies könnte. Was Reardon betrifft ...«

Er hielt inne, der Name war ihm unbewußt entschlüpft.

»Reardon?« sagte Marian aufblickend. »Sie sprechen von ihm?«

»Ich habe mich verraten.«

»Was tut das? Sie sprechen ja zu seinen Gunsten.«
»Ich fürchtete, daß der Name Ihnen unangenehm sein würde.«
Marian zögerte mit ihrer Antwort.
»Es ist wahr«, sagte sie endlich, »wir stehen mit der Familie meiner Cousine nicht auf freundlichem Fuß, ich habe Herrn Reardon nie gesehen, aber ich möchte nicht, daß Sie denken, die Erwähnung seines Namens sei für mich unangenehm.«
»Es war mir gestern etwas peinlich, daß ich mit Frau Edmund Yule gut bekannt bin und daß Reardon mein Freund ist, doch sah ich nicht ein, warum ich deshalb nicht die Bekanntschaft Ihres Vaters machen könnte.«
»Gewiß nicht. Ich werde nichts davon erzählen ... da Sie ja den Namen unabsichtlich aussprachen.«
Es entstand eine Pause. Sie hatten fast vertraulich gesprochen, und Marian schien plötzlich das Seltsame der Lage aufzufallen. Sie wandte sich dem aufwärts führenden Fußweg zu, als beabsichtige sie, ihren Spaziergang fortzusetzen.
»Sie möchten weitergehen«, sagte Jasper, »darf ich Sie ein Stück weit begleiten?«
»Bitte, es soll mich freuen.«
Sie gingen ein paar Minuten schweigend vorwärts.
»Haben Sie schon etwas unter Ihrem eigenen Namen veröffentlicht?« fragte Jasper endlich.
»Nein, ich helfe nur dem Vater ein wenig.«
Die wieder eintretende Stille wurde diesmal von Marian unterbrochen.
»Als Sie Reardons Namen erwähnten«, sagte sie mit einem verhaltenen Lächeln, in dem jener Anflug von Humor lag, der auf einem Frauengesicht so köstlich ist, »wollten Sie nicht noch etwas über ihn sagen?«
»Nur daß — —« Er brach ab und lachte. »Wie kindisch das war, nicht wahr? Ich erinnere mich, ich tat einmal ganz dasselbe, als ich aus der Schule kam und,

ohne Namen zu verraten, eine aufregende Geschichte erzählen wollte. Natürlich platzte ich sofort mit einem Namen heraus, zur großen Belustigung meines Vaters, der sagte, daß ich keinen diplomatischen Charakter habe. Ich habe mich seither bemüht, ihn zu erlangen.«

»Aber warum?«

»Er ist eine der Voraussetzungen für Erfolg im öffentlichen Leben, und Sie wissen, ich gedenke Erfolg zu haben. Ich fühle, daß ich einer von jenen bin, denen es gelingt. Aber ich bitte Sie um Verzeihung — Sie haben mich etwas gefragt. Wirklich, ich wollte über Reardon nur sagen, was ich schon gesagt habe: daß er nicht das nötige Gespür besitzt, um Popularität zu erringen.«

»Dann kann ich also hoffen, daß es nicht die Heirat mit meiner Cousine war, was sein Unglück bewirkt hat?«

»In keinem Falle würde er seinen Vorteil benützt haben«, antwortete Milvain, den Blick abwendend.

»Und jetzt? Hat er überhaupt keine Aussichten?«

»Ich wünschte, daß es eine Aussicht gäbe, daß er nach seinem Wert geschätzt würde. Es fällt schwer, zu sagen, was ihm bevorsteht.«

»Ich kannte meine Cousine Amy, als wir Kinder waren. Sie versprach, sehr schön zu werden.«

»Ja, sie ist schön.«

»Aber wird sie einem solchen Manne eine Hilfe sein?«

»Ich weiß kaum, was ich antworten soll, mein Fräulein«, sagte Jasper, sie offen anblickend. »Vielleicht ist es am besten, wenn ich sage, es ist ein Unglück, daß sie arm sind.«

Marian schlug die Augen nieder.

»Für wen wäre das kein Unglück?« fuhr ihr Begleiter fort. »Armut ist die Wurzel aller sozialen Übel; ihre Existenz ist sogar für die Übel verantwortlich, die dem Reichtum entspringen. Der Arme ist ein Mensch, der in

Ketten arbeitet. Ich erkläre offen, es gibt kein Wort in unserer Sprache, das mir so häßlich klingt wie ›Armut‹.«

Bald darauf kamen sie über die Eisenbahnbrücke, und Jasper sah auf die Uhr.

»Wollen Sie mir bei einer Kinderei Gesellschaft leisten?« fragte er. »In weniger als fünf Minuten kommt der Londoner Expresszug; ich habe ihn oft beobachtet, es amüsiert mich. Wäre es Ihnen lästig, zu warten?«

»Nein, recht gern«, antwortete sie lachend.

Jasper lehnte an dem Brückengeländer und schaute nach Westen, wo die glänzenden Schienen fast eine Meile weit sichtbar waren. Plötzlich hob er den Finger.

»Hören Sie?«

Marian hatte eben das ferne Geräusch des Zuges gehört, sie schaute eifrig aus und sah ihn bald herankommen. Das Vorderteil der Maschine erschien und kam mit furchtbarer Gewalt und Eile näher. Ein schrilles Aufzischen, und dann schob sich eine ganze Wolke sonnenbestrahlten Dampfes über die Brücke. Milvain und Marian liefen an das gegenüberliegende Geländer, aber sie sahen nur noch den letzten Waggon, und in wenigen Sekunden war der ganze Zug hinter einer scharfen Kurve verschwunden. Die belaubten Zweige, die neben dem Damm hingen, schwankten in der aufgeregten Luft heftig hin und her.

»Wenn ich zehn Jahre jünger wäre, würde ich sagen, daß das ein ›Jux‹ war«, lachte Jasper. »So etwas regt mich immer an, ich möchte wieder zurück in den Kampf.«

»Auf mich hat es den entgegengesetzten Effekt«, sprach Marian sehr leise.

»Oh, sagen Sie das nicht, das ist nur, weil Sie noch zu wenig Ferien gehabt haben. Ich bin schon eine Woche auf dem Lande, noch ein paar Tage und ich muß fort. Wie lange gedenken Sie zu bleiben?«

»Nicht mehr als eine Woche.«

»*A propos*, Sie kommen morgen zu uns zum Tee«, bemerkte Jasper unvermittelt. Dann wandte er sich einem anderen Gegenstande zu, der seine Gedanken beschäftigte.

»Mit einem solchen Zuge fuhr ich zum ersten Mal nach London — nicht zum ersten Mal, aber um für immer dort zu leben, vor sieben Jahren. Gott, in was für einer Laune ich war! Bedenken Sie, ein achtzehnjähriger Junge, der fortan unabhängig leben sollte!«

»Sie kamen direkt von der Schule?«

»Nein, nach dem Tode des Vaters war ich fast ein halbes Jahr zu Hause. Ich sollte Lehrer werden, aber der Gedanke an eine Schule gefiel mir gar nicht. Einer meiner Freunde studierte in London für ein Staatsbeamten-Examen, und ich erklärte, daß ich dasselbe tun wolle.«

»Gelang es Ihnen?«

»Nicht doch, ich arbeitete nie für diesen Zweck, aber ich las gierig und lernte London kennen. Ich hätte natürlich auf den Hund kommen können, wissen Sie, aber als ich ein Jahr in London war, begann sich ein fester Plan in mir zu formen. Sonderbar, daß Sie während dieser Zeit dort aufwuchsen, ich mag hie und da auf der Straße an Ihnen vorübergegangen sein.«

Marian lachte.

»Und zuletzt sah ich Sie im Britischen Museum.«

Sie bogen um eine Ecke und stießen auf Marians Vater, der mit gesenkten Augen daherkam.

»Hier bist du also!« rief er, das Mädchen anblickend und Jasper keine Beachtung schenkend. »Ich zweifelte, ob ich dich treffen würde.« Dann fügte er trocken hinzu: »Wie geht's, Herr Milvain?«

Leichthin erklärte Jasper, wieso er Marian getroffen habe.

»Soll ich dich begleiten, Vater?« fragte Marian, seine gefurchten Züge prüfend.

»Wie du willst, aber wir werden einen anderen Rückweg nehmen.«

Jasper fügte sich rasch dem Wunsche, den Herr Yule zu erkennen gab, nahm sofort auf die natürlichste Weise Abschied, und keiner sprach von einer zweiten Begegnung.

Es war schon um die Teezeit, als er heimkam. Maud war nicht zu Hause, Frau Milvain lag mit Kopfschmerzen in ihrem Zimmer, so setzten sich Jasper und Dora an den Tisch. Jeder hatte ein offenes Buch vor sich liegen, und während der Mahlzeit wurden nur wenige Worte gewechselt.

»Willst du nicht ein bißchen spielen?« meinte Jasper, als sie in das Wohnzimmer gegangen waren.

»Wenn du möchtest.«

Sie setzte sich ans Klavier, während ihr Bruder auf dem Sofa lag, die Hände unter dem Kopf verschränkt. Dora spielte nicht schlecht, aber ihre gewöhnliche Zerstreutheit beeinträchtigte ihr Spiel. Schließlich brach sie mitten in einem Takt ab und griff ein paar nachlässige Akkorde. Dann fragte sie, ohne den Kopf zu wenden:

»Meintest du das mit den Geschichtenbüchern im Ernst?«

»Gewiß, ich sehe keinen Grund, warum ihr nicht so etwas versuchen solltet. Aber ich will dir etwas sagen; wenn ich zurückfahre, will ich mich erkundigen. Ich kenne einen, der bei Jolly & Monk engagiert war — du weißt, die größten Verleger in dieser Art; ich muß ihn aufsuchen — was für ein Fehler ist es, nicht *jede* Bekanntschaft zu pflegen und etwas aus ihm herauszubekommen! Aber es ist klar, welch immenses Feld sich dem auftut, der den Geschmack der neuen Generation von Internatsschülern zu treffen vermag. Es darf nicht gar zu zahm sein, so etwas kommt heute nicht mehr an. Da fällt mir übrigens etwas ein: ich will einen Artikel über diese neue Generation schreiben, das kann mir ein paar Guineen einbringen und auch vorwärtshelfen.«

»Aber was weißt du denn über diesen Gegenstand?« fragte Dora zweifelnd.

»Was für eine komische Frage! Es ist mein Geschäft, von jedem Gegenstand etwas zu wissen — oder zu wissen, wo das Wissen zu erlangen ist.«

»Auf jeden Fall werden Maud und ich ernstlich an die Zukunft denken müssen«, sagte Dora nach einer Pause. »Du weißt, Jasper, daß die Mutter nichts von ihrem Einkommen ersparen konnte.«

»Ich sehe auch nicht, wie sie es hätte tun können. Natürlich, ich weiß, was du meinst: wäre ich nicht, so wäre es möglich gewesen. Ich will nur gestehen, daß der Gedanke mich manchmal beunruhigt; ich möchte euch nicht in fremden Häusern herumgouvernantieren sehen, aber ich kann nur sagen, daß ich ehrlich nach dem Ziele strebe, das meiner Ansicht nach das einträglichste sein wird. Ich werde euch nicht verlassen, das braucht ihr nicht zu fürchten. Aber steckt die Köpfe zusammen und pflegt eure schriftstellerischen Fähigkeiten. Wenn ihr beide zusammen hundert Pfund jährlich verdienen könntet, wäre es besser als das Gouvernantentum, nicht wahr?«

»Weißt du eigentlich, was Fräulein Yule schreibt?«

»Ich weiß jetzt etwas mehr von ihr als gestern, denn ich habe heute eine Stunde mit ihr gesprochen. Ich glaube nicht, daß sie imstande ist, aus der Literatur ein Geschäft zu machen. Für sie ist Literatur etwas ganz Persönliches, und alles andere würde ihren Neigungen widersprechen. Möglicherweise ist der alte Yule ein ziemlicher Tyrann.«

»Er gefällt mir nicht. Willst du die Bekanntschaft mit ihnen in London fortsetzen?«

»Weiß noch nicht. Was für eine Frau die Mutter sein mag? Sie kann doch nicht gar so arg sein.«

»Fräulein Harrow weiß nichts von ihr, außer daß sie ein ungebildetes Mädchen war.«

»Aber jetzt muß sie sich doch schon anständige Manieren angewöhnt haben! Frau Reardon hat nichts gegen sie.«

Am Nachmittag des nächsten Tages kamen Fräulein Harrow und Marian zur bestimmten Stunde. Jasper hielt sich absichtlich fern, bis er zum Tee gerufen wurde.

Im Laufe der Zeit wurde er zusehends unruhiger. Vierzehn Tage erschöpften immer seine Fähigkeit, sich der Gesellschaft von Mutter und Schwestern zu erfreuen, und diesmal schien er das Ende seiner Ferien herbeizusehnen. Übrigens hatten die anfänglichen Streitereien keine Fortsetzung, denn aus irgendeinem Grunde benahm sich Maud sehr mild gegen ihren Bruder, und Jasper seinerseits war in sanfter Stimmung.

Am Morgen des dritten Tages — es war Samstag — schwieg er während des ganzen Frühstücks, und eben, als alle sich vom Tische erhoben, machte er eine plötzliche Ankündigung.

»Ich fahre heute nachmittag nach London zurück.«

»Heute nachmittag?« riefen alle. »Du sagtest doch, Montag!«

»Nein, heute nachmittag, mit dem 2 Uhr 45.«

Und er verließ das Zimmer, während Frau Milvain und die Mädchen Blicke wechselten.

»Ich glaube, er will den langweiligen Sonntag vermeiden«, sagte die Mutter.

»Möglich«, stimmte Maud gleichgültig zu.

Eine halbe Stunde später, gerade als Dora sich anschickte, nach Wattleborough zu gehen, trat ihr Bruder in den Hausflur und sagte, indem er nach seinem Hute griff:

»Ich werde dich ein Stück begleiten, wenn es dir recht ist.«

Als sie auf der Straße waren, fragte er unvermittelt: »Glaubst du, daß ich von den Yules Abschied nehmen muß? Oder ist es nicht so wichtig?«

»Ich hätte gedacht, daß du es gern tust.«

»Es liegt mir nichts daran, und dann, siehst du, haben sie auch nicht den leisesten Wunsch geäußert, daß ich sie in London besuchen solle. Nein, ich überlasse es dir, für mich Adieu zu sagen.«

»Aber sie erwarten uns heute oder morgen. Du hast ihnen gesagt, daß du erst Montag fährst; du weißt also nicht, ob Herr Yule dir noch etwas zu sagen hat.«

»Na, mir wäre es lieber, er täte es nicht«, antwortete Jasper lachend.

»Wirklich?«

»Dir kann ich es ja sagen«, und er lachte abermals, »ich fürchte mich vor dem Mädchen. Nein, es geht nicht! Du begreifst, ich bin ein praktischer Mensch und will allen Gefahren aus dem Wege gehen. Diese faulen Ferienzeiten setzen einem lauter Unsinn in den Kopf.«

Dora hielt die Augen zu Boden gerichtet und lächelte vieldeutig.

»Handle, wie du es für gut findest«, sagte sie endlich.

»Genau. Ich kehre jetzt um; du kommst doch zu Tisch nach Hause?«

Sie trennten sich, doch Jasper schlug nicht den geraden Weg nach Hause ein. Zuerst sah er einer Erntemaschine bei der Arbeit zu, dann schlug er einen Fußweg ein, der zu dem Hügel führte, auf dem John Yules Haus stand. Selbst wenn er sich entschieden hätte, einen Abschiedsbesuch zu machen, wäre es jetzt noch viel zu früh gewesen; er wollte einfach nur den Morgen verbringen, der sehr langweilig zu werden drohte. So schlenderte er weiter an dem Hause vorbei und dann den Feldweg entlang, der ihn in einem Bogen wieder nach Hause führte.

Seine Mutter wollte ihn sprechen. Er unterhielt sich einen Augenblick mit ihr, dann trat er in das Wohnzimmer und hörte Maud eine Weile beim Klavierspielen zu. Aber die Ruhelosigkeit trieb ihn wieder fort. Gegen elf Uhr befand er sich wieder in der Nähe des Yuleschen Hauses. Wieder hatte er nicht die Absicht vorzusprechen, aber als er vor dem Eisengitter stand, zögerte er.

»Bei Gott, ich tu's!« sagte er bei sich. »Wenn auch nur, um zu beweisen, daß ich völlig Herr meiner selbst bin. Es soll ein Beweis von Kraft sein, nicht von Schwäche.«

An der Haustür erkundigte er sich nach Alfred Yule, aber dieser war vor einer halben Stunde mit seinem Bruder nach Wattleborough gefahren.

»Und Fräulein Yule?«

Ja, sie war zu Hause. Jasper trat in den Salon, wartete ein paar Minuten, und Marian erschien. Sie trug ein Kleid, in dem Jasper sie noch nie gesehen hatte, und das bewog ihn, sie aufmerksam zu betrachten. Das Lächeln, mit dem sie ihm entgegengegangen war, verschwand von ihrem Gesichte, das vielleicht etwas wärmer gefärbt war als sonst.

»Ich bedaure, daß Ihr Herr Vater nicht zu Hause ist«, begann Jasper mit erregter Stimme. »Ich wollte ihm Adieu sagen, denn ich reise in ein paar Stunden ab.«

»Früher, als Sie beabsichtigten?«

»Ja, ich darf keine Zeit mehr verlieren. Ich finde, daß die Landluft Ihnen gut tut, Sie sehen entschieden besser aus als an dem Tag, an dem ich Ihnen begegnete.«

»Ich fühle mich auch schon wohler.«

»Meine Schwestern sehnen sich sehr nach Ihnen, es

sollte mich nicht wundern, wenn sie nachmittags kämen.«

Marian hatte sich auf das Sofa gesetzt, und ihre Hände waren auf dieselbe Weise auf ihrem Schoß verschränkt wie damals, als Jasper zuerst hier mit ihr gesprochen hatte. Die schönen Umrisse ihres gesenkten Kopfes hoben sich von einem breiten Streifen Sonnenlicht auf der Mauer hinter ihr ab.

»Es tut ihnen leid«, fuhr er gleich darauf fort, »daß sie Sie kennenlernten, nur um Sie so bald schon wieder zu verlieren.«

»Auch ich habe großen Grund zum Bedauern«, antwortete sie, ihn mit einem ganz schwachen Lächeln anblickend. »Aber vielleicht werden sie mir erlauben, ihnen zu schreiben und manchmal von ihnen zu hören.«

»Sie werden sich eine Ehre daraus machen, denn Mädchen vom Lande werden nicht oft eingeladen, mit literarischen Damen in London zu korrespondieren.«

Er sagte es mit so viel Scherzhaftigkeit, als es die Höflichkeit erlaubte, und erhob sich rasch.

»Dem Vater wird es sehr leid tun«, begann Marian mit einem raschen Blick nach dem Fenster und einem zweiten nach der Türe. »Vielleicht kann er Sie noch sehen, ehe Sie abreisen?«

Jasper stand zögernd da. Auf dem Gesichte des Mädchens lag ein Ausdruck, der ihm unter anderen Umständen eine rasche Antwort entlockt hätte.

»Ich meine, ob er Sie besuchen oder auf dem Bahnhof treffen kann?« fügte sie heftig hinzu.

»Oh, ich möchte Herrn Yule nicht bemühen! Es ist meine Schuld, weil ich mich heute entschlossen habe. Ich fahre um 2 Uhr 45.«

Er bot ihr die Hand.

»Ich werde nach Ihrem Namen in den Zeitschriften ausschauen.«

»Oh, Sie werden ihn wohl nie dort finden!«

Er lachte ungläubig, schüttelte ihr nochmals die Hand und verließ das Zimmer — den Kopf hoch aufgerichtet und stolz auf sich selbst.

Als Dora um die Mittagszeit nach Hause kam, erzählte er ihr, was er getan hatte.

»Ein sehr interessantes Mädchen«, sagte er dann leichthin. »Ich rate dir, dich mit ihr zu befreunden, denn wer weiß, ob ihr nicht einmal in London wohnen werdet, und dann kann sie von Nutzen sein — moralisch, meine ich. Was mich betrifft, so werde ich mein Möglichstes tun, um sie eine lange Zeit nicht zu sehen; sie ist gefährlich.«

Jasper ging ohne Begleitung zur Station. Während er auf dem Bahnsteig wartete, stand er eine große Angst aus, ob Alfred Yules verwittertes Gesicht noch auftauchen würde; aber es kam niemand. Als er endlich sicher in einer Ecke des Waggons dritter Klasse saß, lächelte er und begann an einen neuen Artikel zu denken.

IV. EIN AUTOR UND SEINE FRAU

Acht Treppenabsätze, von denen jeder abwechselnd aus acht und neun Stufen bestand. Der Aufstieg war mühsam, aber niemand konnte leugnen, daß die Wohnung gutbürgerlich war. In dem Stockwerk darunter wohnte ein bekannter Musiker, dessen zweispänniger Wagen jeden Nachmittag zur selben Stunde kam, um ihn und seine Frau zu einer höchst respektablen Spazierfahrt abzuholen. Sonst schien gegenwärtig niemand im Hause einen Wagen zu halten, aber alle Mieter waren seriöse Leute.

Was aber das Wohnen ganz in der Höhe betraf — nun, da gab es bestimmte Vorteile, die heute immer mehr Leute mit bescheidenem Einkommen entdecken. Der Lärm von der Straße war durch die Höhe gedämpft; über den Köpfen konnte nicht getrampelt werden; die Luft mußte reiner sein, als in den niederen Regionen, und endlich war ein flaches Dach da, auf dem man bei sonnigem Wetter sitzen konnte. Freilich wurde diese Annehmlichkeit oft durch einen leisen Rußregen gestört, aber solche Details werden im Eifer des Lobens oft vergessen. Vor allem war nicht zu leugnen, daß man an schönen Tagen eine weite Aussicht hatte; auch der Sonnenuntergang bot schöne Lichteffekte, aber die waren nur für einsame Träumer. Ein Salon, ein Schlafzimmer, eine Küche — aber die Küche war gleichzeitig Speisezimmer und diente oft sogar als Wohnzimmer, denn das Küchengerät war durch einen hübschen Paravent verdeckt; die Wände zeigten Bilder und Bücherregale, und eine kleine Spülbank in der Ecke diente für die gröberen häuslichen

Verrichtungen. Dies war Amys Territorium während der Stunden, in denen ihr Gatte arbeitete oder zu arbeiten trachtete. Das Vorderzimmer benützte Edwin Reardon notgedrungen als Studierzimmer. Sein Schreibtisch stand neben dem Fenster; jede Wand war mit Bücherschränken bedeckt. Vasen, Büsten, Stiche (alles von der billigen Sorte) dienten als Zierat.

Ein Dienstmädchen, frisch aus der Schule, kam jeden Morgen um halb sieben und blieb bis zwei Uhr, um welche Zeit die Reardons zu Mittag aßen; bei besonderen Gelegenheiten wurden ihre Dienste auch etwas länger in Anspruch genommen, aber es war Reardons Gewohnheit, die ernste Arbeit des Tages um drei Uhr zu beginnen und mit kurzen Unterbrechungen bis zehn oder elf Uhr fortzusetzen — in mancher Hinsicht eine ungeschickte Einteilung, aber durch das Temperament und die Armut des Mannes bestimmt.

Eines Abends saß er mit einem Stück Papier vor sich an seinem Schreibtisch. Es war um die Zeit des Sonnenuntergangs. Das Fenster hatte die Aussicht auf die Rückseite einiger großer Häuser am Regent's Park, und in den Fenstern begannen sich hie und da Lichter zu zeigen; in einem Zimmer sah man einen Mann sich zum Diner ankleiden, er hatte es nicht für nötig gehalten, das Rouleau herabzulassen; in einem anderen spielten mehrere Leute Billard. Die oberen Fenster reflektierten die tiefe Glut des westlichen Himmels.

Seit zwei oder drei Stunden schon saß Reardon in fast ein und derselben Haltung da. Von Zeit zu Zeit tauchte er die Feder ein und schien schreiben zu wollen, aber jedesmal blieb der Versuch unausgeführt. Oben auf dem Papier stand ›III. Kapitel‹, aber das war alles. Und jetzt fing der Himmel zu dämmern an, bald würde es finster werden.

Er sah etwas älter aus, als er war, denn er zählte erst zweiunddreißig, und auf seinem Gesichte lag die Blässe geistigen Leidens. Oft verfiel er in Zerstreutheit und blickte mit großen, trübseligen Augen ins Leere. Wenn er wieder zu sich kam, rückte er nervös im Sessel herum und tauchte zum hundertsten Male seine Feder ein, beugte sich mit fiebriger Entschlossenheit vor, um zu arbeiten, aber es war umsonst, denn er wußte kaum, was er in Worte zu bringen wünschte, und sein Gehirn weigerte sich, den einfachsten Satz zu konstruieren.

Die Farben am Himmel verblaßten, und die Nacht kam schnell heran. Reardon warf die Arme über das Pult, ließ den Kopf darauf fallen und blieb wie schlafend liegen.

Plötzlich öffnete sich die Tür, und eine junge, klare Stimme fragte:

»Brauchst du nicht die Lampe, Edwin?«

Der Mann fuhr auf, wandte den Stuhl ein wenig um und blickte nach der offenen Tür.

»Komm her, Amy.«

Seine Frau trat näher. Es war nicht ganz dunkel im Zimmer, denn ein Lichtschimmer kam von den gegenüberliegenden Häusern.

»Was gibt's? Kannst du nichts machen?«

»Ich habe heute kein Wort geschrieben — auf diese Weise wird man verrückt. Komm, Liebste, setz' dich zu mir.«

»Ich will dir die Lampe holen.«

»Nein, sprich mit mir, wir können einander so besser verstehen.«

»Unsinn, du hast so krankhafte Ideen. Ich kann es nicht leiden, im Zwielicht zu sitzen.«

Sie ging hinaus und kam rasch mit einer Leselampe zurück, die sie auf den viereckigen Tisch in der Mitte des Zimmers setzte.

»Laß das Rouleau herab, Edwin.«

Sie hatte eine schlanke Mädchengestalt, war aber nicht sehr groß; ihre Schultern wirkten im Verhältnis zur Taille und den Teilen darunter ziemlich breit. Die Farbe ihres Haares war ein rötliches Gold, und lose geordnete Zöpfe bildeten für die Schönheit des kleinen, feinen Kopfes eine prächtige Krone. Dennoch besaß das Gesicht keine ausgesprochen weiblichen Züge; mit kurzem Haar und passender Kleidung würde sie fraglos für einen schönen Knaben von siebzehn Jahren gegolten haben, und zwar für einen lebhaften Knaben, einen, der gewohnt ist, unter ihm Stehenden zu befehlen. Ihre Nase wäre vollkommen gewesen, bis auf eine ganz leichte Krümmung, so daß es besser war, sie *en face* zu betrachten als im Profil. Ihre Lippen besaßen scharfe Konturen, und wenn sie sie plötzlich aufeinanderpreßte, machte dies auf einen, der sie vielleicht für leutselig und fügsam gehalten hatte, keinen beruhigenden Eindruck. In Übereinstimmung mit den breiten Schultern besaß sie einen starken Nacken; während sie die Lampe ins Zimmer trug, zeigte eine leichte Wendung ihres Kopfes herrliche Muskeln vom Ohr abwärts. Es war eine prächtige, klar gezeichnete Büste, und man dachte, wenn man sie ansah, an den eben vollendeten Kopf, den ein tüchtiger Bildhauer mit eigener Hand aus dem Marmorblock gehauen, an ›Abgüsse‹ und an Meißel. Die Atmosphäre um dieses Gesicht war kalt, eine frische Röte wäre auf ihren Wangen nicht am Platze gewesen, und ein Erröten mußte dort etwas sehr Seltenes sein.

Sie war nicht ganz zweiundzwanzig Jahre alt, seit fast zwei Jahren verheiratet und hatte ein zehn Monate altes Kind.

Ihre Kleidung war weder in Putz noch Farbe auffallend, aber von bewundernswertem Schnitt. Jedes Detail ihrer Erscheinung zeugte von peinlichster Sorgfalt. Sie hatte einen festen Gang, und man sah, daß der Fuß leise, aber sicher aufgesetzt wurde. Wenn sie sich setzte, so geschah das mit großer Anmut, aber mit der Haltung einer Person, die keiner Rückenstütze bedarf.

»Was gibt es denn?« begann sie. »Warum bringst du die Geschichte nicht weiter?«

Es war ein Ton freundlichen Vorwurfs, nicht gerade liebevoll und gewiß nicht zärtlich oder teilnehmend.

Reardon hatte sich erhoben und wollte zu ihr treten, konnte es aber nicht direkt tun. Er schritt in eine andere Ecke des Zimmers, trat dann an die Lehne ihres Sessels und neigte sein Gesicht auf ihre Schulter herab.

»Amy...«

»Nun?«

»Ich glaube, es ist aus mit mir... Ich werde wohl nie mehr etwas schreiben...«

»Sei nicht so albern — was hindert dich daran?«

»Vielleicht bin ich nur mißgestimmt, aber ich fange an, mich schrecklich zu fürchten. Meine Willenskraft ist geschwächt; wenn ich eine Idee habe, die mir gut scheint, verliert sie das ganze Mark, ehe ich sie in eine Form gebracht habe... In diesen letzten paar Monaten habe ich ein Dutzend verschiedener Bücher begonnen — ich schämte mich, dir von jedem neuen Anfang zu erzählen. Ich schreibe etwa zwanzig Seiten, und dann verläßt mich der Mut, die Sache ekelt mich an, und ich kann nicht weiter — ich *kann* nicht! Meine Finger wollen die Feder nicht halten... Vollgeschrieben habe ich so viele Blätter, daß ich drei Bände damit hätte füllen können, aber alles ist vernichtet.«

»Wegen deiner krankhaften Gewissenhaftigkeit! Du brauchtest es nicht vernichten, es war gut genug für den Markt.«

»Gebrauche dieses Wort nicht, Amy, ich hasse es!«

»Du kannst dir den Luxus, es zu hassen, nicht gestatten«, antwortete sie in praktischem Tone, »und egal, was früher war, jetzt *mußt* du für den Markt schreiben. Das hast du selbst gesagt. Was soll aus mir — was soll aus uns werden? Willst du Tag für Tag so dasitzen, bis unser letzter Heller verbraucht ist?«

»Nein, natürlich *muß* ich etwas tun.«

»Wann wirst du ernstlich damit anfangen? In ein oder zwei Tagen mußt du die Miete für dieses Quartal bezahlen, und dann bleiben uns ganze fünfzehn Pfund. Woher soll die Miete zu Weihnachten kommen? Wovon sollen wir leben? Außerdem müssen mehrere Kleidungsstücke gekauft werden, und dann kommen die Extraausgaben für den Winter. Schlimm genug, daß wir den ganzen Sommer hier bleiben mußten! Ich habe mein Möglichstes getan und nicht gemurrt, aber ich fange an zu glauben, es wäre klüger gewesen, ich hätte gemurrt.«

Sie reckte die Schultern und warf den Kopf ein wenig in die Höhe, als hätte eine Fliege sie belästigt.

»Du erträgst alles sehr gut und gütig«, sagte Edwin, »und mein Benehmen ist zu verachten, das weiß ich. Großer Gott, wenn ich nur eine feste Beschäftigung hätte, irgend etwas, wobei ich in jeder Gemütsverfassung arbeiten und Geld verdienen könnte! In diesem Falle wollte ich mich lieber zu Tode arbeiten als es dir an etwas fehlen lassen! Aber ich hänge von meinem Gehirn ab, und das ist dürr und kraftlos! Wie beneide ich diese Beamten, die jeden Morgen in ihr Amt gehen! Die haben ihr Tagewerk vorgezeichnet, für die gibt es keine Stimmungen oder Gefühle; sie haben eben etwas zu arbeiten, und wenn der Abend kommt, haben sie ihren Lohn verdient und können sich ausruhen und vergnügen. Was für ein Wahnsinn ist es, die Literatur zum einzigen Lebensunterhalt zu machen, wo doch der trivialste Zufall die Arbeitskraft für Wochen und Monate lähmen kann. Ja, das ist eben die unverzeihliche Sünde: aus der Kunst einen Handel zu machen! Mir geschieht recht, weil ich mich auf eine so wahnwitzige Torheit eingelassen habe!«

Er wandte sich in leidenschaftlicher Verzweiflung ab.

»Wie dumm du da redest!« erklärte Amy in unverkennbar kritischem Ton. »Die Kunst muß als Gewerbe geübt werden, wenigstens in unserer Zeit, im Jahrhundert von Handel und Gewerbe. Natürlich, wenn man sich weigert, mit der Zeit zu gehen, aber nicht die Mittel hat, unabhängig zu leben, was kann da anderes herauskommen als Zusammenbruch und Elend? Die Sache ist die: du könntest ganz gute Dinge schreiben, Dinge, die sich verkaufen lassen, wenn du es über dich brächtest, die Welt mit praktischen Augen anzusehen. Du weißt, Herr Milvain sagt das auch immer.«

»Milvains Temperament ist von dem meinen ganz verschieden; er ist von Natur aus leichtherzig und hoffnungsfreudig, ich bin von Natur aus das Gegenteil. Was ihr beide sagt, ist ganz richtig; das Unglück ist, daß ich nicht danach handeln *kann*. Ich bin kein kunstbesessener Pedant, ich bin ja bereit, etwas zu schaffen, was verkäuflich ist. In meiner Situation wäre es Wahnsinn, wenn ich mich weigerte: aber die Kraft gehorcht nicht dem Willen. Meine Anstrengungen sind ganz umsonst, und die Aussicht auf Mißerfolg ist von vornherein ein Hindernis, die Angst verfolgt mich. Während so furchtbare, reale Dinge mich drükken, kann meine Phantasie nichts Substantielles schaffen: wenn ich eine Geschichte fertig habe, erscheint sie mir plötzlich so erbärmlich trivial, daß ein Weiterarbeiten unmöglich ist.«

Er trat zu ihr und ergriff eine ihrer Hände.

»Wenn nur du mir mehr Teilnahme schenken würdest, Liebste. Siehst du, das ist eine Seite meiner Schwäche: ich bin gänzlich von dir abhängig... Deine Güte ist meine Lebenskraft. Verweigere sie mir nicht!«

»Aber ich habe das doch nie getan!«

»Du fängst an, sehr kalt zu sprechen, und ich verstehe das Gefühl deiner Enttäuschung. Schon daß du mich drängtest, etwas Verkäufliches zu schreiben, ist ein Beweis bitterer Enttäuschung, denn vor zwei Jahren hättest du voll Zorn auf jeden herabgeblickt, der so zu mir gesprochen hätte. Du warst stolz auf mich, weil meine Arbeit eben nicht ganz gewöhnlich war und weil ich nie eine Zeile geschrieben hatte, die für die breite Masse berechnet war. Das ist jetzt alles vorbei. Wenn du wüßtest, wie furchtbar es mir ist, zu sehen, daß du alle Hoffnung in mich verloren hast!«

»Aber ich habe sie nicht verloren ... nicht ganz«, antwortete Amy sinnend. »Ich weiß sehr wohl, daß du besser als je arbeiten könntest, wenn du Geld hättest.«

»Liebste, ich danke dir tausendmal für diese Worte!«

»Aber du siehst, wir haben keines und wenig Aussicht, welches zu bekommen. Der knauserige Onkel wird sicherlich nichts hinterlassen; ich habe oft Lust, ihn kniefällig zu bitten, daß er uns in seinem Testament nicht vergißt.« Sie lachte. »Es ist wohl nicht möglich und auch nutzlos, aber ich wäre dazu fähig, wenn es uns Geld verschaffen würde.« Reardon schwieg.

»Ich habe nicht soviel an Geld gedacht, als wir heirateten«, fuhr Amy fort. »Ich habe eben nie ernstlichen Mangel empfunden und dachte — warum es nicht gestehen? — daß du sicherlich bald reich sein würdest; aber ich hätte dich auch geheiratet, wenn ich gewußt hätte, daß du nur Ruhm erringen würdest.«

»Weißt du das gewiß?«

»Ja, aber ich kenne den Wert des Geldes jetzt besser und weiß, daß es das Mächtigste in der Welt ist. Wenn ich zwischen einem glorreichen Namen mit Armut und einer verächtlichen Popularität mit Reichtum zu wählen hätte, würde ich das letztere wählen.«

»Nein!«

»Doch.«
»Vielleicht hast du recht.«
Er wandte sich mit einem Seufzer ab.
»Ja, du hast recht. Was ist Ruhm? Ist er verdient, so verdankt er sich einer kleinen Anzahl von Menschen unter den vielen Millionen, die nie das Verdienst anerkannt hätten, dem sie nun Beifall klatschten. Das ist das Los des großen Genies. Was ein mittelmäßiges Talent wie mich betrifft — wie lächerlich absurd, sich in der Hoffnung zu verzehren, daß ein halbes Dutzend Leute sagen wird, ich stünde über dem Mittelmaß! Gibt es eine albernere Eitelkeit? Ein Jahr, nachdem ich mein letztes Buch veröffentlicht habe, werde ich vergessen sein, zehn Jahre später werde ich so total vergessen sein wie die Romanschreiber zu Beginn dieses Jahrhunderts, deren Namen man nicht einmal mehr kennt. Albernes Posieren!«

Amy sah ihn von der Seite an, sagte aber nichts.

»Und doch versucht man nicht nur um des Namens willen etwas Ungewöhnliches zu leisten«, fuhr er fort. »Es ist auch der Abscheu vor Oberflächlichkeit — und den scheint kaum einer der heutigen Schriftsteller zu empfinden. ›Es ist gut genug für den Markt‹, das genügt ihnen, und vielleicht haben sie recht. Ich kann nicht behaupten, daß ich mein Leben nach absoluten Idealen richte, ich gestehe zu, daß alles relativ ist; und wenn ich bitter bin, so deshalb, weil ich an meiner Ohnmacht leide. Ich bin ein Versager, mein armes Herz, und es wird mir nicht leicht, den Erfolg von Menschen zu sehen, die ihn nicht halb so verdienten wie ich, als ich noch arbeiten konnte.«

»Natürlich, Edwin, wenn du es dir in den Kopf gesetzt hast, dich für einen Versager zu halten, so wirst du es zuletzt sein. Ich bin jedoch überzeugt, daß du dich mit deiner Feder erhalten könntest. Ich will dir einen Rat geben, und du, laß deine Ideen von würdig und unwürdig beiseite und tue, was ich dir rate. Ist es dir nicht möglich, einen dreibändigen Roman zu schreiben — so schreibe eine kurze Geschichte. Denke eine Woche über einen sensationellen Stoff nach und nimm dir vierzehn Tage Zeit zum Schreiben, so daß sie für die neue Saison, Anfang Oktober fertig wird. Wenn du willst, setze deinen Namen nicht darauf, er hat bei dieser Sorte Publikum ohnehin kein Gewicht. Fasse es als eine Geschäftssache auf, wie Herr Milvain sagt, und du wirst Geld verdienen.«

Er stand da und sah sie mit schmerzlicher Verblüffung an.

»Du darfst nicht vergessen, Amy, daß zu solchen Geschichten ein besonderes Talent gehört. Das Erfinden eines Stoffes ist eben das Schwierige.«

»Aber der Stoff kann so dumm sein wie nur etwas, wenn er nur die Aufmerksamkeit der gewöhnlichen Leser fesselt.«

»Ich glaube nicht, daß ich das schaffen kann«, sagte Reardon mit leiser Stimme.

»Schön, willst du mir dann sagen, was du zu tun gedenkst?«

»Ich könnte vielleicht einen zweibändigen Roman schreiben, statt eines dreibändigen.« Er setzte sich an den Schreibtisch und starrte voller Verzweiflung auf die weißen Blätter.

»Das wird bis Weihnachten dauern, und dann bekommst du vielleicht fünfzig Pfund dafür.«

»Ich muß es versuchen. Ich . . .«

Er brach ab und sah seine Frau fest an.

»Wie wäre es, wenn wir aus dieser Wohnung auszögen und eine billigere nähmen?«

Er sprach es mit verlegener Miene und gesenkten Augen. Amy schwieg.

»Wir könnten untervermieten«, fuhr er im selben Tone fort.

»Und wo gedenkst du zu wohnen?« fragte Amy kalt.

»Wir müssen nicht in einer so teuren Nachbarschaft wohnen, könnten in eine Vorstadt ziehen, für die Hälfte der jetzigen Miete.«

»Du mußt tun, was du für gut hältst.«

»Um Himmelswillen, Amy, sprich nicht so zu mir! Ich kann das nicht ertragen! Du siehst doch ein, daß ich an jede Möglichkeit denken muß, und so zu sprechen, heißt, mich aufgeben. Sag, daß du nicht dorthin willst oder kannst, aber behandle mich nicht, als nähmst du keinen Anteil an meinem Elend!«

Sie war einen Augenblick gerührt.

»Ich wollte nicht unfreundlich sein, Lieber, aber bedenke, was es bedeutet, unser Haus, unsere Position aufzugeben. Das hieße das Scheitern offen eingestehen, es wäre furchtbar.«

»Also will ich nicht mehr daran denken; ich habe ja drei Monate Zeit bis Weihnachten und *werde* das Buch zu Ende bringen!«

»Ich wüßte auch wirklich nicht, warum du es nicht schaffen solltest. Schreib nur täglich eine gewisse Anzahl Seiten, ob nun gut oder schlecht.«

»Laß mir diesen Abend zum Überlegen, vielleicht erscheint mir eine der alten Geschichten, die ich beiseite geworfen habe, in einem klareren Licht. Ich will für eine Stunde ausgehen.«

Er kniete neben ihr nieder und blickte in ihr Gesicht auf.

»Sag mir ein paar freundliche Worte ... wie einst.«

Leicht fuhr sie mit der Hand über sein Haar und murmelte etwas mit einem schwachen Lächeln.

Dann nahm Reardon Hut und Stock, stieg die vielen Treppen hinab und wanderte durch die Dunkelheit rings um Regent's-Park, sein ermattetes Gehirn mit der hoffnungslosen Suche nach Charakteren, Situationen und Motiven zermarternd.

V. DER WEG HIERHER

Selbst in der höchsten Wonne seines ersten Ehemonats hatte er diese Möglichkeit vorausgesehen; aber das Schicksal hatte ihn bisher immer auf unerwartete Weise erlöst, wenn er am Rande des Ruins gestanden hatte, und es war kaum vorstellbar, daß dieser freudige Triumph das Vorspiel zu niedrigem Elend sein könne.

Er war der Sohn eines Mannes, der den verschiedensten Beschäftigungen nachgegangen war und bei keiner mehr als das tägliche Brot erworben hatte. Im Alter von vierzig Jahren, als Edwin, sein einziges Kind, zehn Jahre alt war, ließ sich Reardon senior in der Stadt Hereford als Photograph nieder und blieb hier bis zu seinem Tode, neun Jahre später. Frau Reardon starb, als Edwin sein fünfzehntes Jahr erreicht hatte. In Erziehung und Bildung war sie ihrem Gatten überlegen, außerdem besaß sie einen stark ausgeprägten weltlichen Ehrgeiz; es war ihr häufig ausgesprochener Wunsch, nach London zu ziehen, wo das Glück, wie sie sich einbildete, ihnen günstiger sein könnte. Reardon hatte sich schon völlig zu diesem Wagnis entschlossen, als er plötzlich Witwer wurde.

Der Sohn wurde an einer ausgezeichneten Schule erzogen, und dank eines anglisierten Schweizers, der bei seinem Vater als Gehilfe bedienstet war, lernte er Französisch nicht nur lesen, sondern auch mit einer gewissen Geläufigkeit sprechen. Diese Kenntnisse waren jedoch von keinem praktischen Nutzen. Das Beste, das sich für Edwin tun ließ, war, ihn bei einem Grundstücksmakler unterzubringen. Seine Gesundheit war nicht sehr fest, und es schien, daß die viele Bewegung im Freien, die er unter diesen Umständen haben würde, den Auswirkungen zu eifrigen Studierens entgegentreten würde.

Bei seines Vaters Tod kam er in den Besitz von etwa zweihundert Pfund und hatte keine Mühe, zu entscheiden, wie er sein Geld benützen wollte. Seiner Mutter Wunsch, in London zu leben, wirkte wie erblich in ihm fort; sobald er nur konnte, befreite er sich von seiner unliebsamen Beschäftigung, verwandelte allen Besitz, dessen er im Augenblicke nicht bedurfte, in Geld und begab sich in die Metropole.

Selbstverständlich um ein Literat zu werden.

Sein Kapital reichte fast vier Jahre, denn trotz seiner Jugend lebte er äußerst sparsam. Ein seltsames Leben, in fast gänzlicher Einsamkeit. Von einem gewissen Punkt in Tottenham Court Road sieht man ein bestimmtes Dachstubenfenster in einer zu dieser Straße parallel laufenden Gasse; den weitaus größten Teil dieser vier Jahre war diese Dachstube Reardons Heim. Seine Nahrung kostete ihn etwa einen Shilling pro Tag, für Kleider und andere unvermeidliche Ausgaben verwendete er jährlich fünf Pfund, seine Bücher durften nie mehr als zwei Shilling kosten. Eine sonderbare Zeit, das versichere ich Ihnen.

Als er sein einundzwanzigstes Lebensjahr vollendet hatte, wollte er sich einen Leserausweis für die Bibliothek des Britischen Museums verschaffen. Dies war jedoch nicht so leicht, als man sich vorstellt; er bedurfte dazu der Unterschrift eines respektablen Familienoberhauptes, und Reardon kannte niemand. Seine Hauswirtin war eine ganz anständige Frau und bezahlte sogar Steuern, aber sich, mit der Empfehlung dieser Person gerüstet, in Great Russell Street vorzustellen hätte doch recht komisch ausgesehen. Es blieb ihm nichts übrig, als einen kühnen Schritt zu tun, sich einem Fremden aufzudrängen — etwas, vor dem sein

Stolz immer zurückgeschreckt war. Er schrieb an einen wohlbekannten Romanschriftsteller, einen Mann, mit dessen Werken er ziemlich sympathisierte. »Ich möchte mich für die literarische Karriere vorbereiten und im Lesesaal des Britischen Museums studieren, aber ich habe keine Bekannten, an die ich mich wenden könnte. Wollen Sie mir helfen — ich meine, in diesem Falle nur?« Das war der Inhalt des Briefes, und als Antwort kam eine Einladung in ein Haus im Westend. Voller Angst und Zagen folgte ihr Reardon; er war so schäbig gekleidet und durch die Gewohnheit, allein zu leben, so schüchtern geworden, daß er sich entsetzlich fürchtete, man könnte annehmen, er suche nach einer anderen Hilfe als der erbetenen. Nun, der Romancier war ein rundlicher, jovialer Mann, seine Wohnung und seine Person rochen nach Geld, und er war selbst so glücklich, daß er es sich erlauben konnte, gegen andere gütig zu sein.

»Haben Sie schon etwas publiziert?« fragte er, da der Brief des jungen Mannes dies im Dunkeln gelassen hatte.

»Nichts. Ich habe es bei einigen Zeitschriften versucht, aber ohne Erfolg.«

»Aber was schreiben Sie?«

»Hauptsächlich Essays über literarische Themen.«

»Ich begreife, daß es Ihnen schwer wird, sie anzubringen. Derlei wird entweder von Männern mit begründetem Ruf versorgt, oder von anonymen, regelmäßigen Mitarbeitern. Nennen Sie mir ein Beispiel Ihrer Themen.«

»Ich habe zuletzt etwas über Tibullus geschrieben.«

»Herr, du mein Gott! — Verzeihen Sie, Herr Reardon, aber solche Namen sind mir seit meiner Schulzeit ein Greuel. Ich will Sie beileibe nicht entmutigen, wenn Sie sich auf solide literarische Kritik verlegen wollen. Ich will Sie nur auf die Tatsache hinweisen, daß eine solche Arbeit schlecht bezahlt wird und daß die Nachfrage gering ist. Haben Sie nie daran gedacht, es mit der Belletristik zu versuchen?«

Beim Aussprechen dieses Wortes strahlte sein Gesicht: für ihn bedeutete es tausend Pfund jährlich.

»Ich fürchte, ich habe kein Talent dafür.«

Der Romancier konnte nicht mehr tun, als seine Unterschrift geben und zahlreiche gute Wünsche hinzufügen. Als Reardon heimging, schwirrte ihm der Kopf. Zum ersten Mal hatte er gesehen, was literarischer Erfolg bedeutete. Dieses luxuriöse Arbeitszimmer mit den Regalen voll schön gebundener Bücher, mit den kostbaren Bildern, der warmen, duftigen Luft — großer Gott, was konnte ein Mensch, der in Ruhe in einer solchen Umgebung saß, nicht alles tun!

Er begann im Lesesaal zu arbeiten, aber zugleich dachte er oft an den Rat des Schriftstellers, und es dauerte nicht lange, da hatte er ein paar kurze Geschichten geschrieben. Kein Verleger wollte sie nehmen, aber er fuhr fort, sich in dieser Kunst zu üben, und gelangte allmählich zu der Vorstellung, daß er vielleicht *doch* Talent für die Belletristik habe. Es war jedoch charakteristisch, daß kein angeborener Impuls ihn für das Romanschreiben bestimmt hatte; sein intellektuelles Temperament war das des Gelehrten, des Forschers, gemischt mit einer Liebe zur Unabhängigkeit, die ihm das Leben eines Lehrers immer verächtlich erscheinen ließ. Die Geschichten, die er schrieb, waren unreife psychologische Skizzen — das Letzte, was eine Zeitschrift von einem Unbekannten akzeptieren würde.

Sein Geld schmolz, und es kam ein Winter, in dem er viel unter Kälte und Hunger litt. Was für eine herrliche Zuflucht bot das Museum, während er sonst in seiner windigen Dachstube mit einem winzigen Feuerchen hätte sitzen müssen! Der Lesesaal war sein wahres

Heim; seine Wärme umfing ihn gütig; der besondere Geruch seiner Atmosphäre, anfangs eine Ursache für Kopfschmerz, wurde ihm lieb und teuer. Aber er konnte dort nicht sitzen, bis er seinen letzten Penny ausgegeben hatte. Etwas Praktisches mußte getan werden, und das Praktische war nicht seine starke Seite.

Freunde in London besaß er nicht; außer einem gelegentlichen Gespräch mit seiner Vermieterin würde er schwerlich während der ganzen Woche ein Dutzend Worte gesprochen haben. Er war durchaus nicht demokratisch veranlagt, im Gegenteil — er konnte keine Bekanntschaften unter seinem geistigen Niveau machen. Die Einsamkeit hatte eine Empfindlichkeit in ihm genährt, die extrem zu werden begann, und der Mangel einer steten Beschäftigung verstärkte seine natürliche Neigung zum Träumen und dazu, Unmögliches zu erhoffen. Er war ein Eremit inmitten der Millionen und dachte mit Entsetzen an die Notwendigkeit, hinauszutreten und um das tägliche Brot zu kämpfen.

Reardon hatte aufgehört, mit seinen früheren Freunden in Hereford brieflich zu verkehren. Die einzige Person, an die er noch schrieb und von der er hörte, war der Vater seiner Mutter, ein alter Mann, der in Derby wohnte und seine letzten Jahre recht behaglich mit einer unvermählt gebliebenen Tochter verbrachte. Edwin war stets der Liebling des Großvaters gewesen, aber in seinen Briefen ließ er es nicht merken, daß er tatsächlichen Mangel litt; er fühlte, daß die bitterste Not kommen müßte, ehe er sich dazu durchringen könnte, um Hilfe zu bitten.

Er hatte angefangen, auf Annoncen zu antworten, aber der Zustand seiner Garderobe verbot ihm, sich um andere als bescheidene Stellungen zu bewerben. Ein- oder zweimal stellte er sich persönlich vor, aber der Empfang war so kränkend, daß Tod durch Hunger ihm erträglicher schien als eine Fortsetzung dieser Erfahrungen. Der verletzte Stolz versetzte ihn in rasenden Hochmut; nach einer Absage verbarg er sich tagelang, die ganze Welt hassend, in seiner Dachstube.

Er verkaufte seine kleine Büchersammlung, die natürlich nur eine unbedeutende Summe einbrachte. War diese erschöpft, so mußte er seine Kleider verkaufen. Und dann?

Aber Hilfe war nahe. Eines Tages sah er in einer Zeitung, daß der Sekretär eines Hospitals im Norden Londons einen Schreiber brauche: die Bewerbung sollte schriftlich sein. Er schrieb, und zwei Tage später erhielt er zu seinem Erstaunen eine Einladung, sich dem Sekretär zu einer festgesetzten Stunde vorzustellen. Erfüllt von fiebernder Erregung hielt er die Stunde ein und sah sich einem jungen Manne in ausgezeichneter Laune gegenüber, der in seinem kleinen Büro auf- und abging und die ganze Sache wie einen guten Spaß behandelte.

»Wissen Sie, ich dachte einen viel Jüngeren zu engagieren — einen Burschen. Aber sehen Sie her! Das sind die Antworten auf meine Annonce!«

Er wies auf einen Haufen von fünf- oder sechshundert Briefen und lachte unbändig.

»Unmöglich, alle zu lesen, natürlich. Ich nahm mir vor, alle durcheinander zu schütteln und einen herauszuziehen. Der erste Brief war der Ihre, und ich dachte, es sei das Richtige, Sie auf jeden Fall zu sehen. Geradeheraus: ich kann nicht mehr bieten als ein Pfund wöchentlich.«

»Ich bin damit sehr zufrieden«, sagte Reardon, der in Schweiß gebadet war.

»Und wie steht es mit Referenzen und so weiter?« fuhr der junge Mann kichernd und händereibend fort.

Reardon ward engagiert. Er hatte kaum Kraft, nach Hause zu gehen; die plötzliche Erlösung von seinem Elend ließ ihn zum ersten Male die außerordentliche körperliche Schwäche fühlen, in die er verfallen war. Während der nächsten Woche war er sehr krank, ließ sich aber dadurch nicht an seiner neuen Arbeit hindern, die leicht erlernbar und nicht zu mühsam war.

Er behielt diese Stellung drei Jahre, und während dieser Zeit fielen wichtige Dinge vor. Als er sich von seinem halbverhungerten Zustande erholt hatte und ruhig lebte (ein Pfund wöchentlich ist eine große Summe, wenn man früher von zehn Shilling gelebt hat), fand er, daß der Impuls zu literarischer Produktion in ihm stärker als je war. Er kam gewöhnlich um sechs Uhr abends nach Hause, und der Abend gehörte ihm. In diesen Mußestunden schrieb er einen zweibändigen Roman; ein Verleger lehnte ihn ab, ein zweiter erbot sich, ihn bei Teilung des Gewinns herauszugeben. Das Buch erschien und ward in ein paar Blättern günstig besprochen, aber Gewinn gab es keinen zu teilen. Im dritten Jahre als Schreiber am Krankenhaus verfaßte er einen dreibändigen Roman; dafür gaben ihm seine Verleger fünfundzwanzig Pfund, abermals mit der Aussicht auf Halbteilung des Gewinns. Wieder gab es keinen solchen, und er hatte sich eben an ein drittes Buch gemacht, als sein Großvater in Derby starb und ihm vierhundert Pfund hinterließ.

Er konnte der Versuchung, seine Freiheit wiederzuerlangen, nicht widerstehen. Vierhundert Pfund, zu achtzig Pfund jährlich, bedeuteten für ihn fünf Jahre literarischen Strebens. In dieser Zeit konnte er gewiß feststellen, ob er dazu bestimmt sei, von der Feder zu leben oder nicht.

Mittlerweile waren seine Beziehungen zu dem Sekretär des Hospitals — er hieß Carter — sehr freundschaftlich geworden. Als Reardon Bücher zu veröffentlichen begann, sah ihn der lustige Herr Carter mit einer Art ehrfürchtigen Grauens an, und als der Literat aufhörte, ein Schreiber zu sein, lag für seinen früheren Chef kein

Grund vor, mit ihm nicht auf ebenbürtigem Fuß zu verkehren. Auch weiterhin besuchten sie einander oft, und Carter machte Reardon mit einigen seiner Freunde bekannt, unter denen sich auch ein gewisser John Yule, ein leichtlebiger, egoistischer, mittelmäßig intelligenter junger Mann befand, der eine Staatsanstellung hatte. Die Zeit der Einsamkeit war für Reardon vorbei.

Jene zwei ersten Bücher waren nicht von der Art gewesen, die populär wird. Sie befaßten sich nicht mit einer bestimmten Gesellschaftsklasse, es mangelte ihnen an Lokalkolorit, und ihr Hauptinteresse war rein psychologisch. Es wurde deutlich, daß der Autor kein Talent zum Aufbau einer Geschichte besaß und daß Bilder aus dem aktiven Leben nicht von ihm erwartet werden konnten; es gelang ihm nicht, die breite Masse anzusprechen. Aber starke Charakterisierung lag in seinem Bereich, und eine intellektuelle Eindringlichkeit, die einen kleinen Kreis kultivierter Leser reizte, markierte seine besten Seiten.

Sein drittes Buch trug ihm fünfzig Pfund ein. Es war ein großer Fortschritt gegenüber seinen Vorgängern, und die Kritiken waren im allgemeinen günstig. Für den folgenden Roman »Auf neutralem Boden« erhielt er hundert Pfund, und daraufhin verbrachte er ein halbes Jahr im Süden Europas.

Mitte Juni kehrte er nach London zurück, und am zweiten Tage nach seiner Ankunft ereignete sich etwas, das sein ganzes weiteres Leben bestimmen sollte. In die Betrachtung der in der Grosvenor-Galerie ausgestellten Bilder vertieft, hörte er sich von einer bekannten Stimme angeredet und sah, als er sich umdrehte, Herrn Carter vor sich, in höchst fashionabler Sommertoilette und begleitet von einer ziemlich hübschen Dame. Früher hatte Reardon, der Mängel seiner Kleidung bewußt, solche Begegnungen gefürchtet, aber jetzt war kein Grund vorhanden, vor gesellschaftlichem Verkehr zurückzuschrecken. Er war passabel gekleidet, und das halbe Jahr auf der Reise hatte sein Äußeres sehr gehoben. Carter stellte ihn der jungen Dame vor, die, wie er schon gehört hatte, mit seinem Freund verlobt war.

Während sie miteinander sprachen, näherten sich zwei Damen, augenscheinlich Mutter und Tochter, deren Begleiter ein anderer von Reardons Bekannten war, John Yule. Dieser Herr trat rasch hinzu und begrüßte den zurückgekehrten Wanderer.

»Ich möchte Sie meiner Mutter und meiner Schwester vorstellen«, sagte er. »Ihr Ruhm hat sie begierig gemacht, Ihre Bekanntschaft zu machen.«

Reardon befand sich in einer Lage, die neu und etwas verwirrend, aber durchaus nicht unangenehm war. Da standen um ihn fünf Leute, die ihn alle ganz aufrichtig für einen wichtigen Mann hielten, denn obwohl er, streng genommen, gar keinen »Ruhm« besaß, hatten diese Leute doch seine Fortschritte verfolgt und freuten sich sichtlich, unter ihren Bekannten auch einen Autor zu haben, noch dazu einen, der frisch aus Italien und Griechenland kam. Frau Yule, eine Dame, deren Ton zu prätentiös war, um für einen Mann von Reardons Bildung anziehend zu sein, beeilte sich, ihm zu versichern, wie wohlbekannt seine Bücher in ihrem Hause seien, »obwohl wir uns um andere Romane nicht viel kümmern.« Fräulein Yule, ganz ungekünstelt auftretend und anscheinend zurückhaltender Natur, war liebenswürdig genug, an dem Autor ein offenes Interesse zu zeigen. Was den armen Autor selbst betrifft, so verliebte er sich einfach auf den ersten Blick in Fräulein Yule, und die Sache nahm ihren Lauf.

Ein oder zwei Tage später machte er einen Besuch in ihrer Wohnung. Es war ein kleines Haus in Westbourne Park und mehr prunkhaft als schön eingerichtet. Kein Besucher hätte sich gewundert zu hören, daß

Frau Yule nur ein kleines Einkommen besaß und oft zu verzweifelten Mitteln greifen mußte, um den Anschein behaglicher Verhältnisse aufrechtzuerhalten. In dem aufgeputzten und aufgedonnerten kleinen Salon fand Reardon bereits einen jugendlichen Herrn im Gespräch mit der Witwe und ihrer Tochter. Es war Herr Jasper Milvain, ebenfalls ein Literat. Herr Milvain freute sich, Reardon zu treffen, dessen Bücher er mit großem Interesse gelesen hatte.

»Wirklich«, rief Frau Yule, »ich begreife nicht, warum wir so lange auf das Vergnügen warten mußten, Sie kennenzulernen, Herr Reardon! Wäre John nicht so egoistisch, so hätte er uns Ihre Bekanntschaft schon lange gegönnt.«

Zehn Wochen darauf wurde Fräulein Yule Frau Reardon.

Es war eine Zeit wahnsinniger Verzückung für den armen Jungen. Eine schöne und geistvolle Frau zu gewinnen, hatte er immer als die Krönung einer erfolgreichen Karriere angesehen, aber nie zu hoffen gewagt, daß ihm ein solcher Triumph einmal zufallen würde. Das Leben war denn doch zu hart gegen ihn gewesen. Er, der nach Anteilnahme hungerte, der Frauenliebe für den Preis übermäßig begnadeter Sterblicher hielt, hatte die Jahre seiner Jugend in mönchischer Einsamkeit verbracht. Nun plötzlich kamen Freunde und Schmeichler, ja sogar die Liebe selber. Er befand sich im siebenten Himmel.

Und in der Tat schien ihn das Mädchen zu lieben. Sie wußte, daß ihm nur etwa hundert Pfund von jenem kleinen Erbteil geblieben waren, daß seine Bücher nur eine Kleinigkeit eintrugen, daß es keine wohlhabenden Verwandten gab, von denen er etwas zu erwarten hätte; dennoch zögerte sie keinen Moment, als er sie fragte, ob sie ihn heiraten wolle.

»Ich habe Sie von Anfang an geliebt.«

»Wie ist das möglich?« drängte er. »Was ist an mir Liebenswertes? Ich fürchte mich, aufzuwachen und wieder in meiner alten Dachstube zu sein, frierend und hungrig.«
»Sie werden ein großer Mann werden.«
»Ich beschwöre Sie, nicht darauf zu rechnen! In mancher Hinsicht bin ich erbärmlich schwach, ich habe kein solches Vertrauen in mich selbst.«
»Dann will ich für uns beide Vertrauen haben.«
»Aber können Sie mich um meiner selbst... mich als Mann lieben?«
»Ich liebe dich!«
Diese Worte klangen um ihn her, erfüllten die Luft mit dem tollen Pulsieren maßloser Freude, flößten ihm den Wunsch ein, sich ihr in leidenschaftlicher Demut zu Füßen zu werfen, heiße Tränen zu weinen, sie in wahnsinniger Vergötterung anzubeten. Er hielt sie für schöner als alles, wovon sein Herz geträumt hatte; ihr warmes, goldenes Haar war die Wonne seiner Augen und seiner ehrfürchtigen Hand. Obwohl schlank gewachsen, war sie doch so herrlich stark. »Keinen Tag im Leben krank gewesen«, sagte Frau Yule, und man glaubte es gern.

Sie sprach mit so süßer Bestimmtheit. Ihr »Ich liebe dich« war ein Bund mit der Ewigkeit. In den einfachsten wie in den größten Dingen erkannte sie seine Wünsche und handelte danach. Da war kein zimperliches Schmollen, kein albern erheucheltes, niedliches Schmachten, keine der Schwächen der Frauen. Und dabei war sie so köstlich frisch mit ihren zwanzig Jahren, mit den klaren, jungen Augen, die all den kommenden Jahren Trotz zu bieten schienen!

Er ging umher wie einer, der von zu grellem Licht geblendet ist. Er sprach, wie er nie gesprochen hatte, achtlos, begeistert, keck — im edleren Sinne des Wortes. Er schloß rechts und links Freundschaften, drückte die ganze Welt an seine Brust, fühlte das Wohlwollen eines Gottes.

Eines Morgens, eine Woche vor dem Hochzeitstag, wachte er in aller Frühe auf. Man kennt diese Art Erwachen, jenes Hochschrecken, das durch den Druck eines lästigen Gedankens auf das träumende Gehirn verursacht wird. »Wie, wenn mir fortan nichts mehr gelingen sollte? Wenn ich nie mehr als diese ärmlichen hundert Pfund für eines jener dicken Bücher erhalten würde, die mich soviel Mühe kosten? Ich werde vielleicht Kinder zu erhalten haben, und Amy — wie würde Amy die Armut ertragen?«

Er wußte, was Armut bedeutet. Das Erstarren von Gehirn und Herz, das Zittern der Hände, die langsame Zusammenballung von Furcht, Schande und ohnmächtiger Wut, das entsetzliche Gefühl der Hilflosigkeit, der niedrigen Gleichgültigkeit der Welt. Armut! Armut!

Und stundenlang konnte er nicht einschlafen. Seine Augen füllten sich beständig mit Tränen; sein Herz schlug langsam, und in seiner Einsamkeit rief er flehend nach Amy: »Verlaß mich nicht! Ich liebe dich! Ich liebe dich!«

Aber das ging vorüber. Sechs Tage, fünf Tage, vier Tage ... wird das Herz vor Glück brechen? Die Wohnung ist genommen, eingerichtet, ganz oben, nächst dem Himmel, acht steinerne Treppen hoch.

»Sie sind ein verdammt glücklicher Mensch, Reardon«, bemerkte Milvain, der mit seinem neuen Freunde bereits sehr intim geworden war. »Aber Sie sind auch ein guter Kerl, und Sie verdienen es.«

»Aber ich hatte zuerst furchtbares Mißtrauen.«

»Ich errate, was Sie meinen. Nein, ich war nicht einmal in sie verliebt, obwohl ich sie bewunderte. Sie hätte sich nie und nimmer etwas aus mir gemacht; ich bin nicht sentimental genug.«

»Na, hören Sie mal!«

»Ich meine es nicht in beleidigendem Sinne; sie und ich, wir sind einander wohl zu ähnlich.«

»Wie meinen Sie das?« fragte Reardon verblüfft und nicht sehr angenehm berührt.

»Sie wissen, Fräulein Yule hat sehr viel rein Intellektuelles an sich. Es war sicher, daß sie einen leidenschaftlichen Mann wählen würde.«

»Mein Lieber, Sie reden Unsinn.«

»Na, vielleicht. Um die Wahrheit zu sagen, ich habe mein Studium der Frauen durchaus noch nicht beendet. Das ist eines von den Dingen, in denen ich einmal Fachmann zu sein hoffe, obwohl ich es in Romanen wohl nie benützen werde — eher vielleicht im Leben.«

Während er im Dunkeln vorwärtsschritt, durchlebte sein gequältes Gehirn diese Zeit noch einmal. Die Bilder drängten sich ihm auf, wie sehr er sich auch bemühte, an andere Dinge zu denken, an irgendeine Erzählung, die er ausarbeiten könnte. Bei seinen früheren Büchern hatte er ruhig gewartet, bis eine »Situation«, eine Gruppe kongenialer Charaktere mit plötzlicher Klarheit vor sein Gesicht traten und ihn zum Schreiben trieben, aber auf etwas so Spontanes war jetzt nicht zu hoffen. Sein Gehirn war zu erschöpft durch Monate fruchtloser, qualvoller Bemühungen; außerdem wollte er einen »Stoff« finden, eine Art literarisches Springteufelchen, das bei der Masse der Leser Interesse erregen könnte, und dies war dem natürlichen Arbeiten seiner Phantasie fremd. Er litt alle Qualen eines Alptraums ... einen Druck auf Herz und Gehirn, der bald unerträglich werden mußte.

VI. DER PRAKTISCHE FREUND

Als ihr Gatte das Haus verlassen hatte, ließ sich Amy im Studierzimmer nieder und ergriff ein neues Buch, wie um zu lesen. Aber sie hatte nicht wirklich die Absicht, dies zu tun; es war ihr immer unangenehm, in der Haltung einer gänzlich Unbeschäftigten, mit den Händen im Schoß, dazusitzen; und selbst wenn sie sich bewußt dem Nachdenken überließ, lag gewöhnlich ein offenes Buch vor ihr. In Wirklichkeit las sie jetzt nicht viel; seit der Geburt ihres Kindes schien sie weniger als vorher am Lesen um seiner selbst willen Gefallen zu finden. Wenn ein neuer Roman, der Aufsehen erregt hatte, ihr in die Hand kam, so las sie ihn vor allem unter dem praktischen Gesichtspunkt, Reardon auf die Züge des Werkes hinzuweisen, welche es populär gemacht hatten; früher würde sie mehr an die rein literarischen Verdienste desselben gedacht haben, für die ihr Auge sehr scharf war. Wie oft hatte sie ihren Gatten entzückt, indem sie ihn auf einen Vorzug oder einen Fehler aufmerksam machte, für den ein gewöhnlicher Leser ganz unempfindlich gewesen wäre! Nun sprach sie von solchen Dingen weniger häufig. Ihr Interesse hatte sich gewandelt; sie liebte es, Details über die Erfolge populärer Autoren zu hören — über ihre Gattinnen oder Gatten, ihre Abmachungen mit den Verlegern, ihre Arbeitsmethode. Sie sprach über Themen wie internationales Urheberrecht, wünschte, Einsicht in die praktische Leitung von Zeitungen und Zeitschriften zu erhalten, wollte erfahren, wer für die Verlagshäuser »lese«. Einem unparteiischen Beobachter hätte es auffallen müssen, daß ihr Geist tätiger und reifer wurde.

Mehr als eine halbe Stunde verstrich. Es waren keine angenehmen Gedanken, die sie beschäftigten. Ihre Lippen waren zusammengepreßt, ihre Brauen leicht gerunzelt; die Selbstbeherrschung, die sich zu anderen Zeiten angenehm in ihren Zügen ausprägte, war jetzt zu kalt und entschieden. Einen Augenblick schien es ihr, als höre sie aus dem Schlafzimmer einen Ton — die Tür stand absichtlich offen — und ihr Kopf wandte sich, aufhorchend, rasch um, wobei der Blick in ihren Augen für einen Moment sanfter ward; aber alles blieb still. Die Straße war ganz ruhig, außer daß hie und da ein Wagen durchfuhr, und im Gebäude selbst rührte sich kein Laut.

Doch, Schritte, die rasch die Steintreppen hinaufkamen. Sie glichen nicht denen des Briefträgers, wahrscheinlich ein Besuch für die gegenüberliegende Wohnung im obersten Stockwerk. Aber die Schritte hielten endlich in ihrer Richtung an, und dann ertönte ein hartes Klopfen an der Tür. Amy erhob sich sofort und ging öffnen.

Jasper Milvain zog zuerst den Seidenzylinder und streckte ihr dann seine Hand mit der Gebärde offener Freundschaft entgegen. Er sprach mit so lauter Stimme, daß Amy ihm mit einer Geste Stille gebot.

»Sie werden Willie aufwecken!«

»Richtig, das vergesse ich immer«, rief er etwas gedämpfter. »Gedeiht das Kind?«

»Oh ja!«

»Reardon ist aus? Ich bin am Samstagabend zurückgekommen, konnte aber nicht früher vorbeikommen.« Es war Montag. »Wie heiß es hier ist! Ich glaube, das Dach erhitzt sich während des Tages. Herrliches Wetter auf dem Lande! Ich habe Ihnen eine Unmenge zu erzählen! Er bleibt doch nicht lange aus, wie?«

»Ich glaube nicht.«

Er ließ Hut und Stock im Korridor, kam in das Zimmer und blickte sich um, als erwarte er, eine Veränderung zu sehen, seit er vor drei Wochen zum letzten Mal hier gewesen war.

»So haben Sie sich also gut amüsiert?« fragte Amy, als sie sich nach kurzem Lauschen an der Tür niedergelassen hatte.

»Oh, nur ein bißchen den Geist aufgefrischt. Aber was glauben Sie wohl, wessen Bekanntschaft ich gemacht habe?«

»Dort unten?«

»Ja. Ihr Onkel Alfred und seine Tochter waren bei John Yule zu Besuch, und ich habe sie manchmal gesehen. Ich bin eingeladen worden.«

»Sprachen Sie von uns?«

»Nur mit Fräulein Yule. Ich traf sie auf einem Spaziergang und erwähnte zufällig Reardons Namen, aber natürlich machte es nichts. Sie erkundigte sich mit ziemlichem Interesse nach Ihnen, fragte, ob Sie so schön seien, wie Sie es vor Jahren zu werden versprachen.«

Amy lachte.

»Entspringt das nicht Ihrer allzu regen Phantasie, Herr Milvain?«

»Durchaus nicht! Nebenbei, möchten Sie nicht hören, was aus ihr geworden ist? Versprach sie nicht ebenfalls schön zu werden?«

»Ich fürchte, ich kann das nicht sagen. Sie hatte ein gutes Gesicht, aber — etwas gewöhnlich.«

»So, so!« Jasper warf den Kopf zurück und schien in Gedanken einen Gegenstand zu betrachten. »Nun, ich würde mich nicht wundern, wenn die meisten sie auch heute noch ein wenig gewöhnlich nennen würden, und doch — nein, das ginge nicht an. Sie ist sehr blaß, trägt das Haar kurz.«

»Kurz?«

»Oh, nicht wie ein Junge, mit einem Scheitel —

nicht solches Haar, das glatt würde, wenn man es wachsen ließe. Es ist über und über lockig. Es sieht ungewöhnlich gut aus, kann ich Ihnen sagen. Sie hat einen prachtvollen Kopf. Seltsames Mädchen — höchst seltsames Mädchen! Ruhig, nachdenklich — nicht sehr glücklich, fürchte ich. Sie scheint mit Angst an die Rückkehr zu den Büchern zu denken.«

»Wirklich? Aber ich habe geglaubt, daß sie viel liest.«

»Wahrscheinlich genug für sechs. Vielleicht ist ihre Gesundheit nicht sehr stabil. Oh, ich kannte sie schon ganz gut vom Sehen — vom Lesesaal her. Sie ist eines von jenen Mädchen, die man sich merkt — wissen Sie, die einem zu denken geben. Es steckt viel mehr in ihr, als herauskommt, bis man sie ganz genau kennt.«

»Ich will es hoffen«, sagte Amy, mit einem besonderen Lächeln.

»Aber das alles ist keineswegs sicher. Sie haben mich nicht eingeladen, sie in London zu besuchen.«

»Marian hat wohl von Ihrer Bekanntschaft mit diesem Zweig der Familie zu Hause erzählt?«

»Ich glaube nicht. Auf jeden Fall hat sie mir versprochen, es nicht zu tun.«

Amy sah ihn forschend und etwas verwirrt an.

»Sie hat es Ihnen versprochen?«

»Freiwillig. Wir haben uns gut verstanden. Ihr Onkel — Alfred, meine ich — ist ein merkwürdiger Mensch, aber er schien mich als einen Jüngling von geringer Wichtigkeit zu betrachten. Nun, wie geht es sonst?«

Amy schüttelte den Kopf.

»Kein Fortschritt?«

»Gar keiner. Er kann nicht arbeiten; ich fange an zu fürchten, daß er wirklich krank ist. Er *muß* fort, ehe das schöne Wetter zu Ende geht. Überreden Sie ihn heute Abend! Ich wünschte, er könnte mit Ihnen irgendwohin.«

»Das geht leider nicht, ich muß wie ein Wilder arbeiten. Aber können Sie nicht alle zusammen auf vierzehn Tage weg — nach Hastings, Eastbourne?«

»Es wäre einfach unsinnig. Man sagt so oft: was machen ein oder zwei Pfund aus? Aber am Ende machen sie doch sehr viel aus.«

»Oh, ich weiß, hol's der Teufel! Denken Sie nur, wie das ein reiches Kaufmannssöhnchen amüsieren würde, der dem Kellner seinen halben Sovereign zuwirft, wenn er sich in gute Laune gegessen hat! Aber ich sage Ihnen etwas: Sie müssen wirklich versuchen, ihn zu etwas Praktischem zu bewegen. Meinen Sie nicht?«

Er hielt inne, und Amy betrachtete ihre Hände.

»Ich habe einen Versuch gemacht«, sagte sie endlich halblaut.

»Wirklich?«

Jasper beugte sich vorwärts, seine verschränkten Hände hingen zwischen seinen Knieen herab. Er forschte in ihrem Gesicht, und Amy, die sich des allzu festen Blickes bewußt wurde, wandte endlich unruhig den Kopf.

»Es ist mir ganz klar, daß ein langes Buch für ihn jetzt nicht in Frage kommt«, sagte sie. »Er schreibt so langsam und anspruchsvoll. Es wäre schlimm, wenn er noch etwas Schwächeres brächte als sein letztes Buch.«

»Halten Sie den ›Optimisten‹ für schwach?« fragte Jasper halb zerstreut.

»Ich halte ihn Edwins nicht für würdig und verstehe nicht, wie jemand anders darüber denken kann.«

»Ich war neugierig, Ihre Meinung darüber zu hören. Ja, er sollte es auf einem neuen Gebiet versuchen, denke ich.«

In diesem Augenblick war das Geräusch eines Schlüssels zu hören, der die Wohnungstür öffnete. Jasper lehnte sich in den Sessel zurück und wartete mit einem

Lächeln auf das Erscheinen des Freundes; Amy rührte sich nicht.

»Oh, Sie sind's!« sagte Reardon mit dem geblendeten Blick dessen, der aus dem Dunkeln kommt; er sprach mit aufrichtiger Freude, obwohl in seiner Stimme noch ein niedergeschlagener Ton durchklang. »Wann sind Sie zurückgekommen?«

Milvain begann zu wiederholen, was er Amy gesagt hatte. Während er es tat, zog diese sich zurück und blieb fünf Minuten fort; bei ihrer Rückkehr sagte sie:

»Sie werden doch mit uns zu Abend essen, Herr Milvain?«

»Mit Vergnügen.«

Kurze Zeit später begaben sich alle in das Eßzimmer, wo das Gespräch in leiserem Tone fortgesetzt werden mußte, wegen der Nähe des Schlafzimmers, in dem das Kind schlief. Jasper begann Verschiedenes zu erzählen, was ihm seit seiner Ankunft in der Stadt passiert war.

»Als ich am Samstagabend in meiner Wohnung anlangte, lag dort ein Brief von Horace Barlow, in dem er mich einlädt, ihn am Sonntagnachmittag in Wimbledon zu besuchen, nur weil der Herausgeber des ›Study‹ dort sei und Barlow dachte, daß ich ihn gern kennenlernen würde. Dieser Brief verursachte in mir einen Lachkrampf, weil Alfred Yule mir von diesem Mann erzählt hat, der sich des Namens Fadge erfreut. Ihr Onkel, Frau Reardon, behauptet, Fadge sei der boshafteste Mensch unter den Literaten, obwohl das ein großes Wort ist — nun, tut nichts! Natürlich ging ich gern hin und fand bei Barlow die sonderbarste Versammlung, zumeist Frauen von hochliterarischem Ehrgeiz. Der große Fadge selbst überraschte mich; ich hatte einen mageren, galligen Menschen erwartet, und er war der rosigste kleine Dandy, den man sich vorstellen kann, etwa fünfundvierzig Jahre alt, mit dünnem, flachsblondem Haar, blauen Augen und außerordentlich unschuldiger Miene. Fadge schmeichelte mir mit vertraulichem Geplauder, und ich fand endlich heraus, warum Barlow mich eingeladen hatte: Fadge soll Culpeppers neue Monatsschrift herausgeben — Sie haben doch davon gehört? — und er hat es wirklich der Mühe wert gefunden, mich in die Liste seiner Mitarbeiter aufzunehmen! Nun, ist das keine Neuigkeit?«

Mit bedeutungsvollem Lächeln sah der Sprechende von Reardon zu Amy.

»Ich freue mich, das zu hören!« sagte Reardon.

»Seht ihr, seht ihr!« rief Jasper. »Alles kommt für einen, der warten kann! Aber ich will aufgehängt werden, wenn ich das schon so bald erwartete! Ich bin ja jetzt ein angesehener Mann! Meine Taten sind bemerkt worden; die bewundernswerten Eigenschaften meines Stiles haben Aufmerksamkeit erregt; man hält mich für einen der kommenden Leute! In gewissem Grade freilich dank dem alten Barlow; es scheint ihm Spaß zu machen, mich bei allen hochzuspielen. Ja, so geht es, der Ruf kommt mit einem Male, gerade wenn man nicht im geringsten daran denkt.«

»Wie soll die neue Zeitschrift heißen?« fragte Amy.

»Sie schlagen ›Current‹ vor. Nicht schlecht, auf jeden Fall soll der Ton mit der Zeit gehen, und die Artikel müssen kurz sein, kein Geschwätz. Was meinen Sie, habe ich als erstes unternommen? Einen Artikel bestehend aus Skizzen typischer Leser aller Tages- und Wochenzeitungen. Eine verdammt gute Idee — meine eigene natürlich — aber verdammt schwer auszuführen.«

»So etwas flößt mir Ehrfurcht und Neid ein«, sagte Reardon. »Ich könnte einen solchen Artikel ebensowenig schreiben wie einen über Differentialrechnung.«

»Das ist doch mein Beruf! Sie mögen denken, daß ich nicht genug Erfahrung hätte, aber meine Intuition ist so groß, daß ich aus wenig Erfahrung viel machen kann. Die meisten würden denken, daß ich in all den Jahren meine Zeit verschwendet habe, weil ich herumgeschlendert bin, nichts als Zeitungen gelesen und Bekanntschaften mit Menschen aller Art gemacht habe. Die Wahrheit ist, ich habe Ideen gesammelt, und zwar Ideen, die sich in gängige Münze umsetzen lassen, mein Lieber; ich habe das spezielle Talent für einen Tagesschriftsteller. Nie in meinem Leben werde ich etwas von solidem literarischen Wert schreiben; ich werde immer die Leute verachten, für die ich schreibe, aber mein Weg wird der des Erfolges sein. Ich habe es immer gesagt, und jetzt bin ich dessen sicher.«

»So zieht sich Fadge vom ›Study‹ zurück?« fragte Reardon, nachdem er diese Tirade mit freundlichem Lachen entgegengenommen hatte.

»Ja, so schien es jedenfalls. Natürlich fiel über die beiden Kritiken kein Wort, und ich hütete mich, zu lächeln, während Fadge mit mir sprach, um nur meine Gedanken nicht zu verraten. Haben Sie von dem Mann schon gehört?«

»Nein, wußte nicht einmal, wer den ›Study‹ herausgibt.«

»Ich auch nicht. Merkwürdig, was für eine Unzahl berühmter Dunkelmänner herumgeht. Aber ich habe Ihnen noch etwas zu erzählen. Ich will meine Schwestern zur Literatur anstiften.«

»Wieso?«

»Ich sehe nicht ein, warum sie's nicht mit dem Schreiben versuchen sollten, statt Stunden zu geben, was ihnen so zuwider ist. Gestern abend, als ich von Barlow zurückkam, ging ich zu Davies. Vielleicht erinnern Sie sich nicht, daß ich ihn erwähnt habe, ein Mensch, der bis vor einem Jahre bei Jolly & Monk, den Verlegern, war. Er gibt jetzt ein Handelsblatt heraus, und ich sehe ihn wenig. Ich traf ihn aber zu Hause an und hatte ein langes, praktisches Gespräch mit ihm. Das Resultat war, daß ich heute früh zu Monk selbst ging. ›Herr Monk‹, begann ich in meinem höflichsten Tone — Sie kennen ihn —, ›ich bin von einer Dame gebeten worden, Sie aufzusuchen, die ein kleines Buch vorbereitet, das »Geschichte des englischen Parlaments für Kinder« heißen soll. Ihre Idee ist ... und so weiter‹. Nun, ich kam prächtig mit Monk voran, besonders als er hörte, daß ich mit Culpeppers neuem Blatt liiert sei; er lächelte über das Projekt und sagte, daß er ein Kapitel sehen möchte; wenn es ihm gefiele, so könnten wir Näheres besprechen.«

»Aber hat eine Ihrer Schwestern wirklich ein solches Buch begonnen?« fragte Amy.

»Sie wissen beide noch nichts davon, aber sie sind sicherlich fähig, das zu schreiben, was ich im Sinne habe, nämlich ein Buch, das hauptsächlich aus Anekdoten von großen Staatsmännern bestehen soll. Ich werde selbst die Einleitung schreiben und sie den Mädchen schicken, damit sie sehen, was ich meine.«

»Ihre plötzliche Energie überrascht mich«, sagte Reardon.

»Ja, die Stunde ist gekommen, denk' ich.«

Das Abendessen, das aus Brot und Butter, Käse, Sardinen und Kakao bestand, war nun vorüber, und Jasper, der sich noch immer in seinen letzten Erfahrungen und künftigen Plänen erging, steuerte in den Salon zurück. Kurze Zeit darauf überließ Amy die beiden Freunde ihren Pfeifen; sie wünschte, daß ihr Gatte seine Angelegenheiten vertraulich mit Milvain bespreche und den praktischen Ratschlägen, die jener ihm sicherlich erteilen würde, ein offenes Ohr leihe.

»Ich höre, daß Sie noch immer feststecken«, begann Jasper, als sie eine Weile schweigend geraucht hatten.

»Ja.«

»Es wird ziemlich ernst, fürchte ich.«

»Ja«, antwortete Reardon mit leiser Stimme.

»Hören Sie, alter Freund, das darf nicht so weitergehen. Wäre es von Nutzen, wenn Sie an die See gingen, oder nicht?«

»Nicht im geringsten. Ich kann mir keine Ferien gönnen, selbst wenn sich eine Gelegenheit böte. Tun muß ich etwas, sonst verbeiße ich mich in meine Unfähigkeit.«

»Schön. Was soll es sein?«

»Ich will versuchen, zwei Bände zu fabrizieren. Sie brauchen nicht mehr als zweihundertsiebzig Seiten zu haben, und die schön groß gedruckt.«

»Lassen Sie es etwas Sensationelles sein. Könnten wir nicht einen guten Titel erfinden — etwas, das Auge und Ohr gefangennimmt? Sie wissen, der Titel ist die halbe Geschichte.«

Reardon lachte verächtlich, aber sein Zorn war mehr gegen sich als gegen Milvain gerichtet.

»Versuchen wir's«, murmelte er.

Beide schienen ihren Geist einige Minuten an dem Problem abzumühen. Dann schlug sich Jasper auf die Knie.

»Wie wäre das: ›Die seltsamen Schwestern‹? Verdammt gut, nicht wahr? Erinnert an alles Mögliche, für das ordinäre wie für das belesene Publikum.«

»Aber — woran erinnert es Sie?«

»Oh, an hexenartige, geheimnisvolle Mädchen oder Frauen. Denken Sie darüber nach.«

Es entstand wieder ein langes Schweigen. Reardons Gesicht war das eines zutiefst Niedergeschlagenen.

»Ich habe versucht«, sagte er endlich, »mir klar zu machen, wie diese Situation entstanden ist. Jetzt weiß ich es: Das halbe Jahr in der Fremde, und die außerordentliche Erschütterung durch das Glück, die sogleich darauf folgte, haben mein inneres Gleichgewicht zerstört. Mein Wesen war an Sorgen, Entbehrungen, Kämpfe gewöhnt. Ein Temperament wie das meine kann einen so heftigen Wechsel nicht durchmachen, ohne stark angegriffen zu werden. Ich bin seither niemehr der gewesen, der ich war, ehe ich England verließ. Die Stufe, die ich damals erreicht hatte, war das Resultat eines langsamen Aufbauens; ich konnte zurückblicken und die Prozesse sehen, durch die ich aus dem Knaben, dem Bücherwurm, zu dem Manne aufgewachsen war, der als Schriftsteller schon Erfolge hatte. Es war eine ganz natürliche, nüchterne Entwicklung. Aber in den letzten zweieinhalb Jahren kann ich keine Ordnung entdecken. Während ich sie durchlebte, dachte ich von Zeit zu Zeit, daß meine Kräfte nun völlig gereift seien; aber das war bloße Täuschung. In intellektueller Hinsicht habe ich Rückschritte gemacht. Wahrscheinlich würde das nichts schaden, wenn ich in Gemütsruhe leben könnte; ich würde mein Gleichgewicht zurückgewinnen und mich selbst vielleicht wieder verstehen. Aber daran hindert mich meine Armut.«

Er sprach in einer langsamen, nachdenklichen Weise, mit monotoner Stimme und ohne die Augen vom Boden zu erheben.

»Ich begreife, daß eine philosophische Wahrheit darin stecken mag«, warf Jasper ein, »aber es ist sehr schade, daß Sie Ihren Geist mit solchen Gedanken beschäftigen.«

»Schade — nein. Ich muß ein vernünftiges Wesen bleiben. Meine Misere kann mich zuletzt um den Verstand bringen, aber bis dahin will ich mein Erbteil des Denkens nicht aufgeben.«

»Also heraus damit! Sie denken, es war ein Fehler, zu reisen?«

»Ein Fehler vom praktischen Standpunkt. Die ungeheure Erweiterung meines Horizonts kostete mich die Herrschaft über meine literarischen Quellen. Ich lebte in Italien und Griechenland wie ein Gelehrter, der sich besonders mit der Zivilisation der Alten beschäftigt; ich las wenig außer Latein und Griechisch. Das brachte mich aus dem Geleise, das ich mir mühsam gelegt hatte; ich dachte oft mit Abscheu an die Arbeit, die ich bisher verrichtet hatte, meine Romane schienen mir lauter Dunst, so erbärmlich und hohl modern. Hätte ich die Mittel gehabt, so würde ich mich dem Gelehrtenleben gewidmet haben. Ich glaube, daß dies mein natürliches Leben ist; es ist nur der Einfluß unserer Verhältnisse, der mich zu einem Romanschreiber gemacht hat. Ein Mann, der kein Journalist sein kann und doch sein Brot durch die Literatur erwerben muß, wendet sich heutzutage unweigerlich der Belletristik zu, wie die Männer der Elisabethanischen Ära dem Drama. Ich glaube, ich hätte mich wieder der alten Arbeit zugewandt, aber meine Heirat hat vollendet, was die Zeit in der Fremde begann. An allem ist nur dieser verwünschte Geldmangel schuld. All dies nimmt so furchtbar bedrohliche Dimensionen an, daß ich anfange zu wünschen, ich wäre vor meinem Hochzeitstage gestorben. Dann wäre Amy gerettet gewesen. Die Spießbürger haben recht: ein Mann darf nicht heiraten, wenn er nicht ein gesichertes, allen natürlichen Bedürfnissen entsprechendes Einkommen besitzt. Ich handelte aus krassestem Egoismus, ich hätte wissen müssen, daß mir ein solches Glück nicht beschieden ist.«

»Wollen Sie damit sagen, daß Sie ernstlich daran zweifeln, je wieder schreiben zu können?«

»Ganz im Ernst, ich zweifle daran«, antwortete Reardon mit bleichem Gesicht.

»Das kommt mir sonderbar vor. In ihrer Lage würde ich arbeiten wie nie zuvor.«

»Weil Sie ein Mann sind, den die Not aufrüttelt. Ich werde davon überwältigt. Meine Natur ist schwach und verwöhnt. Ich habe nie in meinem Leben eine praktische Schwierigkeit bewältigt.«

»Reardon, meine Ansicht von der Sache ist, daß Sie einfach krank sind.«

»Gewiß bin ich's, aber die Krankheit ist verzweifelt kompliziert. Sagen Sie: glauben Sie, daß ich irgendeine regelmäßige Arbeit bekommen könnte? Würde ich zum Beispiel für irgendeine Stelle in einer Zeitung taugen?«

»Ich fürchte, nein. Sie sind der Letzte, der etwas mit dem Journalismus zu tun haben kann.«

»Wenn ich mich an einen Verleger wenden würde, könnten Sie mir helfen?«

»Ich weiß nicht, wie. Die würden einfach sagen: Schreiben Sie ein Buch und wir werden es kaufen.«

»Ja, es gibt keinen anderen Ausweg.«

»Wenn Sie Kurzgeschichten schreiben würden, so könnte Ihnen Fadge von Nutzen sein.«

»Aber was hätte ich davon? Ich würde wohl zehn Guineen für so eine Geschichte bekommen, und ich brauche wenigstens ein paar hundert Pfund. Selbst wenn ich einen dreibändigen Roman fertigbrächte, zweifle ich, ob sie mir nach dem Scheitern des ›Optimisten‹ hundert Pfund geben.«

»Aber mein Lieber, so dazusitzen und in dieser Weise in die Zukunft zu blicken, ist absolut verhängnisvoll. Machen Sie sich an Ihren zweibändigen Roman, nennen Sie ihn ›Die seltsamen Schwestern‹ oder was Sie Besseres ersinnen können, aber machen Sie ihn fertig, so und so viele Seiten am Tag. Wenn ich so fortfahre, wie ich glaube, so werde ich bald im Stande sein, Ihnen gute Rezensionen in den Blättern zu verschaffen. Ihr Unglück war, daß Sie keine einflußreichen Freunde haben. Nebenbei, wie hat der ›Study‹ Sie bisher behandelt?«

»Schäbig.«

»Ich werde bei Gelegenheit mit Fadge über Ihre Bücher reden. Ich glaube, Fadge und ich werden ganz gut miteinander auskommen. Alfred Yule haßt den

Mann aus irgendeinem Grunde. Nebenbei, ich kann Ihnen ja sagen, daß ich mich absichtlich von den Yules zurückgezogen habe. Ich habe angefangen, zuviel an das Mädchen zu denken. Es hat keinen Zweck, wissen Sie. Ich muß eine mit Geld heiraten, und mit hübsch viel Geld. Das steht für mich fest.«

Sie sprachen noch lange, aber hauptsächlich wieder von Milvains Angelegenheiten. Reardon lag wenig daran, über die seinen zu reden. Das Sprechen war bloße Eitelkeit und Erregung des Geistes, denn die Feder seiner Willenskraft schien gebrochen, und welchen Entschluß er auch fassen würde, er wußte, daß alles von Einflüssen abhing, die er nicht einmal voraussehen konnte.

VII. MARIANS ZUHAUSE

Drei Wochen nach ihrer Rückkehr vom Lande — eine Woche nach der Jasper Milvains — arbeitete Marian Yule eines Nachmittags an ihrem gewohnten Platz im Lesesaal des Museums. Es war drei Uhr, und abgesehen von einer halben Stunde zu Mittag, wo sie ihre Arbeit unterbrach, um eine Tasse Tee und ein Sandwich zu sich zu nehmen, war sie seit halb zehn emsig beschäftigt. Ihre Aufgabe war gegenwärtig, Materialien für einen Artikel über ›französische Autorinnen des siebzehnten Jahrhunderts‹ zu sammeln, eine von jenen Arbeiten, welche ihr Vater regelmäßig zur anonymen Veröffentlichung lieferte. Marian war nun so weit, daß sie eine solche Arbeit allein fertigmachen konnte, und ihres Vaters Anteil daran bestand nur in ein paar Hinweisen und Korrekturen. Der größere Teil der Arbeiten, durch die Yule sein mäßiges Einkommen erwarb, war anonym: Bücher und Artikel, die seinen Namen trugen, behandelten dieselben Gegenstände wie die namenlosen, aber alles war mit einer Gewissenhaftigkeit geschrieben, die bei Menschen in seiner Lage ungewöhnlich ist. Das Resultat entsprach unglücklicherweise nicht seinen Anstrengungen. Alfred Yule hatte sich unter den Kritikern des Tages einen gewissen Namen gemacht; wenn man ihn auf dem Titelblatt einer Zeitschrift las, so wußten die meisten, was sie zu erwarten hatten. Nicht wenige verzichteten darauf, die Seiten, die er einnahm, überhaupt aufzuschneiden. Er war gelehrt, ideenreich, oft von beißendem Stil, aber Grazie war ihm versagt geblieben. Seit kurzem war ihm aufgefallen, daß jene Stellen von Marians Hand, die so gedruckt wurden, wie sie aus ihrer Feder kamen, eine ganz eigene Qualität besaßen, und er begann sich zu fragen, ob es nicht vorteilhafter wäre, das Mädchen diese Aufsätze selbst unterzeichnen zu lassen.

Lange Zeit hatte Marian von ihrem Pult nicht aufgeblickt, aber in diesem Augenblick mußte sie sich an den unschätzbaren Larousse wenden. Wie es oft geschah, befand sich gerade der Band, den sie brauchte, nicht auf dem Regal, und sie sah mit einem Blick müder Enttäuschung umher. In einiger Entfernung standen zwei junge Männer, wie ihre Gesichter bewiesen, in eifrigem Gespräch begriffen; als Marian sie bemerkte, senkte sie ihre Augen, aber im nächsten Augenblick schaute sie wieder in diese Richtung. Ihr Gesicht hatte sich vollständig verändert, es trug einen Ausdruck schüchterner Erwartung.

Die Männer näherten sich ihr, noch immer sprechend und lachend. Sie wandte sich den Bücherregalen zu und tat, als suche sie ein Buch. Die Stimmen kamen näher, und eine derselben war ihr wohlbekannt. Nun konnte sie jedes Wort hören; dann waren die Sprechenden vorübergegangen. War es möglich, daß Herr Milvain sie nicht erkannt hatte? Sie folgte ihm mit den Augen und sah, wie er sich in einiger Entfernung niederließ; offenbar hatte er sie nicht einmal bemerkt.

Sie ging an ihren Platz zurück und spielte einige Zeit mit ihrer Feder. Sie zwang sich zur Arbeit, aber es war offenkundig, daß sie sich ihr nicht mehr so widmen konnte wie vorher. Hie und da warf sie einen Blick auf die Vorübergehenden; zu Zeiten war sie vollständig in Träumerei versunken. Sie war müde, hatte sogar ein wenig Kopfweh, und als der Zeiger der Uhr auf halb vier wies, schloß sie den Band, aus dem sie sich Auszüge gemacht hatte, und begann ihre Papiere zu sammeln.

Eine Stimme ertönte dicht neben ihr.

»Wo ist Ihr Vater, Fräulein Yule?«

Der sie angesprochen hatte, war ein Mann von sechzig Jahren, klein, dick und von der Hand der Zeit mit einer Tonsur versehen. Er hatte ein breites, schwammiges Gesicht von der Farbe einer alten Kohlrübe, außer dort, wo die Wange ein blaues Mal trug; seine grauen, gelbumrahmten Augen starrten mit gutmütiger Neugierde umher, und sein Mund war der eines ausgemachten Schwätzers. Statt der Augenbrauen besaß er zwei kleine rötliche Stoppelflecken, statt des Schnurrbarts etwas, das wie ein Stück farbloses Werg aussah, und Flocken aus demselben Material, die unter seinem Kinn hingen, vertraten die Stelle eines Bartes. Seine Kleidung mußte ihm im Museum schon lange Dienste geleistet haben; sie bestand aus einem Jackett, zwischen braun und blau, das ihn in weiter Formlosigkeit umschlotterte, aus einer wegen Mangels an Knöpfen offenen Weste, deren Knöpfe abgefallen und deren eine Tasche zerrissen war, und einem Paar bronzefarbener Hosen. Eine Krawatte besaß er nicht, und seine Wäsche schrie nach der Wäscherin.

Marian reichte ihm die Hand.

»Er ist um halb drei fortgegangen«, antwortete sie auf seine Frage.

»Wie unangenehm, ich muß ihn unbedingt sprechen! Etwas Wichtiges — höchst Wichtiges auf alle Fälle, *Ihnen* kann ich's ja sagen, aber ich beschwöre Sie, zu niemandem außer Ihrem Vater ein Wort verlauten zu lassen.«

Herr Quarmby hatte einen leeren Stuhl herangezogen und sich dicht neben Marian gesetzt. Er befand sich in freudiger Erregung und sprach mit belegter, pompöser Stimme, hinter jedem Satz nach Luft schnappend. Um die außerordentlich vertrauliche Natur seiner Mitteilungen zu betonen, brachte er seinen Kopf fast mit dem des Mädchens in Berührung, und eine ihrer schmalen, zarten Hände war von seinen dicken roten Fingern bedeckt.

»Ich habe mit Nathaniel Walker gesprochen«, fuhr er fort, »ein langes, ein wichtiges Gespräch. — Sie kennen Walker? Nein, woher sollten Sie? Er ist ein Geschäftsmann, guter Freund von Rackett. Sie wissen, Rackett, der Eigentümer des ›Study‹.«

»Ich habe von Herrn Rackett gehört«, sagte Marian.

»Natürlich, natürlich. Und Sie müssen auch gehört haben, daß Fadge Ende des Jahres geht, nicht?«

»Mein Vater meinte, es sei möglich.«

»Rackett und er streiten sich seit Monaten; das Blatt fällt schrecklich ab. Nun, als ich heute Nat Walker traf, war das erste, was er zu mir sagte: ›Sie kennen doch Alfred Yule, nicht wahr?‹ ›Sehr gut‹, antwortete ich, ›warum?‹ ›Ich will's Ihnen sagen, aber Sie verstehen, es muß unter uns bleiben: Rackett denkt an ihn wegen des *Study*.‹ ›Das freut mich.‹ ›Es sollte mich nicht wundern, wenn Yule Redakteur würde‹, fuhr Nat fort, ›aber es wäre voreilig, schon davon zu reden.‹ Nun, was sagen Sie dazu?«

»Das ist eine sehr gute Nachricht«, antwortete Marian.

»Das will ich meinen! Hoho!«

Herr Quarmby lachte auf sonderbare Art, das Resultat langer Jahre von unterdrückter Fröhlichkeit im Lesesaal.

»Aber kein Laut zu jemandem, außer Ihrem Vater. Kommt er morgen her? Bringen Sie es ihm vorsichtig bei, er ist leicht erregbar und nimmt die Dinge nicht so ruhig auf wie ich. Hoho!«

Das gepreßte Lachen endete mit einem längeren Hustenanfall — dem Lesesaalhusten. Als er sich davon erholt hatte, drückte er väterlich-innig Marians Hand und watschelte fort, um mit jemand anderem zu plaudern.

Marian war im Begriff, den Saal zu verlassen, als eine andere Stimme ihre Aufmerksamkeit in Anspruch nahm.

»Fräulein Yule! Einen Augenblick, wenn ich bitten darf!«

Es war ein großer, magerer Mann, mit der peinlichen Sorgfalt ehrbarer Armut gekleidet; die Ecken seiner Rockärmel waren sorgfältig gestopft, seine schwarze Krawatte und die Mütze, die seinen Kahlkopf bedeckte, waren augenscheinlich häusliches Fabrikat. Er lächelte sanft und schüchtern mit blauen, tränenden Augen; zwei oder drei frische Schnitte an Kinn und Hals zeugten von gewissenhaftem Rasieren und einer unsicheren Hand.

»Ich habe Ihren Vater gesucht«, sagte er, als Marian sich umwandte. »Ist er nicht hier?«

»Er ist schon fort, Herr Hinks.«

»Oh, wollen Sie dann die Güte haben, ihm ein Buch mitzubringen? Es ist mein kleiner ›Essay über das historische Drama‹, eben herausgekommen.«

Er sprach mit nervösem Zögern und in einem Tone, als wolle er wegen seiner Existenz um Entschuldigung bitten.

»Oh, mein Vater wird sich sehr freuen.«

»Wenn Sie gütigst *eine* Minute warten wollen, ich habe es dort drüben auf meinem Platz.«

Er ging mit langen Schritten und kam rasch und atemlos zurück, in der Hand ein dünnes, neues Bändchen.

»Empfehlen Sie mich ihm bestens! Sie sind doch ganz wohl, hoffe ich? Ich will Sie nicht länger aufhalten.«

Beim Zurücktreten stieß er mit einem Herrn zusammen, den er nicht bemerkt hatte.

Marian ging in die Damengarderobe, legte Hut und Jacke an und verließ das Museum. Jemand schritt einen Moment vor ihr aus der Türe mit den schwingenden Flügeln, und als sie unter das Tor getreten war, sah sie, daß es Jasper Milvain war; sie mußte ihm durch die Halle gefolgt sein, aber sie hatte ihre Augen zu Boden gerichtet. Der junge Mann war jetzt allein; während er die Treppe hinabstieg, blickte er nach rechts und links, aber nicht hinter sich. Marian folgte ihm in einer Entfernung von zwei oder drei Metern. In der Nähe des Ausganges beschleunigte sie ein wenig ihren Schritt, so daß sie fast im selben Moment mit Milvain auf die Straße trat. Aber er sah sich nicht um.

Er wandte sich nach rechts. Marian war wieder zurückgeblieben, doch sie folgte ihm noch immer in kurzem Abstand. Er ging langsam, und es wäre leicht für sie gewesen, in ganz natürlicher Weise an ihm vorbeizugehen; in diesem Falle hätte er sie sehen müssen. Aber sie empfand den peinlichen Verdacht, daß er sie im Lesesaal doch bemerkt haben müsse. Es war dies das erste Mal seit dem Abschied in Finden, daß sie ihn wiedersah. Hatte er einen Grund, ihr aus dem Weg zu gehen? Nahm er es übel, daß ihr Vater keinen Wunsch gezeigt hatte, die Bekanntschaft fortzusetzen?

Sie ließ den Abstand zwischen ihm und sich wieder größer werden. In ein paar Minuten war Milvain in die Charlotte Street gebogen, und sie hatte ihn aus dem Auge verloren.

Sie wartete in Tottenham Court Road auf einen Omnibus, der sie nach Camden Town bringen sollte, verkroch sich, so gut es ging, in ihren Ecksitz und schenkte den Mitfahrenden keine Beachtung. In Camden Road stieg sie aus und erreichte nach zehn Minuten ihr Ziel in einer ruhigen, St. Paul Crescent genannten Seitenstraße, die aus kleinen, anständigen Häusern bestand. Das, vor dem sie stehenblieb, hatte ein Äußeres, das behagliche Innenräume versprach; die

Fenster waren rein und mit hübschen Vorhängen versehen; die polierbaren Teile der Tür glänzten tadellos. Sie öffnete mit ihrem Schlüssel und stieg die Treppe hinauf, ohne jemandem zu begegnen.

Als sie ein paar Minuten später wieder herabkam, trat sie in das Vorderzimmer im Erdgeschoß. Es diente als Wohn- und als Speisezimmer, war bequem eingerichtet, aber ohne Prunk; an den Wänden hingen ein paar Photographien und alte Kupferstiche. Eine Nische zwischen Kamin und Fenster war mit Regalen ausgefüllt, die Hunderte von Büchern trugen. Der Tisch war gedeckt, denn es paßte der Familie am besten, um fünf Uhr zu essen; so war der für die meisten Literaten so notwendige lange Abend gesichert. Marian, wie immer, wenn sie den Tag im Britischen Museum zugebracht hatte, war vor Müdigkeit und Hunger erschöpft; sie schnitt ein kleines Stück Brot von einem Laib auf dem Tisch und setzte sich in einen Sessel.

Da erschien eine kleine, schlanke Frau von mittlerem Alter, in einfaches Grau gekleidet. Ihr Gesicht mochte nie schön gewesen sein und drückte nur mäßige Intelligenz aus, aber seine Linien waren sanft und gefühlvoll. Sie hatte einen Blick, als sei sie krampfhaft bemüht, etwas zu verstehen; dies drückte sich in allen ihren Zügen aus und rührte wohl von den besonderen Verhältnissen ihres Lebens her.

»Noch ziemlich früh, Marian, nicht wahr?« fragte sie, nachdem sie die Tür geschlossen hatte und ins Zimmer trat, um sich niederzusetzen.

»Ja, ich habe etwas Kopfschmerzen.«

»Mein Gott, schon wieder?«

Frau Yule sprach selten ungrammatikalisch, und ihre Aussprache war nicht direkt vulgär, aber der Akzent, der wie ein erbliches Brandmal auf den Londoner Armen lastet, lag noch auf ihren Worten und ließ alle

Wohlanständigkeit der Rede, die sie dem jahrelangen Verkehr mit Gebildeten verdankte, vergeblich erscheinen. In demselben Grade unterschied sich ihr Verhalten von dem einer Dame. Frau Yules Benehmen gegen Marian war von einer seltsamen Unsicherheit; sie sprach und sah sie zärtlich an, aber nicht mit der Ungezwungenheit einer Mutter. Ihre Befangenheit zeigte, daß sie sich mit dem großen Unterschied zwischen ihr und ihrer Tochter nie abfinden konnte. Marians Überlegenheit in angeborenen Eigenschaften, im Zartgefühl, in ihrer Bildung ließ sich nicht übersehen. Sie begriff, daß das Mädchen oft nur aus bloßem Taktgefühl keine Meinung äußerte, und daher rührte die Vorsicht, mit der sie, wenn sie mit ihr sprach, die wahre Wirkung ihrer Worte auf Marians Gesicht zu entdecken suchte.

»Und auch hungrig«, sagte sie, die Brotrinde bemerkend, an der Marian knusperte. »Du mußt wirklich beim Frühstück mehr zu dir nehmen; mein Kind, du wirst dich sonst noch krank machen.«

»Warst du aus?« fragte Marian.

»Ja, ich war in Holloway.«

Frau Yule seufzte und sah sehr unglücklich aus. Wenn sie nach »Holloway« ging, so bedeutete das immer einen Besuch bei ihren eigenen Verwandten, einer verheirateten Schwester mit drei Kindern und einem Bruder, die zusammen in einem Hause lebten. Zu ihrem Gatten wagte sie selten von diesen Leuten zu sprechen; Yule hatte gar keinen Umgang mit ihnen. Aber Marian war immer bereit, teilnehmend zuzuhören, und ihre Mutter legte oft eine rührende Dankbarkeit für diese Haltung, die ihr leutselig vorkam, an den Tag.

»Vater kommt wohl bald?«

»Er sagte, zum Essen.«

Das Klingeln des Briefträgers an der Haustür veranlaßte Frau Yule, für einen Moment zu verschwinden.

»Für dich«, sagte sie, wieder ins Zimmer tretend, »vom Lande.«

Marian ergriff den Brief und prüfte mit Interesse die Adresse.

»Es muß von einer der Fräulein Milvain sein. Ja, Dora Milvain.«

Nach Jaspers Abreise von Finden hatten seine Schwestern Marian mehrmals besucht, und die gegenseitige Zuneigung zwischen ihnen war durch Gespräche verstärkt worden. Das Versprechen, miteinander Briefe zu wechseln, hatte bisher auf seine Erfüllung gewartet.

»Es wird Sie amüsieren zu hören«, schrieb Dora, »daß es mit dem literarischen Projekt meines Bruders wirklich vorangeht. Er hat uns eine von ihm selbst geschriebene Einleitung zu der ›Geschichte des englischen Parlaments für Kinder‹ geschickt, und Maud glaubt, sie in diesem Stile weiterführen zu können, wenn es nicht eilt. Sie und ich haben uns an die englische Geschichte gemacht und werden bald Autoritäten in diesem Fache sein. Jolly & Monk bieten dreißig Pfund für das kleine Buch, falls es ihnen gefällt, wenn es fertig ist. Ja, Jasper versteht zu handeln! So wird unsere literarische Karriere doch vielleicht mehr als ein Spaß. Ich hoffe es. Es wäre besser als das Stundengeben. Wir würden uns sehr freuen, von Ihnen zu hören, wenn Sie inzwischen nicht das Interesse an uns Mädchen vom Lande verloren haben.« Und so weiter. Marian las mit einem erfreuten Lächeln und teilte dann der Mutter den Inhalt mit.

»Ich bin sehr froh. Du bekommst so selten einen Brief«, meinte Frau Yule.

»Ja.«

Marian schien noch etwas sagen zu wollen, und ihre Mutter hatte einen nachdenklichen Ausdruck, der auf teilnehmende Neugierde deutete.

»Glaubst du, daß der Bruder uns besuchen wird?« fragte Frau Yule vorsichtig.

»Niemand hat ihn eingeladen«, antwortete das Mädchen ruhig.

»Von sich aus würde er nicht kommen?«

»Es ist nicht einmal wahrscheinlich, daß er unsere Adresse kennt.«

»Dein Vater trifft ihn wohl nie?«

»Höchstens durch Zufall. Ich weiß nicht.«

Es war für diese beiden etwas sehr Seltenes, andere als alltägliche Gegenstände zu berühren. Trotz der Neigung zwischen ihnen ging ihr vertrauter Austausch nicht weit; Frau Yule, die seit Marians frühester Kindheit nie mütterliche Autorität ausgeübt hatte, forderte keine mütterlichen Privilegien, und Marians natürliche Zurückhaltung war durch die respektvolle Distanz ihrer Mutter verstärkt worden. Der englische Fehler der häuslichen Schweigsamkeit konnte kaum weiter gehen als in diesem Falle; sein Extrem ist natürlich ein Merkmal jener unglücklichen Familien, die durch Bildungsunterschiede zwischen den Alten und den Jungen getrennt sind.

»Ich glaube, daß Vater Herrn Milvain nicht sehr gern hat«, sagte Marian in unnatürlichem Ton.

Sie wollte wissen, ob die Mutter von ihm eine Bemerkung über diesen Gegenstand gehört hatte, aber sie konnte sich nicht dazu durchringen, direkt zu fragen.

»Ich weiß wirklich nicht«, antwortete Frau Yule, ihr Kleid glättend, »er hat mir nichts davon gesagt, Marian.«

Eine peinliche Stille. Die Mutter hatte die Augen auf den Kaminsims gerichtet und sann angestrengt nach.

»Sonst würde er etwas über ein Wiedersehen in London gesagt haben«, meinte Marian.

»Aber ist etwas an — dem Herrn, daß er ihn nicht leiden kann?«

»Ich weiß von nichts.«

Es war unmöglich, den Dialog fortzusetzen; Marian rückte unruhig umher, stand dann auf, sagte, daß sie den Brief weglegen wolle, und verließ das Zimmer.

Kurz darauf kam Alfred Yule. Es war bei ihm nichts Ungewöhnliches, daß er in finster schweigsamer Laune nach Hause kam, und an diesem Abend war der erste Blick auf sein Gesicht eine genügende Warnung. Er trat in das Speisezimmer und stellte sich, ein Abendblatt lesend, an den Kamin. Seine Frau tat, als ordne sie die Sachen auf dem Tisch.

»Nun?« rief er gereizt. »Es ist nach fünf, warum kommt das Essen nicht?«

»Gleich, Alfred.«

Marian kam herein und bemerkte sofort das erschrockene Gesicht ihrer Mutter.

»Vater«, sagte sie, in der Hoffnung, ihn zu zerstreuen, »Herr Hinks schickt dir sein neues Buch, er wünscht ...«

»Dann gib Herrn Hinks sein neues Buch zurück und sage ihm, daß ich genug zu tun habe, auch ohne langweiliges Gewäsch zu lesen. Er soll nicht erwarten, daß ich eine Rezension darüber schreiben werde. Der Dummkopf belästigt mich über Gebühr. Ich möchte wissen«, fuhr er mit grimmiger Ruhe fort, »wann das Essen fertig sein wird. Wenn noch Zeit ist, ein paar Briefe zu schreiben, sagt es gleich, damit ich nicht eine halbe Stunde verliere.«

Marian empörte dieser ungerechte Zorn, aber sie wagte nicht, zu antworten. In diesem Augenblick erschien das Mädchen mit einem dampfenden Lendenstück, während Frau Yule mit einer Schüssel Gemüse folgte. Der Literat setzte sich und zerlegte zornig das Fleisch. Er begann sein Mahl mit einem halben Glas Ale, dann aß er rasch und hungrig ein paar Bissen, den Kopf dicht über den Teller gebeugt. Es geschah häufig genug, daß eine Mahlzeit ohne jedes Wort verstrich, und das schien auch diesmal der Fall zu sein. An seine Frau richtete Yule allenfalls einmal eine kurze Frage oder eine sarkastische Bemerkung; wenn er freundlich bei Tisch sprach, so zu Marian.

Zehn Minuten verstrichen, dann versuchte Marian die düstere Stimmung zu durchbrechen.

»Herr Quarmby hat mir eine Botschaft an Dich aufgetragen«, sagte sie. »Ein Freund von ihm, Walker, hat ihm gesagt, daß Rackett dir vielleicht die Redakteursstelle des ›Study‹ anbieten wird.«

Yule hielt mit dem Kauen inne. Er richtete seine Augen eine halbe Minute lang starr auf die Lende, dann wanderten sie über den Bierkrug und das Salzfaß hinweg zu Marian.

»Es sei ein Geheimnis, ich solle niemandem außer Dir etwas sagen.«

»Walker ist ein Narr und Quarmby ein Esel«, bemerkte ihr Vater.

Aber seine buschigen Augenbrauen zitterten, seine Stirn hellte sich etwas auf, er aß langsamer und mit mehr Genuß.

»Was sagte er? Wiederhole mir seine Worte!«

Marian tat es, so getreu als möglich; er hörte mit einer spöttischen Miene zu, aber seine Züge waren doch sanfter geworden.

»Ich halte Rackett nicht für so vernünftig«, sagte er offen. »Auch weiß ich nicht, ob ich das Anerbieten annehmen würde. Dieser Fadge hat das Blatt fast ruiniert. Ich möchte sehen, wie lange er brauchen wird, um Culpeppers neue Zeitschrift zum Scheitern zu bringen.«

Fünf Minuten lang herrschte Schweigen, dann sagte Yule plötzlich:

»Wo ist Hinks Buch?«

Marian nahm es von einem Seitentisch; unter diesem Dach wurde die Literatur geradezu als unentbehrlicher Teil des Tischgerätes angesehen.

»Ich dachte, es wäre umfangreicher«, murmelte Yule.

Eine Seite war umgeschlagen, wie um die Aufmerksamkeit auf eine gewisse Stelle zu lenken. Yule setzte die Brille auf und machte bald eine Entdeckung, die die Verwandlung seines Gesichtes vollständig machte. Seine Augen glänzten, sein Kinn arbeitete in freudiger Bewegung. Im Nu hatte er Marian das Buch gereicht und zeigte ihr eine klein gedruckte Notiz; sie enthielt eine feurige Lobeshymne auf »Herrn Alfred Yules kritischen Scharfsinn, gelehrte Forschungen, glänzenden Stil« und andere große Verdienste.

»Das ist nett von ihm«, sagte Marian.

»Guter, alter Hinks! Ich muß ihm ein halbes Dutzend Leser verschaffen.«

»Darf ich's sehen?« fragte Frau Yule leise Marian.

Die Tochter reichte ihr den Band, und Frau Yule las die Notiz mit jenem Ausdruck langsamen Verständnisses, der so rührend ist, wenn er den guten Willen des Herzens bedeutet, dem der Mangel an Geist entgegentritt.

»Das wird gut für dich sein, Alfred, nicht wahr?« sagte sie, ihren Gatten anblickend.

»Gewiß«, antwortete er verächtlich und ironisch lächelnd. »Wenn Hinks so fortfährt, wird er mir einen Namen machen.«

Mit einem Lachen schob er das Buch wieder von sich. Seine Laune war gänzlich umgeschlagen. Es war offensichtlich, daß ihm das Essen schmeckte, und sprach lebhaft mit seiner Tochter.

»Fertig mit den Autorinnen?«

»Noch nicht ganz.«

»Keine Eile. Wenn du Zeit hast, lies Ditchleys neues Buch und exzerptiere seine ärgsten Sätze. Ich will sie für einen Artikel über zeitgenössischen Stil benützen.«

Er lächelte grimmig. Das Gesicht seiner Frau drückte große Zufriedenheit aus, die zur strahlenden Freude ward, als ihr Gatte nebenbei bemerkte, daß der Eierkuchen heute sehr gut geraten sei. Nach dem Mahle erhob er sich ohne Zeremoniell und ging in sein Studierzimmer.

Der Mann hatte viel gelitten und enorm gearbeitet. Es war nicht unerklärlich, daß Verdauungsstörungen und manch anderes Übel ihn jetzt hart quälten.

Blicken wir zurück auf die Tage, da er Gehilfe eines Buchhändlers in Holborn war. Schon damals verzehrte ihn der Ehrgeiz und verlockte die Liebe zum Wissen sein Gehirn. Er gestattete sich nur drei bis vier Stunden Schlaf, er kämpfte mit den alten und modernen Sprachen, versuchte sich an metrischen Übersetzungen, plante Tragödien. Praktisch lebte er in einem vergangenen Jahrhundert; seine literarischen Ideale bildete er sich aus dem Studium Boswells.

Der erste Geschäftsführer, Herr Polo, verließ das Geschäft, um sich einem eigenen zu widmen, das durch den Tod eines Verwandten in seinen Besitz gelangt war; es war ein kleines Verlagsgeschäft. Unter anderem gründete er ein Pfennig-Wochenblatt, und in den Spalten dieser Zeitschrift erschien Alfred Yule zum ersten Male. Kurz darauf wurde er Unterredakteur, dann Redakteur des Blattes. Er sagte dem Buchhändler Lebewohl, und seine literarische Karriere hatte begonnen.

Herr Polo pflegte zu sagen, daß er nie einen Mann sah, der so viele Stunden hintereinander arbeiten konnte wie Alfred Yule. Eine genaue Aufzählung all dessen, was der junge Mann von 1855 bis 1860, also von seinem fünfundzwanzigsten bis zu seinem dreißigsten Jahre schrieb, würde wie burleske Übertreibung aussehen. Er hatte sich vorgenommen, ein berühmter Mann zu werden, und er sah ein, daß es ihn außerordentliche

Mühen kosten würde, dieses Ziel zu erreichen, da die Natur ihn nicht mit glänzenden Gaben ausgestattet hatte. Dennoch, sein Name sollte unter den Menschen bekannt werden — es sei denn, er ginge im Kampf um den Erfolg zugrunde.

Unterdessen heiratete er. Er besorgte gewöhnlich seine Einkäufe in einem kleinen Laden, wo er von einem jungen Mädchen bedient wurde, das nicht besonders schön, aber, wie ihm schien, von angenehmer Gemütsart war. An einem Feiertag traf er dieses Mädchen, als sie mit einer jüngeren Schwester spazierenging; er machte ihre nähere Bekanntschaft, und wenig später willigte sie ein, seine Frau zu werden und sein Dachzimmer zu teilen. Seine Brüder John und Edmund schrien, daß er eine unverzeihliche Torheit begangen habe, indem er so tief unter seinem Stand geheiratet habe, und daß er hätte warten sollen, bis sein Einkommen sich besserte. Das klang alles recht schön, aber sie hätten ihm ebensogut raten können, einfache Nahrung zurückzuweisen, weil er in ein paar Jahren im Stande sein werde, sich Leckereien zu kaufen; er konnte ohne Nahrung nicht auskommen, und die Zeit war da, wo er ohne Frau nicht auskommen konnte.

Seine Ehe erwies sich als durchaus nicht unglücklich; er hätte sich ja an eine ordinäre Dirne fesseln können, während das Mädchen die großen Tugenden der Demut und Sanftmut besaß. Sie bemühte sich, von ihm zu lernen, aber ihre Beschränktheit und seine Ungeduld ließen dies mißlingen; so mußten ihre menschlichen Eigenschaften genügen, und sie taten es, bis Yule sein Haupt über den literarischen Mob zu erheben begann. Früher hatte er oft mit ihr gezankt, aber nie hatte er seine Heirat bereut; nun erst begann er, die Nachteile seiner Lage einzusehen und, alles andere vergessend, sich einzubilden, daß er auf eine Frau hätte warten können, die an seiner geistigen Existenz Anteil nehmen würde. Frau Yule durchlebte ein paar sehr bittere Jahre. Ihr Gatte, bereits ein Märtyrer seiner Verdauungsbeschwerden und häufig entsetzlichen Kopfschmerzen unterworfen, verlor hie und da alle Kontrolle über sein Temperament, alles Gefühl, selbst das des Anstands, und warf der armen Frau ihre Unwissenheit, ihre Dummheit, ihre niedrige Herkunft vor. Natürlich verteidigte sie sich mit den Waffen, welche sie besaß, und mehr als einmal waren die beiden nahe daran, sich zu trennen. Es kam zu keinem wirklichen Bruch, hauptsächlich weil Yule auf seine Frau angewiesen war; ihre Sorgfalt war ihm unentbehrlich geworden. Und dann war auch das Kind da.

Von allem Anfang an fürchtete Yule, daß Marian von den Fehlern ihrer Mutter in bezug auf Sprache und Benehmen angesteckt werden könne. Er wollte seiner Frau fast nicht erlauben, mit dem Kinde zu reden, gab Marian so bald als möglich in eine Schule und mit ihrem zehnten Jahr in ein Internat — jedes Geldopfer wurde gebracht, damit sie mit den Manieren einer Dame aufwachse. Es mußte wohl sehr hart für die Mutter sein, zu wissen, daß der Kontakt mit ihr als die größte Gefahr für das Kind betrachtet wurde, aber in ihrer Demut und ihrer Liebe für Marian leistete sie keinen Widerstand. So kam es, daß das kleine Mädchen eines Tages, als sie ihre Mutter einen groben Sprachfehler machen hörte, sich zu dem Vater wandte und ernsthaft fragte: »Warum spricht Mama nicht so richtig wie wir?«

So wurde das Ziel erreicht, und Marian wurde alles, was ihr Vater wünschte. Sie hatte nicht nur ein gebildetes Benehmen, es trat auch bald zutage, daß die Natur sie mit Geist begabt hatte. Von der Kinderstube an sprach sie nur über Bücher, und im Alter von zwölf Jahren war sie schon fähig, ihrem Vater als Gehilfin zu dienen.

Um diese Zeit lebte Edmund Yule noch; er hatte seine Vorurteile überwunden und verkehrte mit der Familie des Literaten. Vertrautheit konnte es nicht genannt werden, denn Edmunds Frau (die Tochter eines Advokaten) fand es sehr schwer, der Frau Alfreds ein freundliches Entgegenkommen zu zeigen. Dennoch sahen sich die Cousinen Amy und Marian von Zeit zu Zeit und waren keine unpassenden Gefährtinnen. Erst der Tod von Amys Vater machte diesem Verkehr ein Ende; Edmund Yules Frau, nun ihr eigener Herr, beleidigte Alfreds Frau, und damit Alfred selbst. Der Literat mochte wohl ungerecht gegen seine Frau sein, sobald jedoch ein Dritter sie unehrerbietig behandelte, war das etwas anderes. Bloß aus diesem Grunde zerstritt er sich mit der Witwe seines Bruders, und von diesem Tage an wurden die beiden Familien einander fremd. Das Kapitel »Zank« war in Alfreds Leben nicht unwichtig; sein reizbares Temperament und ein ständig wachsendes Gefühl, verkannt zu sein, brachten ihn oft mit Verlegern, Redakteuren, Kollegen in Streit, und er hatte eine unglückliche Art, die Feindschaft gerade jener zu erregen, die ihm nützlich sein konnten. Mit Polo zum Beispiel, der ihn sehr schätzte und dessen geschäftliche Erfolge ihn zu einer wertvollen Bekanntschaft machten, hatte er wegen einer kleinen, persönlichen Angelegenheit endgültig gebrochen. Dann kam der große Streit mit Clement Fadge, der ihn erbarmungslos verhöhnt hatte.

Doch jetzt erschien unerwartet ein Hoffnungsstrahl. Wenn dieser Rackett wirklich daran dachte, ihm den Redakteursposten des »Study« zu geben, so konnte er doch noch die Triumphe kosten, nach denen er schmachtete. Er selbst war zu oft ohne Mitleid behandelt worden; es lag schließlich im Interesse des Publikums, wenn gewisse Leute eins auf die Nase bekamen, und seine Finger zuckten schon nach der Feder des

Chefredakteurs. Haha! Wie ein Schlachtroß witterte er den Kampf von weitem!

An diesem Abend konnte er nichts arbeiten, obwohl dringende Aufgaben vorlagen. Sein Studierzimmer, das einzige im Erdgeschoß außer dem Speisezimmer, war klein und selbst der Boden mit Büchern bestreut, aber er fand Raum für sein nervöses Auf- und Abschreiten. Er tat dies noch, als um halb zehn seine Frau erschien, die ihm eine Tasse Kaffee und ein paar Bisquits, sein gewohntes Abendessen, brachte. Marian kam gewöhnlich auch um diese Stunde, und er fragte, warum sie ausbleibe.

»Sie hat leider wieder einmal ihre Kopfschmerzen«, antwortete Frau Yule, »ich habe sie überredet, zu Bett zu gehen.«

Nachdem sie die Tasse auf den Tisch gesetzt hatte — die Bücher mußten beiseite geschoben werden —, schien sie noch nicht gehen zu wollen.

»Hast du zu tun, Alfred?«

»Warum?«

»Ich hätte was mit dir zu bereden, wegen Marian. Sie hat heut nachmittag einen Brief von den jungen Damen bekommen.«

»Was für jungen Damen?« fragte Yule, verärgert über ihre Umständlichkeit.

»Den Fräulein Milvain.«

»Dabei ist nichts Böses, es sind anständige Leute.«

»Ja, das hast Du mir gesagt — aber sie sprach von dem Bruder, und —«

»Was ist mit ihm? Sag, was du zu sagen hast, und mach ein Ende!«

»Ich kann mir nicht helfen, Alfred, aber ich glaube, es macht ihr Kummer, daß du ihn nicht eingeladen hast.«

Yule starrte sie überrascht an. Er war noch immer nicht zornig und schien die ihm so schüchtern vorgebrachte Angelegenheit in Betracht ziehen zu wollen.

»Meinst du? Nun, ich weiß nicht. Warum hätte ich ihn einladen sollen? Ich habe kein besonderes Interesse an ihm, und was —«

Er brach ab und setzte sich. Seine Frau blieb in einiger Entfernung stehen.

»Wir müssen an ihr Alter denken«, sagte sie.

»Natürlich.«

Er sann nach und begann an einem Bisquit zu knabbern.

»Und du weißt, Alfred, sie sieht niemals junge Männer. Ich hab' schon oft gedacht, daß wir nicht recht an ihr handeln.«

»Hm! Aber dieser Milvain ist eine zweifelhafte Sorte Mensch. Erstens hat er nichts, und zweitens habe ich gehört, daß seine Mutter ihn unterstützen muß. Das gefällt mir nicht. Sie ist nicht wohlsituiert, und er müßte sich jetzt schon selbst erhalten. Er ist recht gescheit, könnte es zu etwas bringen, aber das ist nicht gewiß.«

Diese Gedanken kamen ihm nicht zum ersten Male. Als er damals Milvain und seine Tochter auf der Landstraße traf, mußte er notwendigerweise über die Möglichkeit eines solchen Verkehrs nachdenken, mit dem Erfolg, daß er beschloß, eine Fortsetzung desselben nicht zu begünstigen. Er hörte natürlich von Jaspers Abschiedsbesuch und vermied es absichtlich, den jungen Mann aufzusuchen. Die Angelegenheit nahm in seinen Gedanken keine klare Form an; er hielt es für unwahrscheinlich, daß einer der jungen Leute nach der Trennung an den anderen denken würde. Es war ihm nicht angenehm, sich seine Tochter als alte Jungfer zu denken, aber sie war jung und — eine schätzbare Gehilfin. Wie schwer diese letztere Erwägung ins Gewicht fiel? Er stellte sich diese Frage jetzt sehr direkt, nachdem seine Frau die Sache so unerwartet zur Sprache gebracht hatte. War er gewillt, mit berechnetem Egoismus zu handeln? Bisher hatte sich zwischen seinen und Marians Interessen noch kein Konflikt gezeigt, er rechnete einfach auf ihre Hilfe — für eine unbestimmte Zeit.

Sollte er jedoch wirklich Redakteur des »Study« werden, so würde in diesem Falle ihre Hilfe weniger notwendig sein, und in der Tat war es wahrscheinlich, daß der junge Milvain eine Zukunft vor sich hatte.

»Aber auf jeden Fall«, sagte er laut, halb seine Gedanken weiterspinnend, halb als Antwort auf die enttäuschte Miene seiner Frau, »woher weißt du, daß er zu kommen und Marian zu sehen wünscht.«

»Mit Bestimmtheit weiß ich es natürlich nicht.«

»Du kannst dich also geirrt haben. Was hat dich auf den Gedanken gebracht, daß sie — an ihn denkt?«

»Weißt du, sie sprach halt so, und dann fragte sie, ob du etwas gegen ihn hättest.«

»Wirklich? Hm! Nun, ich glaube nicht, daß Milvain für sie taugt. Er ist der Mann danach, sich einem Mädchen um des Spaßes halber angenehm zu machen.«

Frau Yule machte ein erschrockenes Gesicht.

»Oh, wenn du das wirklich meinst, dann laß ihn nicht kommen, ich möchte es um keinen Preis.«

»Ich weiß es ja nicht gewiß«, meinte er, seinen Kaffee schlürfend. »Ich habe keine Gelegenheit gehabt, ihn genau zu beobachten, aber er ist nicht der Mann, der mir gefällt.«

»Dann ist's besser, es bleibt so, wie es ist.«

»Ja, ich sehe auch nicht, was jetzt getan werden könnte. Wir werden abwarten, welchen Weg er einschlägt, aber ich rate dir, nicht von ihm zu reden.«

»Oh nein!«

Sie machte eine Bewegung zum Gehen, aber ihr Herz war durch das kurze Gespräch nach dem Eintreffen des Briefes unruhig geworden, und es gab noch manches, was sie in Worte zu kleiden wünschte.

»Wenn diese jungen Damen ihr schreiben, so werden sie ihr wohl oft von ihrem Bruder erzählen.«

»Ja, das ist sehr schade.«

»Und weißt du, Alfred, vielleicht ist er es, der sie dazu auffordert.«

»Es gibt ein Thema, bei dem alle Frauen erfindungsreich sind«, murmelte Yule lächelnd. Es war keine gütige Bemerkung, aber der Ton, in dem sie gesprochen wurde, ließ dies nicht erkennen.

Sie verstand ihn nicht und sah ihn mit ihrem gewöhnlichen Blick geistiger Anstrengung an.

»Wir können nichts dagegen machen«, fügte er hinzu; »wenn er ernsthafte Absichten hat, so mag er auf eine Gelegenheit warten.«

»Ist's nicht jammerschade, daß sie nicht mehr unter die Leute kommt — unter die richtigen?«

»Das Reden nützt nichts, es ist, wie es eben ist. Ich finde nicht, daß ihr Leben unglücklich ist.«

»Es ist nicht sehr glücklich.«

»Meinst du?«

»Ich weiß es ganz sicher.«

»Wenn ich den ›Study‹ bekomme, kann es anders werden, obwohl ... Aber wozu über etwas reden, was nicht zu ändern ist. Bestärke sie nicht in dem Gedanken, daß sie einsam ist und so weiter, das Beste für sie ist, sich an die Arbeit zu halten.«

Frau Yule verließ schweigend das Zimmer und nahm ihre Näherei wieder auf. Sie hatte das »Obwohl« und »Was nicht zu ändern ist« verstanden.

VIII. AUF DEM RICHTIGEN WEG

Es war nicht zu erwarten, daß Herr Quarmby, die unverbesserliche Plaudertasche, über die Absichten Racketts seinen Mund halten würde. Bald verbreitete sich das Gerücht, daß Alfred Yule Fadges Nachfolger beim »Study« werde, und das hatte zur Folge, daß Yule der Gegenstand zärtlichen Interesses für sehr viele Leute wurde, die er kaum oder gar nicht kannte. Zu gleicher Zeit umdrängten ihn die alten Freunde mit Glückwünschen und Andeutungen ihrer Bereitwilligkeit, ihm die Spalten des Blattes füllen zu helfen. All das war nicht unangenehm, aber mittlerweile hörte Yule nichts von Rackett selbst, und seine Zweifel verringerten sich nicht, als Woche auf Woche verstrich.

Die Ereignisse gaben ihm recht. Ende Oktober erschien eine Ankündigung, daß Fadges Nachfolger — nicht Alfred Yule sei, sondern ein junger Mann, der bisher in aller Stille als Unterredakteur in der Provinz gewirkt hatte, in London weder Freunde noch Feinde besaß und wohl verhältnismäßig frisch von der Universität kam, aber ein großer Gelehrter sein sollte. Die Wahl erwies sich als eine gute, und der »Study« befestigte seinen Ruf mehr denn je.

Yule hatte insgeheim durchaus gewußt, daß solche Stellen heutzutage nicht Männern wie ihm anvertraut würden. Er suchte sich einzureden, daß er nicht enttäuscht sei, aber als Quarmby ihm mit beschämter Miene entgegentrat, ließ er ein paar zornige Worte fallen, die den würdigen Mann lange Zeit wurmten. Zu Hause bewahrte er ein dumpfes Schweigen.

Frau Yule und ihre Tochter sahen nur zu wohl die Resultate dieser Enttäuschung voraus, obwohl er sie ihnen mit trockener Gleichgültigkeit mitteilte. Der darauffolgende Monat war eine schlimme Zeit für das ganze Haus. Tag für Tag saß Yule stumm bei seinem Mahle; zu seiner Frau sprach er gar nicht, und sein Gespräch mit Marian ging nicht über das Geschäftliche hinaus. Frau Yule wußte aus langer Erfahrung, wie nutzlos der Versuch war, ihn zu trösten; ihre einzige Rettung war Schweigen. Auch Marian wagte nicht, offen von dem Vorgefallenen zu reden, aber eines Abends, als sie ihm gute Nacht sagte, legte sie ihre Wange an die des Vaters, eine ungewohnte Liebkosung, die eine seltsame Wirkung auf ihn hatte. Dieser Beweis von Anteilnahme bewog ihn, seine Gedanken so zu enthüllen, wie er es vor seiner Tochter noch nie getan hatte.

»Es hätte anders mit mir werden können!« rief er plötzlich, als hätten sie schon längere Zeit über diesen Gegenstand gesprochen. »Wenn du an mein Scheitern denkst — und du mußt oft daran denken, seit du groß und verständig bist —, vergiß nicht die Hindernisse, die mir im Wege lagen. Ich möchte nicht, daß du deinen Vater für einen Dummkopf hältst. Sieh diesen Fadge an. Er hat eine Frau in guter sozialer Stellung geheiratet, die ihm Freunde und einflußreiche Bekannte zugeführt hat, sonst wäre er nie Redakteur des ›Study‹ geworden, eine Stelle, für die er nie taugte. Aber er konnte Dinners geben, er und seine Frau gingen in Gesellschaft. Jeder kannte ihn und sprach von ihm. Wie ist es mir ergangen? Ich lebe hier wie ein Tier in seiner Höhle und blinzle, wenn ich durch Zufall unter Leute gerate, unter die ich von Natur aus gehöre. Hätte ich mit Rackett und anderen dieser Art zusammenkommen, bei ihnen dinieren, sie bewirten, einem Klub angehören können und so weiter, würde ich jetzt nicht sein, was ich bin... Aber daran war nicht zu denken!«

Marian konnte den Kopf nicht heben. Sie erkannte das Körnchen Wahrheit in dem, was er sagte, aber es entsetzte sie, daß er sich gehen ließ, so zu reden. Ihr Schweigen erinnerte ihn, wie peinlich es ihr sein müsse, diese Anklagen gegen ihre Mutter anzuhören, und mit einem plötzlichen »Gute Nacht« entließ er sie.

Sie ging in ihr Zimmer und weinte über das Unglück der Familie. Seit den Ferien fiel ihr ihre Einsamkeit schwerer denn je, denn einen Augenblick lang war ihr in Finden eine Vision jenes Glückes erschienen, welches das Schicksal ihrer Jugend schuldig war; aber die Vision war entschwunden und auf ihre Wiederkehr konnte sie nicht hoffen. Sie war keine Frau, sondern eine Lese- und Schreibmaschine. Dachte ihr Vater nie daran? Er war nicht der einzige, der unter den Verhältnissen litt, in welche die Armut sie versetzt hatte.

Sie hatte keine Freunde, denen sie ihre Gedanken mitteilen konnte. Dora Milvain hatte noch ein zweites Mal geschrieben, und neulich war auch von Maud ein Brief gekommen, aber in ihrer Antwort konnte sie ihnen keine wahrheitsgetreue Schilderung ihres Lebens geben. Unmöglich. Ihrem Briefe nach mußten sie sie für zufrieden und geschäftig, ganz in literarische Angelegenheiten versunken halten. Sie konnte niemandem die Trübsal des Lebens erzählen, das vor ihr lag.

Jener Ansatz von Vertrauen zwischen ihr und ihrer Mutter hatte zu nichts geführt. Frau Yule fand keine zweite Gelegenheit, mit ihrem Gatten über Jasper Milvain zu sprechen, und vermied es absichtlich, an Marian eine Frage zu richten. Alles mußte beim alten bleiben.

Die Tage wurden dunkler. Durch Novemberregen und Nebel ging Marian ihren gewohnten Weg ins Museum und mühte sich dort mit den anderen ab. Manchmal gestattete sie es sich, durch die Sesselreihen zu wandern und heimlich die Gesichter an den Pulten zu prüfen, aber das Gesicht, das sie zu entdecken wünschte, war nicht darunter.

Eines Tages gegen Ende des Monats saß sie vor ihren offenen Büchern, aber es gelang ihr nicht, sich auf sie zu konzentrieren. Es war finster, und man sah kaum genug, um zu lesen; ein Geschmack von Nebel wurde in der warmen Migräneluft immer merklicher. Eine so tiefe Entmutigung ergriff sie, daß sie nicht einmal mehr so tun konnte, als würde sie studieren; ohne zu beachten, ob jemand sie sehe, ließ sie die Hände in den Schoß fallen und den Kopf sinken. Sie fragte sich, was der Zweck und Nutzen eines Lebens sei, wie sie es zu führen verdammt war. Obwohl bereits mehr gute Bücher in der Welt waren, als ein Sterblicher während seiner Lebenszeit bewältigen konnte, erschöpfte sie sich in der Fabrikation von gedrucktem Zeug, in dem niemand mehr sah als eine Ware für den Tagesmarkt. Welche Torheit!

Schreiben — war das nicht die Wonne und das Privileg eines Menschen, der eine dringende Botschaft für die Welt hatte? Ihr Vater, das wußte sie, hatte keine solche Botschaft, er hatte jeden Gedanken an originelle Produktion fallengelassen und schrieb nur über Geschriebenes. Sie selbst hätte mit Freuden ihre Feder fortgeworfen, wäre es nicht notwendig gewesen, Geld zu verdienen. Und alle diese Leute ringsum, was für einen Zweck verfolgten sie, außer aus den schon existierenden Büchern neue zu machen, damit dann aus den ihren wiederum neue entstünden? Diese ungeheure Bibliothek, die eine pfadlose Wüste von Gedrucktem zu werden drohte — wie unerträglich lastete sie auf dem Gemüt!

Vor ein paar Tagen war ihr Blick auf eine Annonce in der Zeitung gefallen, darüber stand »Literarische Maschine« — war also endlich ein Automat erfunden worden, der die Stelle solcher armen Geschöpfe wie sie ausfüllen sollte? Aber ach, die Maschine diente nur dazu, Bücher bequem zu halten, damit die literarische Fabrikation physisch erleichtert würde. Doch Edison würde gewiß bald den echten Automaten erfinden, das Problem war ja verhältnismäßig leicht: eine gewisse Anzahl alter Bücher hineinwerfen und sie zu einem einzigen verkürzen, auffrischen und modernisieren.

Der Nebel wurde dichter; sie sah zu den Fenstern auf und bemerkte, daß sie gelblich trüb waren. Dann entdeckte ihr Auge einen über die obere Galerie schreitenden Beamten, und in ihrer grotesken Stimmung, ihrer höhnischen Verzweiflung kam er ihr wie eine verlorene Seele vor, die verdammt ist, ewig suchend durch endlose Regale zu wandern.

Und die Leser, die an den strahlenförmig auseinanderlaufenden Pultreihen saßen, was waren sie anders als unglückliche Fliegen, in einem ungeheuren Netz gefangen, dessen Zentrum das große Rund des Katalogs war? Es wurde dunkler und dunkler; den hohen Büchermauern schienen sichtbare Staubkörnchen zu entsteigen, die die Dunkelheit noch verstärkten.

Aber da flammte die blendende Weiße des elektrischen Lichtes auf, und sein endloses Summen war fortan eine neue Quelle der Kopfschmerzen. Er erinnerte sie daran, wie wenig sie heute gearbeitet hatte, sie mußte, sie *mußte* sich zwingen, an ihre Arbeit zu denken. Eine Maschine hat kein Recht, die Arbeit zu verweigern. Aber die Seiten schwammen blau und grün und gelb vor ihren Augen, das flackernde Licht war unerträglich. Ob es nun recht oder unrecht war, sie wollte heim, sich verkriechen und ihr Herz durch Tränen erleichtern.

Während sie die Bücher zurückgab, begegnete sie Jasper Milvain. Von Angesicht zu Angesicht: er hatte keine Möglichkeit, ihr auszuweichen.

Und in der Tat schien er auch gar nicht diesen

Wunsch zu hegen, denn sein Gesicht leuchtete in unverkennbarem Vergnügen auf.

»Endlich sehen wir einander wieder, wie es in den Melodramen heißt. Oh, lassen Sie mich Ihnen diese Bücher abnehmen, die Ihnen nicht einmal erlauben, mir die Hand zu geben. Wie geht es Ihnen? Wie gefällt Ihnen dieses Wetter? Und dieses Licht?«

»Sehr schlecht.«

»Das soll für das Wetter und das Licht gelten, aber nicht für Sie. Wie freue ich mich, Sie wiederzusehen! Wollen Sie gerade gehen?«

»Ja.«

»Ich bin kaum ein halbes dutzendmal hier gewesen, seit ich wieder in London bin.«

»Aber Sie schreiben doch noch?«

»Oh ja, aber ich schöpfe aus meinem Genius, meinen Vorräten an Beobachtung und aus der lebendigen Welt.«

Marian nahm ihren Schein für die Bücher entgegen und wandte sich wieder Jasper zu. Um ihre Lippen lag ein Lächeln.

»Der Nebel ist schrecklich«, fuhr Milvain fort. »Wie kommen Sie nach Hause?«

»Mit dem Omnibus ab Tottenham Court Road.«

»So lassen Sie mich ein Stück Weges mit Ihnen gehen. Ich wohne in Mornington Road, weit oben — und bin nur hergekommen, um eine halbe Stunde totzuschlagen, aber es wäre besser, ich ginge nach Hause. Ihrem Vater geht es doch gut, hoffe ich?«

»Nicht ganz.«

»Das tut mir leid. Sie sind auch nicht ganz beisammen, scheint's. Was für ein Wetter! Was für ein Ort ist dieses London im Winter! In Finden wäre es doch ein bißchen besser.«

»Bedeutend besser, glaube ich. Wenn das Wetter dort schlecht ist, so ist es auf eine natürliche Weise schlecht, aber das hier ist künstliches Elend.«

»Ich laß mich davon nicht sehr anfechten«, sagte Milvain. »Seit kurzem bin ich sehr guter Laune. Ich arbeite eine ganze Menge, mehr als ich je gearbeitet habe...«

»Das freut mich sehr.«

»Wo sind Ihre Sachen? Es gibt wohl eine Damengarderobe, nicht wahr? Ich will in der Vorhalle auf Sie warten. Nebenbei, ich nehme an, daß Sie allein gehen?«

»Ja, ganz allein.«

Das »ganz« klang übertrieben; es ließ Jasper lächeln.

»Und auch, daß ich Sie nicht belästige, indem ich Ihnen meine Begleitung anbiete?«

»Warum sollte es mich belästigen?«

»Gut!«

Milvain brauchte nur wenige Minuten zu warten. Als Marian erschien, betrachtete er sie von Kopf bis Fuß — es war dieselbe unabsichtliche Impertinenz, die sich gelegentlich in seinen Worten geltend machte — und lächelte beifällig. Sie gingen in den Nebel hinaus, der zwar nicht Londons dichtester war, aber dennoch das Gehen sehr unangenehm machte.

»Sie haben wohl von den Mädchen gehört?« hob Jasper an.

»Ihren Schwestern? Ja, sie waren so gut, mir zu schreiben.«

»Haben sie Ihnen von ihrem großen Werk erzählt? Ich hoffe, es wird zu Ende des Jahres fertig sein, die Partien, die sie mir davon geschickt haben, sind recht gut. Ich wußte, daß sie das Zeug in sich haben, Sätze aneinanderzureihen. Jetzt möchte ich , daß sie irgend etwas für die ›Mädchenzeitung‹ zusammenflicken. Wissen Sie — aber woher sollten Sie? —, daß ich für das neue Blatt, den ›Current‹, schreiben werde?«

»Wirklich?«

»Fadge gibt es heraus.«

»Aha.«

»Ich weiß, Ihr Vater kann ihn nicht leiden.«

»Er hat keinen Grund dazu, Herr Milvain.«

»Doch, Fadge ist ein unausstehlicher Mensch, wenn er will, und ich denke, er will oft. Nun, ich muß ihn ausnützen, so gut ich kann. Sie werden doch nicht schlechter von mir denken, weil ich für ihn schreibe?«

»Ich weiß, daß man in solchen Dingen nicht wählerisch sein kann.«

Der Nebel ließ ihre Augen tränen und kroch ihnen in die Kehle. Als sie die Omnibushaltestelle erreichten, fühlten sie sich beide unbehaglich. Sie mußten auf den Omnibus warten und sprachen mittlerweile abgebrochen und hüstelnd. Im Wagen war es ein wenig besser, aber hier konnte man nicht frei sprechen.

»Was für ein Leben!« rief Jasper, sein Gesicht dem Marians nähernd. »Ich wünschte, wir wären auf jenen stillen Feldern — erinnern Sie sich? — und die warme Septembersonne über uns. Werden Sie wieder nach Finden kommen?«

»Ich weiß wirklich nicht.«

»Leider ist meine Mutter gar nicht wohl, auf jeden Fall muß ich zu Weihnachten hin, aber ich fürchte, es wird kein angenehmer Besuch sein.«

In Hampstead Road angekommen, bot er ihr die Hand zum Abschied.

»Ich hätte noch eine Menge mit Ihnen zu reden, aber vielleicht treffe ich Sie wieder einmal.«

Er sprang hinaus und winkte ihr in dem trüben Nebel zu.

Kurz vor Ende Dezember erschien die erste Nummer des »Current«. Yule hatte einige Male mit scharfem Spott davon gesprochen und kaufte natürlich kein Exemplar.

»So hat sich der junge Milvain Fadges hoffnungsvoller Flagge angeschlossen«, bemerkte er ein paar Tage später beim Frühstück. »Sein Artikel soll außerordentlich geistreich sein, ich wollte nur, er wäre irgendwo anders erschienen. Schlechte Gesellschaft...«

»Aber ich glaube nicht, daß sie persönlich bekannt sind«, sagte Marian.

»Höchst wahrscheinlich nicht. Milvain wurde aber zum Beitrag aufgefordert.«

»Meinst du, er hätte ablehnen sollen?«

»Oh nein! Mich geht es ja nichts an, gar nichts.«

Frau Yule blickte ihre Tochter an, aber Marian sah unbekümmert aus. Das Thema wurde fallengelassen. Yule hatte eine Absicht, als er es aufnahm; Milvains Name war bisher auffällig vermieden worden, und er wünschte, dem ein Ende zu machen. Seine Haltung zu der Sache war ihm bisher peinlich gewesen, denn aus den Reden seiner Frau hatte er mit ziemlicher Sicherheit entnommen, daß Marian über den plötzlichen Abbruch ihrer kurzen Bekanntschaft mit dem jungen Manne enttäuscht sei, und Yules Liebe zu seiner Tochter litt bei dem Gedanken, daß er sie vielleicht einer Glückschance beraubt habe. Nun griff sein Gewissen bereitwillig nach einem Vorwand, um seine Handlungsweise zu rechtfertigen: Milvain war zum Feinde übergegangen. Ob der junge Mann wußte, wie groß die Feindschaft zwischen Yule und Fadge war, tat wenig zur Sache; die Wahrscheinlichkeit lag nahe, daß er alles wußte. Auf jeden Fall konnte bei seinem Verhältnis zu Fadge von einem freundschaftlichen Umgang keine Rede sein, so daß es weise gewesen war, die Bekanntschaft fallenzulassen. Ganz gewiß wäre auch nichts daraus entstanden. Milvain war ein Mensch, der hoch hinaus wollte und jeden seiner Schritte von Berechnung leiten ließ — auf jeden Fall war das der Eindruck, den sein Charakter auf Yule gemacht hatte.

Alle Hoffnungen, die Marian auf ihn hätte setzen können, würden mit Enttäuschungen geendet haben. Es war ein Gebot der Barmherzigkeit, sich ins Mittel zu legen, ehe die Dinge so weit waren.

Marian hatte sich bereits ein Exemplar des »Current« verschafft und es heimlich gelesen. Milvains Beitrag war geistvoll, daran zweifelte niemand. Er zog die Aufmerksamkeit des Publikums auf sich, und alle Besprechungen des neuen Blattes gedachten speziell dieses Artikels. Mit großem Interesse suchte Marian die Kommentare in der Presse, und wo es anging, schnitt sie dieselben aus und bewahrte sie sorgfältig auf.

Der Januar verstrich und dann der Februar. Sie sah Jasper nie. Ein Brief von Dora in der ersten Märzwoche kündigte an, daß »Die Geschichte des englischen Parlaments für Kinder« in Kürze erscheinen werde, und teilte auch mit, daß Frau Milvain sehr krank gewesen sei, jetzt aber, bei dem besseren Wetter, sich zu erholen beginne. Jasper wurde nicht erwähnt.

Eine Woche danach kam die Nachricht, daß Frau Milvain gestorben sei.

Dieser Brief traf zur Frühstückszeit ein. Das Kuvert war ein gewöhnliches, und Marian ahnte den Inhalt so wenig, daß sie bei den ersten Worten erschrocken aufschrie. Ihr Vater, der sich mit seiner Zeitung an den Ofen gesetzt hatte, blickte auf und fragte, was geschehen sei.

»Frau Milvain ist vorgestern gestorben.«
»Wirklich?«

Er wandte das Gesicht wieder ab und schien nichts mehr sagen zu wollen, aber nach ein paar Minuten fragte er:

»Was werden ihre Töchter nun anfangen?«
»Ich weiß nicht?«
»Weißt du etwas über ihre Verhältnisse?«

»Ich glaube, sie werden auf sich selbst angewiesen sein.«

Mehr wurde nicht gesprochen. Etwas später stellte Frau Yule einige teilnehmende Fragen, aber Marian gab sehr kurze Antworten.

Zehn Tage darauf, an einem Sonntag, als Marian und ihre Mutter allein im Wohnzimmer saßen, hörten sie ein Klingeln. Yule war ausgegangen, und es war wahrscheinlich, daß der Besucher nur ihn zu sehen wünschte. Sie horchten; das Dienstmädchen ging an die Türe und kam nach einigem Stimmengemurmel herein.

»Ein Herr namens Milvain ist da«, berichtete sie in einer Weise, welche bewies, wie selten ein Besuch erschien. »Er fragte nach dem Herrn, und als ich sagte, daß er fort sei, nach dem Fräulein.«

Mutter und Tochter blickten einander ängstlich an. Frau Yule war ganz nervös und hilflos.

»Führen Sie Herrn Milvain in das Studierzimmer«, sagte Marian mit plötzlicher Entschiedenheit.

»Willst du ihn dort empfangen?« flüsterte die Mutter hastig.

»Ich dachte, daß es dir lieber wäre, als wenn er hierher kommt.«

»Ja, ja. Aber wenn Vater zurückkommt, ehe er fort ist?«

»Was tut's? Du vergißt, daß er zuerst nach dem Vater gefragt hat.«

»Ach ja, dann laß ihn nicht warten.«

Marian, kaum weniger erregt als ihre Mutter, wollte eben das Zimmer verlassen, als sie sich wieder umdrehte.

»Wenn Vater kommt, wirst du es ihm sagen, ehe er ins Studierzimmer geht, nicht wahr?«

»Ja, gewiß.«

Das Feuer im Studierzimmer war fast erloschen; das war das erste, was Marians Auge beim Eintreten bemerkte, und es gab ihr die Gewißheit, daß ihr Vater erst in einigen Stunden nach Hause kommen würde. Augenscheinlich hatte er es absichtlich ausgehen lassen. Solche kleinen Einsparungen, die in behaglichen Verhältnissen lebenden Leuten unverständlich sind, waren ihm zur Lebensregel geworden. Mit einem Gefühl der Freude, daß sie einige freie Zeit vor sich habe, wandte sich Marian der Stelle zu, wo Milvain stand. Er trug kein Zeichen der Trauer, aber sein Gesicht war viel ernster und bleicher als sonst. Sie reichten sich schweigend die Hände.

»Es tut mir so leid«, begann Marian mit erstickter Stimme.

»Ich danke Ihnen. Ich weiß, die Mädchen haben Ihnen alles mitgeteilt. Wir wußten schon seit einem Monat, daß es nicht lange dauern würde, obwohl gerade vor dem Ende eine merkliche Besserung eintrat.«

»Bitte, nehmen Sie Platz, Herr Milvain. Mein Vater ist eben ausgegangen und wird wohl nicht so bald zurückkommen.«

»Ich wollte eigentlich auch nicht Herrn Yule sprechen«, sagte Jasper offen. »Wäre er zu Hause gewesen, so hätte ich ihm mein Anliegen mitgeteilt, aber wenn Sie mir freundlichst ein paar Minuten gewähren wollten, wäre es mir viel lieber.«

Marian sah das verlöschende Feuer an. Ihre Neugierde, zu hören, was Milvain ihr zu sagen habe, mischte sich mit dem angstvollen Zweifel, ob es nicht zu spät sei, frische Kohlen aufzulegen; das Zimmer wurde bereits kalt, und dieser Anschein von Ungastlichkeit machte sie unruhig.

»Soll es weiterbrennen?« fragte Jasper, der ihren Blick und ihre Bewegung verstanden hatte.

»Ich fürchte, es ist schon zu sehr heruntergebrannt.«

»Nein. Das Junggesellenleben hat mich in solchen Dingen geschickt gemacht, lassen sie mich mein Heil versuchen.«

Er nahm die Feuerzange und legte sorgfältig kleine Kohlenstückchen auf die noch vorhandene Glut, während Marian mit einem Gefühl der Beschämung und Mißstimmung daneben stand. Aber im Leben entwickeln sich die Situationen ja so selten mit der erhofften Poesie, und vor allem erleichterte diese banale Notwendigkeit den Anfang des Gesprächs.

»So, jetzt wird es gehen«, sagte Jasper endlich, als kleine Flammen hie und da aufzuzüngeln begannen.

Marian sagte nichts, sondern setzte sich und wartete.

»Ich bin gestern hier angekommen«, begann Jasper. »Natürlich hatten wir sehr viel zu besprechen und zu bedenken. Wir mußten sofort beschließen, was mit Maud und Dora geschehen soll, und ihretwegen bin ich auch hergekommen.«

Seine Zuhörerin schwieg mit einer Miene teilnehmender Aufmerksamkeit.

»Wir haben uns entschlossen, daß sie nach London kommen sollen. Es ist ein kühner Schritt, und ich bin gar nicht sicher, ob das Resultat uns Recht geben wird, aber ich glaube, es ist richtig, daß sie es versuchen wollen.«

»Ohne Zweifel sind sie ebenso talentiert wie Sie.«

»Vielleicht. Natürlich weiß ich, daß ich ein gewisses Talent habe, obwohl ich es nicht sehr hoch einschätze. Ich glaube, sie werden imstande sein, etwas für die ›Mädchenzeitung‹ zu schreiben, und zweifellos wird mir eine zweite Idee kommen, die Jolly & Monk paßt. Auf jeden Fall haben sie hier Zugang zu Büchern und in jeder Beziehung mehr Chancen als in Finden. Der ehrbare, ruhige Weg, der den beiden vorgezeichnet wurde, führt zu einem ewigen Gouvernantenleben. Aber die Mädchen haben keine Lust dazu, sie möchten eher alles andere versuchen. Wir haben alle Details der Situation erwogen — keine Frage, sie ist zum Verzweifeln ernst.

Ich habe sie offen auf alles Ungemach aufmerksam gemacht, dem sie ausgesetzt sein werden, beschrieb ihnen die typischen Londoner Wohnungen und so weiter. Aber sie haben einen Hang zum Abenteuer, und das entschied zuletzt. Wenn es zum Schlimmsten kommt, können sie ja immer noch Gouvernanten werden.«

»Hoffen wir lieber das beste.«

»Ja, aber ich hätte gezögert, sie herkommen zu lassen, wenn die beiden nicht Sie als Freundin betrachten würden. Morgen früh werden Sie wahrscheinlich von einer von ihnen einen Brief erhalten. Vielleicht wäre es besser gewesen, wenn ich mich nicht eingemischt hätte, aber ich hatte das Gefühl, daß ich Sie sehen und — es auf meine Weise erzählen müsse. Sie werden wohl dieses Gefühl verstehen, Fräulein Yule, ich wollte tatsächlich von Ihnen selbst hören, ob Sie den armen Mädchen eine Freundin sein wollen.«

»Oh, das wissen Sie ja selbst! Wie werde ich mich freuen, sie oft zu sehen!«

Marians Stimme war wie geschaffen für den Ausdruck warmen Gefühles. Pathos lag nicht in ihrem Wesen, sie brauchte nur ihre gewöhnliche Reserve fallenzulassen, ruhig ihre Gefühle äußern, was sie sich so selten gestattete, und ihr Ton war voll feinster Weiblichkeit.

Jasper sah ihr voll ins Gesicht.

»In diesem Falle werden sie ein Heim nicht so sehr vermissen. Natürlich werden sie eine sehr bescheidene Wohnung nehmen müssen, ich habe mich bereits umgesehen. Am liebsten hätte ich sie in meiner Nähe; die Gegend ist anständig, der Park bei der Hand, und auch zu Ihnen hätten sie es nicht weit. Sie dachten anfangs, mit mir gemeinsam zu wirtschaften; aber ich fürchte, das geht nicht, denn die Wohnung, die wir in diesem Falle brauchen würden, müßte mehr kosten, als wenn wir getrennt leben. Außerdem — es macht ja nichts, wenn ich es Ihnen sage — würden wir wohl nicht gut miteinander auskommen. Wir sind alle ziemlich streitsüchtiger Natur.«

Marian lächelte und sah erstaunt aus.

»Sie hätten das nicht gedacht?«

»Ich habe keine Anzeichen von Streitsucht bemerkt.«

»Ich weiß nicht, ob die Schuld ganz auf meiner Seite ist — warum soll man immer nur sich selbst verdammen? Mit Maud ist vielleicht am schwersten auszukommen, sie besitzt eine Art von Arroganz, eine Selbstüberschätzung, die ich in mir selbst wiederfinde; Sie haben diesen Zug an mir bemerkt?«

»Arroganz — nein. Sie haben Selbstvertrauen.«

»Das hier und da ins Extrem übergeht. Aber, abgesehen von mir, mit *Ihnen* werden die Mädchen nicht streiten, da müßten sie wirklich sehr zanksüchtig sein.«

»Wir werden gewiß Freundinnen bleiben.«

Jasper ließ den Blick im Zimmer umherschweifen.

»Das ist Ihres Vaters Studierzimmer?«

»Ja.«

»Vielleicht wäre Herr Yule sehr befremdet gewesen, wenn ich hereingekommen und mit ihm von diesen rein privaten Angelegenheiten gesprochen hätte. Er kennt mich so wenig, aber da ich zum ersten Male hier bin ...«

Er hielt in ungewohnter Verlegenheit inne.

»Ich werde meinem Vater Ihren ganz natürlichen Wunsch, von diesen Dingen zu reden, erklären«, sagte Marian taktvoll.

Sie dachte unruhig an ihre Mutter im Nebenzimmer, denn sie sah keinen Grund, sie ihm nicht vorzustellen, konnte sich aber doch nicht dazu entschließen. Der letzten Bemerkungen ihres Vaters über Milvains Beziehungen zu Fadges Blatt gedenkend, mußte sie auf seine Erlaubnis warten, ehe sie den jungen Mann ermutigte, seinen Besuch zu wiederholen. Wer weiß, ob ihres Vaters tiefverwurzelte und wuchernde Antipathien nicht auch ihren Verkehr mit den Mädchen hindern würden. Aber sie war jetzt erwachsen und durfte sich ihre Freunde selbst wählen. Das Vergnügen, Jasper unter diesem Dache zu sehen, ihn mit so freundschaftlicher Vertraulichkeit sprechen zu hören, gab ihr die Kraft, ihre Schüchternheit zu überwinden.

»Wann werden Ihre Schwestern kommen?« fragte sie.

»Ich glaube, in ein paar Tagen. Wenn ich eine Wohnung gefunden habe, muß ich nach Finden zurück und sie herbringen, sobald wir das Haus leer haben. Es ist ein abscheuliches Geschäft, Dinge zu verkaufen, mit denen man seit der Kindheit gelebt hat.«

»Es muß sehr traurig sein«, murmelte Marian.

Er erhob sich und ließ das Auge über die nächsten Bücherreihen schweifen.

»Ich will jetzt gehen, Fräulein Yule.«

Marian stand auf, als er näher trat.

»Es ist recht schön, daß ich meine Schwestern in der Hoffnung ermutige, daß sie ihren Lebensunterhalt verdienen werden können«, sagte er lächelnd. »Wie aber, wenn ich es selbst nicht kann? Es ist noch gar nicht sicher, daß ich dieses Jahr auskomme.«

»Sie haben allen Grund zur Hoffnung.«

»Ich höre es gern, wenn die Leute das sagen, aber es bedeutet, daß ich mich schwer ins Zeug legen muß. Als wir alle in Finden waren, sagte ich den Mädchen, daß ich in einem Jahre von meiner eigenen Arbeit leben würde. Nun bin ich dazu gezwungen, und ich liebe das Arbeiten nicht, ich bin von Natur aus träge. Ich werde nie um des bloßen Schreibens willen schreiben, sondern nur um Geld zu machen. Alle meine Pläne und Anstrengungen werden nur das Geld im Auge behalten — alle. Ich werde manches Niedrige in meinem Leben tun, nur um mir Geld und einen Namen zu schaffen. Ich werde mir *nichts* in die Quere kommen lassen, wenn es um meinen materiellen Vorteil geht.«

»Ich wünsche Ihnen alles Glück«, sagte Marian, ohne ihn anzusehen und ohne zu lächeln.

»Ich danke Ihnen, aber das klingt zu sehr wie ein Adieu. Ich hoffe, wir werden trotz alledem Freunde bleiben, nicht wahr?«

»Ich hoffe es.«

Sie reichten sich die Hände, und er ging zur Tür. Ehe er sie öffnete, fragte er:

»Haben Sie das Dings von mir im ›Current‹ gelesen?«

»Ja.«

»Es war nicht schlecht, nicht wahr?«

»Sehr geistreich.«

»Geistreich — ja, das ist das richtige Wort. Es hatte aber auch Erfolg. Für die April-Nummer habe ich etwas fast ebenso Gutes halb fertig, aber das Herz war mir zu schwer, um es zu beenden. Die Mädchen werden Sie es wissen lassen, wenn sie in der Stadt sind.«

Marian folgte ihm in den Korridor hinaus und sah ihm nach, während er die Haustür öffnete. Als sie zugefallen war, kehrte sie auf ein paar Sekunden in das Studierzimmer zurück, ehe sie zu ihrer Mutter hinüberging.

IX. OHNE INNEREN BERUF

Schließlich kam doch der Tag, da Edwin Reardon sich wieder regelmäßig an die Arbeit machte und sein bestimmtes Quantum Manuskript alle vierundzwanzig Stunden abhaspelte. Er schrieb eine sehr kleine Handschrift; sechzig beschriebene Streifen des von ihm gewöhnlich benützten Papiers würden, dank dem in diesen Dingen herrschenden, erstaunlichen System: großer Druck, weite Zeilen, zahlreiche leere Seiten — ein passabel dickes Buch von dreihundert Seiten ergeben. Im Durchschnitt konnte er an einem Tage vier solcher Streifen schreiben; das ergab vierzehn Tage für den Band, und fünfundvierzig Tage für das vollständige Werk.

Fünfundvierzig Tage — eine Ewigkeit! Dennoch brachte ihm diese Berechnung eine schwache Ermutigung. Denn bei diesem Tempo konnte er das Buch zu Weihnachten verkauft haben. Es würde ihm gewiß keine hundert Pfund einbringen, vielleicht fünfundsiebzig. Aber selbst diese kleine Summe würde ihn in die Lage versetzen, die Quartalsmiete zu zahlen und sich eine kurze Zeit, wenigstens zwei bis drei Wochen, Ruhe zu gönnen. Wenn er sich diese Ruhe nicht verschaffen konnte, so war es mit ihm aus. Er mußte entweder ein neues Mittel finden, um sich und seine Familie zu erhalten — oder dieses Leben und seine Verantwortlichkeiten ganz von sich werfen.

Diese letztere Alternative stand ihm oft genug vor Augen. Denn er schlief selten mehr als zwei bis drei Stunden hintereinander, und die Zeit des Wachseins war oft furchtbar. All die Geräusche, welche die Stationen von Mitternacht bis zur Dämmerung markierten, waren ihm inzwischen grauenhaft vertraut; die ärgste Qual für seinen Geist aber war das Klingeln und Schlagen der Glocken. Besonders zwei von ihnen, die der Marylebone-Kirche und die des nahen Arbeitshauses, waren deutlich hörbar; die letztere erklang immer einige Minuten nach ihrer geistlichen Nachbarin und mit einem Klangunterschied, der Reardon sehr passend schien — eine dünne, nörgelnde Stimme, die an die Bewohner des Hauses erinnerte. Wenn er eine Zeitlang wach lag, hörte er die Viertelstunden schlagen; hörten sie vor der vierten auf, so freute er sich, denn er fürchtete, zu erfahren, wie spät es sei. War die Stunde vollständig, so wartete er angstvoll auf ihre Zahl. Zwei, drei, vier — das ging noch an; da lag noch eine lange Zeit vor ihm, bis er aufstehen und der gefürchteten Aufgabe, den schrecklichen vier weißen Streifen, entgegentreten mußte, die er zu füllen hatte, ehe er wieder schlafenging. Aber eine solche Ruhe war nur momentan; kaum war die Arbeitshausglocke verstummt, so begann seine müde Phantasie sich abzuquälen, oder furchtbare Zukunftsvisionen schwebten ihm vor Augen. Das sanfte Atmen Amys an seiner Seite, die Berührung ihrer warmen Glieder erfüllten ihn oft mit unerträglicher Angst. Er glaubte nach wie vor nicht, daß Amy ihm mit der alten Liebe zugetan sei, und wie ein kaltes Gewicht lag es auf seiner Seele, daß er, um auch nur ihre eheliche Neigung, die Zärtlichkeit der Gattin, zu erhalten, Unmögliches leisten mußte.

Ja, Unmögliches, denn er konnte sich nicht länger durch die Hoffnung auf Erfolg irreführen lassen. Das Äußerste war, daß er den bloßen Unterhalt bestreiten konnte, und mit dem bloßen Unterhalt wollte und konnte Amy nicht zufrieden sein.

Wenn er eines natürlichen Todes sterben würde, wäre

das für alle gut. Sein Weib und sein Kind würden versorgt werden, sie könnten bei Frau Edmund Yule leben, und sicherlich würde es nicht lange dauern, so heiratete Amy von neuem, diesmal einen Mann, an dessen Fähigkeit, sie zu erhalten, kein Zweifel herrschen konnte. Sein eigenes Benehmen war feig, egoistisch gewesen. Oh ja, sie hatte ihn geliebt, hatte ihm freudig vertraut, aber in ihm hatte stets eine warnende Stimme gesprochen; er ahnte — er wußte ...

Der Herbst ging in den Winter über. Dunkle Tage, die seinen Geist stets bedrückten, begannen häufiger zu werden und würden einander wohl bald gnadenlos folgen. Nun ja, wenn nur jeder von ihnen vier Streifen Papier bedeutete.

Milvains Rat war für ihn natürlich ohne Nutzen geblieben. Der sensationelle Titel suggerierte nichts oder zauberte ihm nur unvollständige menschliche Formen vor, die höhnisch vor ihm umherflatterten, wenn er sie fixieren wollte. Aber er hatte sich zu einer Geschichte entschlossen, die ihm lag, die sich wohl schwer in drei Bänden ausspinnen ließ, aber doch seine eigene war. Der Titel bereitete ihm immer erst dann Kopfzerbrechen, wenn das Buch beendet war. Er hatte noch nie einen vor dem Beginn gewählt.

Eine Woche lang ging es so fort, dann kam abermals die Krise, die er vorausgesehen hatte.

Zuerst ein vertrautes Symptom der Krankheit, die die erschöpfte Phantasie befällt: fünf oder sechs Sujets gingen ihm durch den Kopf, alle aus der Zeit, als er mit dem Romanschreiben begonnen hatte, als ihm noch frische Ideen kamen. Wenn er eines dieser Sujets verzweifelt erfaßte und zu entwickeln trachtete, war er zwei bis drei Tage lang zufrieden; Charaktere, Situationen, Motive formten sich rasch, und er machte sich freudig ans Schreiben. Kaum hatte er jedoch ein oder zwei Kapitel beendet, so brach der ganze Aufbau zusammen. Er hatte sich geirrt, nicht diese Geschichte, die andere hätte er nehmen sollen. Diese andere lockte ihn jetzt, das, was er bereits geschrieben hatte, beiseite zu werfen. Gut, jetzt ging es besser; aber schon nach wenigen Tagen wiederholte sich dasselbe. Nein, nicht diese Geschichte, sondern eine dritte, an die er lange Zeit nicht gedacht hatte. Wie hatte er nur ein so vielversprechendes Sujet fahrenlassen können?

Seit Monaten schon lebte er so; endloses Kreisen, beständiges Anfangen, gefolgt von ewiger Enttäuschung. An sich schon ein Zeichen von Erschöpfung, machte es die Erschöpfung nur noch größer. Manchmal befand er sich an der Grenze des Irrsinns, sein Geist in einem nebligen Chaos, einem formlosen Wirbel des Nichts; er sprach laut mit sich selbst, ohne zu wissen, daß er es tat. Worte, die den Gegenstand seines Brütens schmerzlich bezeichneten, entschlüpften ihm oft auf der Straße: »Was könnte ich daraus machen?« »Wenn ich ihn zu einem ...« »Nein, das ginge nicht« und so weiter.

Die erwartete Krise kam, obwohl er wild entschlossen war, um jeden Preis zu *schreiben*, mochte es ausfallen, wie es wollte. Sein Wille errang die Oberhand. Ein paar Tage solcher Leiden, wie sie einem Laien nicht beschrieben werden können, und wieder haspelte er Streifen auf Streifen ab, jeden vollendeten mit einem Seufzer der Erleichterung begleitend.

Seine Tageseinteilung sah so aus: um neun Uhr, nach dem Frühstück, setzte er sich an sein Pult und arbeitete bis eins. Dann kam das Mittagessen, darauf ein Spaziergang. Er ließ es nicht zu, daß Amy ihn begleitete, denn er hatte nachzudenken, und eine Begleitung hätte gestört. Um halb vier setzte er sich wieder hin und schrieb bis halb sieben; dann aß er etwas und ging noch einmal von halb acht bis zehn an die Arbeit. Die leiseste Störung dieser Zeiteinteilung brachte ihn durcheinander; Amy durfte nicht einmal die Tür öffnen, um eine Frage zu stellen.

Manchmal bestand das Resultat der dreistündigen Morgenarbeit in einem Dutzend bis zur Unleserlichkeit korrigierter Zeilen. Sein Gehirn wollte nicht arbeiten; er konnte sich nicht der einfachsten Synonyme entsinnen; unerträgliche Fehler im Satzbau brachten ihn zum Wahnsinn, obwohl seine früheren Bücher sich durch einen bemerkenswert guten Stil ausgezeichnet hatten.

Abends ging es ihm gewöhnlich besser, manchmal schrieb er eine Seite mit einer Geläufigkeit, die an seine glücklichen Jahre erinnerte; dann klopfte sein Herz, und seine Hand zitterte vor Freude.

Lokalbeschreibung, Charakteranalyse, Motive waren für seine jetzige Lage eine zu große Anstrengung, er hielt sich so viel wie möglich an den Dialog; der Raum wird dadurch viel rascher ausgefüllt, und in der Not kann man die Leute über Alltägliches reden lassen.

Dann kam ein Abend, an dem er die Tür öffnete und Amy rief.

»Was gibt's?« antwortete sie aus dem Schlafzimmer. »Ich habe mit Willie zu tun.«

»Komm, sobald du kannst.«

Zehn Minuten später erschien sie, mit einem ängstlichen Gesicht, denn sie fürchtete, Klagen über seine Arbeitsunfähigkeit zu hören. Statt dessen teilte er ihr freudig mit, daß der erste Band beendet sei.

»Gott sei Dank!« rief sie. »Wirst du heute noch arbeiten?«

»Nein, wenn du bei mir bleiben willst.«

»Willie scheint nicht ganz wohl zu sein, er kann nicht einschlafen.«

»Möchtest du bei ihm bleiben?«

»Noch ein Weilchen, ich komme gleich.«

Sie schloß die Tür. Reardon stellte sich einen hochlehnigen Stuhl neben den Kamin und erlaubte sich, die zwei Bände zu vergessen, durch die er sich noch hindurcharbeiten mußte. Nach ein paar Minuten fiel ihm ein, daß es sehr angenehm wäre, ein wenig in der »Odyssee« zu lesen; er ging an das Regal, wo die Klassiker standen, nahm den betreffenden Band und öffnete ihn, wo Odysseus zu Nausikaa sagt:

»Denn niemals sah ich einen Sterblichen, der dir gleicht, Mann oder Weib; Ehrfurcht ergreift mich, wenn ich dich anblicke. In Delos einst, dicht neben dem Altar Apolls, sah ich einen jungen Palmbaum, aufschießend mit eben solcher Anmut.«

Ja, das war nicht im Tempo von so und so viel Seiten am Tag geschrieben, während die Arbeitshausglocke den Rhythmus dazu schlug. Wie es die Seele erfrischte! Wie die Augen beim Klange dieser edelsüßen Hexameter sich in seltener Freude trübten!

Amy trat wieder in das Zimmer.

»Höre«, sagte Reardon, mit einem hellen Lächeln zu ihr aufblickend. »Erinnerst du dich, wann ich dir dies zum ersten Male vorgelesen habe?«

Und er übersetzte ihr die Strophe in freie Prosa. Amy lachte.

»Und ob ich mich erinnere! Wir waren allein im Salon; ich hatte den anderen bedeutet, daß sie sich für diesen Abend mit dem Speisezimmer begnügen müßten, und du zogst ganz unerwartet das Buch aus der Tasche. Ich mußte über deine Gewohnheit, immer kleine Bücher mit dir herumzutragen, sehr oft lachen.«

Die gute Nachricht hatte sie erheitert. Wenn sie Klagen zu hören bekommen hätte, würde ihre Stimme nicht so melodisch sanft geklungen haben. Reardon dachte daran, und es machte ihn einen Augenblick lang stumm.

»Es war eine verhängnisvolle Gewohnheit«, sagte er,

sie mit einem unsicheren Lächeln anblickend, »ein praktischer Literat tut dergleichen nicht.«

»Milvain zum Beispiel. Nein.«

Sie erwähnte den Namen Milvains mit seltsamer Häufigkeit, aber weil sie es unbewußt tat, dachte Reardon nicht weiter darüber nach; dennoch hatte er es bemerkt.

»Hast du meine Worte ironisch aufgefaßt?« fragte er.

»Ironisch? Gewiß, ein wenig, ich finde, daß es aus deinem Munde immer so klingt.«

»Ich meinte es nicht so«, sagte er, »sondern einfach, daß meine Bücherwurmgewohnheiten nicht viel für meine Aussichten als Romanschriftsteller versprechen.«

»Aber früher dachtest du nicht so.«

Er seufzte.

»Nein, wenigstens . . . Nein.«

»Wenigstens was?«

»Nein, im großen und ganzen hegte ich schöne Hoffnungen.«

Amy verschränkte ungeduldig die Finger.

»Edwin, ich will dir etwas sagen: du gefällst dir darin, in so mutloser Weise zu sprechen. Warum tust du das? Ich kann es nicht leiden. Es hat eine unangenehme Wirkung auf mich. Nämlich, wenn die Leute nach dir fragen, weiß ich nicht, was ich antworten soll. Sie müssen bemerken, daß ich unruhig bin, denn ich spreche ganz anders als sonst.«

»Wirklich?«

»Ich kann mir nicht helfen, und wie gesagt, es ist vor allem deine eigene Schuld.«

»Gut, zugegeben, ich bin keine sanguinische Natur, und ich neige dazu, in melancholische Launen zu geraten; aber du gleichst das wieder aus, Amy, nicht wahr?«

»Ja, ja, aber . . .«

»Aber?«

»Ich bin doch nicht *nur* dazu da, um dich bei guter Laune zu halten, oder?«

Sie fragte es scherzend, mit einem fast mädchenhaften Lächeln.

»Gott behüte! Ich hätte mich nicht in dieser absoluten Weise ausdrücken sollen, aber du weißt, ich habe es halb im Scherz gesagt. Leider ist es jedoch wahr, daß ich nicht so leichtherzig sein kann, wie ich möchte. Bist du mir deshalb böse?«

»Ein wenig; ich kann mir nicht helfen, ich muß mich bezwingen. Aber du mußt dir deinerseits auch Mühe geben. Warum hast du das gesagt?«

»Du hast recht, es war nutzlos.«

»Vor einigen Wochen erwartete ich kein heiteres Wort von dir, denn die Dinge standen so schlimm wie nur möglich. Jetzt aber, wo du schon einen Band fertig hast, ist wieder Hoffnung.«

Hoffnung? Welcher Art? Reardon wagte nicht auszusprechen, was in seinem Herzen vorging. »Eine erbärmliche, jämmerliche Hoffnung, Hoffnung auf eine Summe, die gerade für ein halbes Jahr genügen würde, oder nicht einmal dafür.« Er hatte die Erfahrung gemacht, daß er Amy nie die volle Wahrheit, wie er selbst sie sah, mitteilen durfte. Der idealen Gattin kann der Mann alles sagen, was in ihm vorgeht; sie wird es vorziehen, sein volles Vertrauen zu teilen. Nein, Amy war in dieser Hinsicht nicht die ideale Gattin. Kaum hatte jedoch dieser halbe Vorwurf sein Gehirn durchzuckt, als er sich schon selbst verdammte und mit der Freude der Liebe in ihre klaren Augen blickte.

»Ja, Liebste, wir haben wieder Hoffnung. Heute Abend keine düsteren Gespräche mehr! Ich habe dir etwas vorgelesen, jetzt lies du mir vor; ich habe schon lange nicht die Freude gehabt, dir zuzuhören. Was willst du lesen?«

»Ich bin heute etwas müde.«

»So?«

»Ich habe mit Willie so viel zu tun gehabt, aber lies mir noch etwas aus dem Homer vor, ich werde sehr gern zuhören.«

Reardon griff wieder nach dem Buche, aber nicht bereitwillig; sein Gesicht drückte Enttäuschung aus. Seit der Geburt des Kindes waren die gemeinsam verbrachten Abende anders geworden; Willie war für Amy immer ein allzu willkommener Vorwand, daß sie sich müde fühlte. Der Kleine hatte sich zwischen ihn und die Mutter gestellt, wie es in allen armen Familien der Fall ist; für das Kind war ihr keine Mühe zu groß. Das war Liebe, während ... Aber Mutterliebe war ja etwas Selbstverständliches.

»Sobald du zwei- oder dreihundert Pfund für ein Buch bekommst, werde ich ihm nicht mehr meine ganze Zeit widmen müssen«, fügte sie lachend hinzu.

»Zwei- oder dreihundert Pfund!« Er wiederholte es kopfschüttelnd. »Ach, wenn das möglich wäre!«

»Aber es ist eigentlich eine nichtige Summe! Was glaubst du, hat Markland für seinen letzten Roman bekommen?«

»Hat ihn wahrscheinlich gar nicht verkauft, sondern bekommt Tantiemen.«

»Die ihm fünf- bis sechshundert Pfund eintragen werden, ehe man von dem Buch zu sprechen aufhört.«

»Hör auf, das Wort ›Pfund‹ widert mich schon an.«

»Mich ebenfalls.«

»Aber Amy, wenn ich mich bemühe, trotz meiner finsteren Stimmung heiter zu sein, wäre es nicht schön, wenn du deine Gedanken an Geld aufgeben würdest?«

»Ja, Lieber, lies mir deinen Homer vor, dort, wo Odysseus im Hades ist und Ajax an ihm vorüberschreitet. Das höre ich am liebsten.«

Nachdem er das Buch in das Fach zurückgestellt hatte, trat er hinter den Sessel seiner Frau, lehnte sich daran und legte seine Wange an die ihre.

»Amy, hast du mich noch ein bißchen lieb?«

»Viel mehr als ein bißchen.«

»Obwohl ich zu einem solchen Schundschreiber herabgesunken bin?«

»Ist es wirklich so schlecht?«

»Verdammt schlecht, ich werde mich schämen, es gedruckt zu sehen.«

»Oh, aber warum, warum?«

»Ich kann's nicht besser, mein Herz. So liebst du mich also nicht genug, um das ruhig anhören zu können.«

»Edwin, wenn ich dich *nicht* liebte, könnte ich ruhiger sein. Es ist furchtbar, zu denken, was die Kritik darüber sagen wird.«

»Der Teufel hole die Kritik!«

Seine Stimmung war im Nu umgeschlagen. Er erhob sich mit finsterem Gesicht und vor Zorn zitternd.

»Du mußt mir etwas versprechen, Amy: lies keine der Kritiken, wenn du nicht dazu gezwungen wirst. Versprich es mir, ignoriere sie so vollständig, wie ich es tue. Sie sind keinen Blick aus deinen Augen wert. Ich könnte es nicht ertragen, wenn du all den Hohn liest, der über mich ausgeschüttet werden wird.«

»Ich werde das gewiß mit Vergnügen ignorieren, aber andere Leute, unsere Bekannten, werden es lesen. Das ist doch das Ärgste.«

»Du weißt, daß ihr Lob wertlos wäre, sei daher stark genug, ihren Tadel zu überhören. Mögen unsere Bekannten lesen und reden, was sie wollen. Kannst du dich nicht mit dem Gedanken trösten, daß ich nicht verachtenswert bin, obwohl ich so nichtige Arbeit verrichten muß?«

»Die Leute sehen das anders«.

Es entstand eine Pause.

»Edwin, wenn du nicht imstande bist, Gutes zu leisten, Schlechtes darfst du nicht veröffentlichen. Wir müssen an einen anderen Erwerb denken.«

»Hast du vergessen, daß du mich gedrängt hast, eine unsinnige, sensationelle Geschichte zu schreiben?«

»Du hast mich mißverstanden, eine sensationelle Geschichte braucht nicht Unsinn zu sein — und außerdem, wenn du etwas anderes, als du bisher geschrieben hast, versucht hättest, wäre das eine Entschuldigung gewesen, wenn die Leute es einen Mißerfolg nennen.«

»Die Leute, die Leute!«

»Edwin, wir können nicht in der Einöde leben, obwohl wir wirklich nicht mehr weit davon entfernt sind.«

Das Resultat war natürlich, daß er sich am nächsten Morgen in durchaus nicht der richtigen Stimmung ans Werk machte. Amys Erwähnung der Kritik machte es ihm noch schwerer, an etwas zu arbeiten, was er für schlecht hielt. Und obendrein wollte es das Unglück, daß er sich nach ein paar Tagen die erste Erkältung dieses Jahres zuzog. Seit mehreren Jahren hatte ihn eine Kette von Schnupfen, Halsentzündungen und Rheuma von Oktober bis Mai gequält, und bei der Planung für sein jetziges Werk, das bis Weihnachten fertig sein sollte, hatte er die Möglichkeit solcher Unterbrechungen nicht aus dem Auge gelassen, sich jedoch gesagt: »Andere haben auch während einer Krankheit gearbeitet, ich muß dasselbe tun.« Aber Reardon gehörte nicht zu diesen heroischen Autoren. Einen entsetzlichen Tag lang zwang er sich an den Schreibtisch — und schrieb eine Viertelseite. Am nächsten Morgen ließ ihn Amy nicht mehr aufstehen; er war sehr krank. In der Nacht hatte er im Delirium von seiner Arbeit gesprochen und sie nicht wenig erschreckt.

»Wenn das so fortgeht, bekommst du Nervenfieber«,

sagte sie am Morgen zu ihm. »Du mußt dich zwei oder drei Tage lang ausruhen.«

»Sag mir, wie, ich wollte, daß ich es könnte.«

Ausruhen war dringend notwendig. Zwei Tage lang konnte er nicht schreiben, aber die Wirkung auf seinen Geist war eine viel schlimmere, als wenn er am Schreibtisch gesessen hätte. Er sah ganz verfallen aus, als er sich wieder an die gewohnten weißen Papierstreifen machte.

Der zweite Band hätte eigentlich leichter sein sollen als der erste, aber er erwies sich als schwieriger. Die Herren und Damen von der Kritik pflegen gewöhnlich auf die Schwäche des zweiten Bandes hinzuweisen und haben zumeist recht, einfach weil sich selten eine Geschichte zu drei Bänden ausspinnen läßt. Reardons Sujet war an und für sich schwach, und dieser zweite Band bestand aus mühseligem Flickwerk. Wenn er drei Spalten täglich schrieb, so war das viel.

Und mittlerweile schmolz das Geld dahin, trotz Amys Sparsamkeit. Sie verbrauchte so wenig als nur möglich; kein überflüssiger Gegenstand kam ins Haus; sogar ganz unentbehrliche Kleidungsstücke wurden nicht gekauft. Aber was nützte das?

Ende November sagte Reardon eines Morgens zu seiner Frau:

»Morgen beende ich den zweiten Band.«

»Und in einer Woche«, antwortete sie, »haben wir keinen Groschen mehr.«

Er hatte bisher keine Fragen gestellt, und Amy hatte es unterlassen, ihm den wahren Stand der Dinge zu enthüllen, damit er sich nicht am Schreiben gehindert fühle. Jetzt aber mußten sie die Lage besprechen.

»In drei Wochen kann ich fertig sein«, sagte Reardon mit unnatürlicher Ruhe, »dann werde ich persönlich zum Verlag gehen und bitten, mir auf das Manuskript, ehe sie es gelesen haben, einen Vorschuß zu geben.«

»Könntest du das nicht schon mit den ersten beiden Bänden tun?«

»Nein, das geht wirklich nicht. Es wird auch so noch schlimm aussehen; aber auf ein unfertiges Buch, noch dazu auf ein solches hin, zu bitten ... das kann ich nicht!«

Große Tropfen standen auf seiner Stirne.

»Sie würden dir helfen, wenn sie wüßten«, sprach Amy mit leiser Stimme.

»Vielleicht. Sicher bin ich dessen nicht; sie können nicht jedem armen Teufel helfen. Nein, ich werde ein paar meiner Bücher verkaufen, fünfzig oder sechzig kann ich entbehren.«

Amy wußte, was für ein Opfer das sein würde, und der große Kummer schien sie sanfter gemacht zu haben.

»Edwin, laß *mich* diese zwei Bände zu dem Verleger tragen, und ihm sagen, daß ...«

»Um Himmelswillen, nein, das ist unmöglich! Zehn gegen eins wird man dir sagen, daß mein Buch von so zweifelhaftem Werte ist, daß sie keine Guinee geben können, ehe es ganz geprüft ist. Liebchen, ich darf dich nicht gehen lassen. Jetzt werde ich ein paar Bücher aussuchen, die ich entbehren kann, und zu Mittag werde ich jemanden herkommen lassen, der sie sich ansehen soll. Mach dir keine Sorgen, in drei Wochen bin ich gewiß fertig. Wenn ich dir drei bis vier Pfund verschaffe, könntest du auskommen, nicht wahr?«

»Ja.«

Sie wandte dabei das Gesicht ab.

»Du sollst sie haben.« Er sprach noch immer sehr ruhig. »Wenn die Bücher nicht genug einbringen, so ist ja meine Uhr da — oh, noch eine Menge Sachen.«

Er wandte sich jäh ab, und Amy setzte ihre häuslichen Arbeiten fort.

X. DIE FREUNDE DER FAMILIE

Es war ganz natürlich, daß Amy über die Einsamkeit, in der sie die meisten Tage verbrachte, Unzufriedenheit äußerte. Sie hatte nie in einem großen Bekanntenkreise gelebt; die schmalen Mittel ihrer Mutter beschränkten die Familie auf den Verkehr mit wenigen alten und solchen neuen Freunden, die sich mit einer Tasse Tee begnügten; aber sie besaß gesellschaftliche Neigungen, und der Reifeprozeß, der ihrer Heirat folgte, brachte ihr das noch mehr zum Bewußtsein. Sie hatte ihrem Gatten bereits zu verstehen gegeben, daß eines ihrer stärksten Motive, als sie ihn heiratete, der Glaube war, daß er sich auszeichnen werde. Damals dachte sie an seinen künftigen Ruhm nur, soweit er für sie beide von Bedeutung war; ihr Stolz auf ihn sollte der Begleiter ihrer Liebe sein. Jetzt wußte sie, daß keine Auszeichnung ihres Gatten für sie einen Wert besitzen würde, wenn sie nicht das Vergnügen hätte, die Wirkung derselben auf andere zu sehen; erst im reflektierten Licht einer bewundernden Gemeinde würde sie erstrahlen.

Je bewußter sie sich dieses Bedürfnisses ihrer Natur ward, desto klarer sah sie ein, daß ihre Hoffnungen auf einem Irrtum beruhten. Reardon würde nie ein großer Mann werden, und auch in der Achtung des Publikums würde er nie eine hervorragende Stellung einnehmen. Amy wußte, daß diese beiden Dinge so verschieden wie Licht und Finsternis sein konnten; aber in ihrer bitteren Enttäuschung hätte sie es lieber gehabt, wenn er zu wertloser Popularität aufgeflackert wäre, als so allmählich zu erlöschen, wie es sein Los zu sein schien.

Sie wußte ganz gut, wie die »Leute« von ihm und ihr sprachen. Selbst ihre nichtliterarischen Bekannten wußten, daß Reardons letzter Roman alles, nur nicht erfolgreich gewesen war, und sie mußten sich zweifellos fragen, wovon die Reardons leben würden, wenn das Geschäft des Romanschreibens nicht mehr eintrug. Ihr Stolz empörte sich bei dem bloßen Gedanken an solche Gespräche. Bald würde sie ein Gegenstand des Mitleids werden, man würde von der »armen Frau Reardon« sprechen. Das war unerträglich!

Die Freundin, welche ihr die meisten Ungelegenheiten machte, war Frau Carter. Man erinnert sich, daß bei Reardons erstem Zusammentreffen mit seiner späteren Frau in der Grosvenor-Galerie auch sein Freund Carter mit einer jungen Dame anwesend war, die bald schon den Namen dieses fröhlichen jungen Mannes tragen sollte. Die Carters waren jetzt ein Jahr verheiratet, wohnten in Bayswater und sahen viel von jener Gesellschaft um sich, welche die Vergnügungen und Sitten der »guten« Gesellschaft auf etwas niedrigerem Fuße nachahmte. Herr Carter war noch immer Sekretär des Hospitals, wo Reardon einst Schreiber gewesen, aber durch seine Reisen auf dem Meere wohltätiger Unternehmungen war er auf zusätzliche Einnahmequellen gestoßen; dieser junge Mann mit dem angenehm lebhaften Wesen hatte sich frühzeitig mit Leuten bekannt gemacht, die ihm nützlich sein konnten, und empfing nun seinen Lohn in der Form von Ämtern, die nur durch privaten Einfluß zu erhalten sind. Seine Frau war eine gutmütige, lebhafte und recht kluge Person, die für Amy aufrichtige Neigung und vor Reardon großen Respekt empfand. Ihr Ehrgeiz bestand darin, sich einen ausgesprochen intellektuellen Bekanntenkreis zu bilden, und sie lud die Reardons beständig ein: ein leibhaftiger Romancier geriete wohl nicht leicht in die Welt einer Frau Carter, und es ärgerte sie um so mehr, daß alle ihre Versuche, Amy und ihren Gatten zu ihren *five o'clock teas* und kleinen Soiréen einzuladen, seit einiger Zeit fehlschlugen.

Nachmittags, nachdem Reardon einen Antiquar aufgesucht hatte, um sich Geld zu verschaffen, und nun wieder, emsig arbeitend, in seinem Studierzimmer saß, wurde Amy durch ein Klingeln gestört; das kleine Dienstmädchen ging an die Tür und kam mit Frau Carter zurück. Selbst zu besseren Zeiten war es peinlich gewesen, während der Stunden, da Reardon an seinem Schreibtisch saß, andere als sehr intime Freunde zu empfangen. Das kleine Speisezimmer, mit dem die Küchengeräte verhüllenden Paravent, bot nur den bescheidensten Komfort, und das Dienstmädchen mußte ins Schlafzimmer geschickt werden. Und wirklich ungestört war man auch dann nicht, denn das Mädchen konnte an der Tür (die Zimmer gingen ineinander) jedes Wort hören; aber Amy konnte ihre Gäste ja nicht bitten, mit leiser Stimme zu sprechen. Während des ersten Jahres war diese Schwierigkeit nicht fühlbar gewesen, denn Reardon pflegte das Studierzimmer seiner Frau von drei bis sechs zur Verfügung zu stellen; erst seit die Angst vor der Zukunft ihn zu drücken begann, saß er den ganzen Tag dort. Man sieht, wie kompliziert die Mißlichkeiten der Lage waren; eine Unannehmlichkeit zog die andere nach sich, und jeder Anlaß zur Unzufriedenheit vervielfältigte sich.

Frau Carter würde es sehr übel genommen haben, hätte sie gewußt, daß Amy sie nicht zu ihren intimen Freundinnen rechnete. Amy war immer unzufrieden, wenn die gutgekleidete junge Frau mit Gelächter und lebhaftem Geplauder in diese Wohnung der verschämten Armut einbrach. Unter anderen Verhältnissen wäre sie über eine solche Freundschaft sehr erfreut gewesen, und sie hätte so viele Einladungen Ediths angenommen wie möglich; aber jetzt grämte sie dieser

Verkehr nur, er machte sie neidisch, kalt gegen ihren Gatten, erzürnt über das Schicksal.

»Warum kann sie mich nicht in Ruhe lassen?« dachte sie, als Edith eintrat. »Ich will ihr zu verstehen geben, daß ich sie nicht brauche.«

»Dein Mann ist bei der Arbeit?« fragte Edith, nachdem sie Küsse und Begrüßungen ausgetauscht hatten, mit einem Blick nach dem Studierzimmer.

»Ja, er ist beschäftigt.«

In diesem Augenblick öffnete sich die Korridortür und Reardon schaute herein.

»Eher hätte ich des Himmels Einsturz erwartet!« rief Edith.

»Eher als was?« fragte Reardon mit einem schwachen Lächeln.

»Als daß Sie sich zeigen, wenn ich hier bin.«

»Ich würde ja gern sagen, daß ich nur Ihretwegen hereingekommen bin, aber es wäre nicht wahr. Amy, ich gehe für eine Stunde fort, du kannst also von dem anderen Zimmer Besitz ergreifen, wenn du willst.«

»Du gehst aus?« fragte Amy erstaunt.

»Nichts, nichts — ich kann nicht zu Hause bleiben.«

Er fragte Frau Carter nur noch beiläufig nach dem Befinden ihres Gatten und ging. Sie hörten, wie die Wohnungstür hinter ihm zufiel.

»Gehen wir also hinein«, sagte Amy wieder in kaltem Ton.

Auf Reardons Schreibtisch lagen weiße Papierstreifen. Edith, die auf den Zehenspitzen mit halb gespielter, halb echter Ehrfurcht nähertrat, betrachtete den literarischen Apparat und wandte sich dann lachend zu der Freundin.

»Wie schön muß das sein, von selbst erfundenen Leuten zu schreiben! Seit ich dich und deinen Mann kenne, habe ich immer Lust, einmal auszuprobieren, ob ich nicht auch einen Roman schreiben kann.«

»Wirklich?«

»Ich weiß nicht, wie *du* der Versuchung widerstehen kannst. Du könntest sicherlich fast ebenso geistreiche Sachen schreiben wie dein Mann.«

»Ich denke nie daran.«

»Du scheinst heute nicht ganz wohl zu sein, Amy.«

»Oh, ganz wie immer!«

Sie erriet, daß ihr Gatte wieder steckengeblieben war, und das verdarb ihr die Laune.

»Einer der Gründe meines heutigen Kommens«, sagte Edith, »war, dich und deinen Mann zu bitten und zu beschwören, daß ihr nächsten Mittwoch bei uns speist. Mach doch kein so strenges Gesicht! Oder habt ihr für den Abend etwas anderes vor?«

»Ja, wie gewöhnlich; Edwin kann seine Arbeit nicht im Stich lassen.«

»Aber für einen einzigen Abend! Wir haben euch schon seit einer Ewigkeit nicht gesehen.«

»Das tut mir sehr leid, aber ich glaube nicht, daß wir in Zukunft Einladungen annehmen werden können. Wir finden, daß die gesellschaftlichen Verpflichtungen uns zuviel Zeit rauben. Du begreifst, man muß entweder der Gesellschaft angehören oder nicht; verheiratete Leute können Einladungen von Bekannten nicht annehmen, ohne ebenfalls ihre gesellschaftlichen Verpflichtungen zu erfüllen. Wir haben beschlossen, uns vollständig zurückzuziehen — jedenfalls für den Augenblick. Ich werde nur noch meine Verwandten besuchen.«

Edith hörte mit einem erstaunten Gesicht zu.

»Nicht einmal *mich*?« rief sie.

»Ich will gewiß nicht deine Freundschaft verlieren, aber ich schäme mich, dich hierherzubitten, da ich deine Besuche nie erwidern kann.«

»Ich weiß, wie kostbar die Zeit deines Mannes ist«, sagte Edith, »aber ich kann es ja sagen — wir kennen uns doch gut genug — es wäre nicht notwendig, daß ihr uns einen Abend opfert, bloß weil ihr uns das Vergnügen eurer Gesellschaft geschenkt habt. Ich drücke mich sehr ungeschickt aus, aber du wirst mich verstehen, Amy. Schlage es mir nicht ab, dann und wann zu mir zu kommen.«

»Ich fürchte, wir werden konsequent sein müssen, liebe Edith.«

»Hältst du das aber auch für *klug*?«

»Klug?«

»Du weißt doch, einmal hast du mir gesagt, wie notwendig es für einen Romanschriftsteller sei, alle Arten von Leuten zu studieren. Wie kann dein Mann das tun, wenn er sich zuhause einsperrt?«

»Ich sage dir ja, daß es nicht immer so sein wird«, gab Amy zurück, »gegenwärtig hat Edwin genug ›Material‹.«

Sie sprach zurückhaltend, denn es ärgerte sie, daß sie für das Opfer, welches sie sich eben auferlegte, noch Entschuldigungen erfinden mußte. Edith nippte an dem angebotenen Tee und blieb eine Weile stumm.

»Wann wird Herrn Reardons nächstes Buch erscheinen?« fragte sie endlich.

»Ich weiß nicht, auf keinen Fall vor dem Frühling.«

»Ich bin schon sehr neugierig darauf. So oft ich neue Leute kennenlerne, bringe ich das Gespräch immer auf Romane, nur um zu fragen, ob sie die Werke deines Mannes kennen.«

Sie lachte fröhlich.

»Was wohl selten der Fall ist«, meinte Amy mit einem gleichgültigen Lächeln.

»Aber, meine Liebe, man kann doch von gewöhnlichen Romanlesern nicht verlangen, daß sie Reardon kennen. Ich wollte, ich hätte gebildetere Bekannte, dann würde ich öfter von ihm hören. Aber man muß sich eben mit der Gesellschaft, die man hat, zufriedengeben. Freilich, wenn ihr, du und dein Mann, mich im Stich laßt, wird das ein empfindlicher Verlust für mich sein.«

Amy warf ihr einen raschen Blick zu.

»Wir müssen natürlich Freundinnen bleiben«, sagte sie in sanfterem Ton als bisher, »nur darfst du mich nicht gerade jetzt einladen. Den ganzen Winter über werden wir beide sehr beschäftigt sein. Wir haben beschlossen, gar keine Einladungen anzunehmen.«

»Solange du mich herkommen lassen willst, gebe ich nach und verspreche dir, dich nicht mit Klagen zu belästigen. Aber wie du so ein Leben führen kannst, begreife ich nicht. Ich würde mich tödlich beleidigt fühlen, wenn jemand mich für oberflächlich hielte, aber Geselligkeit brauche ich; wirklich und wahrhaftig, ich kann ohne sie nicht leben.«

Eine Viertelstunde, nachdem Edith gegangen war, kam Reardon zurück. Amy hatte richtig geraten; die Notwendigkeit, seine Bücher zu verkaufen, bedrückte ihn derart, daß er nichts tun konnte, und der Abend verging düster und schweigsam.

Am nächsten Tag kam der Buchhändler. Reardon hatte etwa hundert Bände ausgewählt und auf dem Tisch ausgelegt. Aber mit wenigen Ausnahmen waren alle bereits antiquarisch eingekauft. Der Geschäftsmann unterwarf sie einer raschen Prüfung.

»Was verlangen Sie?« fragte er, den Kopf seitwärts haltend.

»Machen Sie ein Angebot«, antwortete Reardon mit der Hilflosigkeit eines Menschen, dem jeder Handel fremd ist.

»Ich kann nicht mehr als zwei Pfund zehn geben.«

Vielleicht war das Angebot gut, vielleicht auch nicht. Reardon hatte weder Zeit noch Lust, den Markt zu prüfen, und schämte sich, durch Feilschen seine Not zu zeigen.

»Gut«, sagte er in geschäftsmäßigem Ton.

Nachmittags kam ein Diener, packte die Bücher geschickt in zwei Taschen und trug sie zu dem unten stehenden Wagen hinab.

Reardon sah die Lücken in den Regalen an. Viele dieser Verschwundenen waren ihm teure alte Freunde, jeder Blick auf sie rief einen vergangenen Moment geistigen Wachstums, eine hoffnungsvolle oder niedergeschlagene Stimmung, eine Zeit des Kampfes ins Gedächtnis zurück. In den meisten stand sein Name, und oft hatte er sich am Rand Bleistiftnotizen gemacht. Natürlich hatte er die wertvollsten hergegeben. Bücher, wie man weiß, sind jetzt sehr billig. Er liebte seine Bücher, aber es gab etwas, das er noch mehr liebte, und als Amy ihn aus teilnahmsvollen Augen anschaute, brach er in heiteres Lachen aus.

»Es tut mir leid, daß sie so wenig eingebracht haben. Sag es mir, wenn das Geld zu Ende geht, und du sollst mehr bekommen. Der Roman wird bald fertig sein.«

Und in dieser Nacht arbeitete er bis zwölf, hartnäckig, wild.

Der nächste Tag war ein Sonntag. Gewöhnlich ruhte er an diesem Tage, halb notgedrungen, denn der deprimierende Einfluß des Londoner Sonntags erschwerte ihm das Arbeiten; auch pflegte er an diesem Tage entweder seine näheren Freunde zu besuchen oder zu empfangen.

»Erwartest du heute jemanden?« fragte Amy.

»Biffen wird wohl kommen, vielleicht auch Milvain.«

»Ich will mit Willie zu meiner Mutter, aber vor acht bin ich zurück.«

»Amy, erzähle nichts von den Büchern.«

»Nein.«

»Sie fragen dich wohl immer, wann wir dorthin übersiedeln gedenken?«

Er deutete in die Richtung des Arbeitshauses. Amy

versuchte zu lachen, aber für eine Frau, die ein Kind hat, fehlt solchen Scherzen der Reiz.

»Ich spreche nicht über unsere Angelegenheiten«, sagte sie.

»Das ist auch das Beste.«

Um drei Uhr verließ sie, begleitet von dem Mädchen, welches das Kind trug, das Haus.

Um fünf Uhr ertönte das vertraute Klopfen. Reardon legte sein Buch nieder, behielt aber die Pfeife im Munde und ging zur Tür. Ein großer, magerer Mann in einem langen grauen Überrock und mit einem Schlapphut stand davor. Er reichte ihm schweigend die Hand, hing seinen Hut im Korridor auf und trat ins Arbeitszimmer.

Er hieß Harold Biffen und gehörte seinem Äußeren nach nicht zur Gattung gewöhnlicher Sterblicher. Mit seiner außerordentlichen Magerkeit hätte er bei einer Ausstellung als lebendes Skelett auftreten können, und die Kleider, die an ihm hingen, wären für einen Trödler zu schlecht gewesen. Aber der Mensch stand über diesen Zufälligkeiten von Körper und Kleidung. Er hatte ein schönes Gesicht, große, sanfte Augen, eine leicht gebogene Nase, einen kleinen, zarten Mund. Dichtes, schwarzes Haar fiel bis auf seinen Rockkragen; er trug einen dicken Schnurrbart und einen Vollbart. In seinem Benehmen lag eine seltsame Würde; nur ein Mann von kultiviertem, freundlichem Geist und Charakter konnte sich so bewegen und so stehen, wie er es tat.

Als er das Zimmer betrat, nahm er als erstes eine Pfeife, einen kleinen Tabaksbeutel und eine Zündholzschachtel aus der Tasche und plazierte sie sorgfältig auf eine Ecke des Mitteltisches. Dann zog er einen Sessel herbei und setzte sich.

»Leg deinen Überrock ab«, sagte Reardon.

»Danke, heute nicht.«

»Warum denn nicht?«

»Danke, heute nicht.«
Der Grund war nicht schwer zu erraten: Biffen hatte kein Jackett unter dem Mantel an. Ihn weiter zu bedrängen wäre taktlos gewesen. Reardon begriff und lächelte, aber freudlos.
»Gib mir deinen Sophokles«, waren die nächsten Worte des Gastes.
Reardon reichte ihm einen Band der Oxford Taschenklassiker.
»Ich möchte lieber die Ausgabe von Wunder.«
»Weg, mein Junge.«
»Weg?«
»Ich brauchte etwas Bargeld.«
Biffen stieß einen Laut aus, in dem sich Protest und Teilnahme mischten.
»Schade, schade — aber das Taschenbuch wird's auch tun. Sag mir jetzt, wie würdest du diesen Chor im ›König Oedipus‹ skandieren?«
Reardon ergriff den Band, dachte nach und begann dann laut, mit metrischem Pathos zu lesen. Eine halbe Stunde lang sprachen die beiden Männer über griechische Metren, als lebten sie in einer Welt, in der es keinen anderen Hunger gab als den, welcher durch den grandiosen oder süßen Fall einer Verszeile befriedigt werden kann.

Harold Biffen war ein kleiner Schriftsteller; er gab Stunden, so oft er Schüler bekommen konnte; er befand sich stets in bitterer Armut und wohnte in den seltsamsten Unterkünften. Was seine Schriftstellerei anging — kurz nach der Diskussion über die griechischen Versmaße geriet er auf das Thema seiner literarischen Pläne und entwickelte, durchaus nicht zum ersten Male, seine Theorien.

»Was ich erstrebe, ist absoluter Realismus in der Sphäre des Durchschnittlich-Niedrigen. Dieses Feld ist noch neu, ich kenne keinen Autor, der das ordinäre, vulgäre Leben mit Treue und Ernst behandelte. Zola schreibt ausgesprochene Tragödien, seine gemeinsten Gestalten werden durch den Platz, den sie in dem groß entworfenen Drama einnehmen, zu Heroen. Ich will das ausgesprochen Unheroische, das alltägliche Leben der großen Mehrheit der Menschen behandeln, die von kleinlichen Umständen abhängen. Dickens wollte wohl einen solchen Weg beschreiten, aber seine Neigung zum Melodramatischen einerseits und sein Humor andererseits hinderten ihn. Ein Beispiel. Als ich vor einer halben Stunde am Regent's-Park vorbeikam, gingen ein Mann und ein Mädchen dicht vor mir und machten sich Liebeserklärungen; ich ging langsam an ihnen vorüber und hörte, was sie redeten — es gehörte zur Situation, daß sie auf die Nähe eines Fremden nicht achteten. Nun, eine solche Liebesszene ist zweifellos noch nie niedergeschrieben worden; sie war vollkommen durchschnittlich, aber banal bis zum Äußersten. Dickens würde sie lächerlich gemacht haben — aber das wäre ungerecht. Andere, die das Leben der niederen Klassen behandeln, würden sie vielleicht idealisieren — das wäre absurd. Ich gedenke sie Wort für Wort wiederzugeben, ohne eine einzige freche Anspielung. Das Resultat wird die potenzierte Langeweile sein, aber gerade die ist der Stempel des durchschnittlich niedrigen Lebens. Wäre es *nicht* langweilig, so wäre es nicht wahr — ich spreche natürlich nur von der Wirkung auf den gewöhnlichen Leser.«

»Ich könnte das nicht«, sagte Reardon.

»Gewiß nicht, du — nun, du bist der psychologische Realist in der Kulturspäre, banale Verhältnisse ärgern dich.«

»Vor allem weil mein eigenes Leben durch sie zerstört wird.«

»Und aus diesem Grunde reizen sie mich«, rief Biffen. »Dich stößt ab, was dich verletzt, mich zieht es an. Diese Verschiedenheit unserer Ansichten ist sehr interessant; ohne sie wären wir einander zu ähnlich. Du weißt ja, dem Temperament nach sind wir beide verstockte Idealisten.«

»Mag sein.«

»Aber laß mich fortfahren. Ich will unter anderem auf die verhängnisvolle Gewalt trivialer Ereignisse hinweisen. Das hat noch niemand ernstlich gewagt. Es geschieht in Possen, und darum stimmen uns Possen so oft melancholisch. Du kennst meinen Vorrat an Beispielen dieser Art. Da ist der arme Allen, der die größte Chance seines Lebens verpaßte, weil er kein sauberes Hemd zum Anziehen hatte; Williamson, der sicherlich das reiche Mädchen bekommen hätte, wenn ihm nicht ein Staubkörnchen ins Auge geraten wäre, so daß er im entscheidenden Moment nichts sagen und tun konnte.«

Reardon brach in helles Lachen aus.

»Du lachst!« rief Biffen mit gutmütigem Ärger. »Du nimmst alles von der konventionellen Seite; wenn du von diesen Dingen schriebest, würdest du sie als lächerlich hinstellen.«

»Sie sind auch lächerlich, wie ernsthaft sie dem Betroffenen auch erscheinen mögen!« stimmte der andere zu. »Die bloße Tatsache, daß ernste Lebensentscheidungen von solchen Kleinigkeiten abhängen, ist ungeheuer lächerlich. Das Leben ist eine gigantische Posse, und der Vorteil, wenn man Sinn für Humor hat, besteht darin, daß man imstande ist, dem Schicksal mit spöttischem Gelächter zu trotzen.«

»Recht schön, aber das ist keine originelle Ansicht. Mir fehlt nicht der Sinn für Humor, ich will diese Dinge nur von einem unparteiischen Standpunkt aus betrachten. Der Lachende ergreift die Partei des grausam gerechten Gottes — falls es so etwas gibt. Ich will nicht Partei ergreifen, sondern bloß sagen: seht, so etwas geschieht.«

»Ich bewundere deine Ehrlichkeit, Biffen«, sagte Reardon seufzend. »Du wirst dergleichen nie verkaufen, und dennoch hast du den Mut, es fortzusetzen, weil du daran glaubst.«

»Wer weiß, vielleicht verkaufe ich es doch.«

»Inzwischen«, meinte Reardon, seine Pfeife weglegend, »wollen wir etwas essen. Ich bin ziemlich hungrig.«

In der ersten Zeit seiner Ehe pflegte Reardon seinen Freunden am Sonntagabend ein reichhaltiges Abendessen zu bieten; nach und nach wurde das Mahl einfacher, und nun, in seiner tiefen Armut, erhob er nicht mehr den Anspruch auf Gastfreundschaft. Nur weil er wußte, daß Biffen zumeist gar nichts zu essen hatte, zögerte er nicht, ihm eine Scheibe Brot mit Butter und eine Tasse Tee anzubieten. Sie gingen in das Hinterzimmer und setzten ihre Diskussionen bei der spartanischen Mahlzeit fort.

»Ich werde nie eine dramatische Szene schreiben«, sagte Biffen. »Dergleichen fällt im Leben vor, aber so selten, daß es meinen Zielen widerspricht. Selbst wenn so etwas geschieht, dann nur in einer Form, die für den gewöhnlichen Romanschriftsteller nutzlos ist; er muß diesen Umstand weglassen und jenen hinzufügen. Warum? Das würde ich gern wissen. Diese konventionellen Klischees entspringen den Bedürfnissen der Bühne. Der Roman ist dem Einfluß der Bühne, von der er stammt, noch nicht entwachsen. Was für den *Effekt* geschrieben wird, ist schlecht und unwahr.«

»Nur deiner Ansicht nach. Es gibt immerhin eine Kunst des Romans.«

»Sie ist überstrapaziert. Wir müssen uns davon erholen. Und du — deine besten Sachen weichen von den Konventionen des Romans ab. Nein, nein, laß uns das Leben kopieren. Wenn ein Mann und eine Frau zu einer großen leidenschaftlichen Szene zusammentreffen sollen, mögen sie durch eine tüchtige Erkältung daran verhindert werden. Das hübsche Mädchen mag gerade vor dem Balle, auf dem sie glänzen will, einen entstellenden Pickel auf der Nase bekommen; zeig die zahllosen, abstoßenden Züge des durchschnittlich niedrigen Lebens, ernst, kalt, ohne jede Spur von künstlerischer Gestaltung, sonst kommt gleich etwas anderes dabei heraus.«

Gegen acht Uhr hörte Reardon das Klingeln seiner Frau. Als er öffnete, erblickte er nicht nur Amy und das Dienstmädchen mit Willie auf dem Arm, sondern auch Jasper Milvain.

»Ich war ebenfalls bei Frau Yule«, erklärte Jasper beim Eintreten. »Ist jemand da?«

»Biffen.«

»Oh, dann reden wir über Realismus.«

»Der ist heute schon erledigt, griechische Versmaße ebenfalls.«

»Gott sei Dank!«

Die drei Männer setzten sich lachend und scherzend nieder und der Rauch ihrer Pfeifen wurde in dem kleinen Zimmer immer dicker. Es dauerte eine halbe Stunde, bis Amy hereinkam; der Rauch störte sie nicht, und die Art des Gesprächs bei solchen Gelegenheiten gefiel ihr; nur eines ärgerte sie: daß sie nicht mehr an einem fröhlichen Abendtisch die Wirtin spielen konnte.

»Warum sitzen Sie denn in Ihrem Überrock da, Herr Biffen?« waren ihre ersten Worte.

»Entschuldigen Sie, Frau Reardon, es ist mir heute gerade recht so.«

Sie war erstaunt, aber ein Blick ihres Gatten warnte sie vor weiteren Fragen.

Biffen benahm sich gegen Amy immer so respektvoll, daß er ihr Liebling geworden war. Ihm, dem armen Teufel, erschien Reardon als ein Überglücklicher, denn daß ein armer Literat heiraten und eine solche Frau heiraten konnte, war in Biffens Augen ein Wunder. Frauenliebe war für ihn ein unerreichbares Ideal; er war schon fünfunddreißig und hatte keine Aussicht, je reich genug zu werden, um sich ein tägliches Mittagessen zu sichern. An eine Heirat war nicht einmal im Traum zu denken. Während er so dasaß, fiel es ihm sehr schwer, Amy nicht mit unhöflicher Impertinenz anzustarren; er sprach so selten mit gebildeten Frauen, und der Klang dieser klaren Stimme war ihm köstlicher als alle Musik.

Amy setzte sich neben ihn und plauderte in ihrer reizendsten Art über Dinge, von denen sie wußte, daß sie ihn interessierten. Biffens ehrerbietige Haltung, während er zuhörte und antwortete, bildete einen starken Kontrast zu der nachlässigen Leichtigkeit, die Jasper Milvain auszeichnete. Der Realist hätte in Amys Gegenwart nie geraucht, während Jasper, selbst wenn er mit ihr sprach, lustig paffte.

»Whelpdale war gestern abend bei mir«, erzählte Jasper. »Sein Roman wird überall abgelehnt. Er will Vertreter für ein Nähmaschinengeschäft werden.«

»Ich kann das nicht begreifen«, sagte Reardon. »Sein letztes Buch war doch kein direkter Mißerfolg.«

»Aber fast, und das jetzige besteht nur aus einer Reihe von Gesprächen zwischen zwei Leuten. Es ist ein Dialog, gar kein Roman. Er hat mir zwanzig Seiten vorgelesen, und ich wunderte mich nicht mehr, daß er es nicht verkaufen kann.«

»Oh, aber die Gespräche sind merkwürdig wahr«, warf Biffen ein.

»Was nützen Gespräche, die zu nichts führen?« rief Jasper.

»Es ist ein Stück wirkliches Leben.«

»Ja, aber es hat keinen Marktwert. Man kann schreiben, was man will, solange die Leute es lesen wollen. Whelpdale ist ein kluger Junge, aber nicht praktisch.«

»Von dieser Art kenne ich noch andere«, sagte Reardon lachend.

»Aber das Komische ist, daß er einem immer wie ein praktischer Mensch vorkommt, nicht wahr, Frau Reardon?«

Er und Amy sprachen ein paar Minuten miteinander, und Reardon, anscheinend in Gedanken versunken, beobachtete sie hie und da von der Seite.

Um elf Uhr waren Mann und Frau wieder allein.

»Du willst doch nicht sagen, daß Biffen seinen Rock verkauft hat!« rief Amy.

»Oder versetzt.«

»Edwin, der arme Mensch wird noch einmal Hungers sterben.«

»Es ist nicht unmöglich.«

»Ich hoffe, du hast ihm etwas zu essen gegeben?«

»Ja, aber ich konnte sehen, daß er nicht so viel aß, wie er eigentlich wollte. Übrigens bemitleide ich ihn nicht mehr so wie früher; das kommt davon, wenn man selbst leidet.«

Amy verzog den Mund und seufzte.

XI. AUFSCHUB

Der letzte Band war in vierzehn Tagen vollendet. Reardon vollbrachte damit fast eine Heldentat, denn er hatte außer der bloßen Mühe des Abfassens noch vieles andere zu besiegen. Kaum hatte er begonnen, da befiel ihn ein heftiger Anfall von Rheuma, so daß er sich zwei, drei Tage nur unter Qualen am Schreibtisch halten konnte. Darauf folgten Kopfschmerzen, Halsschmerzen, allgemeine Schwäche, und vor Ablauf der vierzehn Tage war es notwendig, abermals eine kleine Geldsumme zu beschaffen: er versetzte seine Uhr und verkaufte noch einige Bücher. Nichtsdestoweniger wurde der Roman fertig und als er »Ende« geschrieben hatte, lehnte er sich zurück, schloß die Augen und ließ eine Viertelstunde ganz müßig an sich vorübergehen.

Nur der Titel mußte noch gefunden werden, aber sein Gehirn wollte nicht mehr arbeiten. Nach ein paar Minuten entschloß er sich, einfach den Namen der weiblichen Hauptfigur zu nehmen: Margaret Home. Das mußte genügen. Kaum war das letzte Wort geschrieben, so versanken alle Szenen, Personen, Dialoge in Vergessenheit; er wußte nichts mehr von ihnen und wollte nichts mehr wissen.

»Amy, du wirst die Korrekturen für mich besorgen müssen: solange ich lebe, will ich dieses verwünschte Buch nicht mehr ansehen. Es hat mich fast umgebracht.«

»Die Hauptsache ist, daß es fertig ist«, antwortete Amy. »Packe es zusammen und trage es morgen zum Verleger.«

»Ja.«

»Und ... wirst du ihn bitten, dir ein paar Pfund vorzustrecken?«

»Ich muß.«

Dieses Vorhaben auszuführen war jedoch fast so schwer, wie es das Neuschreiben des letzten Bandes gewesen wäre. Reardon besaß ein solches Übermaß an Takt, daß er für seinen Teil lieber gehungert als Geld verlangt hätte, das von rechtswegen nicht sein war. Heute aber gab es keine Wahl. Nach dem üblichen Verfahren würde sicherlich ein Monat verstreichen, ehe er die Entscheidung des Verlegers erhielt, und die Weihnachtssaison verursachte vielleicht eine noch größere Verzögerung. Ohne zu borgen, konnte er die Ausgaben der nächsten ein oder zwei Wochen nicht bestreiten.

Mit seinem Paket unter dem Arm betrat er das Verlagsgebäude und fragte nach einem Angehörigen der Firma, mit dem er schon früher persönlich verkehrt hatte. Der Herr war nicht in der Stadt und würde einige Tage ausbleiben. Reardon ließ das Manuskript zurück und trat wieder auf die Gasse hinaus.

Er schritt hinüber und sah das Verlagshaus vom gegenüberliegenden Trottoir an. »Ahnen sie, in welcher verzweifelten Lage ich bin? Wissen sie, was alles von diesem Gekritzel abhängt? Nein, das muß für sie etwas Alltägliches sein. So werde ich also einen Bittbrief schreiben müssen.«

Es war regnerisch und windig. Er ging langsam heimwärts und war schon im Begriffe, die Haustür zu öffnen, als seine Beklemmung so groß wurde, daß er wieder umkehrte und fortging. Wenn er hinaufging, mußte er sofort diesen Brief schreiben, und das *konnte* er nicht. Die Erniedrigung schien gar zu groß.

Gab es keinen Ausweg, über die nächsten Wochen hinwegzukommen? Die Miete war natürlich zu Weihnachten fällig, aber diese Zahlung konnte man aufschieben; nur Nahrung und Beheizung mußten beschafft werden. Amy hatte sich erboten, ihre Mutter um ein paar Pfund anzugehen; es wäre feig, ihr dies jetzt aufzuerlegen, nachdem er versprochen hatte, selbst dafür aufzukommen. Wer in ganz London könnte und würde ihm Geld leihen? Er ging die Liste seiner Bekannten durch, aber es gab nur einen, an den er sich mit einiger Hoffnung auf Erfolg wenden konnte: Carter.

Eine halbe Stunde später trat er durch dieselbe Spitalstür, welche er vor einigen Jahren als halbverhungerter Stellenbewerber passiert hatte. Eine Schwester kam ihm entgegen.

»Ist Herr Carter da?«

»Nein, aber wir erwarten ihn jeden Moment. Wollen Sie warten?«

Er trat in die vertraute Kanzlei und setzte sich nieder. An dem Tische, wo er einst gearbeitet hatte, saß ein junger Schreiber. Ach, wenn alle Ereignisse der letzten Jahre rückgängig gemacht werden könnten — wenn doch keine Seele von ihm abhinge und er wieder in diesem Zimmer sein Pfund wöchentlich verdienen könnte! Welch glücklicher Mensch war er damals!

Fast eine halbe Stunde verstrich. Bettler müssen warten können. Dann kam Carter raschen Schrittes herein; er trug einen schweren Ulster nach der letzten Mode, neue Handschuhe, einen glänzenden Zylinder.

»Ah, Reardon! Wie geht's, wie geht's? Freut mich sehr, Sie zu sehen!«

»Sind Sie sehr beschäftigt?«

»Na, nicht besonders, bloß ein paar Schecks unterzeichnen, und dann bringen wir gerade unsere Spendenaufrufe zu Weihnachten auf den Weg. Erinnern Sie sich noch?«

Er lachte fröhlich. Dieser junge Mann zeigte bemerkenswerterweise keinerlei Anzeichen von Hochnäsigkeit. Reardons geistige Überlegenheit hatte Carters soziale Vorurteile längst besiegt.

»Ich hätte ein Wort mit Ihnen zu reden.«

»Recht haben Sie.«

Sie gingen in ein kleines Nebenzimmer, während Reardons Puls wie im Fieber klopfte und die Zunge ihm am Gaumen klebte.

»Was gibt's, alter Freund?« fragte der Sekretär, sich niederlassend und ein Bein über das andere schlagend.

»Wissen Sie, Sie sehen nicht besonders gut aus. Warum bekommt man Sie und ihre Frau so selten zu Gesicht?«

»Mein Roman hat mir viel zu schaffen gemacht.«

»Ah, ist er fertig? Das freut mich, ich werde jede Menge Leute anstiften, bei Mudie danach zu fragen.«

»Danke, aber um die Wahrheit zu sagen, ich halte nicht viel davon.«

»Ah, das kennt man.«

Reardon sprach wie ein Automat. Es schien ihm, daß er, um die nächsten Worte auszusprechen, Schrauben aufdrehen und Ventile öffnen müsse.

»Ich will Ihnen lieber gleich sagen, weshalb ich hergekommen bin: können Sie mir für einen Monat zehn Pfund leihen — nur bis ich das Geld für meinen Roman bekomme?«

Das Gesicht des Sekretärs veränderte sich, obwohl es nicht jenen kalten Ausdruck annahm, den manch anderes unter diesen Umständen gezeigt hätte. Er schien aufrichtig verlegen zu sein.

»Bei Gott, ich... hol's der Teufel! Um die Wahrheit zu sagen, ich habe selber keine zehn Pfund, auf mein Wort, Reardon, ich habe sie nicht! Diese höllischen häuslichen Ausgaben! Ich will's Ihnen nicht verhehlen, alter Freund, Edith und ich haben es ein bißchen bunt getrieben.« Er lachte und steckte die Hände in die Hosentaschen. »Wir zahlen eine so verdammt hohe Miete — hundertfünfundzwanzig Pfund — und gerade haben wir davon gesprochen, uns für den Rest des Winters einzuschränken. Aber es tut mir fürchterlich leid, wirklich schrecklich leid.«

»Und mir tut es leid, Sie durch meine unzeitgemäße Bitte belästigt zu haben.«

»Nicht doch, Reardon. Sie ist verdammt zeitgemäß!« rief Carter und lachte über seinen Witz, der ihn jedoch in eine so gute Laune brachte, daß er zuletzt sagte: »Ein Fünfer würde Ihnen wohl nichts nützen?... Für einen Monat, sagen Sie? Einen Fünfer könnte ich noch entbehren...«

»Er würde mir sehr nützen, aber um keinen Preis, wenn...«

»Nein, nein, einen Fünfer kann ich für einen Monat entbehren. Soll ich Ihnen einen Scheck geben?«

»Ich bin beschämt...«

»Was fällt Ihnen ein! Ich gehe und schreibe den Scheck.«

Reardons Gesicht brannte, und von dem darauf folgenden Gespräch, als Carter wieder erschien, blieb kein Wort in ihm haften. Seine Hand zerknitterte das Stück Papier. Fast hätte er es auf der Straße fortgeworfen, weil es ihm einen Moment vorkam, als sei es ein Omnibusbillet oder ein Rezept.

Er kam sehr spät nach Hause, und Amy war über seine lange Abwesenheit erstaunt.

»Hast du etwas bekommen?« fragte sie.

»Ja.«

Er hatte halb die Absicht, sie zu täuschen und zu sagen, daß der Verleger ihm fünf Pfund vorgestreckt habe. Aber das wäre seine erste Unwahrheit Amy gegenüber gewesen, und warum sollte er sich dessen schuldig machen? Das Resultat seiner Offenheit war ihm jedoch unerwartet: Amy äußerte tiefen Ärger.

»Oh, das hättest du nicht tun dürfen!« rief sie. »Warum bist du nicht erst nach Hause gekommen und hast mich gefragt? Ich wäre sofort zu Mutter gegangen.«

»Aber was macht das?«

»Und ob es etwas macht!«, antwortete sie scharf. »Carter wird es seiner Frau sagen, und das ist mir sehr unangenehm!«

»Daran habe ich nicht gedacht, und vielleicht hätte es mich auch nicht so geärgert wie dich.«

»Wahrscheinlich nicht.«

Sie wandte sich jäh ab und stand finster da.

Die Mahlzeit verlief sehr unbehaglich, nur wenige Worte wurden gewechselt. Auf Amys Gesicht lag ein Ausdruck von so schlechter Laune, wie ihn Reardon noch nie an ihr gesehen hatte. Nach dem Essen stand er auf und setzte sich allein in sein Studierzimmer. Amy kam nicht in seine Nähe. Trotz und Zorn stiegen in ihm auf; wenn er an die erlittenen Qualen dachte, fand er, das Amys Benehmen gegen ihn grausam sei. Wenn sie wollte, mußte *sie* zuerst zu ihm kommen.

Um sechs zeigte sie ihr Gesicht in der Tür und fragte, ob er zum Tee kommen wolle.

»Danke, ich bleibe lieber hier«, antwortete er.

»Wie du willst.«

Und er saß bis gegen neun allein da. Dann erst erinnerte er sich, daß er dem Verleger das Paket ankündigen müsse, das er zurückgelassen hatte. Er schrieb den Brief, bat darin, ihn sobald als möglich zu verständigen, und nahm Hut und Rock, um auszugehen und den Brief selbst aufzugeben.

Er blieb nur wenige Minuten fort und wollte dann wieder in sein Zimmer zurück, aber der Gedanke an Amy, ganz allein im Nebenzimmer, ließ ihm keine Ruhe. Er sah hinein und bemerkte, daß sie ohne Feuer dasaß.

»Du kannst nicht in der Kälte sitzen, Amy.«

»Ich fürchte, daß ich mich daran gewöhnen muß«,

antwortete sie, scheinbar eifrig mit einer Näherei beschäftigt.

Die Charakterstärke, die ihn in ihren Zügen immer so entzückt hatte, erschien ihm jetzt als unheilvolle Härte. Das Herz ward ihm schwer, während er sie ansah.

»Sollte die Armut auch auf uns die übliche Wirkung haben?« fragte er nähertretend.

»Ich habe nie behauptet, dagegen gleichgültig zu sein.«

»Möchtest du nicht doch versuchen, ihr zu widerstehen?«

Sie gab keine Antwort, und wie immer im Gespräch mit einer gekränkten Frau, war es notwendig, vom Allgemeinen zum Besonderen überzugehen.

»Ich fürchte, die Carters wußten ohnehin, wie es mit uns steht«, sagte er.

»Das ist etwas anderes, aber wenn es ans Borgen geht ...«

»Es tut mir sehr leid, ich hätte lieber sonst etwas getan, wenn ich geahnt hätte, daß es dich so ärgern würde.«

»Wenn wir einen Monat warten müssen, werden uns fünf Pfund wenig nützen.«

Sie rechnete alle möglichen Auslagen vor, die gemacht werden mußten — die sich nicht vermeiden ließen, solange sie ihr Leben auf der jetzigen Basis fortführten.

»Aber sorge dich nicht mehr darum, ich werde schon sehen. Jetzt, wo du dein Buch los bist, versuche dich auszuruhen.«

»Komm, setzen wir uns ans Feuer; solange wir im Unfrieden aneinander denken, habe ich wenig Aussicht auf Ruhe.«

Trübe Weihnachten. Woche auf Woche verstrich, und Reardon wußte, daß Amy das Geld, welches er ihr gegeben, verbraucht haben mußte. Aber sie stellte keine Forderungen an ihn, und das Notwendigste wurde bezahlt. Er litt an einem Gefühl der Demütigung. Oft ward es ihm schwer, seiner Frau ins Gesicht zu sehen.

Als die Antwort des Verlegers kam, enthielt sie ein Angebot von fünfundsiebzig Pfund für »Margaret Home«; weitere fünfundzwanzig sollten gezahlt werden, wenn eine bestimmte Anzahl von Exemplaren der dreibändigen Ausgabe verkauft sei.

Das war — in unmißverständlichen Zahlen — der Mißerfolg, und Reardon sagte sich, daß es mit seiner Autorschaft vorbei war. Das Buch würde überall auf Spott treffen und auch wirklich nichts Besseres verdienen.

»Wirst du annehmen?« fragte Amy nach einem trüben Stillschweigen.

»Es wird niemand mehr bieten.«

»Werden sie sofort zahlen?«

»Ich werde darum ersuchen.«

Immerhin, es waren fünfundsiebzig Pfund auf die Hand. Das Honorar wurde sofort gesandt, und Reardons Gesicht hellte sich einen Augenblick auf. Gesegnetes Geld, Wurzel alles Guten, solange die Welt keine gesündere Ökonomie erfand!

»Wie viel schulden wir deiner Mutter?« fragte er, ohne Amy anzusehen.

»Sechs Pfund«, antwortete sie kalt.

»Und Carter fünf, Miete zwölf, bleiben uns für's erste etwa fünfzig Pfund.«

XII. ARBEIT OHNE HOFFNUNG

Der einzig vernünftige Weg war so klar vorgezeichnet, daß Reardon sich wunderte, warum Amy ihn nicht darauf hinwies. Für Leute in ihren Verhältnissen war eine Wohnungsmiete von fünfzig Pfund, während auch für die Hälfte des Geldes ein Heim gefunden werden konnte, die reine Verschwendung; es würde nicht schwer sein, die Wohnung weiterzuvermieten. Vor drei Monaten hatte er in einem Augenblick tiefsten Elends diesen Schritt vorgeschlagen. Der Mut fehlte ihm, wieder davon zu sprechen, denn Amys Blick und Ton waren ihm noch zu lebhaft im Gedächtnis. War sie um seinetwillen nicht eines solchen Opfers fähig? Zog sie es vor, ihn die Verantwortung für alles tragen zu lassen, was dieser vergebliche Kampf um den äußeren Schein forderte?

Zwischen ihm und ihr bestand kein völliges Vertrauen mehr. Ihr Stillschweigen enthielt einen Vorwurf. Vielleicht hatte sie es auch schon früher getan — jetzt jedenfalls gab es keinen Zweifel mehr, daß sie mit ihrer Mutter, womöglich auch mit anderen Leuten, über ihn sprach. Es war unwahrscheinlich, daß sie seine eigene Meinung über das eben beendete Buch verschwieg, und alle Bekannten würden darauf gefaßt sein, es bei seinem Erscheinen mit heimlichem Spott oder traurigem Kopfschütteln zu begrüßen. Seine Gefühle für Amy traten in eine neue Phase. Die Fortdauer seiner Liebe war eine Quelle des Schmerzes; er verurteilte sich selbst und fand doch, daß ihm Unrecht geschehe. Eine Kälte, welche weit davon entfernt war, seine wahren Gefühle auszudrücken, bestimmte mehr und mehr seine Worte und sein Benehmen, und Amy bemerkte es nicht, protestierte jedenfalls nicht. Sie sprachen nicht mehr über die Dinge von einst, nur noch von niedrigen Angelegenheiten des materiellen Lebens, die sie früher so rasch wie möglich abgetan hatten. Ihre Beziehung zueinander —noch vor kurzem ein unerschöpfliches Thema — ertrug jetzt kein Wort des Kommentars mehr, und wenn sie einmal in diese Richtung gerieten, schreckten sie beide zurück.

Während er auf die Entscheidung des Verlegers gewartet hatte, und auch jetzt, da er sich fragte, wie er seine Muße benützen solle, verbrachte Reardon seine Tage im Britischen Museum. Er konnte nicht viel lesen, aber es war besser, hier unter Fremden zu sitzen, als unter Amys Augen scheinbar müßig zu gehen. Vom fiktiven Schreiben angewidert, wandte er sich jenen Studien zu, die ihm stets am kongenialsten waren, und bemühte sich, ein paar Artikel zu formen, wie er sie früher bei Zeitschriftenredakteuren untergebracht hatte. Unter seinem ungenutzten Material lag eine Masse von Notizen, die er sich bei der Lektüre des Diogenes Laertius gemacht hatte, und es schien ihm, daß er diese Anekdoten zu etwas Verkäuflichem verwenden könnte. In besserer Stimmung hätte er über einen solchen Gegenstand köstlich schreiben können — nicht gelehrt, sondern wie ein moderner Mensch, dessen Humor und Gefühl sich gern unter den klassischen Geistern tummelt, und selbst jetzt fand er etwas von jener Leichtigkeit wieder, die seine publizierten Essays so ausgezeichnet hatte.

Mittlerweile war die erste Nummer des »Current« erschienen, und Jasper Milvain war ein Treffer gelungen. Amy sprach sehr oft von dem Artikel »Typische Leser«, und ihr Interesse an dem Autor war unverkennbar. So oft ihr eine Notiz über Jasper in die Hand kam, las sie sie ihrem Gatten vor. Reardon lächelte und schien sich zu freuen, aber er sprach nicht mehr mit der früheren Offenheit über Milvain.

Eines Abends, Ende Januar, erzählte er Amy, was er im Museum geschrieben hatte, und fragte sie, ob er es ihr vorlesen solle.

»Ich habe mich schon gewundert, was du dort tust«, antwortete sie.

»Warum hast du mich dann nicht gefragt?«

»Ich fürchtete mich.«

»Warum denn?«

»Es hätte danach ausgesehen, als wollte ich dich erinnern, daß . . . du weißt, was ich meine.«

»Daß wir in ein oder zwei Monaten wieder vor derselben Krise stehen werden? Es wäre mir doch lieber gewesen, wenn du ein Interesse für meine Arbeit gezeigt hättest.«

Nach einer Pause fragte Amy:

»Glaubst du, daß du einen solchen Artikel unterbringen kannst?«

»Es ist nicht unmöglich, ich finde ihn recht gut. Ich will dir eine Seite vorlesen . . .«

»Wie schade, daß du immer zu den muffigen alten Zeiten zurückgehst! Wenn du einen Artikel wie den Milvains schreiben könntest! Was scheren sich die Leute um Diogenes und sein Faß und seine Laterne?«

»Mein liebes Kind, Diogenes Laertius besaß, soviel ich weiß, weder Faß noch Laterne. Du irrst dich, aber das tut ja nichts.«

»Das denke ich auch.« Der sarkastische Ton auf Amys Lippen klang nicht sehr ermutigend. »Aber wer er auch war, schon der bloße Name wird die Masse der Leser erschrecken.«

»Wir müssen einsehen, daß die Masse der Leser nie an mir Gefallen finden wird.«

»Du wirst mir nicht einreden, daß du nicht auch

populär schreiben kannst, wenn du willst. Du bist ebenso geistreich wie Milvain ...«

Reardon machte eine ungeduldige Gebärde.

»Laß Milvain aus dem Spiel! Er und ich sind einander so unähnlich, wie zwei Menschen es nur sein können. Wozu vergleichst du uns beständig?«

Amy sah ihn an. Er hatte noch nie so brüsk mit ihr gesprochen.

»Wie kannst du sagen, daß ich euch beständig vergleiche?«

»Wenn nicht mit Worten, so in Gedanken.«

»Du sagst damit nichts Schönes, Edwin.«

»Du machst es so auffällig, Amy; ich meine, dir mißfällt stets der Unterschied zwischen ihm und mir. Du beklagst, daß ich nicht so viele Leser anlocken kann wie er. Ich beklage es selbst — um deinetwillen. Ich wollte, ich hätte Milvains bemerkenswertes Talent, so daß ich mir Geld und Namen verschaffen könnte. Aber leider habe ich es nicht, und damit hat die Sache ein Ende. Es ärgert einen zuletzt, wenn man beständig seine Fehler vorgehalten bekommt.«

»Ich werde Milvains Namen nie mehr erwähnen«, sagte Amy kalt.

»Das wäre lächerlich, das weißt du.«

»Mir kommt deine Verärgerung ebenso vor. Ich sehe nicht, daß ich Anlaß dazu gegeben habe.«

»Dann wollen wir nicht mehr davon sprechen.«

Reardon warf das Manuskript beiseite und öffnete ein Buch. Amy bat ihn nicht, aus seinem Artikel vorzulesen, wie er es vorgehabt hatte.

Nichtsdestoweniger wurde derselbe angenommen, erschien im März, und Reardon erhielt dafür etwas über sieben Pfund. Mittlerweile hatte er, von den Briefen des Plinius angeregt, einen zweiten Artikel im selben Plauderton geschrieben, und die angenehme Beschäftigung tat ihm wohl; aber es war nicht möglich, damit fortzufahren. »Margaret Home« würde im April erscheinen, und er konnte *vielleicht* noch fünfundzwanzig Pfund erhalten, wenn der Absatz gut war, auf keinen Fall aber vor Mitte des Jahres, und schon lange vorher würde er mittellos sein. Mit seiner Muße war es zu Ende.

Aber jetzt nahm er von niemandem mehr Rat an, lebte, soweit es ging, in Einsamkeit, sah selbst seine Kollegen nur selten. Milvain war so beschäftigt, daß er seit Weihnachten nur ein- oder zweimal vorbeigekommen war, und Reardon ging jetzt nie zu Jasper in die Wohnung.

Er war überzeugt, daß es mit dem Glück seines Ehelebens vorbei war, obwohl er nicht voraussehen konnte, kraft welcher Ereignisse die Katastrophe schließlich hereinbrechen würde. Amy enthüllte jenen Zug ihres Charakters, gegen den er blind gewesen war, obwohl ein praktischer Mann ihn von allem Anfang an bemerkt hätte: Weit davon entfernt, ihm die Armut ertragen zu helfen, würde sie sich vielleicht sogar weigern, sie mit ihm zu teilen. Er wußte, daß sie sich langsam von ihm zurückzog. Schon hatten sie sich voneinander entfernt, und ihn quälte die Ungewißheit, ob er noch ihre Liebe besitze. Ein Wort der Zärtlichkeit, eine Liebkosung fand bei ihr keinen Widerhall mehr, ihr sanftester Ton war der bloßer Kameradschaft. Die ganze Wärme ihrer Natur wurde dem Kind zuteil, und Reardon erfuhr, wie leicht eine Mutter vergessen kann, daß beide Eltern an ihrem Sprößling Anteil haben.

Nachdem er seinen zweiten Artikel geschrieben hatte (er wurde von zwei Verlegern abgelehnt, und es blieb ihm nichts übrig, als ihn beiseite zu legen, bis er es wieder beim »Wayside« versuchen konnte), sah er ein, daß er wieder einen neuen Roman entwerfen müsse. Diesmal aber war er entschlossen, sich nicht auf drei

Bände einzulassen. Die Annoncen bewiesen ihm, daß eine Unzahl von Autoren dieses Prokrustes-System aufgaben, und hoffnungslos wie er war, wollte er sein Glück mit einem Buche versuchen, das sich in ein paar Wochen herstellen ließ. Und warum nicht etwas Grelles, Erkünsteltes mit einem sensationellen Titel? Es konnte nicht schlechter werden als sein letztes Buch.

Ohne Amy ein Wort zu sagen, legte er daher seine rein intellektuelle Arbeit beiseite und begann abermals, nach einem »Stoff« zu suchen. Das war gegen Ende Februar. Die Druckfahnen von »Margaret Home« liefen täglich ein; Amy hatte sich erboten, sie zu korrigieren, aber er zog es doch vor, seine Schmach so lange wie möglich für sich zu behalten, und schickte Bogen auf Bogen nach hastiger Durchsicht fort. Diese widerwärtige Aufgabe lähmte seine Phantasie, dennoch verfiel er schließlich auf einen Stoff, der ihm für seinen Plan hinreichend absurd erschien. Ob er ihn zu einem Bande ausdehnen konnte, war zweifelhaft. Aber man sollte von ihm nicht sagen, daß er Weib und Kind dem Elend überantwortete, ohne eine Anstrengung jener Art unternommen zu haben, die Milvain und Amy selbst empfohlen hatten.

Zwei oder drei Seiten täglich schreibend, hatte er bereits ein Viertel der Erzählung beendet, als ein Brief Jaspers eintraf, der den Tod seiner Mutter meldete. Er reichte ihn über den Frühstückstisch Amy hin und beobachtete sie, während sie las.

»Ich glaube nicht, daß seine Lage dadurch verändert wird«, bemerkte Amy ohne besonderes Interesse.

»Jedenfalls nicht nennenswert. Er hat mir einmal erzählt, daß seine Mutter ein ausreichendes Einkommen habe; aber was sie hinterläßt, wird wohl seinen Schwestern gehören. Er hat mir nie viel von sich gesagt.«

Fast drei Wochen verstrichen, ehe sie etwas von

Jasper hörten, dann schrieb er, noch vom Lande aus, daß er seine Schwestern nach London bringe, und nach einer weiteren Woche stand er eines Abends vor der Tür.

Der Mangel an Herzlichkeit von Reardons Seite hätte als eine Geste der Trauer erklärt werden können; aber Jasper hatte schon früher gespürt, daß er hier nicht so freudig wie in früheren Tagen empfangen wurde. Besonders deutlich hatte er das an dem Abend bemerkt, als er Amy von ihrer Mutter heimbegleitete, und seither hatte er seine Arbeitsüberlastung als Vorwand für die Seltenheit seiner Besuche angeführt. Nur zu gut konnte er begreifen, daß Reardon nun, da er in die literarische Bedeutungslosigkeit absank, gegen einen Mann kühl ward, dem eine erfolgreiche Karriere winkte; die zynische Ader in Jasper ließ ihn eine Schwäche dieser Art, die ihm in gewissem Grade schmeichelte, verzeihen. Aber er schätzte und liebte Reardon dennoch und war gerade in der Laune, seinen wärmeren Gefühlen Ausdruck zu verleihen.

»Ich sehe, Ihr Buch wird angekündigt«, sagte er in vergnügtem Tone, als er sich niedergelassen hatte.

»Das wußte ich nicht.«

»Ja, ›Neuer Roman des Autors von »Auf neutralem Boden«, erscheint am 16. April‹. Ich habe Ihnen einen Vorschlag zu machen: wollen Sie, daß er in der ›Bücherrevue‹ der Mai-Nummer des ›Current‹ besprochen wird?«

»Ich möchte Ihnen sehr raten, das zu unterlassen. Das Buch ist überhaupt keine Besprechung wert, und wer es für Fadge besprechen wollte, müßte entweder lügen, oder das Blatt lächerlich machen.«

Jasper wandte sich Amy zu.

»Nun, was kann man mit einem solchen Menschen machen? Was soll man ihm sagen, Frau Reardon?«

»Edwin mag das Buch nicht«, antwortete Amy nachlässig.

»Das hat mit der Sache nichts zu tun. Wir wissen sehr gut, daß ein wohlwollend gesinnter Kritiker aus jedem seiner Bücher etwas machen kann. Wenn Fadge es erlaubt, tue ich das selber.«

Weder Reardon noch seine Frau antworteten.

»Natürlich«, fuhr Milvain, den ersteren anblickend, fort, »wenn Sie es durchaus nicht wollen ...«

»Ja, das wäre mir lieber. Lassen wir es dabei.«

Eine peinliche Pause entstand, die Amy unterbrach, indem sie sagte:

»Sind Ihre Schwestern schon hier, Herr Milvain?«

»Ja, wir sind vor zwei Tagen angekommen. Ich habe nicht weit von Mornington Road eine Wohnung für sie gefunden. Die armen Dinger, sie wissen noch gar nicht, wo sie sind. Sie werden sich natürlich eine Zeitlang ruhig verhalten, dann muß ich ihnen ein paar Bekannte verschaffen. Eine haben sie schon — Ihre Cousine Yule. Sie war bereits bei ihnen.«

»Das freut mich.«

Amy versuchte, sein Gesicht zu studieren. Wieder trat eine verlegene Stille ein. Dann meinte Reardon mit einem Blick auf seine Frau zögernd:

»Wenn sie noch andere Besucher empfangen wollen, so würde Amy gewiß gern ...«

»Gewiß«, stimmte seine Frau zu.

»Ich danke Ihnen sehr. Ich wußte, daß ich mich auf Frau Reardon verlassen können würde. Aber lassen Sie mich offen sein: meine Schwestern haben sich mit Fräulein Yule, seit sie voriges Jahr unten war, sehr angefreundet. Würde Ihnen« — er wandte sich Amy zu — »das nicht peinlich sein?«

Amy fiel die Antwort schwer, sie hielt die Augen gesenkt.

»Du hast dich ja nicht mit deiner Cousine gezankt«, bemerkte Reardon.

»Nein, nur der Onkel mit meiner Mutter.«

»Ich kann mir auch gar nicht vorstellen, daß Fräulein Yule sich mit jemandem zankt«, sagte Jasper und fügte dann rasch hinzu: »Wir werden sehen. Fürs erste sind sie vollauf beschäftigt, und das ist für sie das beste. Ich werde sie jeden Tag besuchen, und auch Fräulein Yule wird wohl oft kommen.«

Reardon begegnete Amys Blick, sah aber sofort wieder weg.

»Und was machen Sie jetzt?« fragte Jasper plötzlich.

»Eine einbändige Erzählung.«

»Das freut mich. Haben Sie schon eine Vorstellung, wo sie erscheinen soll?«

»Nein.«

»Warum bieten Sie das Buch nicht Jedwood an? Er verlegt eine Reihe von einbändigen Romanen. Sie kennen doch Jedwood, nicht? Er war Culpeppers Geschäftsführer, hat sich vor etwa einem halben Jahr selbständig gemacht und scheint zu reüssieren. Er heiratete die ... wie heißt sie nur? Wer schrieb ›Herrn Hendersons Gemahlinnen‹?«

»Nie gehört.«

»Unsinn — Fräulein Wilkes natürlich. Sie hat diesen Jedwood geheiratet, und es gab einen großen Krach zwischen ihm und ihren Verlegern. Frau Boston Wright hat es mir erzählt.«

»Wer ist Frau Boston Wright?« fragte Reardon mit einem ungeduldigen Lachen.

»Sie gibt die ›Mädchenzeitung‹ heraus und bewegt sich in allen Kreisen des literarischen London. Eine wunderbare Frau, muß fast fünfzig sein und sieht aus wie fünfundzwanzig.«

Er hielt inne und fügte dann impulsiv hinzu:

»Kommen Sie mit auf einen ihrer Abende — Donnerstag, neun Uhr. Überreden Sie ihn, Frau Reardon!«
Reardon schüttelte den Kopf.
»Nein, nein, dort gehöre ich nicht hin.«
»Ich sehe nicht ein, warum. Sie würden alle möglichen Leute treffen, die Sie schon längst kennen sollten. Am besten, ich bitte sie um eine Einladung für euch beide. Sie werden sie sicherlich gern haben, Frau Reardon; es ist wohl zu viel Theater dabei, aber sie hat auch solide Eigenschaften, und es ist eine glänzende Reklame, sie zur Freundin zu haben. Sie wird von Ihren Romanen und Artikeln allen die Ohren vollschwatzen.«

Amy warf ihrem Gatten einen fragenden Blick zu, aber Reardon rückte unruhig auf seinem Stuhl.

»Wir werden sehen«, sagte er, »vielleicht später.«

»Lassen Sie es mich wissen, wenn Sie Lust dazu haben. Und wegen Jedwood: ich kenne zufällig seinen Lektor.«

»Himmel!« rief Reardon. »Wen kennen Sie *nicht*?«

»Das ist doch ganz einfach! Es ist jetzt meine Hauptaufgabe, Bekanntschaften zu machen. Bedenken Sie doch, ein Mensch, der vom Feuilleton leben soll, kann ohne zahlreiche Bekanntschaften nicht auskommen. Das eigene Hirn würde bald austrocknen; ein kluger Mensch weiß die Gehirne anderer Menschen zu benützen.«

Amy hörte mit einem Lächeln zu, das lebhaftes Interesse ausdrückte.

»Richtig«, fuhr Jasper fort, »wann haben Sie Whelpdale zuletzt gesehen?«

»Schon längere Zeit nicht.«

»Dann wissen Sie nicht, was er macht? Der Kerl hat sich als ›literarischer Berater‹ etabliert. Er hat im ›Study‹ jede Woche eine Annonce: ›Hinweis für junge Autoren und literarische Dilettanten. Beratung bei der Themenwahl, Korrektur der Manuskripte, Empfehlungen an Verleger. Bescheidenes Honorar.‹ — Tatsache! Und was die Hauptsache ist, er kassierte in den ersten vierzehn Tagen sechs Guineen — so sagt er wenigstens. Einer der besten Witze, die ich je gehört habe. Ein Mensch, der seine eigenen Sachen nicht publizieren kann, schlägt sich durch, indem er anderen Leuten rät, wie sie schreiben sollen.«

»Aber das ist ein ausgemachter Schwindel!«

»Oh, nicht doch! Er kann die Orthographie der literarischen Dilettanten korrigieren, und was das Empfehlen an Verleger betrifft — nun, empfehlen kann ja jeder.«

Reardons Empörung ging in Gelächter über.

»Es ist nicht unmöglich, daß er damit durchkommt.«

»Gewiß nicht«, stimmte Jasper zu.

Er sah auf die Uhr.

»Ich muß fort, liebe Freunde, denn ich habe noch etwas zu schreiben, ehe ich mich auf meine Lagerstatt werfen kann.«

Als er fort war, saßen die beiden einige Minuten ohne zu sprechen da. Dann brach Reardon in Lachen aus.

»Siehst du, das ist einer, dem's gelingt. Er wird eines Tages in einem Palais wohnen und dem Universum seine literarischen Meinungen diktieren.«

»Womit hat er dich beleidigt?«

»Beleidigt, mich? Durchaus nicht, ich freue mich über seine guten Aussichten.«

»Warum willst du nicht hingehen? Es würde in vieler Hinsicht gut tun.«

»Wenn sich mir eine solche Gelegenheit geboten hätte, als ich meine besten Sachen veröffentlichte, so hätte ich mich nicht geweigert — aber soll ich jetzt als Autor von ›Margaret Home‹, mit dem Blödsinn, den ich jetzt schreibe, auftreten?«

»Dann mußt du eben aufhören, Blödsinn zu schreiben.«

»Ja, ich muß ganz aufhören, zu schreiben.«

»Und was wirst du tun?«

»Mein Gott, wenn ich das wüßte!«

XIII. EINE WARNUNG

In Jedwoods Frühjahrsprogramm wurde auch ein neues Werk von Alfred Yule angekündigt. Es hieß »Die englische Prosa des neunzehnten Jahrhunderts« und bestand aus einer Anzahl gesammelter Essays. Das letzte Kapitel behandelte die zeitgenössischen Schriftsteller, besonders jene, welche sich zur Illustration von Yules These eigneten: daß der Journalismus der Ruin des Prosastiles sei; über gewisse populäre Autoren des Tages wurde bitterste Galle ausgegossen, und es war nicht zu erwarten, daß man sie wie Balsam aufnehmen würde. Das Buch wurde in Kritikerkreisen sehr streng behandelt, und für den Augenblick war mehr von Alfred Yule die Rede als in der ganzen Zeit seit seinem denkwürdigen Konflikt mit Clement Fadge.

Der Verleger hatte darauf gehofft. Herr Jedwood war ein energischer und sanguinischer Mann, der mit der Absicht begonnen hatte, in ein paar Jahren den Firmen, die langsam emporgestiegen waren, Konkurrenz zu bieten. Er besaß kein großes Kapital, aber der glückliche Zufall, der ihm eine populäre Romanschriftstellerin zur Frau gegeben hatte, setzte ihn in Stande, von dieser Seite auf ständigen Profit zu rechnen, und grenzenloses Vertrauen auf sein Urteil trieb ihn zu Druckkostenauslagen, über welche die Vorsichtigen die Köpfe schüttelten. Er sprach viel von der »neuen Ära«, prophezeite Revolutionen im Verlags- und Buchhandel, plante jede Woche Werke, die auf die eben heranreifende, demokratische Generation wirken sollten, und war mittlerweile bereit, alles zu veröffentlichen, solange es nur Aufsehen erregen würde.

Die Mai-Nummer des »Current« widmete eine halbe Seite ihrer Bücherrevue dem Buche Yules. Diese Notiz war ein schlagendes Beispiel frivoler Angriffslust. Frivolität war das Charakteristikum des Fadgeschen Blattes, und seine monatlichen Bücherkommentare wurden bereits mit Begierde von jener wachsenden Leserschicht erwartet, die sich nur für das interessiert, was lächerlich gemacht werden kann. Die Feindseligkeit anderer Kritiker wirkte plump und blieb wirkungslos verglichen mit diesem giftigen Spott, der amüsierte, indem er bewies, daß an dem fraglichen Buche nichts Amüsantes oder Interessantes sei. Einen Autor angreifen, ohne seine Leserzahl zu vermehren, ist die höchste Stufe journalistischen Könnens, und der »Current« hätte, wenn er allein gewesen wäre, sein Ziel erreicht. So wie die Dinge standen, wäre stilles Hinnehmen für Yule die bessere Taktik gewesen. Aber Herr Fadge wußte, daß sein Freund unter den vergifteten Nadelstichen zucken würde, und das genügte ihm.

An dem Tage, als der »Current« erschien, wurde die Art, wie er Alfred Yule behandelt hatte, in Herrn Jedwoods Privatkanzlei besprochen. Quarmby kam gerade herein, als einer der jungen Angestellten anzweifelte, daß Fadge selbst der Autor der Kritik sei.

»Fadges Handschrift ist doch deutlich zu erkennen!« rief Herr Quarmby.

»Er steckt natürlich dahinter, aber ich glaube, dieser Milvain hat es geschrieben.«

»Meinen Sie?« fragte der Verleger.

»Ich weiß mit Sicherheit, daß die Notiz über Markland von ihm war, und habe Ursache anzunehmen, daß auch diese von ihm ist.«

»Durchtriebener Junge«, meinte Herr Jedwood, »nebenbei, wer ist er eigentlich?«

»Irgend jemandes unehelicher Sohn«, antwortete die

vertrauenswürdige Quelle lachend. »Denham sagt, daß er ihn vor ein paar Jahren unter anderem Namen in New York getroffen hat.«

»Verzeihen Sie, da liegt ein Irrtum vor«, warf Quarmby ein.

Er berichtete, was er von Yule selbst über Milvains Geschichte wußte. Aber trotz dieser Berichtigung scheute sich Herr Quarmby nicht, ein paar Stunden später Herrn Hinks mitzuteilen, daß der Angriff auf Yule sicherlich von dem jungen Milvain stamme, was dazu führte, daß das Gerücht, als es Yule zu Ohren kam, bereits als eine unbezweifelbare Tatsache auftrat.

Einen Monat zuvor hatte Milvain seinen ersten Besuch bei Marian Yule abgestattet. Als Yule davon erfuhr, zeigte er eine gleichgültige Miene, aber seine Tochter begriff, daß er ärgerlich war. Bezüglich der Schwestern bemerkte er bloß, daß Marian handeln solle, wie ihr Takt es vorschreibe, und wenn sie die Milvain-Töchter einladen wolle, so bitte er nur, die Gewohnheiten des Haushaltes nicht zu stören.

Wie gewöhnlich nahm Marian ihre Zuflucht zum Schweigen. Nichts konnte ihr lieber sein als die Nähe Mauds und Doras, aber sie sah voraus, daß ihr eigenes Heim ihnen nicht offenstehen würde.

Einen Tag nach Ankunft der Mädchen erhielt sie einen Brief von Dora und beantwortete ihn ziemlich prompt durch einen Besuch. Eine Woche später kamen Maud und Dora zu ihr; es war an einem Sonntag, und Yule hielt sich absichtlich vom Hause fern. Sie waren seither nur noch einmal gekommen, abermals ohne Herrn Yule anzutreffen, doch Marian besuchte sie häufig in ihrer Wohnung, und hie und da traf sie auch Jasper dort. Letzterer sprach nie von ihrem Vater, und es war keine Rede davon, ihn zu einer Wiederholung seines Besuches einzuladen. Zuletzt war Marian genötigt, mit ihrer Mutter über die Sache zu sprechen.

Frau Yule bot ihr eine Gelegenheit, indem sie fragte, wann die jungen Mädchen wiederkommen würden.

»Ich werde sie wohl gar nicht mehr einladen«, antwortete Marian.

Ihre Mutter begriff und sah bestürzt aus.

»Ich muß ihnen sagen, wie es hier steht«, fuhr das Mädchen fort. »Sie sind verständnisvoll und werden mir nicht böse sein.«

»Aber dein Vater hat ja nichts gegen sie«, meinte Frau Yule. »Er spricht kein Wort gegen sie, ich würde es dir sagen, Marian, wenn er's täte.«

»Es ist dennoch zu unangenehm. Ich kann sie nicht mit Vergnügen empfangen. Vater hat ein Vorurteil gegen sie alle und läßt sich nicht davon abbringen. Nein, ich werde es ihnen sagen.«

Am Tage danach, als Yule um die Mittagsstunde nach Hause kam, rief er sofort Marians Namen. Marian hatte an jenem Tage das Haus nicht verlassen; ihre Arbeit bestand im Kopieren langer, unordentlicher Manuskripte. Sie verließ das Wohnzimmer, um dem Rufe ihres Vaters zu folgen.

»Da ist etwas, das dich amüsieren wird«, sagte er, ihr die neue Nummer des »Current« reichend und auf die Besprechung seines Buches deutend.

Sie las ein paar Zeilen und warf das Blatt dann auf den Tisch.

»So etwas ekelt mich an«, rief sie mit zornigen Augen. »Nur gemeine, herzlose Leute können so schreiben. Du läßt dich doch sicherlich davon nicht beirren?«

»Oh, nicht einen Moment«, antwortete er mit übertriebener Ruhe. »Aber ich wundere mich, daß du den literarischen Wert der Sache nicht bemerkst. Ich dachte, daß er dir auffallen würde.«

In seiner Stimme wie in den Worten lag etwas Seltsames, das sie veranlaßte, ihn forschend anzublicken.

Sie kannte ihn zu gut, um nicht zu wissen, daß eine solche Notiz ihn tief verletzen mußte; aber warum zeigte er sie ihr, gegen alle Gewohnheit und mit dieser eigenartigen Bitterkeit?

»Warum sagst du das, Vater?«

»Fällt dir nicht ein, wer es geschrieben haben kann?«

Sie konnte ihn nicht mißverstehen; einen Augenblick machte das Erstaunen sie stumm, dann sagte sie:

»Gewiß hat Herr Fadge es selbst geschrieben.«

»Wie ich höre, nein. Aus guter Quelle erfahre ich, daß einer seiner jungen Herren auf dieses Verdienst Anspruch erhebt.«

»Du meinst natürlich Herrn Milvain«, antwortete sie ruhig, »aber ich glaube nicht, daß das wahr ist.«

Er blickte sie scharf an, er hatte einen entschiedeneren Protest erwartet.

»Ich habe keinen Grund, es zu bezweifeln.«

»Ich habe allen Grund dazu, es sei denn, du kannst es mir beweisen.«

Das war nicht Marians natürlicher Ton. Sie pflegte sonst unterwürfiger zu sein.

»Ich habe es von jemandem gehört, dem Jedwood es erzählt hat«, fuhr er mit härterer Stimme und Miene fort.

Yule war sich der Unwahrheit dieser Behauptung bewußt, aber sein Charakter gestattete es ihm nicht, offen zu sein, und er wollte die Wirkung seiner Worte auf Marian erproben. Er schwankte innerlich: einerseits erkannte er Fadge in jeder Zeile, andererseits gewährte es ihm eine bittere Befriedigung, sich einzureden, daß Milvain sich so erfolgreich die Manier des Meisters angeeignet habe.

»Woher kann Jedwood das wissen?« fragte Marian.

Yule zuckte die Achseln.

»Als ob sich so etwas unter Redakteuren und Verlegern nicht schnell verbreitet!«

»In diesem Falle ist es ein Irrtum.«

»Bitte, warum?« Seine Stimme zitterte vor Zorn. »Warum soll es denn ein Irrtum sein?«

»Weil Herr Milvain nicht imstande ist, in einer solchen Weise dein Buch zu kritisieren.«

»Da irrst du dich, meine Tochter. Milvain tut alles, was von ihm verlangt wird, sobald er nur gut bezahlt wird.«

Marian überlegte. Als sie die Augen wieder hob, blickten sie vollkommen ruhig.

»Was hat dich auf diesen Gedanken gebracht?«

»Ich kenne diese Sorte! *Noscitur ex sociis* — verstehst du so viel Latein?«

»Du wirst sehen, daß du schlecht unterrichtet bist«, antwortete Marian und verließ das Zimmer.

Weiter zu sprechen war ihr unmöglich. Ihr Vater hatte eine Empörung in ihr erregt, wie sie sie selten, wenn überhaupt je empfunden hatte, und diese drohte sich in Worten zu äußern, die den Verlauf ihres ganzen Lebens ändern würden. Sie sah ihren Vater von seiner schlechtesten Seite, und ihr Herz erbebte in einem nie gekannten Widerwillen gegen ihn. Mochte seine Meinung noch so fest begründet sein, was für ein Recht hatte er, davon solchen Gebrauch zu machen? Sein Benehmen war verächtlich; selbst wenn er ein Mißtrauen hegte, das es ihm zur Pflicht machte, sie vor Milvain zu warnen, *das* war nicht der Weg dazu. Ein Vater, den das Motiv der Zärtlichkeit leitete, würde nie so blicken und sprechen.

Es war der abscheuliche Geist literarischer Mißgunst, der ihn leitete, ein Geist, der die Leute begierig alles Böse glauben ließ, der blind und toll machte. Nie hatte sie die Unwürdigkeit der Existenz, zu der sie verdammt war, so gefühlt; die abscheuliche Kritik und dann die dumpfe Wut ihres Vaters — das genügte, um ihr alle Literatur als einen krankhaften Auswuchs des menschlichen Lebens erscheinen zu lassen.

Die Zeit vergessend, saß sie in ihrem Schlafzimmer, bis ein Klopfen an der Türe und die Stimme der Mutter ihr meldeten, daß das Mittagessen bereit sei. Ihr erster Impuls war, zu sagen, daß sie nicht mitessen, daß sie allein bleiben wolle. Aber das würde wie schwacher Trotz aussehen. Sie blickte rasch in den Spiegel, um zu sehen, ob ihr Gesicht sie nicht verriet, und ging dann hinab, um ihren gewohnten Platz einzunehmen.

Während der Mahlzeit fiel kein einziges Wort. Yule befand sich in schwärzester Laune; er nahm ein paar Bissen zu sich und beschäftigte sich dann mit dem Abendblatt. Beim Aufstehen sagte er zu Marian:

»Hast du alles kopiert?«

Sein Ton wäre selbst einem dreisten Dienstboten gegenüber unhöflich gewesen.

»Nicht viel mehr als die Hälfte«, war die kalte Antwort.

»Kannst du heute Abend fertig werden?«

»Ich fürchte, nein, ich gehe aus.«

»Dann muß ich es selbst tun.«

Und er begab sich in sein Zimmer.

Frau Yule war vor Schreck außer sich.

»Kind, was ist geschehen?« flüsterte sie Marian ängstlich zu. »Oh, streite dich doch nicht mit deinem Vater!«

»Ich will nicht seine Sklavin sein, Mutter, und ich lasse mich nicht ungerecht behandeln.«

»Was ist denn geschehen? Ich will mit ihm reden.«

»Das nützt nichts. Wir dürfen uns nicht terrorisieren lassen.«

Für Frau Yule war es ein unfaßbares Unglück. Sie hätte sich nie träumen lassen, daß Marian, die stille, sanfte Marian, zur Empörung getrieben werden könne, und nun war es plötzlich wie auf einen Donnerschlag soweit gekommen. Sie wollte fragen, was in der kurzen Zeit vor dem Mittagessen zwischen Vater und Tochter vorgefallen sei, aber Marian gab ihr keine Gelegenheit, weil sie nach ihren letzten bebenden Worten das Zimmer verließ.

Das Mädchen hatte beschlossen, ihre Freundinnen, die beiden Schwestern, zu besuchen und ihnen mitzuteilen, daß sie sie in Zukunft nicht mehr besuchen sollten; aber es fiel ihr nicht leicht, das Pflichtgefühl zu ersticken und ihrem Vater die Mühe des Abschreibens zu überlassen, das beendet werden mußte. Nicht ihr Wille, sondern ihre überreizten Gefühle hatten geantwortet, daß sie nicht arbeiten wolle; sie wunderte sich bereits, daß sie solche Worte gesprochen hatte, und als das Klopfen ihres Pulses nachließ, sah sie die Beweggründe für den inneren Aufruhr, der sie erfaßt hatte, klarer. Die Furcht quälte sie, ob ihre Verteidigung Milvains nicht töricht gewesen sei — hatte er ihr nicht selbst gesagt, daß er Gemeinheiten begehen könnte, nur um seinen Weg zu machen? Vielleicht war es die unerträgliche Pein des Gedankens, daß er dies bereits getan hatte, welche ihr die Selbstbeherrschung raubte und sie bewog, der Rohheit des Vaters mit Trotz entgegenzutreten.

Es war nicht möglich, ihren Plan auszuführen; sie konnte das Haus nicht verlassen und sich stundenlang mit dem Gedanken an die Wut und Erbitterung des Vaters quälen. Allmählich kehrte ihr altes Selbst zurück, Furcht und Reue lähmten ihr Herz.

Sie ging zum Arbeitszimmer, klopfte an und trat ein.

»Vater, ich habe etwas gesagt, das ich nicht so gemeint habe. Selbstverständlich werde ich kopieren und so bald wie möglich fertig werden.«

»Du wirst nichts dergleichen tun, liebe Tochter.« Er saß an seinem gewohnten Platze und arbeitete bereits an Marians Aufgabe, seine Stimme klang heiser und leise. »Verbringe den Abend, wie es dir beliebt, ich brauche dich nicht.«

»Ich war sehr ungezogen, verzeih mir, Vater.«
»Habe die Güte und geh, hörst du?«

Seine Augen flammten auf, und seine verfärbten Zähne verliehen ihm etwas Wildes. Marian wagte nicht, wagte tatsächlich nicht, ihm nahe zu kommen. Sie zögerte, dann aber regte sich abermals ein Gefühl unbändiger Empörung in ihr, und sie verließ das Zimmer so ruhig, wie sie gekommen war.

Sie sagte sich, daß es nun ihr Recht sei, zu gehen, wohin sie wolle; aber die Freiheit bestand nur in der Theorie; ihre demütige, schüchterne Natur hielt sie im Hause zurück — und in ihrem eigenen Zimmer; denn wenn sie die Gesellschaft ihrer Mutter suchte, mußte sie über das Vorgefallene sprechen, und dazu war sie nicht fähig. Eine Freundin, der sie ihr Herz ausschütten könnte, wäre ihr jetzt überaus kostbar gewesen, aber Maud und Dora waren ihre einzigen nahen Freundinnen, und ihnen konnte sie das völlige Vertrauen, das Trost gibt, nicht schenken.

Frau Yule wagte nicht, das Zimmer ihrer Tochter zu betreten. Daß Marian weder ausging noch sich sehen ließ, bewies, wie schlecht es ihr ging, aber die Mutter hatte kein Vertrauen in ihre Macht, zu trösten. Um die gewohnte Stunde erschien sie mit dem Kaffee im Zimmer ihres Gatten, und obwohl dessen Gesicht, das sich ihr einen Augenblick zuwandte, zu keinem Gespräch einlud, zwang ihre Betrübnis sie, zu sprechen.

»Warum bist du auf Marian böse, Alfred?«
»Frag lieber sie, was ihr extravagantes Benehmen bedeutet.«

Ein Wort herber Zurückweisung war das Höchste, was sie erwartet hatte. So ermutigt, wagte sie schüchtern noch eine Frage:

»Wie hat sie sich benommen?«
»Du hast Ohren, denk ich!«
»Aber was war vorher? Du sprachst so zornig mit ihr.«
»So, zornig? Sie ist wohl ausgegangen?«
»Nein, sie ist zu Hause geblieben.«
»Schön, störe mich nicht.«
Sie wagte nicht zu bleiben.

Es schien, als würde das Frühstück am nächsten Morgen gleichfalls wortlos verstreichen. Aber als Yule den Sessel zurückschob, richtete Marian, die blaß und krank aussah, an ihn eine Frage über die Arbeit, die sie im Lesesaal auszuführen habe. Er antwortete in geschäftsmäßigem Ton, und einige Minuten lang sprachen sie ganz normal über dieses Thema. Eine halbe Stunde später begab sich Marian ins Museum. Ihr Vater blieb zu Hause.

Damit war der Zwischenfall für den Augenblick erledigt. Marian fühlte, daß es das beste wäre, das Vorgefallene zu vergessen, wie es auch ihr Vater augenscheinlich beabsichtigte. Sie hatte ihn um Verzeihung gebeten, und es war hart von ihm gewesen, sie zurückzustoßen; aber jetzt war sie wieder imstande, alle seine Sorgen und Plagen nachzuempfinden, sein verbittertes Temperament und die neue Wunde, die er eben empfangen hatte. Daß er sein gewohntes Benehmen wieder aufnahm, war Beweis genug für seine Reue. Gern hätte sie ihre widerspenstigen Worte zurückgenommen; sie hatte sich eines kindischen Zornesausbruchs schuldig gemacht, und am Ende würde daraus vielleicht etwas noch Schlimmeres werden.

Und doch war es vielleicht gut, daß ihr Vater gewarnt war. Vielleicht kam einst ein Tag, wo sie ihm notgedrungen von Angesicht zu Angesicht gegenüberstehen und erklären müßte, daß auch sie Ansprüche an das Leben habe. Es war gut, wenn er diese Möglichkeit im Auge behielt.

An diesem Abend wurde keine Arbeit von ihr erwartet; kurz nach dem Essen schickte sie sich an, fortzugehen, und sagte ihrer Mutter, daß sie vor zehn Uhr zurück sein werde.

»Sag ihnen, daß ich sie grüßen lasse, — wenn du willst«, sagte Frau Yule kaum hörbar.

»Gewiß, das will ich tun.«

XIV. NEULINGE

Marian ging zur nächsten Haltestelle an der Camden Road und wartete dort auf den Omnibus, der sie in die Nähe der Straße brachte, wo Maud und Dora wohnten. Es war dies im Nordosten von Regent's Park und nicht weit von Mornington Road, wo Jasper wohnte.

Als sie hörte, daß die jungen Damen zu Hause und allein seien, stieg sie in das zweite Stockwerk hinauf und klopfte an.

»Das ist schön!« rief Doras angenehme Stimme, als die Tür sich öffnete, und es folgte jene herzliche Begrüßung, die Marians Herz erwärmte, ein Willkommen, das bisher kein Haus in London ihr geboten hatte.

Die Mädchen nahmen sich in diesem unbehaglichen Zimmer mit der spärlichen Einrichtung und dem wertlosen Zierrat seltsam aus. Besonders Maud, denn ihre schöne Gestalt wurde durch das Trauerkleid sehr gehoben, und ihr blasses, schönes Gesicht wirkte sehr fremdartig vor diesem ärmlichen Hintergrund. Dora schien einfacherer Natur zu sein, aber auch sie besaß jenen unverkennbaren Hauch von Verfeinerung, der nicht im Einklang mit dieser Umgebung stand. Sie bewohnten nur zwei Zimmer, das Schlafzimmer enthielt zwei Betten, und sie bereiteten sich die Mahlzeiten selbst, mit Ausnahme des Mittagessens. Während der ersten Wochen hatten sie viele Tränen vergossen; die Übersiedlung aus dem behaglichen, ländlichen Heim in diese kahle Londoner Mietwohnung fiel ihnen nicht leicht. Maud war, wie man auf den ersten Blick bemerken konnte, noch weniger als ihre Schwester geneigt, gute Miene zum bösen Spiel zu machen; ihr Gesicht hatte einen eher unzufriedenen als traurigen Ausdruck, und sie sprach nicht mit der Lebhaftigkeit Doras.

Auf dem runden Tische lag eine Anzahl Bücher, denn die Schwestern waren, bis sie gestört wurden, eifrig mit Lesen beschäftigt gewesen.

»Es ist nicht recht von mir, so bald wieder zu kommen«, sagte Marian, als sie ihre Sachen ablegte. »Eure Zeit ist kostbar.«

»Aber Sie sind uns noch lieber«, antwortete Dora lachend. »Wir arbeiten abends nur höchst ungern, wenn wir den ganzen Tag über fleißig waren.«

»Wir haben auch eine Neuigkeit für Sie«, sagte Maud, die lässig auf einem unbequemen Stuhl saß.

»Doch hoffentlich eine gute?«

»Jemand war gestern bei uns, Sie erraten wohl, wer?«

»Amy vielleicht?«

»Ja.«

»Und wie hat sie euch gefallen?«

Die Schwestern wollten nicht gleich mit der Sprache heraus. Dora war die erste, die sprach.

»Wir fanden, daß sie sehr bedrückt war; sie sagte auch, daß sie sich seit einiger Zeit nicht ganz wohl fühle. Aber ich glaube, sie wird uns gefallen, wenn wir sie näher kennenlernen.«

»Es war ziemlich peinlich«, fügte die ältere Schwester hinzu. »Wir fühlten uns verpflichtet, etwas über Herrn Reardons Werke zu sagen, obwohl wir noch nichts von ihm gelesen haben; so sagte ich denn, daß ich seinen neuen Roman bald zu lesen hoffe. ›Sie haben wahrscheinlich Kritiken darüber gesehen?‹ fragte sie sofort. Natürlich hätte ich den Mut haben sollen, nein zu sagen, aber ich gab zu, ein paar gelesen zu haben — Jasper hat sie uns gezeigt. Sie sah sehr ärgerlich aus, und das Gespräch geriet danach ins Stocken.«

»Die Kritiken sind sehr abfällig«, sagte Marian unruhig. »Ich habe das Buch gelesen und fürchte, daß es nicht gut ist, aber ich habe schon schlechtere Romane gelesen, die günstiger besprochen wurden.«

»Jasper sagt, es liege daran, daß Reardon unter den Journalisten keine Freunde hat.«

»Nur hätten sie das Buch auch dann nicht loben können, wenn sie ehrlich gewesen wären. Hat Amy euch eingeladen, sie zu besuchen?«

»Ja, aber sie meinte, es sei unsicher, wie lange sie in ihrer jetzigen Wohnung bleiben würden, und wir wissen wirklich nicht, ob wir ihr gerade jetzt willkommen wären.«

Marian hörte mit gesenktem Kopf zu. Auch sie hatte den Freundinnen mitzuteilen, daß sie in ihrem Heim nicht willkommen wären; aber sie wußte nicht, wie sie es ihnen sagen sollte, ohne unfreundlich zu erscheinen. Sie wurde immer schweigsamer. Zu Hause war es ihr nicht so schwer vorgekommen, diesen sympathischen Mädchen ihre Lage auseinanderzusetzen, aber jetzt, da die Zeit zum Sprechen gekommen war, bedrückten sie Scham und Angst. Freilich war es nicht absolut notwendig, schon an diesem Abend das Geständnis zu machen, und wenn sie ihres Vaters Vorurteile überging, konnte alles scheinbar ungetrübt weitergehen. Aber die Einsamkeit ihres Lebens hatte eine Empfindlichkeit in ihr entwickelt, die derartige Situationen nicht ertragen konnte; Schwierigkeiten, die für Menschen, welche am sozialen Leben tätigen Anteil nehmen, nur geringe Bedeutung haben, zerstörten ihren ganzen Frieden. Dora bemerkte bald die niedergeschlagene Stimmung der Freundin.

»Was haben Sie, Marian?«

»Ich wage gar nicht, davon zu sprechen, vielleicht macht es eurer Freundschaft für mich ein Ende, und es wäre sehr hart für mich, wieder in meine Einsamkeit zurückzukehren.«

Die Mädchen sahen sie zuerst zweifelnd an, ob sie im Ernst spreche.

»Was wollen Sie damit sagen?« rief Dora. »Was für ein Verbrechen haben Sie begangen?«

Maud, die die Ellbogen auf den Tisch gestemmt hatte, betrachtete neugierig Marians Gesicht, sagte aber nichts.

»Hat Herr Milvain euch die neue Nummer des ›Current‹ gezeigt?« fuhr Marian fort.

Sie antworteten verneinend.

Maud fügte hinzu:

»Er hat diesen Monat nichts drin, bloß eine Kritik über einen Roman.«

»Von Markland«, ergänzte Dora.

Marian holte tief Luft, hielt aber die Augen zu Boden geschlagen.

»Es ist auch eine Kritik über das Buch meines Vaters darin«, hob sie schließlich an, »eine sehr übelwollende, von Herrn Fadge. Er und mein Vater sind schon lange miteinander verfeindet — vielleicht hat Herr Jasper euch davon erzählt?«

Dora bejahte.

»Ich weiß nicht, wie es in anderen Berufen ist«, sagte Marian, »aber ich hoffe, es herrscht anderswo nicht so viel Neid, Haß und Bosheit wie in dem unseren. Das Wort Literatur wird mir oft durch die Dinge, die ich höre und lese, verhaßt. Mein Vater war nie glücklich, und vieles ist geschehen, das ihn gegen die Glücklicheren erbittert hat; er überwarf sich oft mit Leuten, die zuerst seine Freunde waren, aber mit niemandem so sehr wie mit Herrn Fadge. Leider«, sie sah ängstlich von der einen zur anderen, »hat ihn dies gegen Euren Bruder aufgebracht und . . .« Ihre Stimme stockte vor Erregung.

»Wir haben das befürchtet«, sagte Dora in teilnehmendem Tone.

»Jasper prophezeite es«, fügte Maud etwas kälter, aber doch freundschaftlich hinzu.

»Der Grund, warum ich davon spreche, ist, daß ich sehr fürchte, es könnte eine Entfremdung zwischen uns hervorrufen«, sprach Marian hastig weiter.

»Oh, glauben Sie das nicht!« rief Dora.

»Ich schäme mich«, fuhr Marian mit unsicherer Stimme fort, »aber ich glaube, es wird besser sein, wenn ich euch nicht mehr auffordere, mich zu besuchen. Es klingt lächerlich, und das ist es auch: lächerlich und schmählich. Ich dürfte mich nicht beklagen, wenn ihr nichts mehr mit mir zu tun haben wolltet.«

»Machen Sie sich deswegen keine Sorgen«, sagte Maud, mit vielleicht etwas zu viel Großmut in der Stimme. »Wir begreifen vollkommen, und es wird gar keinen Unterschied machen.«

Aber Marian hatte das Gesicht abgewendet und konnte diese Versicherungen nicht mit Vergnügen annehmen. Jetzt, wo der Schritt bereits getan war, fühlte sie, daß sie zu schwach gewesen war.

»Jasper tut es sehr leid«, sagte Dora, indem sie Marian einen raschen Blick zuwarf.

»Aber sein Verhältnis zu Herrn Fadge entwickelte sich auf so natürliche Weise, und es war ihm unmöglich, eine solche Gelegenheit zurückzuweisen«, fügte die ältere Schwester hinzu.

»Das weiß ich«, antwortete Marian ernst. »Glaubt nicht, daß ich meinen Vater rechtfertigen will. Aber ich kann ihn verstehen, und euch muß das sehr schwerfallen, denn ihr könnt nicht wie ich wissen, wie tief er unter diesen elenden, niederträchtigen Streitigkeiten gelitten hat. Wenn ihr mir nur erlaubt, wie früher herzukommen, und auch weiter freundlich zu mir sein wolltet! Mein Heim war nie ein Ort, wo ich meine Freunde zu einem behaglichen Aufenthalt hätte einladen können, selbst wenn ich Freunde gehabt hätte. Es hat immer Hindernisse gegeben, von denen ich aber nicht sprechen kann.«

»Liebe Marian, kränken Sie sich nicht so!« rief Dora bittend. »Glauben Sie mir, es ist nichts vorgefallen, was unsere Gefühle gegen Sie ändern kann — nicht wahr, Maud?«

»Gewiß nicht, wir sind keine unvernünftigen Kinder, Marian.«

Ein paar Stunden verstrichen, und Marian wollte gerade Abschied nehmen, als die Schritte eines Mannes rasch die Treppe heraufkamen.

»Das ist Jasper«, bemerkte Dora, und im Moment darauf ertönte ein kurzes, scharfes Klingeln an der Tür.

Es war Jasper; er trat mit strahlendem Gesicht ein, seine Augen blinzelten wegen des Lampenlichts.

»Nun, Mädels! Wie geht's, Fräulein Yule? Ich hatte eine leise Ahnung, daß Sie hier sein würden. Der Abend ist danach — ich weiß nicht, warum. Das war ein Tag! Ich habe probiert, was ich an einem Tage zustande bringen könnte, wenn ich mich anstrenge. Paßt auf, es verdiente zur Ermutigung der aufstrebenden Jugend in der Chronik verzeichnet zu werden. Ich bin um halb acht aufgestanden, und während ich frühstückte, las ich ein Buch durch, das ich zu besprechen hatte. Um halb elf war die Besprechung fertig — eine Dreiviertelspalte im Abendblatt.«

»Wer ist der unglückliche Autor?« fiel Maud sarkastisch ein.

»Diesmal nicht unglücklich, ich mußte ihn hochjubeln, sonst hätte ich das Zeug nicht so schnell fertig gebracht. Loben ist das Leichteste auf der Welt; nur ein unerfahrener Nörgler glaubt, daß es leichter ist,

Fehler zu finden. Der Roman war von Billington; natürlich gewaltiger Blödsinn, aber er lebt auf großem Fuß und gibt Dinners. Nun, halb elf bis elf rauchte ich eine Zigarre und dachte nach. Um elf war ich bereit, meine Samstagsglosse zu schreiben, was bis punkt eins dauerte, also ziemlich lange. Ich kann nicht mehr als anderthalb Stunden an das Zeug wenden. Um eins stürzte ich in ein schmutziges kleines Gasthaus in der Hampstead Road, war um dreiviertel zwei wieder zurück, hatte währenddessen einen Artikel für das ›Westend‹ skizziert und setzte mich, mit der Pfeife im Munde, an die Arbeit; um halb fünf war der halbe Artikel fertig, die andere Hälfte bleibt für morgen. Von fünf bis halb sechs las ich vier Zeitungen und zwei Monatszeitschriften, und von halb bis dreiviertel sechs notierte ich mir ein paar Ideen, die mir während des Lesens gekommen waren. Um sechs war ich wieder in dem schmutzigen kleinen Gasthaus, stillte meinen Wolfshunger, war um dreiviertel sieben wieder zu Hause und schrieb zwei Stunden lang an einer größeren Sache für den ›Current‹. Dann kam ich her und dachte unterwegs angestrengt nach. Nun, was sagt ihr dazu? Habe ich mir meinen Schlaf verdient?«

»Und was ist der Wert von alldem?« fragte Maud.

»Zwischen zehn und zwölf Guineen, wenn ich es berechne.«

»Ich meinte den literarischen Wert«, sagte seine Schwester mit einem Lächeln.

»Der entspricht dem Inhalt einer faulen Nuß.«

»Das dachte ich mir.«

»Oh, es erfüllt ja seinen Zweck und schadet niemandem«, meinte Dora.

»Ehrliches Tagwerk!« rief Jasper. »Es gibt nicht viele in London, die so etwas zustande bringen. Es ist freilich Unsinn, aber ein Unsinn spezieller Art, von sehr feiner Qualität.«

»Glauben Sie nicht, daß es zu anstrengend für Sie sein wird?« fragte Marian Jasper, nachdem sie außer einigen Begrüßungsworten lange nichts gesagt hatte.

»Oh, das ist ja kein Durchschnittstag. Morgen werde ich höchstwahrscheinlich nur meinen Artikel für das ›Westend‹ fertig machen, und das in zwei bis drei Stunden. Wer weiß, vielleicht könnte ich in dieser Weise fortarbeiten, wenn ich's versuchte. Aber dann könnte ich nicht alles unterbringen. Nach und nach — so rasch als möglich — werde ich mein Arbeitsfeld erweitern. Zum Beispiel möchte ich für eines der großen Tagesblätter wöchentlich zwei bis drei Leitartikel schreiben. Aber so weit bin ich noch nicht.«

Marian hörte diesem Redefluß noch eine Weile zu, dann benützte sie eine kurze Pause, um sich zu erheben und ihren Hut aufzusetzen. Jasper beobachtete sie, aber ohne sich zu erheben; er sah seine Schwestern zögernd an. Endlich stand er auf und erklärte, daß er auch gehen müsse. Das war schon einmal so gewesen, als er Marian hier des Abends getroffen hatte.

»Es ist ziemlich spät für Sie geworden«, sagte Jasper, als sie das Haus verließen. »Darf ich Sie ein Stück weit begleiten?«

Marian antwortete mit einem leisen »Danke«.

»Sie kommen recht gut mit den Mädchen aus, nicht wahr?«

»Ich hoffe, sie freuen sich über meine Freundschaft ebenso, wie ich mich über die ihre.«

»Schade, daß sie in solchen Verhältnissen stecken, nicht wahr? Sie sollten ein schönes Heim und genügend Dienerschaft haben. Es ist schlimm genug für einen zivilisierten Mann, wenn er sich durchschlagen muß, aber Frauen in so ärmlicher Weise leben zu sehen ist mir verhaßt. Glauben Sie nicht, daß sie mit ein bißchen Erfahrung alle beide eine Rolle in einem Salon spielen könnten?«

»Zweifellos.«

»Maud würde wirklich prachtvoll aussehen, wenn sie schön gekleidet wäre. Sie hat kein gewöhnliches Gesicht, und Dora ist ebenfalls hübsch, nicht wahr? Nun, sie sollen bald unter die Leute kommen. Ich möchte nur nicht, daß es sich herumspricht, in was für einer Baracke sie wohnen. Aber ich wage auch nicht, sie zu Ausgaben zu verlocken. Man weiß nie, ob es sich auszahlen wird, obwohl ... Was mich betrifft, wenn mir ein paar tausend Pfund zufielen, so wüßte ich, sie nutzbringend anzuwenden ... Sie würden mir wahrscheinlich zehn Jahre meines jetzigen Lebens ersparen, d. h. ich würde mit einem Satz dorthin gelangen, wo ich in zehn Jahren ohne Hilfe von Geld sein werde. Aber sie haben bloß ein so winziges Kapital, und alles ist so unsicher, daß man unter diesen Umständen nicht spekulieren kann.«

Marian antwortete nicht.

»Sie finden wohl, daß ich von nichts als von Geld rede?« sagte Jasper plötzlich, indem er ihr ins Gesicht sah.

»Ich weiß nur zu gut, was es heißt, kein Geld zu haben.«

»Ja, aber ... ein klein wenig verachten Sie mich doch?«

»Nein, Herr Milvain.«

»Wenn das aufrichtig ist, so freut es mich sehr. Aber ich würde es Ihnen nicht übelnehmen, denn ich *bin* verachtenswert, das gehört zu meinem Geschäft. Nur, ein Freund braucht das nicht in Betracht zu ziehen.«

Das nun folgende Schweigen wurde nicht unterbrochen, bis sie am Ende von Park Street anlangten, wo die Wege nach Hampstead, Highgate und Holloway abzweigen.

»Herr Milvain«, begann Marian mit sehr leiser

Stimme, »tue ich Unrecht, wenn ich Sie nach dem Autor einer bestimmten Kritik im ›Current‹ frage?«

»Ich fürchte, ich weiß, was Sie meinen, und sehe keinen Grund, warum ich Ihnen eine solche Frage nicht beantworten sollte.«

»War es Herr Fadge selbst, der das Buch meines Vaters besprach?«

»Jawohl — hol' ihn der Teufel! Ich kenne keinen andern, der diese Sache so verwünscht gut hätte machen können.«

»Er hat nur die Angriffe meines Vaters auf ihn und seine Freunde beantwortet.«

»Die Angriffe Ihres Vaters sind ehrlich und offen und gerechtfertigt. Ich habe das Kapitel des Buches mit enormem Vergnügen gelesen. Aber denkt jemand, daß ein anderer als Fadge dieses Meisterstückes fähig war?«

»Ja. Aber ich weiß ja nun, daß Herr Jedwood sich geirrt hat.«

»Jedwood? Wieso geirrt?«

»Mein Vater hörte, daß Sie der Verfasser seien.«

»Ich?« Jasper blieb stehen. Sie befanden sich unter den Strahlen einer Laterne und konnten einander ins Gesicht sehen. »Und er glaubt das?«

»Ich fürchte, ja.«

»Und *Sie* glauben ... glaubten es auch?«

»Keinen Moment.«

»Ich werde Herrn Yule schreiben.«

Marian schwieg einen Augenblick, dann sagte sie:

»Wäre es nicht besser, wenn Sie Mittel fänden, Herrn Jedwood die Wahrheit wissen zu lassen?«

»Vielleicht haben Sie recht.«

Jasper war für den Rat sehr dankbar, denn im selben Moment hatte er bedacht, wie voreilig es wäre, Alfred Yule über einen solchen Gegenstand zu schreiben — wenn der große Fadge von diesem Briefe erfuhr, so konnte es dem Verfasser des Schreibens großen Schaden verursachen.

»Ja, Sie haben recht«, wiederholte er, »ich will dieses Gerücht an seiner Quelle verstopfen. Ich errate, wie es entstanden ist — irgendein Feind hat es getan, obwohl mir das Motiv nicht ganz klar ist. Ich danke Ihnen, daß Sie es mir gesagt haben, und noch mehr, daß Sie nicht glauben wollten, ich könnte Herrn Yule, selbst wenn es nur ums Geschäft geht, in dieser Weise behandeln. Wenn ich sagte, ich sei verachtenswert, so meinte ich nicht, daß ich so weit herabsinken könnte. Schon weil er Ihr Vater ist ...«

Er hielt inne, und sie gingen einige Zeit schweigend weiter.

»In diesem Falle denkt Ihr Vater wohl nicht sehr günstig über mich?« hob Jasper endlich wieder an.

»Das kann er wohl kaum ...«

»Gewiß, gewiß, ich begreife. Allein schon die Tatsache, daß ich für Fadge arbeite, nimmt ihn gegen mich ein. Aber das ist, hoffe ich, doch kein Grund, warum wir beide nicht Freunde sein sollten, nicht wahr?«

»Nein.«

»Ich weiß nicht, ob meine Freundschaft viel wert ist«, fuhr Jasper fort, in die Luft sprechend, wie immer, wenn er seinen eigenen Charakter erörterte. »Ich werde so weitermachen, wie ich begonnen habe, und um die Annehmlichkeiten des Lebens kämpfen. Aber *Ihre* Freundschaft ist mir sehr wertvoll. Bin ich ihrer sicher, so bleibe ich auf jeden Fall doch im Gesichtskreis der besseren Ideale.«

Marian ging mit gesenkten Augen weiter. Zu ihrer Überraschung bemerkte sie plötzlich, daß sie fast in St. Paul's Crescent angelangt waren.

»Ich danke Ihnen für Ihre freundliche Begleitung«, sagte sie im Stehenbleiben.

»Ah, Sie sind schon fast zu Hause — sonderbar, mir kam es nur wie ein paar Minuten vor, seit wir die Mädchen verließen. Jetzt will ich zu dem Whisky zurück, der Maud so mißfällt. Gute Nacht, Fräulein Yule.«

Er ging, und wandte nach einer Minute den Kopf, um der schlanken Gestalt nachzublicken, die in der Dunkelheit verschwand.

Marians Hand zitterte, während sie den Schlüssel in das Schloß steckte.

Als sie in ihrem Zimmer allein war, setzte sie sich nieder, nur um an Jasper Milvain zu denken und aus der Erinnerung an seine Worte, seine Blicke neue Nahrung für ihr hungriges Herz zu ziehen. Jasper war der erste Mann, der je ein solches Interesse in ihr erweckt hatte. Ehe sie ihm begegnete, hatte sie nie einen huldigenden Blick oder ein an ihre Gefühle gerichtetes Wort empfangen, und so wenig er auch dem Ideal ihrer Träume glich — seit dem Tage auf dem Felde bei Wattleborough hatte der Gedanke an ihn die Träume verdrängt. An diesem Tage sagte sie sich: Ich könnte ihn lieben, wenn ihm daran läge, meine Liebe zu suchen. Das war vielleicht voreilig, ja; aber einer, der am Verhungern ist, pflegt bei der Aussicht auf Nahrung nicht zu zögern. Der erste Mann war es, der sich ihr mit deutlich erkennbarer Neigung, mit Energie und jugendlichem Selbstvertrauen genähert hatte; schön war er obendrein, so schien es ihr, und ihre Weiblichkeit kam ihm sehnsüchtig entgegen.

Seither hatte sie seine Fehler sorgsam studiert. Jedes Gespräch hatte ihr neue Schwächen und Torheiten enthüllt — mit dem Resultat, daß sie sich ihrer Liebe immer sicherer geworden war.

Er war so menschlich, und Ihre fast klösterlich weltabgewandte Jugend hatte sie darauf vorbereitet, nur einen Mann zu lieben, der mit offener Energie nach den Freuden des Lebens strebte. Ein Anflug von Pedanterie hätte sie abgestoßen. Sie fragte nicht nach hohem Geist oder großen Kenntnissen, aber Lebhaftigkeit, Mut, Siegesgewißheit entzückten ihre Sinne. Ihr Ideal war keineswegs ein Literat, gewiß nicht einer, der sich im Journalismus auszeichnete, eher ein Mann der Tat, der jedem Handel, jeder geschäftlichen Routine gewachsen war. Aber in Jasper erblickte sie auch Eigenschaften, die sie, unabhängig von den Zufälligkeiten seiner Stellung, anzogen. Ideale Persönlichkeiten steigen nicht zu Mädchen herab, die im Britischen Museum arbeiten müssen; es kam ihr wie ein Wunder vor, daß ein Mann wie Jasper überhaupt ihren Weg gekreuzt hatte.

Es war ihr, als wären Jahre seit ihrer ersten Begegnung verstrichen. Auf ihre Rückkehr nach London war ja eine so lange, hoffnungslose Periode gefolgt. Dennoch hatte er, so oft sie sich trafen, Blicke und Worte für sie, mit denen er gewiß nicht jeder Frau entgegenkam. Von allem Anfang an hatte er offenes Interesse an ihr gezeigt, und endlich war das Geständnis seiner »Achtung«, sein Wunsch gekommen, ihr mehr als ein bloßer Bekannter zu sein. Es war kaum möglich, daß er so gesprochen hätte, wenn er sie nicht an sich zu ziehen wünschte.

Warum aber kehrte er immer wieder zu dem Geldthema zurück? »Ich werde mir nichts in die Quere kommen lassen«, hatte er einst gesagt, als meinte er: gewiß nicht eine Liebesaffäre mit einem bettelarmen Mädchen. Er betonte das Wort »Freund«, so als wollte er erklären, daß er nicht mehr als Freundschaft biete und fordere.

Aber das bedeutete gewiß nur, daß er keine Eile hatte, sich zu erklären. Ganz sicherlich bestand ein Konflikt zwischen seinem Ehrgeiz und seiner Liebe, aber sie erkannte ihre Macht über ihn und frohlockte dabei. Sie hatte sein Zögern bemerkt, ehe er sich erhob, um sie zu begleiten; das Herz hatte ihr gelacht, als der Wunsch zu mächtig in ihm geworden war. Und fortan würden solche Begegnungen häufig sein, würde eine jede ihren Einfluß steigern. Wie gütig war das Schicksal, indem es Maud und Dora nach London brachte!

Es lag in seiner Macht, eine Frau zu heiraten, die ihm Reichtum brachte. Er hatte auch diese Absicht, das verstand sie nur zu gut. Aber in jedem Moment würde sie um ihren Vorteil kämpfen; er mußte sie in all ihrer Armut wählen und sich mit dem begnügen, was sein Talent ihm einbrachte. Ihre Liebe gab ihr das Recht, dieses Opfer zu verlangen; mochte er nur um ihre Liebe werben, das Opfer würde keines mehr sein, so leidenschaftlich würde sie ihn belohnen.

Und er *würde* um sie werben. An diesem Abend war sie voll tiefen Vertrauens. Das war ohne Zweifel auch eine Reaktion auf ihre Kümmernisse. Er hatte beim Abschied gesagt, daß ihr Charakter so gut zu dem seinen passe, daß sie ihm gefalle, und dann hatte er ihre Hand so warm gedrückt. Kurze Zeit noch, und er würde um ihre Liebe werben. Was sie nie zu hoffen gewagt, war ihr schon fast gewährt. Nun mochte sie sich im Schattental der Bücher weiter mühen, denn ein Strahl blendenden Sonnenscheins konnte jeden Augenblick dessen trübes Dunkel erhellen.

XV. DAS LETZTE MITTEL

Die letzten zwölf Monate hatten Reardon viel älter gemacht; mit dreiunddreißig konnte man ihn gut für vierzig halten. Sein Benehmen, seine persönlichen Gewohnheiten waren nicht mehr die eines jungen Mannes, er ging gebeugt und lehnte sich merklich auf seinen Stock; sein Gang war unelastisch, seine Stimme hatte einen heiseren Klang angenommen, und oft sprach er mit jenem Zögern, das bei Menschen spürbar ist, die durch Niederlagen mißtrauisch geworden sind. Endlose Sorgen und Angst gaben seinen Augen einen irrenden, manchmal wilden Ausdruck.

Er schlief selten im eigentlichen Sinn des Wortes, in der Regel befand er sich die ganze Nacht hindurch in einer Art Kampf zwischen physischer Erschöpfung und hektischer Wachheit des Geistes. Oft geschah es, daß ein nur eingebildetes Hindernis in der Geschichte, welche er schrieb, ihn während der dunklen Stunden belastete; hie und da erwachte er, sann nach und erinnerte sich, daß er sich umsonst quäle, aber diese kurze Erleichterung ging bald in der Erinnerung an seine nur allzu reale Not unter. In seinem unruhigen Schlummer sprach er laut, wodurch er Amy häufig aufweckte; gewöhnlich schien er einen Dialog mit irgend jemandem zu führen, der ihm eine unerträgliche Aufgabe aufbürdete. Er protestierte leidenschaftlich, flehte, stritt auf das seltsamste über die Ungerechtigkeit des Geforderten. Einmal hörte ihn Amy um Geld betteln — tatsächlich betteln, wie irgendein armer Teufel auf der Straße; es war furchtbar, und sie mußte weinen. Als er sie fragte, was er gesagt habe, konnte sie sich nicht dazu durchringen, es ihm zu erzählen. Wenn das Schlagen der Glocken ihn gnadenlos zum Aufstehen und Arbeiten rief, taumelte er oft vor Schlaftrunkenheit; als größtes Glück erschien es ihm, sich in einen dunklen warmen Winkel verkriechen zu können und dort betäubt zu liegen, in einer köstlichen Halbohnmacht, während er den Tod langsam herankommen fühlte. Von allen Leiden, die sich in den vierundzwanzig Stunden des Tages ansammelten, war dieses Antreten zu einem neuen Tag das ärgste.

Der einbändige Roman, der seiner Berechnung nach nur vier bis fünf Wochen in Anspruch nehmen konnte, ward mit Mühe in zwei Monaten beendet. Die Märzwinde machten ihn krank. Einmal wurde er von Bronchitis bedroht und mußte selbst den Versuch, zu arbeiten, unterlassen. Auch in früheren Wintern hatte er unter dem Londoner Klima viel gelitten, nie jedoch in einem solchen Grade wie jetzt; die Krankheit des Gemüts schien auch seinen Körper geschwächt zu haben.

Es war seltsam, daß er überhaupt noch arbeiten konnte, denn er hatte gar keine Hoffnung auf ein Resultat. Diese eine letzte Anstrengung wollte er noch machen, bloß um den endgültigen Beweis seines Scheiterns zu erbringen, und dann die Literatur hinter sich werfen. Welcher andere Broterwerb für ihn möglich war, wußte er nicht, aber vielleicht konnte er doch einen ausfindig machen. Hätte es sich nur um ein Pfund wöchentlich gehandelt, wie einst in früheren Tagen, so hätte er hoffen können, eine Schreiberstelle wie die im Hospital zu erhalten, wo keine berufliche Erfahrung oder Geschicklichkeit verlangt wurde; aber in seiner jetzigen Lage war ein solches Einkommen nutzlos. Konnte er Amy und das Kind in einer Dachstube einquartieren? Mit weniger als hundert Pfund jährlich war es nicht möglich, den äußeren Schein zu wahren. Schon jetzt begannen seine eigenen Kleider seine Armut zu zeigen, und ohne die Geschenke ihrer Mutter wäre es mit Amy auch schon so weit. Sie lebten in Angst vor der kleinsten unerwarteten Ausgabe, denn der Tag des völligen Geldmangels nahte wieder heran.

Amy war jetzt öfter von zuhause abwesend, als es ihre Gewohnheit war. Manchmal ging sie gleich nach dem Frühstück fort und verbrachte den ganzen Tag bei ihrer Mutter. »Es erspart das Essen«, sagte sie mit einem bitteren Lachen, als Reardon einmal sein Erstaunen darüber aussprach, daß sie so oft hingehe.

»Und es gibt dir Gelegenheit, dein hartes Schicksal zu bejammern«, gab er kalt zurück.

Die Antwort war gemein, und er durfte sich nicht wundern, daß Amy ohne ein weiteres Wort das Haus verließ. Dennoch nahm er dies ebenso übel auf wie ihren traurigen Scherz, und das Gefühl seines eigenen Versagens versetzte ihn in eine trotzige Stimmung. Während des ganzen Tages schrieb er nur ein paar Zeilen und beschloß, bei Amys Rückkehr nicht mit ihr zu reden. Sie, erstaunt, daß ihre freundlichen Fragen keine Antwort erhielten, sah ihm ins Gesicht und entdeckte darin einen zornigen Trotz, dessen sie Reardon bisher nicht für fähig gehalten hatte. Ihre Empörung flammte auf, und sie überließ ihn sich selbst.

Ein paar Tage verharrte er in diesem Schweigen und sprach nur, wenn es sich nicht vermeiden ließ. Amy war zuerst so beleidigt, daß sie daran dachte, ihn seiner üblen Laune zu überlassen und so lange bei ihrer Mutter zu wohnen, bis er sie zurückrief; aber sein Gesicht war im stummen Gram so verfallen, daß das Mitleid zuletzt die Oberhand über ihren verletzten Stolz gewann. Spät am Abend ging sie in sein Studierzimmer und fand ihn ganz untätig dasitzend.

»Edwin ...«

»Was willst du?« fragte er gleichgültig.
»Warum bist du so zu mir?«
»Es liegt dir doch sicherlich nichts daran, wie ich reagiere? Du kannst meine Existenz ohne weiteres vergessen und für dich leben.«
»Was habe ich getan, daß du so verändert bist?«
»Bin ich verändert?«
»Du weißt es selbst.«
»Wie war ich früher?« fragte er und blickte sie an.
»Gut und sanft.«
»Wenn ich das war, trotz mancher Dinge, die einen anderen verbittert hätten, so habe ich wohl auch von deiner Seite ein wenig Güte verdient.«
»Was für ›Dinge‹ meinst du?«
»Verhältnisse, aus welchen keinem von uns beiden ein Vorwurf gemacht werden kann.«
»Ich bin mir nicht bewußt, daß ich es an Güte habe fehlen lassen«, sagte Amy kühl.
»Das beweist nur, daß du dein früheres Selbst vergessen und dich plötzlich gegen mich gestellt hast. Als wir zuerst hierherkamen, hättest du da daran denken können, mich lange, entsetzliche Tage allein zu lassen, nur weil ich unter dem Unglück leide? Du verläßt mich, so oft du kannst, wie um mich daran zu erinnern, daß wir keine gemeinsamen Interessen mehr haben. Andere Leute sind deine Vertrauten, du sprichst mit ihnen über mich, als wollte ich dich absichtlich ins Elend hinabziehen.«
»Woher weißt du, was ich über dich sage?«
»Ist es etwa nicht wahr?« fragte er, ihr einen zornigen Blick zuwerfend.
»Es ist nicht wahr. Natürlich habe ich mit der Mutter über unsere Lage gesprochen, wie denn auch nicht?«
»Und mit anderen Leuten.«
»Nicht in einer Weise, die dir mißfallen könnte.«
»In einer Weise, die mich verächtlich erscheinen

läßt. Du zeigst ihnen, daß ich dich arm und unglücklich gemacht habe und freust dich über ihre Teilnahme.«

»Du meinst also, daß ich mit niemandem verkehren soll — anders ließe sich ein solcher Vorwurf nicht umgehen. Solange ich vor den Leuten nicht lache und singe und ihnen versichere, daß es uns gar nicht besser gehen könnte, werde ich um ihre Teilnahme bitten und gegen dich sein. Ich kann deine Unvernunft nicht begreifen.«

»Ich fürchte, du kannst mich überhaupt wenig begreifen. Solange meine Aussichten glänzend schienen, warst du zur Teilnahme sehr wohl bereit; als sie sich dann verdunkelten, trat etwas zwischen uns. Amy, du hast deine Pflicht nicht getan. Deine Liebe hat die Prüfung nicht bestanden. Du hast mir keine Hilfe gewährt; außer der Last freudloser Arbeit hatte ich die deiner wachsenden Kälte zu ertragen. Ich kann mich nicht eines einzigen Beispiels erinnern, wo du wie eine Gattin zu mir gesprochen hättest — wie eine Gattin, die mehr ist als eine bloße Haushälterin.«

Der Zorn in seiner Stimme und die Härte seiner Anklagen machten sie unfähig, zu antworten.

»Du hast recht«, fuhr er fort, »ich war immer gut und sanft. Ich hätte nie gedacht, daß ich je in anderer Weise zu dir sprechen, an dich denken könnte. Aber ich habe zuviel mitgemacht, und du hast mich im Stich gelassen. War das nicht verfrüht? Du hättest mir eine Stütze sein können, aber du gabst dir nicht die Mühe, es zu sein.«

Die Impulse, die diesen Ausbruch bewirkten, waren zahlreich und komplex. Er fühlte alles, was er sagte, zugleich aber schien es ihm, als könne er zwischen zwei Wegen, seiner Erregung Ausdruck zu geben, wählen, dem zärtlich-flehenden und dem strengen, vorwurfsvollen; er wählte den letzteren, weil das seinem Wesen fremder war. Verletzte Liebe ist immer zu Worten versucht, die wie das genaue Gegenteil von dem wirken, was sie sagen wollen. Reardon empfand das seltsamste Gemisch von Schmerz und Vergnügen, während er diese ersten Zornesworte herausschleuderte, die er je an Amy gerichtet; sie trösteten ihn in dem demütigenden Gefühl seiner Schwäche, und dennoch beobachtete er angstvoll das Gesicht seiner Frau, während sie ihm zuhörte. Er hoffte, ihr einen Schmerz zu bereiten, der dem seinen gliche, denn dann lag es in seiner Macht, sofort die Maske abzuwerfen und sie mit den sanftesten Worten, die sein Herz erfinden konnte, zu trösten. Daß sie wirklich aufgehört habe, ihn zu lieben, konnte, durfte er nicht glauben, aber seine Natur forderte ständige Beteuerungen dieser Liebe. Amy hatte die Liebkosungen der ersten Glut zu bald aufgegeben, sie ging ganz in ihrer Mutterschaft auf und hielt es für ausreichend, die Freundin ihres Gatten zu sein. Da er sich schämte, direkt um die Zärtlichkeit zu flehen, die sie ihm nicht mehr gab, klagte er sie völliger Gleichgültigkeit, fast des Verrates an, damit sie vielleicht in der Selbstverteidigung zeige, was wirklich in ihrem Herzen vorging.

Aber Amy kam ihm nicht entgegen.

»Wie kannst du sagen, daß ich dich im Stich gelassen habe?« gab sie mit kalter Entrüstung zurück. »Wann weigerte ich mich, deine Armut zu teilen? Wann habe ich über das gemurrt, was ich zu erdulden hatte?«

»Seit dem Moment, da die Sorgen wirklich begannen, hast du mich wissen lassen, was in deinen Gedanken vorgeht, selbst wenn du sie nicht aussprachst. Du hast nie mein Los willig geteilt. Ich kann mich nicht an ein einziges ermutigendes Wort von dir erinnern, aber an viele, viele, die mir den Kampf noch schwerer machten.«

»Dann wäre es besser für dich, wenn ich ganz fortginge und du frei wärest, für dich allein zu sorgen. Wenn du das mit all dem meinst, warum sagst du es nicht offen? Ich will keine Last für dich sein — es wird sich schon jemand finden, der mir ein Zuhause gibt.«

»Und du würdest mich ohne Bedauern verlassen? Deine einzige Sorge wäre, daß du noch an mich gebunden bist?«

»Denk von mir, was du willst. Ich werde mich nicht verteidigen. Du hast viel mitzumachen, das weiß ich, aber das ist kein Grund, über mich herzufallen. Ich habe meine Pflicht nie vernachlässigt. Gibt es nur auf meiner Seite Pflichten? Ich glaube, es gibt wenige Frauen, die so geduldig wären, wie ich es gewesen bin.«

Reardon sah sie einen Augenblick an und wandte sich dann ab. Die Distanz zwischen ihnen war größer, als er gedacht hatte, und jetzt bereute er, daß er einem Impuls, der seinen wahren Gefühlen nicht entsprach, nachgegeben hatte; der Zorn machte sie ihm fremd, während eine andere Sprache ihm die Liebkosung verschafft hätte, nach der er hungerte.

Als Amy sah, daß er nichts mehr sagte, überließ sie ihn sich selbst.

Es war spät geworden. Das Feuer war ausgegangen, aber Reardon saß noch in dem kalten Zimmer. Wieder verfolgten ihn Selbstmordgedanken, wie damals, während der entsetzlichen Monate des letzten Jahres. Wenn er Amys Liebe verloren hatte, und seine geistige Unfähigkeit ihm selbst den Erwerb des bloßen Brotes erschweren würde, wozu sollte er noch leben?

Die Glocke des Arbeitshauses hatte eben zwei geschlagen, als sich ohne die Ankündigung eines Schrittes die Tür auftat. Amy kam herein; sie trug einen Schlafrock, ihr Haar war bereits für die Nacht geordnet.

»Warum bleibst du da?« fragte sie.

Es war nicht dieselbe Stimme wie zuvor. Er sah, daß ihre Augen rot und geschwollen waren.

»Du hast geweint, Amy?«

»Laß — weißt du, wieviel Uhr es ist?«

Er trat auf sie zu.

»Warum hast du geweint?«

»Ich habe Grund genug zu weinen.«

»Amy, hast du noch ein wenig Liebe für mich, oder hat die Armut sie mir ganz geraubt?«

»Ich habe nie gesagt, daß ich dich nicht liebe. Warum klagst du mich solcher Dinge an?«

Er nahm sie in seine Arme, drückte sie leidenschaftlich an sich und küßte immer und immer wieder ihr Gesicht. Amys Tränen brachen von neuem hervor.

»Warum sollen wir denn zugrunde gehen?« schluchzte sie. »Oh, versuch es, versuch es, ob du uns nicht doch noch retten kannst. Du weißt auch ohne meine Beteuerungen, daß ich dich liebe — es ist so furchtbar zu denken, daß unser glückliches Leben zu Ende sein sollte, wo wir doch von einer solchen Zukunft träumten! Ist es wirklich unmöglich? Kannst du nicht arbeiten wie früher und den Erfolg erringen, auf den wir einst so fest bauten? Verzweifle noch nicht, Edwin, versuch es, solange es noch Zeit ist!«

»Geliebte, Geliebte — wenn ich nur *könnte!*«

»Ich habe mir etwas ausgedacht, Liebster: Tu, was du voriges Jahr vorgeschlagen hast — suche einen Mieter für die Wohnung, solange wir noch etwas Geld haben, und dann geh fort in irgendeine ruhige Gegend auf dem Lande, wo du wieder gesund werden und billig leben und ein neues Buch schreiben kannst — ein gutes Buch, das dir wieder Ehre macht. Ich und Willie können während der Sommermonate bei der Mutter wohnen.«

»Aber warum willst du nicht mit mir gehen, wenn wir diese Wohnung vermieten?«

»Wir hätten nicht Geld genug. Ich möchte deinen Geist von jeder Last befreien, während du schreibst. Und was steht uns bevor, wenn wir in dieser Weise fortfahren? Du glaubst doch nicht, daß du für das, was du jetzt schreibst, viel bekommen wirst?«

Reardon schüttelte den Kopf.

»Wie können wir denn dann auch nur bis Ende des Jahres zu Rande kommen? Es *muß* etwas geschehen. Wenn wir eine ärmliche Wohnung nähmen, wie könntest du je etwas Gutes schreiben?«

»Aber, Amy, ich habe kein Vertrauen in meine...«

»Oh, das würde ganz anders werden — ein paar Tage, eine Woche oder vierzehn Tage wirkliche Ferien in diesem herrlichen Frühlingswetter... Geh irgendwo an die See. Wie ist es möglich, daß alle deine Talente dich verlassen haben? Das kommt nur davon, weil du so besorgt und unwohl warst. Du sagst, daß ich dich nicht liebe, und doch habe ich überlegt und überlegt, was das Beste für dich wäre, wie du dich retten könntest. Sollst du zu einem armen Schreiber herabsinken? Das *kann* nicht dein Schicksal sein, Edwin, das wäre unvorstellbar. Oh, nach all den großen Hoffnungen — mach noch eine einzige Anstrengung!«

Er achtete fast nicht auf ihre Worte, während er das Gesicht betrachtete, mit dem sie ihn anblickte.

»Du liebst mich? Sag es noch einmal, daß du mich liebst!«

»Lieber, ich liebe dich von ganzem Herzen, aber ich fürchte mich vor der Zukunft. Ich kann Armut nicht ertragen — ich habe eingesehen, daß ich sie nicht ertragen kann. Und ich fürchte mich vor dem Gedanken, daß du wieder zu einem nur gewöhnlichen Menschen werden könntest.«

Reardon lachte.

»Aber ich bin nicht ›nur ein gewöhnlicher Mensch‹, Amy! Selbst wenn ich nie mehr eine Zeile schreibe, bleibt doch das, was ich getan habe. Es ist freilich wenig, aber du weißt, was ich *bin*. Liebst du in mir nur den Autor? Bin ich dir nichts, unabhängig von all dem, was ich tun oder nicht tun kann? Wenn ich mir als Büroschreiber mein Brot verdienen müßte, würde das eine Schreiberseele aus mir machen?«

»So tief sollst du nicht sinken! Es wäre eine zu bittere Schmach, wenn du alles verlörest, was du in diesen langen, arbeitsreichen Jahren gewonnen hast. Laß mich für dich Pläne machen, tu, was ich dir sage. Du mußt das werden, was wir von Anfang an hofften. Nutze den ganzen Sommer — wie lange brauchst du, um diesen kurzen Roman fertig zu machen?«

»Ein oder zwei Wochen.«

»Dann werde damit fertig, sieh zu, was du dafür bekommen kannst, und suche sofort einen Mieter, der uns diese Wohnung abnimmt. Das erspart uns fünfundzwanzig Pfund. Du kannst allein mit sehr wenig auskommen, nicht wahr?«

»Oh, im Notfall mit zehn Shilling die Woche.«

»Aber du darfst dir nichts vom Mund absparen! Fühlst du nicht, daß mein Plan gut ist? Als ich vorhin zu dir kam, wollte ich davon sprechen, aber du warst so grob...«

Er hatte sich niedergesetzt und hielt sie in den Armen, ihr Gesicht an dem seinen.

»Ich fürchte mich vor der Trennung von dir, Amy — es ist so gefährlich — vielleicht bedeutet es, daß wir nie mehr wie Mann und Frau miteinander leben werden.«

»Wieso denn? Gerade diese Gefahr soll vermieden werden. Wenn wir so weiter leben, bis wir kein Geld haben, was steht uns dann bevor? Im besten Falle eine erbärmliche möblierte Wohnung; und ich fürchte mich vor diesem Gedanken. Ich kann nicht für mich bürgen, wenn das geschieht.«

»Was meinst du damit?« fragte er angstvoll.

»Ich hasse die Armut so sehr, sie bringt alles Schlechte in mir zum Vorschein — du weißt, Edwin, ich habe dir das schon einmal gesagt.«

»Aber du könntest doch nie vergessen, daß du meine Frau bist?«

»Nein, aber — ich kann nicht daran denken, ich ertrage es nicht — das wäre das Schlimmste, was uns geschehen könnte, und wir wollen unser Möglichstes tun, ihm zu entgehen. Hat es das je gegeben, daß einer so viel geschrieben hat wie du und dann doch in hoffnungslose Armut versank?«

»Oh, oft!«

»Aber in deinem Alter, ich meine — gewiß nicht in deinem Alter?«

»Leider hat es doch solche armen Teufel gegeben. Bedenk, wie oft man von hoffnungsvollen Anfängen, von frühen Taten hört — und dann nichts mehr. Natürlich kommt das meist daher, daß der Betreffende eine andere Karriere eingeschlagen hat — aber manchmal, manchmal ...«

»Was?«

»Bedeutet es den Abgrund.« Er deutete nach unten. »Elend, Verzweiflung und ein jammervoller Tod.«

»Oh, aber diese Männer haben nicht Weib und Kind gehabt! Sie hätten sonst gekämpft ...«

»Geliebte, sie *haben* gekämpft, aber es war, als hinge eine ständig wachsende Last an ihrem Halse, die sie tiefer und tiefer zog. Die Welt hat kein Mitleid mit einem, der nichts tun oder hervorbringen kann, was in ihren Augen Geldeswert besitzt. Die Welt ist blind und roh wie das Schicksal. Ich habe kein Recht, mich über mein Mißgeschick zu beklagen; es ist in gewissem Sinne meine eigene Schuld, daß ich nicht so fortfahren kann, wie ich begonnen habe; denn könnte ich so gute Bücher schreiben, wie es meine ersten waren, so würde ich Geld verdienen. Trotzdem ist es hart, daß man mich wie einen wertlosen Gegenstand fortwirft, bloß weil ich mich nicht auf Geschäfte verstehe.«

»Soweit soll es nicht kommen! Ich brauche dir nur ins Gesicht zu sehen, um zu wissen, daß du doch siegen wirst. Du hast eines von den Gesichtern, die eines Tages jedermann wiedererkennt.«

Er küßte ihr Haar und Augen und Mund.

»Wie gut erinnere ich mich daran, als du mir das zuerst gesagt hast! Warum bist du auf einmal so gut zu mir geworden, meine Amy? Wenn ich dich so reden höre, habe ich das Gefühl, ich könnte alles erreichen. Aber ich fürchte mich vor der Trennung. Wenn ich einsehe, daß alles umsonst ist, wenn ich irgendwo allein bin, und weiß, daß alle Mühe vergeblich ist ...«

»Dann?«

»Dann kann ich dich freigeben. Wenn ich dich nicht erhalten kann, so ist es nur gerecht, wenn ich dir deine Freiheit zurückgebe.«

»Ich verstehe dich nicht.«

Sie richtete sich auf und sah ihm in die Augen.

»Wir wollen nicht davon reden. Wenn du mir sagst, ich soll weiterkämpfen, werde ich es tun.«

Amy hatte ihr Gesicht verborgen und lag ein paar Minuten schweigend in seinen Armen. Dann murmelte sie:

»Es ist so kalt hier, und so spät. Komm!«

»So früh. Draußen schlägt es drei.«

Am nächsten Tage sprachen sie viel über ihr neues Projekt. Da die Sonne schien, begleitete Amy ihren Gatten auf seinem Nachmittagsspaziergang; es war lange her, seit sie miteinander aus gewesen waren. Eine vorüberfahrende, offene Equipage, der zwei junge Mädchen zu Pferde folgten, gab Reardons Gedanken die gewohnte Richtung.

»Wenn man so reich wäre wie diese Leute! Sie gehen so dicht an uns vorüber, sie sehen uns, und wir sehen sie, aber die Entfernung zwischen uns und ihnen ist unendlich. Sie gehören nicht zu derselben Welt wie wir armen Elenden. Sie sehen alles in anderem Licht, sie haben eine Macht, die uns übernatürlich erschiene, wenn sie uns plötzlich verliehen würde.«

»Gewiß«, stimmte seine Begleiterin mit einem Seufzer zu.

»Die Macht des Geldes ist so schwer zu begreifen; einer, der nie welches besessen hat, staunt darüber, wie vollständig es jede Einzelheit des Lebens verwandelt. Vergleiche das, was wir unser Zuhause nennen, mit dem der Reichen; da kann man nur höhnisch lachen! Ich sympathisiere nicht mit dem stoischen Standpunkt; zwischen Reichtum und Armut ist derselbe Unterschied wie zwischen einem gesunden und einem gelähmten Menschen. Wenn meine unteren Gliedmaßen gelähmt sind, so kann ich zwar noch denken, aber im Leben existiert auch das Gehen. Als armer Teufel kann ich in Ehren leben; aber man kommt mit dem Genußsinn auf die Welt, und dieser muß verkümmern.«

Amys Stirne hatte sich verdunkelt. Ein Mann mit mehr Lebenserfahrung hätte sich in Reardons Lage nicht so sehr über diesen Gegenstand verbreitet.

»Der Unterschied zwischen einem Menschen mit und einem ohne Geld ist einfach der folgende«, fuhr er fort. »Der eine denkt: ›Was soll ich aus meinem Leben machen?‹, der andere: ›Wie soll ich mich am Leben erhalten?‹ Ein Physiologe müßte sonderbare Unterschiede zwischen dem Gehirn einer Person, die nie einen Gedanken an die Mittel zum Lebensunterhalt verschwendet hat, und dem einer solchen finden, die keinen Tag von solchen Sorgen frei war. Es muß eine spezielle zerebrale Entwicklung geben, in der sich die durch Armut in Gang gehaltene geistige Quälerei zeigt.«

Das letzte Mittel

»Ich würde sagen, daß sie jede Gehirnfunktion angreift«, warf Amy ein. »Sie ist kein spezielles Leiden, sondern ein Elend, das jedem Gedanken seine Farbe gibt.«

»So ist es. Kann ich an einen einzigen Gegenstand aus der Sphäre meiner Erfahrungen denken, ohne mir bewußt zu sein, daß ich ihn durch das Medium der Armut sehe? Der Fluch der Armut ist für die moderne Welt dasselbe, was die Sklaverei für die alte war. Reich und Arm stehen einander wie Freie und Sklave gegenüber. Du erinnerst dich an die Zeile im Homer über den demoralisierenden Einfluß der Sklaverei; Armut erniedrigt im selben Grade.«

»Sie hat ihre Wirkung auf mich gehabt — ich weiß es nur zu gut«, sagte Amy mit bitterer Offenheit.

Reardon sah sie an und wollte etwas erwidern, konnte aber nicht aussprechen, was in seinen Gedanken vorging.

Er arbeitete an seinem Roman weiter. Ehe er damit fertig war, erschien »Margaret Home«, und eines Tages kamen die sechs Exemplare an, auf die der Autor traditionsgemäß Anrecht hat. Reardon war sein Schriftstellertum noch nicht so selbstvertändlich, daß er das Paket ohne eine leichte Beschleunigung des Pulses hätte öffnen können. Das Buch war geschmackvoll ausgestattet, und Amy stieß einen Freudenruf aus, als sie den Einband und die Aufschrift erblickte.

»Es kann doch Erfolg haben, Edwin; es sieht nicht aus wie ein Buch, das ein Mißerfolg wird, nicht wahr?«

Sie lachte über ihre eigene Kinderei. Aber Reardon hatte einen der Bände ergriffen und sah den Anfang eines Kapitels durch.

»Guter Gott!« rief er. »Was für eine höllische Qual war es, diese Seite zu schreiben! Ich tat es an einem Morgen, als der Nebel so dicht war, daß ich die Lampe anzünden mußte. Der kalte Schweiß tritt mir auf die

Stirne, wenn ich diese Worte lese ... und wenn ich denke, daß die Leute sie überspringen werden, ohne zu ahnen, was sie den Schreiber gekostet haben! Was für ein erbärmlicher Stil! Ein Bierjunge könnte besser erzählen!«

»Wer soll Exemplare bekommen?«

»Keiner, wenn es nach mir ginge, aber deine Mutter erwartet wohl eines?«

»Und — Milvain?«

»Wohl auch«, antwortete er gleichgültig, »aber nicht eher, als bis er es verlangt. Dann natürlich der arme alte Biffen, obwohl er mich dafür verachten wird, und eines für uns selbst, bleiben also noch zwei ... zum Feueranzünden. Uns fehlt es sowieso an Papier, seit wir uns keine Tageszeitung mehr leisten können.«

»Darf ich auch Frau Carter eines geben?«

»Wie du willst.«

Er nahm ein Exemplar und stellte es zu der Reihe seiner Erzeugnisse, die im obersten Fach standen. Amy legte die Hand auf seine Schulter und ließ diese Vermehrung auf sich wirken.

»Die Werke Edwin Reardons«, sagte sie lächelnd.

»Auf jeden Fall seine Arbeit — das ist leider etwas ganz anderes. Amy, ich wünsche mir die Zeit zurück, wo ich ›Auf neutralem Boden‹ schrieb! Wie voll mein Geist damals war! Damals brauchte ich mich nur umzublicken, und ich sah etwas — jetzt strenge ich meine Augen an und sehe doch nichts als nebelhafte Verzerrungen. Wenn ich mich niedersetzte, wußte ich ganz genau, was ich zu sagen hatte; jetzt bemühe ich mich, etwas zu erfinden, und es kommt nichts dabei heraus. Du kannst mit warmen, geschmeidigen Fingern eine Nadel aufheben — probier es, wenn deine Hand vor Kälte steif ist: das ist der Unterschied zwischen meiner damaligen und meiner jetzigen Arbeitsweise.«

»Aber du wirst wieder gesund werden. Du wirst besser schreiben als je.«

»Wir werden sehen. Freilich hat es auch damals Kämpfe gegeben, aber ich erinnere mich, sie fielen nicht ins Gewicht im Vergleich zu den Stunden ruhiger Arbeit. Des Morgens tat ich selten etwas, außer denken und vorbereiten; gegen Abend fühlte ich, daß ich bereit war, und setzte mich schließlich nieder, während die ersten Zeilen mir schon im Kopfe summten. Zugleich habe ich sehr viel gelesen. Während ich ›Auf neutralem Boden‹ schrieb, las ich die ganze ›Divina Commedia‹, jeden Tag ein Canto. Oft schrieb ich bis nach Mitternacht, aber zumeist war mein Pensum viel früher fertig, und dann streifte ich durch die Straßen. Ich kann mich der Plätze genau entsinnen, wo mir die besten Ideen kamen. Erinnerst du dich an die Szene in Prendergasts Wohnung? Die durchblitzte mich eines späten Abends, als ich vom Leicester Square in die enge Gasse einbog, die nach Clare Market führt. Wie gut ich mich daran erinnere! In einem köstlichen Fieber kehrte ich in meine Dachstube zurück und kritzelte wie wild Notizen aufs Papier, ehe ich zu Bette ging.«

»Sorge dich nicht, das wird alles wiederkehren.«

»Aber in jenen Tagen brauchte ich nicht an Geld zu denken, meine Bedürfnisse waren gedeckt. Ich fragte mich nie, was ich für ein Buch bekommen würde; ich versichere dir, das kam mir nie in den Sinn — nie. Ich arbeitete um der Arbeit willen, beeilte mich nicht, wenn ich nicht in Stimmung war, wartete, bis eine bessere kam. Für ›Auf neutralem Boden‹ brauchte ich sieben Monate — jetzt habe ich drei Bände in neun Wochen geschrieben — mit der Peitsche im Rücken, falls ich einen Tag versäume.« Er brütete eine Weile vor sich hin.

»Vielleicht gibt es irgendwo einen reichen Mann, der

eines oder zwei meiner Bücher mit gewissem Interesse gelesen hat. Wenn ich ihm nur begegnen würde und offen sagen könnte, in was für einer verwünschten Lage ich mich befinde, würde er mir vielleicht helfen, ein paar Pfund wöchentlich zu verdienen ... man hat von dergleichen schon gehört.«

»In alten Zeiten.«

»Ja, heute passiert so etwas wohl nicht mehr. Coleridge würde seinen Gillman heutzutage nicht so leicht finden. Nun, ich bin kein Coleridge, und ich möchte auch von niemandem in sein Haus aufgenommen werden; aber wenn ich mir Geld genug verdienen könnte, um dann lange, schöne Abende für mich zu haben, die keine Angst vor dem Arbeitshaus verdirbt ...«

Amy wandte sich ab und ging dann, um nach ihrem kleinen Jungen zu sehen.

Ein paar Tage darauf hatten sie Besuch von Milvain. Er kam um zehn Uhr abends.

»Ich will nicht lange bleiben«, verkündete er, »aber wo ist mein Exemplar von ›Margaret Home‹? Ich bekomme doch eins?«

»Es wäre mir lieber, gerade Sie würden es nicht lesen«, antwortete Reardon.

»Aber ich *habe* es schon gelesen, lieber Freund, habe es mir am Tage des Erscheinens aus der Bibliothek geholt, denn ich hatte eine böse Ahnung, daß Sie mir kein Exemplar zusenden würden. Aber ich muß ihre *opera omnia* besitzen.«

»Da haben Sie es. Verstecken Sie es irgendwo und setzen Sie sich einen Augenblick hin.«

»Ich möchte, offen gestanden, gern über das Buch sprechen, wenn Sie nichts dagegen haben. Es ist gar nicht so schlecht, wie Sie vorgeben. Das Unglück war, daß Sie drei Bände daraus machen mußten. Wenn ich es auf einen zusammenkürzen dürfte, würde es Ihnen Ehre machen, das Motiv ist recht gut.«

»Ja, gerade gut genug, um zu beweisen, wie schlecht es ausgeführt wurde.«

Milvain begann, sich über jenes abgegriffene Thema, die Übel des dreibändigen Romans, zu verbreiten.

»Ein dreiköpfiges Ungeheuer, welches das Blut der englischen Romanschreiber aussaugt. Man möchte am liebsten eine allegorische Karikatur für ein literarisches Witzblatt zeichnen. Das wäre doch überhaupt eine Idee — ein literarisches Witz- und Spottblatt! Das wäre Kaviar fürs Volk und würde sich gewiß tragen — aber der Herausgeber müßte um sein Leben fürchten.«

»Wie sollte jemand in meiner Lage den dreibändigen Roman aufgeben?« sagte Reardon. »Es geht doch um die Bezahlung. Ein Autor von mäßigem Ruf kann von einem dreibändigen Roman im Jahr leben — ich meine, einer, der sein Buch dann auch verkauft und ein- bis zweihundert Pfund dafür bekommt. Aber er müßte vier einbändige Romane schreiben, um dasselbe Einkommen zu erwerben, und ich zweifle, ob er für so viele innerhalb eines Jahres einen Verleger finden würde. Und vergessen Sie nicht den Gewinn, den die Leihbibliotheken machen wollen — vom geschäftlichen Standpunkt aus sind die Leihbibliotheken unentbehrlich. Glauben Sie, daß das Publikum die gegenwärtige Anzahl von Romanschriftstellern ernähren würde, wenn jedes Exemplar gekauft werden müßte? Ein plötzlicher Wechsel in diesem System würde drei Viertel der Romanschriftsteller brotlos machen.«

»Aber ich sehe keinen Grund, weshalb die Leihbibliotheken nicht einbändige Romane zirkulieren lassen sollten.«

»Der Profit würde viel geringer sein, da man nur niedrige Abonnementsgebühren verlangen könnte.«

»Nun, um von Konkretem zu reden, was macht Ihr neuester Roman?«

»Fast fertig.«

»Und Sie bieten ihn Jedwood an? Gehen Sie zu ihm und sprechen Sie mit ihm persönlich. Er scheint ein anständiger Mensch zu sein.«

Milvain blieb nur eine halbe Stunde. Die Zeiten, wo er stundenlang zu bleiben und einen ganzen Abend zu plaudern pflegte, waren vorüber, teils wegen seiner geringeren Muße, teils auch aus einem weniger einfachen Grunde — es entstand eine gewisse Entfremdung zwischen ihm und Reardon.

»Du hast deine Pläne nicht erwähnt«, sagte Amy, als der Gast bereits einige Zeit fort war.

»Nein.«

Reardon sann nach und sah finster drein. Er konnte dem bevorstehenden Experiment nicht hoffnungsvoll entgegensehen, und das Herz ward ihm bei dem Gedanken an die Trennung von Amy schwer.

»Du möchtest mich wohl gern loswerden«, sagte er, mit einem Versuch zu lächeln.

»Ja, durchaus!« rief sie. »Aber nur zu deinem eigenen Besten, das weißt du doch.«

»Und wenn ich das Buch nun nicht verkaufen kann?«

»Schicke deinen Plinius-Artikel dem ›Wayside‹, das bringt dir ein paar Pfund, und wenn das Geld dir ausgeht, wird Mutter mir welches leihen.«

»Nun, bei *solchen* Aussichten werde ich wohl kaum viel zustande bringen.«

»Oh, du wirst das Buch schon verkaufen; du wirst zwanzig Pfund dafür bekommen, und damit allein kannst du drei Monate auskommen. Bedenke — drei Monate der schönsten Jahreszeit am Meer! Das wird Wunder tun!«

Die Möbel sollten bei Frau Yule aufbewahrt werden. Keiner von ihnen wagte, von einem Verkaufen zu sprechen — das hätte zu unheilvoll geklungen. Als Reardons Zufluchtsort hatte Amy Worthing vorgeschlagen, das sie von einem Ausflug her kannte; vorteilhaft waren die Nähe zu London und daß sich in der Stadt oder in ihrer Nähe wahrscheinlich leicht eine billige Wohnung finden lassen würde. Ein Zimmer genügte für den unglücklichen Autor, und seine Auslagen würden sich, außer einer unbedeutenden Miete, auf die bloße Kost beschränken. Oh ja, er konnte mit weniger als einem Pfund pro Woche auskommen!

Amy befand sich in so guter Laune wie schon seit langem nicht mehr; sie schien zu der Überzeugung gelangt zu sein, daß an dem Gelingen dieses gewagten Planes kein Zweifel sei, daß ihr Gatte ein bedeutendes Buch schreiben, ein befriedigendes Honorar erhalten und so ihr Heim wieder neu errichten werde. Trotzdem schwankte sie zuweilen, und das ärgerte sie. Schließlich erwies sich die Vermietung der Wohnung als nicht so einfach wie erwartet, und während der schwebenden Verhandlungen stattete sie Maud und Dora Milvain ihren Besuch ab. Reardon wußte nichts von dieser Absicht, bis sie ausgeführt war, und auch dann erwähnte sie den Besuch nur nebenbei. Sie war in einem seltsam nervösen Zustand, und Reardon betrachtete sie unruhig. Er sprach in jenen Tagen sehr wenig und verbrachte lange Stunden in finsteren Träumereien. Sein Buch war beendet, er wartete auf die Entscheidung des Verlegers.

XVI. ABLEHNUNG

Eine von Reardons geringeren Sorgen zu dieser Zeit war die Angst, daß er durch Zufall auf eine Besprechung von »Margaret Home« stoßen könnte. Seit der Veröffentlichung seines ersten Buches hatte er es soweit wie möglich vermieden, zur Kenntnis zu nehmen, was die Kritiker über ihn zu sagen hatten; seine nervöse Natur konnte die Aufregung nicht ertragen, in die ihn die Lektüre solcher Bemerkungen versetzte, die, wie unzureichend auch immer, einen Autor und sein Werk den vielen Leuten erklären, die zu eigenen Urteilen unfähig sind. Kein Mann und keine Frau konnten ihm zum Lobe oder zum Tadel irgend etwas sagen, das er nicht selbst schon wußte; Empfehlungen waren angenehm, zielten aber oft daneben, und Rügen waren meist so erschreckend wenig scharfsinnig. Im Fall dieses letzten Romanes fürchtete er den Anblick einer Besprechung so sehr wie den Schnitt eines rostigen Messers. Die Besprechungen konnten nur Verdammungsurteile sein, und ihre Formulierung in der Sprache der Journalisten würde seinen Verstand nur mit tiefem Haß verstören. Keiner hatte Einblick genug, um Art und Ursache der Fehler seines Buches zu würdigen; jeder Kommentar mußte fehlgehen; Hohn, Spott, platte Einwände würden ihn, weil er sich ungerecht behandelt fühlte, nur verrückt machen.

Seine Haltung war unvernünftig — ein Resultat der Schwächung seines Selbstvertrauens, die mit seiner ästhetischen Überempfindlichkeit zusammenhing. Läßt man einmal die Wertlosigkeit der Besprechungen von heute beiseite, so hat sich der Kritiker eines bestimmten Buches natürlich um die geistige und körperliche Verfassung seines Verfassers genausowenig zu kümmern wie um die Verhältnisse in seiner Brieftasche. Reardon hätte dies zugestanden, aber er konnte seine Gefühle nicht beherrschen. Leidenschaftlich lehnte er sich gegen die erniedrigenden Zwänge auf, die ihn nötigten, Arbeiten herauszubringen, die seinen wirklichen Fähigkeiten und seinem künstlerischen Maßstab überhaupt nicht entsprachen. Nicht er hatte dieses Buch geschrieben, sondern seine verfluchte Armut. Ihn als Autor angreifen hieß, seinem Gefühl nach, sich einer brutalen Beleidigung schuldig machen. Als er, durch Mißgeschick, in einer der Tageszeitungen auf eine Notiz stieß, ließ diese sein Blut in wildem Haß aufwallen, wie er ihn sonst nur in einer zutiefst geschwächten körperlichen Verfassung empfinden konnte; eine halbe Stunde später konnte er seine Hand noch immer nicht ruhig halten. Dennoch sagte dieser spezielle Kritiker nur die Wahrheit: daß der Roman weder eine einzige überzeugende Szene noch einen einzigen lebenden Charakter enthielt; Reardon hatte sich fast genauso ausgedrückt. Aber er sah sich selbst in der Position eines kranken, völlig hilflosen Mannes, dem eine rücksichtslose Welt gegenübersteht, und jeder Schlag gegen ihn erschien ihm heimtückisch. »Feigling!« hätte er dem Schreiber entgegenschreien können, der ihn verwundete.

Die scheinbar so sensationelle Geschichte, die sich jetzt in Herrn Jedwoods Händen befand, hatte vielleicht mehr Vorzüge als »Margaret Home«; ihre Kürze und die Tatsache, daß nichts weiter als eine Verkettung munterer Vorfälle ihr literarisches Ziel war, machten sie durchaus lesbar. Aber Reardon dachte an sie nur mit einem Gefühl der Demütigung. Wenn sie als sein nächstes Werk veröffentlicht würde, bewiese sie auch jenen wohlwollenden Lesern, die er noch hätte halten können, ein für allemal, daß er mit seiner Schreiberei hoffnungslos am Ende war und daß er nun bestrebt war, sich einem weniger gebildeten Publikum anzupassen. Trotz seiner gräßlichen Lage hoffte er hin und wieder, daß Jedwood die Sache ablehnen würde.

Manchmal sah er optimistisch den drei oder vier Monaten entgegen, die er zurückgezogen leben wollte, aber solche Hoffnungen waren bloß seinen kranken Nerven zuzuschreiben. Unter den gegenwärtigen Verhältnissen hatte er keinen Glauben an sich; das Fortdauern seiner Leiden würde die sichere Zerstörung der Kräfte bedeuten, die er noch besaß, auch wenn sie ihm nicht zu Gebote standen. Dennoch hielt er es für ratsam, dieses letzte Mittel zu versuchen; ungeduldig erwartete er den Abreisetag und versuchte bis dahin, so gut es ging, die Zeit totzuschlagen. Er konnte nicht lesen und versuchte auch nicht, Ideen für sein nächstes Buch zu sammeln; er redete sich ein, sein Geist ruhe aus, und entschuldigte damit die Leere jener Tage. Seinen Plinius-Artikel hatte er an den »Wayside« abgeschickt, er würde wohl angenommen werden. Aber er machte sich weder hierüber noch über andere Einzelheiten Sorgen; es war, als könne sein Verstand nur noch die nackte Tatsache der drohenden Armut fassen; wie er auf diese letzte Stufe absinken würde, das ließ ihn schon fast kalt.

Eines Abends ging Reardon aus, um Harold Biffen zu besuchen, den er nicht gesehen hatte, seit der Realist sich für das Exemplar von »Margaret Home« bedankt hatte, das ihm während seiner Abwesenheit in seine Wohnung gebracht worden war. Biffen wohnte in Clipstone Street, einer Gasse, die man in dem Straßengewirr zwischen Portland Place und Tottenham Road Court suchen muß. Reardon stieg in das dritte Stockwerk und klopfte an eine Tür, hinter der durch große Spalten oben und unten Lichtstrahlen hervordrangen.

Das Geräusch von Stimmen klang heraus, und beim Eintreten bemerkte er, daß Biffen mit einem Schüler beschäftigt war.

»Ich wußte nicht, daß du einen Gast hast«, sagte er, »aber ich kann später wiederkommen.«

»Du brauchst nicht fortzugehen«, antwortete Biffen, aufstehend, um ihm die Hand zu schütteln. »Nimm für ein paar Minuten ein Buch, Herr Baker wird nichts dagegen haben.«

Es war ein sehr kleines Zimmer mit einer so niedrigen Decke, daß der große Bewohner derselben gerade zur Not aufrecht stehen konnte — vielleicht drei Zoll trennten seinen Kopf von dem Mörtelbewurf, der gesprungen, grau und mit Spinnweben überzogen war. Ein schmales Stück Wergteppich lag vor dem Ofen, sonst waren die Bretterdielen überall unverdeckt. Die Einrichtung bestand aus einem runden Tisch — dem eine Mittelstütze ein so unvollkommenes Gleichgewicht gewährte, daß die darauf postierte Lampe in einer gefährlichen Lage war —, aus drei kleinen Rohrsesseln, einem kleinen Waschtisch mit einfachem Zubehör und einem Klappbett, das der Besitzer zur Zeit der Ruhestunde öffnete und mit primitiven, gegenwärtig im Schrank verwahrten Hüllen bedeckte. Ein Bücherschrank war nicht vorhanden, aber ein paar hundert zerrissene Bände waren teils auf dem Fußboden, teils auf einer schmucklosen Kommode aufgestellt. Das Wetter war zu charakteristisch für den englischen Frühling, um einen leeren Kamin dem Auge angenehm zu machen, aber einer von Biffens Grundsätzen besagte, daß ein Feuer nach dem ersten Mai unzeitgemäß sei.

Reardons Freund erteilte an diesem Abend Unterricht in englischem Aufsatz, nicht gerade ein leichtes Fach; der Schüler benötigte es als Teil seiner bevorstehenden Steueramtsprüfung.

Die Lektion nahm noch etwa zehn Minuten ihren Fortgang, und Reardon, der so tat, als ob er lese, verfolgte sie mit so viel Belustigung, als sich noch in ihm regen konnte. Endlich stand Herr Baker auf, legte seine Papiere und Bücher zusammen und schien sich entfernen zu wollen, aber nach einigen unruhigen Blicken und Gesten sagte er in gedämpftem Tone zu Biffen:

»Kann ich vielleicht einen Moment draußen mit Ihnen sprechen?«

Er und der Lehrer gingen hinaus, die Tür schloß sich und Reardon hörte die Laute eines gedämpften Gespräches. Wenig später stiegen schwere Schritte die Treppe hinab, und Biffen trat wieder ins Zimmer.

»Das ist ein guter, ehrlicher Kerl«, sagte er belustigt. »Heute ist Zahltag, aber er wollte vor dir nicht mit dem Gelde heraus. Ein sehr ungewöhnliches Zartgefühl bei einem Manne seines Standes. Ich schäme mich manchmal ein wenig, sein Geld zu nehmen, aber er steht sich wirklich viel besser als ich.«

»Biffen, warum verschaffst du dir nicht eine anständige Stelle? Das muß doch möglich sein.«

»Was für eine Stelle? Keine Schule nähme mich, denn ich habe weder Zeugnisse noch anständige Kleider. Aus demselben Grunde konnte ich keine Erzieherstelle in einem reichen Hause bekommen. Nein, nein — es ist gut so. Ich schlage mich schon durch und komme mit der Arbeit voran ... Nebenbei, ich bin entschlossen, einen Roman zu schreiben, der ›Herr Bailey, der Krämer‹ heißen soll.«

»Von welcher Idee gehst du aus?«

»Das ist nicht das richtige Wort, sag lieber: ›Von welcher Wirklichkeit?‹ Herr Bailey ist ein Krämer in einer Seitenstraße hier in der Nähe. Ich bin schon seit einiger Zeit mit ihm bekannt, und da er ein gesprächiger Mann ist, habe ich viel aus seinem Leben erfahren. Er spricht gern über die Kämpfe während seines ersten

Geschäftsjahres. Er hatte kein eigenes Geld, heiratete aber eine Frau, die sich fünfundvierzig Pfund von einem Katzenfleischgeschäft erspart hatte. Du solltest dieses Weib sehen! Ein rohes, schielendes Geschöpf; zur Zeit ihrer Heirat war sie Witwe und zweiundvierzig Jahre alt. Ich will also die wahre Geschichte von Herrn Baileys Heirat und seinem Werdegang als Krämer erzählen. Es wird ein großartiges Buch werden — ein großartiges Buch!«

Er ging ganz aufgeregt im Zimmer auf und ab.

»Es soll nichts Bestialisches vorkommen, weißt du, nur das Durchschnittlich-Niedrige, wie ich so oft sage. Ich werde mindestens ein Jahr dafür brauchen, ich werde es langsam, liebevoll schreiben ... Natürlich nur ein Band, der Umfang eines gewöhnlichen französischen Romans. Der Titel klingt gut, findest du nicht? ›Herr Bailey, der Krämer‹!«

»Ich beneide dich, alter Junge«, sagte Reardon seufzend. »Du hast das richtige Feuer in dir, du hast Eifer und Energie. Was meinst du, wozu ich mich entschlossen habe?«

»Laß hören.«

Reardon schilderte seinen Plan, während der andere, rittlings auf einem Stuhl sitzend und die Arme über die Lehne verschränkend, ernsthaft zuhörte.

»Deine Frau ist einverstanden?«

»Ja.« Er brachte es nicht über sich, zu sagen, daß Amy selbst den Vorschlag gemacht hatte. »Sie hegt große Hoffnungen, daß die Veränderung mir sehr nützen wird.«

»Ich würde es auch meinen — wenn du ausruhen könntest; aber wenn du dich gleich wieder an die Arbeit machst, erscheint es mir sehr zweifelhaft.«

»Nicht doch ... um Himmelswillen, entmutige mich nicht. Wenn dies mißlingt, so ... bei meiner Seele, ich glaube, daß ich mich umbringen werde.«

»Puh!« rief Biffen leise. »Bei einer solchen Frau!«
»Gerade darum.«

»Nein, nein, es wird schon einen Ausweg geben. Übrigens, ich traf deine Frau heute früh, aber sie sah mich nicht. Es war in Tottenham Court Road, Milvain begleitete sie. Ich kam mir zu schäbig vor, um stehenzubleiben und sie anzusprechen.«

»In Tottenham Court Road?«

Es war nicht dieses Detail der Erzählung, welches Reardons Aufmerksamkeit fesselte, dennoch machte er diese irreführende Bemerkung nicht absichtlich. Sein Gehirn spielte ihm unwillkürlich einen Streich.

»Ich sah sie nur eben im Vorbeigehen«, fuhr Biffen fort. »Ach, ich wußte ja, daß ich dir etwas zu erzählen hätte! Hast du schon gehört, daß Whelpdale heiratet?«

Reardon schüttelte zerstreut den Kopf.

»Er teilte es mir heute früh in einem Brief mit und forderte mich auf, ihn heute abend zu besuchen, dann würde er mir alles Nähere mitteilen. Wollen wir vielleicht zusammen hin?«

»Ich bin nicht gerade in der Laune für Whelpdale, aber ich werde dich begleiten und dann nach Hause gehen.«

»Nein, nein, komm mit, es wird dir gut tun, ein bißchen zu plaudern.«

Sie traten auf die Clipstone Street hinaus, wandten sich nach Norden und kamen in die Albany Street, wo sich in einem recht gediegenen Hause die gegenwärtige Wohnung Herrn Whelpdales befand. Ein Mädchen öffnete die Tür und ersuchte sie, in das oberste Stockwerk hinaufzusteigen.

Eine fröhliche Stimme erklang aus dem Zimmer, an dessen Tür sie klopften. Herr Whelpdale saß rauchend beim Feuer. Er war dreißig Jahre alt, mit einfachen, aber anmutigen und vornehmen Zügen, mit lockigem, hellbraunem Haar und einem krausen Bart, der ihm sehr gut stand. Im Augenblick trug er einen Schlafrock und war ohne Kragen.

»Willkommen, die Herren!« rief er munter. »Eine Ewigkeit, seit ich Sie gesehen habe, Reardon! Ihr neues Buch habe ich gelesen — ungewöhnlich schöne Stellen hie und da — ungewöhnlich schön!«

Whelpdale besaß die Schwäche, keine unangenehme Wahrheit sagen zu können, und eine Neigung zur Schmeichelei, die Reardon immer etwas verlegen machte. Obwohl es nicht notwendig war, »Margaret Home« überhaupt zu erwähnen, zog er es vor, ein paar nichtssagende Worte zu drechseln, statt ein Schweigen zu bewahren, das als ungünstige Kritik ausgelegt werden konnte.

»Im letzten Bande«, fuhr er fort, »sind ein paar Stellen, die zu dem Besten gehören, was Sie je geschrieben haben — ganz im Ernst!«

Reardon antwortete nichts auf diese Bemerkungen. Sie ärgerten ihn, denn er wußte, daß sie nicht aufrichtig gemeint waren. Biffen, der des Freundes Stillschweigen verstand, ergriff ein anderes Thema.

»Wer ist die Dame, von der Sie mir schreiben?«

»Oh, das ist eine Geschichte! Ich heirate, Reardon — ganz ernstlich, ich heirate! Zündet eure Pfeifen an, und ich werde euch alles erzählen. Waren überrascht, Biffen, wie? Unglaubliche Nachricht, nicht wahr? Manche werden es wohl für einen übereilten Schritt halten. Aber wir werden in diesem Hause nur noch ein Zimmer hinzunehmen, und damit basta. Ich glaube, auf ein paar Guineen in der Woche rechnen zu können, und ich habe endlos viele Pläne, die sicherlich was einbringen werden.«

Reardon wollte nicht rauchen, aber Biffen steckte seine Pfeife an und wartete mit ernstem Interesse auf die romantische Erzählung. So oft er hörte, daß ein armer Mann eine Frau überredet hatte, seine Armut mit ihm zu teilen, war er auf Einzelheiten erpicht — vielleicht konnte ihm selbst noch dieses himmlische Glück zufallen.

»Nun also«, begann Whelpdale, die Beine übereinanderschlagend und einem Ring nachschauend, den er eben aus der Zigarre gepafft hatte. »Ihr wißt ja alles über meine literarische Beratungstätigkeit. Das Geschäft geht recht gut, und ich möchte es in einer Weise ausdehnen, die ich euch gleich erklären will. Vor sechs Wochen erhielt ich einen Brief von einer Dame, die sich auf meine Annonce bezog und mir das Manuskript eines Romans zur Prüfung vorlegen wollte. Zwei Verleger hätten es zurückgewiesen, aber der eine mit schmeichelhaften Begleitworten, und sie hoffe daher, daß sich die Sache noch in eine annehmbare Form bringen lasse. Natürlich ermutigte ich sie und erhielt das Manuskript. Nun, es war nicht ganz schlecht — bei Gott, ihr solltet die Sachen sehen, die ich Verlegern empfehlen soll! Es war also nicht hoffnungslos schlecht, und ich beschäftigte mich ernstlich damit. Nachdem einige Briefe gewechselt worden waren, ersuchte ich die Autorin, mich zu besuchen, damit wir das Postporto sparen und mündlich alles besprechen könnten. Sie hatte mir ihre Adresse nicht gegeben: ich mußte die Briefe an einen Kaufmann in Bayswater adressieren. Sie willigte ein und kam. Ich hatte mir ein Bild von ihr gemacht, aber natürlich ein falsches. Stellt euch meine Aufregung vor, als ein wunderschönes Mädchen eintritt, ein außerordentlich interessantes Mädchen, vielleicht einundzwanzig — gerade die Art, die auf mich besonders wirkt: dunkel, blaß, etwas schwindsüchtig aussehend, schlank ... nein, sie ist nicht zu beschreiben, wirklich nicht! Ihr müßt warten, bis ihr sie seht!«

»Ich hoffe, die Schwindsucht war nur eine Redensart«, bemerkte Biffen auf seine ernsthafte Art.

»Oh, es ist nichts Gefährliches ... ein bißchen Husten, das arme Ding ...«

»Na, hören Sie!« warf Reardon ein.

»Oh, es ist nichts, nichts! Wir besprachen also die Sache — ganz ernsthaft. Allmählich bewog ich sie, von sich selbst zu reden — aber erst, nachdem sie zwei- oder dreimal da gewesen war ... sie erzählte ganz schreckliche Dinge. Sie war in London ganz allein, hatte seit Wochen nicht genug zu essen — und so weiter. Sie kam aus Birmingham; eine rohe Stiefmutter hatte sie von daheim vertrieben. Eine Freundin hatte ihr ein paar Pfund geliehen, und so war sie mit einem unvollendeten Roman nach London gekommen. Na, ihr wißt, so etwas würde genügen, mich gegen jedes Mädchen weich zu stimmen, obendrein gegen eine, die, um es gleich zu sagen, mein Ideal war. Als sie die Befürchtung ausdrückte, daß ich für sie zuviel Zeit verschwende, daß sie nicht imstande sein werde, mein Honorar zu bezahlen und so weiter, konnte ich nicht länger an mich halten. Auf der Stelle fragte ich sie, ob sie mich heiraten wolle. Natürlich suchte ich sie nicht zu täuschen, sagte ihr, daß ich ein armer Teufel bin, der als realistischer Romancier gescheitert ist und sein Brot aufs Geratewohl verdient; ich erklärte ihr offen, daß wir uns zusammen durchschlagen könnten — sie durch Romanschreiben, und so weiter. Aber sie war erschrocken; ich war zu hastig vorgeprescht. Ihr wißt, das ist ein Fehler von mir, aber ich hatte schreckliche Angst, sie zu verlieren, und ich sagte ihr das auch ganz offen.«

Biffen lächelte.

»Das wäre eine spannende Geschichte, wenn wir das Ende der Geschichte nicht kennen würden«, sagte er.

»Ja, schade, daß ich es nicht geheimhielt. Nun, sie wollte nicht ›ja‹ sagen, aber ich sah auch, daß sie nicht unbedingt ›nein‹ sagte. ›Auf jeden Fall‹, meinte ich,

›werden Sie sich doch oft bei mir sehen lassen? Der Teufel hole das Honorar! Ich will Tag und Nacht für Sie arbeiten und mein Möglichstes tun, damit Ihr Roman angenommen wird.‹ Ich flehte sie an, ein wenig Geld von mir anzunehmen. Es war sehr schwer, sie zu überreden, aber zuletzt nahm sie doch ein paar Shilling. Ich sah es ihrem Gesicht an, daß sie hungrig war. Stellt euch vor, ein schönes Mädchen, und hungrig! Es machte mich toll. Aber damit war schon viel gewonnen. Von nun an sahen wir uns fast jeden Tag, und zuletzt — willigte sie ein. Ja, sie willigte ein — ich kann es noch kaum glauben. Wir heiraten in vierzehn Tagen.

»Ich gratuliere Ihnen«, sagte Reardon.

»Ich ebenfalls«, seufzte Biffen.

»Vorgestern fuhr sie nach Birmingham zu ihrem Vater, um ihm alles zu erzählen. Ich willigte gern ein, dem alten Kerl geht's ziemlich gut, und vielleicht verzeiht er ihr jetzt das Davonlaufen, obwohl er, wie es scheint, ganz unter dem Pantoffel seiner Frau steht. Gestern bekam ich einen Brief: sie ist zuerst bei einer Freundin abgestiegen. Heute habe ich wieder auf einen gehofft — nun, gewiß schreibt sie mir morgen. Ihr könnt euch vorstellen, in was für einer Aufregung ich lebe. Na, wenn der Alte ein Hochzeitsgeschenk herausrückt, um so besser — aber es liegt mir nichts daran, wir werden uns schon durchschlagen. Wißt ihr, was ich im Moment schreibe? Einen Wegweiser für Schriftsteller — so was verkauft sich prächtig. Natürlich muß er mir für mein Geschäft gute Reklame machen. Dann habe ich noch eine herrliche Idee ... ich will annoncieren: ›Romanschreiben in zehn Lektionen zu erlernen.‹ Was haltet ihr davon? Kein Schwindel, nicht eine Spur davon. Ich bin fähig, jedem, ob Mann oder Frau, zehn sehr nützliche Lektionen zu geben. Das Schema habe ich schon ausgearbeitet — Sie würden sich köstlich dabei amüsieren, Reardon. Die erste

Lektion behandelt die Sujetfrage, Lokalkolorit und dergleichen. Ich rate dringend, wenn es nur irgendwie angeht, über die wohlhabende Mittelklasse zu schreiben — das ist, wie ihr wißt, das populärste Thema. Lords und Ladies sind ganz schön, aber das richtige ist, eine Geschichte über Leute zu schreiben, die keine Titel haben, sondern in gut kleinbürgerlichem Stil leben. Besonders dringe ich auf das Pferdestudium, das ist sehr wichtig. Man muß auch in den militärischen Rängen sehr versiert sein. Der Rudersport ist ein wichtiger Gegenstand. Begreift ihr? Ach, das wird eine ganz große Sache. Auch meine Frau werde ich sorgsam unterrichten und sie dann Lektionen für Mädchen annoncieren lassen — zu einer Frau werden sie lieber kommen.«

Biffen lehnte sich zurück und lachte geräuschvoll.

»Wieviel werden Sie für den Kurs verlangen?« fragte Reardon.

»Das hängt davon ab — ich werde ein oder zwei Guineen nicht ablehnen, aber manche werden vielleicht fünf zahlen.«

Es klopfte, und eine Stimme sagte:

»Ein Brief, Herr Whelpdale.«

Er sprang auf und kam mit strahlendem Gesicht ins Zimmer zurück.

»Ja, von Birmingham, heute morgen auf die Post gegeben. Seht, was für eine entzückende Schrift sie hat!«

Er riß das Kuvert auf. Reardon und Biffen wandten diskret die Augen ab. Eine Minute lang herrschte Schweigen, dann zwang ein seltsamer Ausruf Whelpdales die Freunde zum Aufblicken. Er war ganz bleich geworden und sah stirnrunzelnd das Papier an, das in seiner Hand zitterte.

»Doch keine schlimmen Nachrichten?« wagte Biffen zu fragen.

Whelpdale ließ sich auf einen Stuhl fallen.

»Das ist zu arg!« rief er mit erstickter Stimme. »Das ist ungeheuer herzlos! So etwas habe ich noch nie gehört — nie!«

Die beiden warteten und bemühten sich, nicht zu lächeln.

»Sie schreibt ... daß sie ihren früheren Bräutigam getroffen hat ... in Birmingham ... daß er es war, mit dem sie sich zerstritt ... nicht der Vater ... daß sie davonlief, um ihn zu ärgern und zu erschrecken ... daß sie sich wieder versöhnt hätten und heiraten wollen.«

Er ließ das Blatt fallen und sah so schmerzdurchwühlt aus, daß die Freunde sich sofort aufrafften, um ihm so viel Trost zuzusprechen, als der Fall zuließ. Reardon gefiel diese Bewegung Whelpdales, er hätte ihn einer solchen nicht für fähig gehalten.

»Es ist kein gewöhnlicher Betrug!« rief der Verlassene. »Denkt das nicht — sie schreibt mit wirklichem Kummer und voller Reue ... ja, das tut sie. Oh, Teufel, warum ließ ich sie nach Birmingham fahren? Noch vierzehn Tage, und sie wäre mir sicher gewesen. Aber das ist mein Schicksal. Wißt ihr, daß dies das dritte Mal ist, daß ich heiraten soll? Nein, bei Gott, das vierte Mal! Und jedesmal hat sich das Mädchen im letzten Moment zurückgezogen. So unglücklich war noch niemand bei den Frauen! Aber das kommt nur davon, daß ich so verflucht arm bin, nur davon!«

Reardon und sein Gefährte befanden sich, als sie das Haus endlich verließen, in niedergeschlagener Stimmung.

»Was hältst du von dieser Geschichte?« fragte Biffen. »Ist so etwas bei einer nur einigermaßen anständigen Frau möglich?«

»Bei einer Frau ist alles möglich«, antwortete Reardon bitter.

Sie gingen schweigend ein Stück zusammen weiter, dann trennte sich Reardon, mit der Versicherung, daß er vor seiner Abreise aus London noch zu einem Dachstubensouper kommen werde, von dem Freunde und wandte sich nach Westen.

Bei seiner Heimkehr rief sogleich Amys Stimme nach ihm.

»Ein Brief von Jedwood, Edwin!«

Er trat in das Studierzimmer.

»Er kam gerade, als du fortgingst, und ich konnte kaum widerstehen, ihn zu öffnen.«

»Warum hättest du ihn nicht öffnen sollen?« sagte er nachlässig.

Er wollte es selbst tun, aber seine zitternde Hand versagte ihm anfangs den Dienst. Endlich gelang es ihm, und er erblickte die Handschrift des Verlegers selbst, das erste Wort jedoch, das seine Aufmerksamkeit fesselte, war »Bedauern«. Mit einer zornigen Anstrengung, sich zu beherrschen, durchflog er das Schreiben und hielt es dann Amy hin.

Sie las es, und ihre Miene verdüsterte sich. Herr Jedwood bedauerte, daß die ihm angebotene Erzählung dem Publikum, das einbändige Romane las, nicht gefallen würde. Durch diese Ablehnung wolle er jedoch kein ungünstiges Urteil über die Erzählung selbst abgeben.

»Das überrascht mich nicht«, sagte Reardon. »Ich glaube, er hat recht. Es ist zu hohl, um einer besseren Leserschicht, und doch nicht vulgär genug, um einer schlechteren zu gefallen.«

»Aber du wirst es doch irgendwo anders versuchen?«

»Ich glaube nicht, daß das von Nutzen wäre.«

Sie saßen einander gegenüber und schwiegen. Jedwoods Brief fiel von Amys Schoß zu Boden.

»Unser Plan wird sich also nicht ausführen lassen«, sagte Reardon endlich.

»Es *muß* aber sein.«

»Aber wie?«

»Du wirst vom ›Wayside‹ sieben bis acht Pfund bekommen, und ... Sollten wir nicht lieber die Möbel verkaufen, statt ...«

Sein Blick ließ sie verstummen.

»Mir scheint, Amy, daß du nur den einen Wunsch hast, von mir wegzukommen, um jeden Preis.«

»Fang damit nicht wieder an!« rief sie ärgerlich.

»Wenn du nicht glaubst, was ich sage ...«

Beide befanden sich in einem Zustand unerträglicher, nervöser Überreizung. Ihre Stimmen bebten, und ihre Augen besaßen einen unnatürlichen Glanz.

»Wenn wir die Möbel verkaufen«, fuhr Reardon fort, »so bedeutet das, daß du nie mehr zu mir zurückkommen wirst. Du willst dich und das Kind vor dem harten Leben retten, das uns bevorsteht.«

»Ja, aber nicht, indem ich dich verlasse. Ich will, daß du für uns arbeitest, so daß wir bald wieder glücklich sein können. Oh, wie erbärmlich das ist!«

Sie brach in heftiges Schluchzen aus. Aber statt sie zu trösten, ging Reardon ins Nebenzimmer, wo er lange Zeit im Dunkeln saß. Als er zurückkehrte, war Amy wieder ruhig; ihr Gesicht drückte kalten Schmerz aus.

»Wo warst du heute früh?« fragte er, als ob er von gewöhnlichen Dingen reden wolle.

»Ich habe es dir schon gesagt: für Willie diese Sachen einkaufen.«

»Ah, richtig!«

Wieder Schweigen.

»Biffen hat dich in Tottenham Court Road gesehen«, fügte er hinzu.

»Ich habe ihn nicht bemerkt.«

»Nein, das hat er auch gesagt.«

»Vielleicht war es gerade, als ich mit Herrn Milvain sprach.«

»Du hast Milvain getroffen?«
»Ja.«
»Warum hast du mir nichts davon gesagt?«
»Ich weiß wirklich nicht ... Ich kann nicht jede Kleinigkeit, die vorfällt, erwähnen.«
»Gewiß nicht.«
Amy schloß wie vor Erschöpfung die Augen, und Reardon beobachtete eine Zeitlang ihre Miene.
»So meinst du, daß wir die Möbel verkaufen sollen?«
»Ich will nicht mehr darüber reden, du mußt tun, was du für das richtigste hältst, Edwin.«
»Wirst du morgen deine Mutter besuchen?«
»Ja. Vielleicht kommst du auch mit?«
»Nein, das hätte keinen Zweck.«
Er stand abermals auf, und in dieser Nacht sprachen sie nicht mehr über ihre Lage, obwohl am nächsten Tag, einem Sonntag, alles entschieden werden mußte.

XVII. DER ABSCHIED

Amy ging nicht zur Kirche. Vor ihrer Heirat hatte sie es aus bloßer Gewohnheit getan, ihre Mutter begleitet, aber bald machte sie sich Reardons Haltung zur Religion zu eigen; sie dachte nicht mehr daran, und was das Dogma betraf, gab sie sich nicht die Mühe, es zu verteidigen oder anzugreifen. Sie hatte keine Sympathien für den Mystizismus, ihre Natur war ausgesprochen praktisch, verbunden mit einem Streben nach intellektuellen Fähigkeiten.

An diesem Sonntagmorgen war sie mit häuslichen Dingen sehr beschäftigt. Reardon bemerkte etwas wie Vorbereitungen zum Packen, und da er zum Sprechen so wenig aufgelegt war wie seine Frau, verließ er die Wohnung und ging ein paar Stunden spazieren. Gleich nach dem Mittagessen machte sich Amy zu ihrer Fahrt nach Westbourne Park bereit.

»So willst du also nicht mitkommen?« sagte sie zu ihrem Gatten.

»Nein. Ich werde deine Mutter besuchen, ehe ich fortgehe, aber ich will es nicht tun, bis du alles geregelt hast.«

Er hatte Frau Yule seit einem halben Jahr nicht mehr gesehen. Sie kam nie in ihre Wohnung, und Reardon konnte es nicht über sich bringen, sie zu besuchen.

»Du möchtest wohl nicht, daß wir die Möbel verkaufen?« fragte Amy.

»Frag deine Mutter nach ihrer Meinung. Das soll entscheiden.«

»Es geht ja auch um die Umzugskosten ... Wenn

vom ›Wayside‹ kein Geld kommt, hast du nur zwei bis drei Pfund.«

Reardon antwortete nicht. Er war von bitterer Scham überwältigt.

»Dann soll ich also sagen, daß ich Dienstag endgültig zu ihr komme?« fuhr Amy mit abgewandtem Gesicht fort. »Ich meine natürlich, nur für die Sommermonate.«

»Ja.«

Dann wandte er sich plötzlich ihr zu.

»Bildest du dir wirklich ein, daß ich am Ende des Sommers ein reicher Mann sein werde? Was willst du mit diesen Reden sagen? Wenn die Möbel verkauft werden sollen, um mich jetzt mit ein paar Pfund zu versorgen, wo ist da die Aussicht, daß ich imstande sein werde, neue zu kaufen?«

»Wie sollen wir denn überhaupt in die Zukunft sehen?« antwortete Amy. »Es handelt sich darum, wie wir unser Leben fristen. Ich dachte, du würdest lieber auf diese Weise zu etwas Geld kommen, als es von Mutter zu borgen — wo sie schon für Willie und mich aufkommt.«

»Du hast recht«, murmelte Reardon. »Mach es so, wie du es für richtig hältst.«

Amy befand sich in ihrer praktischsten Stimmung und wollte sich nicht mit nutzlosem Gerede aufhalten. Nach ein paar Minuten war Reardon allein.

Er stand vor seinen Bücherregalen und begann die Bände auszuwählen, die er mit sich nehmen wollte ... nur ein paar, die unentbehrlichen Gefährten eines Büchermenschen, der noch am Leben hängt ... seinen Homer, seinen Shakespeare ...

Der Rest mußte verkauft werden. Morgen wollte er sie loswerden; alle zusammen mochten ihm ein paar Pfund einbringen.

Dann seine Kleider. Amy hatte alle häuslichen

Pflichten einer Gattin erfüllt; seine Garderobe war in so gutem Zustande, wie die Verhältnisse es erlaubten. Aber mit Winterkleidern brauchte er sich nicht zu belasten, denn wenn er überhaupt den Sommer überlebte, würde er die paar Sachen, die er brauchte, wieder kaufen können; gegenwärtig mußte er nur daran denken, etwas Bargeld zusammenzubringen. Und so legte er alles Verkäufliche auf einen Haufen.

Die Möbel? Wenn sie fort mußten, konnte kaum ein höherer Preis als zehn bis zwölf Pfund erzielt werden ... doch, vielleicht fünfzehn. Freilich, in dieser Weise wäre für seine Bedürfnisse während des Sommers reichlich gesorgt.

Er dachte voll Neid an Biffen. Dieser konnte sich im Notfall mit drei oder vier Shilling pro Woche durchbringen, glücklich in dem Gedanken, daß kein Sterblicher Ansprüche an ihn habe. Wenn er Hungers starb — nun, manch einsamer Mann hatte so ein Ende genommen. Wenn er es vorzog, sich umzubringen, wer würde dadurch in Not geraten? Verwöhntes Glückskind!

Die Glocken von St. Marylebone begannen den Nachmittagsgottesdienst einzuläuten. In der Müßigkeit dumpfen Schmerzes folgten seine Gedanken ihren Klängen, und er wunderte sich, daß es Leute gab, die es für ihre Pflicht hielten oder einen Trost darin fanden, in dieser dämmrigen Kirche zu sitzen und dem Gesumme der Gebete zuzuhören. Er dachte an die Millionen elender Menschen, deren Leben so leer ist, daß sie notgedrungen an eine Belohnung jenseits des Grabes glauben müssen. Danach sehnte er sich nicht. Die Bitterkeit seines Loses bestand darin, daß diese Welt für ihn Paradies genug wäre, wenn er nur einen armseligen kleinen Anteil an klingender Münze erhaschen könnte. Er hatte den höchsten Preis der Welt — die Liebe einer Frau — gewonnen, konnte ihn aber nicht halten, weil seine Taschen leer waren.

Daß es ihm nicht gelungen war, sich einen großen Namen zu machen, war für Amy eine bittere Enttäuschung, aber das allein hätte sie ihm nicht entfremdet. Es waren Furcht und Scham angesichts des Elends, die ihr Herz gegen ihn kalt machten, und er konnte sie nicht mit gutem Gewissen verachten, weil sie sich von den niedrigen Lebensverhältnissen so anfechten ließ. Auch auf ihn hatte das Elend eine erniedrigende Wirkung — wie er jetzt dastand, war er kein Mann, der bewundert oder geliebt werden konnte. Alles war ganz einfach und verständlich — nur seichter Idealismus konnte die Lage mißverstehen.

Das Ärgste war, daß Jasper Milvains Energie und seine Aussichten auf Erfolg sie anzogen. Er hegte gegen Amy keinen gemeinen Verdacht, aber es war nicht zu übersehen, daß sie den jungen Journalisten, der sich lachend seinen Weg durch die Welt bahnte, ständig mit ihrem ernsten, entmutigten Gatten verglich, der nicht einmal die Stellung, die er errungen hatte, behaupten konnte. Sie erfreute sich an Milvains Gespräch, es versetzte sie in gute Laune, er gefiel ihr persönlich, und es konnte kein Zweifel sein, daß sie in Reardons Haltung gegen seinen früheren Freund eine Neigung zur Eifersucht entdeckt hatte — für Frauen immer eine gefährliche Vorstellung. Einst hatte sie die Überlegenheit ihres Gatten geschätzt und über Milvains niedrige Gesinnung und seinen Charakter gelächelt. Aber die langweiligen Wiederholungen des Mißerfolges hatten sie erschöpft, und jetzt sah sie Milvain im Sonnenschein des Vorwärtskommens; sie dachte an die irdischen Vorteile solcher Gaben und eines Temperaments wie des seinen. Auch das war einfach genug und verständlich.

Eine dunkle Angst begann ihre Schatten über Reardon zu breiten: setzte er nicht, indem er so passiv dem Druck der Verhältnisse nachgab, seine Frau einer Gefahr aus, die alle Schrecken der Armut überwog? Durfte er, dem sie unsäglich teuer war, ihr erlauben, ihn zu verlassen, und sei es nur für ein paar Monate? Er wußte sehr wohl, daß ein Mann mit starkem Charakter diesem Projekt nie zugestimmt hätte. Er war dahin gelangt, sich für zu schwach zu halten, um gegen die von Amy hervorgehobenen Hindernisse zu kämpfen. Aber worauf lief diese Schwäche hinaus, wenn dieser Sommer zu nichts führte? Er wußte besser als Amy, wie unwahrscheinlich es war, daß er in so kurzer Zeit und unter solchen Verhältnissen die Energie seines Geistes wiederfand; nur die Neigung des Schwachen, der Anstrengung auszuweichen, hatte ihn bewogen, diesem Schritt zuzustimmen, und erst jetzt, nachdem er sich kaum mehr ändern ließ, drängten sich ihm die Gefahren auf, an die er zu wenig gedacht hatte.

Er erhob sich angstvoll und sah sich um, als wäre irgendwoher Hilfe zu erwarten.

Plötzlich klopfte es an die Wohnungstür, und als er öffnete, erblickte er den lebhaften Herrn Carter vor sich. Dieser junge Mann hatte Reardon seit seiner Heirat nur zwei oder drei Besuche abgestattet; sein Erscheinen war eine Überraschung.

»Ich habe gehört, daß Sie abreisen«, rief er. »Edith erzählte es mir gestern. Da dachte ich, daß ich einmal bei Ihnen vorbeischauen müßte.«

»Es ist noch nicht sicher, ob ich fahre«, antwortete Reardon. »Ich dachte für ein paar Wochen ... irgendwohin an die See ...«

»Ich rate Ihnen, in den Norden zu gehen«, fuhr Carter heiter fort. »Sie brauchen Nervenstärkung. Gehen Sie nach Schottland, rudern und fischen Sie ein bißchen — Sie werden als ein neuer Mensch zurückkommen. Sie wissen, Edith und ich waren voriges Jahr oben, es tat mir unglaublich gut.«

»Oh, ich glaube nicht, daß ich so weit fort gehe.«

»Aber gerade das brauchen Sie — eine entschiedene Veränderung, etwas Aufmunterndes.«

Er sprach mit der Zufriedenheit eines Mannes, dessen Einkommen gesichert ist und dessen Zukunft eine Kette freudiger Tage zu werden verspricht. Reardon vermochte nichts zu antworten; er saß mit einem starren Lächeln auf dem Gesichte da.

»Haben Sie schon gehört, daß wir in City Road eine Filiale des Hospitals eröffnen?«

»Nein.«

»Nur für ambulante Patienten und abwechselnd drei Abende und drei Vormittage geöffnet.«

»Wer wird Sie dort vertreten?«

»Ich werde natürlich hie und da hineinschauen, aber ich werde wieder einen Schreiber anstellen.«

Er ließ sich über die näheren Details aus, sprach von den Doktoren, die behandeln würden, und von gewissen neuen Einrichtungen.

»Haben Sie den Schreiber schon engagiert?« fragte Reardon.

»Noch nicht, obwohl ich einen weiß, der mir passen könnte.«

»Sie wären nicht gewillt, mir die Stelle zu geben?«

Reardon sprach heiser und endete mit einem erstickten Lachen.

»Lieber Freund, heute sind Sie mir über!« rief Carter, der das für einen Scherz hielt.

»Werden Sie ein Pfund pro Woche bezahlen?«

»Fünfundzwanzig Shilling, denn es muß einer sein, dem man das Geld der zahlenden Patienten anvertrauen kann.«

»Ich meine es ganz ernst — wollen Sie mir die Stelle geben?«

Carter sah ihn an und unterdrückte ein abermaliges Lachen.

»Wie zum Teufel meinen Sie das?«

»Ich brauche Abwechslung in der Beschäftigung«, antwortete Reardon. »Ich kann nicht länger als einen oder zwei Monate hintereinander beim Schreiben bleiben. Als ich es versuchte — nun, da bin ich fast zusammengebrochen. Wenn Sie mir diese Stelle geben, werde ich der Notwendigkeit enthoben sein, beständig Romane zu schreiben. Sie wissen, daß ich für diese Stelle tauge; Sie können mir vertrauen, und ich glaube, daß ich Ihnen nützlicher sein kann als alle Schreiber, die Sie bekommen könnten.«

Es war vorüber, geschafft, im ersten Impuls. Eine Minute der Überlegung, und er hätte die Demütigung nicht ertragen können. Sein Gesicht brannte, seine Zunge war wie vertrocknet.

»Ich begreife es nicht«, rief Carter. »Das hätte ich nicht gedacht — aber natürlich, wenn Sie es wirklich brauchen ... Ich kann noch immer nicht glauben, daß Sie es ernst meinen, Reardon!«

»Warum nicht? Wollen Sie mir die Stelle versprechen?«

»Ja, gewiß.«

»Wann soll ich anfangen?«

»Morgen in acht Tagen eröffnen wir ... Aber was ist mit Ihrer Reise?«

»Oh, lassen Sie nur ... Es wird Veränderung genug sein, wenn ich mich auf eine neue Art beschäftige ... auf eine alte übrigens ... Es wird mir große Freude machen.«

Er lachte und fühlte sich über diesen Ausgang, der ihm das Ende seiner Sorgen zu sein schien, unglaublich erleichtert. Eine halbe Stunde lang sprachen sie noch über dieses Thema.

»Es ist eine komische Idee«, sagte Carter, als er Abschied nahm, »aber Sie müssen es am besten wissen.«

Als Amy zurückkehrte, ließ Reardon sie erst das

Kind zu Bett bringen, ehe er ein Gespräch anknüpfte. Endlich kam sie und ließ sich im Studierzimmer nieder.

»Die Mutter rät uns davon ab, die Möbel zu verkaufen«, waren ihre ersten Worte.

»Das freut mich, da ich mich ebenfalls entschlossen habe, sie nicht zu verkaufen.«

In seiner Redeweise war eine Veränderung, die sie sofort bemerkte.

»Hast du dir etwas ausgedacht?«

»Ja, Carter war da, und er erwähnte zufällig, daß in City Road eine Ambulanzabteilung des Hospitals eröffnet werden soll. Er braucht jemanden, der ihm dort hilft. Ich bat ihn um den Posten, und er versprach ihn mir.«

Die letzten Worte stieß er hastig hervor, obwohl er beschlossen hatte, ruhig zu sprechen. Keine Schwäche mehr — er hatte seinen Entschluß gefaßt und wollte wie ein Mann danach handeln.

»Den Posten?« fragte Amy. »Was für einen Posten?«

»Kurz und bündig, den Schreiberposten. Es wird dieselbe Arbeit sein, die ich früher hatte — Patienten eintragen, ihre Dokumente empfangen und dergleichen. Das Gehalt beträgt fünfundzwanzig Shilling in der Woche.«

Amy richtete sich in die Höhe und sah ihn fest an.

»Ist das ein Scherz?«

»Weit entfernt, Liebe, eine gesegnete Erlösung.«

»Du hast Carter gebeten, dich als Schreiber zurückzunehmen?«

»Ja.«

»Und du willst, daß wir von fünfundzwanzig Shilling in der Woche leben?«

»Oh nein! Ich werde nur drei Abende und drei Vormittage in der Woche beschäftigt sein. In meiner freien

Zeit werde ich literarisch arbeiten und damit zweifellos fünfzig Pfund jährlich verdienen — wenn mich deine Anteilnahme dabei unterstützt. Morgen werde ich dort in der Nähe eine Wohnung suchen, wahrscheinlich in Islington. Wir haben weit über unsere Mittel gelebt; das muß eine Ende nehmen. Fortan soll der falsche äußere Schein nicht mehr aufrechterhalten werden. Wenn ich meinen Weg in der Literatur machen kann — gut; in diesem Falle werden sich unsere Lage und unsere Aussichten natürlich ändern, aber vorläufig sind wir arme Leute und müssen wie solche leben. Wenn unsere Bekannten uns besuchen wollen, so müssen sie alle Ansprüche abstreifen und uns nehmen, wie wir sind. Wenn sie es vorziehen, nicht zu kommen, können sie ja den weiten Weg vorschützen.«

Amy streichelte über ihren Handrücken. Nach einer langen Pause sagte sie mit sehr ruhigem, aber sehr resolutem Tone:

»Ich willige nicht ein.«

»In diesem Falle, Amy, muß ich es ohne deine Einwilligung tun. Die Wohnung wird genommen, und unsere Möbel müssen hintransportiert werden.«

»Das geht mich nichts an«, antwortete seine Frau im selben Tone. »Ich habe mich entschlossen ... wie du es mir gesagt hast ... mit Willie nächsten Dienstag zur Mutter zu gehen. Du kannst natürlich tun, was dir beliebt. Ich habe gedacht, daß ein Sommer an der See dir nützen würde; aber wenn du es vorziehst, in Islington zu wohnen ...«

Reardon trat auf sie zu und legte ihr die Hand auf die Schulter.

»Amy, bist du meine Frau oder nicht?«

»Ich bin gewiß nicht die Frau eines Schreibers, der so und so viel in der Woche bekommt.«

Er hatte einen Streit vorausgesehen, aber nicht geahnt, welche Form Amys Opposition annehmen würde.

Was ihn selbst betraf, so wollte er sanft entschlossen, ruhig und unerschütterlich bleiben. Aber bei einem Manne, der eine solche Selbstbeherrschung nur durch bewußte Anstrengung erreicht, wird eine Erregung der Nerven immer das Verhalten stören, das er sich vorgenommen hat. Schon jetzt hatte Reardon weit rauher gesprochen, als er wollte; unwillkürlich ging seine Stimme von ernster Entschlossenheit in einen schrill-gebieterischen Ton über, und, wie gewöhnlich in solchen Fällen, trieb ihn der Klang dieser seltsamen Töne zu weiteren dieser Art. Er verlor die Herrschaft über sich selbst. Amys letzte Bemerkung durchfuhr ihn wie ein elektrischer Schlag.

»Gleichgültig, was du von mir hältst, du wirst tun, was ich für richtig halte. Ich werde nicht mit dir streiten. Wenn es mir paßt, in Whitechapel eine Wohnung zu nehmen, so wirst auch du dorthin gehen und dort leben.«

Er begegnete Amys starrem Blick und sah etwas darin, das seiner eigenen Brutalität entsprach. Sie war plötzlich eine viel ältere Frau geworden; ihre Wangen waren hager, die Lippen blutlos und hart, eine tiefe Furche grub sich in ihre Stirn, und sie starrte ihn mit funkelnden Augen an wie ein Tier, das sich mit Zähnen und Klauen verteidigt.

»Tun, was *du* für richtig hältst? Also wirklich!«

Konnte Amys Stimme so klingen? Großer Gott, er hatte gehört, wie mit eben diesem Akzent ein keifendes Weib an der Straßenecke über ihren Gatten hergefallen war. Gibt es also keinen Wesensunterschied zwischen einer Frau dieser Welt und einer aus jener? Liegt dieselbe Natur unter so ungleicher Oberfläche? Einen Moment standen sie da, ohne sich anzublicken, dann wandte sich Reardon ihr zu:

»Du weigerst dich also, mit mir zu leben?«

»Ja, wenn das das Leben ist, welches du mir bietest.«

»Du würdest dich eher schämen, das Unglück deines Mannes zu teilen, als jedermann zu erklären, daß du ihn verlassen hast?«

»Ich werde ›jedermann‹ die volle Wahrheit ›erklären‹. Du hast die Gelegenheit, noch eine Anstrengung zu machen, um uns vor Erniedrigung zu bewahren. Du willst dir diese Mühe nicht geben; du ziehst mich lieber auf eine niedere Lebensstufe hinab. Darein kann und will ich mich nicht fügen. Diese Schande ist dein; ein Glück für mich, daß ich ein anständiges Heim habe, wohin ich gehen kann.«

»Ein Glück für dich! Du machst dich selbst unaussprechlich verachtenswert. Ich habe nichts getan, das dich dazu berechtigt. Es ist an mir, zu beurteilen, was ich tun kann und was nicht. Eine gute Frau würde in dem, was ich von dir verlange, keine Erniedrigung sehen. Aber von mir wegzulaufen, bloß weil ich ärmer bin, als du je gedacht hast — —«

»Natürlich, so wirst du es hinstellen«, sagte Amy, »so wirst du mich deinen Freunden schildern. *Meine* Freunde werden es in anderem Licht betrachten.«

»Sie werden dich für eine Märtyrerin halten?«

»Niemand wird eine Märtyrerin aus mir machen, da kannst du sicher sein. Ich war unglücklich genug, einen Mann zu heiraten, der kein Zartgefühl hat, keine Rücksicht auf mich nimmt. Aber ich bin nicht die erste, die einen solchen Irrtum begangen hat.«

»Kein Zartgefühl? Keine Rücksicht? Habe ich dich immer mißverstanden? Oder hat die Armut dich so verändert, daß ich dich nicht erkennen kann?«

Er näherte sich ihr und sah ihr verzweifelt ins Gesicht. Keine Muskel darin zeigte Empfänglichkeit für ihre alten Gefühle.

»Weißt du, Amy«, fügte er mit leiserer Stimme hinzu, »daß wir, wenn wir uns jetzt trennen, für immer geschiedene Leute sind?«

»Ich fürchte, das ist nur allzu wahrscheinlich.« Sie wich zur Seite.

»Du meinst, daß du dir das wünscht. Du bist meiner überdrüssig und denkst an nichts, als dich freizumachen.«

»Ich streite nicht mehr mit dir — es ist mir schon auf den Tod verhaßt.«

»Dann schweig, und höre dir zum letztenmal meine Ansicht über die Lage an, in die wir geraten sind. Als ich einwilligte, dich für eine Zeit zu verlassen, wegzugehen und in Einsamkeit zu arbeiten, war ich töricht und sogar unaufrichtig, gegen dich und gegen mich. Ich wußte, daß ich Unmögliches unternahm ... Es hieß nur den bösen Tag verschieben — an dem ich offen sagen mußte: ›Ich kann von der Literatur nicht leben, so muß ich mich denn nach einer anderen Beschäftigung umschauen.‹ Ich hätte nicht so schwach sein sollen, nur wußte ich nicht, wie *du* eine solche Entscheidung aufnehmen würdest. Ich fürchtete mich davor, die Wahrheit zu sagen ... ich fürchtete mich. Als nun Carter plötzlich diese Gelegenheit bot, sah ich das Törichte unserer Abmachungen ein. Es dauerte keinen Moment, und mein Entschluß war gefaßt. Alles war besser, als die Trennung von dir unter falschen Prämissen, eine lächerliche Heuchelei von Hoffnung, wo es keine Hoffnung gab.«

Er hielt inne und sah, daß seine Worte keinen Eindruck auf sie machten.

»Und daran hast du viel Schuld, Amy. Du erinnerst dich an den Tag, da ich zuerst einsah, wie dunkel die Zukunft aussieht. Ich kam sogar dahin, zu sagen, daß wir unsere Lebensweise ändern müßten; ich fragte dich, ob du bereit wärest, diese Wohnung zu verlassen und eine billigere zu nehmen ... Du weißt, was deine Antwort war. Kein Zeichen von dir, daß du mir beistehen würdest, wenn das Schlimmste eintritt. Damals wußte ich, was mir bevorstand, aber ich wagte nicht, es zu glauben. Beständig redete ich mir ein: ›Sie liebt dich, und sobald sie wirklich versteht ...‹ Das war alles Selbsttäuschung. Wäre ich ein kluger Mann gewesen, so hätte ich in nicht mißzuverstehender Weise mit dir reden müssen. Ich hätte dir sagen müssen, daß wir über unsere Verhältnisse leben und daß ich entschlossen sei, dies zu ändern. Ich habe kein Zartgefühl? Nehme keine Rücksicht auf dich? Oh, hätte ich das nur weniger getan! Ich zweifle, ob du überhaupt die Bedenken verstehst, die sich in mir regten und mich feig machten — obwohl ich einst dachte, daß es kein edles Gefühl gebe, das du nicht nachzuempfinden vermöchtest. Ja, ich war töricht genug, mir zu sagen: Es wird aussehen, als ob ich sie bewußt betrogen hätte; vielleicht leidet sie unter dem Gedanken, daß ich sie leichtfertig gewann, obwohl ich wußte, daß ich sie bald der Armut und allen Arten von Demütigung aussetzen würde. Davon durfte ich also nicht reden, ich mußte verzweifelt weiter kämpfen und versuchen, zu hoffen. Oh, wenn du wüßtest ...«

Seine Stimme brach für einen Moment.

»Ich verstehe nicht, wie du so herzlos und gedankenlos sein konntest. Du wußtest, daß ich zu Zeiten vor Angst fast wahnsinnig war. Du hast mir in nichts geholfen, du hast alle Verantwortlichkeit auf mich geschoben — immer wohl bedenkend, daß du einen Zufluchtsort hast. Selbst jetzt verachte ich mich, daß ich solche Dinge zu dir sage, obwohl ich die bittere Gewißheit habe, daß sie wahr sind. Ich habe lange gebraucht, bis ich anfing, in *dir* eine so ganz andere zu sehen, als die, welche ich vergötterte. In der Erregung kann ich heftige Worte hervorstoßen, aber sie entsprechen noch nicht meinem wirklichen Gefühl. Es wird noch lange dauern, bis ich verächtlich an dich *denken* kann. Du weißt, wenn ein Licht plötzlich ausgelöscht wird, so steht sein Bild noch immer vor dem Auge. Aber schließlich kommt die Dunkelheit.«

Amy wandte sich nochmals ihm zu.

»Statt all das zu sagen, könntest du beweisen, daß ich Unrecht habe. Tu es, und ich will es mit Freuden eingestehen.«

»Daß du Unrecht hast? Ich verstehe dich nicht.«

»Du könntest beweisen, daß du bereit bist, dein Möglichstes zu tun, um mich vor Demütigungen zu retten.«

»Amy, ich *habe* schon mein Möglichstes getan. Ich habe mehr getan, als du ahnst.«

»Nein ... du hast dich unter Krankheit und Sorge weitergemüht, das weiß ich. Aber jetzt bietet sich dir eine Gelegenheit, unter besseren Umständen zu arbeiten. Bis das versucht ist, hast du kein Recht, alles aufzugeben und mich mit dir in den Abgrund zu ziehen.«

Ihre Stimme bebte zum ersten Male. »Ich weiß, daß du dich gern den Schwierigkeiten beugst. Hör mir zu, und tu, was ich dir sage.« Sie sprach in einem seltsamen, befehlenden Tone, aber in ihrer Stimme lag keine Härte. »Geh sofort zu Herrn Carter. Sag ihm, daß du einen lächerlichen Irrtum begangen hast — in einem Anfall von Niedergeschlagenheit — was du willst. Sag ihm, daß du natürlich nicht im Traum sein Schreiber werden willst. Heute abend, sofort! Verstehst du mich, Edwin? Geh jetzt, augenblicklich.«

»Willst du sehen, *wie* schwach ich bin? Möchtest du mich noch vollständiger verachten können?«

»Ich will deine Freundin sein und dich vor dir selbst retten. Geh sofort! Überlaß alles übrige mir! Wenn ich bisher den Dingen ihren Lauf ließ, in Zukunft soll es anders sein. Die Verantwortlichkeit soll *mich* treffen. Nur tu, was ich dir sage.«

»Du weißt, das ist unmöglich.«

»Nein! Ich will Geld beschaffen, keiner soll sagen

dürfen, daß wir uns trennen; bis jetzt denkt noch niemand daran. Du gehst wegen deiner Gesundheit fort, bloß für die Sommermonate — ich habe den Schein viel sorgsamer gewahrt, als du denkst, aber du traust mir ja so wenig zu. Ich werde das Geld, das du brauchst, bis du ein neues Buch geschrieben hast, beschaffen. Ich verspreche es, ich nehme es auf mich. Du sollst von jeder Sorge frei sein, du sollst dich ausschließlich geistigen Dingen widmen. Aber Herr Carter muß sofort verständigt werden, ehe er Gerüchte verbreiten kann. Hat er es bereits getan, so muß er sie dementieren.«

»Aber du erstaunst mich, Amy. Willst du damit wirklich sagen, daß du die Annahme dieses Postens für eine Schande hältst? Jeder weiß, daß ich ein Schreiber war!«

»Das wissen nur wenige, außerdem ist es nicht dasselbe. Es tut nichts, was einer in der Vergangenheit war. Besonders bei einem Literaten erwartet jeder, daß er früher arm war. Aber von der Position, in der du dich jetzt befindest, soweit zu sinken, daß du für Wochenlohn arbeitest — du weißt nicht, wie die Menschen meiner Welt dies auffassen.«

»Deiner Welt? Ich habe gedacht, daß deine Welt dieselbe wie meine sei und von solchem Blödsinn gar nichts wisse.«

»Es wird spät. Geh und such Carter auf. Nachher wollen wir sprechen, soviel du willst.«

Er hätte vielleicht nachgegeben, aber die unterschwellige Verachtung in diesem letzten Satz war mehr, als er ertragen konnte. Sie zeigte ihm deutlicher als klare Worte, was für ein erbärmlicher Schwächling er in Amys Augen wäre, wenn er den Hut vom Nagel nähme und ginge, um ihren Befehlen zu gehorchen.

»Du verlangst zuviel«, sagte er mit unerwarteter

Kälte. »Wenn meine Ansichten dir so wenig bedeuten, daß du sie wie die eines lästigen Kindes beiseite schiebst, so wundert es mich, daß du dir die Mühe machst, meinetwegen den äußeren Schein zu wahren. Es ist doch sehr einfach: Gib jedermann bekannt, daß du mit der Schande, die ich über mich gebracht habe nichts zu tun haben willst. Setze, wenn du willst, eine Annonce in die Zeitung — wie Ehemänner wegen der Schulden ihrer Frauen. Ich habe meinen Weg gewählt — ich kann mich nicht lächerlich machen, um dir zu gefallen.«

Sie wußte, daß dies das Ende war. Aus seiner Stimme klangen tiefe Empörung und Scham.

»Dann geh deines Weges, und ich will den meinen gehen.«

Amy verließ das Zimmer.

Als Reardon eine Stunde später in das Schlafzimmer trat, schlug er ein Klappbett auf, das dort stand, breitete ein paar Tücher darüber und legte sich nieder, um so die Nacht zu verbringen. Er tat kein Auge zu. Amy schlief ein oder zwei Stunden vor der Dämmerung ein; beim Erwachen fuhr sie auf und sah angstvoll im Zimmer umher. Aber keiner von ihnen sprach ein Wort.

Das Frühstück wurde scheinbar wie gewöhnlich eingenommen. Als Amy sah, daß ihr Gatte sich zum Ausgehen anschickte, ersuchte sie ihn, ins Studierzimmer zu kommen.

»Wie lange bleibst du aus?« fragte sie kurz.

»Ich weiß nicht. Ich gehe ein Zimmer suchen.«

»Dann werde ich ohne Zweifel schon fort sein, wenn du zurückkommst. Es ist zwecklos, daß ich bis morgen bleibe.«

»Wie es dir beliebt.«

»Willst du, daß Lizzie bleibt?«

»Nein. Bitte zahle ihr ihren Lohn und entlasse sie. Hier ist Geld.«

»Überlasse das mir.«

Er warf das Geld auf den Tisch und öffnete die Tür. Amy trat rasch vor und schloß sie wieder.

»Das ist unser Lebewohl, nicht wahr?« fragte sie, die Augen zu Boden gerichtet.

»Da du es so wünschst — ja.«

»Du wirst dich erinnern, daß ich es *nicht* wünschte.«

»In diesem Falle brauchst du nur mit mir in die neue Wohnung zu gehen.«

»Ich kann nicht.«

»Dann hast du gewählt.«

Sie hinderte ihn diesmal nicht, die Tür zu öffnen, und er ging hinaus, ohne sie anzublicken.

Um drei Uhr nachmittags kehrte er zurück. Amy und das Kind waren fort, das Dienstmädchen ebenfalls. Der Tisch im Speisezimmer war für eine Person gedeckt.

Er ging in das Schlafzimmer. Amys Koffer waren verschwunden, die Wiege des Kindes verhüllt. Im Studierzimmer sah er, daß der Sovereign, den er auf den Tisch geworfen hatte, noch auf demselben Fleck lag.

Da der Tag sehr kalt war, zündete er ein Feuer an. Während es aufflammte, saß er da, las ein abgerissenes Stück Zeitung und wurde ganz durch die Lektüre eines Handelsberichtes gefesselt, etwas, das er unter gewöhnlichen Verhältnissen nie angeschaut hätte. Das Fragment fiel ihm zuletzt aus der Hand, sein Kopf sank herab, und er verfiel in einen unruhigen Schlaf.

Gegen sechs Uhr trank er seinen Tee, dann begann er mit dem Packen der wenigen Bücher, die ihn begleiten sollten, und solcher Dinge, die sich in Schachteln oder im Handkoffer unterbringen ließen. Nachdem er damit ein paar Stunden zugebracht hatte, konnte er der Müdigkeit nicht länger widerstehen und ging zu Bett. Ehe er einschlief, hörte er die zwei bekannten

Glocken acht Uhr schlagen; an diesem Abend waren sie in ungewöhnlicher Übereinstimmung, die zänkischen Klänge der Arbeitshausglocke drängten sich zwischen die tieferen von St. Marylebone. Reardon versuchte sich zu erinnern, wann er dies zuletzt bemerkt hatte; die Sache schien ihm von besonderer Bedeutung zu sein, und in seinen Träumen quälte er sich mit grotesken Spekulationen darüber ab.

XVIII. DAS ALTE ZUHAUSE

Wie die Mehrzahl der Londoner bewohnte Frau Edmund Yule, Amy Reardons Mutter, ein Haus, dessen Miete das richtige Verhältnis zu ihrem Einkommen in lächerlicher Weise überstieg — eine angenehme Schwäche, die den Londoner Hausherren sehr entgegenkommt. Während sie mit recht behaglichem, bescheidenem Komfort hätte leben können, war ihre Existenz eine beständige Anstrengung, den mißlichen Hintergrund dessen zu verhüllen, was für die Augen der Bekannten und Nachbarn bestimmt war. Sie hielt nur zwei Dienstboten, die sie so schlecht bezahlte und die so überarbeitet waren, daß sie selten mehr als drei Monate bei ihr blieben. Im Verkehr mit Leuten, die sie notgedrungen beschäftigte, ließ sie sich oft eine unglaubliche Knauserigkeit zuschulden kommen, so etwa wenn sie ihre halbverhungerte Schneiderin zwang, für sie Stoffe einzukaufen, und dann die Bezahlung dafür, wie für die Arbeit selbst, bis auf den letztmöglichen Moment verschob. Das war nicht Herzlosigkeit im strengen Sinne des Wortes; die Frau wußte nicht nur, daß ihr Benehmen schändlich war, sie schämte sich tatsächlich deswegen und bedauerte ihre Opfer. Aber das Leben war eine Schlacht. Sie mußte entweder zermalmen oder selbst zermalmt werden.

Dennoch besaß diese energische Dame keinen gesellschaftlichen Ehrgeiz, der über ihren eigenen Stand hinausging. Sie strebte nicht nach Intimität mit Höherstehenden, bloß nach Überlegenheit unter ihresgleichen. Ihr Kreis war nicht groß, aber in diesem Kreise wollte sie mit dem Respekt angesehen werden, der einer Frau von verfeinertem Geschmack und persönlicher Distinktion gebührt. Ihre kleinen Dinners waren eine Seltenheit, aber eine Einladung dazu mußte als ein Privileg gelten. »Frau Edmund Yule« mußte in aller Munde einen guten Klang haben, durfte nie die Gelegenheit zu jenem besonderen Lächeln bieten, das sie selbst so gern bei Erwähnung anderer Namen zeigte.

All ihre Gedanken hatten Amys Verheiratung gegolten, seit das kleine Mädchen zur Frau herangewachsen war. Für Amy sollte es keine gewöhnliche Partie, keinen Gatten geben, der bloß des Geldes oder der Stellung wegen genommen wird. Aber die Jahre schritten voran und der Mann von unleugbarer Distinktion war noch nicht erschienen. Da plötzlich tauchte Edwin Reardon auf.

Ein Literat? Nun, das war durchaus distinguiert, und glücklicherweise war er ein Romanschriftsteller, die ja hie und da beträchtliche soziale Erfolge haben. Freilich machte Reardon nicht den Eindruck eines Mannes, der dorthin vordringt, wo die Schlacht des Lebens rohe Kraft verlangt, aber Amy kam bald zu der Überzeugung, daß er einen ganz anderen Namen erringen würde als ein erfolgreicher Durchschnitts-Belletrist. Die Besten würden ihn bemerken, im Interesse der Kultur begrüßen, und höherstehende Menschen würden sagen: »Oh, für gewöhnlich lese ich keine Romane, aber natürlich, die von Reardon ...«

Wenn dieser Fall wirklich eintrat, so war alles in Ordnung, denn Frau Yule wußte soziale und geistige Unterschiede zu schätzen.

Aber was war das Ende dieser glänzenden Hoffnungen?

Zuerst begann Frau Yule »meinen Schwiegersohn, Herrn Edwin Reardon« weniger häufig zu erwähnen. Dann sprach sie seinen Namen nicht mehr aus, außer wenn eine Frage sie dazu nötigte. Späterhin erhielten die Intimsten ihrer Intimen kleine Andeutungen, die nicht ganz leicht zu deuten waren. »Reardon wird so exzentrisch ... hat eine komische Abneigung gegen Gesellschaft ... Nein, leider wird noch längere Zeit kein Roman von ihm erscheinen. Ich denke, er schreibt sehr viel anonym. Ach, diese sonderbaren Marotten!« Zahlreich waren die Tränen, die sie nach dem deprimierenden Zwiegespräch mit Amy weinte, und wie zu erwarten war, dachte sie sehr streng über den Urheber dieses Kummers. Als er das letzte Mal bei ihr war, behandelte sie ihn mit so förmlicher Höflichkeit, daß Reardon sie fortan nicht mehr leiden mochte, während er sie bisher für eine gutmütige, dumme Frau gehalten hatte.

Wehe über diese Heirat Amys mit einem Manne von Distinktion! Stufe um Stufe ging es hinab, bis endlich die völlige Katastrophe eintrat. Es war an sich schon bitter genug, aber noch beklagenswerter wegen der Bekannten. Wie konnte diese Rückkehr Amys nach Hause erklärt werden, da doch ihr Gatte nicht weit entfernt, sondern nur in Worthing lebte? Die nackte, furchtbare Wahrheit — nein, unmöglich! Aber Herr Milvain kannte sie, und die Carters mußten sie erraten. Welchen schönenden Anstrich konnte man diesem ordinären Unglück geben?

Das Schlimmste wußte sie noch nicht. Sie erfuhr es an diesem Maimorgen, als ganz unerwartet ein Wagen vor das Haus rollte, der Amy und ihr Kind, ihre Koffer, Hutschachteln und sonstigen Habseligkeiten brachte. Vom Speisezimmerfenster aus beobachtete Frau Yule diese Ankunft, und wenige Minuten später erfuhr sie die unsägliche Ursache.

Sie brach in Tränen aus — die echtesten, die sie je geweint hatte.

»Das nützt nichts, Mutter«, sagte Amy, die sich in einer gefährlichen Stimmung befand. »Es gibt nur einen Trost: Schlimmeres kann uns nicht mehr passieren.«

»Oh, es ist schändlich, schändlich!« schluchzte Frau Yule. »Ich weiß wirklich nicht, wie wir das erklären sollen.«

»Ich werde gar nichts erklären; man wird schwerlich so impertinent sein, Fragen zu stellen, wenn wir zeigen, daß sie uns unwillkommen sind.«

»Aber es gibt doch manche Personen, denen ich eine Erklärung geben muß! Mein liebes Kind, er ist nicht bei Sinnen, glaube mir, ich bin davon überzeugt! Er ist *nicht* bei Sinnen!«

»Unsinn, Mutter, er ist so bei Verstand wie du und ich.«

»Aber du hast ja oft erzählt, was für seltsame Dinge er sagt und tut — das weißt du, Amy. Dieses Reden im Schlaf — ich habe sehr viel darüber nachgedacht, seit du mir davon erzählt hast. Und ... und so vieles andere. Mein Herz, ich werde den Leuten zu verstehen geben, er sei in einer so seltsamen Gemütsverfassung, daß ...«

Sie war eine schlanke, wohlproportionierte Frau mit einem noch immer hübschen Gesicht und in einer Weise gekleidet, die ihre schwindenden Reize hob. Ihre Stimme besaß etwas Klagendes, überhaupt war sie von schwächerem Typus als ihre Tochter.

»Ist mein Zimmer in Ordnung?« fragte Amy auf der Treppe.

»Leider noch nicht, Herz, denn ich habe dich erst morgen erwartet, aber ich werde es sofort herrichten.«

Diese Vergrößerung des Haushalts mußte ernste Schwierigkeiten mit den Hausklaven ergeben, aber Frau Yule war ihnen gewachsen. Um Amys willen hätte sie ihre Dienstboten so lange arbeiten lassen, bis sie vor ihren Augen an Erschöpfung zugrunde gingen.

»Benütze vorläufig mein Zimmer«, fügte sie hinzu.

»Ich glaube, das Mädchen ist schon damit fertig. Aber warte hier, ich will nachsehen gehen, wie es steht.«

Es »stand« nicht ganz befriedigend, und man hätte die Veränderung in dieser lieblich klagenden Stimme hören sollen, als sie sich an das unglückliche Hausmädchen richtete. Sie war nicht brutal, durchaus nicht — aber so scharf, hart, unbeugsam ... die Stimme der Göttin Armut selbst klingt vielleicht so.

Wahnsinnig? Sollte mit leiser Stimme von ihm gesprochen und dabei auf die Stirne gedeutet werden? In diesem Gedanken lag etwas Lächerliches und zugleich Entsetzliches; dennoch ergiff er von Amys Gehirn Besitz. Sie brütete noch darüber, als ihre Mutter in den Salon trat.

»Er hat sich also ausdrücklich geweigert, den früheren Plan auszuführen?«

»Ausdrücklich ... meinte, es sei zwecklos.«

»Warum sollte es zwecklos sein? Sein Benehmen ist ganz unerklärlich.«

»Ich halte es nicht für unerklärlich, es ist bloß schwach und egoistisch«, antwortete Amy. »Er nimmt lieber die erste erbärmliche Stelle, die sich ihm bietet, als daß er sich der harten Mühe unterzieht, einen neuen Roman zu schreiben.«

Sie war sich bewußt, daß dies der wahren Lage ihres Gatten nicht entsprach, aber ihre Gewissensskrupel zwangen sie zu so harten Worten.

»Aber so bedenke doch!« rief ihre Mutter. »Wie kann er von dir verlangen, daß du mit ihm von fünfundzwanzig Shilling in der Woche lebst? Auf mein Wort, wenn sein Geist nicht zerrüttet ist, so verfolgt er ganz bewußt den Plan, dich loszuwerden.«

Amy schüttelte den Kopf.

»Glaubst du, daß er wirklich meint, ihr könntet alle von diesem Lohn leben?«

Das vorletzte Wort sollte ihre tiefste Verachtung ausdrücken.

»Er sagte, daß er durch Schreiben fünfzig Pfund jährlich dazuverdienen werde.«

»Selbst dann würde es nur etwa hundert Pfund jährlich ausmachen. Mein liebes Kind, eines von beiden: entweder ist er nicht bei Verstand, oder er hat dich mit Absicht abgeschüttelt.«

Amy lachte, als sie sich ihren Gatten im Lichte dieser letzten Alternative vorstellte.

»Die Erklärung ist viel einfacher«, sagte sie. »Er ist gescheitert, wie man auch in einem anderen Geschäft scheitern kann. Er ist nicht imstande, so wie früher zu schreiben — vielleicht ist nur sein Kranksein schuld, ich weiß es nicht. Du weißt, sein letztes Buch ist entschieden abgelehnt worden. Er ist jetzt überzeugt, daß für ihn nur noch die Armut bleibt, und kann nicht begreifen, warum ich nicht wie die Frau eines Arbeiters leben will.«

»Ich weiß nur, daß er dich in eine entsetzliche Lage gebracht hat. Wäre er den Sommer über nach Worthing gegangen, so hätten wir es als ganz natürlich hinstellen können; die Leute sind immer bereit, den Literaten seltsame Launen zuzugestehen — bis zu einem gewissen Punkt. Wir hätten so getan, als bedürfe es keiner Erklärung — was aber sollen wir jetzt sagen?«

Wie die meisten ihres Schlages lebte Frau Yule nur von den Meinungen anderer. Was die anderen sagten, war ihre ständige Sorge. Sie sah das Leben nie als etwas dem Individuum Gehöriges an; Unabhängigkeit schien ihr nur bei sehr exzentrischen oder bei ganz außerhalb der Gesellschaft stehenden Personen möglich. Amy war geistig über diesen Standpunkt weit hinaus, aber Mangel an Mut hinderte sie, nach ihren Überzeugungen zu handeln.

»Die Leute müssen wohl die Wahrheit erfahren«, antwortete sie niedergeschlagen.

Doch das Eingeständnis der Wahrheit war das letzte, worauf Frau Yule verfiel, wenn es sich um soziale Beziehungen handelte. Ihre ganze Existenz beruhte auf dem Leugnen von Tatsachen, und wie es bei Menschen dieser Art natürlich ist, war die Neigung, den Kopf in den Sand zu stecken, bei ihr stark entwickelt: obwohl sie die Lügen und Heucheleien ihrer Bekannten rasch durchschaute, täuschte sie sich im Verhehlen ihrer eigenen Verlegenheiten auf das lächerlichste.

»Aber wir wissen die Wahrheit doch selbst nicht«, antwortete sie. »Es wäre besser, wenn du dich von mir leiten ließest. Fürs erste ist es am vorteilhaftesten, wenn du dich so wenig wie möglich sehen läßt. Freilich mußt du zweien oder dreien deiner eigenen Bekannten etwas sagen; aber wenn du meinem Rate folgen willst, so tu nur recht geheimnisvoll. Mögen sie denken, was sie wollen. Alles ist besser, als offen zu sagen: ›Mein Mann kann mich nicht erhalten und hat sich als Büroschreiber für Wochenlohn verdingt.‹ Tu geheimnisvoll, Herzchen, das ist das sicherste, verlaß dich darauf.«

Das Gespräch wurde, mit kurzen Unterbrechungen, während des ganzen Tages fortgesetzt. Am Abend kamen zwei Damen zu Besuch, aber Amy blieb unsichtbar. Zwischen sechs und sieben kehrte John Yule von seinen ehrbaren Geschäften zurück. Da er gewöhnlich sehr reizbar war, ehe das Dinner ihn beruhigt hatte, ward ihm die letzte Phase in der Angelegenheit seiner Schwester erst spät abends mitgeteilt, und man ließ ihn in dem Glauben, daß Reardons Abreise an die Küste einen Tag früher als festgesetzt war, stattgefunden hätte.

»Mich wundert dabei gar nichts«, war Johns erste Bemerkung auf Frau Yules Bericht. »Ich war sicher, daß es soweit kommen würde — aber wissen möcht ich, wie lange wir Amy und den Jungen werden unterhalten müssen?«

Das war praktisch gedacht und genau das, was Frau Yule von ihrem Sohn erwartet hatte.

»Darüber wollen wir nicht nachdenken«, antwortete sie. »Ich hoffe, du willst doch nicht, daß Amy in einer Seitengasse wohnen, jeden zweiten Tag hungern und bald keine anständigen Kleider mehr haben soll?«

»Ich glaube nicht, daß John sich darüber Sorgen machen würde«, warf Amy ruhig ein.

»Das ist Frauengeschwätz«, antwortete John. »Ich möchte wissen, wo das enden soll? Ohne Zweifel ist es für Reardon höchst angenehm, daß er seine Verantwortlichkeit auf unsere Schultern laden kann. Wenn das so geht, werde ich heiraten, über meine Verhältnisse leben, bis ich nicht weiterkann, und dann meine Frau mit einer schönen Empfehlung ihren Verwandten zurückschicken. So eine Dreistigkeit ist mir noch nicht vorgekommen!«

»Aber was läßt sich machen?« fragte Frau Yule. »Was nützen deine sarkastischen Reden und deine böse Miene?«

»An *uns* ist es nicht, einen Ausweg zu finden. Die Hauptsache ist, Reardon muß einen anständigen Unterschlupf finden. Irgendeiner muß ihn in eine Stelle hineinbugsieren, die für Leute, die nichts besonderes können, paßt. Ich denke, Carter wird dabei helfen können.«

»Du weißt sehr gut, daß solche Stellen nicht im Nu zu finden sind«, sagte Amy. »Es können Jahre vergehen, bis sich eine Gelegenheit bietet.«

»Der Teufel hole diesen Menschen! Warum schreibt er nicht seine Romane weiter? Da läßt sich genug Geld herausschlagen.«

»Aber er kann nicht schreiben, er hat sein Talent verloren.«

»Blödsinn, Amy, wenn einer einmal den Schwung dazu hatte, kann er so fortfahren, wenn er nur will. Er könnte leicht seine zwei Romane im Jahre schreiben, wenn er nicht zu träg wäre, und das ist bei Reardon der Fall — er gibt sich nicht die Mühe zu arbeiten.«

»Das habe ich auch gedacht«, meinte Frau Yule. »Es ist wirklich nicht zu glauben, daß er nicht schreiben könnte, wenn er wollte. Denkt doch nur an den letzten Roman der Blunt, *jeder* hätte ihn schreiben können — nichts war darin, auf das ich nicht selbst gekommen wäre.«

Amy hatte sich in einiger Entfernung niedergelassen und saß da, den Kopf in die Hand gestützt.

»Warum suchst du Reardon nicht auf?« wandte sich John an seine Mutter.

»Was würde das nützen? Vielleicht empfiehlt er mir, mich um meine eigenen Angelegenheiten zu kümmern.«

»Genau das tätest du ja! Ich denke, du solltest hingehen und ihm zu verstehen geben, daß er sich nicht gerade wie ein Gentleman benimmt ... Augenscheinlich ist er ein Mensch, der aufgerüttelt werden muß. Ich hätte fast Lust, selber zu ihm zu gehen. Wo ist das Dreckloch, in dem er jetzt wohnt?«

»Wir wissen seine Adresse noch nicht.«

»Wenn's nur nicht irgendwo ist, wo man sich ein Fieber holen kann, könnte es nicht schaden, wenn ich ihn aufstöbere.«

»Du wirst damit nichts erreichen«, sagte Amy gleichgültig.

»Hol's der Teufel, nur weil niemand etwas unternimmt, ist es so weit gekommen!« Das Gespräch war natürlich nutzlos. John konnte nur immer wieder zu der Behauptung zurückkehren, daß man für Reardon einen »anständigen Unterschlupf« finden müsse, und zuletzt verließ Amy erschöpft und angewidert das Zimmer.

»Nun«, befand John nach einigem Überlegen, »dann werde ich es so machen: Ich gehe morgen ganz früh zu ihm und rede ihm väterlich zu. Du brauchst Amy nichts davon zu sagen. Aber ich sehe, er ist der Mensch danach, der sich, wenn man ihn in Ruhe läßt, mit Carters fünfundzwanzig Shilling für den Rest seines Lebens begnügt und sich nie den Kopf zerbrechen wird, wovon Amy leben soll.«

Diesem Vorschlage stimmte Frau Yule bereitwillig zu. Als sie in den Salon zurückkehrte, sah sie, daß Amy auf einer Causeuse fast eingeschlafen war.

»Du bist vor Sorgen ganz erschöpft«, sagte sie. »Geh zu Bett und schlaf dich ordentlich aus.«

Das hübsche, frische Schlafzimmer schien Amy ein herrlicher Hafen der Ruhe. Sie drehte den Schlüssel mit einem Vergnügen um, das sie noch nie im Leben empfunden hatte; denn in ihrer Mädchenzeit war das Alleinsein etwas Selbstverständliches gewesen, und seit ihrer Heirat hatte sie noch keine Nacht allein verbracht. Wie rein und frisch alles war! Oft hört man von Leuten, die davon nicht die leiseste Ahnung haben, Reinlichkeit sei ein Luxus, der selbst dem Ärmsten zugänglich wäre. Weit entfernt; nur unter größten Schwierigkeiten, unter mühseligster Anstrengung, unter qualvollen Opfern können in bedrückten Verhältnissen lebende Leute eine mäßige Reinlichkeit bei sich selbst und in ihrer Umgebung bewahren. Unter Schmerzen und nur nach und nach hatte sich Amy zu Kompromissen in dieser Beziehung bereitgefunden, die ihr in der ersten Zeit ihrer Ehe entsetzlich unangenehm, sogar empörend vorgekommen wären. Eine Hausfrau auf dem Lande, die nur ein Stückchen Hintergarten oder eine geräumige Küche hat, kann, wenn es ihr paßt, ihren Platz am Waschtrog einnehmen und sich der Wäschesorgen entledigen; aber der Bewohnerin einer Miniaturwohnung in London ist so etwas unmöglich. Als Amy die Rechnung ihrer Wäscherin einzuschränken begann, tat sie es mit einem Gefühl der Erniedrigung. Man gewöhnt sich jedoch an solche unangenehmen Notwendigkeiten, und sie wußte inzwischen, wieviel eine Dame zum mindesten ausgeben mußte, die ihre Instinkte nicht abzuschütteln vermochte.

Sie wußte, wie subtil unsere Selbstachtung durch niedrige Verhältnisse untergraben wird. Der Unterschied zwischen dem Leben wohlhabender, gebildeter und dem ungebildeter, armer Menschen ist in den Details des intimen Lebens am größten, und Amy hätte sich von Grund auf verändern müssen, ehe es ihr möglich gewesen wäre, ruhig in Verhältnissen zu leben, mit denen eine anständige Frau der Arbeiterklasse zufrieden war. Eher war sie zu einer endgültigen Trennung von ihrem Gatten bereit als zu dem Versuch, eine solche Veränderung in sich zu bewirken.

Sie entkleidete sich mit Muße und streckte ihre Glieder in dem kalten, weichen, duftigen Bett aus. Ein Seufzer tiefer Erleichterung entschlüpfte ihr. Wie schön, allein zu sein! In einer Viertelstunde schlief sie friedlich.

Beim Frühstück zeigte sie ein helles, fast glückliches Gesicht. Es war schon lange, lange her, seit sie eine solche Nachtruhe genossen hatte, so ungestört durch unwillkommene Gedanken auf der Schwelle zwischen Schlafen und Wachen. Ihr Leben mochte vielleicht Schiffbruch erlitten haben, aber der Gedanke daran bedrückte sie nicht; vorläufig mußte sie ihre Freiheit genießen. Es gibt wenige verheiratete Frauen, die nicht früher oder später mit Freuden die Gelegenheit einiger Monate von Mädchenfreiheit ergreifen würden. Amy wollte nicht daran denken, daß ihr Eheleben zu Ende sei. Mit der seltsamen Fähigkeit der Frauen, vor Tatsachen, die sie nicht augenblicklich betreffen, die Augen zu schließen, genoß sie die Erleichterung der Gegenwart und ließ die Zukunft außer acht. Reardon würde sich früher oder später aus seiner Lage befreien. Dieser oder jener würde ihm helfen ... Das war der unklare Hintergund ihrer angenehmen Empfindungen.

Ohne Zweifel litt er, aber das geschah ihm ganz recht, und das Leiden würde ihn vielleicht zwingen, sich aufzuraffen. Wenn er ihr seine neue Adresse mitteilte — das konnte er schwerlich unterlassen —, würde sie ihm einen nicht unfreundlichen Brief schreiben und ihm andeuten, daß jetzt die Gelegenheit gekommen sei, ein Buch zu schreiben, ein so gutes Buch wie jene, die einst aus seiner Mansardeneinsamkeit hervorgegangen waren. Wenn er in der Tat fand, daß die Literatur für ihn der Vergangenheit angehörte, so mußte er sich anstrengen, eine Anstellung zu finden, die eines gebildeten Mannes würdig war. Ja, in dieser Weise wollte sie ihm schreiben, ohne ein Wort, das verletzen oder beleidigen konnte.

XIX. WIEDERBELEBTE VERGANGENHEIT

Es entspräche auch nicht der Wahrheit, würde man behaupten, Edwin Reardon sei am nächsten Tage ganz verzweifelt aufgewacht. Er hatte ebenfalls ungewöhnlich gut geschlafen, und mit dem wiederkehrenden Bewußtsein war ihm das Gefühl der Entlastung gegenwärtiger als das des Verlustes und aller damit zusammenhängenden trüben Umstände. Er brauchte nicht mehr die Wirkung einer traurigen Veränderung wie der Übersiedlung von der trauten Wohnung in die zwei Zimmer, die er in Islington genommen, auf Amy zu fürchten; für den Moment half ihm diese Erleichterung, den Schmerz über alles Vorgefallene und die Unruhe zu ertragen, die ihn bei dem Gedanken quälte, daß seine Frau fortan ihrer Mutter zur Last fallen würde.

Natürlich währte das nur einen Moment. Er hatte kaum begonnen, sich zu bewegen, sein Frühstück zu bereiten, an all das Widerliche zu denken, das ihm bis morgen abend zu tun oblag, als das Herz ihm wieder schwer wurde. Schon allein die Schande! Wie mußten sie von ihm reden, Amys Verwandte und Freunde? Ein Romanschriftsteller, der keine Romane schreiben, ein Gatte, der Weib und Kind nicht ernähren kann, ein Literat, der sich eifrig um ordinäre Arbeit für Wochenlohn bewirbt — wie interessant mochte das alles im fröhlichen Klatsch klingen? Und welche Hoffnung hatte er, daß seine Lage sich jemals bessern würde?

Hatte er recht getan? Hatte er besonnen gehandelt? Wäre es nicht besser gewesen, noch jenen letzten Versuch zu machen? Eine Vision von stillen Winkeln unter den Klippen von Sussex, von langen Reihen grüner, zu Schaum aufbrandender Wogen tauchte vor ihm auf; er hörte die Musik der Wellen, sog die salzige Frische des Seewindes ein ... Vielleicht wäre trotz allem die Inspiration über ihn gekommen.

Wenn nur Amys Liebe von dauernderer Art gewesen wäre, wenn sie ihn für diese letzte Anstrengung mit der tapferen Zärtlichkeit einer idealen Frau gestärkt hätte! Aber er hatte so Hassenswertes in ihren Augen gesehen. Ihre Liebe war tot, und sie sah in ihm den Mann, der ihre Hoffnungen auf Glück zerstört hatte. Nur um ihrer selbst willen drängte sie ihn zum Weiterkämpfen — mochte er sich mühen, damit sie den Vorteil hatte, wenn es ihm gelang.

Oh ja, sie würde Tränen vergießen, wenn er stürbe. Aber ihn tot und aus dem Wege geräumt zu wissen, aus ihrer peinlichen Lage gerettet zu sein, wieder Chancen für das Leben zu besitzen — sie würde es freudig begrüßen.

Doch jetzt war nicht die Zeit zum Brüten. Heute hatte er alle überflüssigen Dinge zu verkaufen und Vorbereitungen für den morgigen Umzug zu treffen. Er hatte nur zwei Zimmer gemietet, denn drei hätten mehr gekostet, als er für eine längere Zeit erschwingen konnte. Die Miete betrug etwas über sechs Shilling — wie, wenn Amy eingewilligt hätte, mitzukommen, hätte er den Unterhalt mit seinen fünfundzwanzig Shilling pro Woche bestreiten können? Wie hätte er auf so engem Raum literarisch arbeiten können, er, der nur in strikter Einsamkeit zu schreiben vermochte? In seiner Verzweiflung hatte er das Unmögliche gewollt — Amy war klüger gewesen, wenn auch nicht aus Güte.

Gegen zehn Uhr wollte er die Wohnung verlassen, um jemanden zu suchen, der ihm seine Bücher, seine alten Kleider und sonstigen Überflüssigkeiten abkaufen würde; aber ehe er die Tür hinter sich schloß, erregten sich nähernde Schritte auf der Treppe seine Aufmerksamkeit, und er erblickte den glänzenden Zylinder eines elegant gekleideten Herrn. Es war John Yule.

»Ha! Guten Morgen!« rief John, in die Höhe blickend. »Ich sehe, eine oder zwei Minuten später, und ich wäre zu spät gekommen.«

Er sprach in ganz freundlichem Tone und schüttelte ihm, als er oben angelangt war, die Hand.

»Müssen Sie sofort weggehen? Oder könnte ich ein Wort mit Ihnen reden?«

»Treten Sie ein.«

Sie schritten in das Studierzimmer, das sich in einiger Unordnung befand; Reardon äußerte nichts dazu, sondern bot dem Besuch einen Stuhl an und ließ sich selbst nieder.

»Zigarette gefällig?« fragte Yule, ihm das Etui hinhaltend.

»Nein, danke, ich rauche nicht so früh.«

»Dann nehme ich eine, das Reden wird mir dadurch immer leichter ... Sie wollen wohl eben ausziehen?«

»Ja.«

Reardon bemühte sich, ganz einfach, ohne Anflug von Verlegenheit zu sprechen, aber es gelang ihm nicht, und seinem Besucher erschien der Ton beleidigend.

»Sie werden doch Amy Ihre neue Adresse mitteilen?«

»Gewiß. Warum sollte ich sie verheimlichen?«

»Nein, nein, das wollte ich damit nicht sagen. Aber Sie gehen vielleicht davon aus, daß ... daß der Bruch ein endgültiger ist.«

Zwischen diesen beiden Männern hatte es eine Nähe nie gegeben. Reardon hielt den Bruder seiner Frau für ziemlich eingebildet und egoistisch; John Yule sah in dem Schriftsteller einen intellektuellen Snob und seit kurzem einen nicht vertrauenswürdigen, verwirrten Menschen. Es schien John, daß sein Schwager eine ganz ungerechtfertigte Haltung annehme, und nur schwer brachte er es über sich, die Höflichkeit zu bewahren. Reardon andererseits fühlte sich durch die Bemerkungen des Besuchers verletzt und begann, über den Besuch selbst ärgerlich zu werden.

»Davon gehe ich nicht aus«, sagte er kalt, »aber ich fürchte, eine Diskussion über diese Frage wird zu nichts führen. Die Zeit dafür ist vorüber.«

»Das sehe ich nicht ein. Mir scheint im Gegenteil, daß die Zeit dafür gekommen ist.«

»Bitte sagen Sie mir eines: sind Sie in Amys Auftrag gekommen?«

»In gewisser Hinsicht, ja. Sie hat mich nicht geschickt, aber Mutter und ich sind über das Vorgefallene so erstaunt, daß wir es für notwendig hielten, Sie aufzusuchen.«

»Ich glaube, Amy und ich müssen das alles unter uns abmachen.«

»Zerwürfnisse zwischen Mann und Frau sollen gewöhnlich den beiden selbst überlassen werden, das weiß ich. Aber in diesem Falle gibt es besondere Umstände. Es ist nicht notwendig, daß ich mich näher erkläre.«

Reardon konnte keine passende Antwort finden. Er begriff, worauf Yule anspielte, und fing an, das volle Ausmaß seiner Demütigung zu fühlen.

»Sie meinen natürlich ...« begann er, aber die Zunge versagte ihm.

»Nun ja, wir möchten wirklich wissen, wie lange Amy bei ihrer Mutter bleiben soll.«

John beherrschte sich vollkommen; so leicht war er nicht aus dem Gleichgewicht zu bringen. Er rauchte seine Zigarette, die in einem Mundstück aus Bernstein steckte, und schien ihren Duft zu genießen. Reardon ertappte sich dabei, daß er die Eleganz der Stiefel und Beinkleider des jungen Mannes betrachtete.

»Das hängt ganz von meiner Frau ab«, antwortete Reardon mechanisch.

»Wieso?«

»Ich biete ihr das beste Zuhause an, das ich bieten kann.«

Reardon kam sich wie ein erbärmliches Geschöpf vor und haßte den gutgekleideten Mann, der ihn dies fühlen ließ.

»Aber hören Sie, Reardon«, begann der andere, wobei er die Beine nebeneinanderstellte und dann wieder übereinanderschlug. »Glauben Sie allen Ernstes, Sie können von Amy erwarten, sie solle in einer Wohnung leben, die für ein Pfund pro Woche zu haben ist?«

John betrachtete seinen Schwager ziemlich hochmütig.

»Ich kann nur sagen«, erwiderte der andere, müde und gleichgültig geworden, »daß ich, sobald ich ein anständiges Zuhause bestreiten kann, meiner Frau Gelegenheit geben werde, zu mir zurückzukehren.«

»Aber bitte, wann wird das sein?«

John hatte die Grenze überschritten — sein Benehmen war zu offenkundig verachtungsvoll.

»Ich finde, daß Sie kein Recht haben, mich in dieser Weise zu examinieren!« rief Reardon. »Frau Yule gegenüber wäre ich so geduldig wie möglich gewesen, wenn sie mir diese Fragen gestellt hätte; aber Sie sind dazu nicht berechtigt, auf keinen Fall in dieser Form.«

»Es tut mir leid, daß Sie so sprechen, Reardon«, sagte der andere mit ruhiger Anmaßung. »Wissen Sie, es bringt einen auf unangenehme Ideen.«

»Was meinen Sie damit?«

»Nun, man kann nicht umhin, zu denken, daß Sie

die gegebenen Verhältnisse viel zu gelassen hinnehmen. Es ist doch nichts Alltägliches, wenn ein Mann seine Frau zu ihrer Familie zurückschickt...«

Reardon konnte den Ton dieser Worte nicht ertragen, er unterbrach ihn hitzig.

»Ich kann mit Ihnen nicht reden. Sie sind gänzlich unfähig, mich und meine Lage zu verstehen! Es wäre nutzlos, mich zu verteidigen. Bilden Sie sich die Meinung, die Ihnen beliebt.«

John, der seine Zigarrette zu Ende geraucht hatte, erhob sich.

»Und diese Meinung ist eine höchst unangenehme«, sagte er. »Aber ich habe nicht die Absicht, mit Ihnen zu streiten. Nur eines will ich sagen, daß mich die Sache, da ich die Kosten des Haushaltes meiner Mutter teile, entschieden betrifft, und ich möchte hinzufügen, daß sie Sie viel mehr betroffen machen sollte, als es den Anschein hat.«

Reardon, der sich seiner Heftigkeit bereits schämte, antwortete nicht sogleich.

»Ja«, sprach er endlich kalt, »Sie haben es mir klar genug gemacht und sollen nicht umsonst gesprochen haben. Wünschen Sie noch etwas zu sagen?«

»Danke, ich glaube nicht.«

Sie trennten sich mit förmlicher Höflichkeit, und Reardon schloß hinter seinem Besucher die Tür.

Als er bald darauf das Haus verließ, tat er es mit Vorsätzen, die er eine halbe Stunde zuvor noch nicht gehabt hatte. Der praktische Ton, in dem John die Sachlage dargelegt hatte, machte es ihm unmöglich, seinem Vorsatz zu folgen. Amy würde nie zu ihm in seine ärmliche Wohnung kommen; alle ihre Ratgeber würden so etwas für Wahnsinn halten. Und wenn er dies anerkannte, mußte er auch den Anspruch seiner Frau auf materielle Unterstützung anerkennen. Es lag nicht in seiner Macht, sie mit genügenden Mitteln zum

Lebensunterhalt zu versorgen, aber was er erschwingen konnte, sollte sie haben.

Nach kurzem Suchen fand er einen Händler für alte Möbel, den er aufforderte, so bald wie möglich in seine Wohnung zu kommen.

Reardon wußte sehr wohl, daß sein Angebot minimal sein würde. Der Händler war ein roher, ziemlich schmutziger Mensch, mit dem mißtrauischen Blick, der solche Leute kennzeichnet. Menschen von Reardons Typus sind, wenn sie ihr Unglück zu vulgärem Handeln zwingt, in einer doppelt mißlichen Lage; denn nicht nur ihre Unwissenheit, auch ihre Feinfühligkeit macht sie zu völlig hilflosen Opfern jedes nur einigermaßen gewieften Geschäftsmannes. Um mit einem solchen auf gleichem Fuß zu verhandeln, muß man die ruhige Gewißheit ausstrahlen, daß man nicht zu betrügen ist — Reardon jedoch war sich wohl bewußt, daß man ihn betrügen könne, und schrak verachtungsvoll vor dem Feilschen zurück. Überdies befand er sich in einem halbirren Gemütszustand und dachte nur daran, die verhaßten Details dieses Vernichtungsprozesses so bald wie möglich zu Ende zu führen. Er notierte sich eine Liste der Gegenstände, die er für seinen eigenen Gebrauch zurückbehalten mußte, denn es war natürlich billiger, ein leeres, als ein möbliertes Zimmer zu nehmen, und jeder Pfennig, den er sparen konnte, war für ihn von Wichtigkeit. Die Couchliege mit dem dazu notwendigen Bettzeug, ein Tisch, zwei Stühle, ein Spiegel — nur die notwendigsten Dinge — und ein paar wertvolle Hochzeitsgeschenke, die eher Amy als ihm gehörten und die er verpacken und nach Westbourne Park schicken wollte.

Der Handel ward abgeschlossen. Dann machte sich Reardon daran, seine Bücher zu veräußern, und um halb zwei hatte er sie für ein paar Guineen losgeschlagen. Um zwei kam der Wagen wegen der Möbel, und um vier Uhr war außer den am nächsten Tag wegzuschaffenden Möbeln nichts mehr in der Wohnung.

Das nächste war, nach Islington zu gehen, die im voraus gezahlte Wochenmiete für die zwei Zimmer verfallen zu lassen und ein möglichst billiges einzelnes Zimmer zu suchen. Unterwegs trat er in eine Imbißstube und befriedigte seinen Hunger, denn er hatte seit dem Frühstück nichts gegessen. Es dauerte ein paar Stunden, ehe er das ideale Dachzimmer entdeckte; aber endlich fand er es in einer engen Seitengasse. Die Miete betrug eine halbe Krone pro Woche.

Um sieben Uhr setzte er sich in dem Raume nieder, den er einst sein Studierzimmer genannt hatte, und schrieb den folgenden Brief:

»Beiliegend erhältst du zwanzig Pfund. Ich bin daran erinnert worden, daß deine Verwandten die Kosten deines Unterhalts zu tragen haben werden, und hielt es daher für das beste, die Möbel zu verkaufen. Ich sende dir nun alles Geld, das ich für den Augenblick entbehren kann. Morgen erhältst du eine Kiste mit verschiedenen Dingen, die zu verkaufen ich mich nicht für berechtigt hielt. Sobald ich mehr Gehalt von Carter bekomme, wirst du jede Woche die Hälfte davon zugeschickt erhalten. Meine Anschrift ist: Manville Street 5, Islington. Edwin Reardon.«

Er legte das Geld in das Kuvert und adressierte es an seine Frau. Sie sollte es noch heute haben, und er wußte keinen sichereren Weg, als es selbst abzugeben. So fuhr er also nach Westbourne Park und ging zu Fuß zu der Wohnung Frau Yules. Um diese Stunde war die Familie wahrscheinlich beim Dinner; ja, die Fenster des Speisezimmers waren erleuchtet, während jene des Salons in Dunkelheit lagen. Nach einigem Zögern zog er die Dienstbotenglocke. Als die Tür sich auftat, übergab er dem Mädchen den Brief und befahl ihr, ihn sobald als möglich Frau Reardon zu geben.

Noch einen hastigen Blick zum Fenster — Amy genoß gewiß die lang entbehrte Behaglichkeit — und er ging rasch davon.

Als er sein früheres Heim wieder betrat, machte dessen Kahlheit ihm das Herz schwer. Wenige Stunden hatten zu seiner Verwüstung genügt, nichts war auf dem teppichlosen Fußboden geblieben als das Notwendigste, das er mit sich in die Einsamkeit nahm, die letzten Anzeichen von Zivilisation, die auch der Ärmste nicht entbehren kann. Zorn, Empörung, ein Gefühl verratener Liebe — allerhand wirre Leidenschaften hatten ihn während dieses mühevollen Tages aufrechterhalten; jetzt hatte er Muße, zu fühlen, wie schwach er war. Er warf sich auf sein Couchbett und lag mehr als eine Stunde lang in völliger Betäubung von Körper und Geist da.

Aber ehe er einschlief, mußte er essen. Obwohl es kalt war, konnte er es nicht über sich bringen, ein Feuer anzumachen; im Schrank war noch etwas, und er verzehrte es wie ein müder Arbeiter, den Teller auf den Knien, mit den Fingern und einem Messer. Was sollten ihm noch feine Manieren?

Er fühlte sich gänzlich allein in der Welt. Welcher Sterbliche außer Biffen würde ihm unter seinem Dach freundlichen Willkommensgruß bieten? Diese kahlen Zimmer waren das Symbol seines Lebens; indem er sein Geld verlor, verlor er alles. »Sei dankbar, daß du existierst, daß diese Bissen Speise dir noch gewährt sind. Der Mensch hat in dieser Welt auf nichts ein Recht, das er nicht bezahlen kann. Hast du dir eingebildet, daß die Liebe davon eine Ausnahme sei? Törichter Idealist! Liebe ist das erste, was durch die Armut verscheucht wird. Geh, lebe von deinen zwölfeinhalb Shilling pro Woche und von deinen Erinnerungen!«

In diesem Zimmer hatte er mit Amy nach der

Rückkehr von der Hochzeitsreise gesessen. »Wirst du mich immer so lieben wie jetzt?« — »Immer! Immer!« — »Selbst wenn ich dich enttäusche? Wenn ich Unglück habe?« — »Wie kann das meine Liebe beeinträchtigen?« — Die Stimmen schienen mit einem traurigen, schwachen Echo noch nachzuklingen, so kurz war die Zeit, seitdem diese Worte gefallen waren.

Es war seine eigene Schuld; ein Mann darf nicht Unglück haben; am allerwenigsten darf er erwarten, daß andere Zeit finden, sich nach ihm umzublicken oder ihn zu bedauern, wenn er unter der Last des Leidens niedersinkt. Die hinter ihm werden über seinen Körper hinwegtrampeln — sie können nicht anders, sie selber werden von einem unwiderstehlichen Druck vorwärtsgetrieben.

Er schlief ein paar Stunden und lag dann da und beobachtete, wie das Dämmerlicht seine Verzweiflung enthüllte.

Die Frühpost brachte ihm ein großes, schweres Kuvert, dessen Äußeres ihn einen Moment lang erstaunte. Aber er erkannte bald die Handschrift und begriff. Der Redakteur des »Wayside« erlaubte sich, in einem sehr freundlich gehaltenen Schreiben den Artikel über Plinius' Briefe zurückzusenden; er bedauere, daß er ihm nicht ganz so interessant erscheine wie die bisherigen Beiträge aus Reardons Feder.

Das war eine Kleinigkeit. Zum ersten Male empfing er ein abgelehntes Manuskript ohne Kummer; er lachte sogar über die künstlerische Vollkommenheit der Situation. Das Geld wäre sehr willkommen gewesen, aber gerade aus diesem Grunde hätte er wissen müssen, daß es nicht kommen würde.

Der Wagen, der seine Habe nach Islington überführen sollte, kam zu Mittag. Um diese Zeit hatte er sich der letzten Sorgen wegen der alten Wohnung entledigt und war nun frei, in die dunkle Welt zurückzukehren, aus der er aufgestiegen war. Er hatte das Gefühl, daß er zweieinhalb Jahre ein Heuchler gewesen sei; es war nicht seine Art, so zu leben wie Leute, die ein gesichertes Einkommen haben; er gehörte zur Klasse derer, die für ungewissen Lohn arbeiten. Zurück in die Dunkelheit!

Eine Tasche mit ein paar Dingen tragend, die er nicht aus der Hand geben mochte, fuhr er mit der Bahn nach King's Cross und ging von dort zu Fuß über Pentonville nach seiner eigenen engen Gasse. Manville Street war nicht übermäßig schmutzig; das Haus, in dem er Unterkunft gefunden hatte, sah nicht erschreckend aus, und die Vermieterin hatte ein ehrliches Gesicht. Amy wäre entsetzt davor zurückgewichen, aber für einen, der sich mit Londoner Mansarden auskennt, war das ein ziemlich annehmbares Exemplar dieser Art. Die Tür schloß viel besser als die des armen Biffen, und im Fußboden befanden sich nicht so viele jener Astlöcher, die schneidenden Zug einlassen; nicht eine einzige Fensterscheibe war gesprungen, keine einzige.

Man konnte hier ganz behaglich leben — wäre nicht die Erinnerung.

»Ein Brief ist für Sie gekommen«, sagte die Hauswirtin, als sie ihn einließ. »Sie finden ihn auf dem Sims.«

Er stieg hastig die Treppe hinauf. Der Brief mußte von Amy sein, da sonst niemand seine Adresse kannte. So war es auch, und er lautete:

»Da du wirklich die Möbel verkauft hast, will ich die Hälfte des Geldes annehmen, denn ich muß für mich und Willie Kleider kaufen, aber die anderen zehn Pfund werde ich dir so bald wie möglich zurücksenden. Was dein Anerbieten — die Hälfte deines Gehaltes von Herrn Carter — betrifft, so finde ich es lächerlich; auf keinen Fall nehme ich es an. Wenn du ernstlich alle Hoffnung auf die Literatur aufgibst, so halte ich es für deine Pflicht, jede Anstrengung zu machen, um eine

deiner Bildung entsprechende Stelle zu erhalten. —
Amy Reardon.«

Ohne Zweifel hielt Amy es für ihre Pflicht, so zu schreiben. Kein Wort der Teilnahme: er sollte begreifen, daß nur er allein schuld war und daß ihre Leiden den seinen nicht nachstanden.

In der mitgebrachten Tasche befanden sich Schreibutensilien, und neben dem Kaminsims stehend, verfaßte er sofort eine Antwort auf diesen Brief:

»Das Geld ist, soweit es reicht, für deinen Unterhalt. Kommt es zu mir zurück, so schicke ich es dir von neuem. Willst du davon keinen Gebrauch machen, so habe die Güte, es beiseite zu legen und für Willie aufzubewahren. Das andere Geld, von dem ich sprach, wird dir jeden Monat zugesandt werden. Da unsere Interessen nicht mehr uns beide allein angehen, so muß ich mich gegen jeden schützen, der mich anklagen könnte, dir nicht das zu geben, was in meiner Macht steht. Für deinen Rat danke ich dir, mache dich jedoch aufmerksam, daß du, indem du mir deine Liebe entzogst, alles Recht verloren hast, mir Ratschläge zu erteilen.«

Er ging hinab und gab den Brief sofort auf die Post.

Um drei Uhr war sein Zimmer eingeräumt. Er hatte keinen Teppich behalten — das war Luxus und für ihn überflüssig. Sein Büchervorrat mußte auf dem Kaminsims aufgestellt, seine Kleidung im Koffer verwahrt werden. Tassen, Teller, Messer, Gabeln und Löffel konnte der kleine offene Schrank aufnehmen, dessen unterste Abteilung für die Kohlen da war. Als alles geordnet war, öffnete er den Hahn der Wasserleitung auf dem Korridor und wusch sich; dann nahm er seine Tasche und ging seine Einkäufe besorgen. Ein Laib Brot, Butter, Zucker, kondensierte Milch — ein Restchen Tee hatte er von früher übrig. Bei seiner Rückkehr machte er ein möglichst kleines Feuer an, setzte den Kessel auf und ließ sich nieder, um nachzudenken.

Wie vertraut ihm das alles war! Und dabei nicht unangenehm, denn es führte ihn in die Tage zurück, da er so freudig gearbeitet hatte. Es war wie eine Erneuerung der Jugend.

An Amy wollte er nicht denken. Obwohl sie sein bitteres Elend kannte, hatte sie ihm in so kalten, harten Worten, ohne einen Hauch von weiblichem Gefühl schreiben können. Wenn sie je wieder zusammenkommen sollten, so mußte *sie* ihm entgegenkommen — er hatte keine Zärtlichkeit mehr für sie, außer sie bemühte sich darum, sein Gefühl wiederzubeleben.

Am nächsten Morgen sprach er im Hospital bei Carter vor. Blick und Lächeln des Sekretärs schienen zu verraten, daß er wußte, was seit Sonntag vorgefallen war, und seine ersten Worte bestätigten diesen Eindruck.

»Ich höre, Sie sind umgezogen?«

»Ja, ich muß Ihnen meine neue Adresse geben.«

Reardons Ton sollte dem anderen zu verstehen geben, daß weitere Bemerkungen über diesen Gegenstand unwillkommen waren. Nachdenklich notierte sich Carter die Adresse.

»Sind Sie noch immer gleichen Sinnes?«

»Gewiß.«

»Dann gehen wir erst frühstücken und dann in die City Road, dort können wir alles an Ort und Stelle besprechen.«

Der lebhafte junge Mann war nicht ganz so heiter wie sonst, aber augenscheinlich bemühte er sich, zu zeigen, daß das abermalige Verhältnis als Chef und Schreiber an dem seither entstandenen freundschaftlichen Verkehr nichts ändern werde — die Einladung zum Frühstück hatte offenkundig diesen Zweck.

»Sie haben doch wohl nichts gegen etwas Besseres,

falls es sich bieten sollte?« meinte Carter, als sie im Restaurant saßen.

»Gewiß nicht.«

»Aber Sie wollen keine Beschäftigung, die Ihnen Ihre ganze Zeit wegnimmt? Sie schreiben natürlich weiter?«

»Fürs erste nicht.«

»Soll ich mich also umsehen? Ich habe noch nichts in Aussicht — gar nichts — aber man hört manchmal von etwas.«

»Ich wäre Ihnen sehr verbunden, wenn Sie mir zu etwas Einträglichem verhelfen würden.«

Nachdem Reardon sich zu diesem Zugeständnis durchgerungen hatte, wurde er ruhiger. Wozu sollte er durchsichtige Vorspiegelungen aufrechterhalten? Es war entschieden seine Pflicht, so viel zu verdienen, wie er konnte, und auf jegliche Weise. Der Literat mochte vergessen werden; er suchte jetzt nach einer einträglichen Beschäftigung, so als hätte er nie eine Zeile geschrieben.

Amy schickte die zehn Pfund nicht zurück und schrieb nicht mehr. Es war daher anzunehmen, daß sie die Hälfte seines Verdienstes akzeptieren würde, und er freute sich darüber. Nach Bezahlung der halben Krone für die Miete blieben ihm zehn Shilling, denn die restlichen drei Pfund wollte er nicht rechnen; die waren für Notfälle da. Eine halbe Krone genügte für seine Bedürfnisse — in alten Zeiten hatte er dies für ein Auskommen gehalten, das ihn aller Sorgen enthob.

Der Tag kam, da er seine Pflichten in City Road antrat. Es bedurfte nur weniger Stunden, und die Zwischenzeit war wie weggewischt; er war zurückversetzt in die Zeiten der Namenlosigkeit, ein harmloser Schreiber, ein anständiger Lohnempfänger.

XX. DAS ENDE DES WARTENS

Mehr als zwei Wochen waren seit Reardons Übersiedlung nach Islington verstrichen, als Jasper Milvain zum ersten Mal von dem Vorgefallenen hörte. Er kam gerade aus dem Büro des »Irrlichts«, wo er mit dem Herausgeber ein Gespräch über einen Abschnitt in der Klatschspalte der letzten Nummer geführt hatte, gegen den eine Verleumdungsklage erhoben worden war, die sicherlich zu dem von allen dem Blatt Nahestehenden heiß ersehnten »Prozeß« führen würde, als jemand, der aus einem höheren Stockwerk herabstieg, ihn einholte und ihm die Hand auf die Schulter legte. Er wandte sich um und erkannte Whelpdale.

Sie traten auf die Straße und schritten nebeneinander her. Milvains scharfer Blick und sein kritisches Lächeln wiesen ihn unverkennbar als einen Mann aus, der seinen Weg zum Erfolg angetreten hat; sein Gefährte dagegen erlaubte weniger eindeutige Rückschlüsse; seine Züge waren von einer gewissen Zartheit — eine eigenartige Mischung aus Sentimentalität und Schläue.

»Natürlich haben Sie das von den Reardons gehört?« fragte Whelpdale.

»Ich habe schon lange nichts von ihnen gehört und gesehen. Was ist denn geschehen?«

»So wissen Sie nicht, daß sie sich getrennt haben?«

»Getrennt?«

»Ich habe es erst gestern abend erfahren, von Biffen. Reardon ist Schreiber in einem Spital irgendwo im Eastend geworden, und seine Frau ist zu ihrer Mutter gezogen.«

»Aha!« rief Jasper nachdenklich. »Der Krach ist

also gekommen ... Ich wußte es im voraus. Reardon tut mir leid. Wohnt er noch in seiner alten Wohnung?«

»Nein, sie haben alles verkauft und die Wohnung vermietet. Er hat sich irgendwo ein Zimmer genommen. Ich stehe ihm nicht so nahe, daß ich ihn unter solchen Umständen besuchen könnte, aber ich bin überrascht, daß Sie nichts davon wissen.«

»Ich habe sie in letzter Zeit sehr selten zu Gesicht bekommen. Reardon — ich fürchte, er besitzt nicht genügend Gelassenheit. Es scheint ihn zu ärgern, daß ich so schnell vorwärtskomme.«

»Wirklich? Sein Charakter hat mir nie diesen Eindruck gemacht.«

»Sie sind mit ihm nicht genug in Berührung gekommen. Auf jeden Fall kann ich mir den Wechsel in seinem Benehmen nicht anders erklären. Aber er tut mir leid, wirklich leid. In einem Hospital? Carter hat ihm wohl wieder den alten Posten gegeben?«

»Das weiß ich nicht. Biffen spricht sich nicht sehr frei darüber aus. Sie wissen, in Biffen steckt sehr viel Zartgefühl ... Ein durch und durch guter Mensch, wie Reardon, obwohl er seine Schwächen haben mag.«

»Oh, ein ausgezeichneter Mensch. Aber Schwäche ist nicht das richtige Wort. Ich habe es von allem Anfang an vorausgesehen. Das erste Gespräch, das ich mit ihm hatte, genügte, um mich davon zu überzeugen, daß er sich nie behaupten würde. Aber er glaubte fest daran, daß eine große Zukunft vor ihm liege, und bildete sich ein, daß er immer mehr und mehr für seine Bücher bekommen werde. Höchst sonderbar, daß das Mädchen ein solches Zutrauen zu ihm hatte!«

Bald darauf trennten sie sich, und Milvain setzte, über das Gehörte nachsinnend, seinen Heimweg fort. Er hatte die Absicht, den ganzen Abend mit einer dringenden Arbeit zu verbringen, konnte sich aber nicht an seinen Schreibtisch zwingen. Gegen acht Uhr gab er den Versuch auf, warf sich in Abendtoilette und fuhr nach Westbourne Park, wo sein Ziel das Haus der Frau Yule war. Er fragte das Dienstmädchen, das ihm öffnete, ob sie zu Hause sei, und empfing eine bejahende Antwort.

Er wurde sofort in den Salon geführt, wo er die Dame des Hauses, ihren Sohn und Frau Carter antraf. Nach Amy suchte sein Blick vergebens.

»Ich bin so froh, daß Sie gekommen sind«, sagte Frau Yule in vertraulichem Tone. »Natürlich haben Sie von unserem Malheur gehört?«

»Erst heute.«

»Von Reardon selbst?«

»Nein, ich habe ihn nicht gesehen.«

»Wie schade! Wir hätten so gern gewußt, was für einen Eindruck er auf Sie macht!«

»Was für einen Eindruck?«

»Meine Mutter hat die fixe Idee, daß er nicht ganz normal ist«, warf John Yule ein. »Ich muß zugeben, daß er sich sonderbar benahm, als ich das letzte Mal bei ihm war.«

»Auch mein Mann findet ihn sehr sonderbar«, bemerkte Frau Carter.

»Er arbeitet, wie ich höre, wieder in dem Hospital...«

»In der neuen Abteilung, die eben in City Road eröffnet wurde«, antwortete Frau Yule. »Er wohnt in einer ganz furchtbaren Gegend — in einer der schrecklichsten Gassen im ärgsten Teile von Islington. Ich wäre zu ihm gegangen, aber ich fürchte mich; man hat mir so viel Schreckliches davon erzählt. Und alle sagen, daß er einen so wilden Blick hat und so sonderbar spricht.«

»Unter uns gesagt«, sagte John, »wir brauchen doch nicht zu übertreiben. Er wohnt freilich in einem abscheulichen Loch, und Carter sagt, daß er elend aussieht, aber dabei kann er so klar bei Verstand sein wie wir.«

Jasper hörte mit nicht geringer Verwunderung zu.

»Und Frau Reardon?« fragte er.

»Leider fühlt sie sich gar nicht wohl«, antwortete Frau Yule. »Heute ist sie gezwungen, das Zimmer zu hüten. Sie können sich vorstellen, was für ein Schlag das für sie war. Es kam so außerordentlich plötzlich — ohne vorherige Ankündigung teilte ihr Mann ihr mit, daß er einen Schreiberposten angenommen habe und sofort nach dem Eastend übersiedeln wolle. Stellen Sie sich vor. Und das, nachdem er, wie Sie wissen, schon alles vorbereitet hatte, um an die Südküste zu gehen und unter dem Einfluß der Seeluft seinen nächsten Roman zu schreiben. Er war nicht sehr gesund; wir alle wußten das und hatten ihm geraten, den Sommer an der See zu verbringen. Wir hielten es für besser, wenn er allein ging; natürlich wäre meine Tochter dann und wann für ein paar Tage hingefahren. Aber ganz plötzlich ist alles aus, und auf so furchtbare Weise! Ich *kann* nicht glauben, daß ein geistig gesunder Mensch sich so verhalten kann!«

Jasper begriff, daß die Sache mit viel einfacheren Ausdrücken hätte erklärt werden können, aber es war natürlich, daß Frau Yule die wahre, aber banale Ursache des Benehmens ihres Schwiegersohnes außer acht ließ.

»Sie sehen, in was für einer peinlichen Lage wir uns befinden«, fuhr die stets zu Beschönigungen neigende Dame fort. »Oh seien Sie so gut und suchen Sie ihn auf, Herr Milvain!« flehte Frau Yule. »Wir möchten so gern hören, was Sie von seinem Zustand halten.«

»Gewiß werde ich hingehen«, antwortete Jasper. »Wollen Sie mir seine Adresse geben?«

Er blieb noch eine Stunde, und bevor er ging, wurde das Thema mit größerer Offenheit behandelt als zuvor;

selbst das Wort »Geld« war ein- oder zweimal zu hören.

»Herr Carter war so gütig zu versprechen, daß er sich um eine passende Stellung kümmern wolle«, sagte Frau Yule.

»Ist es nicht furchtbar, daß ein erfolgreicher Autor seine Karriere so plötzlich aufgibt? Wer hätte das vor zwei Jahren gedacht? Aber es ist klar, daß er nicht so weitermachen darf — es sei denn, es liegt wirklich ein Grund zu der Annahme vor, daß sein Geist gestört ist.«

Frau Carter ließ einen Wagen rufen und nahm, ihre angeborene Heiterkeit mit Rücksicht auf die besonderen Umstände unterdrückend, Abschied. Ein paar Minuten später verließ Milvain das Haus.

Er war vielleicht zwanzig Meter gegangen, fast bis zum Ende der stillen Straße, in der das Haus gelegen war, als ein Mann um die Ecke kam und sich ihm näherte. Er erkannte sofort die Gestalt, und im nächsten Augenblick stand er Reardon gegenüber. Beide blieben stehen. Jasper streckte ihm die Hand hin, aber der andere schien sie nicht zu bemerken.

»Sie kommen von meiner Schwiegermutter?« fragte Reardon mit einem seltsamen Lächeln.

Im Gaslicht sah sein Gesicht blaß und verfallen aus, und sein Blick, als er dem Jaspers begegnete, war starr.

»Ja — eigentlich bin ich hingegangen, um Ihre Adresse zu erfahren. Warum haben Sie mich gar nichts wissen lassen?«

»Waren Sie in unserer alten Wohnung?«

»Nein, Whelpdale hat es mir erzählt.«

Reardon wandte sich wieder in die Richtung, aus der er gekommen war, und begann langsam weiterzugehen. Jasper ging neben ihm her.

»Ich fürchte, zwischen uns beiden ist etwas nicht in Ordnung, Reardon«, sagte Milvain, seinem Gefährten einen kurzen Blick zuwerfend.

»Zwischen mir und der ganzen Welt ist etwas nicht in Ordnung«, war die Antwort, und sie kam in einem seltsamen Ton.

»Sie sehen die Dinge zu finster. Nebenbei, halte ich Sie auf? Gehen Sie zu —«

»Nirgendwohin.«

»Dann kommen Sie zu mir und lassen Sie uns probieren, ob wir nicht wie früher miteinander reden können.«

»Ihre frühere Redeweise ist nicht sehr nach meinem Geschmack, Milvain. Sie hat mich zuviel gekostet.«

Jasper sah ihn an. Waren Frau Yules Mutmaßungen vielleicht doch nicht so weit hergeholt? Diese Antwort klang so sinnlos und war Reardons sonstiger Sprechweise so unähnlich, daß der jüngere Mann einen plötzlichen Schreck empfand.

»Hat Sie zuviel gekostet? Ich verstehe Sie nicht.«

Sie waren in eine breitere Gasse geraten, die jedoch um diese Stunde wenig belebt war. Reardon, die Hände in den Taschen seines schäbigen Überrockes vergraben und den Kopf nach vorn geneigt, ging langsamen Schrittes, ohne irgend etwas wahrzunehmen. Ein paar Augenblicke zögerte er mit der Antwort, dann sagte er mit unsicherer Stimme:

»Alles, was Sie damals sagten, hatte den Zweck, den Erfolg zu verherrlichen, ihn als das einzige Ziel hinzustellen, das ein Mann im Auge haben muß. Hätten Sie so zu mir allein gesprochen, so hätte mir das nichts ausgemacht ... aber gewöhnlich war noch jemand anwesend. Ihre Worte haben gewirkt, das sehe ich jetzt. Sie haben viel dazu getan, daß ich jetzt, da für mich keine Hoffnung auf Erfolg mehr besteht, ganz verlassen dastehe.«

Jaspers erster Impuls war, dieser Anklage mit zornigem Leugnen entgegenzutreten, aber ein Gefühl von Mitleid überwog. Es war zu traurig, diesen Unglücklichen zur Nachtzeit um das Haus streifen zu sehen, wo seine Frau und sein Kind behaglich geborgen waren; und der Ton, in dem er sprach, enthüllte sein ganzes Elend.

»Sie sagen da etwas sehr Erstaunliches«, antwortete Jasper. »Ich weiß natürlich nicht, was zwischen Ihnen und Ihrer Frau vorgefallen ist, aber ich bin sicher, daß ich nicht mehr damit zu tun habe, als jeder andere Ihrer Bekannten.«

»Sie mögen so sicher sein, wie Sie wollen, aber Ihre Worte und Ihr Vorbild haben meine Frau gegen mich eingenommen. Sie haben das nicht mit Absicht getan, das weiß ich wohl. Aber es war doch mein Unglück.«

»Daß ich nichts dergleichen beabsichtigte, brauche ich wohl erst gar nicht zu sagen, aber Sie täuschen sich auf die seltsamste Weise. Ich fürchte, offen gestanden, ich fürchte, Sie zu verletzen... aber können Sie sich an etwas erinnern, das ich Ihnen kurz vor Ihrer Hochzeit sagte? Es hat Ihnen damals nicht gefallen und sicherlich wird es Ihnen jetzt erst recht nicht angenehm sein, sich daran zu erinnern. Wenn Sie glauben, daß Ihre Frau nichts mehr von Ihnen wissen will, weil Sie unglücklich sind, so brauchen Sie die Erklärung dafür nicht bei Dritten zu suchen.«

Reardon wandte dem Sprechenden sein Gesicht zu.

»Sie haben also meine Frau immer für jemanden gehalten, der mich in der Zeit der Not verlassen würde?«

»Auf eine derart gestellte Frage will ich nicht antworten. Wenn wir nicht mehr mit der alten Freundschaft sprechen können, dann ist es besser, solche Dinge gar nicht zu erörtern.«

»Nun, praktisch haben Sie ja schon geantwortet. Natürlich entsinne ich mich jener Worte, auf die Sie anspielen... aber ob Sie recht oder unrecht haben, ändert nichts an dem, was ich sagte.«

»Es ist unmöglich, auf eine solche Anklage etwas zu erwidern«, antwortete Milvain. »Ich bin überzeugt, daß daran nichts Wahres ist. Das ist das einzige, was ich dazu sagen kann. Vielleicht glauben Sie jedoch, daß ich meinen unglaublichen Einfluß noch immer gegen Sie einsetze?«

»Davon weiß ich nichts«, antwortete Reardon, mit unverändert monotoner Stimme.

»Wie ich Ihnen sagte, war heute mein erster Besuch bei Frau Yule, seit Ihre Frau dort ist, und ich habe sie nicht gesehen — sie ist nicht ganz wohl und hütet das Zimmer. Ich bin froh, daß ich Sie nicht gesehen habe. Fortan werde ich mich gänzlich von der Familie fernhalten, auf jeden Fall solange Ihre Frau dort bleibt. Natürlich werde ich niemandem sagen warum, das wäre unmöglich, aber Sie sollen nicht zu fürchten haben, daß ich Sie herabsetze. Bei Gott, eine nette Figur machen Sie aus mir!«

»Ich habe etwas gesagt, was ich nicht sagen wollte, und nicht hätte sagen sollen. Sie müssen mich mißverstehen... ich kann nichts dagegen tun.«

Reardon war schon seit Stunden umhergewandert und spürte kaum noch Kraft in sich; er verstummte. Jasper, der die Sache, wenn auch nicht aus böser Absicht, verzerrt dargestellt hatte, verfiel ebenfalls in Schweigen; er glaubte nicht, daß seine Gespräche mit Amy den Verlauf der Dinge ernstlich beeinflußt hätten, aber er wußte, daß er unter vier Augen oft Dinge zu ihr gesagt hatte, die ihm schwerlich über die Lippen gekommen wären, wäre ihr Gatte dabei gewesen — kleine, abfällige Bemerkungen, eher dem Tone als dem Inhalte nach herabsetzend, die seinem unwiderstehlichen Drang entsprangen, sich überall als der Überlegene zu zeigen. Auch er war schwach, aber auf ganz andere Art als Reardon. Seine Schwäche war die Eitelkeit — jene Eitelkeit, die Menschen zuweilen in einem

Maße verräterisch werden läßt, dessen sie sich selbst nie für fähig gehalten hätten ... Schlug ihm das Gewissen, so beruhigte er es mit der Entschuldigung, andere hätten ihn mißverstanden — auch dies ein Beweis seiner Eitelkeit.

Sie näherten sich der Haltestelle Westbourne Park.

»Sie wohnen sehr weit von hier«, sagte Jasper kalt, »wollen Sie fahren?«

»Nein. Meine Frau ist also krank?«

»Oh, nicht krank, wenigstens hörte ich nicht, daß es etwas Ernstliches sei. Warum gehen Sie nicht zu ihr?«

»Ich weiß, was ich zu tun habe.«

»Gewiß — ich bitte um Verzeihung. Ich steige hier ein, also gute Nacht.«

Sie nickten einander zu, reichten sich aber nicht die Hand.

Ein paar Tage später schrieb Milvain an Frau Yule, daß er Reardon gesehen habe; er beschrieb ihr nicht die Umstände, unter denen die Unterredung stattgefunden hatte, sondern gab zu verstehen, daß Reardon sich in einem krankhaft nervösen Zustande befinde und durch das Leiden ganz verändert sei. Es sei tatsächlich wahrscheinlich, daß er sich auf dem sicheren Wege zu einer geistigen Erkrankung befinde. »Unglücklicherweise kann ich nichts für ihn tun. Er hegt nicht dieselben freundschaftlichen Gefühle für mich wie einst. Aber es ist klar, daß jene seiner Freunde, die ihm noch helfen können, sich anstrengen sollten, ihn aus seiner furchtbaren Niedergeschlagenheit herauszureißen. Wenn ihm nicht geholfen wird, so kann alles mögliche geschehen. Eines ist sicher: er kann sich nicht mehr selbst helfen. Gesunde, literarische Arbeit darf von ihm nicht erwartet werden. Es scheint mir ungeheuerlich, daß ein so guter und obendrein so geistreicher Mensch untergehen soll, wo es doch einflußreichen Leuten keine Mühe machen würde, ihm Gesundheit und Lebensfreude zurückzugeben.«

Die Sommermonate verstrichen; Jasper hielt sein Wort und besuchte Frau Yule niemals; einmal jedoch, im Juli, traf er sie bei den Carters und hörte, was er schon aus anderen Quellen wußte, daß der Stand der Dinge unverändert war. Im August ging Frau Yule für einen Monat an die See, und Amy begleitete sie. Milvain und seine Schwester nahmen eine Einladung nach Wattleborough an und waren drei Wochen von London abwesend; die letzten zehn Tage verbrachten sie auf der Insel Wight — extravagante Ferien, aber Dora war leidend gewesen, und ihr Bruder erklärte, daß sie durch die Luftveränderung alle besser arbeiten würden. Alfred Yule, mit Frau und Tochter, hauste den Sommer über irgendwo in Kent. Dora und Marian wechselten Briefe, und hier folgt eine Stelle aus einem, den Dora an ihre Freundin schrieb:

»Jasper zeigte sich, seit wir von London fort sind, in einem ungewöhnlich angenehmen Licht. Ich sah diesen Ferien mit einigem Mißtrauen entgegen, denn ich weiß aus Erfahrung, daß es nicht gut tut, wenn wir zuviel beisammen sind; unsere Gesellschaft wird ihm bald lästig, und dann kommt sein Egoismus — glauben Sie mir, er besitzt sehr viel davon — in einer Weise zum Vorschein, die uns nicht gefällt. Aber ich habe ihn noch nie so nachsichtig gesehen. Zu mir ist er besonders gut, wohl wegen meiner Kopfschmerzen und allgemeinen Mattigkeit. Es ist nicht unmöglich, daß aus diesem jungen Manne, wenn es ihm gut geht, etwas viel Besseres wird, als Maud und ich je erwartet haben; aber es muß alles sehr gut gehen, wenn die Besserung anhaltend sein soll. Ich hoffe nur, daß er bald zu Geld kommt. Wenn Ihnen das roh erscheint, so kann ich nur sagen, daß Jaspers Wesen immer gefährdet sein wird, solange er dem Risiko der Armut ausgesetzt ist. Sie wissen, es gibt solche Menschen. Als armem Manne würde ich ihm nicht trauen; mit Geld wird er ganz erträglich sein — wie Männer eben sind.«

Ohne Zweifel hatte Dora ihre Gründe, so zu schreiben. Im Gespräche mit der Freundin hätte sie solche Bemerkungen kaum gemacht, aber sie benützte die Entfernung, um sie schriftlich zu äußern.

Nach ihrer Rückkehr machten die beiden Mädchen gute Fortschritte mit dem Buch für die Herren Jolly & Monk, und Anfang Oktober war es fertig. Dora schrieb nun kleine Artikel für die »Mädchenzeitung«, und Maud besprach gelegentlich einen Roman für ein illustriertes Blatt. Der jüngeren Schwester lag wenig an der Gesellschaft, in die Jasper sie einführte; sie wäre völlig zufrieden gewesen, mit Marian Yule als Gefährtin, die Abende zu Hause zu verbringen. Aber Maud war von diesen neuen Kontakten entzückt. Sie wurde bewundert und wußte das. Ihre Klugheit hielt sie nicht davon ab, sich hübschere Kleider zu kaufen und es kränkte sie bitter, daß sie nicht ihre ganze Garderobe erneuern konnte, um es den wohlhabenden Mädchen, die sie genau beobachtete und beneidete, gleichzutun. Vorläufig waren die Schwierigkeiten noch unüberwindlich: sie hatte keine Dame, die sie begleitet hätte, und konnte wegen ihrer Armut keine intimen Bekanntschaften schließen — eine seltene Einladung zu einem Lunch oder zu einem der geheiligten Plauderstündchen, das war alles, worauf sie hoffen konnte.

»Ich rate dir, dich in Geduld zu fassen«, sagte Jasper zu ihr, als sie einst am Strande darüber sprachen. »Es ist nicht deine Schuld, daß du ohne den Schutz der Konvention leben mußt; aber es bedeutet, daß du sehr vorsichtig sein mußt. Die Leute, mit denen du jetzt bekannt wirst, sind nicht gar zu steif und werden dich deiner Armut wegen nicht gerade verachten. Dennoch darf ihre Güte nicht zu sehr auf die Probe gestellt werden. Verhalte dich vorläufig still, laß durchblicken, daß du begreifst, wie problematisch deine Lage ist — aber sei hübsch bescheiden bei deinen Äußerungen. Sobald es angeht, werden wir es so einrichten, daß ihr bei jemandem wohnt, wo der Schein gewahrt bleibt. Gewiß, all dies ist verachtenswert, aber wir leben in einer verachtenswerten Welt und können es nicht ändern. Um Himmels willen, verdirb dir deine Chancen nicht durch Übereilung, gib dich damit zufrieden, ein wenig zu warten, bis wir zu etwas Geld gekommen sind.«

Mitte Oktober hatte Jasper eines Abends unerwarteten Besuch von Dora erhalten, als die Hauswirtin einen weiteren späten Gast ankündigte.

»Herr Whelpdale ist gekommen. Ich sagte, daß Fräulein Milvain da sei. Da meinte er, er wolle nur hereinkommen, wenn Sie ihn dazu auffordern.«

Jasper lächelte Dora an und sagte leise:

»Was meinst du? Soll er hereinkommen? Er weiß sich zu benehmen.«

»Wie du willst, Jasper.«

»Bitten Sie ihn herein, Frau Thompson!«

Herr Whelpdale erschien. Er trat mit mehr Zeremoniell ein, als wenn Milvain allein gewesen wäre; auf seinem Gesicht lag ernster Respekt, sein Schritt war leicht, sein ganzes Wesen drückte angenehme Erwartung aus.

»Meine jüngere Schwester, Whelpdale«, sagte Jasper, seine Belustigung unterdrückend.

Der geschäftstüchtige literarische Ratgeber machte eine formvollendete Verbeugung und begann in einem leisen, ehrerbietigen Tone zu reden, der dem Ohre durchaus nicht unangenehm war. Seine Erziehung war in der Tat die eines Gentleman; erst seit einigen Jahren war er unter die Hungerleider der neuen Grub Street geraten.

»Wie verkauft sich das ›Handbuch‹?« fragte Milvain.

»Ausgezeichnet, wir haben schon fast sechshundert Exemplare abgesetzt.«

»Meine Schwester ist eine Ihrer Leserinnen. Ich glaube, sie studiert das Buch sehr gewissenhaft.«

»Wirklich? Sie haben es wirklich gelesen, Fräulein?«

Dora bejahte, und sein Entzücken kannte keine Grenzen.

»Es ist ja nicht lauter Unsinn«, sagte Jasper beiläufig. »In dem Kapitel über das Schreiben für Zeitschriften sind ein paar sehr gute Tips. Wie schade, daß Sie Ihrem eigenen Rate nicht folgen können, Whelpdale!«

»Sie sind abscheulich!« protestierte jener. »Heute abend sollten Sie mich wenigstens schonen! Aber leider hat er Recht, Fräulein, ich weise den Weg, kann ihn aber nicht selber gehen. Sie müssen nicht denken, daß es mir nie gelungen wäre, etwas zu publizieren, aber als Beruf kann ich es nicht betreiben. Ihrem Bruder, dem gelingt's! Mit wunderbarer Leichtigkeit! Ich beneide ihn. Wenige heutzutage haben ein solches Talent.«

»Bitte, machen Sie ihn nicht noch eingebildeter, als er schon von Natur aus ist«, sagte Dora.

»Was hört man von Biffen?« fragte Jasper.

»Er sagt, daß er ›Herr Bailey, der Krämer‹ in einem Monat beenden wird. Neulich hat er mir eines der letzten Kapitel vorgelesen. Es ist wirklich sehr schön ... höchst ungewöhnliche Schreibart, wie mir scheint. Es wäre wirklich ein Skandal, wenn er es nicht unterbringen könnte.«

»Hoffentlich hat er Glück!« sagte Dora lachend. »Ich habe von ›Herrn Bailey‹ schon so viel gehört, daß ich sehr enttäuscht wäre, wenn ich ihn nie zu lesen bekäme.«

»Ich fürchte, er wird Ihnen nicht besonders gefallen«,

antwortete Whelpdale zögernd. »Das Sujet ist so vulgär.«

»Oh, es ist ganz durchschnittlich«, rief Jasper, »nur sehr deprimierend. Das Durchschnittlich-Niedrige oder das Niedrig-Durchschnittliche — wie nennt es Biffen? Ich sah ihn vor einer Woche, er sah hungriger aus als je.«

»Und der arme Reardon erst! Ich ging neulich an ihm vorüber... Er sah mich nicht... geht immer mit den Augen am Boden... Ich hatte nicht den Mut, ihn aufzuhalten. Er ist nur noch ein Schatten seiner selbst ... Er wird nicht mehr lange leben.«

Dora und ihr Bruder wechselten einen Blick. Es war schon lange her, seit Jasper mit seinen Schwestern über die Reardons gesprochen hatte; jetzt hörte er selten mehr von ihnen, weder von ihm, noch von ihr.

Die sich entspinnende Unterhaltung war Whelpdale so angenehm, daß er die Zeit ganz vergaß, und es war schon elf Uhr vorüber, als Jasper ihn daran erinnern mußte.

»Dora, ich muß dich jetzt wohl nach Hause begleiten.«

Der Gast schickte sich sofort zum Gehen an, und sein Abschied war so respektvoll wie sein Eintreten. Obwohl er sie nicht aussprach, las man auf seinem Gesicht die Hoffnung, Fräulein Dora Milvain wiederzusehen.

»Kein übler Mensch — auf seine Art«, sagte Jasper, als er mit Dora wieder allein war.

»Durchaus nicht.« Sie hatte die Geschichte von Whelpdales unglücklicher, letzter Verlobung gehört, und die Erinnerung daran erklärte das Lächeln, mit dem sie sprach.

»Leider fürchte ich, daß er nie vorwärtskommen wird«, fuhr Jasper fort. »Er hat eine Rente von jährlich zwanzig Pfund und schafft sich vielleicht noch fünfzig oder sechzig dazu; aber wenn ich an seiner

Stelle wäre, so sähe ich mich nach einer regelmäßigen Beschäftigung um — er hat Leute, die ihm helfen würden. Ein gutherziger Kerl — aber was nützt's, wenn einer kein Geld hat?«

Sie brachen auf und gingen zu der Wohnung der Mädchen. Die Hauswirtin ließ sie ein. Jasper sprach ein paar Worte mit ihr und erklärte, daß er auf die Rückkehr der älteren Schwester warten wolle; die Dunkelheit der Fenster hatte ihnen gezeigt, daß Maud von einem Theaterbesuch, zu dem sie eine Freundin eingeladen hatte, noch nicht zurück war.

Auf dem Tisch lag ein Brief, an Maud adressiert, und Dora erkannte die Handschrift einer Wattleborougher Freundin.

»Es muß etwas vorgefallen sein«, sagte sie. »Frau Haynes würde nicht schreiben, wenn sie nicht etwas besonderes zu erzählen hätte.«

Genau um Mitternacht hielt ein Wagen vor dem Hause, und Dora lief hinab, um ihrer Schwester zu öffnen, die mit sehr glänzenden Augen und mehr Farbe auf den Wangen als gewöhnlich ankam.

»So spät, und du bist noch da!« rief sie, als sie ins Zimmer trat und Jasper erblickte.

»Ich wäre nicht ruhig gewesen, ohne sicher zu sein, daß du gut nach Hause gekommen bist.«

»Was war denn da zu befürchten?«

Lachend warf sie ihren Mantel ab.

»Nun, hast du dich gut unterhalten?«

»Oh ja!« antwortete sie nachlässig. »Ist der Brief für mich? Was für Neuigkeiten Frau Haynes wohl zu erzählen hat?«

Sie machte das Kuvert auf und überflog hastig den Inhalt. Dann veränderte sich ihr Gesicht.

»Denkt euch nur — Herr Yule ist gestorben!«

Dora stieß einen Ruf der Überraschung aus; Jasper zeigte das größte Interesse.

»Er starb gestern — nein, es muß vorgestern gewesen sein. Er bekam bei einer Versammlung einen Schlaganfall, wurde ins Spital gebracht, weil das in der Nähe war, und starb nach ein paar Stunden. Jetzt ist es soweit! Was sich daraus wohl ergeben wird?«

»Wann werdet ihr Marian sehen?« fragte ihr Bruder.

»Vielleicht kommt sie morgen abend.«

»Aber wird sie nicht zum Begräbnis fahren?« meinte Dora.

»Vielleicht; ihr Vater fährt wohl auf jeden Fall. Vorgestern? Dann wird das Begräbnis wahrscheinlich am Sonntag sein.«

»Soll ich Marian schreiben?« fragte Dora.

»Nein, ich täte es nicht«, antwortete Jasper. »Warte lieber, bis sie etwas von sich hören läßt. Das wird gewiß bald geschehen. Vielleicht ist sie heute nach Wattleborough gefahren, oder sie fährt morgen.«

Der Brief der Frau Haynes ging von Hand zu Hand. »Jedermann ist überzeugt davon«, hieß es darin, »daß ein großer Teil seines Vermögens öffentlichen Zwecken zufallen wird, denn da der Grund für den Park bereits gekauft ist, hat er gewiß Vorsorge zur Ausführung seines Planes getroffen. Aber ich hoffe, daß Ihre Londoner Freunde doch etwas erben werden.«

Es dauerte einige Zeit, bis Jasper dem Gespräch ein Ende machen und sich nach Hause begeben konnte. Doch auch als er endlich in seine Wohnung zurückgekehrt war, fühlte er sich wenig geneigt, zu Bett zu gehen. Der Gedanke an John Yules Tod hatte ihn nie losgelassen, aber er hatte immer gefürchtet, daß dieses Ereignis noch sehr lange auf sich warten lassen würde; die plötzliche Nachricht erregte ihn fast so sehr, als wäre er ein Anverwandter des Verstorbenen.

»Der Teufel hole seine öffentlichen Zwecke!« war der Gedanke, mit dem er schließlich einschlief.

XXI. HERR YULE VERLÄSST DIE STADT

Seit den häuslichen Auftritten nach der unangenehmen Kritik des ›Current‹ hatten die Beziehungen zwischen Alfred Yule und seiner Tochter eine andauernde, wenn auch nur für sie selbst spürbare Veränderung erfahren. Allem Anschein nach arbeiteten und sprachen sie miteinander ganz wie früher, aber Marian bekam auf manche Weise zu fühlen, daß ihr Vater nicht mehr vollkommenes Vertrauen in sie setzte und nicht mehr dasselbe Vergnügen wie früher an der Geschicklichkeit und Gewissenhaftigkeit ihrer Arbeit fand. Und Yule seinerseits bemerkte nur zu wohl, daß das Mädchen mit etwas anderem, als ihrem einstigen Wunsch, ihm zu helfen und zu gefallen, beschäftigt war — daß sie ein neues, eigenes Leben lebte, welches der Existenz, in der er sie bestärken wollte, fremd und in gewisser Hinsicht entgegengesetzt war. Zu offenen Mißhelligkeiten kam es nicht mehr, aber ihre Gespräche endeten oft in stummer gegenseitiger Übereinstimmung an einem Punkte, wo Meinungsverschiedenheiten drohten. Und bei Yule führte das kleinste Anzeichen davon zu tiefer Gereiztheit. Er fürchtete, Marian zu reizen, und diese Furcht wiederum war eine Marter für seinen Stolz.

Außer der Tatsache, daß seine Tochter in ständigem Verkehr mit den Schwestern Milvain stand, wußte er nichts, und es gelang ihm auch nicht, herauszufinden, in welcher Beziehung sie zu dem Bruder der Mädchen stand; diese Unklarheit war härter zu ertragen, als die sichere Gewißheit einer unangenehmen Tatsache. Daß ein Mann wie Jasper Milvain, dessen Name sich ihm oft als der eines emporsteigenden Journalisten und eines treuen Schildknappen seines Feindes Fadge aufdrang ... daß ein junger Mensch mit so ausgezeichneten Aussichten sich ernstlich an ein Mädchen wie Marian binden würde, erschien ihm höchst unwahrscheinlich — es sei denn, daß Milvain mit seinem berechnenden Charakter das Mädchen als Nichte des alten John Yule betrachtete und es daher der Mühe wert fand, sie so lange im Auge zu behalten, bis sich entschied, ob der Tod des Onkels ihr eine Erbschaft brachte oder nicht. In seiner Antipathie gegen den jungen Mann wollte er ihm nur niedrige Motive zugestehen — falls Marian und Jasper wirklich mehr als bloße Bekannte waren. Er redete sich ein, daß die Sorge um des Mädchens Wohl für ihn ein mindestens ebenso starkes Motiv war wie das bloße Vorurteil gegen den Verbündeten Fadges und den vermeintlichen Kritiker der »Englischen Prosa«. Milvain war ganz der Mann danach, mit einem Mädchen *va banque* zu spielen, und Marian, infolge ihrer besonderen Lage, würde sich von den Vorspiegelungen eines schlauen Spekulanten leicht in die Irre führen lassen.

In die Gefühle des Vaters mischte sich ein Element von Eifersucht. Wenn er Marian auch nicht mit aller Wärme liebte, deren ein Vater fähig ist, so hatte er doch mehr Zärtlichkeit für sie als für alle anderen, und dessen ward er sich um so stärker bewußt, als sich das Mädchen nun von ihm abzuwenden schien. Wenn er Marian verlor, so war er in der Tat ein einsamer Mann, denn seine Frau zählte nicht für ihn. Auch geistig forderte er von seiner Tochter vollkommene Ergebenheit; er konnte den Gedanken nicht ertragen, daß ihr Glaube an ihn abnehmen könnte, und daß sie vielleicht seine Arbeit im Vergleich mit der der jüngeren Generation für unnütz und veraltet zu halten begann. Das aber mußte notwendigerweise das Resultat eines häufigen

Umganges mit einem Manne wie Milvain sein. Es schien ihm, als könne er in ihrem Reden und Verhalten dessen Einfluß spüren, und zu Zeiten hielt er sich mit Mühe von einem Vorwurf oder einem Sarkasmus zurück, der zu bösem Streit geführt hätte.

Wäre er von jeher mit Marian so rauh umgegangen wie mit ihrer Mutter, so wäre seine Situation natürlich einfacher gewesen; aber er hatte sie immer geachtet und fürchtete, jenes Maß von Respekt zu verlieren, das sie ihm entgegenbrachte. Schon jetzt war er mehr in ihrer Achtung gesunken, als ihm lieb war, und die wachsende Verbitterung seines Temperaments hielt ihn in ständiger Angst vor dem gefürchteten Konflikt. Marian war nicht wie ihre Mutter, sie würde sich einer tyrannischen Behandlung nicht unterwerfen. Davor gewarnt, tat er sein Möglichstes, um einen Ausbruch von Mißhelligkeiten zu vermeiden, immer in der Hoffnung, er werde die Haltung seiner Tochter durchschauen und dabei vielleicht entdecken, daß seine Furcht unbegründet sei.

Er bedauerte nicht, daß Marian den Entschluß gefaßt hatte, ihre Freundinnen von daheim fernzuhalten; das ersparte ihm einen immer wiederkehrenden Ärger. Aber anderseits würde er, falls sie gekommen wären, über ihren Verkehr mit Jasper nicht so ganz im Dunkeln tappen; denn dann und wann hätte seine Frau aus den Gesprächen der Mädchen etwas heraushören müssen.

Im Juli litt er viel unter seinem üblichen Gallenleiden, und Frau Yule hatte die doppelte Last seiner üblen Laune zu tragen, den Anteil, der ihr galt, und den, dessen Ursache Marian war. Im August wurde es etwas besser, aber mit der Rückkehr zur Arbeit kamen auch Yules Mißmut und seine Grobheit wieder. Verschiedene berufliche Mißhelligkeiten — wie er nur zu wohl begriff, Vorzeichen, daß es für ihn immer schwerer wurde, gegen die neuen Schriftsteller anzukommen — verschärften seinen Hader mit dem Schicksal. Die Düsterkeit eines kalten und stürmischen Septembers war in diesem Hause doppelt schrecklich, aber im Oktober schien wieder die Sonne, und die Stimmung des Literaten hellte sich etwas auf. Dennoch: insgesamt verschlechterte sie sich immer mehr, und schließlich wurde das häusliche Leben so unerträglich, daß Marian sich ein Herz faßte und mit ihrem Vater sprechen wollte. Eines Abends, nach einem besonders angespannten Tag, brach sie das Schweigen, das bis dahin im Arbeitszimmer geherrscht hatte.

»Du zwingst mich zum Reden. Vater, wir können nicht in dieser Weise weiterleben. Seit Monaten ist unser Haus wegen deiner ständigen schlechten Laune eine Hölle. Die Mutter und ich müssen uns wehren, wir können es nicht länger aushalten. Wenn Mutter so weit gebracht worden ist, daß sie lieber das Haus und alles verlassen will, als ihr Elend noch weiter zu ertragen, so täte ich Unrecht, wenn ich schwiege. Warum bist du so unfreundlich? Ich bin kein Kind mehr, und es ist nichts Böses daran, wenn ich dich frage, warum unser Haus eine Hölle ist, anstatt das zu sein, was ein zuhause sein soll.«

»Du beweist, daß du doch ein Kind bist, indem du nach einer Erklärung fragst, die dir doch längst klar sein muß.«

»Du meinst, daß die Mutter an allem schuld ist?«

»Diese Frage kann zwischen Vater und Tochter nicht erörtert werden. Wenn du nicht einsiehst, wie unpassend das ist, so geh bitte und denke darüber nach. Ich habe zu tun.«

Marian schwieg einen Moment, aber sie wußte, daß dieser Verweis bloß ein unwürdiges Ausweichen war. Sie sah, daß er ihrem Blick nicht standhalten konnte.

»Meinst du, daß ich zuviel Arbeit von dir verlange?«

fragte er, mit einem Gesichtsausdruck, der einem widerspenstigen Angestellten hätte gelten können.

»Nein, aber du erschwerst mir die Bedingungen dieser Arbeit zu sehr. Ich lebe in ständiger Furcht vor deinem Zorn.«

»Wirklich? Wann habe ich dich zuletzt mißhandelt oder bedroht?«

»Ich denke oft, daß Drohungen, selbst Mißhandlungen, leichter zu ertragen wären, als eine unveränderliche Düsterkeit, die stets droht, in Wut umzuschlagen.«

»Ich danke dir für diese Kritik meiner Anlagen, aber unglücklicherweise bin ich zu alt, um mich zu bessern. Das Leben hat mich zu dem gemacht, was ich bin, und ich hätte gedacht, daß die Kenntnis meines Lebens dir genügend Entschuldigung für meinen Mangel an Heiterkeit sein würde.«

Die Ironie dieser gekünstelten Sätze war voller Selbstmitleid. Seine Stimme schwankte, als er schloß, und ein merkliches Zittern ging durch seine steife Gestalt.

»Ich meine nicht den Mangel an Heiterkeit, Vater. Das allein hätte mich nie veranlaßt, so zu sprechen.«

»Wenn du von mir das Eingeständnis verlangst, daß ich übellaunig, versauert, reizbar bin, so gebe ich es gern. Der Vorwurf ist nur zu gerecht, aber ich frage dich: Welches sind die Umstände, die mein Temperament verbittert haben? Du erscheinst hier mit allgemeinen Anklagen über mein Benehmen. Ich verstehe nicht, was du von mir verlangst. Was soll ich sagen? Was soll ich tun? Ich muß dich bitten, verständlicher zu sprechen. Meinst du, daß ich Vorsorge treffen soll, um dich und deine Mutter fern von meiner unerträglichen Nähe zu erhalten? Mein Einkommen ist nicht groß, wie du wohl weißt; aber natürlich, wenn eine solche Bitte schließlich geäußert wird, so muß ich mein möglichstes tun, sie zu erfüllen.«

»Es tut mir sehr weh, daß du mich nicht besser verstehen kannst.«

»Das bedauere ich ... Wir pflegten einander sehr gut zu verstehen, aber das war, ehe du unter den Einfluß von Fremden gerietest.«

In seiner wunderlichen Gemütsverfassung war er bereit, jeden Gedanken zu äußern, der das, worum es eigentlich ging, im unklaren ließ. Nach dieser letzten Anspielung empfand er ein plötzliches Bedauern über den Schmerz, den er Marian verursachte, und er verteidigte sich gegen die Gewissensbisse, indem er auf die wahre Ursache seiner Härte hindeutete.

»Ich bin keinem Einfluß unterworfen, der dir feindlich ist«, antwortete Marian.

»Das glaubst du. Aber in solchen Dingen kannst du dich sehr leicht täuschen.«

»Ich weiß, worauf du anspielst, und kann dir versichern, daß ich mich nicht täusche.«

Yule warf ihr einen forschenden Blick zu.

»Kannst du leugnen, daß du in einem freundschaftlichen Verhältnis zu ... zu einer Person stehst, die mich jeden Moment mit Freuden verletzen würde?«

»Ich kenne keine solche Person. Willst du mir sagen, wen du meinst?«

»Es wäre nutzlos. Ich wünsche nicht, über einen Gegenstand zu diskutieren, über den wir uns nicht einigen können.«

Marian schwieg einen Augenblick, dann sagte sie mit leiser, unsicherer Stimme:

»Vielleicht verstehen wir einander nicht, weil wir nie über diesen Gegenstand sprachen. Wenn du meinst, daß Herr Milvain dein Feind ist, daß er sich freuen würde, dich verletzen zu können, so befindest du dich in einem traurigen Irrtum.«

»Wenn jemand mit meinem ärgsten Feinde intim ist und sich bei diesem Feinde einschmeichelt, so bin ich berechtigt zu denken, daß er mich verletzen wird, sobald sich die rechte Gelegenheit bietet. Um das zu wissen, braucht man in der menschlichen Natur nicht sehr bewandert zu sein.«

»Aber ich kenne Herrn Milvain!«

»Du kennst ihn?«

»Viel besser als du, das ist sicher. Du ziehst aus allgemeinen Grundsätzen Schlüsse; aber ich weiß, daß sie auf diesen Fall nicht passen.«

»Ich zweifle nicht, daß du das aufrichtig meinst, und wiederhole, daß eine solche Debatte zu nichts führt.«

»Eines muß ich dir jedoch sagen. Es war nichts Wahres an deinem Verdacht, daß Herr Milvain jene Kritik im ›Current‹ geschrieben hat. Er versicherte mir selbst, daß er nicht der Verfasser ist, und daß er nichts damit zu tun hatte.«

Yule sah sie von der Seite an, und sein Gesicht drückte Aufmerksamkeit aus, die aber bald in ein sarkastisches Lächeln überging.

»Das Wort dieses Herrn fällt bei dir zweifellos sehr stark ins Gewicht.«

»Vater, was meinst du?« rief Marian aus, deren Augen plötzlich stürmisch aufflammten. »Daß Herr Milvain mich anlügt?«

»Ich möchte das nicht ausschließen«, antwortete er im selben Ton wie zuvor.

»Aber — welches Recht hast du, ihn so furchtbar zu beleidigen?«

»Mein liebes Kind, ich habe das Recht, über ihn und jeden anderen meine Meinung abzugeben, wenn ich es nur ehrlich tue. Ich bitte dich, werde nicht dramatisch und rede nicht mit mir, als stünden wir auf der Bühne. Du bestehst darauf, daß ich offen rede, und ich habe offen gesprochen. Ich sagte dir ja im voraus, daß wir uns über diesen Gegenstand nicht einigen würden.«

»Literarische Streitigkeiten haben dich unfähig gemacht, über solche Dinge gerecht zu urteilen. Ich wollte, ich könnte für immer diesen verhaßten Beruf aufgeben, der den Geist der Menschen so vergiftet.«

»Glaub mir, Kind«, sagte er schneidend, »das einfachste wäre, dich von Leuten fernzuhalten, die diesen Beruf nur aus Egoismus wählen, die nur materielles Vorwärtskommen suchen und die, welche Verbindung sie auch anknüpfen mögen, nichts als ihr eigenes Interesse im Auge haben.«

Und seine Blicke funkelten sie bedeutungsvoll an. Marian schlug die Augen nieder und versank ins Grübeln.

»Ich spreche aus tiefster Überzeugung«, fuhr ihr Vater fort, »und, obwohl du mir ein solches Motiv nicht zutraust, aus dem Wunsche heraus, dich gegen die Gefahren zu schützen, denen dich deine Unerfahrenheit aussetzt. Es ist vielleicht ganz gut, daß du mir diese Gelegenheit . . .«

An der Haustür ertönte ein scharfes Klingeln. Yule unterbrach sich und stand in abwartender Haltung da. Man hörte, wie das Dienstmädchen über den Korridor ging, die Tür öffnete und dann auf das Studierzimmer zukam. Es war ein Telegramm. Solche Botschaften kamen selten in dieses Haus; Yule riß das Kuvert auf, las den Inhalt und sah mit starrem Blick auf den Papierstreifen nieder, bis das Mädchen fragte, ob der Bote auf eine Antwort warten solle.

»Keine Antwort.«

Er zerknitterte langsam das Kuvert und trat zur Seite, um es in den Papierkorb zu werfen. Das Telegramm legte er auf sein Pult. Marian stand die ganze Zeit über mit gesenktem Kopf da; er sah sie jetzt mit einem Blick nachdenklichen Unbehagens an.

»Ich glaube nicht, daß es etwas nützt, wenn wir unser Gespräch wieder aufnehmen«, sagte er, in ganz verändertem Ton, als ob etwas viel Wichtigeres seine Gedanken beschäftigte, das ihn den vorangegangenen Streit fast vergessen ließ. »Aber natürlich will ich alles anhören, was du mir noch zu sagen hast. Übrigens: Ich muß morgen für ein paar Tage verreisen; das wird dich gewiß freuen.«

Marians Augen richteten sich unwillkürlich auf das Telegramm.

»Was deine Beschäftigung in meiner Abwesenheit betrifft«, fuhr er in einem harten, aber doch etwas bebenden, erregten Tone fort, der von seinem bisherigen ganz verschieden war, »so hängt sie völlig von deinem eigenen Gutdünken ab. Ich habe seit einiger Zeit das Gefühl, daß du mir weniger bereitwillig hilfst, und da du dies jetzt offen eingestanden hast, wird es mir natürlich wenig Befriedigung gewähren, deine Hilfe in Anspruch zu nehmen. Ich muß das dir überlassen, befrage deine eigenen Neigungen. Während meiner Abwesenheit will ich an deinen Vorwurf denken, denn ich weiß, daß er bis zu einem gewissen Grade berechtigt ist. Falls es möglich ist, so sollst du dich in Zukunft weniger zu beklagen haben.«

Er erhob sich von neuem ungeduldig, trat dann an sein Pult und legte die Hand auf das Telegramm. Marian bemerkte diese Bewegung und beobachtete sein Gesicht — es war voller Unruhe.

»Ich verstehe dich, nur zu gut verstehe ich dich. Daß du mich mißverstehst und mir mißtraust, ist wohl natürlich — du bist jung und ich bin alt. Du bist noch voller Hoffnung, und ich bin schon so oft enttäuscht und betrogen worden, daß ich es nicht *wage*, einen Hoffnungsstrahl in mich aufzunehmen. Verurteile mich, beurteile mich so hart, wie du willst. Mein Leben ist ein einziger bitterer Kampf gewesen, und wenn jetzt...« Er begann einen neuen Satz. »Nur die harte Seite des Lebens ist mir gezeigt worden, kein Wunder, wenn ich selbst hart geworden bin. Verlaß mich, geh deine eigenen Wege, wie alle Jungen es machen ... Aber gedenke meiner Warnung, erinnere dich des Rates, den ich dir gegeben habe.«

Er sprach in einer seltsamen, plötzlichen Erregung, der Arm, mit dem er an dem Tische lehnte, zitterte heftig. Nach einer Pause fügte er mit erstickter Stimme hinzu:

»Geh jetzt. Morgen werden wir weiterreden.«

Marian gehorchte sofort und kehrte zu ihrer Mutter in das Wohnzimmer zurück. Frau Yule sah sie ängstlich an, als sie eintrat.

»Sei ohne Sorge«, sagte Marian, sich mit Mühe zum Sprechen zwingend, »ich glaube, es wird jetzt besser werden.«

»War das ein Telegramm?« fragte die Mutter nach einer Pause.

»Ja, ich weiß nicht, von wem, aber Vater sagte, daß er für einige Tage verreisen müsse.«

Der Abend verging trüb, und von der Erregung ermüdet, ging Marian früh zu Bett, schlief sogar morgens länger als gewöhnlich und fand ihren Vater schon am Frühstückstisch an. Sie wechselten keine Begrüßung, und auch das Mahl verlief wortlos, obwohl Marian bemerkte, daß ihre Mutter sie ständig eigentümlich ernst anblickte; aber sie fühlte sich unwohl und niedergeschlagen und konnte ihre Gedanken nicht ordnen. Als sie den Tisch verließ, sagte Yule:

»Ich möchte dich einen Augenblick sprechen. Du findest mich in meinem Zimmer.«

Sie folgte ihm sehr bald dorthin. Er sah sie kalt an und sagte in förmlichem Tone:

»Das gestrige Telegramm hat mich benachrichtigt, daß dein Onkel tot ist.«

»Tot?«

»Er starb an einem Schlaganfall während einer Versammlung in Wattleborough. Ich fahre heute hin und bleibe natürlich bis zum Begräbnis. Ich halte es nicht für notwendig, daß du mitfährst, außer natürlich, wenn du es wünschst.«

»Nein.«

»Es ist besser, wenn du während meiner Abwesenheit nicht ins Museum gehst. Beschäftige dich, wie es dir paßt.«

Sein Ton klang nach Entlassung. Marian kämpfte mit sich, aber sie fand keine Antwort auf seine kalten Worte. Ein paar Stunden später verließ Yule, ohne Abschied zu nehmen, das Haus.

Das Gespräch über den Tod John Yules wurde von Mutter und Tochter erst spät am Nachmittag aufgenommen. Marian arbeitete im Studierzimmer, vielmehr sie bemühte sich zu arbeiten, denn ihre Gedanken wollten sich von der Aufgabe nicht fesseln lassen, und Frau Yule kam noch zaghafter als gewöhnlich herein.

»Marian, glaubst du, daß Vater reich werden wird?«

»Ich habe wirklich keine Ahnung, Mutter — aber wir werden es wohl bald wissen.«

Ihr Ton klang träumerisch, es schien ihr selbst, als rede sie von etwas, das sie gar nicht berühre, von vagen Möglichkeiten, die ihr gewohntes Denken nicht störten.

»Wenn das geschieht«, fuhr Frau Yule in leisem, traurigem Tone fort, »so weiß ich nicht, was ich tun soll.«

Marian sah sie fragend an.

»Ich kann nicht wünschen, daß es nicht geschieht«, fuhr ihre Mutter fort, »ich kann's nicht, um seinet- und um deinetwillen, aber ich weiß nicht, was ich tun würde. Er wird dann noch mehr als sonst denken, daß ich ihm im Wege bin ... Er möchte ein großes Haus führen und ganz anders leben ... und wie könnt' ich das? Ich dürfte mich nicht zeigen ... Er würde sich meiner schämen. Ich wäre nicht am richtigen Platz; selbst du würdest dich für mich schämen.«

»Das darfst du nicht sagen, Mutter. Ich habe dir nie Grund gegeben, so zu denken.«

»Nein, Kind, das hast du nicht; aber es wäre nur natürlich. Ich wäre für euch beide nur ein Hindernis und eine Schande.«

»Für mich wirst du niemals ein Hindernis oder eine Schande sein, dessen sei ganz sicher. Und was den Vater betrifft, so bin ich fast gewiß, daß er gütiger, in jeder Hinsicht besser sein wird, wenn er reich ist. Die Armut hat ihn schlechter gemacht, als er von Natur aus ist; sie hat fast auf jeden diese Wirkung. Manchmal schadet auch das Geld, aber nie, denke ich, Menschen mit gutem Herzen und starkem Geist. Vater ist von Natur aus ein warmherziger Mensch, Reichtum würde alles Gute in ihm zum Vorschein bringen; er würde wieder großmütig sein, was zu sein er unter all seinen Enttäuschungen und Kämpfen fast vergessen hat. Fürchte dich nicht vor einer solchen Veränderung, sondern hoffe darauf.«

Frau Yule stieß einen unruhigen Seufzer aus und grübelte ein paar Minuten angstvoll nach.

»Du darfst nicht vergessen, daß man in Vaters Alter nicht mehr gern große Veränderungen ins Auge faßt. Ich bin sicher, daß sein häusliches Leben sich von dem jetzigen nicht sehr unterscheiden würde; er zöge es vor, sein Geld zur Gründung eines neuen Blattes oder Journals zu verwenden. Ich weiß, das wäre sein erster Gedanke. Und was machte es, wenn mehr Bekannte von ihm ins Haus kämen? Er sehnt sich ja nicht nach der großen Gesellschaft, es würden nur lauter Literaten sein, und warum solltest du nicht mit ihnen zusammentreffen können?«

»Ich war immer der Grund dafür, daß er nicht viele Freunde haben konnte.«

»Da irrst du dich sehr. Wenn Vater das je in übler Laune gesagt hat, so wußte er selbst, daß es nicht wahr ist: die Hauptursache war immer seine Armut. Das Bewirten von Freunden kostet Geld und auch Zeit. Ängstige dich nicht, Mutter. Wenn wir reich würden, so wäre es für uns alle besser.«

Marian hatte allen Grund, sich einzureden, daß dies wahr sei. In ihrem eigenen Herzen saß die Furcht, wie der Reichtum auf ihren Vater wirken würde. Aber sie wollte nicht an düstere Aussichten denken, denn für sie hing alles von der Hoffnung ab, daß sich sein Großmut unter günstigen Einflüssen neu beleben werde.

Erst nach diesem Gespräch begann sie, über all die möglichen Konsequenzen dieses Todesfalles nachzudenken. Vielleicht war bereits in diesem Augenblick, ohne daß sie es wußte, in ihrem Leben die wichtigste Veränderung vorgegangen, vielleicht war es nicht mehr notwendig, daß sie sich mit dem »Artikel«, an dem sie eben arbeitete, weiter abmühte.

Sie hielt es nicht für wahrscheinlich, daß sie selbst John Yule beerben werde. Es war nicht einmal gewiß, daß ihr Vater erben werde, denn er und sein Bruder hatten nie auf gutem Fuß miteinander gestanden. Aber im großen und ganzen war es doch gut möglich, daß er Geld genug erbte, um der Last, für Zeitschriften schreiben zu müssen, ledig zu werden. Er selbst rechnete ja auf das Erbe — was sonst konnte der Sinn der Worte sein, mit denen er sie (und zwar vor der Ankunft des Telegramms) vor Leuten gewarnt hatte, »die nur aus eigennützigen Absichten Verbindungen anknüpfen«? Dies warf auf die Haltung ihres Vaters zu Jasper Milvain ein neues Licht. Augenscheinlich dachte er, daß Jasper sie für eine mögliche Erbin hielt. Dieser Verdacht wucherte in seinem Geist und verstärkte zweifellos das Vorurteil, welches ursprünglich literarischer Animosität entsprang.

War an diesem Verdacht etwas Wahres? Sie schrak nicht davor zurück, eine solche Möglichkeit zuzugestehen. Jasper war von allem Anfang an so offen gegen sie gewesen, hatte so oft wiederholt, daß Geld jetzt sein Hauptbedürfnis sei — würde es, wenn ihr Vater eine beträchtliche Erbschaft machte, Jasper bewegen, sich für mehr als ihren Freund zu erklären? Sie konnte diese Möglichkeit erwägen, ohne einen Augenblick in ihrer Liebe erschüttert zu werden. Es war klar, daß Jasper ans Heiraten nicht denken durfte, ehe sich seine Verhältnisse und Aussichten bedeutend gebessert hatten; schließlich hingen auch seine Schwestern von ihm ab. Welche Torheit wäre es, sich zurückzuziehen, wenn die Umstände ihn bewogen, das einzugestehen, was er bisher oberflächlich verhehlt hatte! Sie war sicher, daß er sie um ihrer selbst willen schätzte — wenn die Hindernisse zwischen ihnen nur entfernt werden konnten, was lag an dem Wie?

Würde er bereit sein, Clement Fadge zu verlassen und zu ihrem Vater überzuwechseln, wenn Yule imstande wäre, eine Zeitschrift zu gründen?

Hätte Marian von einem Mädchen gehört oder gelesen, das in ihren Konzessionen so weit ging, so hätte sie sich empört abgewandt; in ihrem eigenen Falle konnte sie sich gänzlich jenem praktischen Denken hingeben, das die Gefühle der Frauen selbst im Zenit der Leidenschaft noch färbt. Die kalte Zurschaustellung einer berechnenden Neutralität empört so manche Frau, die um der Wünsche ihres Herzens willen dem eigenen, sonst so strengen Ehrgefühl dieselben Kompromisse abverlangt.

Marian teilte Dora Milvain das Vorgefallene mit, aber sie verzichtete darauf, die Freundinnen zu besuchen.

Jeder Abend machte sie rastloser, jeder Morgen weniger fähig, sich zu beschäftigen. Sie schloß sich in das

Studierzimmer ein, bloß um mit ihren Gedanken allein zu sein, um auf- und abzugehen oder stundenlang in fiebrigen Träumereien dazusitzen. Von Yule kam keine Nachricht. Ihre Mutter ängstigte sich furchtbar und hatte oft rotgeweinte Augen. Aber Marian, von ihren eigenen Hoffnungen und Befürchtungen ganz erfüllt, die sie mit jeder Stunde stärker quälten, war nicht imstande, die Rolle einer Trösterin zu spielen. Sie hatte sich noch nie so ausschließlich mit sich selbst beschäftigt.

Ohne Vorankündigung kehrte Yule dann zurück. Eines Nachmittags, nachdem er fünf Tage abwesend gewesen war, trat er ins Haus, stellte seine Reisetasche im Korridor ab und stieg die Treppe hinauf. Marian kam gerade rechtzeitig, um ihn auf dem ersten Treppenabsatz zu erblicken; im selben Moment kam Frau Yule aus der Küche herauf.

»War das nicht der Vater?«

»Ja, er ist hinaufgegangen.«

»Hat er nichts gesagt?«

Marian schüttelte den Kopf. Sie sahen die Reisetasche an, gingen dann ins Wohnzimmer und warteten schweigend länger als eine Viertelstunde. Endlich war Yules Schritt auf der Treppe hörbar; er kam langsam herab, hielt im Korridor inne und trat mit seiner üblichen ernsten, kalten Miene ins Zimmer.

XXII. DIE ERBEN

Jeden Tag kam Jasper zu seinen Schwestern, um sie zu fragen, ob sie Nachrichten aus Wattleborough oder von Marian Yule hätten. Er zeigte keine Ungeduld, sprach in teilnahmslosem Tone über die Angelegenheit, kam jedoch täglich.

Eines Nachmittags fand er Dora allein.

Sie beschrieb gerade mit großem Fleiß ein Stück Papier. Ihre Lippen waren fest aufeinandergepreßt und ihre Stirne gerunzelt. Endlich brach sie das Schweigen:

»Marian war noch nicht da.«

Jasper schien nicht zuhören, sie blickte auf und sah, daß er in Gedanken war.

»Warst du gestern abend in jener Gesellschaft?« fragte sie.

»Ja. A propos, Fräulein Rupert war auch da.«

Er sprach, als sei der Name seiner Zuhörerin geläufig, aber Dora war erstaunt.

»Wer ist Fräulein Rupert?«

»Habe ich dir noch nicht von ihr erzählt? Ich dachte, ich hätte es getan. Zum erstenmal traf ich sie bei Barlows, kurz nachdem wir von der See zurückkamen. Ein recht interessantes Mädchen. Sie ist die Tochter von Manton Rupert, dem Anzeigenagenten. Ich möchte gern in ihr Haus eingeladen werden, du weißt, das sind nützliche Leute.«

»Aber ist ein Anzeigenagent ein Gentleman?«

Jasper lachte.

»Glaubst du, er sei ein Plakatankleber? Auf jeden Fall ist er enorm reich und hat ein großartiges Haus in Chislehurst. Das Mädchen geht mit ihrer Stiefmutter aus. Ich sage: das Mädchen, aber sie muß bald dreißig sein, und Frau Rupert sieht nur zwei oder drei Jahre älter aus. Ich hatte gestern ein recht langes Gespräch mit ihr — ich meine, mit Fräulein Rupert. Sie erzählte mir, daß sie die nächste Woche bei den Barlows verbringen werde, ich werde daher an einem Nachmittag nach Wimbledon hinausfahren.«

Dora sah ihn forschend an.

»Um Fräulein Rupert zu sehen?« fragte sie, seinem Blick begegnend.

»Jawohl. Warum nicht? — Sie ist nicht gerade hübsch«, fuhr Jasper nachdenklich, mit einem raschen Blick auf seine Zuhörerin fort, »aber recht gebildet, spielt gut Klavier und hat eine hübsche Altstimme... Sie sang das neue Stück von Tosti — wie heißt es nur? Ich fand sie recht männlich, aber der Eindruck verwischt sich, wenn man sie näher kennenlernt. Mir scheint, sie paßt zu mir.«

»Aber...«, begann Dora nach einer kurzen Pause. »Welches Recht hast du, irgendwohin zu fahren, nur um dieses Fräulein Rupert zu treffen?«

»Welches *Recht*?« Er lachte. »Ich bin ein junger Mann, der seinen Weg zu machen hat. Ich kann mir nicht den Luxus erlauben, eine Gelegenheit zu verpassen. Wenn Fräulein Rupert so gut ist, sich für mich zu interessieren, so habe ich nichts dagegen — sie ist alt genug, um sich ihre Freunde selbst zu wählen.«

»Oh, so betrachtest du sie einfach als eine Freundin?«

»Mal sehen, wie sich die Sache entwickelt.«

»Aber hältst du dich denn für vollkommen frei?« fragte Dora etwas empört.

»Warum denn nicht?«

»Dann finde ich, daß du dich sehr sonderbar benommen hast.«

Die Erben

Jasper sah, daß sie in vollem Ernst sprach; er strich sich über den Hinterkopf und lächelte die Wand an.

»Du meinst, wegen Marian?«

»Gewiß.«

»Aber Marian versteht mich vollkommen. Ich habe nie versucht, sie glauben zu machen, daß ich — nun, um es offen zu sagen — daß ich in sie verliebt sei. Mein Zweck bei allen unseren Gesprächen war, ihr einen Einblick in meinen Charakter zu verschaffen und meine Lage zu erklären. Sie hat gar keinen Anlaß, mich mißzuverstehen, und ich bin gewiß, daß sie auch nichts dergleichen tut.«

»Nun, solange du mit dir selbst zufrieden bist . . .«

»Hör zu, Dora, was soll das? Du bist Marians Freundin; und natürlich will ich nicht, daß du mit ihr über Fräulein Rupert sprichst. Aber ich will dir meine Haltung erklären. Ich bin manchmal einen Teil des Weges mit Marian zusammen gegangen, wenn wir zufällig gleichzeitig von hier aufbrachen, aber in unseren Gesprächen war nichts, was nicht jeder hätte mitanhören können. Wir sind beide gebildete Leute und unterhalten uns auf gebildete Weise. Du scheinst ziemlich altmodische Ideen zu haben — provinzlerische Ideen. Ein Mädchen wie Marian Yule fordert die neuen Rechte der Frau, sie wäre empört, wenn man meinte, daß sie mit einem Manne nicht freundschaftlich verkehren könne, ohne ihm, um das alte Wort zu gebrauchen, ›Absichten‹ zu unterstellen. Wir leben nicht in Wattleborough, wo jede Freiheit wegen des Gänsegeschnatters unmöglich ist.«

»Nein, aber . . .«

»Nun?«

»Es kommt mir bloß sehr sonderbar vor . . . Reden wir lieber nicht mehr darüber.«

»Nein, ich habe gerade erst angefangen, dir meine Lage begreiflich zu machen. Angenommen — was ganz unmöglich ist — daß Marian zwanzig- bis dreißigtausend Pfund erbt, so würde ich augenblicklich um sie anhalten.«

»Ach, wirklich?«

»Ich sehe keinen Grund zu Sarkasmus. Es wäre ein völlig vernünftiges Vorgehen. Ich habe sie sehr gern — aber sie ohne Geld zu heiraten (wenn sie mich wollte), wäre eine große Torheit; das hieße einfach, meine Karriere zu verderben und allerlei Unglück heraufzubeschwören.«

»Niemand meint, daß du schon jetzt heiraten sollst.«

»Nein, aber ich bitte dich, nicht zu vergessen, daß ich unbedingt auf diese oder jene Weise zu Geld kommen muß — so rasch wie möglich — und ich sehe keinen anderen Weg als durch Heirat. Es ist nicht wahrscheinlich, daß ich vor Ablauf mehrerer Jahre eine wichtige Redakteursstelle bekomme, und ich habe keine Lust, vorzeitig zu altern, weil ich mich wegen ein paar Pfund im Jahr abrackern muß. All das habe ich Marian offen und deutlich erklärt. Ich glaube, sie ahnt, was ich tun würde, wenn sie erbte, daran ist ja nichts Schlimmes; aber sie weiß sehr wohl, daß wir, so wie die Dinge stehen, intellektuelle Freunde bleiben werden.«

»Jetzt höre mir gut zu, Jasper. Wenn wir erfahren, daß Marian nichts von ihrem Onkel erbt, so ist es das beste, wenn du ehrlich bist und ihr zu verstehen gibst, daß du nicht mehr dasselbe Interesse an ihr hast wie früher.«

»Das wäre brutal.«

»Es wäre ehrlich.«

»Nein, denn streng genommen würde mein Interesse an Marian dadurch gar nicht abnehmen. Ich würde nur *wissen*, daß wir nicht mehr als Freunde sein können, das wäre alles. Bisher habe ich nicht gewußt, was noch kommen kann. Ich weiß es auch jetzt nicht. Und insoweit werde ich deinen Rat auch befolgen: Ich werde Marian zu verstehen geben, daß ich jetzt mehr denn je ihr Freund bin, da es fortan keine Zweideutigkeiten mehr geben könne.«

»Ich weiß nur, daß Maud mit dem, was ich gesagt habe, vollständig einverstanden wäre.

»Dann habt ihr aber beide verschrobene Ideen.«

»Das glaube ich nicht. Du hast keine Prinzipien.«

»Mein liebes Kind, habe ich dir nicht bewiesen, daß kein Mann offenherziger sein kann als ich?«

»Das war lauter Unsinn, Jasper.«

»Unsinn! Oh, diese weibliche Logik! So sind also alle meine Argumente vergebens gewesen. Das eine gefällt mir an Fräulein Rupert: sie kann einem Argument folgen und die Konsequenzen einsehen. Das kann übrigens auch Marian; ich wollte nur, daß ich sie selbst über diese Sache befragen könnte.«

Es klopfte an der Türe. Dora rief »Herein!« und Marian selbst erschien.

»Wie komisch!« rief Jasper, seine Stimme dämpfend. »Ich sagte gerade in diesem Moment, daß ich Sie über eine bestimmte Sache befragen möchte.«

Dora errötete und stand verlegen da.

»Es war der alte Streit, ob Frauen im allgemeinen zur Logik fähig seien. Aber verzeihen Sie, Fräulein Yule, ich vergaß, daß Sie von traurigen Dingen belastet worden sind, seit ich Sie zuletzt sah.«

Dora führte sie zu einem Sessel und fragte, ob ihr Vater schon zurückgekehrt sei.

»Ja, gestern.«

Jasper und seine Schwester konnten nicht annehmen, daß Marian durch den Tod des Onkels besonders betrübt sei, denn eigentlich war ja John Yule ein Fremder für sie gewesen. Dennoch trug ihr Gesicht Zeichen heftigen Schmerzes, und es schien, als mache ihr die Erregung das Sprechen schwer. Die peinliche

Stille, die nun eintrat, wurde von Jasper unterbrochen; zu seinem Bedauern, sagte er, müsse er sich nun verabschieden.

»Maud wird eine Dame von Welt«, sagte er — bloß um etwas zu sagen — während er zur Tür schritt. »Wenn sie heimkommt, solange Sie hier sind, warnen Sie sie, daß das für einen Literaten der Weg zum Ruin ist.«

»Du solltest das selbst nicht vergessen«, bemerkte Dora mit einem bedeutungsvollen Blick.

»Oh, ich habe einen so kühlen Kopf, daß ich die Gesellschaft meinen eigenen Zwecken dienstbar machen kann.«

Marian wandte mit einer plötzlichen Bewegung den Kopf, hielt aber inne, ehe sie sich ganz nach ihm umgeblickt hatte. Diese letzten Worte schienen sie getroffen zu haben; ihre Augen senkten sich, und ein Ausdruck von Schmerz zuckte einen Augenblick lang über ihre Stirne.

»Ich kann nur ein paar Minuten bleiben«, sagte sie, sich mit einem schwachen Lächeln zu Dora beugend, sobald sie allein waren. »Ich bin bloß auf meinem Rückweg vom Museum vorbeigekommen.«

»Wo Sie sich wie gewöhnlich zu Tode abgemüht haben, das sehe ich.«

»Nein, ich habe fast gar nichts gearbeitet. Ich tat nur so, als würde ich lesen; mir geht zuviel durch den Kopf. Haben Sie schon etwas über das Testament meines Onkels gehört?«

»Gar nichts.«

»Ich dachte, daß man in Wattleborough darüber gesprochen und daß irgendeine Freundin Ihnen geschrieben haben könnte. Aber dazu war wohl kaum Zeit. Es wird Sie sehr überraschen. Der Vater bekommt gar nichts, aber ich habe ein Legat von fünftausend Pfund.«

Dora hielt die Augen gesenkt.

»Aber denken Sie nur«, fuhr Marian fort, »meine Cousine Amy erhält zehntausend Pfund.«

»Gerechter Gott, wird *das* eine Veränderung bewirken!«

»Gewiß, und ihr Bruder John bekommt sechstausend, ihre Mutter jedoch nichts. Es sind noch viele andere Legate, aber das Hauptvermögen fällt dem Park in Wattleborough zu — ›Yule-Park‹ soll er heißen —, dann den Turnern, Feuerwehren etc. Es heißt, er war nicht so reich, wie man dachte.«

»Und Ihr Vater erhält gar nichts?«

»Gar nichts, nicht einen Pfennig. Oh, ich bin so betrübt — ich finde das so schlimm, so ungerecht. Amy und ihr Bruder bekommen sechzehntausend Pfund, und mein Vater gar nichts! Ich kann das nicht verstehen. Zwischen den beiden herrschte ja keine offene Abneigung. Er wußte, was für ein hartes Leben mein Vater hat. Ist das nicht herzlos?«

»Was sagt denn Ihr Vater dazu?«

»Ich glaube, die Herzlosigkeit trifft ihn mehr als die Enttäuschung. Natürlich hat er etwas erwartet. Er kam in das Zimmer, wo Mutter und ich saßen, setzte sich nieder und fing an, uns von dem Testament zu erzählen, gerade als ob er mit Fremden über etwas rede, das er in der Zeitung gelesen hätte — nur so kann ich es beschreiben. Dann stand er auf und ging in sein Zimmer. Ich wartete ein wenig, dann ging ich ihm nach; er saß bei der Arbeit, als ob er gar nicht fort gewesen wäre. Ich wollte ihm sagen, wie leid mir das Ganze tat, aber ich konnte nicht sprechen und fing an zu weinen. Er sprach sehr lieb mit mir, viel freundlicher als in all den letzten Monaten, aber auf das Testament wollte er nicht eingehen, und so mußte ich ihn wieder allein lassen. Der armen Mutter, obwohl sie sich sehr davor fürchtete, daß wir reich werden könnten, bricht wegen seiner Enttäuschung fast das Herz.«

»Ihre Mutter hat sich davor gefürchtet?« fragte Dora.
»Weil sie sich für unfähig hält, ein großes Haus zu führen und fürchtet, daß sie uns im Wege wäre.« Sie lächelte traurig. »Arme Mutter, sie ist so demütig und gut! Ich hoffe, daß mein Vater jetzt besser zu ihr sein wird. Aber vorläufig läßt sich noch nichts voraussehen. Ich fühle mich geradezu schuldig, wenn ich vor ihm stehe.«
»Aber er muß sich ja freuen, daß Sie fünftausend Pfund bekommen haben!«
Marian zögerte ein wenig mit ihrer Antwort und hielt die Augen gesenkt.
»Ja, vielleicht freut es ihn.«
»Vielleicht?«
»Liebe Dora, er denkt natürlich daran, welchen Gebrauch er davon hätte machen können. Es war immer sein größter Wunsch, ein eigenes Blatt zu haben — wie den ›Study‹. Ich bin überzeugt, daß er das Geld auf solche Weise angelegt hätte.«
»Trotzdem müßte er sich über Ihr Glück freuen.«
Marian wandte sich einem anderen Thema zu.
»Denken Sie nur, welche Veränderung das für die Reardons sein wird. Was sie jetzt wohl tun werden? Sie werden doch hoffentlich nicht weiter getrennt leben?«
»Wir werden es von Jasper erfahren.«
Während sie weiter die Angelegenheiten dieses Zweiges der Familie besprachen, kehrte Maud zurück. Spuren übler Laune lagen auf ihrem schönen Gesicht, und sie begrüßte Marian ziemlich kühl. Während sie Hut, Handschuhe und Mantel ablegte, hörte sie sich den Bericht über John Yules Testament an.
»Warum aber erhält Frau Reardon so viel mehr als jeder andere?« fragte sie.
»Vermutlich, weil sie das Lieblingskind seines Lieblingsbruders war. Dennoch gab er ihr nichts zu ihrer

Hochzeit und sprach verächtlich von ihr, weil sie einen Literaten geheiratet hat.«

»Ein Glück für ihren armen Mann, daß der Onkel ihr verzeihen konnte. Wie alt das Testament wohl sein mag? Wer weiß, am Ende hat er sie dafür belohnen wollen, daß sie sich mit ihrem Mann überworfen hat.«

Das erregte Gelächter.

»Ich weiß nicht, wann das Testament aufgesetzt wurde«, sagte Marian, »auch nicht, ob der Onkel je etwas von dem Unglück der Reardons gehört hat — wahrscheinlich doch. Mein Vetter John war bei dem Leichenbegängnis, aber meine Tante nicht. Höchstwahrscheinlich haben mein Vater und John nicht miteinander gesprochen. Glücklicherweise verloren sich die Anverwandten in der großen Menge der Leute von Wattleborough — es war natürlich eine ungeheure Prozession.«

Maud sah ihre Schwester an. Die üble Laune war zwar noch nicht gänzlich von ihrem Gesicht verschwunden, aber sie mischte sich jetzt mit Nachdenklichkeit.

Wenige Minuten darauf mußte Marian nach Hause eilen. Als sie fort war, blickten sich die Schwestern an.

»Fünftausend Pfund«, murmelte die ältere, »das ist wohl zu wenig.«

»Ich denke auch ... Er war hier, als Marian kam, ging aber wieder weg.«

»So wirst du ihm die Neuigkeit heute abend überbringen?«

»Ja«, antwortete Dora. »Hat dir Jasper je von einem Fräulein Rupert erzählt?«

»Nicht, daß ich wüßte.«

»Denk nur, er behauptete im ruhigsten Ton, daß er nicht einsehe, warum Marian etwas anderes als einen gewöhnlichen Freund in ihm sehen solle — er habe ihr nie Grund gegeben, etwas anderes zu denken.«

»Na, so etwas! Und Fräulein Rupert hat also die Ehre, daß er sich um sie bemüht?«

»Er sagt, daß sie fast dreißig ist, ziemlich männlich, aber eine reiche Erbin. Jasper ist schändlich!«

»Was hast du denn erwartet? Ich halte es für deine Pflicht, daß du Marian *alles* erzählst, was er sagt. Sonst hilfst du mit, sie irrezuführen. Er hat in solchen Dingen kein Ehrgefühl.«

Dora war so ungeduldig, ihrem Bruder die Neuigkeit mitzuteilen, daß sie gleich nach dem Tee das Haus verließ, weil sie hoffte, Jasper dann in seiner Wohnung anzutreffen. Sie war keine hundert Schritte gegangen, als er ihr schon entgegenkam.

»Ich fürchtete, daß Marian noch bei euch sei«, sagte er lachend. »Ich hätte mich vorher bei der Hausfrau erkundigt. Nun?«

»Wir können hier nicht stehenbleiben. Komm lieber hinauf.«

Er war zu erregt, um zu warten.

»Nur schnell: was hat sie bekommen?«

Dora schritt rasch dem Hause zu und sah ärgerlich aus.

»Also gar nichts? Und ihr Vater?«

»Er erbt nichts, und *sie* wird fünftausend Pfund erhalten«, antwortete seine Schwester.

Jasper schritt mit gesenktem Kopf weiter und sprach nicht mehr, bis er oben angelangt war, wo Maud ihn nachlässig begrüßte.

»Bekommt Frau Reardon etwas?«

Dora klärte ihn auf.

»Was?« rief er ungläubig. »Zehntausend? Was du nicht sagst!«

Er brach in ein lärmendes Gelächter aus.

»So ist also Reardon aus seiner Höhle und von sei-

Die Erben

nem Schreiberpult erlöst! Na, das freut mich, bei Gott! Es wäre mir freilich lieber gewesen, wenn Marian die Zehntausend hätte und er fünftausend, aber es ist ein toller Spaß. Vielleicht hören wir als nächste Neuigkeit, daß er sich weigert, von dem Gelde seiner Frau etwas anzurühren — das sähe ihm ähnlich.«

Nachdem er sich ein paar Minuten über dieses Thema amüsiert hatte, trat er ans Fenster und versank in Schweigen.

»Willst du mit uns Tee trinken?« fragte Dora.

Er schien sie nicht zu hören, erst auf eine Wiederholung der Frage hin antwortete er zerstreut:

»Ja, ja ... dann kann ich nach Hause gehen und arbeiten.«

Während seines weiteren Aufenthaltes sprach er sehr wenig, und da Maud ebenfalls in zerstreuter Stimmung war, verging das Mahl in fast völligem Schweigen. Im Fortgehen fragte er noch:

»Wann wird Marian wohl wieder herkommen?«

»Ich habe keine Ahnung«, antwortete Dora.

Er nickte und ging seines Weges.

Er mußte an einem Artikel arbeiten, den er am Morgen begonnen hatte, und breitete beim Nachhausekommen die Papiere in seiner gewohnten, geschäftsmäßigen Art vor sich aus. Der Gegenstand war schwierig und lag ihm nicht sonderlich; schon am Morgen hatte es ihn eine ungewohnte Anstrengung gekostet, eine Seite Manuskript fertig zu bringen, und als er sich jetzt wieder ans Werk machen wollte, konnte er seine Gedanken nicht darauf konzentrieren. Jasper war noch zu jung, um die Kunst des somnambulen Arbeitens schon völlig zu beherrschen. Er war, um schreiben zu können, noch immer genötigt, dem zu behandelnden Gegenstande seine ausschließliche Aufmerksamkeit zu widmen. Den Ausspruch Johnsons, daß man zu jeder Zeit schreiben könne, wenn man sich nur hartnäckig genug daran mache, führte er oft im Munde, und er war ihm sogar eine Hilfe gewesen — wie zweifellos manch anderem, der trotz vieler Ablenkungen zu schreiben gezwungen ist; aber an diesem Abend hatte die Formel keine Wirkung. Zwei- oder dreimal stand er vom Stuhle auf, schritt mit entschlossener Miene durch das Zimmer und erfaßte dann wieder die Feder mit kräftigem Griff; dennoch gelang es ihm nicht, einen einzigen brauchbaren Satz zu formulieren.

»Ich muß mit mir ins reine kommen, ehe ich etwas tun kann«, dachte er, als er endlich den Versuch aufgab. »Ich muß einen Entschluß fassen.«

Zu diesem Zwecke setzte er sich in einen Sessel und begann, Zigaretten zu rauchen. Ein Dutzend dieser Helfer machte ihn dann so nervös, daß er nicht länger allein zu bleiben vermochte; also nahm er Hut und Überrock und ging aus. Da es heftig regnete, ging er noch einmal zurück, um einen Regenschirm zu holen, und wanderte bald ziellos am Strand umher, ohne sich entschließen zu können, ob er in ein Theater gehen solle oder nicht. Schließlich suchte er einen im oberen Stockwerk eines bekannten Restaurants gelegenen Raum auf, wo die Tageszeitungen auslagen, und wo vielleicht zufällig ein Bekannter zu treffen war. Aber es waren nur zehn oder zwölf Gäste anwesend, die lasen und rauchten, und alle waren ihm unbekannt. Er trank ein Glas Bier, überflog die Nachrichten vom Abend und ging wieder in das schlechte Wetter hinaus.

Lieber wollte er nach Hause zurückkehren; alles was ihm begegnete, verstörte ihn noch mehr, so daß er von dem Entschluß, den er fassen wollte, weiter denn je entfernt war. In Mornington Road stieß er auf Whelpdale, der langsam unter einem Regenschirm daherkam.

»Ich war gerade bei Ihnen.«

»Kommen Sie mit zurück, wenn Sie wollen.«

»Vielleicht störe ich Sie?« fragte Whelpdale mit ungewohnter Schüchternheit.

Dazu ermuntert, kehrte er jedoch gern mit in die Wohnung zurück. Milvain erzählte ihm von John Yules Tod und dessen Folgen, soweit sie die Reardons betrafen, und sie sprachen längere Zeit darüber, wie sich das Paar unter einem so entscheidenden Umschwung seiner Verhältnisse verhalten würde.

»Biffen tut so, als wisse er nichts von Frau Reardon«, sagte Whelpdale. »Ich glaube, er behält sein Wissen aus Rücksicht auf Reardon für sich. Es würde mich nicht wundern, wenn sie noch eine lange Zeit getrennt leben würden.«

»Das ist nicht wahrscheinlich. Es war nur der Geldmangel.«

»Sie passen gar nicht zueinander. Frau Reardon bereut ohne Zweifel ihre Heirat bitter, und ich weiß nicht, ob Reardon noch besondere Zuneigung für seine Frau empfindet.«

»Da sie sich nicht scheiden lassen können, werden sie gute Miene zum bösen Spiel machen. Zehntausend Pfund erbringen fast vierhundert Pfund Zinsen pro Jahr, damit kann man leben.«

»Und unglücklich sein — wenn sie sich nicht mehr lieben.«

»Sind Sie ein sentimentaler Mensch!« rief Jasper. »Ich glaube, Sie denken ernstlich, daß Liebe — jene Art von Raserei, die Sie darunter verstehen —, das ganze Eheleben lang dauern soll. Wie kann ein Mann so alt werden wie Sie und solch kindische Vorstellungen haben?«

»Ich weiß nicht, vielleicht irren Sie sich ein wenig in der entgegengesetzten Richtung.«

»Sie wissen, ich habe kein großes Vertrauen in Liebesheiraten. Vielmehr glaube ich, daß es höchst selten vorkommt, daß sich zwei Menschen ineinander verlieben. Reardon und seine Frau waren vielleicht ein Beispiel dafür, vielleicht — bei *ihr* bin ich nicht ganz sicher. In der Regel ist eine Heirat das Resultat einer milden Neigung — durch die Umstände begünstigt und willentlich zu einem starken, sinnlichen Gefühl erhitzt. Sie wissen besser als jeder andere, daß ein solches Gefühl für fast jede nicht gerade abstoßende Frau hervorgebracht werden kann.«

»Dasselbe Gefühl, aber es liegt ein großer Unterschied in der Intensität.«

»Gewiß, auch ich halte es nur für eine Sache der Intensität. Wenn sie bis zur Raserei wächst, so kann man wirklich von Liebe sprechen, und wie ich Ihnen sagte, das geschieht höchst selten. Was mich betrifft, so habe ich damit keine Erfahrung und werde so etwas wohl auch nie erleben.«

»Das kann man von mir nicht sagen.«

Sie lachten.

»Sie haben sich wohl gewiß ein dutzendmal eingebildet, verliebt zu sein — oder waren es auch. Wie zum Teufel Sie einem solchen Gefühl, wenn es sich um die Ehe handelt, irgendeine Wichtigkeit zuschreiben können, ist mir unbegreiflich.«

»Nun«, sagte Whelpdale, »ich habe — wenigstens seit meinem sechzehnten Jahr — nie die Theorie aufgestellt, daß ein Mann nur einmal lieben könne, oder daß es nur eine einzige Frau gibt, ohne die er niemals glücklich werden kann. Es mag tausend Frauen geben, die ich mit der gleichen Aufrichtigkeit lieben könnte.«

»Mir gefällt das Wort ›Liebe‹ überhaupt nicht, es ist so banal geworden. Reden wir lieber von Zusammenpassen. Es gibt nun ohne Zweifel und vom wissenschaftlichen Standpunkt aus betrachtet für jeden Mann *eine* Frau, die vollkommen zu ihm paßt. Ich lasse alle Erwägungen der Verhältnisse beiseite; wir wissen, daß die Verhältnisse jedes noch so ideale abstrakte Zusammenpassen stören können. Aber es liegt in der Natur der Dinge, daß es eine Frau geben muß, deren Wesen besonders geeignet ist, mit dem meinen oder mit dem Ihren zu harmonieren. Wenn es für jeden Mann möglich wäre, diese eine Frau zu entdecken, so verdiente die Suche nach ihr seine besten Anstrengungen. Und sollte er sie finden, ja dann könnte man es verstehen, wenn er in den höchsten erotischen Jubel ausbricht. Aber das ist unmöglich. Vielmehr wissen wir, was für eine lächerliche falsche Fassade die Menschen zur Schau stellen, wenn sie sich einbilden, den bestmöglichen Ersatz für das Unerreichbare gefunden zu haben. Das ists, weshalb mich das sentimentale Gerede über die Ehe so ärgert. Ein gebildeter Mensch darf der Ironie des Schicksals nicht so in die Hände spielen. Er mag denken, daß er eine Frau heiraten *will*, aber er darf seine Gefühle nicht übertreiben oder deren Natur idealisieren.«

»Daran ist manches Wahre«, gestand Whelpdale, wenn auch widerwillig, zu.

»Nicht nur ›manches‹; das ist alles, was über den Gegenstand gesagt werden kann. Die Tage der romantischen Liebe sind vorüber. Der wissenschaftliche Geist hat dieser Art von Selbsttäuschung ein Ende gemacht. Die romantische Liebe war untrennbar mit allerlei Aberglauben vermischt — mit dem Glauben an persönliche Unsterblichkeit, an höhere Wesen, an ... na, an all das übrige. Heute halten wir uns an die moralische, geistige und physische Verträglichkeit — das heißt, wenn wir vernünftige Leute sind.«

»Und wenn wir nicht das Unglück haben, uns in jemand Unpassenden zu verlieben«, fügte Whelpdale lachend hinzu.

»Das ist eben eine Form der Unvernunft — ein blinder Wunsch, den die Wissenschaft in jedem Falle zu erklären vermag. Ich bin froh, daß ich nicht an dieser Art von Epilepsie leide.«

»Also waren Sie nie wirklich verliebt?«

»So wie Sie es verstehen, nie. Aber ich habe eine sehr deutliche Neigung empfunden.«

»Auf dem beruhend, was Sie Verträglichkeit nennen?«

»Ja. Dennoch war diese Neigung nicht stark genug, um mich Vorsicht und Vorteil vergessen zu lassen. Nein, so stark war sie nicht.«

Er schien sich selbst beruhigen zu wollen.

»Dann kann das natürlich nicht Liebe genannt werden«, sagte Whelpdale.

»Vielleicht nicht, aber wie ich Ihnen sagte, kann eine Neigung dieser Art, wenn man will, zu tieferem Gefühl gesteigert werden. In dem Fall, von dem ich spreche, könnte das leicht geschehen, und ich halte es für sehr unwahrscheinlich, daß ich es bereuen würde, wenn ich mich diesem Impuls hingäbe.«

Whelpdale lächelte.

»Das ist sehr interessant. Hoffentlich führt es zu etwas.«

»Schwerlich. Es ist viel wahrscheinlicher, daß ich eine Frau heirate, für die ich keine besondere Neigung empfinde, die mir aber materiell nützen kann.«

»Offen gestanden, das erstaunt mich. Ich kenne den Wert des Geldes so gut wie Sie, aber ich würde keine reiche Frau heiraten, für die ich keine Neigung empfände. Bei Gott, nein!«

»Ja, ja, Sie sind eben durch und durch ein Gefühlsmensch.«

»Der zu ewiger Enttäuschung verdammt ist«, sagte der andere und blickte trostlos im Zimmer umher, fügte jedoch nichts hinzu und versank in ein langes Schweigen.

Als Jasper wieder allein war, ging er ein wenig auf

und ab, setzte sich dann an seinen Schreibtisch, weil er sich ruhiger fühlte und glaubte, daß er vor dem Schlafengehen noch ein paar Stunden arbeiten könnte. Er schrieb tatsächlich ein halbes Dutzend Zeilen, aber durch die Anstrengung kehrte seine frühere Stimmung wieder. Bald fiel ihm die Feder aus der Hand, und er geriet abermals in die Klauen angstvoller innerer Zweifel.

Bis nach Mitternacht saß er wach, und als er endlich in sein Schlafzimmer ging, geschah es mit zögerndem Schritt, ein Beweis, wie unschlüssig er noch immer war.

XXIII. EIN INVESTITIONS-VORSCHLAG

Das Verhalten Alfred Yules nach der großen Enttäuschung schien zu beweisen, daß selbst ein Mensch wie er in seinem Unglück schwelgen konnte. Am Tage nach seiner Heimkehr zeigte er eine ganz ungewohnte Milde in den an seine Gattin gerichteten Bemerkungen, und sein Benehmen gegen Marian war sehr ernst. Bei den Mahlzeiten sprach, besser gesagt, monologisierte er über literarische Themen, gelegentlich einen seiner grimmigen Scherze einflechtend, um Marians Beifall zu erlangen. Er bemerkte, daß sie ihre Kraft überschätzt habe, und empfahl ein paar Wochen Erholung bei neuen Romanen. Die Kälte und Düsterkeit, die er bei der förmlichen Verkündung der Nachricht gezeigt hatte, schienen angesichts der offenen Anteilnahme seiner Frau und seiner Tochter gewichen zu sein; er war jetzt traurig, aber er klagte nicht.

Er erklärte Marian die Bedingungen ihres Legates. Es bestand in dem Anteil ihres Onkels an einem Papier-Engrosgeschäft, mit dem John Yule seit zwanzig Jahren in Verbindung gestanden hatte, von dem er jedoch vor kurzem einen großen Teil des investierten Kapitals zurückgezogen hatte.

»Ich wußte nicht, daß er Teilhaber an diesem Geschäft war«, sagte Yule. »Ich höre, daß daraus noch sechs- bis achttausend Pfund erlöst werden können; jammerschade, daß er dir nicht das Ganze vermacht hat. Ob es längere Zeit erfordern wird, das Geld zu realisieren, kann ich nicht sagen.«

Am Abend des zweiten Tages, etwa eine Stunde

nach dem Dinner, kam Herr Hinks und begab sich wie gewöhnlich in das Studierzimmer. Kurz darauf erschien ein zweiter Gast, Herr Quarmby, der sich zu Yule und Hinks gesellte. Die drei saßen schon geraume Zeit beisammen, als Marian, die zufällig die Treppe herabkam, ihren Vater in der offenen Tür des Studierzimmers stehen sah.

»Bitte die Mutter, uns um dreiviertel zehn ein Abendessen herzurichten«, sagte er leutselig. »Und komm doch herein! Wir plaudern nur.«

Es geschah nicht oft, daß Marian zu solchen Gesellschaften eingeladen wurde.

»Wünschst du es?« fragte sie.

»Ja, wenn du nichts besonderes zu tun hast.«

Marian benachrichtigte ihre Mutter, daß die Gäste ein Abendbrot bekommen sollten, und ging dann zu ihnen hinein. Herr Quarmby rauchte eine Pfeife, Herr Hinks, der aus ökonomischen Gründen schon längst den Tabak aufgegeben hatte, saß, mit den Händen in den Hosentaschen und die langen, dürren Beine unter dem Stuhl verschränkt, da; beide erhoben sich und begrüßten Marian mit mehr als gewöhnlicher Wärme.

Herr Hinks beeilte sich, ihr den besten Sessel hinzuschieben, und ihr Vater unterrichtete sie, worüber gerade gesprochen wurde.

»Was ist *deine* Ansicht, Marian? Bist du für die Errichtung einer literarischen Akademie in England?«

»Ich glaube, wir haben auch ohnedies genug literarisches Gezänk«, antwortete das Mädchen, die Augen niederschlagend und lächelnd.

Herr Quarmby stieß ein hohles Kichern aus, Herr Hinks lachte mit dünner Stimme und rief: »Sehr gut, wirklich, sehr gut!« Yule ließ sich hinreißen, ihr mit einem unparteiischen Lächeln zu applaudieren.

»So etwas würde dem angelsächsischen Geist widersprechen!« bemerkte Herr Hinks mit tiefsinniger Miene.

Yule verbreitete sich mehrere Minuten lang in wohlgesetzten Worten über diesen Gegenstand, dann ging das Gespräch auf Zeitschriften über, und die drei Männer waren einstimmig der Ansicht, daß keine der existierenden Monats- oder Vierteljahresschriften die besten literarischen Strömungen vertrete.

»Wir brauchen«, meinte Herr Quarmby, »wir brauchen eine Monatsschrift, die sich ausschließlich mit Literatur beschäftigt. Der ›Fortnightly‹, der ›Contemporary‹ — sie sind ganz schön in ihrer Art, aber man muß dort einen einzigen soliden, literarischen Artikel inmitten einer wirren Masse von Abhandlungen über Politik, Ökonomie und sonstigem Kunterbunt suchen.«

»Und die Vierteljahresschriften?« ergänzte Yule. »Der Grundgedanke derselben war, daß nicht genug wichtige Bücher publiziert werden, um einen soliden Kritiker mehr als viermal im Jahr zu beschäftigen. Das mag wahr sein, aber eine literarische Monatsschrift enthielte doch viel mehr als bloße Kritiken. Hinks Essays über das historische Drama würden sich darin sehr gut ausnehmen, auch deine ›Spanischen Dichter‹, Quarmby.«

»Ich habe mit Jedwood neulich darüber gesprochen«, sagte Herr Quarmby, »und er schien anzubeißen.«

»Ja, ja«, meinte Yule, »aber Jedwood hat so viele Eisen im Feuer. Ich bezweifle, daß er gerade jetzt über das nötige Kapital verfügt. Ohne Zweifel wäre er der rechte Mann, wenn ein Kapitalist sich ihm anschlösse.«

»Es ist ja kein enormes Kapital nötig«, urteilte Herr Quarmby. »Das Ding würde sich von Anfang an auszahlen. Es würde die Lücke zwischen den literarischen Wochen- und Vierteljahresschriften ausfüllen, von denen die ersteren für eine große Menge von Lesern, die doch einen entwickelten literarischen Geschmack besitzen, zu akademisch, und die letzteren zu umfangreich sind. Auch ausländische Werke sollten behandelt werden, aber wie Hinks sagt, nichts über Bücher, die keine Bücher sind — *biblia abiblia* — keine Essays über Bimetallismus oder Abhandlungen für oder gegen die Schutzimpfung.«

Selbst hier, in der gelösten Atmosphäre des Studierzimmers eines Freundes, lachte er sein Bibliothekslachen, indem er beide Hände über der geräumigen Weste faltete.

»Und Belletristik? Sollten nicht einige der besseren Produkte dieser Gattung zugelassen werden?« fragte Yule.

»Das wäre ohne Zweifel ratsam, aber nur die besseren.«

»Oh, nur die besseren«, stimmte Herr Hinks ein.

Sie setzten die Diskussion fort, als wären sie das Redaktionskomitee einer Zeitschrift, deren erste Nummer demnächst erscheinen sollte. Dies dauerte, bis Frau Yule mit der Ankündigung erschien, das Abendessen stehe bereit.

Während der Mahlzeit sah sich Marian im Mittelpunkt ungewöhnlicher Aufmerksamkeit; ihr Vater gab sich die Mühe, zu fragen, ob das Stück kaltes Fleisch, das er ihr vorgelegt hatte, nach ihrem Geschmack sei, und war um ihren Appetit besorgt.

Herr Hinks sprach in einem Ton respektvoller Anteilnahme und Herr Quarmby war, wenn er sich an sie wandte, väterlich jovial. Frau Yule wäre gewiß wie gewöhnlich stumm geblieben, aber an diesem Abend machte ihr Gatte verschiedene Bemerkungen, die ihrer Intelligenz angepaßt waren, und gab ihr sogar zu verstehen, daß er eine Antwort gnädig aufnehmen würde.

Mutter und Tochter blieben beisammen, als die Männer sich zu ihrem Tabak und Punsch zurückzogen.

Keine von ihnen spielte auf die wunderbare Veränderung an, aber sie sprachen mit so leichtem Herzen wie schon lange nicht mehr.

Am nächsten Morgen fragte Yule Marian um Rat wegen der Gliederung eines Essays, an dem er schrieb; er erwog sorgfältig, was sie sagte, und sein Mienenspiel offenbarte, daß sie sein Problem gelöst hatte.

»Der arme, alte Hinks!« sagte er plötzlich mit einem Seufzer. »Ganz zusammengebrochen, nicht wahr? Er taumelt ja geradezu beim Gehen. Ich fürchte, er wird einmal eine Lähmung bekommen; und es würde mich nicht überraschen, jeden Moment zu hören, daß er hilflos darniederliegt.«

»Was um Himmelswillen würde in einem solchen Falle aus ihm werden?«

»Gott weiß es! Man müßte dieselbe Frage im Hinblick auf so viele von uns stellen. Was würde zum Beispiel aus mir, wenn ich arbeitsunfähig würde?«

Marian wußte nichts zu antworten.

»Ich will dir etwas sagen«, fuhr er in gedämpfterem Tone fort, »obwohl du es dir nicht zu Herzen nehmen darfst. Meine Augen fangen an, mir etwas Sorge zu machen.«

Sie blickte ihn erschrocken an.

»Deine Augen?«

»Hoffentlich ist es nichts, aber ... ich werde wohl einen Augenarzt aufsuchen. Man lebt nicht gern mit der Aussicht auf ein schwindendes Sehvermögen, vielleicht gar Star oder dergleichen; aber es ist doch besser, die Wahrheit zu wissen.«

»Unbedingt mußt du zu einem Augenarzt gehen«, sagte Marian ernsthaft.

»Sorge dich nicht weiter, es ist vielleicht gar nichts. Auf jeden Fall aber brauche ich eine stärkere Brille.«

Er raschelte in ein paar Manuskripten herum, während Marian ihn voll Sorge betrachtete.

»Sag selbst, Marian«, fuhr er fort, »konnte ich von einem Einkommen, das nie mehr als zweihundertfünfzig Pfund und oft — sogar noch in den letzten Jahren — viel weniger betrug, Ersparnisse zurücklegen?«

»Gewiß nicht.«

»In einer Hinsicht habe ich es getan. Mein Leben ist mit fünfhundert Pfund versichert. Das ist aber keine Vorsorge für eventuelle Arbeitsunfähigkeit. Was wird aus mir, wenn ich mir nicht mehr mit meiner Feder mein Brot verdienen kann?«

Marian hätte eine ermutigende Antwort geben können, wagte aber nicht, ihre Gedanken zu äußern.

»Setz dich«, sagte Yule. »Du sollst ein paar Tage lang nicht arbeiten, und auch mir wird ein ruhiger Morgen nicht schaden. Der arme alte Hinks! Wir werden ihm wohl helfen müssen. Quarmby geht es natürlich verhältnismäßig prächtig. Wir sind schon seit einem Vierteljahrhundert Kameraden, wir drei. Als ich Quarmby zum ersten Male traf, war ich ein Grub-Street-Zeitungsschreiber und er wohl noch ärmer als ich. Ein Leben voll Arbeit! Ein Leben voll Mühsal!«

»Das war es in der Tat.«

»A propos«, er warf einen Arm über die Lehne seines Sessels, »was hältst du von unserer imaginären Zeitschrift, von der wir gestern abend sprachen?«

»Es gibt so viele Zeitschriften«, antwortete Marian zweifelnd.

»So viele? Mein liebes Kind, wenn wir noch zehn Jahre leben, werden wir ihre Anzahl verdreifacht sehen.«

»Ist das wünschenswert?«

»Daß die Zeitschriften so zunehmen? Von einem gewissen Standpunkt aus, nein. Ohne Zweifel rauben sie viel von der Zeit, die ansonsten der seriösen Literatur gewidmet würde; aber andererseits gibt es viel mehr

Menschen, die gar nichts lesen würden, wenn die kurzen neuen Artikel sie nicht verlockten. Und diese können so dazu bewogen werden, zu substantielleren Werken überzugehen. Natürlich hängt alles von der Qualität der Zeitschrift ab. Auf solche, wie« — er nannte zwei oder drei mit populärem Namen — »könnte man leicht verzichten, es sei denn, man betrachtet sie als Ersatz für Klatschgeschichten oder all die anderen Laster totalen Müßigganges. Aber eine Monatsschrift, wie wir sie planen, würde von entschiedenem literarischen Wert sein. Ohne Zweifel wird der eine oder der andere bald eine solche gründen.«

»Leider habe ich nicht so viel Sympathie für literarische Unternehmungen, wie du gern bei mir sehen würdest«, meinte Marian.

Geld ist ein großes Stärkungsmittel für die Selbstachtung. Seit Marian ihre Lage als Besitzerin von fünftausend Pfund wirklich bewußt geworden war, sprach sie mit festerer Stimme, ging mit festerem Schritt einher und fühlte sich geistig weniger abhängig. Sie hätte diese Gleichgültigkeit gegenüber literarischen Unternehmungen gewiß auch schon vor acht oder neun Tagen in dem Zorn, den ihr Vater in ihr erregt hatte, eingestehen können, aber zu jener Zeit hätte sie diese Meinung nicht so ruhig, so entschieden geäußert wie jetzt. Aber das Lächeln, das ihre letzten Worte begleitete, war neu: es bedeutete die Befreiung aus ihrer Unmündigkeit.

»Das habe ich schon gemerkt«, antwortete ihr Vater, nachdem er einen Moment innegehalten hatte, um seine Stimme zu beherrschen, damit sie sanft und nicht zornig klinge. »Ich fürchte, ich habe dein Leben zu einer Art Martyrium gemacht.«

»Das nicht, Vater. Ich spreche nur im allgemeinen. Ich kann einfach nicht so eifrig sein wie du. Ich liebe die Bücher, aber ich wünschte, daß die Menschen sich einige Zeit mit denen begnügen würden, die wir bereits haben.«

»Meine liebe Marian, glaube nicht, daß ich dir hierin nicht beipflichte. Ach, wie viel von meiner Arbeit war bloße Plackerei, bloßer Broterwerb! Wie gern hätte ich viel mehr von meiner Zeit bei den großen Dichtern verbracht, ohne den Gedanken, aus ihnen Geld herauszuschlagen! Wenn ich mich für den Plan einer neuen Zeitschrift begeistere, so denke ich dabei nur an meine eigenen Bedürfnisse.«

Er hielt inne und sah sie an. Marian erwiderte den Blick.

»Du würdest natürlich dafür schreiben«, sagte sie.

»Marian, warum sollte ich sie nicht herausgeben? Warum sollte sie nicht *dir* gehören?«

»Mir...?«

Sie unterdrückte ein Lachen. Dann aber kam ihr ein unangenehmerer Verdacht, als sie ihn je gegen ihren Vater gehegt hatte. War das der Grund seines sanfteren Benehmens? War er berechnender Heuchelei fähig? Das schien mit seinem Charakter, so wie sie ihn kannte, nicht übereinzustimmen.

»Laß uns darüber sprechen«, sagte Yule. Er war in sichtlicher Aufregung und seine Stimme schwankte. »Die Idee mag dich ja im ersten Augenblick erschrecken — vielleicht denkst du, ich wolle dein Vermögen durchbringen, noch ehe du in seinen Besitz gelangt bist.« Er lachte. »Aber in Wirklichkeit ist das, was ich vorhabe, nur eine Anlage für dein Kapital, und zwar eine großartige. Fünftausend Pfund zu drei Prozent — auf mehr darf man nicht rechnen — erbringen hundertfünfzig Pfund pro Jahr. Nun kann gar kein Zweifel sein, daß es, falls man es in einem derartigen literarischen Unternehmen anlegt, dir die fünffachen Zinsen bringen wird, und in nicht gar zu ferner Zeit noch mehr. Natürlich zeichne ich jetzt nur die rohesten Umrisse, ich müßte vertrauenswürdigen Rat einholen, und es würde dir eine vollständige, detaillierte Kalkulation vorgelegt werden. Vorläufig mache ich dich nur auf die Art der Anlage aufmerksam.«

Er betrachtete eifrig, gierig ihr Gesicht; als Marians Augen zu ihm aufschauten, sah er weg.

»Dann erwartest du also noch keine endgültige Antwort von mir«, sagte sie.

»Gewiß nicht — gewiß nicht. Ich weise dich nur auf die großen Vorteile einer solchen Anlage hin. Da ich ein alter Egoist bin, will ich vor allem von meinem eigenen Vorteil reden. Ich wäre der Herausgeber der neuen Zeitschrift, bezöge ein Gehalt, das alle meine Bedürfnisse deckte — natürlich zuerst viel weniger, als ein anderer verlangen würde —, mit dem Fortschreiten des Blattes sich aber steigern sollte. Diese Stellung würde mich in Stand setzen, die schlimme Plackerei aufzugeben; ich brauchte nur zu schreiben, wenn ich mich dazu berufen fühlte — wenn der Geist über mich käme.« Wieder lachte er, als wünsche er, seine Zuhörerin bei guter Laune zu erhalten. »Auch meine Augen könnten dann geschont werden.«

Er hielt bei diesem Punkt inne und wartete die Wirkung seiner Worte auf Marian ab. Da sie nichts antwortete, fuhr er fort:

»Und angenommen, ich verliere wirklich nach einigen Jahren das Augenlicht, so täusche ich mich gewiß nicht in der Hoffnung, daß der Besitzer dieses Blattes dem Manne, der es aufgebaut hat, ein kleines Jahresgehalt aussetzen wird. Vorläufig will ich dich nur mit dem Gedanken vertraut machen, daß höchstwahrscheinlich ohnehin irgend jemand dir anbieten wird, dein Geld auf diese Weise anzulegen.«

»Es wäre wohl besser zu sagen, damit zu spekulieten«, sagte Marian mit einem unsicheren Lächeln.

Vorläufig hatte sie nur die eine Absicht, ihrem Vater

deutlich zu machen, daß der Plan sie durchaus nicht verlocke. Sie konnte ihm nicht sagen, daß sein Vorschlag nicht in Frage kam, obwohl dies im Grunde ihre Meinung war. Durch sein listiges Vorgehen fühlte sie sich berechtigt, kühl und sachlich zu reagieren; er mußte einsehen, daß sie nicht zu beschwatzen war.

»Nenne es, wie du willst«, antwortete Yule, mit Mühe seine Gereiztheit unterdrückend. »Freilich ist jedes geschäftliche Unternehmen eine Spekulation, aber laß mich dir eine Frage stellen und antworte mir offen: Mißtraust du meiner Fähigkeit, diese Zeitschrift zu leiten?«

Ja, das tat sie. Sie wußte, daß er mit den Interessen des Tages nichts zu schaffen hatte; und angesichts des Hauptzieles, des Absatzes der Zeitschrift, machte ihn dies zu einem wenig vertrauenswürdigen Herausgeber. Aber wie konnte sie ihm dies sagen?

»Meine Meinung hätte kein Gewicht«, erklärte sie.

»Wenn Jedwood geneigt wäre, in mich Vertrauen zu setzen, wärest du es auch?«

»Davon brauchen wir jetzt noch nicht zu sprechen, Vater. Ich kann wirklich nichts sagen, was wie ein Versprechen klingen würde.«

Er warf ihr einen funkelnden Blick zu. Sie war also mehr als skeptisch?

»Aber du hast doch nichts dagegen, über ein Projekt zu plaudern, das für mich so viel bedeuten würde?«

»Ich fürchte, dich zu ermutigen«, antwortete sie offen. »Es ist mir unmöglich, zu entscheiden, ob ich deinem Wunsche entsprechen kann oder nicht. Ich weiß sehr wohl, wie du darüber denkst und fühlst.«

»Wirklich?« Er beugte sich vor, seine Züge arbeiteten in heftiger Erregung. »Wenn ich mich als Herausgeber einer einflußreichen Zeitschrift sehen könnte, wären alle meine vergangenen Mühen und Leiden nichts als Vorstufen zu diesem Triumph. *Meminisse juvabit!* Mein Kind, ich bin nicht für untergeordnete Stellen geeignet, meine Natur ist zur Autorität geboren. Das Mißlingen all meiner Unternehmungen nagt derart an meinem Herzen, daß ich mich manchmal zu jeder Brutalität, jeder Gemeinheit, jeder hassenswerten Grausamkeit fähig fühle. Gegen dich habe ich mich schändlich benommen.«

»Vater...«

»Nein, nein, laß mich reden, Marian. Ich weiß, du hast mir verziehen. Du warst immer zum Verzeihen bereit, mein liebes Kind. Kann ich je den Abend vergessen, als ich wie ein Tier zu dir sprach, und du nachher kamst und vor mir standest, als sei das Unrecht auf deiner Seite gewesen? Er brennt in meinem Gedächtnis. Aber nicht ich war es, der sprach, sondern der Dämon des Unglücks, der Demütigung. Meine Feinde triumphieren und verlachen mich, und dieser Gedanke bringt mich in Wut. Habe ich das verdient? Bin ich weniger als... als diese Männer, die Glück gehabt haben und nun auf mir herumtrampeln wollen? Nein! Ich habe einen besseren Kopf und ein besseres Herz!«

Während Marian diesen seltsamen Ausbruch anhörte, vergab sie ihm ganz die Heuchelei der letzten zwei Tage. Konnte das überhaupt Heuchelei genannt werden? Es war nur sein besseres Selbst, das unter dem Strom einer leidenschaftlichen Hoffnung zum Vorschein kam.

»Warum denkst du so viel an solche Dinge, Vater? Ist es denn so wichtig, ob beschränkte Menschen über dich triumphieren?«

»Beschränkte?« Er klammerte sich an das Wort. »Gibst du zu, daß sie es sind?«

»Ich bin überzeugt, daß Fadge es ist.«

Er lachte, etwas gebrochen.

»Niederlagen im Leben bleiben eben Niederlagen, und unverdientes Unglück ist ein bitterer Fluch. Du siehst, ich bin zu alt, um noch zu arbeiten. Mein Augenlicht schwindet, aber ich kann es schonen; wenn ich mein eigenes Blatt habe, kann ich dann und wann eine kritische Abhandlung in meinem besten Stil schreiben. Erinnerst du dich an meinen Artikel über Lord Herbert of Cherbury? Noch nie hat jemand eine so feinsinnige Kritik geschrieben, aber sie wurde von dem Wust der Zeitungen hinweggefegt. Und gerade wegen meines beißenden Stils habe ich mir so viele Feinde gemacht! Wartet nur! Wartet! Laßt mich nur mein eigenes Blatt und Muße und Gemütsruhe haben ... Himmel, was werde ich schreiben! Wie werde ich sie heruntermachen!«

»Das ist deiner nicht würdig. Ignoriere deine Feinde! In einer solchen Stellung würde ich sorgsam jedes Wort vermeiden, das persönliche Interessen verrät.«

»Ja, ja, du hast natürlich recht, mein gutes Mädchen. Und ich glaube, ich tue mir selbst Unrecht, wenn ich dir einrede, daß diese unedlen Motive in mir überwiegen. Nein, von meiner Knabenzeit an, tief unter all den oberflächlichen Fehlern meines Charakters hatte ich eine leidenschaftliche Sehnsucht nach literarischem Ruhm. Der schönste Teil meines Lebens ist vorbei, und es bringt mich zur Verzweiflung, wenn ich fühle, daß ich die mir gebührende Stellung nicht errungen habe. Es gibt jetzt nur noch einen Weg dorthin: daß ich der Herausgeber einer wichtigen Zeitschrift werde.«

Marian schmerzte dieses demütige Flehen — denn war all das etwas anderes als der Versuch, ihr Mitleid zu erregen? Sie glaubte, daß in dieser Selbsteinschätzung seiner Fähigkeiten etwas Wahres lag, aber als Herausgeber würde er ohne Zweifel scheitern. Das Schlimmste war, daß sie ihm nicht zeigen durfte, was in ihr vorging; und so mußte er denken, daß sie ihre eigenen Bedürfnisse gegen die seinen abwog, während sie doch in Wahrheit unter der Überzeugung litt, daß ein Nachgeben für die Zukunft ihres Vaters ebenso unklug und verderblich wäre wie für ihre eigenen Glücksaussichten.

»Sollen wir das nicht auf sich beruhen lassen, bis ich das Geld ausbezahlt bekomme?« sagte sie nach einer Pause.

»Ja. Glaube nicht, daß ich dich durch das Aufzählen meiner Leiden beeinflussen will. Das wäre jämmerlich; ich habe nur die Gelegenheit ergriffen, mich dir verständlicher zu machen. Ich rede nicht gern von mir selbst, und im allgemeinen werden meine wirklichen Gefühle durch mein verschlossenes Wesen verdeckt. Und wenn ich dir einen Weg zeige, wie du mir einen großen Dienst erweisen und zugleich für dich einen Vorteil erzielen kannst, kann ich nicht umhin, mich zu erinnern, wie wenig Grund du hast, gut von mir zu denken. Wirst du das, was ich gesagt habe, überdenken«?

Marian versprach es und war froh, daß das Gespräch zu Ende war.

Als der Sonntag kam, fragte Yule seine Tochter, ob sie sich für den Nachmittag verabredet habe.

»Ja«, antwortete sie, indem sie versuchte, ihre Verlegenheit zu verbergen.

»Schade, ich wollte dich bitten, mit zu Quarmby zu kommen. Bleibst du den ganzen Abend aus?«

»Bis gegen neun Uhr, denke ich.«

»Ah! Nun, tut nichts, tut nichts!«

Er versuchte, die Sache als bedeutungslos abzutun, aber Marian sah den Schatten, der über sein Gesicht zog. Dies geschah gerade nach dem Frühstück. Während des übrigen Vormittags sah sie ihn nicht, und beim Mittagessen war er schweigsam, hatte aber kein Buch mit zu Tisch genommen, was er in übler Laune zu tun pflegte. Marian sprach mit ihrer Mutter und tat ihr möglichstes, um jenes Maß an Heiterkeit aufrechtzuerhalten, das seit der Veränderung in Yules Verhalten geherrscht hatte.

Zufällig begegnete sie, gerade als sie im Begriffe war, fortzugehen, Yule im Korridor. Er lächelte (es war eher eine schmerzliche Grimasse) und nickte, sagte aber nichts.

Als die Haustür sich geschlossen hatte, ging er ins Wohnzimmer, wo seine Frau las oder vielmehr in einem illustrierten Journal blätterte.

»Wohin, meinst du, ist sie gegangen?« fragte er mit einer Stimme, die wohl teilnahmslos, aber nicht beleidigend klang.

»Ich glaube, zu den Milvains«, antwortete Frau Yule, zur Seite blickend.

»Hat sie es dir gesagt?«

»Nein, wir sprachen nicht darüber.«

Er setzte sich auf eine Stuhlkante, beugte sich vor und stützte das Kinn in die Hand.

»Hat sie mit dir über die Zeitschrift gesprochen?«

»Kein Wort.«

Sie sah ihn schüchtern an und blätterte in ihrem Journal.

»Ich wollte, daß sie zu Quarmby mitkommt, denn es wird jemand dort sein, der Jedwood gern zu einer neuen Zeitschrift bereden möchte; und es wäre gut für sie, praktische Ansichten zu hören. Es würde nichts schaden, wenn du dann und wann mit ihr darüber sprächest. Natürlich, wenn sie entschlossen ist, sich zu weigern, so kann ich mir meine Mühe ersparen. Du könntest herausfinden, was wirklich in ihr vorgeht.«

Nur der schwerste Druck der Verhältnisse konnte Alfred Yule dazu gebracht haben, seine Frau offen um Hilfe zu bitten. Sie schmiedeten jedoch kein Komplott, um die Tochter zu beeinflussen. Frau Yule ersehnte das Glück ihres Mannes ebenso sehr wie das Marians, aber sie fühlte sich machtlos, das eine oder das andere zu erwirken.

»Sobald sie etwas sagt, werd ich dich's wissen lassen.«
»Aber mir scheint, du hast ein Recht, sie zu fragen.«
»Das kann ich nicht, Alfred.«
»Unglücklicherweise kannst du gar vieles nicht.«

Mit dieser Bemerkung, deren Tenor seiner Frau sehr vertraut war, auch wenn sie weniger sarkastisch klang als sonst, erhob er sich und schlenderte aus dem Zimmer. Eine Stunde lang saß er düster in seinem Studierzimmer, dann begab er sich in den literarischen Zirkel bei Herrn Quarmby.

XXIV. JASPERS GROSSMUT

Manchmal holte Milvain seine Schwestern Sonntag vormittag von der Kirche ab und begleitete sie nach Hause, um mit ihnen zu speisen. Auch heute tat er dies, obwohl der Himmel grau war und ein scharfer Nordwestwind das Warten auf einem offenen Platz alles andere als angenehm machte.

»Geht ihr heute zu Frau Boston Wright?« fragte er, als sie miteinander dahinschritten.

»Ich glaube, ich gehe hin«, antwortete Maud. »Dora wird den Nachmittag mit Marian verbringen.«

»Ihr solltet beide gehen; diese Frau darf nicht vernachlässigt werden.«

Als er nach dem Essen mit Dora ein paar Minuten im Wohnzimmer allein war, wandte er sich mit einem eigentümlichen Lächeln ihr zu und sagte ruhig:

»Es wäre besser, wenn du mit Maud gingest.«

»Ich kann nicht, ich erwarte Marian um drei Uhr.«

»Gerade deshalb will ich, daß du gehst.«

Sie sah ihn erstaunt an.

»Ich möchte mit Marian reden. Wir werden es so einrichten: um dreiviertel drei geht ihr beide weg. Ihr könnt der Hauswirtin sagen, daß, falls Fräulein Yule kommt, sie auf euch warten soll, da ihr nicht lange ausbleibt. Sie wird heraufkommen und ich bin da. Verstehst du?«

Dora wandte sich, ein wenig verlegen, aber nicht ungehalten ab.

»Und Fräulein Rupert?« fragte sie.

»Oh, Fräulein Rupert kann meinetwegen nach Jericho gehen. Ich bin in einer großmütigen Stimmung.«

»Daran zweifle ich nicht!«

»Also, willst du? Du siehst, das ist eine der Folgen der Armut: man kann nicht einmal ein intimes Gespräch führen, ohne sich vorher einen Raum dafür erkämpfen zu müssen. Aber dieser Zustand soll ein Ende nehmen.«

Er nickte bedeutungsvoll, und daraufhin verließ Dora das Zimmer, um mit ihrer Schwester zu sprechen.

Der Plan wurde ausgeführt, und Jasper sah seine Schwestern in dem Bewußtsein fortgehen, daß sie wohl vor drei Stunden nicht zurückkehren würden. Er setzte sich behaglich vor den Ofen und sann nach. Kaum waren fünf Minuten vergangen, so sah er schon nach der Uhr und dachte, Marian sei unpünktlich. Er war nervös, obwohl er sich gegen eine solche Schwäche gefeit glaubte. Seine Anwesenheit hier, die Absicht, die er im Sinne hatte, erschien ihm als Konzession an innere Regungen, die er hätte unterdrücken müssen; aber er war zu diesem Entschluß gekommen, und nun war es zu spät, um das Streitgespräch mit sich selbst wieder von vorn zu beginnen. Zu spät? Nun, streng genommen nicht, er hatte sich zu nichts verpflichtet, bis zum letzten Moment seiner Freiheit konnte er immer noch...

Das war ohne Zweifel Marians Klopfen. Er sprang auf, schritt durch das Zimmer, setzte sich auf einen anderen Sessel, kehrte wieder auf den früheren zurück. Dann öffnete sich die Tür, und Marian trat ein.

Sie war nicht überrascht, denn die Hauswirtin hatte ihr gesagt, daß Herr Milvain oben sei und die Rückkehr seiner Schwestern abwarte.

»Ich soll Dora entschuldigen«, sagte Jasper. »Sie bittet Sie, ihr zu verzeihen, daß — Sie warten müssen.«

»Oh, das macht nichts.«

»Aber Sie sollten doch den Hut ablegen«, fuhr er lachend fort. »Kommen Sie, ich nehme Ihnen den Schirm ab — so.«

Jaspers Großmut

Er hatte die Form von Marians Kopf und die Schönheit ihres kurzen, weichen, lockigen Haares immer bewundert. Als er jetzt zusah, wie sie es enthüllte, erfreute er sich an der Anmut ihrer Arme und der Biegsamkeit ihrer schlanken Gestalt.

»Wissen Sie etwas Neues über die Reardons?« fragte Marian.

»Ja, ich hörte, daß man Reardon die Verwalterstelle in einem Knabenasyl oder dergleichen in Croydon angeboten hat. Aber ich nehme an, er wird es jetzt nicht nötig haben, so etwas zu erwägen.«

»Gewiß nicht.«

»Na ja, sicher ist das nicht!«

»Warum sollte er jetzt eine solche Stelle übernehmen?«

»Vielleicht sagt ihm seine Frau, daß sie ihr Geld für sich behalten will.«

Marian lachte. Es geschah sehr selten, daß Jasper sie überhaupt lachen hörte, und noch nie so spontan wie diesmal. Er liebte die Musik dieses Lachens.

»Sie haben keine besonders gute Meinung von Frau Reardon«, sagte sie.

»Sie ist schwer zu beurteilen. Sie hat mir nie mißfallen, durchaus nicht, aber als Gattin eines mit widrigen Umständen kämpfenden Autors war sie entschieden fehl am Platze. Vielleicht bin ich ein wenig gegen sie eingenommen, seit Reardon sich ihretwegen mit mir überworfen hat.«

Marian war über diese unerwartete Erklärung des Bruches zwischen Milvain und seinem Freunde sehr erstaunt. Daß sie sich seit einigen Monaten nicht gesehen hatten, wußte sie durch Jasper selbst, aber er hatte ihr keine bestimmte Ursache angegeben.

»Ihnen kann ich es ja sagen«, fuhr Milvain fort, als er sah, daß das Mädchen bestürzt war, was er übrigens beabsichtigt hatte. »Ich traf Reardon kurze Zeit, nachdem sie sich getrennt hatten, und er warf mir vor, daß ich wesentlichen Anteil an seinem Unglück habe.«

Marian hob nicht die Augen.

»Sie ahnen nicht, worin meine Schuld bestehen soll. Reardon erklärte, daß der Ton meiner Gespräche seiner Frau moralisch geschadet habe. Er sagte, daß ich immer weltlichen Erfolg verherrliche, und daß diese Reden sie mit ihrem Lose unzufrieden gemacht hätten. Das klingt recht lächerlich, nicht wahr?«

»Sehr seltsam.«

»Der arme Kerl, er meinte es verzweifelt ernst, und offen gestanden, es war etwas Wahres an seinem Vorwurf. Ich sagte ihm sofort, daß ich fortan das Haus seiner Schwiegermutter meiden würde, und das habe ich auch getan, natürlich mit dem Resultat, daß sie sich dort denken, ich verurteile Frau Reardons Benehmen. Die Affäre war höchst peinlich, aber ich hatte wohl keine andere Wahl.«

»Sie sagen, daß Ihre Reden ihr vielleicht wirklich geschadet haben?«

»Es mag sein, obwohl mir eine solche Gefahr nie in den Sinn kam.«

»Dann muß Amy einen sehr schwachen Charakter haben.«

»Weil sie sich von einem so schnöden Burschen beeinflussen ließ?«

»Weil sie sich überhaupt in einer solchen Weise beeinflussen ließ!«

»Denken Sie wegen dieser Geschichte schlechter von mir?« fragte er.

»Ich verstehe Sie nicht ganz. Wie haben Sie mit ihr gesprochen?«

»Wie ich mit jedermann spreche — Sie haben mich dasselbe schon oft sagen hören. Ich sage einfach meine Meinung frei heraus: daß das Ziel der literarischen Arbeit — es sei denn, man ist ein Genie — darin besteht, sich Wohlstand und einen guten Namen zu schaffen. Das scheint mir doch nicht sehr skandalös zu sein! Aber Frau Reardon war vielleicht zu schnell dabei, diese Ansichten ihrem Manne gegenüber zu wiederholen. Sie sah, daß sie in meinem Fall bald zu handfesten Resultaten führen würden, und es bedrückte sie, daß Reardon nicht auf diese praktische Art arbeiten konnte oder wollte.«

»Ich bin ganz sicher, daß Sie nur so sprachen, wie es Ihre Art ist, ohne einen Gedanken an derartige Folgen.« Jasper lächelte.

»So ist's. Fast alle Männer, die ihren Weg machen wollen, denken wie ich, aber die meisten fühle sich verpflichtet, einen falschen Ton anzuschlagen, über Gewissenhaftigkeit zu sprechen usw. Ich sage einfach, was ich denke, ohne Heuchelei. Ich möchte gern gewissenhaft sein, aber das ist ein Luxus, den ich mir nicht erlauben darf. Ich habe Ihnen das schon oft gesagt, nicht wahr?«

»Ja.«

»Aber es hat Ihnen moralisch nicht geschadet«, sagte er lachend.

»Durchaus nicht — dennoch gefällt es mir nicht.«

Jasper erschrak. Er sah sie an. Hätte er also weniger offen gegen sie sein sollen? Hatte er sich in der Annahme geirrt, daß die ungewöhnliche Aufrichtigkeit seiner Reden für sie anziehend sei? Sie sprach mit ganz ungewohnter Entschiedenheit — in der Tat, er hatte bereits bei ihrem Eintreten bemerkt, daß in ihrer Redeweise etwas Befremdliches lag. Sie war viel selbstbewußter als sonst und schien ihn nicht mit derselben Ehrerbietung, derselben Zurücknahme der eigenen Persönlichkeit zu behandeln.

»Es gefällt Ihnen nicht?« wiederholte er ruhig. »Ist es Ihnen langweilig geworden?«

»Ich finde es schade, daß Sie sich immer in einem so ungünstigen Licht darstellen.«

Er war ein scharfsinniger Mensch, aber das Selbstvertrauen, mit dem er das Gespräch eröffnet hatte, seine Überzeugung, daß er nur zu sprechen brauche, um die Versicherung von Marians Ergebenheit zu empfangen, hinderte ihn daran, den selbstsicheren Ton zu verstehen, den sie plötzlich anschlug. Bei mehr Bescheidenheit hätte er die Situarion rascher erfaßt; er hätte erraten, daß es dem Mädchen ein köstliches Vergnügen bereitete, sich jetzt zurückzuziehen, da sie ihn sich ihr in eindeutiger Absicht nähern sah. Sie wollte auf weniger lässige Weise umworben sein, ehe sie eingestand, was in ihrem Herzen vorging. Einen Augenblick lang war er bestürzt. Ihre letzten Worte hatten einen leicht überlegenen Ton, das allerletzte, was er aus ihrem Munde erwartet hätte.

»Dennoch bin ich — Ihnen nicht immer so erschienen?« sagte er.

»Nein, nicht immer.«

»Sie sind im Zweifel, welches der wahre Mensch in mir ist?«

»Ich verstehe Sie nicht — Sie sagen ja, daß Sie wirklich denken, was Sie sagen.«

»Das tue ich auch. Ich glaube, ein Mann, der die Armut nicht ertragen kann, hat keine Wahl — obwohl ich noch nie gesagt habe, daß die bloße Brotarbeit mir Vergnügen macht; ich akzeptiere sie, weil ich mir nicht anders helfen kann.«

Für Marian war es eine Wonne, den Eifer zu beobachten, mit dem er sich zu verteidigen suchte. Noch nie in ihrem Leben hatte sie die Freude gekannt, eine gewisse Macht auszuüben. Es war ihr gleichgültig, daß Jasper sie ihres Geldes wegen höher schätzte; das konnte gar nicht anders sein. Sie war sicher, daß er sie doch anfangs nur um ihrer selbst willen geschätzt hatte;

und deshalb war sie bereit, das Geld als Verbündeten bei der Eroberung seiner Liebe in Dienst zu nehmen. So wie sie die Liebe verstand, liebte er sie noch gar nicht; aber sie bemerkte ihre Gewalt über ihn, und ihre Leidenschaft lehrte sie, sie auszuüben.

»Sie ergeben sich diesen Zwängen aber mit Vergnügen«, sagte sie und sah ihn mit sehr nüchternem Blick an.

»Sie möchten lieber, daß ich mein Los beklage, das mir nicht gestattet, mich edlen, uneinträglichen Werken zu widmen?«

Das war Ironie. Sie zitterte, behauptete aber ihre Position.

»Daß Sie dies nie tun, bringt einen auf den Gedanken ... aber ich will nicht unfreundlich sein.«

»Daß mir an guten Werken nichts liegt, und ich zu ihnen auch nicht fähig bin«, beendete Jasper ihren Satz. »Ich hätte nicht gedacht, daß *Sie* auf diesen Gedanken kommen könnten.«

Statt zu antworten, wandte sie den Blick nach der Tür: auf der Treppe waren Schritte zu hören; sie entfernten sich jedoch wieder.

»Ich dachte, es sei Dora«, sagte sie.

»Die wird vor ein paar Stunden nicht zurückkommen«, antwortete Jasper mit einem leichten Lächeln.

»Sie sagten doch ...?«

»Ich schickte sie zu Frau Boston Wright, damit ich Gelegenheit hätte, mit Ihnen zu reden. Können Sie mir diese List verzeihen?«

Marian nahm ihre frühere Haltung wieder ein, während ein sehr schwaches Lächeln um ihre Lippen spielte.

»Ich freue mich, daß noch Zeit ist«, fuhr er fort, »denn ich beginne zu fürchten, daß Sie mich seit einiger Zeit mißverstehen. Das muß ich in Ordnung bringen.«

»Ich glaube nicht, daß ich Sie mißverstanden habe.«

»Vielleicht hat das Schlimmes zu bedeuten. Ich weiß, manche Leute, die ich schätze, haben eine sehr niedrige Meinung von mir, aber bei Ihnen möchte ich das nicht. Als was erscheine ich Ihnen? Wie haben all unsere Gespräche auf Sie gewirkt?«

»Das habe ich Ihnen bereits gesagt.«

»Aber nicht ernsthaft. Glauben Sie, daß ich eines tieferen Gefühls fähig bin?«

»Das zu verneinen, hieße, Sie zu der niedrigsten Sorte Menschen zählen, die überdies nicht sehr zahlreich ist.«

»Gut, dann gehöre ich nicht zu der niedrigsten. Aber was immer ich auch bin, in mancher Hinsicht strebt mein Ehrgeiz sehr hoch.«

»In welcher?«

»Zum Beispiel war ich kühn genug, zu glauben, daß Sie mich lieben könnten.«

Marian schwieg einen Augenblick, dann sagte sie ruhig:

»Warum nennen Sie das kühn?«

»Weil ich noch genug von jener altmodischen Denkart besitze, um zu glauben, daß eine Frau, welche der Liebe eines Mannes würdig ist, höher steht als er, und daß sie sich herabläßt, wenn sie sich ihm gibt.«

Seine Stimme war nicht überzeugend, die Sätze klangen aus seinem Munde nicht natürlich. Nicht in dieser Weise hatte sie gehofft, ihn sprechen zu hören — ein Mann, der sich so konventionell ausdrückte, liebte sie nicht, wie sie geliebt zu werden wünschte.

»Ich bin nicht dieser Ansicht«, sagte sie.

»Das überrascht mich nicht. Sie sind in jeder Hinsicht sehr zurückhaltend, und wir haben nie über dieses Thema gesprochen; aber ich weiß, daß Ihre Gedanken nie alltäglich sind. Denken Sie über die Stellung der Frau, wie Sie wollen, das berührt meine Ansicht nicht.«

»Ist die Ihre also alltäglich?«

»Entsetzlich alltäglich. Die Liebe ist etwas sehr Altes und Gewöhnliches, und ich glaube, ich liebe Sie auf die alte, gewöhnliche Art. Ich halte Sie für schön, für weiblich im besten Sinne des Wortes, voll Reiz und Sanftmut. Ich weiß, daß ich im Vergleich mit Ihnen ein rohes Wesen bin. All dies ist schon unendlich oft gefühlt und gesagt worden. Muß ich neue Worte finden, damit Sie mir glauben können?«

Marian schwieg.

»Ich weiß, was Sie denken«, sagte er. »Der Gedanke liegt so nahe, daß auch ich ihn nicht abwehren kann.«

Sie warf ihm einen Blick zu.

»Ja, ich lese Ihnen den Gedanken vom Gesichte ab. Warum habe ich nicht früher so zu Ihnen gesprochen? Warum habe ich gewartet, bis Sie gezwungen sind, meine Aufrichtigkeit zu bezweifeln?«

»Meine Gedanken lassen sich also doch nicht so leicht ablesen«, sagte Marian.

»Gewiß nehmen sie keine so grobe Form an, aber ich weiß — was immer Ihre wahren Gefühle für mich auch sein mögen: Sie hätten es lieber gesehen, wenn ich vor vierzehn Tagen so gesprochen hätte. Sie würden dies bei jedem Manne in meiner Lage wünschen, bloß weil es Ihnen schmerzlich ist, Unaufrichtigkeit zu unterstellen. Nun, ich bin nicht unaufrichtig. Ich habe seit einiger Zeit an Sie gedacht, wie an keine andere Frau, aber ... ja, Sie sollen die volle, rohe Wahrheit hören, die zweifellos auch ihr Gutes hat. Ich fürchtete mich, Ihnen zu sagen, daß ich Sie liebe. Sie schrecken nicht zurück — das ist sehr gut. Was ist an diesem Geständnis Schlimmes? Nach dem gewöhnlichen Verlauf der Dinge wäre ich noch drei, vier Jahre nicht in der Lage, Sie zu heiraten, und selbst dann würde eine Heirat nur Sorgen, Beschränkungen, Hindernisse bedeuten. Ich habe den Gedanken an eine Heirat mit einem armseli-

gen Einkommen immer gefürchtet. Erinnern Sie sich?
Lieb' in der Hütte, mit Wasser und Brot,
Ist — Lieb' verzeih uns! — Trümmer, Asche, Tod!
Sie wissen, daß das wahr ist.«

»Wohl nicht immer.«

»Für die große Mehrheit der Sterblichen. Zum Beispiel für die Reardons. Wenn sich je zwei Leute liebten, so waren sie es; aber die Armut zerstörte alles. Keiner von beiden hat mich ins Vertrauen gezogen, aber ich bin überzeugt, jeder wünscht, den anderen tot zu sehen. Was war denn anderes zu erwarten? Hätte ich es wagen dürfen, in meinen jetzigen Verhältnissen eine Frau zu nehmen — eine Frau, die so arm ist wie ich?«

»Sie werden sich bald viel besser stehen«, sagte Marian. »Wenn Sie mich lieben, warum fürchteten Sie, mich zu bitten, Vertrauen in Ihre Zukunft zu haben?«

»Das ist alles noch so unsicher. Es kann noch zehn Jahre dauern, ehe ich auf ein Einkommen von fünf- bis sechshundert Pfund jährlich rechnen kann — wenn ich weiter so kämpfen muß wie bisher.«

»Aber sagen Sie mir, was ist Ihr Lebensziel? Was verstehen Sie unter Erfolg?«

»Ja, ich will es Ihnen sagen: mein Ziel ist, mir alle die Genüsse zu verschaffen, die ein kultivierter Mensch ersehnt. Ich will unter schönen Dingen leben und nie durch einen Gedanken an banale Sorgen belästigt werden. Ich will reisen und meinen Geist in fremden Ländern bereichern. Ich will auf gleichem Fuß mit gebildeten und interessanten Menschen verkehren. Ich will bekannt werden, will, wenn ich einen Raum betrete, fühlen, daß die Leute mich mit Neugier betrachten.«

Er sah sie mit glänzenden Augen fest an.

»Und das ist alles?« fragte Marian.

»Das ist sehr viel. Vielleicht wissen Sie nicht, wie ich leide, wenn ich mich so benachteiligt sehe. Ich habe einen ausgeprägten Hang zur Gesellschaft, dennoch kann ich mich in der Gesellschaft nicht frei bewegen, bloß weil mir die Mittel zur rechten Selbstdarstellung fehlen. Aus Mangel an Geld stehe ich niedriger als die Leute, mit denen ich verkehre, obwohl ich ihnen in den meisten Dingen vielleicht überlegen bin. In vieler Hinsicht bin ich unwissend, bloß weil ich arm bin — stellen Sie sich vor, ich war ja nie außerhalb Englands! Es beschämt mich, wenn die Leute so vertraut vom Kontinent reden. Dasselbe gilt für all die anderen Vergnügungen; es ist mir unmöglich, unter meinen Bekannten im Theater und Konzert zu erscheinen. Angenommen nun, daß ich Geld genug hätte, um während der nächsten fünf Jahre ein volles, tätiges Leben zu führen, so wäre am Ende dieser Zeit meine Stellung gesichert. Wer hat, dem soll gegeben werden — Sie wissen, wie wahr das ist.«

»Und dennoch«, sprach Marian mit leiser Stimme, »dennoch sagen Sie, daß Sie mich lieben.«

»Sie meinen, ich spreche so, als existiere so etwas wie die Liebe gar nicht? Aber Sie haben mich ja gefragt, was ich unter Erfolg verstehe. Ich spreche von irdischen Dingen. Wenn ich nun zu Ihnen gesagt hätte: ›Mein einziges Ziel und Streben im Leben ist, Ihre Liebe zu gewinnen‹ — hätten Sie mir glauben können? Solche Phrasen sind immer unwahr. Ich kann nicht begreifen, was für ein Vergnügen es einem machen kann, sie anzuhören. Aber wenn ich zu Ihnen sage: ›Alle die Genüsse, die ich Ihnen da beschrieben habe, würden unendlich erhöht werden, wenn die Frau sie teilte, die mich liebt‹ — so ist das die einfache Wahrheit.«

Marian ward das Herz schwer. Sie verlangte keine solche Wahrheit; sie hätte es lieber gehabt, wenn er die armseligen, gewöhnlichen Falschheiten vorgebracht hätte. Nach leidenschaftlicher Liebe hungernd, hörte sie diese kalten Vernunftgründe mit einem Gefühl der Verzweiflung an. Sie hatte oft gefürchtet, daß Jasper ein kaltes Temperament besitze; dennoch hatte sie immer der Gedanke getröstet, daß sie sein Wesen noch nicht ganz ergründet hatte. Und dann und wann war ein plötzliches Aufblitzen, eine Andeutung ganz anderer Züge wahrzunehmen gewesen. Mit zitternder Sehnsucht hatte sie einer Enthüllung entgegengesehen, aber nun schien es ihr, daß er kein Wort jener Sprache verstehe, die ihrer erwartungsvollen Seele eine so freudige Antwort entlockt hätte.

»Es ist schon spät«, sagte sie und wandte den Kopf ab, als wären seine letzten Worte ohne Bedeutung gewesen. »Da Dora nicht kommt, werde ich gehen.«

Sie erhob sich und schritt zu dem Sessel, auf dem ihre Überkleider lagen. Im Nu war Jasper an ihrer Seite.

»Sie wollen gehen, ohne mir eine Antwort zu geben?«
»Eine Antwort? Worauf?«
»Wollen Sie meine Frau werden?«
»Diese Frage ist verfrüht.«
»Verfrüht? Wissen Sie nicht schon seit Monaten, daß ich mit mehr als bloßer Freundschaft an Sie denke?«
»Woher sollte ich das wissen? Sie haben mir eben erklärt, warum Sie mich nicht in Ihren wahren Gefühlen lesen lassen wollten.«

Der Vorwurf war verdient und nicht leicht zu widerlegen. Er wandte sich einen Augenblick ab, dann, mit einer raschen Bewegung, ergriff er ihre beiden Hände.

»Was immer ich in der Vergangenheit getan oder gesagt oder gedacht habe, hat jetzt keine Bedeutung mehr. Ich liebe Sie, Marian. Ich will, daß Sie meine Frau werden. Ich habe noch nie ein Mädchen gesehen, das von Anfang an einen solchen Eindruck auf mich gemacht hätte wie Sie. Wäre ich schwach genug gewesen, um eine andere als Sie zu werben, so hätte ich gewußt, daß ich den Weg zu meinem wahren Glück verlassen hätte. Vergessen wir einen Moment alle unsere Verhältnisse. Ich halte Ihre Hände und schaue in Ihr Gesicht und sage, daß ich Sie liebe. Welche Antwort Sie mir auch geben mögen, ich liebe Sie!«

Bisher hatte ihr Herz nur ein wenig geklopft; es schmerzte sie, daß die Liebe, welche sie so lange genährt, in einen fernen Winkel ihres Wesens zurückzuweichen schien, während sie den Reden zuhörte, die Jaspers Erklärung vorangingen. Sie war nervös, peinlich erregt, von mädchenhafter Scham berührt, hatte sich aber jener köstlichen Empfindung nicht hingeben können, die die Erfüllung ihrer geheimen Träume hätte sein sollen. Nun endlich begann es in ihrer Brust zu klopfen. Mit abgewandtem Gesicht und niedergeschlagenen Augen wartete sie auf eine Wiederholung des Tones, der in diesem letzten »Ich liebe Sie« gelegen hatte. Sie fühlte eine Veränderung in den Händen, die die ihren umschlossen hielten — eine Weichheit, eine feuchte Wärme —, und ein Schauer durchlief ihre Adern.

Er versuchte, sie an sich zu ziehen, aber sie hielt sich auf Armeslänge entfernt und antwortete nicht.

»Marian?«

Sie wollte sprechen, aber der Eigensinn fesselte ihre Zunge.

»Marian, lieben Sie mich nicht? Oder habe ich Sie durch meine Worte beleidigt?«

Es gelang ihr endlich, ihre Hände zu befreien. Jaspers Gesicht drückte Enttäuschung aus.

»Sie haben mich nicht beleidigt«, sagte sie. »Aber ich weiß nicht, ob Sie sich nicht täuschen, wenn Sie in diesem Augenblick denken, daß ich für Ihr Glück notwendig bin.«

Der erregende Strom, der von ihrem Körper in den

seinen übergegangen war, während ihre Hände verschlungen waren, machte es ihm unmöglich, fern von ihr stehenzubleiben. Er sah, daß ihr Gesicht und ihr Hals wärmer gefärbt waren, und ihre Schönheit erschien ihm begehrenswerter denn je.

»Sie sind mir mehr als alles im Leben!« rief er, abermals nähertretend. »Ich denke an nichts, als an Sie — an dich, meine schöne, sanfte, gedankenvolle Marian!«

Sein Arm umschlang sie, und sie leistete keinen Widerstand. Ein Schluchzen, dann ein seltsames, kurzes Lachen verrieten die Leidenschaft, die endlich in ihr auflöderte.

»Du liebst mich, Marian?«

»Ich liebe dich.«

Und nun folgte der Wechselchor der Leidenschaft, die ihren ersten Ausdruck findet — eine gedämpfte Musik, oft unterbrochen, immer zu demselben vollen Ton zurückkehrend.

Marian schloß die Augen und überließ sich dem wonnigen Traum. Zum erstenmal entwich sie völlig der Welt intellektueller Routine, zum erstenmal kostete sie das Leben. Die Pedanterie ihres mühevollen Tagewerks fiel von ihr ab wie ein lästiges Gewand, sie war jetzt nur in ihre Weiblichkeit gekleidet. Ein- oder zweimal durchrann sie ein seltsamer Schauer, und sie fühlte sich schuldbewußt, aber auf diese Empfindung folgte ein Sturm leidenschaftlicher Freude, der alle Gedanken und Überlegungen auslöschte.

»Wie werde ich dich wiedersehen?« fragte Jasper endlich. »Wo können wir uns treffen?«

Darin lag eine Schwierigkeit. Die Jahreszeit gestattete keinen längeren Aufenthalt unter freiem Himmel, aber Marian konnte nicht in seine Wohnung gehen; und es schien unmöglich, daß er sie daheim besuchte.

»Wird dein Vater an seiner Unfreundlichkeit gegen mich festhalten?«

Erst jetzt begann sie, über all das nachzudenken, was das neue Verhältnis bedeutete.

»Ich habe keine Hoffnung, daß er sich ändern wird«, sagte sie traurig.

»Wird er sich weigern, in unsere Heirat einzuwilligen?«

»Ich werde ihn bitter enttäuschen und kränken, denn er hat mich gebeten, mein Geld zur Gründung einer neuen Zeitschrift zu verwenden.«

»Die er herausgeben soll?«

»Ja. Glaubst du, daß auf einen Erfolg zu rechnen wäre?«

Jasper schüttelte den Kopf.

»Dein Vater ist nicht der Mann dafür, Marian. Ich meine das nicht respektlos, ich glaube nur, daß seine Fähigkeiten nicht auf diesem Gebiet liegen. Es wäre eine verfehlte Spekulation.«

»Das habe ich selbst gefühlt, und natürlich ist jetzt nicht daran zu denken.«

Sie hob das Gesicht zu ihm auf und lächelte.

»Sei ohne Sorge«, sagte Jasper. »Warte noch ein bißchen, bis ich mich von Fadge und noch ein paar anderen unabhängig gemacht habe, dann wird dein Vater sehen, wie herzlich ich wünsche, ihm von Nutzen zu sein. Er wird wohl deine Hilfe sehr vermissen?«

»Ja. Ich werde mir grausam vorkommen, wenn ich ihn verlasse — er hat mir gerade jetzt gesagt, daß sein Augenlicht schwächer wird. Oh, warum hat ihm sein Bruder nicht etwas hinterlassen! Gewiß hatte er ein größeres Anrecht darauf als Amy und ich selbst. Aber die Literatur ist immer der Fluch seines Lebens gewesen. Der Onkel haßte sie, und darum wohl hat er meinem Vater nichts hinterlassen.«

»Aber wie kann ich dich öfter sehen? Das ist die

erste Frage. Nun, ich weiß, was ich tun werde. Ich muß für mich und die Mädchen eine neue Wohnung in ein und demselben Hause suchen, dann kannst du ohne Schwierigkeit zu mir kommen. Dieser alberne Anstand kann ja eigentlich so leicht gewahrt werden. Wird deine Mutter auch gegen uns sein?«

»Die arme Mutter! Nein, aber sie wird es nicht wagen, mich vor dem Vater zu rechtfertigen.«

»Mir ist, als spielte ich eine traurige Rolle, wenn ich es dir überlasse, mit ihm zu sprechen. Marian, ich werde mir ein Herz fassen und ihn besuchen.«

»Oh, tue das lieber nicht!«

»Dann werde ich ihm schreiben — einen Brief, den er unmöglich übelnehmen kann.«

Marian erwog diesen Vorschlag.

»Tu das, Jasper, wenn du Lust dazu hast. Aber bitte, jetzt noch nicht, nicht gleich.«

»Du willst es ihn nicht gleich wissen lassen?«

»Warten wir lieber ein bißchen. Du weißt«, fügte sie lachend hinzu, »mein Erbteil existiert vorläufig nur auf dem Papier, das Testament muß erst geprüft und das Geld dann realisiert werden.«

Sie teilte ihm die näheren Details mit, und Jasper hörte mit gesenkten Augen zu.

Sie saßen nun auf zwei dicht nebeneinander gerückten Stühlen. Mit einem Gefühl der Erleichterung war Jasper von den Dithyramben zu einem Gespräch über praktische Dinge übergegangen, was Marians erregte Sensibilität sofort bemerken mußte. Sie beobachtete unausgesetzt das Spiel seiner Züge. Schließlich ließ er sogar ihre Hand los.

»Es wäre dir also lieber, wenn dein Vater nichts erführe, bis diese Angelegenheit geregelt ist?« sagte er sinnend.

»Wenn du damit einverstanden bist.«

»Oh, ich zweifle nicht, daß es so klüger ist!«

Ihre unterwürfigen Worte und deren zitternder Klang hätten eine andere Antwort hervorrufen sollen; aber Jasper verfiel wieder in Nachdenken, und augenscheinlich galt es praktischen Dingen.

»Ich muß jetzt gehen, Jasper«, sagte sie.

»Mußt du? Oder willst du?«

Er stand auf, obwohl sie noch saß. Marian trat ein paar Schritte von ihm weg, wandte sich aber um und näherte sich ihm wieder.

»Liebst du mich wirklich?« fragte sie, eine seiner Hände ergreifend und zwischen die ihren nehmend.

»Ja, Marian. Zweifelst du noch immer daran?«

»Tut es dir nicht leid, daß ich gehen muß?«

»Gewiß, Liebste, ich wollte, wir könnten den ganzen Abend ungestört beisammen sitzen.«

Ihre Berührung hatte dieselbe Wirkung wie vorhin. Sein Blut wurde warm, und er drückte sie an sich, streichelte ihr Haar und küßte ihre Stirne.

»Tut es dir leid, daß ich mein Haar kurz trage?« fragte sie, denn sie sehnte sich nach mehr Bewunderung, als er ihr gespendet hatte.

»Leid? Es ist prächtig. Jede andere Haartracht erscheint mir gegen die deine billig. Wie sonderbar du mit Zöpfen und dergleichen aussehen würdest!«

»Ich bin froh, daß es dir gefällt.«

»An dir ist nichts, was mir nicht gefällt, mein gedankenvolles Mädchen.«

»Du hast mich schon früher so genannt. Komme ich dir so gedankenvoll vor?«

»So ernst, so süß zurückhaltend, und deine Augen so voller Bedeutung.«

Sie zitterte vor Wonne und verbarg den Kopf an seiner Brust.

»Ich komme mir wie neugeboren vor, Jasper. Alles in der Welt ist mir neu, und ich bin mir selber fremd.

Ich habe bisher nie eine glückliche Stunde gekannt und kann noch immer nicht glauben, daß sie da ist.«

Endlich machte sie sich zum Gehen bereit, und sie verließen, natürlich von der Hauswirtin nicht unbemerkt, zusammen das Haus. Jasper begleitete sie die Hälfte des Weges, und sie kamen überein, daß er bei seinen Schwestern einen Brief für sie hinterlegen würde; aber schon in den nächsten Tagen sollte der Umzug bewerkstelligt werden.

Als sie sich getrennt hatten, blickte Marian sich um. Aber Jasper ging rasch davon, mit gesenktem Kopfe, in tiefes Sinnen versunken.

XXV. EIN NUTZLOSES TREFFEN

Große Verzweiflung sucht oft Linderung im Selbstmitleid und in jenem kindlichen Trotz, den es hervorbringt. Manchen Naturen wird dieses Selbstmitleid unerträglich und führt sie zum Selbstmord; es gibt jedoch weniger glückliche Wesen, denen die heftige Empörung gegen das Schicksal hilft, ihr Leid zu ertragen. Diese letzteren werden eher von ihrer Phantasie als von den Leidenschaften beherrscht; die Stadien ihres Jammers erscheinen ihnen wie Akte eines Dramas, das sie nicht abzukürzen vermögen, so fasziniert sind sie von den dunklen Triebkräften ihres Schicksals. Der Intellektuelle, der sich selbst tötet, wird oft durch die Einsicht in seine Bedeutungslosigkeit zu diesem Entschluß gebracht; das Selbstmitleid geht über in Selbstverachtung, und die gedemütigte Seele wird ihrer selbst überdrüssig. Wer unter solchen Verhältnissen weiterlebt, tut es, weil das Elend ihn in seiner eigenen Wertschätzung erhebt.

Nur weil er sein eigenes Los bemitleidete, konnte Edwin Reardon den ersten Monat nach seiner Trennung von Amy überleben. Ein- oder zweimal in der Woche, manchmal früh abends, manchmal um Mitternacht und noch später streifte er durch die Straße in Westbourne Park, wo seine Frau wohnte, und jedesmal kehrte er mit einem stärkeren Gefühl der Ungerechtigkeit, die er erlitt, in sein Dachzimmer zurück — voller Empörung über die Verhältnisse, die ihn in gänzliche Dunkelheit gestoßen hatten, voller Bitterkeit gegen seine Frau, die eher ihr eigenes Wohlergehen sichern, als seinen Untergang teilen wollte.

Manchmal war er nicht weit von dem Zustande geistiger Gestörtheit entfernt, den Frau Edmund Yule so bereitwillig bei ihm angenommen hatte. Dann und wann bemächtigte sich seiner eine außerordentliche Anmaßung; er stand wie ein zu Unrecht Verbannter inmitten seiner ärmlichen Umgebung und lachte in wütender Verachtung laut über all jene, die ihn tadelten oder bemitleideten.

Als er von Jasper Milvain hörte, daß Amy krank oder auf jeden Fall durch das, was sie mitgemacht hatte, leidend geworden sei, überkamen ihn Gewissensbisse, die ihn fast bewogen hätten, an ihre Seite zu eilen. In seine Gefühle mischte sich ein deutliches Vergnügen daran, daß auch sie ihren Anteil am Kummer habe, und er hegte sogar die Hoffnung, daß ihre Krankheit ernst werden möge; er malte sich aus, wie man ihn an ihr Krankenbett rufen und wie sie ihn um Verzeihung bitten würde. Aber es war nicht bloß eine boshafte Befriedigung. Er glaubte auch, daß Amy leide, weil noch ein Rest von Liebe zu ihm in ihr sei. Als die Tage verstrichen und er nichts von ihr hörte, übermannten ihn Enttäuschung und Groll. Endlich hörte er auf, ihre Nachbarschaft zu durchstreifen, und kam zu dem Entschlusse, sich gänzlich fernzuhalten und hartnäckig den Ausgang abzuwarten.

Zu Ende jedes Monats schickte er die Hälfte des Geldes, welches er von Carter erhielt, mittels eines kommentarlosen Postauftrages an seine Frau. Die ersten beiden Sendungen blieben unbestätigt, nach der dritten kam ein kurzer Brief von Amy:

»Da du fortfährst, mir Geld zu schicken, sollte ich dir wohl mitteilen, daß ich es nicht für meine eigenen Zwecke gebrauchen kann. Vielleicht bewegt dich ein gewisses Pflichtgefühl zu diesem Opfer, aber leider ist es wahrscheinlicher, daß du mich jeden Monat daran erinnern willst, welche Entbehrungen du auf dich nimmst, um mich damit zu quälen. Was du mir bisher geschickt hast, habe ich unter Willies Namen im Postsparkassenamt deponiert, und das werde ich auch in Zukunft tun. A. R.«

Ein paar Tage beharrte Reardon in seiner Absicht, nicht zu antworten, aber der Drang, seine hochmütigen Gefühle zu äußern, war am Ende zu stark. Er schrieb:

»Ich finde es ganz natürlich, daß du allen meinen Handlungen die schlechteste Deutung unterlegst. Was meine Entbehrungen betrifft, so denke ich wenig an sie; sie sind eine Kleinigkeit im Vergleich zu dem Gedanken, daß ich verlassen worden bin, bloß weil meine Tasche leer ist. Auch bin ich weit entfernt, zu denken, daß irgend etwas, was ich durchzumachen habe, dich mit Sorge erfüllen könnte — das hieße ja in deinem Wesen Großmut voraussetzen.«

Dieser Brief war kaum aufgegeben, als er ihn auch schon gern zurückgenommen hätte. Er wußte, daß er würdelos war, daß er ebenso viele Unwahrheiten wie Zeilen enthielt, und schämte sich über sich selbst. Aber er konnte ihm keinen Widerruf nachschicken, und so hatte er eine neue Ursache zu verzweifeltem Elend.

Neben den Leuten, mit denen er im Krankenhaus in Berührung kam, hatte er keine andere Gesellschaft als Biffen. Der Realist besuchte ihn jede Woche einmal, und seine Freundschaft wurde inniger, als sie zu Reardons Glückszeiten gewesen war. Biffen war ein Mensch von so viel natürlichem Zartgefühl, daß es ein Vergnügen war, ihm die Einzelheiten eines geheimen Kummers mitzuteilen; obwohl er für Reardon tiefes Mitgefühl empfand, widersetzte er sich, so gut er konnte, dessen hartem Urteil über Amy und gewährte dadurch seinem Freunde eine Befriedigung, die dieser jedoch nicht eingestehen konnte.

»Ich sehe wirklich nicht ein, wie deine Frau anders

hätte *handeln* können!« rief er, als sie einst in einer Sommernacht in dem Dachzimmer saßen. »Natürlich bin ich nicht imstande, ihre Geisteshaltung zu beurteilen, aber nach dem, was ich von ihr weiß, bin ich überzeugt, daß zwischen euch bloß ein Mißverständnis herrscht. Es war hart und bitter, daß sie dich eine Zeit verlassen mußte, und du konntest dieser Notwendigkeit nicht mit einer gerechten Beurteilung begegnen. Glaubst du nicht, daß in meiner Auffassung etwas Wahres liegt?«

»Ihr als Frau kam es zu, die verhaßte Notwendigkeit zu mildern; statt dessen machte sie sie schlimmer.«

»Ich weiß nicht, ob du nicht zuviel von ihr verlangst. Leider weiß ich wenig oder nichts von Frauen aus gutem Haus, aber ich vermute, daß man von ihnen ebenso wenig Heroismus erwarten darf wie von den Frauen der unteren Klassen. Ich halte die Frauen für Geschöpfe, die beschützt werden müssen. Ist ein Mann berechtigt, von ihnen zu fordern, daß sie stärker seien als er?«

»Natürlich nützt es nichts, von einem Charakter mehr zu verlangen als das, wozu er fähig ist«, antwortete Reardon, »aber ich dachte, sie sei aus feinerem Stoff. Meine Bitterkeit rührt aus der Enttäuschung.«

»Ich glaube, es lagen auf beiden Seiten Charakterfehler vor, und zum Schluß saht ihr nur noch eure gegenseitigen Schwächen.«

»Ich sah die Wahrheit, die mir immer verhüllt worden war.«

Biffen beharrte auf seinem Zweifel, und Reardon war ihm insgeheim dankbar dafür.

Da der Realist mit seinem Roman »Herr Bailey, der Krämer« Fortschritte machte, las er Reardon daraus vor, nicht allein zu seiner eigenen Befriedigung, sondern hauptsächlich, weil er hoffte, daß dieses Beispiel von Produktivität den Zuhörer schließlich zur

Aufnahme seiner eigenen literarischen Tätigkeit anspornen würde. Reardon fand an dem Werk des Freundes viel zu kritisieren, und es war bemerkenswert, daß er weniger zögernd tadelte und verurteilte, als in seinen besseren Tagen; denn Milde ist eine der Tugenden, die, wenigstens bei schwächeren Naturen, durch Not geschmälert wird. Biffen dehnte die Diskussionen absichtlich so lange wie möglich aus, und zweifellos taten sie Reardon wohl. Aber der Unglückliche ließ sich nicht zu einem neuen Versuch überreden, seine eigenen Gedanken zu Papier zu bringen. Manchmal empfand er Lust, eine Geschichte zu entwerfen, aber schon nach einer Stunde der Überlegung ekelte es ihn an. Seine Ideen kamen ihm leer, schal vor; es wäre ihm unmöglich gewesen, ein halbes Dutzend Seiten zu schreiben, und der bloße Gedanke an ein ganzes Buch erweckte die Angst vor unüberwindlichen Schwierigkeiten, unermeßlichen Mühen.

Nach einiger Zeit war er jedoch wieder imstande, zu lesen. Es machte ihm Vergnügen, die kleine Sammlung billiger Bücher zu betrachten, die ihm von seiner Bibliothek geblieben waren; der Anblick vieler Bände wäre lästig gewesen, aber diese wenigen erschienen ihm — sobald er überhaupt wieder an Bücher denken konnte — wie freundliche Gesichter. Er konnte nicht lange in einem Zug lesen, aber manchmal öffnete er seinen Shakespeare und träumte darüber. Von solchem flüchtigen Blättern blieb ihm eine Zeile oder eine kurze Strophe im Gedächtnis haften, die er, wo er auch ging, vor sich hin sagte — gewöhnlich süße und klangvolle Verse, die eine beruhigende Wirkung auf ihn ausübten.

Er hatte einen Anzug für seine Amtsstunden im Spital zurückbehalten, der anständig war und durch sehr sorgfältige Behandlung noch lange Zeit in gutem Zustand erhalten werden konnte; aber der, den er zu

Hause und auf seinen Wanderungen durch die Straßen trug, verriet mit jeder Faser die Armut seines Besitzers. In seiner jetzigen Gemütsverfassung war es ihm gleichgültig, wie er auf die Vorübergehenden wirken mochte. Diese schäbigen Kleidungsstücke waren die Zeichen seiner Erniedrigung, und manchmal sah er sie (wenn er sich zufällig in einem Ladenfenster erblickte) mit zufriedener Verachtung an. Dieselbe Gemütsverfassung trieb ihn oft in die ärmlichsten Gasthäuser, an Orte, wo er Ellbogen an Ellbogen neben zerlumpten Geschöpfen saß, die irgendwo das Geld zu einer Tasse Kaffee und einem Butterbrot zusammengeklaubt hatten. Er liebte es, sich mit diesen Unglückskameraden zu vergleichen. Manchmal nahm er sogar, wie um den Vergleich auf die Spitze zu treiben, trotzig mitten unter den Elenden der Unterwelt Platz und nährte in sich den Haß gegen alle, denen es gut ging.

Einen von diesen wollte er freilich mit Dankbarkeit betrachten, aber das fiel ihm schwer. Der muntere Carter begann, obwohl er zuerst ungeniert mit seinem Schreiber in City Road verkehrt hatte, allmählich ein verändertes Benehmen an den Tag zu legen. Reardon sah manchmal die Augen des jungen Mannes mit sonderbarem Ausdruck auf sich gerichtet, und das Geplauder des Sekretärs, obwohl noch immer heiter, wurde manchmal eigenartig stockend, während er über ein Wort Reardons oder einen Punkt seines Benehmens nachzudenken schien. Die Erklärung dafür war, daß Carter zu der Ansicht gelangte, Frau Yules Hypothese — der Schriftsteller sei nicht ganz bei Sinnen — sei doch nicht völlig aus der Luft gegriffen. Zuerst lachte er über die Idee, aber allmählich schien es ihm, daß Reardons Gesicht tatsächlich eine verstörte Wildheit besitze, die einen auf unangenehme Gedanken brachte. Diese Beobachtung machte er besonders nach der Rückkehr von seiner Ferienreise nach Norwegen. Als er zum ersten Male in die Filiale von City Road kam, setzte er sich zu Reardon und gab eine lebhafte Schilderung seiner Reisegenüsse zum besten; es fiel ihm gar nicht ein, daß dergleichen nicht geeignet war, einen Mann aufzuheitern, der den August zwischen Dachzimmer und Spital verbracht hatte, aber er bemerkte bald, daß sein Zuhörer in ziemlich seltsamer Weise hin- und herblickte.

»Sie waren doch nicht krank, während ich weg war?« fragte er.

»Keineswegs!«

»Aber Sie sehen danach aus. Wir müssen wirklich sehen, daß Sie in diesem Monat für vierzehn Tage Urlaub machen.«

»Ich habe keine Lust dazu«, sagte Reardon. »Ich werde mir vorstellen, daß ich in Norwegen war. Es hat mir gut getan, von Ihrer Reise zu hören.«

»Das freut mich; aber Sie wissen, das ist nicht dasselbe, wie wenn man selber ein bißchen verreist.«

»Oh, viel besser! Wenn ich mich selbst amüsiere, so ist das bloßer Egoismus, aber wenn ich mich an dem Amüsement eines anderen erfreue, so ist das die lauterste Befriedigung, die Leib und Seele wohltut. Ich kultiviere den Altruismus.«

»Was ist denn das?«

»Eine äußerst selten gewordene Form des Glücks. Das Sonderbare dabei ist, daß es nur zu erreichen ist, wenn man gerade doppelt so viel Glauben darein setzt, wie zur Aufnahme in den athanasischen Orden gefordert wird.«

»Ah!«

Carter entfernte sich mehr als verwirrt. Am Abend erzählte er seiner Frau, daß Reardon auf die sonderbarste Weise mit ihm gesprochen habe, kein Wort sei zu verstehen gewesen.

Die ganze Zeit über sah er sich nach einer Anstellung

um, die für seinen unglücklichen Schreiber passend gewesen wäre; denn Rardon, ob nun etwas toll oder nicht, wies kein Zeichen der Unfähigkeit im Erfüllen seiner Pflichten auf; er war gewissenhaft wie immer und konnte, falls sich sein Zustand nicht rapid verschlimmerte, mit einer verantwortungsvolleren Stelle betraut werden. Endlich, Anfang Oktober, erfuhr der Sekretär von einer Gelegenheit und verlor keine Zeit, sie Reardon mitzuteilen. Dieser begab sich an jenem Abend in die Clipstone Street und kletterte zu Biffens Zimmer hinauf. Er trat mit heiterer Miene ein und rief:

»Ich habe gerade ein Rätsel erfunden; sieh zu, ob du es lösen kannst. Was hat ein Londoner Haus mit dem menschlichen Körper gemeinsam?«

Biffen sah den Freund etwas bestürzt an, so ungewohnt war ein Scherz dieser Art.

»Was hat ein Londoner Haus . . .? Keine Ahnung.«

»Daß der Geist immer oben sitzt. Nicht schlecht, wie?«

»Na, es geht, obgleich das allgemeine Publikum die Pointe wohl nicht erfassen wird. Aber was ist denn los?«

»Gute Neuigkeiten. Carter bietet mir eine Stelle an, die entschieden ein Fortschritt sein wird. Freie Wohnung — und hundertfünfzig Pfund Jahresgehalt.«

»Bei Pluto, das läßt sich hören. Hängen wohl Verpflichtungen daran, wie?«

»Leider ist das nicht zu vermeiden. Es ist die Sekretärsstelle in einem Asyl für obdachlose Knaben in Croydon. Kein leichter Posten, sagt Carter, viel zu tun, auch viel praktische Arbeit, manchmal recht grobe, wie ich glaube. Wer weiß, ob ich der Mann dafür bin. Der jetzige Sekretär ist ein Riese, über zwei Meter groß, ein Freund des Sports und dann und wann auch von einer Rauferei, wenn sich die Gelegenheit bietet. Aber er geht zu Weihnachten fort — irgendwohin als Missionar, und ich kann die Stelle haben, wenn ich will.«

»Und das tust du doch?«

»Ja, ich will es entschieden versuchen.«

Biffen wartete ein wenig, dann sagte er:

»Deine Frau wird doch gewiß mit dir kommen?«

»Wer weiß.«

Reardon bemühte sich, gleichgültig zu sprechen, aber man konnte sehen, daß er zwischen Angst und Hoffnung schwebte.

»Du wirst sie auf jeden Fall fragen?«

»Gewiß«, lautete die halbzerstreute Antwort.

»Es gibt gar keinen Zweifel, daß sie mitkommen wird. Hundertfünfzig Pfund, keine Miete zu zahlen — das ist ja Überfluß!«

»Die Wohnung befindet sich in dem Heim selbst, Amy wird zu einem solchen Aufenthalt nicht leicht bereit sein ... und Croydon ist nicht gerade ein einladender Ort.«

»Ganz nahe der entzückendsten Landschaft.«

»Ja, ja, aber Amy liegt an dergleichen nichts.«

»Du beurteilst sie unrichtig, Reardon, du bist zu streng. Ich flehe dich an, verpasse nicht die Gelegenheit, alles wieder in Ordnung zu bringen! Wenn du nur einen Moment lang in meiner Lage leben müßtest und dir dann die Gesellschaft einer Frau wie der deinen angeboten würde!«

Reardon hörte ihm mit wachsender Erregung zu.

»Ich wäre vollkommen im Recht«, sagte er finster, »wenn ich sie erst nach Annahme der Stellung davon benachrichtige und ihr dann gestatte, mich zu fragen, ob ich sie zurücknehmen will — wenn sie es wünscht.«

»Du hast dich in diesem Jahr sehr verändert«, sagte Biffen kopfschüttelnd. »Sehr. Aber ich hoffe, du findest bald zu deinem alten Ich zurück. Ich hätte es für unmöglich gehalten, daß du schroff werden könntest. Geh, sei ein guter Kerl, und such deine Frau auf«.

»Nein, ich werde ihr schreiben.«

»Such sie auf, ich bitte dich! Das Briefeschreiben hat bei zwei Leuten, die sich mißverstehen, noch nie gutgetan. Geh morgen nach Westbourne Park, und sei vernünftig, sei mehr als vernünftig. Das Glück deines Lebens hängt von dem ab, was du jetzt tust. Vergiß alles Unrecht, das dir zugefügt worden ist. Nein, wenn man bedenkt, daß man einem Manne noch zureden muß, sich eine solche Frau zurückzuerobern!«

In Wahrheit bedurfte es nur wenigen Zuredens. Nur der Starrsinn, eine der Formen oder Folgen des Selbstmitleids, ließ ihn sich gegen seinen innigsten Wunsch auflehnen und einen herben Ton anschlagen, dessen Übertriebenheit er selbst fühlte; aber er hatte bereits den Entschluß gefaßt, Amy aufzusuchen. Selbst wenn dieser Vorwand sich nicht geboten hätte, hätte er bald der Sehnsucht nach einem Blick auf das Gesicht seiner Frau nachgegeben, die Tag für Tag unter dem Druck all der widersprüchlichen Leidenschaften, deren Opfer er war, wuchs. Vor einigen Monaten, als der Sommersonnenschein seine Besessenheit, durch die Straßen zu streifen, zu einer täglichen Tortur machte, redete er sich ein, daß in ihm keine Spur seiner Liebe zu Amy übriggeblieben sei; es gab Augenblicke, wo er an sie mit Widerwillen dachte; sie erschien ihm als eine kalte, egoistische Frau, die Neigung geheuchelt hatte, solange es ihren Zielen förderlich schien, aber brutal ihre wahre Natur offenbarte, als von ihm nichts mehr zu hoffen war. Das war Selbsttäuschung aus Not. Die Liebe, selbst die Leidenschaft, war in der Tiefe seines Wesens noch lebendig; und die Begierde, mit der er zu dem Freunde eilte, als eine neue Hoffnung aufstieg, war der beste Beweis dafür.

Er ging nach Hause und schrieb an Amy.

»Ich habe einen Grund, dich zu sprechen. Willst du die Güte haben, mir für Sonntagvormittag eine Stunde zu bestimmen, wo ich dich ungestört sprechen kann? Selbstverständlich will ich sonst niemanden sehen.«

Sie mußte diesen Brief morgen, Samstag, mit der ersten Post erhalten und ihm zweifellos im Verlaufe des Nachmittags eine Antwort zugehen lassen. Die Ungeduld ließ ihn nur wenig schlafen, und der nächste Tag war ein endloses Warten. Den Abend mußte er im Spital verbringen, und wenn vor seinem Weggehen keine Antwort kam, so wußte er nicht, wie er sich zu der gewöhnlichen Arbeitsroutine würde zwingen können. Dennoch rückte die Zeit heran, und nichts kam. Er war versucht, sofort selbst nach Westbourne Park zu gehen, aber die Vernunft siegte in ihm. Als er wieder zu Hause anlangte, lag der Brief bereits da; der Briefträger hatte ihn unter die Tür geschoben, und als er ein Zündhölzchen ansteckte, sah er, daß einer seiner Füße auf dem weißen Kuvert stand.

Amy schrieb, daß sie um elf Uhr vormittags zu Hause sein werde. Sonst kein Wort.

Aller Wahrscheinlichkeit nach wußte sie von dem Angebot, das ihm gemacht worden war. Frau Carter mochte ihr davon erzählt haben. War es ein gutes oder böses Omen, daß sie nur diese wenigen Worte schrieb? Die halbe Nacht hindurch plagte er sich mit Vermutungen; im einen Moment dachte er, daß ihre Kürze ein Willkommen versprach, und im nächsten, daß sie ihn davor warnen wolle, etwas anderes als ein kaltes, beleidigtes Verhalten zu erwarten. Um sieben Uhr war er bereits angekleidet, und noch zweieinhalb Stunden mußten totgeschlagen werden, ehe er sich auf den Weg machen konnte. Er wäre gern in den Straßen umhergewandert, aber es regnete.

Er hatte sich so gut wie möglich hergerichtet. Dennoch mußte er in einem Hause wie dem seiner Schwiegermutter als ein seltsamer Sonntagsgast erscheinen. Sein weicher Filzhut, der seit Monaten nicht ausgebürstet worden war, hatte eine grünlichgraue Farbe und um das Band herum Schweißflecken. Seine Krawatte war verblaßt und abgetragen. Rock und Weste hielten einem prüfenden Blick stand, aber seine Beinkleider überging man besser mit Schweigen. Der eine Stiefel war geflickt, und beide hatten kaum noch Absätze.

Nun, mochte sie ihn so sehen, mochte sie begreifen, was es heißt, von zwölfeinhalb Shilling in der Woche leben zu müssen!

Obwohl es kalt und naß war, konnte er seinen Überrock nicht anlegen. Vor drei Jahren war es ein recht guter Ulster gewesen, jetzt waren die Ränder der Ärmel ausgefranst, zwei Knöpfe fehlten, und die ursprüngliche Farbe des Stoffes war nicht mehr zu erkennen.

Um halb zehn machte er sich auf den Weg und kämpfte sich mit einem schäbigen Schirm gegen Wind und Regen. Pentonville Hill hinab, Euston Road hinauf, durch die ganze Marylebone Road, dann nordwestlich zu seinem Endziel. Es waren gut sechs Meilen von dem einen Hause zum anderen, aber er kam vor der festgesetzten Zeit an und mußte umherirren, bis das Ende der Glocken und Uhrenschläge ihm sagte, daß es elf Uhr sei. Dann präsentierte er sich an der vertrauten Tür.

Als er nach Frau Reardon fragte, wurde er sofort eingelassen und in den Salon geführt; das Mädchen fragte nicht einmal nach seinem Namen.

Im Salon wartete er ein paar Minuten und kam sich inmitten der zierlichen Möbel wie ein Ausgestoßener vor. Die Tür öffnete sich. Amy, in einem einfachen, aber gutsitzenden Kleide, kam bis fast auf Armeslänge auf ihn zu; nach dem ersten Blick wandte sie die Augen ab und machte keine Bewegung, ihm die Hand zu reichen. Er sah, daß seine kotigen, formlosen Stiefel ihre Aufmerksamkeit fesselten.

»Weißt du, warum ich gekommen bin?« fragte er.

Er wollte in versöhnlichem Tone sprechen, aber er konnte seine Stimme nicht beherrschen, und sie klang rauh, feindlich.

»Ich glaube«, antwortete Amy, indem sie sich anmutig niederließ. Sie hätte gewiß weniger würdevoll gesprochen, wäre sein Ton anders gewesen.

»Die Carters haben es dir erzählt?«

»Ja, ich habe davon gehört.«

Ihr Benehmen war nicht einladend; sie hielt das Gesicht abgewandt, und Reardon sah nur dessen schönes Profil, hart und kalt, wie aus Marmor gehauen.

»Es interessiert dich nicht?«

»Ich freue mich, daß sich dir eine bessere Aussicht bietet.«

Er hatte sich nicht niedergesetzt und hielt seinen verbeulten Hut hinter seinem Rücken.

»Du sprichst, als ginge es dich in keiner Weise an. Willst du mir dies zu verstehen geben?«

»Wäre es nicht besser, wenn du mir sagtest, weshalb du hierhergekommen bist? Da du entschlossen scheinst, in allem, was ich sage, Fehler zu finden, werde ich schweigen. Bitte, sage mir, warum du mich sprechen wolltest.«

Reardon wandte sich jäh ab, wie um zu gehen, hielt jedoch nach ein paar Schritten inne.

Beide waren mit freundlichen Absichten zu diesem Wiedersehen gekommen, aber in diesen ersten Augenblicken war jeder von dem Aussehen und der Sprache des anderen so unangenehm berührt, daß ein Aufruhr der Gefühle jedmögliche gute Wirkung ihrer langen Trennung vereitelte. Beim Eintreten hatte Amy ihm die Hand reichen wollen, aber das ärmliche Äußere Reardons entsetzte sie und hielt sie zurück. Fast jede

Frau hätte diese Scheu vor der Livrée der Armut empfunden. Amy brauchte nur einen Moment nachzudenken, und sie begriff, daß ihr Gatte an seiner Schäbigkeit keine Schuld trug; schon als er sich von ihr trennte, war seine Garderobe in sehr schlechtem Zustande gewesen, und wie hätte er seither neue Kleider kaufen können? Nichtsdestoweniger erniedrigte ihn eine solche Kleidung in ihren Augen; sie war das Symbol seines traurigen geistigen Verfalls. Auf Reardon hatte die Eleganz seiner Frau dieselbe abstoßende Wirkung, was ohne den Ausdruck auf ihrem Gesicht allerdings nicht der Fall gewesen wäre. Hätten sie während der ersten fünf Minuten schweigend beisammen sein können, so hätte die Sympathie auf beiden Seiten überwogen, und die ersten Worte hätten im Einklang mit ihrer freundlichen Stimmung gestanden. Aber das Unglück kam rasch.

Ein Mann muß von der Natur wirklich sehr gnädig ausgestattet sein, wenn seine persönliche Erscheinung billiger moderner, obendrein abgetragener Kleidung trotzen soll. Reardon besaß keine so auffallende Schönheit, und es war kein Wunder, daß seine Frau sich seiner schämte. Ja, schämte; er erschien ihr wie ein gesellschaftlich unter ihr Stehender, und dieser Eindruck war so stark, daß er alle Erinnerung an seine geistigen Vorzüge verdrängte. Sie hätte diesen Stand der Dinge voraussehen und sich dagegen wappnen können, aber sie hatte es nicht getan. Seit mehr als fünf Monaten bewegte sie sich unter gutgekleideten Menschen, und der Kontrast kam zu plötzlich. Sie war in solchen Dingen überhaupt sehr empfindlich, zumal sie unter dem demoralisierenden Einfluß ihres Unglücks stand. Freilich begann sie sich bald ihrer Scham zu schämen, aber dies konnte das ursprüngliche Gefühl und seine Folgen nicht aufheben.

»Ich liebe ihn nicht, ich kann ihn nicht lieben.«

So sprach sie mit unerschütterlicher Entschiedenheit zu sich selbst. Bisher hatte sie noch gezweifelt, aber mit dem Zweifel war es jetzt zu Ende. Wäre Reardon so gewitzt gewesen, sich für dieses Wiedersehen so oder so einen anständigen Anzug zu verschaffen, so hätte diese lächerliche Bagatelle zu einem ganz anderen Resultat geführt.

Er wandte sich wieder um und sprach mit der Bitterkeit eines Menschen, der fühlt, daß er verachtet wird, und daher entschlossen ist, die gleiche Verachtung zu zeigen.

»Ich kam, um dich zu fragen, was du zu tun gedenkst, falls ich nach Croydon gehe?«

»Ich denke darüber nicht nach.«

»Das heißt also, du bist es zufrieden, weiter hier zu leben?«

»Wenn ich keine andere Wahl habe, muß ich mich wohl zufriedengeben.«

»Aber du hast die Wahl.«

»Es ist mir keine geboten worden.«

»Dann biete ich sie dir jetzt«, sagte Reardon, in weniger aggressivem Tone. »Ich werde freie Wohnung und hundertfünfzig Pfund jährliches Gehalt haben — vielleicht paßt es zu meiner Stellung besser, wenn ich sage, daß ich etwa drei Pfund wöchentlich bekommen werde. Du kannst nun, so wie bis jetzt, die Hälfte dieses Geldes nehmen oder deinen Platz als meine Frau wieder einnehmen. Bitte, entscheide dich.«

»Ich werde es dich in einigen Tagen brieflich wissen lassen.«

Es war ihr unmöglich, zu sagen, daß sie zu ihm zurückkehren werde, aber eine Weigerung bedeutete nichts Geringeres als eine Trennung für den Rest des Lebens. Ihre einzige Zuflucht lag im Verschieben.

»Ich muß es sofort wissen«, sagte Reardon.

»Ich kann nicht sofort antworten.«

»Tust du es nicht, so weiß ich, daß du dich weigerst, zu mir zurückzukehren. Du kennst die Verhältnisse; es gibt keinen Grund, dich mit jemand anderem zu besprechen. Du kannst mir, wenn du nur willst, sofort antworten.«

»Ich möchte dir aber nicht sofort antworten«, erwiderte Amy, etwas erbleichend.

»Das entscheidet. Wenn ich dich jetzt verlasse, sind wir geschiedene Leute.«

Amy unterwarf seine Züge einer blitzschnellen Prüfung. Sie hatte nie den Verdacht gehegt, daß sein Geist gestört sei; nichtsdestoweniger hatte diese ständig wiederkehrende Behauptung ihrer Mutter sie gegen ihren Gatten beeinflußt und in dem Gedanken bestärkt, daß sein Verhalten unentschuldbar sei. Und nun schien es ihr, daß jedermann berechtigt sei, ihn für wahnsinnig zu halten, so verwegen waren seine Worte. Es war schwer, in ihm den Mann wiederzuerkennen, der sie so inbrünstig geliebt hatte, der nie eines ungütigen Wortes oder Blickes fähig gewesen war.

»Wenn du das vorziehst, so muß die Scheidung offiziell vollzogen werden«, sagte sie. »Ich kann meine Zukunft nicht deinen Launen anvertrauen.«

»Du meinst, sie soll in die Hände eines Advokaten gelegt werden?«

»Ja.«

»Das wird ohne Zweifel das beste sein.«

»Gut, so werde ich mit meinen Freunden darüber sprechen.«

»Deine Freunde!« rief er bitter. »Ohne diese Freunde wäre all dies nicht geschehen. Ich wollte, du wärest allein in der Welt und bettelarm!«

»Wirklich, ein gütiger Wunsch!«

»Ja, es ist ein gütiger Wunsch. Dann wäre deine Heirat mit mir bindend gewesen. Du hättest gewußt, daß mein Los das deine ist, und dieses Bewußtsein hätte dir über deine Schwäche hinweggeholfen. Ich fange an, einzusehen, wie recht diese Menschen haben, die die Frauen in Unmündigkeit halten wollen. Ich habe dir erlaubt, unabhängig zu handeln, und das Resultat davon ist, daß du mein Leben zerstört und das deine erniedrigt hast. Wäre ich stark genug gewesen, dich wie ein Kind zu behandeln und von dir Gefolgschaft zu fordern, wohin immer mein Glücksstern mich führt, so wäre es für mich wie für dich besser gewesen. Ich war schwach, und nun leide ich, wie alle Schwachen.«

Es folgte eine Pause. Amy saß da und starrte düster auf den Teppich; Reardon sah im Zimmer umher, sagte aber nichts. Er hatte seinen Hut auf einen Stuhl geworfen, und seine Finger arbeiteten nervös hinter seinem Rücken.

»Willst du mir sagen, wie deine Freunde deine Lage auffassen?« sagte er endlich. »Ich meine nicht deine Mutter und deinen Bruder, sondern die Leute, die ins Haus kommen.«

»Ich frage diese Leute nicht um ihre Meinung.«

»Dennoch wird eine gewisse Erklärung notwendig gewesen sein. Wie hast du dein Verhältnis zu mir dargestellt?«

»Ich sehe nicht ein, was das dich angehen kann.«

»In einer Hinsicht geht es mich doch an. Freilich ist es mir gleichgültig, wie Leute dieser Art über mich denken, aber man will doch nicht ganz ohne Grund geschmäht werden. Hast du ihnen zu verstehen gegeben, daß ich dir das Leben an meiner Seite unerträglich gemacht habe?«

»Nein. Du beleidigst mich durch diese Frage, aber da du Gefühle dieser Art nicht zu verstehen scheinst, muß ich dir wohl eine sehr einfache Antwort geben.«

»Du hast ihnen also die Wahrheit gesagt? Daß ich so

arm geworden bin, daß du nicht mehr mit mir leben kannst?«

»So habe ich das nie ausgedrückt, aber ohne Zweifel denkt man das. Es muß sich auch herumgesprochen haben, daß du dich weigertest, den letzten Schritt zu unternehmen, der dich vielleicht gerettet hätte.«

»Was für einen Schritt?«

Sie erinnerte ihn an die Absicht, ein halbes Jahr an der See zu verbringen.

»Ich habe das ganz vergessen«, antwortete er mit einem spöttischen Lächeln. »Das beweist, wie lächerlich es gewesen wäre.«

»Schreibst du gar nicht mehr?« fragte Amy.

»Meinst du, daß ich die dazu notwendige Gemütsruhe besitze?«

Seine Stimme hatte sich verändert. Amy fühlte sich so sehr an ihren Gatten vor seinem Unglück erinnert, daß sie keine Antwort finden konnte.

»Meinst du, ich bin imstande, mich mit den Sorgen imaginärer Personen zu beschäftigen?«

»Ich meinte nicht unbedingt Romane.«

»Daß ich mich also in das Studium der Literatur versenken kann? Um Gotteswillen, was glaubst du, wie ich meine Mußestunden verbringe?«

Sie gab keine Antwort.

»Glaubst du, ich nehme dieses Unglück so leicht wie du, Amy?«

»Ich bin weit davon entfernt, es leicht zu nehmen.«

»Du bist gesund, ich sehe keine Spur eines Leidens.«

Sie schwieg. Ihr Unwohlsein war freilich sehr leicht gewesen und hatte hauptsächlich zur Aufrechterhaltung der gesellschaftlichen Fassade gedient; aber sie wollte dies nicht eingestehen, nicht einmal sich selbst. Vor den Bekannten zeigte sie häufig einen geheimen, tiefen Kummer; aber solange sie ihr Kind hatte, war sie nicht in Gefahr, zum Opfer ihrer eigenen Gefühle zu werden.

»Gerade jetzt kann ich das nicht glauben«, fuhr er fort, »da du den Wunsch ausdrückst, dich formell von mir scheiden zu lassen.«

»Ich habe keinen solchen Wunsch geäußert.«

»Doch. Wenn du einen Moment zögern kannst, zu mir zurückzukehren, nachdem die Sorgen ein Ende haben, so beweist das nur, daß du eine endgültige Trennung vorziehst.«

»Ich will dir sagen, warum ich zögere«, sagte Amy nach einigem Nachdenken. »Du hast dich so sehr verändert, daß ich nicht weiß, ob ich mit dir leben könnte.«

»Verändert? — Ja, das ist leider wahr. Aber wie könnte diese Veränderung mein Benehmen gegen dich beeinflussen?«

»Erinnere dich, wie du mit mir gesprochen hast.«

»Du glaubst also, daß ich dich brutal behandeln würde, wenn du wieder in meiner Gewalt wärest?«

»Nicht brutal im gewöhnlichen Sinne des Wortes, aber mit solchen Charakterfehlern, daß ich es nicht aushalten könnte. Ich habe selbst Fehler. Ich kann nicht so nachgiebig sein wie manche Frauen.«

Es war ein kleines Zugeständnis, aber Reardon erschien es sehr groß.

»Haben dich meine Charakterschwächen während unseres ersten Ehejahres je gekränkt?« fragte er sanft.

»Nein«, gestand sie zu.

»Das taten sie erst, als ich von Sorgen so schwer bedrückt war, daß ich auf deine ganze Teilnahme, deine ganze Nachsicht angewiesen war. Hast du mir das eine oder das andere geschenkt?«

»Ich denke, ja — bis du Unmögliches von mir verlangtest.«

»Es lag stets in deiner Macht, mich zu leiten. Was mich am meisten schmerzte und gegen dich aufbrachte, war die Erkenntnis, daß dir nichts daran lag, deinen Einfluß auszuüben. Nie hat es eine Zeit gegeben, wo ich einem liebevollen Wort von dir hätte widerstehen können. Aber schon damals, fürchte ich, hast du mich nicht mehr geliebt, und jetzt ...« Er hielt inne und forschte in ihrem Gesicht.

»Liebst du mich noch?« brach es plötzlich aus ihm hervor, als erstickten ihn die Worte.

Amy bemühte sich, eine ausweichende Antwort zu finden, konnte aber kein Wort hervorbringen.

»Gibt es die geringste Hoffnung, daß ich ein wenig Liebe von dir zurückgewinnen kann?«

»Wenn du willst, daß ich mit dir lebe, sobald du nach Croydon gehst, so will ich kommen.«

»Das ist keine Antwort, Amy.«

»Es ist alles, was ich sagen kann.«

»Das heißt, du willst dich nur aus Mitleid mit mir opfern?«

»Möchtest du Willie sehen?« fragte Amy statt einer Antwort.

»Nein. Ich bin gekommen, um dich zu sehen, das Kind ist mir nichts im Vergleich zu dir. Du bist es, die mich geliebt hat, die meine Frau geworden ist ... Es geht mir nur um dich. Sag mir, daß du versuchen willst, so wie früher zu sein, gib mir nur diese Hoffnung, Amy, und ich will jetzt nichts weiter von dir verlangen.«

»Ich kann nichts mehr sagen, als daß ich nach Croydon kommen werde, wenn du es wünschst.«

»Und fortan wirst du mir vorwerfen, daß du an einem solchen Ort, fern von deinen Freunden, leben mußt, ohne eine Hoffnung auf die gesellschaftlichen Erfolge, die dein höchster Ehrgeiz waren!«

Daß sie im Grunde verneint hatte, ihn noch zu lieben, preßte seinem gefolterten Herzen diesen Hohn ab, aber er bereute die Worte, sobald sie gesprochen waren.

»Wozu soll das führen?« rief Amy gereizt, indem sie aufstand und sich von ihm abwandte. »Ich kann nicht so tun, als würde ich einem solchen Leben hoffnungsvoll entgegensehen!«

Er stand in wortloser Verzweiflung da, innerlich sich und sein Schicksal verwünschend.

»Ich habe gesagt, daß ich kommen werde«, fuhr sie mit vor nervöser Aufregung bebender Stimme fort. »Wenn du bereit bist, dort hinzugehen, hole mich oder laß es sein, wie es dir beliebt, aber jetzt will ich nicht weiter darüber reden.«

»Ich werde dich nicht holen«, antwortete er. »Ich will keine Sklavin haben, die ich durch ein wüstes Leben mit mir schleppe. Entweder bist du mein williges Weib, oder du bist nichts für mich.«

»Ich bin mit dir verheiratet, und das kann nicht ungeschehen gemacht werden. Ich wiederhole, daß ich dir gehorchen werde. Mehr sage ich nicht.«

Sie entfernte sich einige Schritte und setzte sich dann, von ihm halb abgewandt, nieder.

»Ich werde dich nie bitten, zu kommen«, sagte Reardon, eine kurze Pause unterbrechend. »Wenn unser Eheleben je wieder erneuert werden soll, so muß es auf deine Bitte hin sein. Komm aus eigenem Antrieb zu mir, und ich werde dich nie zurückstoßen. Aber ich will lieber in völliger Einsamkeit sterben, als dich noch einmal bitten.«

Er zögerte noch ein paar Minuten und sah sie an; sie regte sich nicht. Da nahm er seinen Hut, trat aus dem Zimmer und verließ das Haus.

Es regnete noch heftiger als zuvor. Da Züge um diese Stunde nicht verkehrten, begab er sich in eine Richtung, wo er einen Omnibus nehmen konnte. Aber es dauerte lange, bis einer kam, den er benützen konnte. Als er zu Hause anlangte, befand er sich in kläglicher Verfassung, und um alles noch angenehmer zu machen, hatte einer seiner Stiefel reichlich Wasser eingelassen.

»Das bedeutet wohl das erste Halsweh der Saison«, murmelte er vor sich hin.

Er täuschte sich nicht. Am Dienstag hatte ihn schon eine Erkältung in den Klauen. Dergleichen schwächte ihn stets so sehr, daß er nur mit Mühe die geringste physische Anstrengung ertrug; aber um keinen Preis wollte er seine Arbeit im Spital unterbrechen. Wozu daheim bleiben? Wozu sich schonen? Das Leben hatte ja keine Hoffnung mehr für ihn. Er war eine Maschine, die für so und soviel pro Woche arbeitete, und er wollte wenigstens seinen Lohn ehrlich verdienen, bis der Tag des gänzlichen Zusammenbruchs kam.

Aber gegen Mitte der Woche bemerkte Carter, wie krank sein Schreiber war.

»Sie müssen sofort ins Bett, lieber Freund. Gehen Sie nach Hause und schonen Sie sich — ich bestehe darauf.«

Ehe er das Büro verließ, schrieb Reardon ein paar Zeilen an Biffen, den er seit Montag nicht gesehen hatte.

»Komm zu mir, wenn du kannst. Ich liege mit einer starken Erkältung zu Bett und muß den Rest der Woche zu Hause bleiben. Trotzdem bin ich heiterer. Bring ein neues Kapitel deines lustigen Romans mit.«

XXVI. DAS EIGENTUM VERHEIRATETER FRAUEN

Als Frau Edmund Yule an jenem Sonntagvormittag aus der Kirche heimkam, war sie sehr begierig, das Resultat der Unterredung zwischen Amy und ihrem Gatten zu erfahren. Sie hoffte innig, daß Amys peinliche Lage nun, da Reardon eine bessere Stelle erhalten würde, ein Ende nähme. John Yule hörte nicht auf, über den ständigen Aufenthalt seiner Schwester im Hause zu murren, besonders seit er erfahren hatte, daß das monatlich von Reardon kommende Geld nicht angetastet wurde; warum es nicht für die häuslichen Ausgaben verwendet wurde, überstieg sein Verständnis.

»Mir scheint, daß der Mensch damit nur seine Pflicht tut«, bemerkte er mehrmals. »Was geht es uns an, ob er von zwölf Shilling oder von zwölf Pence die Woche lebt? Amys Skrupel wären ja gut und schön, wenn sie sich diesen Luxus erlauben könnte; es ist natürlich sehr angenehm, sich sein Zartgefühl aus der Tasche anderer bezahlen zu lassen.«

»Die offizielle Scheidung muß eingeleitet werden«, war die überraschende Antwort, welche Amy auf die Frage ihrer Mutter gab.

»Eine Scheidung? Aber, mein Kind —!«

Frau Yule konnte ihrem Ärger und ihrer Enttäuschung keinen Ausdruck geben.

»Wir können nicht zusammenleben; es wäre schade um jeden Versuch.«

»Aber in deinem Alter, Amy! Wie kannst du an so etwas Abscheuliches denken? Und, du weißt, es ist ihm nicht möglich, dir ausreichend Unterhalt zu zahlen.«

»Ich werde von den fünfundsiebzig Pfund im Jahr leben, so gut ich kann. Wenn du mich für diesen Betrag nicht im Hause behalten kannst, so muß ich irgendwohin auf das Land ziehen.«

Amy sprach mit wilder Entschlossenheit. Die Unterredung hatte sie ganz verstört, und während des übrigen Tages blieb sie auf ihrem Zimmer. Am nächsten Morgen gelang es Frau Yule, eine deutliche Schilderung des so hoffnungslos ausgegangenen Gesprächs aus ihr herauszubringen.

»Lieber beschließe ich mein Leben im Arbeitshaus, als daß ich ihn bitte, mich zurückzunehmen«, waren Amys letzte Worte, mit jenem Ernst gesprochen, den ihre Mutter nur zu wohl begriff.

»Aber du wärest *bereit*, zu ihm zurückzugehen, Kind?«

»Das habe ich ihm gesagt.«

»Dann überlaß die Sache mir. Die Carters werden uns über alles genau berichten, und wenn der rechte Zeitpunkt gekommen ist, muß ich mit Edwin selbst sprechen.«

Frau Yule behielt ihre Absichten für sich. Sie hatte noch einen ganzen Monat Zeit, um die Situation zu bedenken, aber es war ihr klar, daß die jungen Leute wieder zusammenkommen müßten. Ihre Ansicht von Reardons geistiger Verfassung hatte in dem Moment, als sie hörte, daß sich ihm eine respektable Stelle biete, einen plötzlichen Umschwung erfahren; sie entschied, daß er »sonderbar« sei, aber alle literarischen Talente besäßen ja schließlich auffällige Sonderbarkeiten, und ohne Zweifel hatte sie die Eigentümlichkeiten von Reardons Charakter voreilig mißdeutet.

Ein paar Tage später kam die Nachricht vom Tode des Onkels in Wattleborough.

Frau Yule geriet in heftige Erregung. Zuerst beschloß sie, ihren Sohn zu begleiten und dem Leichenbegängnis beizuwohnen; aber nachdem sie ihren Entschluß zwanzigmal umgestoßen hatte, blieb sie doch zu Hause. John mußte die Neuigkeiten so bald als möglich schreiben oder mitbringen. Daß sich ihre Lage, vielleicht auch die ihrer Kinder bedeutend verändern würde, bezweifelte sie nicht; denn ihr Gatte war der Lieblingsbruder des Verstorbenen gewesen, und aus diesem Grunde konnte man sich gar nicht ausmalen, was für ein schönes Legat sie erhalten würde. Sie träumte von Häusern in South Kensington, von endlich befriedigtem gesellschaftlichen Ehrgeiz.

Am Morgen nach dem Begräbnis kam von John eine Postkarte, die seine Ankunft mit einem bestimmten Zuge meldete, aber sonst keine Zeile enthielt.

»Das sieht dem abscheulichen Jungen ähnlich! Wir müssen ihn am Bahnhof erwarten. Du kommst doch mit, Amy?«

Amy willigte gern ein, denn auch sie hatte Hoffnungen, wenngleich sie durch ihre Lage getrübt waren. Eine halbe Stunde, ehe der Zug kommen sollte, gingen Mutter und Tochter bereits auf dem Bahnsteig auf und ab; ihre Erregung mußte jedem, der sie beobachtete, auffallen. Als der Zug endlich in die Halle rollte und sie John entdeckten, drangen sie mit Fragen auf ihn ein.

»Reg dich nicht auf«, sagte er grob zu seiner Mutter, »du hast gar keinen Grund dazu.«

Frau Yule blickte Amy entsetzt an. Sie folgten John zu einem Wagen und stiegen mit ihm ein.

»Mach uns nicht neugierig, John, erzähle!«

»Warum nicht? Du hast keinen Pfennig.«

»Wie? Du scherzt, du abscheulicher Junge!«

»Ich kann dir sagen, ich war noch nie so wenig zum Scherzen aufgelegt wie heute.«

Nachdem er ein paar Minuten aus dem Fenster gestarrt hatte, teilte er Amy endlich die Höhe des Betrages mit, den sie durch den Tod des Onkels erbte, und erzählte dann auch, was er bekomme. Seine Laune verschlechterte sich mit jeder Minute, und er antwortete nurmehr zornig auf die weiteren Fragen betreffs der anderen Punkte des Testaments.

»Worüber hast du zu murren?« fragte Amy, deren Gesicht ungeachtet der an ihrem Glücke haftenden Enttäuschung der anderen strahlte. »Wenn Onkel Alfred gar nichts bekommt und die Mutter auch nichts, so kannst du dich sehr glücklich schätzen.«

»Du hast gut reden, mit deinen Zehntausend.«

»Aber gehören sie auch ihr allein?« fragte Frau Yule. »Steht ihr die Verfügung darüber zu?

»Natürlich, sie kommt in den Genuß des vorjährigen Parlamentsbeschlusses über das Eigentum verheirateter Frauen. Das Testament ist in diesem Jahre aufgesetzt worden, und ich wette, der alte Filz hat ein früheres vernichtet.«

»Was für ein herrlicher Parlamentsbeschluß das ist!« rief Amy. »Der einzige, der etwas wert ist!«

»Aber, mein Kind...« begann ihre Mutter zu protestieren, verschob jedoch ihre Ermahnungen für eine passendere Zeit und sagte bloß: »Ob er wohl gehört hat, was hier vorging?«

»Meinst du, daß er deshalb sein Testament abgeändert hätte?« fragte Amy mit sicherem Lächeln.

»Warum er dir so viel hinterlassen hat, kann ich jedenfalls nicht begreifen!« murrte John. »Was nützen mir lumpige tausend oder zweitausend Pfund? Ich kann sie nicht anlegen, ich kann nichts mit ihnen anfangen.«

»Du kannst dich darauf verlassen, daß deine Cousine Marian mit ihren fünftausend etwas anfangen kann«, sagte Frau Yule. »Wer war bei dem Begräbnis?« Sei doch nicht so grämlich, John, erzähle uns alles. Wenn jemand Grund zu schlechter Laune hat, dann nur ich Arme.«

So sprachen sie unter dem Gerassel der Wagenräder. Doch ehe sie zu Hause anlangten, waren sie verstummt, und jeder war vollauf mit seinen eigenen Gedanken beschäftigt.

Die Lage ihrer Tochter verursachte Frau Yule in den folgenden Tagen noch mehr Kummer als zuvor; sie jammerte beständig: »Ach, warum ist er nicht gestorben, bevor sie geheiratet hat!« — in diesem Falle hätte Amy nicht im Traum daran gedacht, einen armen Schriftsteller zu heiraten. Amy weigerte sich einen Tag lang, über die neue Lage der Dinge zu sprechen, dann sagte sie:

»Bis das Geld mir ausbezahlt worden ist, werde ich gar nichts tun. Und was ich dann tue, weiß ich nicht.«

»Edwin wird sicherlich von sich hören lassen«, meinte Frau Yule.

»Das glaube ich nicht, er ist nicht der Mann danach, so vorzugehen.«

»Dann mußt du wohl den ersten Schritt tun?«

»Niemals.«

Sie sagte das zwar, aber das plötzliche Glück, sich wohlhabend zu wissen, blieb nicht ohne Wirkung auf Amys Gefühle. Anwandlungen von Großmut wechselten mit Mißstimmung ab. Der Gedanke an ihren Mann in seiner armseligen Wohnung verlockte sie, Beleidigungen und Enttäuschungen zu vergessen und die Rolle einer großzügigen Gattin zu spielen. Es wäre ihnen nun möglich, auf Reisen zu gehen und ein oder zwei Jahre im Ausland zu verleben; die Wirkung auf Reardon wäre vielleicht wunderbar, er könnte die ganze Kraft seiner Phantasie zurückgewinnen und seine literarische Karriere an dem Punkte wieder aufnehmen, wo er zur Zeit seiner Heirat gestanden.

Andererseits, war es nicht viel wahrscheinlicher, daß

er sich einem Leben gelehrter Beschaulichkeit ergeben würde, wie er es ihr oft als sein Ideal geschildert hatte? In diesem Falle — wieviel Langeweile und Reue lagen vor ihr! Zehntausend Pfund, das klang ganz schön, aber was repräsentierten sie in Wirklichkeit? Armselige vierhundert Pfund im Jahr, die Mittel zu einer bloß anständigen, mittelmäßigen Existenz, es sei denn, ihr Gatte würde sie durch den Ruhm verherrlichen. Tat er das nicht, so wäre sie die Frau eines gescheiterten Literaten; sie würde keinen Platz in der Gesellschaft einnehmen können. Das Leben ließe sich ohne Kämpfe fortführen, aber auf mehr war nicht zu hoffen.

Von diesen Zukunftsaussichten war sie ganz erfüllt, als sie zwei Tage später zu Frau Carter ging, um ihr die Neuigkeit mitzuteilen. Diese liebenswürdige Dame war nun, was sie immer zu sein gewünscht hatte — Amys intime Freundin; sie besuchten sich häufig und sprachen offen über die meisten Dinge. Es war zwischen elf und zwölf Uhr vormittags, als Amy ihren Besuch abstattete, und Frau Carter war eben im Begriffe fortzugehen.

»Ich wollte gerade zu dir!« rief Edith. »Warum hast du mich gar nichts wissen lassen?«

»Also hast du es schon gehört?«

»Dein Bruder hat es Albert erzählt.«

»Das dachte ich mir. Ich war nicht in der Laune, darüber zu sprechen, selbst nicht mit dir.«

Sie gingen in Ediths Boudoir, ein winziges Zimmerchen voll jener hübschen Dinge, die heutzutage jeder, der etwas Geld übrig hat und eigenen oder aus zweiter Hand übernommenen Geschmack besitzt, kaufen kann. Wäre Edith ihren eigenen Instinkten gefolgt, so hätte sie sich mit Gegenständen aus einer viel früheren Periode künstlerischer Entwicklung umgeben; so aber war sie in der Nachahmung dessen, was die Mode diktierte, sehr geschickt. Ihr Mann hielt sie für eine bedeutende Autorität in allen Fragen der persönlichen oder häuslichen Ästhetik.

»Und was beabsichtigst du zu tun?« fragte sie, indem sie Amy von Kopf bis Fuß musterte, als müsse die Erbschaft einer so großen Summe an der Freundin sichtbare Veränderungen hervorgerufen haben.

»Ich beabsichtige, gar nichts zu tun.«

»Aber gewiß bist du nicht niedergeschlagen?«

»Worüber sollte ich mich freuen?«

Sie plauderten noch einige Zeit, ehe Amy es über sich bringen konnte, ihre Gedanken zu äußern.

»Ist es nicht höchst lächerlich, daß verheiratete Leute, die beide die Trennung wünschen, sich nicht wieder frei machen können?«

»Glaubst du nicht, daß jede andere Regelung zu einem Durcheinander führen müßte?«

»Das sagen die Menschen vor jedem neuen Schritt in der gesellschaftlichen Entwicklung. Was hätte man vor zwanzig Jahren von dem Vorschlag gehalten, alle verheirateten Frauen in Geldsachen von ihren Männern unabhängig zu machen? Ohne Zweifel hätte man allerlei Gefahren prophezeit. Dasselbe gilt heute für die Scheidung. In Amerika kann man sich scheiden lassen, wenn man nicht zueinander paßt — wenigstens in einigen Unionsstaaten — und schadet das etwas? Ich möchte meinen, gerade im Gegenteil.«

Edith sann nach. Solche Gedanken waren kühn, aber sie hatte sich bereits daran gewöhnt, Amy für eine »fortschrittliche« Frau zu halten, und ahmte sie in dieser Beziehung gern nach.

»Es klingt sehr vernünftig«, murmelte sie.

»Das Gesetz sollte solche Scheidungen eher begünstigen als verbieten«, fuhr Amy fort. »Wenn Mann und Frau finden, daß sie einen Irrtum begangen haben, so ist es eine unnütze Grausamkeit, sie dazu zu verurteilen, daß sie ihr Leben lang an den Folgen leiden müssen.«

»Wahrscheinlich will man die Leute dadurch vorsichtiger machen«, sagte Edith lachend.

»Nun, wir wissen, daß dies nie gelungen ist und auch in Zukunft nicht gelingen wird; je eher es also abgeändert wird, desto besser. Gibt es nicht irgendeinen Förderungsverein für eine solche Reform? Ich würde fünfzig Pfund jährlich beisteuern — du nicht auch?«

»Ja, wenn ich sie entbehren könnte«, antwortete jene.

Beide lachten, Edith jedoch natürlicher.

»Du weißt, ich täte es nicht meinetwegen«, fügte sie hinzu.

»Nur weil die glücklich verheirateten Frauen die Lage derjenigen, die es nicht sind, nicht verstehen können oder wollen, ist es so schwierig, die Ehegesetze zu reformieren.«

»Aber ich verstehe dich, Amy, und du tust mir schrecklich leid. Ich weiß wirklich nicht, was du tun sollst.«

»Oh, das liegt doch auf der Hand — ich habe ja eigentlich keine Wahl. Ich *sollte* aber eine Wahl haben, das ist eben das Arge und das Unrecht. Wenn ich sie hätte, würde es mir vielleicht ein gewisses Vergnügen bereiten, mich zu opfern.«

Auf dem Tisch lagen ein paar neue Romane; Amy griff nach einem der Bände und blätterte ein paar Seiten durch.

»Ich weiß nicht, wie du dieses Zeug, Buch um Buch, lesen kannst!« rief sie.

»Oh, aber es heißt, daß dieser letzte Roman von Markland sein bester ist.«

»Gut oder schlecht, die Romane sind sich alle gleich. Nichts als Liebe, Liebe, Liebe — was für ein Blödsinn! Warum schreibt man nicht über die wirklich wichtigen Dinge im Leben? Bei den Franzosen tun es einige, zum Beispiel Balzac. Ich habe gerade seinen ›Vetter Pons‹ gelesen; ein schreckliches Buch, aber es gefiel mir, gerade weil es gar keine Liebesgeschichte ist. Was für ein Unsinn wird über die Liebe gedruckt!«

»Es wird mir zuweilen auch langweilig«, gestand Edith belustigt.

»Das hoffe ich. All diese Lügen werden widerspruchslos aufgenommen! Daß die Liebe das ganze Leben einer Frau ist — wer glaubt denn daran? Die Liebe ist im Leben der meisten Frauen das Unbedeutendste; sie nimmt ein paar Monate, vielleicht ein paar Jahre ein, und selbst da zweifle ich, ob sie an erster Stelle steht.«

Edith legte den Kopf auf die Seite und dachte lächelnd nach.

»Ein kluger Romanschriftsteller, der die Liebe bewußt weglassen würde, hätte gewiß großen Erfolg.«

»Aber sie kommt ja doch im Leben vor.«

»Wie ich sagte, für einen oder zwei Monate. Denk an die Biographien von Männern und Frauen — wie viele Seiten sind ihren Liebesaffären gewidmet? Vergleiche diese Bücher mit Romanen, die Biographien zu sein vorgeben, und du wirst sehen, wie falsch diese Bilder sind. Das bloße Wort ›Roman‹ — was bedeutet es anderes, als die Übertreibung eines Stücks Lebens?«

»Das mag sein, aber warum finden die Leute diesen Gegenstand so interessant?«

»Weil es im wirklichen Leben so wenig Liebe gibt — das ist der Grund. Warum wollen die Armen nur Geschichten von reichen Leuten lesen? Aus demselben Grunde.«

»Wie klug du bist, Amy!«

»Wirklich? Das freut mich. Vielleicht besitze ich tatsächlich etwas Verstand; aber was nützt er mir? Mein Leben ist zerstört. Ich sollte meinen Platz in der Gesellschaft kluger Menschen einnehmen. Ich war nie dazu bestimmt, ruhig im Hintergrund zu leben. Oh, wenn ich nicht solche Eile gehabt hätte und nicht so unerfahren gewesen wäre!«

Seit der Trennung von ihrem Gatten war in Amy ein bemerkenswerter geistiger Reifungsprozeß vorgegangen. Wahrscheinlich war das eine die Folge des anderen. Während des letzten Jahres in der gemeinsamen Wohnung war ihr Denken von materiellen Sorgen gefangengehalten worden; und dieser Stillstand ihrer natürlichen Entwicklung trug zweifellos viel zu dem Hervortreten der bitteren Züge in ihrem Charakter bei, der bisher so viel Lieblichkeit, so viel weibliche Anmut gezeigt hatte. Außerdem war es ein Stillstand an einem kritischen Wendepunkte. Als sie sich in Edwin Reardon verliebte, war ihr Denken dem bildenden Einfluß der Verhältnisse noch nicht ausgesetzt gewesen, war ihr Geist noch ungeformt; obwohl den Jahren nach eine Frau, hatte sie außer ihrem sterilen gesellschaftlichen Umgang wenig vom Leben gesehen, und ihr Gesichtskreis reichte über die übliche Schulmädchenbildung kaum hinaus. Als sie sich Reardons Einfluß unterwarf, wurde ihr Verstand einem höchst nützlichen Training unterzogen — aber mit dem Resultat, daß sie sich des Unterschiedes zwischen sich und ihrem Gatten bewußt wurde. Je mehr Reardon sich bemühte, ihr seinen eigenen literarischen Geschmack einzuflößen, desto deutlicher erkannte sie die Neigungen ihres eigenen Verstandes, die sie bisher nicht klar begriffen hatte. Als sie aufhörte, ihn mit den Augen der Leidenschaft zu betrachten, verloren die meisten Dinge, welche Reardons höchstes Interesse bildeten, ihren Wert für sie. Eine gesunde Intelligenz befähigte sie, nach vielen Richtungen hin zu denken und zu fühlen, aber die eigentliche Richtung ihres Wachstums lag weit ab von jener, in welche der Schriftsteller und Gelehrte sie geführt hatte.

Als sie sich allein und unabhängig sah, agierte ihr Geist wie eine Feder, wenn der Druck entfernt wird. Nach ein paar Wochen Untätigkeit folgte sie der Regung, sich mit einer den Neigungen Reardons fremden Lektüre zu beschäftigen. Die ernsten Zeitschriften lockten sie, besonders jene Artikel, die sich mit sozialwissenschaftlichen Themen beschäftigten, und alles, was nach Neuheit und Kühnheit des Gedankens schmeckte, besaß für ihren Gaumen einen Reiz. Sie beschäftigte sich sehr viel mit jener Art Literatur, die man populärwissenschaftlich nennen könnte, die sich an gebildete, aber nicht ausdrücklich gelehrte Menschen richtet, an jenes Reservoir von Lesern, die über der Sphäre der Rennplatz-Dandys und der Westend-Neureichen stehen. So zum Beispiel war sie, obwohl sie sich an die Werke Herbert Spencers nicht heranwagte, mit deren Hauptinhalt wohlvertraut, und obgleich sie nie eine der Schriften Darwins aufgeschlagen hatte, besaß sie eine beachtliche Kenntnis seiner wichtigsten Theorien und Ansichten. Sie wurde allmählich ein Musterbeispiel für die Frau der neuen Zeit, jenen Frauentypus, der sich gleichzeitig mit der Entwicklung des Journalismus herausgebildet hat.

Wenige Tage nach jenem Gespräch mit Edith Carter ging sie in die große Leihbibliothek Mudie, um die neue Nummer eines Journals auszuleihen, das einen verlockenden Titel hatte. Der Tag war warm und sonnig, und so ging sie von der nächsten Bahnstation zu Fuß in die Oxford Street. Während sie an dem Ausgabetisch in der Leihbibliothek wartete, hörte sie in nächster Nähe eine bekannte Stimme. Es war Jasper Milvain, der mit einer Dame mittleren Alters sprach. Als Amy sich umwandte, begegnete ihr Blick dem seinen; er hatte sie also bemerkt. Die gewünschte Zeitschrift wurde ihr ausgehändigt, sie trat zur Seite und überflog die Seiten. Dann kam Milvain auf sie zu.

Er war von Kopf bis Fuß nach der Mode der feinen Gesellschaft gekleidet, nichts vom »Bohemien«, weder in seinem Äußeren noch in seiner Person; Jasper wußte, daß er sich den Luxus einer solchen Sparsamkeit nicht gestatten durfte. Amy ihrerseits war besser als gewöhnlich gekleidet, so wie es ihrer Position als trauernder Erbin zukam.

»Wir haben uns ja eine Ewigkeit nicht mehr gesehen!« sagte Jasper, ihre zartbehandschuhte Hand ergreifend und ihr mit seinem wirkungsvollsten Lächeln ins Gesicht blickend.

»Und warum?« fragte Amy.

»Wirklich, ich weiß es selbst nicht. Frau Yule ist doch hoffentlich wohl?«

»Danke, ja.«

Es schien, als wolle er zurücktreten, um sie vorbeizulassen und so das Gespräch zu beenden, aber Amy fügte, obwohl sie weiterging, hinzu:

»Ich sehe Ihren Namen in keiner der Zeitschriften von diesem Monat.«

»Ich habe bloß eine kurze Kritik im ›Current‹.«

»Aber Sie schreiben wohl so viel wie immer?«

»Ja, aber gerade jetzt hauptsächlich für Wochenblätter. Lesen Sie nie den ›Current‹?«

»Oh doch, und ich kann zumeist Ihre Hand erkennen.«

Sie verließen die Bibliothek.

»Welchen Weg gehen Sie?« fragte Jasper, nun fast mit der alten Ungezwungenheit.

»Ich bin von der Gower Street zu Fuß gekommen, und da es so schön ist, werde ich wohl wieder zurückgehen.«

Er begleitete sie. Sie schritten die Museum Street hinauf und Amy fragte nach einem kurzen Stillschweigen nach seinen Schwestern.

»Es tut mir leid, daß ich sie erst einmal sah, aber ohne Zweifel fanden Sie es besser, es dabei bewenden zu lassen.«

»Ich habe an dergleichen nie gedacht«, antwortete Jasper.

»Wir faßten es natürlich so auf, besonders seit Sie selbst nicht mehr kamen.«

»Aber finden Sie nicht, daß es recht peinlich gewesen wäre, wenn ich Ihre Mutter weiter besucht hätte?«

»Weil Sie die Dinge vom Standpunkt meines Mannes aus betrachten?«

»Oh, da irren Sie sich! Ich habe Ihren Mann erst einmal gesehen, seitdem er in Islington wohnt.«

Amy warf ihm einen erstaunten Blick zu.

»Sie stehen nicht auf gutem Fuß mit ihm?«

»Na, wir sind ein bißchen auseinandergeraten. Aus irgendeinem Grunde scheint er zu denken, daß meine Gesellschaft nicht sehr nutzbringend gewesen ist. So war es im großen und ganzen besser, daß ich weder Sie noch ihn sah.«

Amy war neugierig, ob er von ihrer Erbschaft gehört hatte. Vielleicht hatte es ihm jemand aus Wattleborough geschrieben, auch wenn es ihm in London von niemandem erzählt worden war.

»Sind Ihre Schwestern immer noch so gut befreundet mit meiner Cousine Marian?« fragte sie, das bisherige heikle Gesprächsthema verlassend.

»Oh ja!« Er lächelte. »Sie besuchen sich sehr häufig.«

»Dann haben Sie natürlich von dem Tod des Onkels gehört?«

»Ja, und ich hoffe, daß alle Ihre Sorgen jetzt ein Ende haben.«

Amy schwieg einen Augenblick, dann sagte sie ohne jeden Nachdruck: »Ich hoffe es auch.«

»Gedenken Sie im Winter fortzureisen?«

Eine eindeutigere Frage hinsichtlich der Zukunft Amys und ihres Gatten wagte er nicht zu stellen.

»Alles ist noch ganz ungewiß — aber erzählen Sie

mir lieber von unseren Bekannten. Wie geht es Herrn Biffen?«

»Ich sehe ihn kaum, aber ich glaube, er müht sich mit einem endlosen Roman ab, den niemand verlegen wird, wenn er fertig ist. Whelpdale treffe ich dann und wann.«

Er erzählte mit großer Lebhaftigkeit von den Plänen und Taten des letzteren.

»Und Ihre eigenen Aussichten hellen sich ohne Zweifel auch auf«, sagte Amy.

»So scheint es wirklich. Die Sache läßt sich ganz gut an. Und vor kurzem habe ich das Versprechen einer sehr wertvollen Hilfe erhalten.«

»Von wem?«

»Von einer Verwandten von Ihnen.«

Amy sah ihn mit einem fragenden Blick an.

»Einer Verwandten? Sie meinen...«

»Ja, Marian.«

Sie gingen gerade über den Bedford Square. Amy schaute zu den jetzt fast entlaubten Bäumen empor, dann begegneten ihre Augen denen Jaspers, und sie lächelte bedeutungsvoll.

»Ich hätte gedacht, daß Ihr Ehrgeiz weit höher zielte«, sagte sie mit klarer Stimme.

»Marian und ich sind schon seit einiger Zeit verlobt — ohne offizielle Erklärung.«

»Wirklich? Ja, jetzt erinnere ich mich, wie Sie einmal von ihr sprachen. Und werden Sie bald heiraten?«

»Wahrscheinlich vor Ende des Jahres. Ich sehe, daß Sie meine Motive einer Kritik unterwerfen, und erwarte das von jedem, der mich und die Verhältnisse kennt. Aber Sie müssen bedenken, daß ich etwas derartiges nicht voraussehen konnte. Es ermöglicht uns einfach, früher zu heiraten.«

»Ich bin ganz überzeugt, daß Ihre Motive unantastbar sind«, antwortete Amy, noch immer lächelnd.

»Ich hatte mir eingebildet, daß Sie noch lange nicht heiraten würden, und dann irgendeine bedeutende Persönlichkeit. Dies wirft auf Ihren Charakter ein neues Licht.«

»Sie hielten mich für entsetzlich berechnend und kaltblütig?«

»Mein Gott, nein, aber ... Freilich, ich kenne Marian kaum; ich habe sie seit drei Jahren nicht mehr gesehen. Vielleicht paßt sie großartig zu Ihnen.«

»Verlassen Sie sich darauf; dieser Ansicht bin ich.«

»Sie wird gewiß in der Gesellschaft glänzen? Sie ist ein lebhaftes Mädchen, voll Takt und Einsicht, nicht wahr?«

»Das wohl schwerlich.« Er sah seine Begleiterin mißtrauisch an.

»Dann haben Sie also Ihre alten ehrgeizigen Ziele aufgegeben?« fuhr Amy fort.

»Kein bißchen. Im Gegenteil, ich bin auf dem Wege, sie zu realisieren.«

»Und Marian ist die ideale Frau, die Ihnen dazu verhilft?«

»Von einem gewissen Standpunkt aus, ja. Aber ich bitte Sie, was sollen all diese ironischen Fragen?«

»Sie sind durchaus nicht ironisch.«

»Es klang ganz danach, und ich weiß von früher, daß Sie zur Ironie neigen.«

»Ich gestehe, die Neuigkeit hat mich ein wenig überrascht, aber ich sehe, daß ich Gefahr laufe, Sie zu kränken.«

»Lassen Sie uns fünf Jahre warten, und dann werde ich Sie nach Ihrer Ansicht über meine Heirat fragen. Ich unternehme keinen solchen Schritt, ohne ihn reiflich zu bedenken. Habe ich bis jetzt schon viele Schnitzer gemacht?«

»Bis jetzt — nicht daß ich wüßte.«

»Mache ich auf Sie den Eindruck, als ob ich Dummheiten begehen könnte?«

»Ich möchte lieber noch ein wenig warten, ehe ich darauf antworte.«

»Das heißt, Sie wollen lieber im Nachhinein prophezeien. Schön, wir werden sehen.«

In der Nähe von Gower Street sprachen sie von verschiedenen, weniger persönlichen Dingen; und allmählich war der Ton ihres Gespräches wieder so geworden, wie er einst zu sein pflegte, dann und wann fast vertraulich.

»Wohnen Sie noch immer in derselben Wohnung?« fragte Amy, als sie sich der Station näherten.

»Ich bin gestern umgezogen, damit die Mädchen mit mir unter einem Dach sind — bis zur nächsten Veränderung.«

»Sie werden uns doch wissen lassen, wann diese stattfindet?«

Er versprach es, und mit einem Lächeln, das etwas von einer Herausforderung an sich hatte, nahmen sie voneinander Abschied.

XXVII. DER EINSAME MANN

Eine leichte Entzündung in der rechten Lunge war für Reardon eine Warnung, daß das letzte halbe Jahr ungenügender Nahrung und allgemeiner Kräfteverschwendung den kommenden Winter zu einer schlimmen Zeit für ihn machen werde, vielleicht zu einer noch schlimmeren als den vorigen. Biffen, der auf seinen Ruf hin sofort erschien, fand ihn bereits zu Bette, von einer langen, dürren, mürrischen Frau verpflegt — nicht der Hauswirtin, sondern einer Mieterin, die froh war, sich durch irgend etwas ein Mittagessen verschaffen zu können.

»Es wäre nicht sehr angenehm, hier zu sterben, wie?« sagte der Kranke mit einem Lachen, das durch einen Husten unterbrochen ward. »Wenn das Zimmer wenigstens behaglich wäre. Heute nacht habe ich geträumt, ich sei auf einem Schiff, welches auf irgend etwas auffuhr und unterging, und nicht so sehr der Gedanke an den Tod war es, der mich beunruhigte, als vielmehr das Grauen vor dem eisigen Wasser.«

»Red nicht so viel, mein Junge«, riet Biffen. »Ich werde dir lieber ein neues Kapitel aus ›Herr Bailey‹ vorlesen. Das kann dir einen erfrischenden Schlaf verschaffen.«

Reardon ging seiner Arbeit eine Woche lang nicht nach und kehrte mit einem Gefühl außerordentlicher Schwäche, einer Unfähigkeit zu jeder Anstrengung und einer vollkommenen Gleichgültigkeit gegenüber dem Lauf der Dinge zu ihr zurück. Es war ein Glück, daß er für unvorhergesehene Vorfälle etwas Geld beiseite gelegt hatte; so konnte er jetzt davon den Arzt bezahlen und sich mit besserer Nahrung versorgen. Er kaufte sich auch neue Stiefel und ein paar warme Kleidungsstücke, die er sehr benötigte — erschreckende Ausgaben.

Eine große Veränderung war in ihm vorgegangen; der Gedanke an Amy machte ihn nicht mehr unglücklich, ja, seine Gedanken flogen überhaupt selten zu ihr. Die Sekretärsstelle in Croydon winkte als sicherer Hafen, das Gehalt von fünfundsiebzig Pfund (die andere Hälfte gehörte seiner Frau) würde ihn im Überfluß ernähren; und alles andere schien ihn wenig zu kümmern.

An einem ruhigen, windstillen Abend ging er in die Clipstone Street hinaus und begrüßte seinen Freund mit größerer Heiterkeit, als er seit mindestens zwei Jahren empfunden hatte.

»Ich bin heute den ganzen Tag fast ein glücklicher Mensch gewesen«, sagte er, als seine Pfeife gehörig brannte. »Zum Teil ist wohl der Sonnenschein daran schuld. Wer weiß, ob meine Stimmung so bleibt, aber dann wäre alles in Ordnung. Ich bedaure nichts und ich wünsche nichts.«

»Ein krankhafter Gemütszustand«, meinte Biffen.

»Ohne Zweifel, aber ich bin der Krankheit dankbar. Man muß irgendwo vor dem Elend Ruhe finden. Ein anderer hätte sich das Trinken angewöhnt; ich versichere dir, es hat mich tatsächlich dann und wann verlockt. Aber ich konnte es mir nicht leisten. Hast du je Lust gehabt, zu trinken, bloß um die Sorgen zu vergessen?«

»Oft genug, und ich habe es auch getan. Mit Vorbedacht habe ich einen Teil des Geldes, das für Lebensmittel gedacht war, für den billigsten und stärksten Branntwein ausgegeben.«

»Nun«, sagte Reardon heiter, »ich werde nie ein Trinker werden, ich habe nicht die Disposition dazu, wie du es nennst. Findest du nicht, daß wir beide ein paar höchst respektable Leute sind? Wir besitzen wirklich gar keine Laster. Man sollte uns auf ein soziales Piedestal stellen; wir wären glänzende Leuchten der Moral. Ich wundere mich manchmal über unsere Sanftmut. Warum laufen wir nicht Amok gegen Gesetz und Ordnung? Warum werden wir nicht wenigstens wilde Revolutionäre und schwingen sonntags im Regent's Park große Reden?«

»Weil wir passive Wesen sind und dazu geschaffen, das Leben sehr ruhig zu genießen. Da wir es nicht genießen können, leiden wir ruhig, das ist alles. Nebenbei, ich wollte dich wegen einer schwierigen Stelle in einem der Fragmente des Euripides befragen. Du hast doch die Fragmente gelesen?«

Dies lenkte sie für eine halbe Stunde ab. Dann kehrte Reardon zu seinem früheren Gedankengang zurück.

»Als ich gestern die Patienten eintrug, kam ein großes, hübsches, sehr stilles Mädchen an meinen Tisch; ärmlich, aber so ordentlich es ging gekleidet. Sie nannte mir ihren Namen, ich fragte: ›Beschäftigung?‹ Da sagte sie sofort: ›Ich bin unglücklich dran, Herr‹. Ich mußte sie erstaunt ansehen, ich dachte, sie sei eine Schneiderin oder dergleichen. Weißt du, ich habe noch nie einen so starken Drang empfunden, jemandem die Hand zu schütteln, Teilnahme, sogar Achtung auszusprechen—ich hätte gern gesagt: ›Nun, ich bin auch unglücklich‹ — ein so gutes, geduldiges Gesicht war das!«

»Ich mißtraue solchem äußerem Schein«, sagte Biffen in seiner Eigenschaft als Realist.

»Ich im allgemeinen auch, aber in diesem Falle war er überzeugend. Es lag ja keine Notwendigkeit vor, eine solche Erklärung abzugeben, sie hätte ebensogut etwas anderes sagen können, denn meine Frage war eine bloße Formsache. Ich werde immer ihre Stimme hören, wie sie sagte ›Ich bin unglücklich dran‹. Sie ließ mich den Irrtum erkennen, den ich begangen habe, indem ich ein Mädchen wie Amy heiratete. Ich hätte mich nach einem einfachen gutherzigen Arbeitermädchen umsehen sollen; das wäre die Frau gewesen, die für meine Verhältnisse gepaßt hätte. Wenn ich hundert Pfund im Jahre verdiene, so hätte sie uns für sehr wohlhabend gehalten, ich wäre ihr eine Autorität für alles unter der Sonne — und darüber — gewesen. Kein Ehrgeiz würde sie gequält haben. Wir hätten in ein paar ärmlichen Zimmern gewohnt und — hätten uns geliebt.«

»Was für ein schamloser Idealist du bist!« sagte Biffen kopfschüttelnd. »Ich will dir den wahren Ausgang einer solchen Ehe schildern. Vor allem hätte das Mädchen dich in der festen Überzeugung geheiratet, daß du ein ›besserer Herr‹ seiest, dem es nur eine Zeit lang schlecht gehe, und daß du binnen kurzem Geld in Hülle und Fülle haben würdest. In dieser Hoffnung getäuscht, wäre sie übellaunig, zänkisch, selbstsüchtig geworden, und alle deine Bemühungen, dich ihr verständlich zu machen, hätten nur den unüberschreitbaren Abgrund erweitert. Sie hätte jede deiner Bemerkungen mißverstanden, in jedem harmlosen Scherz Grund zu Verdächtigungen gefunden, dich mit den vulgärsten Formen von Eifersucht gequält. Die Wirkung auf deine Natur wäre erniedrigend gewesen. Du hättest zuletzt jeden Versuch aufgeben müssen, sie auf dein eigenes Niveau zu erheben, und entweder zu dem ihren herabsinken oder mit ihr brechen müssen. Wer kennt nicht den Ausgang solcher Experimente? Ich selbst war vor zehn Jahren auf dem Punkte, eine solche Torheit zu begehen, aber dem Himmel sei Dank! ein Zufall rettete mich.«

»Du hast mir diese Geschichte nie erzählt.«

»Und habe auch jetzt keine Lust dazu. Ich möchte sie am liebsten vergessen.«

»Nun, du kannst für dich ein Urteil abgeben, aber nicht für mich. Natürlich hätte ich die Falsche wählen können, aber ich nehme einmal an, daß ich eine glückliche Wahl getroffen hätte. Auf jeden Fall wären die Chancen für eine glückliche Ehe größer als bei der meinen.«

»Deine Heirat war durchaus vernünftig, und in ein paar Jahren wirst du wieder ein glücklicher Mann sein.«

»Du meinst also im Ernst, daß Amy zu mir zurückkommen wird?«

»Gewiß.«

»Auf mein Wort, ich weiß gar nicht, ob ich das wünsche.«

»Weil du dich in einem seltsamen, ungesunden Zustande befindest.«

»Ich finde im Gegenteil, daß ich die Sache von einem gesünderen Standpunkt aus betrachte denn je; ich sehe ein, daß Amy nicht die richtige geistige Gefährtin für mich war, und alle Erregung bei dem Gedanken an sie ist verschwunden. Das Wort ›Liebe‹ ist mir lästig. Wenn unsere idiotischen Gesetze uns nur erlaubten, das rechtliche Band zwischen uns zu zerreißen, wie froh würden wir beide sein!«

»Du bist deprimiert und leidest unter Blutarmut. Sieh zu, daß du dich körperlich wieder erholst, und betrachte die Dinge wie ein Mensch von dieser Welt.«

»Aber glaubst du nicht, daß es das beste für einen Mann ist, wenn er über die Leidenschaft hinauswächst?«

»Unter gewissen Umständen ohne Zweifel.«

»Unter allen Umständen. Die besten Augenblicke des Lebens sind jene, wo wir die Schönheit rein künstlerisch betrachten — ohne Leidenschaft. Ich hatte solche Momente in Griechenland und Italien; Zeiten, wo ich ein freier Geist war, fern von den Versuchungen und

Unruhen sexueller Erregung. Was wir ›Liebe‹ nennen, ist bloß Unruhe. Wer möchte sich ihrer nicht für immer entledigen, wenn sich die Gelegenheit bietet?«

»Oh, darüber ließe sich natürlich viel sagen.«

Reardons Gesicht leuchtete in der Glut einer herrlichen Erinnerung.

»Habe ich dir von jenem wunderbaren Sonnenuntergang in Athen erzählt?« sagte er. »Ich war auf dem Pnyx gewesen und dort den ganzen Nachmittag umhergewandert. Schon ein paar Stunden lang hatte ich eine wachsende Lichtspalte in den westlichen Wolken bemerkt; es sah aus, als wolle der trübe Tag ein schönes Ende nehmen. Die Spalte wurde immer breiter und heller — das einzige Licht am ganzen Himmel. Über dem Parnaß, hingen weiße, zerrissene Nebelstreifen tief herab, ebenso über dem Hymettos, und selbst die Spitze des Lykabettos war verhüllt. Plötzlich brachen die Sonnenstrahlen hervor. Zuerst leuchteten sie in seltsam schöner Weise hinter den Hügeln und über dem Paß hervor, der nach Eleusis führt, schimmerten auf den nahen Abhängen von Aigaleos, ließen die Klüfte dunkel und tauchten die Bergkuppen in wunderbar glänzende, goldene Farben. Und denk nur, die ganze übrige Landschaft ward von keinem Lichtstrahl berührt. Das dauerte nur ein paar Minuten, dann versank die Sonne selbst in der offenen Himmelsspalte und schoß Flammen nach allen Richtungen; breiter werdende Strahlen schlugen über die dunklen Wolken und übergossen sie mit einem grellen Gelb. Links von der Sonne der Golf von Ägina war ganz goldener Nebel, die Inseln unklar verschwimmend. Rechts, über dem dunklen Salamis, lagen zarte Streifen von blassem Blau — unbeschreiblich blaß und zart.«

»Du erinnerst dich sehr deutlich.«

»Als ob ich es jetzt sähe! Aber warte. Ich wandte mich nach Osten, und da war zu meinem Erstaunen ein großer Regenbogen, ein vollkommener Halbkreis, von dem Fuß des Parnaß bis hinüber zu dem des Hymettos, Athen und die Hügel einrahmend, die immer heller und heller wurden — von jener Helle, für die es unter den Farben keinen Namen gibt. Der Hymettos war von einem weichen, warmen, ins Purpurne hinüberspielenden Nebel umgeben, die Spalten durch köstliche weiche, unbestimmte Schatten erkennbar, und der Regenbogen stand gerade davor. Die Akropolis aber funkelte und leuchtete. Als sich die Sonne senkte, wurden alle diese Farben reicher und tiefer, einen Augenblick war die ganze Landschaft feuerfarben. Dann plötzlich gelangte die Sonne in eine tiefere Wolkenschicht, und die Pracht erlosch fast in einem Nu — nur die nördliche Hälfte des Regenbogens, der sich verdoppelt hatte, blieb. Im Westen glänzten die Wolken noch eine Weile; da waren zwei, die wie große, ausgebreitete Flügel geformt waren, am Rande mit Licht gesäumt.«

»Hör auf!« schrie Biffen, »oder ich geh dir an die Gurgel. Ich habe dir schon gesagt, daß ich solche Reminiszenzen nicht ertragen kann.«

»Lebe von der Hoffnung. Kratze dir zwanzig Pfund zusammen und fahre hin, selbst wenn du nachher Hungers sterben müßtest.«

»Ich werde nicht einmal zwanzig Shilling zusammenbringen«, war die niedergeschlagene Antwort.

»Du wirst den ›Herr Bailey‹ sicherlich verkaufen.«

»Es ist schön von dir, daß du mich ermutigen willst, aber wenn ›Herr Bailey‹ je verkauft wird, so will ich mein Duplikat der Korrekturbogen auffressen.«

»Doch jetzt erinnere dich, was mich darauf gebracht hat. Was liegt einem Manne an irgendeiner Frau der Erde, wenn er in eine solche Betrachtung versenkt ist?«

»Dennoch ist das nur einer der Genüsse des Lebens.«

»Ich behaupte auch nur, daß es der beste ist, und

der sexuellen Erregung unendlich vorzuziehen. Ein solcher Genuß hinterläßt keine Bitterkeit, solcher Erinnerungen kann die Armut mich nicht berauben. Ich habe in einer idealen Welt gelebt, die nicht trügerisch war, einer Welt, die mir, wenn ich sie mir zurückrufe, in göttlicheres Licht getaucht, über der menschlichen Sphäre zu stehen scheint.«

Vier oder fünf Tage später fand Reardon, als er sich eben in die City Road begeben wollte, ein Billet von Carter vor, das ihn aufforderte, am nächsten Vormittag um halb zwölf im Hospital zu erscheinen. Er nahm an, daß es sich um Croydon handle, wo er mittlerweile gewesen war — vielleicht ungünstige Nachrichten; ein weiteres Unglück hätte ihn nicht überrascht.

Er folgte der Aufforderung pünktlich und wurde beim Eintritt in die Kanzlei von dem Schreiber ersucht, in Herrn Carters Privatbüro zu warten; der Sekretär war noch nicht gekommen. Reardon mußte etwa zehn Minuten warten, dann tat sich die Tür auf und ließ nicht Carter, sondern Frau Edmund Yule ein.

Reardon stand verstört auf. Er war auf ein Wiedersehen mit dieser Dame weder vorbereitet noch erpicht, aber sie kam mit ausgestreckter Hand und freundlichsüßer Miene auf ihn zu.

»Ich war im Zweifel, ob Sie kommen würden, wenn ich Sie direkt aufgefordert hätte«, sagte sie. »Sie verzeihen mir doch diese kleine Intrige, nicht wahr? Ich habe Ihnen etwas sehr Wichtiges mitzuteilen.«

Er antwortete nicht, zwang sich aber zu einer höflichen Haltung.

»Sie wissen nicht, was vorgefallen ist?«

»Ich habe von nichts gehört.«

»Ich bin ganz auf meine eigene Verantwortung hierher gekommen, habe wohl Herrn Carter ins Vertrauen gezogen, aber ihn gebeten, seiner Frau nichts davon zu erzählen, damit sie es Amy nicht sagt; ich hoffe, er wird sein Versprechen halten. Es schien mir, daß es wirklich meine Pflicht sei, alles zu tun, was ich in diesem traurigen, furchtbar traurigen Falle tun kann.«

Reardon hörte ehrerbietig, aber ohne ein Anzeichen von Interesse zu.

»Es ist am besten, wenn ich Ihnen sofort sage, daß Amys Onkel in Wattleborough gestorben ist und ihr testamentarisch zehntausend Pfund vermacht hat.«

Frau Yule beobachtete die Wirkung dieser Worte. Einen Augenblick lang war keine sichtbar, aber schließlich bemerkte sie, daß Reardons Lippen zitterten und seine Augenbrauen zuckten.

»Ich freue mich über ihr Glück«, sagte er förmlich und in ruhigem Tone.

»Sie begreifen«, fuhr seine Schwiegermutter fort, »daß dies eurem unglückseligen Zwist ein Ende macht.«

»Wieso?«

»Ihr werdet dadurch doch beide in eine neue Lage versetzt, nicht wahr? Ohne die traurigen Verhältnisse wären solche Unannehmlichkeiten nie entstanden — nie, denn weder Sie noch Amy sind Menschen, die an Zwistigkeiten Gefallen finden. Ich bitte Sie, gehen Sie zu ihr. Es hat sich jetzt ja alles verändert. Amy hat nicht die leiseste Idee, daß ich hier bei Ihnen bin, und sie darf es unter keiner Bedingung erfahren, denn ihr ärgster Fehler ist ihr empfindlicher Stolz. Und Sie werden sich gewiß nicht beleidigt fühlen, Edwin, wenn ich sage, daß Sie denselben Fehler haben. Zwischen zwei so feinfühligen Menschen können Zwistigkeiten das ganze Leben dauern, wenn nicht einer von ihnen beredet wird, den ersten Schritt zu tun. Seien Sie großmütig! Eine Frau hat ja, wie man sagt, das Vorrecht, ein bißchen eigensinnig zu sein. Übersehen Sie diesen Fehler und überreden Sie sie, das Vergangene vergangen sein zu lassen.«

In den Worten Frau Yules lag etwas Erkünsteltes, das Reardon abstieß; er konnte nicht einmal ihrer Versicherung, daß Amy von dieser Einmischung nichts wisse, Glauben schenken. Auf jeden Fall widerte es ihn an, eine solche Angelegenheit mit Frau Yule zu besprechen.

»Unter keinen Umständen würde ich mehr tun, als ich bereits getan habe«, antwortete er. »Und nach dem, was Sie mir eben erzählten, ist es mir unmöglich, sie aufzusuchen, außer sie fordert mich dazu direkt auf.«

»Oh, wenn Sie nur diese Empfindlichkeit besiegen könnten!«

»Das steht nicht in meiner Macht. Meine Armut war, wie Sie ganz richtig bemerkten, die Ursache unserer Trennung, aber wenn Amy nicht mehr arm ist, so ist das für mich kein Grund, zu ihr zu gehen und um Verzeihung zu bitten.«

»Aber so beurteilen Sie doch den Fall ohne Empfindlichkeit! Ich glaube wirklich, nicht zu weit zu gehen, wenn ich sage, daß vor allem Sie sich ein wenig — nun, ein wenig provozierend verhielten. Ich bin weit, himmelweit davon entfernt, etwas Unangenehmes sagen zu wollen — das fühlen Sie gewiß selbst —, aber hatte Amy nicht ein wenig Grund zur Klage? Nicht wahr, das gestehen Sie zu?«

Reardon wurde von nervöser Erregung gefoltert. Er wollte allein sein, um über das Vorgefallene nachzudenken, und Frau Yules drängende Stimme tat seinem Ohr weh. Ihre Weichheit machte es nur noch schlimmer.

»Es mag Grund zu Kummer und Kränkung gegeben haben«, sagte er, »aber zu einer solchen Anklage — nein, das nicht.«

»Ich habe aber gehört« — ihre Stimme klang jetzt ziemlich gereizt —, »daß Sie ihr direkt Vorwürfe machten und sie schalten, weil sie nicht sogleich einwilligte, an diesen entsetzlichen Ort zu ziehen.«

»Vielleicht habe ich die Geduld verloren, nachdem Amy ... Aber ich kann diese Angelegenheit nicht in dieser Weise wieder hervorzerren.«

»Habe ich also umsonst gebeten?«

»Ich bedaure sehr, daß es mir nicht möglich ist, Ihren Wunsch zu erfüllen. Nur Amy und ich können die Sache zwischen uns abmachen. Die Einmischung anderer kann da nicht helfen.«

»Es tut mir leid, daß Sie von ›Einmischung‹ sprechen«, sagte Frau Yule, ein wenig hitzig werdend. »wirklich sehr leid. Ich hätte nicht gedacht, daß Sie meinen guten Willen in dieser Weise auffassen würden.«

»Ich wollte Sie damit nicht beleidigen.«

»Sie weigern sich also, den ersten Schritt zur Versöhnung zu tun?«

»Ich muß so handeln, und Amy würde mich vollkommen verstehen.«

Seine Entschlossenheit war so unverkennbar, daß Frau Yule keine andere Wahl hatte, als aufzustehen und der Unterredung ein Ende zu machen. Sie beherrschte sich jedoch genügend, um ihm mit bedauernder Miene die Hand zu reichen.

»Ich kann nur sagen, daß meine Tochter sehr, sehr unglücklich ist.«

Als sie gegangen war, wartete Reardon noch ein wenig, dann verließ er das Hospital und schritt rasch dahin, ohne eine bestimmte Richtung einzuschlagen.

Ach, wenn dies im ersten Jahre seiner Ehe geschehen wäre! Keinen Glücklicheren hätte es auf Erden gegeben! Aber es kam zu spät, kein noch so großer Reichtum konnte die durch die Armut verursachte Zerstörung ungeschehen machen.

Es war ganz natürlich, daß sich seine Gedanken, sobald er wieder klar denken konnte, seinem einzigen Freunde zuwandten. Aber als er das Haus in Clipstone

Street erreichte, fand er das Dachzimmer leer und niemand konnte ihm sagen, wann dessen Bewohner zurückkehren würde. Er hinterließ ein paar Zeilen und wanderte nach Islington zurück. Den Abend mußte er im Spital verbringen, aber bei seiner Rückkehr wartete Biffen schon auf ihn. Reardon sprach sofort von seinen eigenen Angelegenheiten und erzählte ruhig, was er von Frau Yule erfahren hatte. Biffens Augen wurden groß.

»So bin ich also die letzte Sorge los!« rief Reardon mit Entzücken. »Das einzige, was mich noch bedrückte, war, daß ich nicht imstande bin, Amy genügend zu unterstützen. Jetzt ist sie bis in alle Ewigkeit versorgt. Sind das nicht herrliche Neuigkeiten?«

»Das will ich meinen — aber wenn sie versorgt ist, so bist du es auch.«

»Biffen, du kennst mich besser. Könnte ich einen Pfennig von ihrem Gelde annehmen? Gerade das hat unser Zusammenkommen für immer unmöglich gemacht, es sei denn, Totes wird wieder lebendig. Ich kenne den Wert des Geldes, aber ich kann es von Amy nicht annehmen.«

Der andere schwieg.

»Nein, aber jetzt ist alles in Ordnung. Sie hat ihr Kind und kann sich seiner Erziehung widmen. Und ich ... ich werde ja auch reich sein! Hundertfünfzig Pfund jährlich — denn es wäre eine Komödie, Amy die Hälfte davon anzubieten. Bei allen Göttern des Olymp, wir gehen zusammen nach Griechenland, du und ich!«

»Puh!«

»Ich schwöre es! Laß mich nur ein paar Jahre sparen, dann nehme ich mir für einen Monat oder noch länger Urlaub, und beim Leben der Pallas Athene! — eines schönen Tages sind wir in Marseille und an Bord eines der Schiffe der Messageries! Ich kann es noch immer nicht glauben, daß es wirklich wahr ist. Komm, auf in die Upper Street, wir wollen essen, trinken und lustig sein!«

»Du bist außer dir. Aber tut nichts, wir wollen uns auf jeden Fall freuen. Grund genug dazu ist da.«

»Das arme Ding! Jetzt endlich wird sie Ruhe haben!«

»Wer?«

»Amy natürlich! Ich bin um ihretwillen unendlich froh. Ach ja, wenn das früher gekommen wäre, in den glücklichen Tagen! Dann wäre sie auch nach Griechenland mitgegangen, nicht wahr? Im Leben kommt alles zu früh oder zu spät. Was hätte es für sie und für mich bedeutet! Sie hätte mich nie gehaßt, nie! Biffen, bin ich gemein oder verachtenswert? Sie hält mich dafür. Das hat mir die Armut angetan. Wenn du gesehen hättest, wie sie mich anblickte, als wir uns neulich trafen, würdest du begreifen, warum ich jetzt nicht mit ihr leben könnte, selbst wenn sie mich darum anflehte. Das würde mich erniedrigen. Götter, wie würde ich mich schämen, wenn ich dieser Versuchung erläge! Und einst ...«

Er hatte sich in eine so heftige Aufregung hineingesteigert, daß seine Stimme zuletzt erstickte und Tränen aus seinen Augen hervorbrachen.

»Komm, gehen wir spazieren«, sagte Biffen.

Als sie das Haus verließen, traten sie in einen dichten Nebel, durch den warme Regentropfen sickerten. Nichtsdestoweniger setzten sie ihren Weg fort und saßen bald an einen Tisch in einer kleinen Kaffeestube. Der einzige Gast außer ihnen war ein Kutscher, der eben sein Mahl beendet hatte und nun über seinem Teller einnickte. Reardon bestellte gebackenen Schinken mit Eiern, diesen Leckerbissen der Armen, und als die Kellnerin sich entfernt hatte, um die Bestellung auszuführen, brach er in aufgeregtes Gelächter aus.

»Da sitzen wir, zwei Literaten! Was würden die...« er nannte einige der populärsten Schriftsteller des Tages — »über uns sagen! Mit welch großartiger Verachtung würden sie sich von uns und dem ordinären Festmahl abwenden! Sie kennen den Kampf nicht, die nicht! Ein Einkommen von weniger als drei- oder vierhundert Pfund jährlich ist für sie unvorstellbar, das erscheint ihnen als das Minimum für den Lebensunterhalt eines gebildeten Menschen. Es wäre kleinlich, ihrer mit Neid zu gedenken, aber, beim Apoll! — ich weiß, sie müßten mit uns den Platz tauschen, wenn unsere Werke gerecht gegen die ihren abgewogen würden.«

»Was liegt daran? Wir sind eben ein anderer Typus von Geistesarbeitern. Freilich denke ich dann und wann mit Wut an sie, aber nur, wenn der Hunger gar zu arg wird. Für ihre Arbeit gibt es eine Nachfrage, für unsere — meine wenigstens — nicht. Sie stehen mit der Masse der Durchschnittsleser in Kontakt, sie schreiben für ihre Klasse. Nun, du hattest ja auch *deinen* Leserkreis und könntest, wenn du nicht Pech gehabt hättest, jetzt auch schon auf deine drei- bis vierhundert Pfund jährlich rechnen.«

»Aller Wahrscheinlichkeit nach hätte ich nie mehr als zweihundert Pfund für ein Buch bekommen; und um mir selbst treu zu bleiben, hätte ich mich damit begnügen müssen, nur alle zwei, drei Jahre eines zu publizieren. Ohne Privatvermögen war das nicht durchführbar. Und dazu mußte ich noch eine Frau mit noblen Passionen heiraten! Was für eine Dummheit! Kein Wunder, daß mich das Schicksal in die Gosse geworfen hat!«

Sie verzehrten ihren Schinken und die Eier und munterten sich mit einer Tasse Zichorienbrühe, Kaffee genannt, auf. Dann zog Biffen aus der Tasche seines altehrwürdigen Überrockes den mitgebrachten Euripides, und ihr Gespräch wandte sich abermals dem Land der Sonne zu. Erst als die Kaffeestube geschlossen wurde, gingen sie wieder in die neblige Straße hinaus, und auf der Höhe von Pentonville Hill hielten sie zehn Minuten lang inne, um über einen metrischen Effekt in einem der Fragmente zu debattieren.

Tag für Tag ging Reardon im Fieber umher. Gegen abend wurde sein Puls regelmäßig schneller, und selbst die größte Müdigkeit brachte ihm keinen erfrischenden Schlaf. Im Gespräch erschien er entweder niedergeschlagen oder erregt, häufiger das letztere. Außer mit seinen Pflichten im Hospital wollte er sich mit nichts beschäftigen; zu Hause saß er stundenlang da, ohne ein Buch zu öffnen; und seine Spaziergänge, ausgenommen wenn sie ihn nach Cliptone Street führten, waren ziellos. Zu jeder Poststunde befand er sich in erwartungsvoller Aufregung. Jeden Morgen um acht Uhr stand er am Fenster und lauschte auf den Schritt des Briefträgers in der Straße. Wenn er sich näherte, ging er auf den Flur hinaus, und wenn er die Treppe heraufkam, beugte er sich, vor Erwartung zitternd, über das Geländer. Aber der Brief war nie für ihn. Wenn seine Erregung nachließ, freute er sich über die Enttäuschung, lachte und sang.

Eines Tages erschien Carter in der City Road-Filiale und ergriff die Gelegenheit, seinen Schreiber beiseite zu nehmen.

»In Croydon wird man sich wohl nach jemand anderem umsehen müssen?« fragte er lächelnd.

»Oh, nein. Die Sache ist abgemacht. Zu Weihnachten gehe ich hin.«

»Meinen Sie das im Ernst?«

»Gewiß.«

Da Reardon nicht geneigt schien, auf seine Privatangelegenheiten auch nur anzuspielen, sagte der Sekretär nichts mehr und entfernte sich in der Überzeugung, daß das Unglück dem armen Menschen den Kopf verdreht habe.

Einmal begegnete Reardon auf seinen Wanderungen in der City seinem Freunde, dem Realisten.

»Möchtest du Sykes sehen?« fragte Biffen. »Ich gehe gerade zu ihm.« Sykes war ein guter Bekannter von ihm und schrieb Londoner Korrespondenzen für ein Provinzblatt. Leider hatte er eine Neigung zum Alkohol, was ihn mitunter exzentrisch erscheinen ließ.

»Wo wohnt er?«

»In einem unauffindbaren Loch, aber um die Heizung zu sparen, verbringt er die Vormittage in einer öffentlichen Lesehalle; der Eintritt kostet nur einen Penny, und er kann dort alle Zeitungen lesen, seine Schreibereien erledigen und die Wärme genießen.«

Sie begaben sich in die besagte Lesehalle. Nur zwei Personen saßen an den Pulten. Der eine war ein verhungerter, stellenloser Büroschreiber, augenscheinlich mit dem Beantworten von Annoncen beschäftigt; vor ihm lagen einige fertige Briefe und auf dem Boden, zu seinen Füßen, verschiedene zerknitterte Briefpapierbogen, die bereits bei der Geburt verstorbene Entwürfe darstellten. Der andere, ebenfalls mit der Feder beschäftigt, schien etwa vierzig Jahre alt zu sein und trug einen rötlichen Sommeranzug; auf der Bank neben ihm lag ein grauer Überrock und ein Zylinder, der seine Glanzzeit schon lange hinter sich hatte. Sein Gesicht verriet die Gewohnheit, deren Opfer er war, seine Züge und sein Ausdruck hatten jedoch nichts Abstoßendes; im Gegenteil, sie waren angenehm, liebenswürdig, sogar drollig. In diesem Augenblick würde niemand an seiner Nüchternheit gezweifelt haben. Den Rockärmel hochgeschlagen, um der rechten Hand und dem Handgelenk freien Spielraum zu geben, und so ein Flanellhemd von ganz eigener Farbe enthüllend, den

Kragen aufgeknöpft (er trug keine Krawatte), um den Hals frei bewegen zu können, während er sich kurzsichtig über das Papier beugte, schrieb er, augenscheinlich in vollem Feuer, mit der Schnelligkeit des Blitzes. Die Adern seiner Stirne waren geschwollen und sein Kinn auf eine Weise vorgeschoben, daß man unwillkürlich an ein Rennpferd denken mußte.

»Sind Sie zu beschäftigt, um zu reden?« fragte Biffen, an seine Seite tretend.

»Ja, bei Gott, ich bin's!« rief jener, erschreckt aufblickend. »Um Himmelswillen, bringen Sie mich nicht aus dem Konzept! Eine Viertelstunde!«

»Schön, ich komme wieder.«

Die Freunde gingen in einen anderen Raum und blätterten in den Zeitungen.

»Jetzt wollen wir es wieder versuchen«, sagte Biffen, als beträchtlich mehr als die gewünschte Zeit vorübergegangen war. Sie gingen hinein und fanden Herrn Sykes in einer melancholisch-sinnenden Haltung dasitzen. Er hatte den Rockärmel heruntergeschoben, den Kragen zugeknöpft und betrachtete die beschriebenen Papierstreifen. Biffen stellte seinen Gefährten vor, und Sykes begrüßte den Romanschriftsteller mit großer Freude.

»Was meinen Sie, ist das?« fragte er, auf seine Arbeit zeigend. »Die ersten Bogen meiner Autobiographie für den ›Shropshire Weekly Herald.‹ Natürlich anonym, aber streng wahrheitsgetreu, bloß ein paar persönliche Schwächen wurden ausgelassen, die nicht dazu gehören. Ich nenne es ›Durch die Wildnis des literarischen London‹. Ein alter Freund von mir gibt den ›Herald‹ heraus, ihm verdanke ich die Idee.«

Seine Stimme war ein wenig heiser, aber er sprach wie ein Mann von Bildung.

»Die meisten Leute werden es für Erfindung halten, aber wollte Gott, ich hätte so viel Erfindungskraft, um so etwas schreiben zu können. Ich habe mehrere Romane veröffentlicht, Herr Reardon, aber meine Erfahrungen in diesem Zweige der Literatur waren eigentümlich — wie übrigens auch in den meisten anderen, die ich versucht habe. Meine ersten Sachen schrieb ich für das ›Lieblingsblatt der jungen Damen‹, und es waren höchst merkwürdige Produkte. Das war vor fünfzehn Jahren, in den Tagen meiner Jugendfrische. Ich war imstande, meinen Fortsetzungsroman mit fünfzehntausend Worten mir nichts dir nichts hinzuwerfen und mich gleich darauf, frisch wie ein Maiglöckchen, auf die ›Illustrierte Geschichte der Vereinigten Staaten‹ zu stürzen, die ich für Coghlan schrieb. Auf einmal glaubte ich, ich sei für das ›Lieblingsblatt‹ zu gut, und begann eines bösen Tages, dreibändige Romane zu schreiben und nach Ruhm zu haschen. Es wollte nicht gehen, aber ich hielt fünf Jahre aus und scheiterte etwa fünfmal. Dann ging ich zu Bowring zurück. ›Nehmen Sie mich wieder zurück, alter Freund, wollen Sie?‹ Bowring war ein Mann, der wenig Worte machte; er sagte: ›Springen Sie wieder auf, mein Junge.‹ Und ich gab mir sehr viel Mühe, aber es war umsonst; ich war aus dem Stil herausgekommen, meine Schreibweise war viel zu literarisch geworden. Ein ganzes Jahr bemühte ich mich, schlecht zu schreiben, aber die Vergeblichkeit meiner Anstrengungen quälte Bowring derart, daß er mir schließlich verbot, ihm unter die Augen zu kommen. ›Was zum Teufel‹, brüllte er eines Tages, ›schicken Sie mir Geschichten von Männern und Frauen? Ein Mensch mit Ihrer Erfahrung sollte es doch besser wissen!‹ So mußte ich aufgeben, und mit meiner Karriere als Belletrist war's zu Ende.«

Er schüttelte traurig den Kopf.

»Biffen«, fuhr er fort, »hatte, als ich ihn zuerst kennenlernte, die Absicht, für die arbeitenden Klassen zu schreiben — was meinen Sie, wollte er ihnen bieten? Geschichten *über* die arbeitenden Klassen! Na, alter Knabe, Sie brauchen deswegen nicht den Kopf hängen zu lassen. Den Tagen der Jugend wird alles verziehen. Sie, Herr Reardon, wissen wohl gut genug, daß nichts einen Arbeiter oder eine Arbeiterin dazu bringt, Geschichten zu lesen, die ihre eigene Welt behandeln. Sie sind die verranntesten Idealisten der Schöpfung, besonders die Frauen. Wie oft haben schon Arbeitermädchen zu mir gesagt: ›Oh, das Buch kann ich nicht leiden, es ist ja nichts als das wirkliche Leben.‹«

»Das ist ein Fehler der Frauen im allgemeinen«, bemerkte Reardon.

»Ja, aber bei den arbeitenden Klassen kommt es mit so köstlicher Naivität heraus. Gebildete Leute lesen gern von Szenen, die ihnen vertraut sind, auch wenn diese idealisiert sein müssen, sofern sie mehr als einem unter tausend gefallen sollen; die arbeitenden Klassen aber verabscheuen alles, was ihr tägliches Leben darstellt. Nicht weil das Leben zu schmerzlich ist; nein, nein, es ist regelrechter Snobismus. Dickens gefällt nur den Besten unter ihnen, und auch nur, weil er in der Farce und im Melodramatischen so groß ist.«

Sie verließen miteinander die Lesehalle und aßen in einem modernen Beef Shop zu Mittag. Herr Sykes aß wenig, nahm jedoch reichliche Mengen billigen Porterbieres zu sich. Als das Mahl zu Ende war, wurde er schweigsam.

»Können Sie mitkommen?« fragte Biffen.

»Leider nein, leider nein ... ich habe um zwei eine Verabredung ... in Aldgate Station.«

Sie trennten sich von ihm.

»Jetzt wird er hingehen und trinken, bis er bewußtlos ist«, sagte Biffen. »Armer Kerl! Schade, daß er je etwas verdient. Das Arbeitshaus wäre besser für ihn.«

»Nein, nein — lieber soll sich ein Mensch zu Tode

saufen. Ich habe ein Grauen vor dem Arbeitshause — denk an die Glocke von Marylebone, von der ich dir immer erzählte.«

»Du bist kein Philosoph. Ich glaube nicht, daß ich mich im Arbeitshaus unglücklich fühlen würde. Der Gedanke, daß ich die Gesellschaft gezwungen habe, mich zu ernähren, würde mir ein gewisses Vergnügen bereiten — und dann die absolute Freiheit von jeglicher Sorge! Das ist gerade so, als besäße man ein großes Vermögen!«

Etwa eine Woche danach, Mitte November, kam endlich ein Brief mit Amys Handschrift in die Manville Street. Er traf nachmittags um drei Uhr ein; Reardon hatte den Briefträger kommen hören, aber er lief nun nicht mehr jedesmal hinaus, und an diesem Tage fühlte er sich überdies unwohl. Auf dem Bette liegend, hatte er nur müde den Kopf gehoben, als er bemerkte, daß jemand sich seinem Zimmer näherte. Dann sprang er auf, und das Blut schoß ihm ins Gesicht.

Diesmal begann Amy »Lieber Edwin«, und der Anblick dieser Worte machte ihn schwindeln.

»Du wirst natürlich gehört haben«, schrieb sie, »daß mein Onkel John mir zehntausend Pfund hinterlassen hat. Sie sind noch nicht in meinen Besitz gelangt, und ich war entschlossen, Dir nicht zu schreiben, bis dies geschehen ist, aber vielleicht hättest du dieses Schweigen mißverstanden.

Wäre dieses Geld gekommen, solange Du so schwer kämpftest, um uns erhalten zu können, so hätten wir nie die Worte gesprochen und die Gedanken gedacht, die es mir jetzt so schwer machen, an Dich zu schreiben. Was ich Dir sagen möchte, ist, daß ich Dein Recht, dieses Vermögen, obwohl es gesetzlich mein ist, zu teilen, vollkommen anerkenne. Seit wir getrennt leben, hast Du mir viel mehr geschickt, als Du eigentlich konntest, weil Du dies für Deine Pflicht hieltest; und nun, da die Verhältnisse so ganz anders geworden sind, möchte ich, daß Du diesen Wechsel ebenso genießt wie ich.

Ich habe bei unserer letzten Begegnung gesagt, daß ich bereit wäre, zu Dir zurückzukehren, wenn Du die Stelle in Croydon annähmest. Es liegt jetzt für Dich keine Notwendigkeit mehr vor, einen Posten anzutreten, für den Du gänzlich untauglich bist, und ich wiederhole, daß ich bereit bin, mit Dir wie früher zu leben. Wenn Du mir mitteilen wolltest, wo Du unser neues Heim aufschlagen möchtest, will ich gern einwilligen. Ich glaube nicht, daß Du London für immer verlassen willst, und ich hege gewiß nicht diesen Wunsch.

Bitte, laß mich so bald wie möglich von Dir hören. Indem ich dies schreibe, fühle ich, daß ich das getan habe, was Du von mir gewünscht hast: ich habe Dich gebeten, unserer Trennung ein Ende zu machen und hoffe, daß ich nicht umsonst gebeten habe. — Deine Amy Reardon.«

Der Brief entfiel seinen Händen. Es war ein Brief, wie er ihn hätte erwarten können, aber der Anfang hatte ihn irregeführt, und als seine Aufregung allmählich abklang, ergriff ihn eine so tiefe Verzweiflung, daß er eine Zeitlang unfähig war, sich zu bewegen, geschweige denn zu denken. Die Antwort, die er bei dem trüben Zwielicht, welches den Sonnenuntergang darstellte, schrieb, lautete folgendermaßen:

»Liebe Amy, ich danke Dir für Deinen Brief und weiß die Motive, die Dich zu ihm bewogen, zu schätzen. Aber wenn Du glaubst, daß Du ›das getan hast, was ich von Dir wünschte‹, so mußt Du mich gänzlich mißverstanden haben.

Das einzige, was ich *wünschte*, war, daß durch irgendein Wunder Deine Liebe für mich neu auflebe. Kann ich mir einreden, daß dies der Brief einer Gattin ist, die zu mir zurückzukehren wünscht, weil sie mich von Herzen liebt? Wenn das die Wahrheit sein sollte, so hast Du Dich nicht sehr glücklich ausgedrückt.

Du hast geschrieben, weil Du dies für Deine Pflicht hieltest, aber ein solches Pflichtgefühl führt in die Irre. Du liebst mich nicht, und wo keine Liebe ist, dort ist keine gemeinsame Verpflichtung in der Ehe. Vielleicht denkst Du, daß die Rücksicht auf die gesellschaftlichen Konventionen von Dir verlangt, wieder mit mir leben. Aber habe mehr Mut. Weigere Dich, zu heucheln — sage der Gesellschaft, daß dies niedrig und brutal wäre, daß Du ein ehrliches Leben vorziehst.

Liebe, ich kann Deinen Reichtum nicht teilen. Aber da Du meine Hilfe nicht mehr benötigst — wir sind jetzt voneinander ganz unabhängig — werde ich aufhören, Dir das Geld zu schicken, welches ich bisher als Dir zustehend betrachtete. So werde ich für meine Bedürfnisse genug und übergenug haben; und der Gedanke, daß ich Entbehrungen leide, braucht Dich nicht mehr zu belasten. Zu Weihnachten gehe ich nach Croydon, und von dort aus werde ich Dir wieder schreiben. Denn wir können auf jeden Fall freundlich einander gedenken. Ich bin die endlose Sorge um Dich los und weiß, daß Du vor der verfluchten Armut sicher bist, die an all unserem Unglück schuld ist. Dich tadle ich nicht, obwohl ich es manchmal getan habe. Meine eigene Erfahrung lehrt mich, wie Güte durch Unglück verbittert werden kann. Ein großer, edelmütiger Schmerz kann die Herzen einander näherbringen, aber gegen die Not kämpfen, von der Sorge um Groschen und Pfennige erdrückt werden — das *muß* erniedrigen.

Eine andere Antwort als diese ist unmöglich, ich bitte Dich daher, mir nicht mehr in dieser Weise zu schreiben. Laß es mich wissen, wenn Du eine andere Wohnung nimmst. Ich hoffe, daß Willie gesund ist und daß sein Gedeihen noch immer Deine Freude und Dein Glück ausmacht. — Edwin Reardon.«

Das eine Wort »Liebe« in der Mitte des Briefes ließ ihn innehalten, als er die Zeilen nochmals überlas. Sollte er es nicht durchstreichen, und zwar so, daß Amy es bemerken würde? Er tunkte seine Feder zu diesem Zweck in die Tinte, hielt aber dann doch seine Hand zurück. Er mochte sagen, was er wollte, Amy war ihm noch immer teuer, und wenn sie das Wort bemerkte — wenn sie darüber nachgrübelte ...

Eine Straßenlampe verhinderte, daß das Zimmer ganz dunkel wurde. Als er das Kuvert geschlossen hatte, legte er sich wieder auf das Bett und sah dem gelblichen Flackern auf der Decke zu. Er hätte etwas Tee trinken müssen, ehe er ins Hospital ging, aber es lag ihm so wenig daran, daß ihm die Mühe des Wasserkochens zu groß erschien. Das flackernde Licht wurde schwächer. Er begriff schließlich, daß dies von dem Nebel herrührte, der sich zu senken begann. Der Nebel war sein Feind; es wäre klug gewesen, einen Atemapparat zu kaufen, denn manchmal brannte seine Kehle, und in seiner Brust war ein Rasseln, das Böses weissagte. Er schlummerte eine halbe Stunde und fühlte sich beim Erwachen fiebrig, wie immer um diese Tageszeit. Aber es war Zeit, zur Arbeit zu gehen. Brr! Diese ersten Mundvoll Nebel!

XXVIII. ZWISCHENZEIT

Die Zimmer, welche Milvain für sich und seine Schwestern gemietet hatte, waren bescheiden, aber dennoch teurer als die früheren. Da die Übersiedlung seinetwegen stattgefunden hatte, fühlte er sich für die Mehrauslagen verantwortlich. Ohne seine jetzigen Aussichten wäre ein solcher Schritt leichtsinnig gewesen, da seine Einnahmen gerade nur ausreichten, seine Bedürfnisse zu decken. Er hatte beschlossen, daß die Hochzeit vor Weihnachten stattfinden solle; bis dahin wollte er, wenn es not tat, die kleinen Ersparnisse der Mädchen benützen und sie dann von Marians Mitgift zurückzahlen.

»Und was werden wir tun, wenn du verheiratet bist?« fragte Dora.

Diese Frage wurde an dem ersten Abend gestellt, den sie gemeinsam unter demselben Dache verlebten. Das Trio hatte in dem kleinen Wohnzimmer der Mädchen zu Abend gespeist, und es war der rechte Moment für ein offenes Gespräch. Dora freute sich über die bevorstehende Heirat; ihr Bruder hatte sich ehrenhaft benommen, und Marian, davon war sie überzeugt, würde sehr glücklich werden, obwohl ein Zerwürfnis mit ihrem Vater unvermeidlich schien. Maud war nicht so hocherfreut, obwohl sie sich bemühte, ein Lächeln zur Schau zu tragen. Es schien ihr, daß Jasper sich einer Schwäche schuldig gemacht habe, die von ihm nicht zu erwarten gewesen war. Marian schien ihr kaum die passende Frau für einen Mann mit einer solchen Zukunft zu sein, und was ihre fünftausend Pfund betraf, so war das lächerlich. Wären es zehn gewesen —

mit zehntausend Pfund läßt sich etwas anfangen, aber lumpige fünftausend! Mauds Ansichten über derlei Dinge hatten sich in letzter Zeit sehr erweitert, und eine der Folgen davon war, daß sie mit ihrer Schwester nicht so im Einklang lebte wie in den ersten Monaten ihrer Londoner Karriere.

»Ich habe darüber schon sehr viel nachgedacht«, antwortete Jasper auf die Frage des jüngeren Mädchens. Er lehnte mit dem Rücken gegen den Ofen und rauchte eine Zigarette.

»Wenn wir ein Haus mit ziemlich vielen Räumen mieten, könntet ihr nach einiger Zeit bei uns wohnen. Vorerst muß ich euch in unserer Nachbarschaft anständige Zimmer nehmen.«

»Du sprichst sehr großmütig, Jasper«, sagte Maud, »bitte vergiß aber nicht, daß Marian dir nicht fünftausend Pfund pro Jahr zubringt.«

»Leider nicht, aber sie bringt mir fünfhundert Pfund jährlich, für zehn Jahre — so fasse ich es nämlich auf. Durch mein eigenes Einkommen werden daraus anfangs sechs- bis siebenhundert, binnen kurzem wohl tausend Pfund. Ich sehe es ganz kühl und nüchtern. Ich bin mir vollkommen darüber klar, wie ich jetzt dastehe und wie ich wahrscheinlich in zehn Jahren dastehen werde. Marians Geld soll verwendet werden, um mir eine Position zu schaffen. Gegenwärtig gelte ich als ›gewitzter Junge‹ und dergleichen, aber niemand würde mir einen Redakteursposten oder irgendeine sonstige ernste Hilfe anbieten. Wartet, bis ich zeige, daß ich mir selbst geholfen habe, und von allen Seiten werden sich mir Hände entgegenstrecken. So ist die Welt. Ich werde einem Klub angehören; ich werde für auserwählte Leute nette, erlesene kleine Dinners geben; ich werde allen und jedem zu verstehen geben, daß ich eine gewisse Stellung in der Gesellschaft einnehme. Fortan bin ich ein anderer Mensch, ein Mann, den man nicht übergehen kann. Und was wollt ihr mit mir wetten, daß ich binnen zehn Jahren in der vordersten Reihe der literarischen Prominenz stehe?«

»Ich zweifle, ob sechs- oder siebenhundert Pfund jährlich dazu genügen.«

»Wenn nicht, so bin ich bereit, tausend auszugeben. Lieber Gott, als ob nicht zwei, drei Jahre genügen würden, um bei den Leuten, die ich meine, die korrupten Instinkte anzusprechen! Ich sage zehn Jahre, um mir einen größeren Spielraum zu lassen.«

»Marian billigt das?«

»Ich habe davon noch nicht deutlich gesprochen, aber sie billigt alles, was ich für gut halte.«

Die Mädchen lachten über den Ton, in dem er dies sagte.

»Wie aber, wenn du das Unglück hättest, daß diese Pläne mißlingen?«

»Da gibt es kein Wenn und Aber, außer natürlich, wenn ich meine Gesundheit verliere. Ich setze nicht einmal eine wunderbare Entwicklung meiner Fähigkeiten voraus. So wie ich jetzt bin, brauche ich nur auf ein kleines Podest gediegenen Wohlstands gestellt zu werden, und schon werden eine ganze Reihe von Leuten mit bewunderndem Finger auf mich weisen. Ihr könnt das nicht richtig einschätzen. Natürlich ginge das nicht, wenn ich keine Fähigkeiten besäße. Ich *besitze* aber Fähigkeiten, sie brauchen nur ins echte Licht gerückt zu werden. Wenn ich unbekannt bin und ein herrliches Buch veröffentliche, so wird es sehr langsam oder auch gar nicht, seinen Weg machen. Bin ich aber bekannt und veröffentliche dasselbe Buch, so wird sein Lob über beide Hemisphären ertönen. Wahrheitsgetreuer wäre es natürlich gewesen, hätte ich von einem recht mittelmäßigen Buch gesprochen, aber ich bin heute milde gegen mich gestimmt. Wären die Romane des armen Reardon im vollen Glanz des

Ruhmes veröffentlicht worden, statt in der ringenden Dämmerung, die nie Tag werden sollte — wären sie dann nicht von jedem Kritiker verherrlicht worden? *Man muß berühmt sein, erst dann zieht man die Aufmerksamkeit auf sich, die weiteren Ruhm begründet.*«

Er äußerte diesen Sinnspruch mit viel Nachdruck und wiederholte ihn dann noch einmal in anderer Form.

»Man muß sich einen Ruf verschaffen, bevor man sich für das, was diesen Ruf erst rechtfertigen würde, Gehör verschaffen kann. Es ist die alte Geschichte von dem französischen Verleger, der zu Dumas sagte: ›Machen Sie sich einen Namen, und ich publiziere alles, was Sie schreiben.‹ ›*Diable*‹, schreit der Autor, ›wie soll ich mir einen Namen machen, wenn ich nicht publizieren kann?‹ Wenn jemand keinen anderen Weg hat, Aufmerksamkeit zu erregen, so soll er mitten auf der Straße Kopfstand machen; dann kann er hoffen, daß seine Gedichte Anklang finden. Ich spreche immer nur von solchen, die einen Ruf erringen wollen, ehe ihnen die Zähne ausgefallen sind. Natürlich, wenn die Arbeit etwas wert ist und man warten kann, so ist es wahrscheinlich, daß zuletzt ein halbes Dutzend Leute zu schreien anfangen, der und der sei vernachlässigt worden. Aber so etwas geschieht erst, wenn man eisgrau und saftlos ist und wenn einen nichts unter der Sonne mehr freut.«

Er zündete eine neue Zigarette an.

»Ich, liebe Kinder, bin nicht der Mann, der warten kann. Erstens sind meine Fähigkeiten nicht danach, die Anerkennung der Nachwelt zu erringen. Was ich schreibe, zählt für heute, ist genau wie eine Eintagsfliege, hat keinen Wert, außer in bezug auf den heutigen Tag. Die Frage ist: Wie kann ich die Augen der Menschen auf mich ziehen? — Die Antwort: Indem ich so tue, als sei ich von ihrem Blick ganz unabhängig. Ohne allen Zweifel wird mir das glücken, und dann werde ich zur Feier meines Hochzeitstages eine Medaille prägen lassen.«

Aber Jasper war von der Klugheit dessen, was er zu tun im Begriffe war, nicht ganz so fest überzeugt, wie er seinen Schwestern gern einreden wollte. Der Impuls, dem er zuletzt hatte nachgeben müssen, besaß noch immer seine Kraft — nicht doch, er war stärker denn je, seit die Intimität der Gespräche zwischen den Liebenden ihm mehr von Marians Herz und Geist enthüllt hatte. Unleugbar war er verliebt. Nicht leidenschaftlich, nicht mit der verzehrenden Sehnsucht, die jedes andere Motiv als das ihrer Befriedigung unbedeutend erscheinen läßt, aber dennoch so verliebt, daß ihm die Erfüllung seiner täglichen Pflichten große Schwierigkeiten bereitete. Aber nie verstummte die Stimme, die ihn an all die Gelegenheiten und Hoffnungen erinnerte, welche er beiseite geworfen hatte. Seit dem Verlöbnis mit Marian war er in Wimbledon gewesen, im Hause seines Freundes und Beschützers Horace Barlow, und dort wieder mit Fräulein Rupert zusammengetroffen. Diese Dame hatte über seine Gefühle keine Gewalt, aber er war überzeugt, daß sie sich sehr für ihn interessierte. Wenn er an die Möglichkeit einer Eheschließung mit Fräulein Rupert dachte, die ihn mit einem Schlage zu einem wohlhabenden Manne machen würde, so ließ er den Kopf hängen und wunderte sich über seine Übereilung. Ja, er war das Opfer einer banalen Schwäche geworden; es hatte sich gezeigt, daß er doch nicht in die erste Reihe der fortschrittlichen Männer gehörte.

Das Gespräch mit Amy Reardon war nicht dazu angetan, ihn zu beruhigen. Amy war über einen so unklugen Schritt eines Mannes seines Kalibers erstaunt. Ach ja, wenn Amy selber frei wäre, sie mit ihren zehntausend Pfund! Ihr war er nicht gleichgültig — das spürte er. War in der Ironie, mit der sie über seine

Wahl gesprochen hatte, nicht eine gewisse Gereiztheit angeklungen? — Aber es war müßig, an derlei zu denken.

Auch seine Schwestern machten ihm Kummer. Sie waren kluge Mädchen und würden bald für sich selbst sorgen können; aber es begann zweifelhaft zu werden, ob sie ihre literarische Tätigkeit fortsetzen wollten. Maud, das stand fest, hegte Hoffnungen anderer Art. Ihr vertrauter Umgang mit Frau Lane bewirkte eine Veränderung in ihren Gewohnheiten, ihrer Toilette, selbst in ihrer Sprechweise. Ein paar Tage nach der Übersiedlung in die neue Wohnung sprach Jasper mit Dora ernsthaft über dieses Thema.

»Ob du wohl meine Neugierde befriedigen kannst?« sagte er. »Weißt du vielleicht zufällig, wieviel Maud für die neue Jacke bezahlt hat, in der ich sie gestern sah?«

Dora zögerte mit der Antwort.

»Ich glaube, nicht viel.«

»Das heißt, sie kostete keine zwanzig Guineen — ich will es hoffen. Ich bemerke auch, daß sie sich einen neuen Hut gekauft hat.«

»Oh, der war sehr billig, sie hat ihn selbst aufgeputzt.«

»So? Liegt ein bestimmter Grund, ein besonderer Grund zu diesen Ausgaben vor?«

»Das kann ich dir wirklich nicht sagen, Jasper.«

»Das ist doppelsinnig. Vielleicht bedeutet es, daß du es nicht sagen darfst?«

»Nein, Maud erzählt mir nie etwas.«

Er gab sich Mühe, der Sache auf den Grund zu gehen, und das bewog ihn etwa zehn Tage später, mit Maud selbst ein Gespräch unter vier Augen zu suchen. Sie hatte ihn um seine Meinung über einen kleinen Artikel gefragt, den sie einer illustrierten Damenzeitung schikken wollte, und er rief sie auf sein Zimmer.

»Ich finde ihn recht gut«, sagte er. »Vielleicht sind nur zu viel Gedanken darin. Möchtest du nicht ein paar der etwas anspruchsvolleren Reflexionen weglassen und sie durch einen gesunden Gemeinplatz ersetzen? Es wird mehr Anklang finden, das versichere ich dir.«

»Aber ich werde es entwerten.«

»Nein, es wird eher eine Guinee mehr wert werden. Du darfst nicht vergessen, daß Leser von Damenzeitungen durch alles, was nicht direkt einleuchtet, gereizt, tatsächlich gereizt werden. Sie hassen einen ungewöhnlichen Gedanken. Die Kunst, für solche Blätter — überhaupt für das allgemeine, breite Publikum — zu schreiben, besteht darin, banale Gedanken und Gefühle in einer Weise auszudrücken, die den banal Denkenden und Fühlenden schmeichelt. Denk darüber nach und zeig es mir dann wieder.«

Maud nahm das Manuskript und sah es mit einem verächtlichen Lächeln durch. Nachdem Jasper sie einen Moment beobachtet hatte, warf er sich in den Sessel zurück und sagte beiläufig:

»Ich höre, daß Herr Dolomore ein sehr guter Freund von dir geworden ist.«

Das Gesicht des Mädchens veränderte sich. Sie richtete sich in die Höhe und schaute weg, zum Fenster hinaus.

»Daß er ein ›guter‹ Freund sein soll, ist mir neu.«

»Aber er schenkt dir genug Aufmerksamkeit, um die anderer zu erregen.«

»Ich wüßte nicht, warum«, sagte Maud kalt.

»Höre, Maud, du hast doch nichts dagegen, wenn ich dir eine freundschaftliche Warnung gebe?«

Sie schwieg mit einer Miene, als bedürfe sie keines Rates.

»Dolomore«, fuhr ihr Bruder fort, »ist auf seine Art ganz nett, aber seine Art ist nicht die deine. Ich glaube, er hat recht viel Geld, aber weder Geist noch Grundsätze. Es schadet nichts, wenn du die Gewohnheiten und den Charakter solcher Individuen beobachtest, vergiß aber nicht, daß sie tief unter dir stehen.«

»Selbstachtung brauchst du mich nun wirklich nicht zu lehren«, antwortete das Mädchen.

Maud ließ sich auf keine weiteren Debatten ein, und Jasper konnte nur hoffen, daß sie seine Worte beherzigen werde. Der fragliche Herr Dolomore war ein junger Mann von recht auffälliger äußerer Erscheinung — athletisch, dandyhaft und halbgebildet. Jasper wunderte sich, daß seine Schwester ein so leeres Geschöpf auch nur einen Augenblick lang ertragen konnte; aber wer hat sich noch nie über die Neigungen der Frauen gewundert? Er sprach darüber mit Dora, aber sie war von ihrer Schwester nicht ins Vertrauen gezogen worden.

Jasper selbst bewegte sich um diese Zeit in recht gemischter Gesellschaft. Er konnte nicht so beharrlich wie gewöhnlich arbeiten, und mit weiser Taktik benutzte er die Zeit der erzwungenen Muße, um seinen Bekanntenkreis zu erweitern. Marian und er waren wöchentlich zwei Abende zusammen.

Von seinen einstigen Bohème-Genossen hielt er nur mit einem einzigen enge Beziehungen aufrecht, und das war Whelpdale. Dazu war er in gewissem Maße genötigt, denn es wäre schwer gewesen, einen Mann zurückzustoßen, der stets offen verkündete, wie hoch er das Privilegium der Freundschaft Milvains zu schätzen wisse, und dessen Gesellschaft im großen und ganzen recht angenehm war. In der gegenwärtigen Situation war Whelpdales heitere Schmeichelei ihm eine wirkliche Hilfe; sie unterstützte Jasper in seinem Selbstvertrauen und tauchte die Pläne, denen er sich verschrieben hatte, in ein helles Licht.

»Whelpdale möchte gern Marians Bekanntschaft machen«, sagte Jasper eines Tages zu seinen Schwestern. »Sollen wir ihn für morgen abend einladen?«
»Wie du willst«, antwortete Maud.
»Hast du nichts dagegen, Dora?«
»Oh nein, ich kann Herrn Whelpdale sehr gut leiden.«
»Wenn ich ihm das wiederholte, würde er vor Freude verrückt werden. Aber keine Angst, ich tu's nicht. Ich werde ihn auf ein Stündchen einladen und baue auf sein Taktgefühl, daß er uns nicht zu lange belästigen wird.«
Whelpdale wurde mittels eines Billets eingeladen, gegen acht Uhr zu erscheinen, um welche Zeit Marian bereits da wäre. Jaspers Zimmer war der Ort der Versammlung, und pünktlich auf die Minute erschien der literarische Ratgeber. Er war mit aller Eleganz gekleidet, die sein Kleiderschrank gestattete, und sein Gesicht strahlte vor Zufriedenheit; die Gegenwart dieser drei Mädchen, von denen seit der einen Begegnung bei Jasper die eine, *more suo*, romantische Gedanken in ihm ausgelöst hatte, war ihm eine Wonne. Seine Augen schmolzen vor Zärtlichkeit, als er sich Dora näherte und ihr anmutig begrüßendes Lächeln sah. Von Maud war er tief beeindruckt. Marian flößte ihm keine Ehrfurcht ein, aber er wußte den Reiz ihrer Züge und ihren bescheidenen Ernst wohl zu würdigen. Dennoch war es Dora, der sich seine Augen immer wieder zuwandten. Er fand sie entzückend, und um nur ja keinen Moment ihren Anblick entbehren zu müssen, begnügte er sich damit, seine Augen starr auf den Saum ihres Kleides oder die Schuhspitze zu richten, die gelegentlich darunter hervorlugte.

Wie in einem solchen Kreis nicht anders zu erwarten, wandten sich die Gespräche bald dem literarischen Überlebenskampf zu.
»Ich finde es ziemlich demütigend«, sagte Jasper,

»daß ich durch keine ernsthaften Notzeiten gegangen bin. Es muß doch höchst befriedigend sein, jungen Anfängern zu sagen: ›Ach, ich erinnere mich, als ich kurz vorm Hungertode stand‹, und dann mit Grub Street-Erinnerungen der schlimmsten Art aufzuwarten. Unglücklicherweise habe ich immer genug zu essen gehabt.«

»Ich nicht«, rief Whelpdale aus. »Fünf Tage lang habe ich in den Staaten von Erdnüssen für ein paar Cents gelebt.«

»Was sind Erdnüsse, Herr Whelpdale?« fragte Dora.

Erfreut ob ihrer Frage, beschrieb Whelpdale diese widerliche Nahrung.

»Es war in Troy«, fuhr er fort, »Troy, im Bundesstaat New York. Man denke, daß ein Mann in einer Stadt, die sich Troy — Troja — nennt, von Erdnüssen leben muß!«

»Erzählen Sie uns jene Abenteuer«, rief Jasper. »Es ist schon lange her, seit ich sie gehört habe, und die Mädchen werden sich prächtig dabei amüsieren.«

Dora sah ihn mit so gutwilligem Interesse an, daß der Reisende keine weitere Überredung brauchte.

»In jenen Tagen geschah es«, begann er, »daß ich von meinem Paten eine kleine, eine sehr kleine Summe Geldes erbte. Ich strengte mich mächtig an, für Zeitschriften zu schreiben, ohne jegliche Ermunterung. Weil damals jeder von der Jahrhundert-Ausstellung in Philadelphia sprach, kam mir die famose Idee, über den Atlantik zu fahren, in der Hoffnung, daß ich dort und anderswo vielleicht wertvolles literarisches Material finden könnte. Ich werde Sie nicht damit langweilen, wie ich lebte, solange ich noch Geld hatte; nur soviel, daß niemand die Berichte akzeptierte, die ich nach England schickte, und daß ich schließlich in einer gefährlichen Klemme saß. Ich ging nach New York und dachte daran, heimzukehren, aber der Abenteurergeist in mir war zu stark. ›Ich werde in den Westen ziehen‹, sagte ich mir. ›Dort muß ich einfach Material finden.‹ Ich fuhr tatsächlich mit einer Auswandererfahrkarte nach Chicago. Es war Dezember, und nun stellen Sie sich einmal vor, was eine Reise über tausend Meilen auf einem Auswandererzug in einer solchen Jahreszeit bedeutete. Die Waggons waren tödlich kalt; deshalb und wegen der harten Sitze konnte ich unmöglich schlafen; es erinnerte mich an Folterungen, von denen ich gelesen hatte; ich dachte, vor lauter Mangel an Schlaf werde mit der Kopf platzen. In Cleveland, Ohio, hatten wir in der Nacht mehrere Stunden Aufenthalt; ich trat aus dem Bahnhof und lief umher, bis ich mich an der Kante eines großen Felsens oberhalb des Erie-Sees wiederfand. Was für ein großartiger Anblick! Funkelndes Mondlicht und der ganze See bis zum Horizont zugefroren und mit Schnee bedeckt. Es schlug zwei, als ich dort stand.«

Er wurde durch ein Hausmädchen unterbrochen, das eintrat und Kaffee brachte.

»Gerade rechtzeitig«, rief Dora. »Herr Whelpdale macht uns frösteln!«

Man lachte und plauderte, während Maud das Getränk ausschenkte. Dann setzte Whelpdale seine Erzählung fort.

»Ich kam nach Chicago mit nicht einmal fünf Dollar in den Taschen und bezahlte mit einem Mut, über den ich heute staune, sofort viereinhalb für eine Woche Unterkunft. ›Nun‹, sagte ich mir, ›für eine Woche bin ich sicher. Wenn ich in dieser Zeit nichts verdiene, dann werde ich wenigstens auch nichts schuldig bleiben, wenn ich wieder auf die Straße muß.‹ Es war ein ziemlich dreckiges, kleines Gästehaus in Wabash Avenue und, wie ich bald herausfand, war es fast vollständig von Schauspielern bewohnt. In meinem Schlafzimmer gab es keinen Kamin — und wenn, dann hätte ich mir kein Feuer leisten können. Aber das machte wenig; ich mußte mich aufmachen und sehen, wie ich zu Geld kommen konnte. Glauben Sie nicht, daß ich mich in einem verzweifelten Gemütszustand befand; ich weiß nicht mehr genau, wie es war, aber ich war bestimmt guten Mutes. Es war angenehm, in dieser neuen Ecke der Welt zu sein, und ich ging in der Stadt umher wie ein Tourist, der Mittel im Überfluß hat.«

Er nippte an seinem Kaffee.

»Doch schließlich blieb mir nichts anderes übrig, als mich bei einer Zeitung zu bewerben, und da ich zufällig gleich auf die größte stieß, setzte ich ein kühnes Gesicht auf, marschierte hinein und fragte, ob ich den Chefredakteur sprechen könnte. Das war überhaupt nicht schwierig; mir wurde bedeutet, mit dem Fahrstuhl in ein höheres Stockwerk hinaufzufahren, und dort betrat ich ein behagliches, kleines Zimmer, in dem ein ziemlich junger Mann saß und eine Zigarre rauchte, vor sich einen Tisch mit Manuskripten und Zeitungen. Ich stellte mich vor und erklärte mein Anliegen. ›Können Sie mir bei Ihrer Zeitung irgendeine Arbeit geben?‹ ›Nun, welche Erfahrungen bringen Sie mit?‹ ›Überhaupt keine.‹ Der Chefredakteur lächelte. ›Leider können wir Sie nicht brauchen, aber was glauben Sie, könnten Sie tun?‹ Nun ja, wenn überhaupt, gab es nur eines, wozu ich fähig war. Ich fragte ihn: ›Veröffentlichen Sie Prosa — Kurzgeschichten?‹ ›Ja, wir sind immer froh über eine Kurzgeschichte, wenn sie gut ist.‹ Es war eine große Tageszeitung mit allen möglichen Beilagen. ›Gut‹, sagte ich, ›wenn ich eine Geschichte aus dem englischen Leben schreibe, werden Sie sie ansehen?‹ ›Mit Vergnügen.‹ Ich verließ ihn und ging hinaus, als wäre von nun an meine Existenz gesichert.«

Er lachte herzlich und seine Zuhörer fielen ein.

»Es war eine große Sache, eine Geschichte schreiben zu dürfen, aber — was für eine Geschichte? Ich ging zum Strand des Michigan-Sees und spazierte dort eine halbe Stunde im eiskalten Wind umher. Dann schaute ich mich nach einem Schreibwarengeschäft um und legte ein paar meiner übriggebliebenen Cents für Feder, Tinte und Papier an — mein Vorrat an diesen Dingen war zur Neige gegangen, als ich New York verließ. Unmöglich, in meinem Schlafzimmer zu schreiben, die Temperatur war unter Null; ich hatte keine andere Wahl als mich in den Gemeinschaftsraum zu setzen, der aussah wie das Rauchzimmer eines ärmlichen Vertreter-Gasthofes in England.

Ein Dutzend Männer hatte sich am Feuer versammelt, rauchend und miteinander zankend. Wie Sie sehen, günstige Voraussetzungen für literarische Bemühungen. Aber die Geschichte mußte geschrieben werden, und ich schrieb sie. Sie war in wenigen Tagen fertig, eine gute Geschichte, lang genug, um drei Spalten in der riesigen Zeitung zu füllen. So oft ich daran denke, bin ich erstaunt über meine Konzentrationskraft!«

»Und wurde sie angenommen?« fragte Dora.

»Das kommt gleich. Ich brachte mein Manuskript dem Chefredakteur, und er sagte mir, ich solle am nächsten Morgen wieder zu ihm kommen. Das tat ich auch, und als ich eintrat, sagte er, vielversprechend lächelnd: ›Ich denke, Ihre Geschichte geht. Ich werde sie in der Samstagsbeilage bringen. Kommen Sie Samstagmorgen vorbei, dann werde ich Sie honorieren.‹ Wie gut ich mich an das Wort ›honorieren‹ erinnere! Seitdem liebe ich dieses Wort. Und tatsächlich honorierte er mich, kritzelte etwas auf einen Papierfetzen, den ich dem Kassierer vorlegte. Es waren 18 Dollar. Ich war gerettet!«

Er nippte erneut an seinem Kaffee.

»Ich habe nie einen englischen Redakteur getroffen, der mir so viel Aufmerksamkeit und Freundlichkeit entgegenbrachte. Ich kann nicht verstehen, wie der Mann in seiner Stellung Zeit hatte, mich so oft zu treffen und die Dinge auf eine so menschliche Weise zu erledigen. Stellen Sie sich jemanden vor, der so etwas im Büro einer Londoner Zeitung versuchte! Zunächst einmal würde man den Redakteur gar nicht zu Gesicht bekommen. Ich werde immer mit tiefer Dankbarkeit an jenen Mann mit dem braunen Spitzbart und dem freundlichen Lächeln denken.«

»Kamen die Erdnüsse erst danach?« fragte Dora.

»Allerdings! Einige Monate hatte ich mein Auskommen in Chicago, indem ich für diese und andere Zeitungen schrieb. Aber schließlich versiegte der Fluß meiner Inspiration; mit meiner Schreiberei war's zu Ende. Und ich bekam Heimweh, wollte zurück nach England. So befand ich mich eines Tages wieder in New York. hatte aber nicht Geld genug für die Überfahrt. Ich versuchte noch eine Geschichte zu schreiben. Aber da passierte es, als ich gerade in einem Lesesaal Zeitungen überflog, daß ich eine meiner Chicagoer Erzählungen in einem Blatt aus Troy abgedruckt fand. Nun war Troy nicht sehr weit entfernt, und es kam mir in den Sinn, daß, wenn ich dorthin ginge, der Redakteur dieses Blattes geneigt sein könnte, mich einzustellen, denn ich sah ja, daß er meine Erzählungen mochte. Also fuhr ich hin, mit einem Dampfer den Hudson hinauf. Als ich dort ankam, war ich genauso schlecht dran wie in Chicago; ich hatte weniger als einen Dollar. Und das Schlimmste war, daß ich völlig umsonst gekommen war; der Redakteur behandelte mich mit knapper Höflichkeit, und Arbeit gab es keine. Ich nahm mir ein kleines Zimmer, bezahlte es tageweise und ernährte mich von jenen widerlichen Erdnüssen, von denen ich mir hin und wieder eine Handvoll auf der Straße kaufte. Ich versichere Ihnen, ich sah dem Hungertod ins Gesicht.«

»Aber Sie sind nicht verhungert«, sagte Maud.

»Nein, nicht ganz. Eines Nachmittags ging ich in das Büro eines Rechtsanwaltes und dachte, ich könnte etwas Schreibarbeit bekommen. Dort traf ich auf einen seltsam aussehenden, alten Mann, der eine geöffnete Bibel auf seinen Knien hielt. Er erklärte mir, daß er nicht der Rechtsanwalt sei; der sei gerade geschäftlich unterwegs, und er würde nur auf das Büro aufpassen. Nun, konnte er mir helfen? Er überlegte und dann kam ihm ein Gedanke. Er sagte: ›Gehen Sie zu dem und dem Gästehaus und fragen Sie nach Herrn Freeman Sterling. Er bricht gerade zu einer Geschäftsreise auf und sucht einen jungen Mann zur Begleitung.‹ Ich dachte nicht im Traum daran zu fragen, was für ein Geschäft das sei, sondern eilte, so schnell meine bebenden Glieder mich trugen, zu der erwähnten Adresse und fand Herrn Sterling vor. Er war Photograph, und zur Zeit beschäftigte er sich damit, herumzufahren und Aufträge für Reproduktionen alter Portraits einzuholen. Ein gutmütiger junger Bursche. Er sagte, ich gefiele ihm, und stellte mich sofort ein, um ihm bei den Hausbesuchen zu helfen. Er bezahlte für meine Unterkunft und gab mir eine Provision für alle erhaltenen Aufträge. Fortan hatte ich ›reichlich‹ zu essen, und aß — du meine Güte, wie ich aß!«

»Sie waren nicht besonders erfolgreich bei dieser Art Beschäftigung, oder?« meinte Jasper.

»Ich glaube, daß ich nicht einmal ein halbes Dutzend Aufträge bekam. Dennoch behielt mich jener gute Samariter fünf oder sechs Wochen lang, während wir von Troy nach Boston reisten. So konnte es nicht weitergehen; ich schämte mich; schließlich sagte ich ihm, daß wir uns trennen müßten. Auf mein Wort, ich glaube, er hätte noch einen Monat für mich bezahlt; ich kann nicht verstehen, warum. Aber er hatte großen Respekt vor mir, weil ich in Zeitungen geschrieben hatte, und ich glaube wirklich, daß er mir einfach nicht sagen mochte, ich sei ein nutzloser Bursche. Wir trennten uns in Boston im allerbesten Einvernehmen.«

»Mußten Sie wieder auf Erdnüsse zurückgreifen?« fragte Dora.

»Nein. Mittlerweile hatte ich jemandem in England geschrieben und ihn um ein Darlehn gebeten, mit dem ich gerade eben nach Hause kommen konnte. Das Geld kam einen Tag, nachdem ich mich am Zug von Sterling verabschiedet hatte.«

Anderthalb Stunden vergingen rasch, und Jasper, der Marians Gesellschaft noch ein paar Minuten genießen wollte, ehe sie gehen mußte, warf seinen Schwestern einen bedeutungsvollen Blick zu. Dora sagte unschuldig:

»Marian, du batest mich ja, dir zu sagen, wann es halb zehn sei.«

Und Marian erhob sich. Das war ein Signal, welches Whelpdale bemerken mußte. Sofort schickte er sich an, Abschied zu nehmen, und war in weniger als fünf Minuten verschwunden, wobei sein Gesicht im letzten Moment eine Mischung von Entzücken und Schmerz zeigte.

»Es war zu gut von Ihnen, mich einzuladen«, sagte er dankbar zu Jasper, der ihn bis an die Tür begleitete. »Sie sind ein glücklicher Mensch, bei Gott, ein glücklicher Mensch!«

Als Jasper in das Zimmer zurückkehrte, waren seine Schwestern verschwunden. Marian stand neben dem Kamin. Er trat auf sie zu, ergriff ihre Hände und wiederholte lachend Whelpdales letzte Worte.

»Ist das wahr?« fragte sie.

»Ziemlich wahr, denk ich.«

»Dann bin ich so glücklich wie du.«

Er ließ ihre Hände fahren und trat ein wenig beiseite.

Sie wandte sich ebenfalls um, kam aber wieder auf ihn zu und murmelte:

»Sag noch etwas.«

»Über den Brief an deinen Vater?«

»Nein ... du hast nicht gesagt, daß ...«

Er lachte.

»Und du kannst nicht zufrieden fortgehen, wenn ich nicht zum hundertsten Male wiederhole, daß ich dich liebe?«

Marian forschte in seinen Zügen.

»Hältst du das für dumm? Ich lebe nur von diesen Worten.«

Sie verbarg ihr Gesicht an seiner Brust und flüsterte jene Worte, die sie entzückt hätten, wären sie von seinen Lippen gekommen. Der junge Mann fand es sehr angenehm, sich so vergöttern zu lassen, aber er konnte nicht so antworten, wie sie es wünschte. Ein paar zärtliche Redensarten, und der Wortschatz seiner Liebe war erschöpft. Er fühlte sich sogar belästigt, wenn etwas mehr — jenes undefinierbare Etwas — von ihm verlangt wurde.

XXIX. KATASTROPHE

Marian hatte den Entwurf eines Artikels über James Harrington, den Autor von »Oceana«, beendet. Ihr Vater ging ihn unter seiner mitternächtlichen Lampe durch und machte am nächsten Morgen seine Kommentare. Ein finsterer Himmel und rußiger Regen verstärkten seine Neigung, am Kamin des Studierzimmers zu sitzen und sich in einem Tone schmeichelhaften Wohlwollens weitläufig darüber zu äußern.

»Diese Abschnitte über den Rota-Klub kommen mir äußerst gelungen vor«, sagte er, mit dem Mundstück seiner Pfeife auf das Manuskript klopfend. »Vielleicht solltest du noch ein paar Worte über Cyriac Skinner hinzufügen; man darf bei gewöhnlichen Lesern nicht zu viele Anspielungen machen, ihre Unwissenheit ist unglaublich. Aber sonst ist diesem Artikel so wenig hinzuzufügen — so wenig an ihm zu ändern —, daß ich mich nicht für ganz berechtigt halte, ihn als meine eigene Arbeit auszugeben. Ich halte ihn überhaupt für viel zu gut, um anonym zu erscheinen. Du mußt ihn unter deinem Namen veröffentlichen, Marian, und die Anerkennung ernten, die dir gebührt.«

»Oh, findest du das der Mühe wert?« antwortete das Mädchen, das sich bei diesem Lobe gar nicht wohl fühlte. Seit kurzem empfing sie zu viel davon; es flößte ihr ein Mißtrauen gegen ihren Vater ein, das ihren Kummer, ein so folgenschweres Geheimnis vor ihm zu haben, noch erhöhte.

»Ja, ja, zeichne es nur. Ich wette, es gibt kein Mädchen deines Alters, das eine solche Arbeit zustande bringen könnte. Man kann ruhig sagen, daß deine

Lehrzeit zu Ende ist. Binnen kurzem«, er lächelte erwartungsvoll, »kann ich auf dich als eine wertvolle Mitarbeiterin rechnen. Und dabei fällt mir ein: Möchtest du nächsten Sonntag mit mir zu den Jedwoods gehen? Ich bin überzeugt, Frau Jedwood wird dir gefallen. Man hat von ihren Romanen keine hohe Meinung, aber sie ist eine recht geistvolle Frau. Ich nehme dich also für nächsten Sonntag in Beschlag; denn gewiß habe ich dann und wann noch Anspruch auf deine Gesellschaft.«

Marian schwieg. Yule paffte vor sich hin.

Obwohl Marian sich vor dem Resultat fürchtete, war sie froh, als Jasper sich entschloß, an ihren Vater zu schreiben. Da nun feststand, daß ihr Geld nicht der Gründung eines Blattes gewidmet werden konnte, mußte die Wahrheit eingestanden werden, ehe Yule sich in seine gefährliche Hoffnung zu weit hineinsteigerte. Ohne die Unterstützung ihrer Liebe und die damit verbundenen Aussichten wäre sie schwerlich imstande gewesen, Yules Pläne rundheraus abzulehnen, zumal ihre Antwort sich nicht länger hinausschieben ließ; denn das Geld nur für sich selbst zu behalten wäre ihr zu egoistisch erschienen, wie gering auch ihr Glaube an das Projekt war, auf welches ihr Vater so vertrauensvoll baute. Sobald er wußte, daß sie einen Heiratsantrag angenommen hatte, konnte er ein solches Opfer nicht mehr von ihr erwarten. Sein Widerstand mußte sich gegen die Wahl richten, die sie getroffen hatte. Er würde hart, vielleicht unbeugsam sein, aber sie fühlte sich imstande, der schlimmsten Wut entgegenzutreten. Ihre Nerven zitterten, aber in ihrem Herzen floß eine unerschöpfliche Quelle von Mut.

Yule bemerkte, daß mit dem Mädchen eine Veränderung vorgegangen war. Er beobachtete sie Tag für Tag aufs aufmerksamste. Ihre Gesundheit schien sich gefestigt zu haben; nach einem langen Arbeitstage hatte sie nicht jenen Ausdruck niedergedrückter Mattigkeit, der ihn manchmal gereizt, manchmal beunruhigt hatte. Sie war in ihrem Benehmen und Sprechen frauenhafter geworden und legte eine Unabhängigkeit an den Tag, die ihren Jahren wohl anstand, sich aber früher nicht gezeigt hatte. Ihr Vater fragte sich, ob all dies einfach dem Bewußtsein, wohlhabend zu sein, entsprang oder ob ein Ereignis von jener Art eingetreten sei, die er fürchtete. Ein beunruhigendes Symptom war auch die wachsende Sorgfalt, die sie ihrer äußeren Erscheinung widmete. Diese Anzeichen waren nicht auffallend, aber Yule, der die Augen offenhielt, übersah sie nicht. Freilich konnte dies auch bloß der Ausdruck ihrer Erleichterung sein, daß sie endlich der Geldknappheit entronnen war; jedes Mädchen würde sich unter solchen Umständen gern ein wenig schmücken.

Seine Zweifel nahmen zwei Tage nach seinem Vorschlage die Jedwoods zu besuchen, ein Ende. Während er in seinem Studierzimmer saß, brachte ihm das Dienstmädchen einen mit der letzten Abendpost eingetroffenen Brief herein. Die Handschrift war ihm unbekannt, der Inhalt lautete:

»Lieber Herr Yule! Ich hege den Wunsch, Ihnen mit vollkommenster Offenheit und so einfach, wie es mir möglich ist, über einen Gegenstand zu schreiben, der für mich von höchster Bedeutung ist. Sie werden meine Worte, wie ich hoffe, mit jener Güte aufnehmen, welche Sie mir bei unserem ersten Zusammentreffen in Finden bewiesen.

Bei Gelegenheit jenes Zusammentreffens hatte ich das Glück, Ihrem Fräulein Tochter vorgestellt zu werden. Sie war mir keine völlig Fremde mehr, denn zu jener Zeit pflegte ich ziemlich regelmäßig im Britischen Museum zu arbeiten, und dort hatte ich Ihr

Fräulein Tochter gesehen, hatte gewagt, sie von Zeit zu Zeit mit der Aufmerksamkeit eines jungen Mannes zu beobachten. Ich habe gefühlt, wie meine Anteilnahme an ihr wuchs, obwohl ich ihren Namen nicht kannte. Daß ich sie in Finden wiedersah, erschien mir als ein ungewöhnlicher und herrlicher Glücksfall, und als ich von den Ferien zurückkehrte, spürte ich in mir einen neuen Lebenszweck und den verstärkten Wunsch und Antrieb, die von mir erwählte Karriere weiterzuverfolgen.

Der Tod meiner Mutter brachte meine Schwestern nach London. Zwischen Ihrem Fräulein Tochter und den beiden Mädchen hatte bereits früher ein freundschaftlicher Briefwechsel bestanden, und als sich nun die Gelegenheit bot, begannen sie sich häufig zu besuchen. Da ich oft bei meinen Schwestern war, kam ich mit Ihrem Fräulein Tochter dort von Zeit zu Zeit zusammen, und auf diese Weise bildete sich meine Neigung zu ihr immer fester heraus. Je besser ich sie kennenlernte, desto mehr fand ich sie der Verehrung und Liebe wert.

Wäre es nun nicht natürlich gewesen, wenn ich versucht hätte, die auf dem Lande angeknüpfte Bekanntschaft mit Ihnen selbst zu erneuern? Gern hätte ich es getan. Ehe meine Schwestern hierherkamen, sprach ich eines Tages mit dem Wunsch, Sie zu sehen, bei Ihnen vor, aber leider waren Sie nicht zu Hause. Bald darauf erfuhr ich zu meinem unendlichen Bedauern, daß meine Verbindung mit dem ›Current‹ und dessen Herausgeber Ihnen eine Wiederholung meines Besuches nicht wünschenswert erscheinen ließ. Ich war mir bewußt, daß nichts in meinem literarischen Leben Sie verletzen konnte — und heute kann ich dasselbe sagen —, aber ich schrak vor dem Anschein der Aufdringlichkeit zurück; und einige Monate wurde ich von der Furcht gequält, daß das, was ich im Leben am meisten ersehnte, unerreichbar geworden sei. Meine

Mittel waren sehr gering; ich hatte keine andere Wahl, als jede Arbeit anzunehmen, die sich bot, und der Zufall hatte mich in eine Lage versetzt, welche die Hoffnung, daß Sie mich eines Tages als einen nicht unwürdigen Bewerber um die Hand Ihrer Tochter betrachten würden, zu vernichten drohte.

Die Umstände haben mich zu einem Schritt bewogen, der mir zu jener Zeit unmöglich schien. Nachdem ich entdeckt hatte, daß Ihr Fräulein Tochter meine Gefühle für sie erwiderte, bat ich sie, meine Frau zu werden, und sie willigte ein. Ich hoffe jetzt, das Sie mir erlauben werden, Sie zu besuchen. Ihr Fräulein Tochter weiß von diesem Brief; darf sie bei Ihnen mein Sachwalter sein, da ich ja nur durch einen unglücklichen Zufall von Ihnen ferngehalten wurde? Marian und ich vereinigen uns in dem Wunsche, daß Sie unseren Bund billigen mögen; in der Tat, ohne diese Billigung wird an dem Glücke, auf das wir hoffen, sehr viel fehlen. — Ihr aufrichtig ergebener Jasper Milvain.«

Eine halbe Stunde später wurde Yule durch Marians Eintritt aus finsterem Brüten aufgeweckt. Sie kam schüchtern mit erblaßtem Gesicht auf ihn zu. Er hatte aufgeblickt, um zu sehen, wer es sei, wandte aber sofort wieder den Kopf ab.

»Vater, verzeihst du mir, daß ich dir das verheimlicht habe?«

»Verzeihen?« antwortete er mit harter, entschiedener Stimme. »Ich versichere dir, daß mir die Sache vollkommen gleichgültig ist. Du bist längst mündig, und ich habe nicht die Macht, dich davor zu bewahren, dem erstbesten Intriganten, der deine Phantasie reizt, zum Opfer zu fallen. Es wäre Torheit, über die Sache zu diskutieren. Ich erkenne dein Recht an, so viele Geheimnisse zu haben, wie du Lust hast. Von Verzeihung zu sprechen wäre reine Heuchelei.«

»Nein, ich meinte es aufrichtig. Wäre es möglich gewesen, so hätte ich dir alles freudig von allem Anfang an gesagt. Das wäre natürlich und richtig gewesen — aber du weißt, was mich daran hinderte.«

»Ja. Ich hoffe immer noch, daß es dein Schamgefühl war, das dich schweigen ließ.«

»Das war es nicht«, sagte Marian kalt. »Ich habe nie Grund gehabt, mich zu schämen.«

»Nun gut. Mögest du nie Grund haben, zu bereuen. Darf ich fragen, wann du zu heiraten gedenkst?«

»Ich weiß es noch nicht.«

»Wahrscheinlich, sobald die Testamentsvollstrecker deines Onkels ein Geschäft abgewickelt haben, das zu der Sache offenbar in naher Beziehung steht?«

»Vielleicht.«

»Weiß deine Mutter davon?«

»Ich habe es ihr eben mitgeteilt.«

»Schön; dann, scheint mir, wäre nichts weiter darüber zu sagen.«

»Du willst Milvain nicht sehen?«

»Allerdings nicht. Habe die Güte, ihm mitzuteilen, daß dies meine Antwort auf seinen Brief sei.«

»Ich glaube nicht, daß dies das Benehmen eines Gentleman ist«, sagte Marian, deren Augen vor Empörung zu leuchten begannen.

»Ich bin dir für diese Belehrung dankbar.«

»Vater, willst du mir geradeheraus sagen, warum du Herrn Milvain nicht leiden kannst?«

»Ich habe keine Lust, zu wiederholen, was ich dir bereits ohne Erfolg gesagt habe. Um jedoch zu einem klaren Schluß zu kommen, will ich dich das praktische Resultat dieser Abneigung wissen lassen. Von dem Tage deiner Hochzeit mit diesem Manne existierst du nicht mehr für mich. Ich werde dir verbieten, je mein Haus zu betreten. Du hast gewählt, geh deiner Wege. Ich hoffe, dein Gesicht nie wieder zu sehen.«

Ihre Augen trafen sich, und ihre Blicke schienen nicht voneinander loszukommen.

»Wenn du dazu entschlossen bist«, sagte Marian mit schwankender Stimme, »so kann ich hier nicht länger bleiben. Deine Worte sind sinnlos grausam. Morgen verlasse ich das Haus.«

»Ich wiederhole, daß du volljährig und vollkommen unabhängig bist. Es geht mich nichts an, wenn du gehst. Du hast den Beweis geliefert, daß ich für dich weniger als nichts bedeute, und je eher wir aufhören, einander zu quälen, desto besser.«

Es schien, als riefen diese Konflikte mit dem Vater in Marian eine Heftigkeit hervor, die zuletzt der gleichkam, welcher Yule zum Opfer gefallen war. Ihr Gesicht, dessen Züge geschaffen waren, sanften Ernst auszudrücken, war jetzt voll hochmütiger Leidenschaft; Nasenflügel und Lippen zuckten vor Zorn, und ihre Augen waren herrlich in ihrem dunklen Feuer.

»Du sollst es nicht nötig haben, mir das noch einmal zu sagen«, antwortete sie und verließ ihn.

Sie begab sich in das Wohnzimmer, wo Frau Yule das Resultat der Unterredung abwartete.

»Mutter«, sagte sie mit starrer Sanftmut, »dieses Haus kann nicht länger mein Heim sein. Ich gehe morgen fort und werde mir bis zu meiner Hochzeit ein Zimmer nehmen.«

Frau Yule stieß einen Schrei des Entsetzens aus und sprang auf.

»Oh, Marian, tu das nicht! Was hat er zu dir gesagt? Sprich, mein Herz! Erzähl mir, was er gesagt hat ... Sieh nicht so drein!«

Sie klammerte sich verzweifelt an das Mädchen, entsetzt über diese Veränderung, die sie für unmöglich gehalten hatte.

»Er sagt, daß er, wenn ich Milvain heirate, mein Gesicht nie wiederzusehen hofft. Ich kann hier nicht bleiben. Du wirst mich besuchen, und wir werden einander das bleiben, was wir bisher waren. Aber Vater hat mich zu ungerecht behandelt; ich kann nach dem, was vorgefallen ist, nicht in seiner Nähe leben.«

»Er meint es nicht so«, schluchzte die Mutter. »Er sagt oft Sachen, die ihm leid tun, sobald die Worte heraus sind. Mein Herz, er hat dich viel zu lieb, um dich so aus dem Haus treiben zu können. Es ist nur seine Enttäuschung, Marian, nur das. Er hat so sehr darauf gebaut, er war so sicher, daß er sein Blatt bekommen würde, und die Enttäuschung macht's, daß er nicht weiß, was er redet. Wart nur ein wenig, und er wird dir sagen, daß er es nicht so gemeint hat. Nur laß ihn zu sich kommen, verzeih ihm dies eine Mal.«

»Nur ein Wahnsinniger kann so reden«, sagte das Mädchen, sich losmachend. »Wie groß auch seine Enttäuschung sein mag, ich kann das nicht aushalten. Ich habe immer für ihn gearbeitet, schwer gearbeitet, seit ich nur alt genug dazu war, und er ist mir ein bißchen Güte und Achtung schuldig. Es wäre etwas anderes, wenn Jasper ihm zu seinem Hasse Grund gegeben hätte; aber es geht um nichts als um unsinnige Vorurteile, die Folge seiner Streitigkeiten mit anderen. Was für ein Recht hat er, mich zu beleidigen, indem er meinen künftigen Mann als einen intriganten Heuchler hinstellt?«

»Kind, er hat so viel leiden müssen — das hat ihn so hitzig gemacht.«

»Dann bin ich auch hitzig, und je eher wir voneinander fortkommen, desto besser, wie er selbst sagt.«

»Oh, du warst immer so geduldig!«

»Meine Geduld ist zu Ende, wenn ich behandelt werde, als hätte ich weder Rechte noch Gefühle. Selbst wenn ich eine irrige Wahl getroffen hätte, wäre das keine Art, mit mir umzugehen. Seine Enttäuschung? Gibt es denn ein Naturgesetz, daß die Tochter dem

Vater geopfert werden muß? Mein Gatte wird dieses Geld ebenso nötig haben wie mein Vater; und er wird einen besseren Gebrauch davon machen. Allein schon, daß er von mir verlangte, ihm mein Geld zu geben, war ein Unrecht. Ich habe ein Recht auf Glück, gerade so wie andere Frauen.«

Hysterische Leidenschaft, bei einer so gearteten Natur die natürliche Folge eines solchen Ausbruches, schüttelte sie, während die Mutter durch die Kraft ihrer tiefen Liebe, die endlich eine Gelegenheit zum Ausdruck fand, stärker wurde. Sie überredete Marian, mit in ihr Zimmer zu kommen, und bald darauf erleichterte eine Tränenflut die bedrückte Brust. Aber Marians Entschluß blieb unerschüttert.

»Es ist unmöglich, daß wir uns Tag für Tag sehen«, sagte sie, als sie ruhiger geworden war. »Er kann seinen Zorn gegen mich nicht beherrschen, und ich leide zu sehr, wenn ich das erdulden muß. Ich werde mir in der Nähe, wo du mich oft besuchen kannst, ein Zimmer nehmen.«

»Aber du hast ja kein Geld, Marian«, meinte Frau Yule kläglich.

»Kein Geld? Als ob ich mir nicht ein paar Pfund ausborgen könnte, bis ich mein eigenes bekomme! Dora Milvain kann mir leihen, was ich brauche, es wird ihr nicht das geringste ausmachen.«

Um halb zwölf ging Frau Yule hinab in das Studierzimmer.

»Wenn du kommst, um von Marian zu sprechen«, sagte ihr Gatte, während er sie mit wilden Augen anblickte, »so kannst du deinen Atem sparen. Ich will ihren Namen nicht mehr hören.«

Sie stammelte, besiegte jedoch ihre Furcht vor ihm.

»Du treibst sie aus dem Hause, Alfred. Das ist nicht recht! Oh, es ist nicht recht!«

»Geht sie nicht, so gehe ich, das sollst du wissen.

Und wenn ich gehe, hast du mich zum letzten Male gesehen. Jetzt wähle, wähle!«

Er hatte sich in jene starrsinnige Wut hineingesteigert, die zu Handlungen und Worten treibt, welche jeder Vernunft Hohn sprechen. Er wußte sehr wohl, welch ungeheure Ungerechtigkeit er beging, und das Schuldbewußtsein trieb seine von bitterer Enttäuschung entfachte Wut noch auf die Spitze.

»Wär ich nicht ein armes, hilfloses Weib«, sagte seine Frau, indem sie auf einen Stuhl sank und in Tränen ausbrach, ohne die Hände vor das Gesicht zu halten, »so würde ich zu ihr ziehen, bis sie heiratet, und dann mir selbst eine Wohnung suchen. Aber ich hab keinen Pfennig und bin zu alt, um mir selber mein Brot zu verdienen — ich wäre nur eine Last für sie.«

»Das soll kein Hindernis sein!« schrie Yule. »Geh nur, geh, du sollst genug bekommen, solange ich arbeiten kann, und wenn das nicht mehr geht, so wird dein Los nicht härter sein als das meine. Deine Tochter hatte die Gelegenheit, für mein Alter zu sorgen, ohne daß es ihr Schaden gewesen wäre, aber das war zu viel von ihr verlangt. Geh nur, geh und überlaß es mir, aus dem Rest meines Lebens zu machen, was ich kann — vielleicht habe ich noch ein paar Jahre Zeit, bis der Fluch über mich kommt, den ich durch meine eigene Torheit heraufbeschworen habe.«

Es war müßig, mit ihm zu streiten. Frau Yule ging ins Wohnzimmer und saß dort weinend eine Stunde lang. Dann löschte sie die Lampe aus und schlich leise in ihr Zimmer.

Yule verbrachte die Nacht im Studierzimmer. Gegen Morgen schlief er ein paar Stunden, gerade so lange, daß das Feuer ausging und er völlig durchfroren erwachte. Als er die Augen öffnete, drang ein frühes Zwielicht durch das Fenster; das Geräusch einer zufallenden Tür im Hause, das ihn wahrscheinlich geweckt hatte, bewies ihm, daß das Dienstmädchen schon auf war.

Er zog das Rouleau in die Höhe. Es schien zu frieren, denn die Nässe vom Vorabend war verschwunden, und der Hof, auf den das Fenster hinausging, war ungewöhnlich rein. Mit einem Blick auf den schwarzen Kamin löschte er die Lampe aus und ging in den Korridor hinaus. Ein kurzes Herumtasten nach seinem Überrock und Hut, und er verließ das Haus.

Seine Absicht war, sich durch einen kräftigen Spaziergang zu erwärmen und zugleich, wenn möglich, den Alpdruck seiner Wut und Hoffnungslosigkeit abzuschütteln. An sein gestriges Benehmen hatte er keine deutliche Erinnerung, suchte sich weder zu rechtfertigen, noch machte er sich Vorwürfe. Er fragte sich nicht, ob Marian heute das Haus verlassen und ob ihre Mutter ihn beim Wort nehmen und ebenfalls gehen werde. Das schienen Dinge, für deren Erwägung sein Gehirn zu erschöpft war. Aber er wollte sich von dem Elend seines Hauses entfernen — sollten die Dinge sich in seiner Abwesenheit entwickeln, wie sie wollten. Als der die Tür hinter sich schloß, war ihm zumute, als entkomme er einer Atmosphäre, die ihn zu ersticken gedroht hatte.

Mehr aus Gewohnheit als aus Absicht wandten sich seine Schritte in Richtung Camden Road. Als er bei der dortigen Bahnstation angelangt war, fiel ihm eine Kaffeebude ins Auge; ein Schluck dieses dampfenden Getränkes, unbeschadet seiner Qualität, würde sein Blut rascher in Umlauf bringen. Er legte seinen Penny hin und erwärmte zunächst seine Hände, indem er sie um die Tasse legte. Während er so stand, bemerkte er, daß die Gegenstände, die er anblickte, wie verwischt aussahen; sein Augenlicht schien an diesem Morgen noch schwächer zu sein. Vielleicht nur eine Folge des ungenügenden Schlafes. Er griff nach einem Stück

Zeitung, das in der Bude lag; er konnte es lesen, aber das eine seiner Augen war entschieden schwächer als das andere, denn als er nur mit dem einen zu lesen versuchte, stellte er fest, daß alles nebelig wurde.

Er lachte. In seiner jetzigen Gemütsverfassung schien ihn dieses neue Unglück nur noch zu amüsieren; im selben Augenblick begegnete sein Blick dem eines Mannes, der sich ihm genähert hatte — eines schäbig gekleideten Mannes von mittlerem Alter, dessen Gesicht in Kontrast zu seiner Kleidung stand.

»Wollen Sie mir eine Tasse Kaffee spendieren?« fragte der Fremde mit leiser Stimme und schamvoller Miene. »Das wäre sehr gütig von Ihnen.«

Seine Sprechweise klang gebildet. Yule zögerte einen Augenblick vor Überraschung, dann sagte er:

»Ja, gewiß. Wollen Sie auch etwas essen?«

»Ich danke Ihnen sehr — vielleicht eines dieser dicken Butterbrote.«

Der Besitzer der Bude löschte eben die Lichter aus, und auf dem frostigen Himmel erschien der schwache Schein des Sonnenaufganges.

»Schlimme Zeiten«, sagte Yule, als sein Schützling das Butterbrot mit dankbarem Appetit zu verzehren begann.

»Sehr schlimme Zeiten.« Er hatte ein kleines, mageres, farbloses Gesicht mit großen, pathetischen Augen, einen dünnen Schnurrbart und einen gelockten Kinnbart. Seine Kleider hätten zu einem sehr armen Schreiber gepaßt. »Ich bin vor einer Stunde hergekommen«, fuhr er fort, »denn ich hoffte, einen Bekannten zu treffen, der gewöhnlich um diese Zeit von hier abfährt. Ich habe ihn verfehlt und damit auch meine einzige Aussicht auf ein Frühstück. Wenn man am Tage vorher weder zu Abend noch zu Mittag gegessen hat, wird das Frühstück zu einer sehr wichtigen Mahlzeit.«

»Freilich. Nehmen Sie noch ein Stück.«

»Ich bin Ihnen zu großem Dank verpflichtet.«

»Durchaus nicht; ich habe selbst schlimme Zeiten gekannt und werde wahrscheinlich noch schlimmere kennenlernen.«

»Das will ich nicht hoffen. Heute ist es das erste Mal, daß ich wirklich gebettelt habe. Ich wollte es in einem Bäckerladen probieren, aber dort hätte man mich wahrscheinlich einem Polizisten übergeben. Ich weiß wirklich nicht, was ich getan hätte; ich hielt es schon nicht mehr aus. Ich besitze keine anderen Kleider als die, die ich trage, und für diese Jahreszeit ist das wenig genug.«

Er sprach nicht wie ein Bettler, der Mitleid erregen will, sondern mit einer Art von Neugier, die von der eigenen Not losgelöst schien.

»Sie können keine Arbeit finden?« fragte der Literat.

»Absolut keine. Von Beruf bin ich Chirurg, obwohl ich schon lange nicht mehr praktiziere. Vor fünfzehn Jahren arbeitete ich als Arzt in Wakefield, ich war verheiratet und Vater eines Kindes. Aber mein Kapital schmolz dahin, und meine Praxis, die nie viel wert war, ging ein. Meine Frau und mein Kind starben 1869 vor meinen Augen bei einem Eisenbahnunglück. Ich hatte nur einen gebrochenen Arm. Nun, sie waren tot und litten nicht, das war mein einziger Trost.«

Yule bewahrte ein teilnahmsvolles Schweigen.

»Nachher war ich fast ein Jahr lang im Irrenhause«, fuhr der Mann fort. »Unglücklicherweise verlor ich nicht sofort den Verstand; es dauerte ein paar Wochen, bis es soweit kam. Aber ich erholte mich, und die Krankheit ist nicht wieder aufgetreten. Glauben Sie nicht, daß ich noch immer geistesgestört bin. Höchstwahrscheinlich wird mich die Armut wieder dahin bringen, aber vorläufig bin ich ganz gesund. Ich habe mich auf die verschiedensten Arten durchgebracht. Aber ich bin körperlich schwach, und es geht mir schlecht. Das Klagen nützt nichts; dieses Frühstück hat mich gestärkt, und ich bin viel heiterer gestimmt.«

»Haben Sie sich je speziell mit Augenkrankheiten beschäftigt?«

»Speziell nicht, aber selbstverständlich hatte ich damit zu tun.«

»Könnten Sie durch eine Untersuchung feststellen, ob jemand von Star oder ähnlichem bedroht ist?«

»Ich denke, ja.«

»Ich spreche von mir selbst.«

Der Fremde unterwarf Yules Gesicht einer genauen Prüfung und stellte ihm mehrere Fragen über die Art seiner Sehbeschwerden.

»Ich wage kaum, es vorzuschlagen«, sagte er schließlich, »aber wenn Sie mich in mein ärmliches Zimmer begleiten wollen, das nicht weit von hier ist, so könnte ich dort eine wirkliche Untersuchung vornehmen.«

»Ich komme mit.«

Sie verließen die Bude, und der ehemalige Chirurg führte ihn bis zu einer Seitengasse. Yule wunderte sich selbst über seinen Wunsch nach einer so sonderbaren Konsultation, aber es drängte ihn, eine Meinung über den Zustand seiner Augen zu hören. In diesem Augenblick war ihm jede Gesellschaft willkommen, und der arme, hungrige Mensch mit seiner traurigen Lebensgeschichte hatte seine Anteilnahme erregt. Ihm — verdient oder nicht — ein Honorar zu zahlen, war besser, als ihm ein bloßes Almosen anzubieten.

»Da ist das Haus«, sagte sein Führer, vor einer schmutzigen Tür anhaltend. »Es ist nicht einladend, aber die Leute sind, soviel ich weiß, ehrlich. Mein Zimmer ist ganz oben.«

»Gehen Sie voran«, sagte Yule.

Über das Zimmer, das sie betraten, gab es nichts zu bemerken, außer daß es das ärmste Schlafzimmer war, das man sich vorstellen kann. Die Dämmerung war jetzt dem Tageslicht gewichen, dennoch griff der Fremde sofort nach einem Zündhölzchen und zündete eine Kerze an.

»Wollen Sie sich freundlichst mit dem Rücken gegen das Fenster stellen?« sagte er. »Ich will den sogenannten Spiegeltest machen.« Nach der Art, wie das Licht im Auge des Patienten reflektiere, sei es möglich, zu entscheiden, ob das Auge vom Star angegriffen sei.

Ein paar Minuten lang setzte er dieses Experiment sorgsam fort, und Yule las ihm das Resultat leicht vom Gesicht ab.

»Die Rückseite der rechten Linse ist zweifellos angegriffen.«

»Das heißt, daß ich binnen kurzem blind werde?«

»Ich möchte mir keine Autorität anmaßen, ich bin ja nur ein gescheiterter Chirurg. Sie müssen einen kompetenten Arzt aufsuchen, so viel kann ich Ihnen ernsthaft raten. Gebrauchen Sie Ihre Augen viel?«

»Nur vierzehn Stunden täglich.«

»Hm! Sie sind wohl Literat?«

»Ja. Mein Name ist Alfred Yule.«

Er hegte eine schwache Hoffnung, daß der Name dem Manne bekannt sei; dies hätte ihn in diesem Moment sehr getröstet; aber nicht einmal diese ärmliche Befriedigung ward ihm gewährt: seinem Zuhörer schien der Name nichts zu sagen.

»Gehen Sie zu einem kompetenten Arzt, Herr Yule. Die Wissenschaft ist seit meiner Studentenzeit rapide vorangeschritten; ich kann Ihnen nur bestätigen, daß eine Krankheit vorhanden ist.«

Sie sprachen noch eine halbe Stunde, bis beide vor Kälte zitterten. Dann steckte Yule die Hand in die Tasche.

»Sie werden mir natürlich erlauben, Sie so zu honorieren, wie es meine Lage gestattet«, sagte er. »Die

Nachricht ist nicht angenehm, aber ich bin froh, Gewißheit zu haben.«

Er legte fünf Shilling auf die Kommode — ein Tisch war nicht vorhanden. Der Fremde drückte seine Dankbarkeit aus.

»Mein Name ist Duke«, sagte er, »und ich bin auf den Vornamen Viktor getauft worden — wahrscheinlich weil es mir bestimmt war, im Leben zu unterliegen. Ich wollte, Sie könnten die Erinnerung an mich mit glücklicheren Umständen verknüpfen.«

Sie schüttelten sich die Hand, und Yule verließ das Haus.

Er ging wieder zurück nach Camden Road. Die Kaffeebude war verschwunden; der Verkehr der großen Stadt begann betäubend zu werden. Unter all denen, die dort um ihr Überleben kämpften und hin- und herströmten, empfand sich Alfred Yule als derjenige, den das Schicksal zum größten Leiden auserwählt hatte. Nicht eine Sekunde zweifelte er daran, daß jener Fremde die richtige Diagnose gestellt hatte, und er sah keine Hoffnung, das drohende Unheil abzuwenden. Sein Leben war zu Ende — vernichtet.

Er konnte jetzt still nach Hause gehen und demütig seinen Platz am Ofen einnehmen. Er war geschlagen — bald würde er ein unnützer, alter Mann sein, eine Last und Plage für jeden, der sich seiner erbarmte.

Es war die sonderbare Wirkung der Einbildungskraft, daß ihm, seit er wieder ins Freie getreten war, seine Augen schlechter als früher vorkamen. Er reizte seine Sehnerven durch fortwährende Proben, schloß erst das eine, dann das andere Auge, verglich das Aussehen näher gelegener Gegenstände mit dem entfernterer, meinte einen Schmerz zu spüren, der mit seiner Krankheit gar nicht in Verbindung stehen konnte. Die literarischen Projekte, die seinen Geist noch vor zwölf Stunden erregten, waren jetzt nur noch eine trübe

Erinnerung; dem einen, niederschmetternden Schlag war ein zweiter, todbringender gefolgt. Er konnte sich kaum erinnern, welche Arbeit ihn am Vorabend beschäftigt hatte; er fühlte sich so, als habe die Blindheit ihn tatsächlich schon befallen.

Um halb neun kehrte er nach Hause zurück. Seine Frau stand am Fuße der Treppe: sie sah ihn an und wandte sich dann in die Küche. Er ging hinauf. Als er wieder herabkam, fand er das Frühstück wie gewöhnlich bereit und ließ sich nieder. Auf dem Tisch lagen zwei Briefe an ihn; er öffnete sie.

Als seine Frau ein paar Minuten später in das Zimmer trat, ließ ein lautes, höhnisches Gelächter ihres Gatten sie zusammenschrecken, anscheinend hervorgerufen durch etwas, das er las.

»Ist Marian auf?« fragt er.

»Ja.«

»Kommt sie nicht zum Frühstück?«

»Nein.«

»Dann trage ihr diesen Brief hinein und bitte sie, ihn zu lesen.«

Frau Yule begab sich in das Schlafzimmer ihrer Tochter. Sie klopfte, trat auf das »Herein« ein und fand Marian damit beschäftigt, Kleider in einen Koffer zu packen. Das Mädchen sah aus, als sei sie die ganze Nacht aufgewesen; ihre Augen trugen die Spuren vieler Tränen.

»Er ist zurück, Herz«, sagte Frau Yule mit leiser, furchtsamer Stimme, »und er läßt dir sagen, daß du dies lesen sollst.«

Marian nahm das Blatt, entfaltete es und las. Sobald sie zu Ende gekommen war, warf sie ihrer Mutter einen wirren Blick zu, bemühte sich vergeblich, zu sprechen, und fiel bewußtlos zu Boden. Die Mutter konnte nur die Gewalt des Sturzes mildern. Nachdem sie ein Kissen ergriffen und es unter Marians Kopf gelegt hatte, stürzte sie zur Tür und rief laut nach ihrem Manne, der sofort erschien.

»Was ist geschehen?« rief sie ihm zu. »Schau, sie ist ohnmächtig niedergefallen. Warum behandelst du sie so?«

»Steh ihr bei«, sagte Yule rauh. »Du weißt wahrscheinlich besser als ich, was zu tun ist, wenn jemand ohnmächtig wird.«

Die Ohnmacht dauerte mehrere Minuten.

»Was steht in dem Brief?« fragte Frau Yule, während sie die leblosen Hände rieb.

»Ihr Geld ist verloren. Die Firma, die es ausbezahlen sollte, hat eben Konkurs gemacht.«

»So bekommt sie gar nichts?«

»Höchst wahrscheinlich.«

Der Brief war eine private Mitteilung eines der Testamentsvollstrecker. Offenbar hatte die an Turberville & Co. gestellte Forderung, den Anteil des verstorbenen Teilhabers auszubezahlen, die Krise in dem bereits schwankenden Geschäft beschleunigt. Vielleicht konnte man durch den nun bevorstehenden Prozeß etwas retten, aber die Umstände ließen diese Aussicht höchst zweifelhaft erscheinen.

Als Marian zu sich kam, verließ ihr Vater das Zimmer. Eine Stunde später rief ihn seine Frau wieder in das Zimmer des Mädchens; er ging hinein und fand Marian auf dem Bette liegend. Sie sah aus, als wäre sie lange Zeit krank gewesen.

»Ich möchte dir einige Fragen stellen«, sagte sie, ohne sich zu erheben. »Kann mein Legat nur aus diesem Geschäftsanteil ausbezahlt werden?«

»Ja. So lautet das Testament.«

»Wenn sich bei diesen Leuten nichts holen läßt, kann ich nichts machen?«

»Soviel ich weiß, nein.«

»Aber wenn eine Firma bankrott macht, so bezahlt sie doch gewöhnlich einen Teil ihrer Schulden?«

»Manchmal. Ich weiß nichts Näheres über diesen Fall.«

»Dies passiert natürlich nur mir«, sagte Marian mit tiefer Bitterkeit. »Von den anderen Erben wird wohl keiner leiden?«

»Höchstens in sehr geringem Grade.«

»Natürlich. Wann werde ich die endgültige Nachricht bekommen?«

»Du kannst an Herrn Holden schreiben, seine Adresse hast du.«

»Danke. Das ist alles.«

Er war entlassen und ging ruhig hinaus.

XXX. WARTEN AUF DAS SCHICKSAL

Während des ganzen Tages blieb Marian in ihrem Zimmer. Ihre Absicht, das Haus zu verlassen, mußte sie natürlich aufgeben: sie war die Gefangene des Schicksals. Die Mutter hätte sie gern mit unermüdlicher Ergebenheit gepflegt, aber das Mädchen wollte allein sein. Zu Zeiten lag sie in stummer Qual da; häufig brachen ihre Tränen hervor, und sie schluchzte, bis die Erschöpfung sie überwältigte. Am Nachmittag schrieb sie einen Brief an Herrn Holden und bat ihn, sie ständig über den Verlauf der Dinge zu unterrichten.

Um fünf Uhr brachte ihr die Mutter den Tee.

»Wäre es nicht besser, Marian, wenn du jetzt zu Bett gingest?« meinte sie.

»Zu Bett? Aber ich gehe ja in einer oder zwei Stunden aus!«

»Oh, Kind, das kannst du nicht, es ist so bitter kalt! Es würde dir gewiß schaden.«

»Ich muß ausgehen, Mutter, reden wir also nicht weiter darüber.«

Ein Einwand hätte zu nichts geführt. Frau Yule setzte sich nieder und sah zu, wie das Mädchen die Tasse mit zitternden Händen zum Mund führte.

»Es ist doch alles gar nicht so wichtig — letzten Endes«, wagte die Mutter schließlich zu sagen, indem sie zum erstenmal auf die Wirkungen der Katastrophe anspielte.

»Gewiß nicht«, war die Antwort, mit der sich Marian selbst Mut zu machen schien.

Um sieben Uhr ging sie aus. Da sie schwächer war, als sie gedacht hatte, hielt sie ein leeres, zufällig vorüberfahrendes Cab an und fuhr zu der Wohnung der Milvains. In ihrer Aufregung fragte sie nach Jasper, statt, wie es ihre Gewohnheit war, nach Dora; aber das schadete sehr wenig, denn die Hauswirtin und ihre Dienstleute durchschauten die Besuche dieser jungen Dame sehr wohl. Jasper war zu Hause bei der Arbeit. Er brauchte Marian nur anzublicken, um zu sehen, daß bei ihr zu Hause ein Unglück geschehen war, und natürlich hielt er dies für eine Folge seines Briefes an Yule.

»Dein Vater war grob gegen dich?« fragte er, ihre Hände ergreifend und sie ängstlich anblickend.

»Jasper, es ist etwas viel Schlimmeres geschehen.«

»Schlimmeres?«

Sie warf ihren Mantel ab, nahm dann den verhängnisvollen Brief aus der Tasche und reichte ihn Jasper. Der ließ einen verblüfften Pfiff hören und sah verstört von dem Brief zu Marian hoch.

»Wie zum Teufel konnte das geschehen?« rief er.

»Hat denn dein Onkel nichts von dem Stand der Dinge gewußt?«

»Vielleicht. Möglicherweise hat er gewußt, daß das Legat eine bloße Formsache ist.«

»Du bist die einzige, die betroffen ist?«

»Das meint mein Vater. Und so wird es wohl sein.«

»Ich sehe, das hat dich ganz verstört. Setz dich, Marian. Wann ist der Brief gekommen?«

»Heute früh.«

»Und du hast dich den ganzen Tag damit gequält! Aber komm, wir dürfen den Mut nicht verlieren; vielleicht kannst du aus den Schurken noch etwas Ordentliches herausholen.«

Schon während er sprach, schweiften seine Augen zerstreut umher. Bei dem letzten Wort versagte ihm die Stimme, und er versank in Nachdenken. Marians Blick ruhte auf ihm, und er war sich dessen bewußt. Er versuchte zu lächeln.

»Was schreibst du da?« fragte sie, unwillkürlich das trübselige Thema verlassend.

Eine Frist — ehe die ernsten Dinge besprochen wurden — war für ihn ebenso notwendig wie für sie. Er griff freudig nach der von ihr gebotenen Gelegenheit und las ihr, indem er elegant von Thema zu Thema glitt, mehrere Seiten des Manuskriptes vor. Wer ihn hörte, mußte glauben, daß er sich in seiner üblichen guten Stimmung befand, denn er lachte über seine eigenen Witze und Pointen.

»Sie werden mir mehr zahlen müssen«, war seine Schlußbemerkung. »Ich wollte mich ihnen nur unentbehrlich machen, und zu Ende des Jahres wird mir das gelungen sein. Sie werden mir zwei Guineen für die Spalte geben müssen. Bei Gott, das müssen sie!«

»Und binnen kurzem kannst du auch noch mit mehr rechnen, nicht wahr?«

»Oh, ich werde sofort zu einem besseren Blatte überwechseln. Mir scheint, jetzt muß ich Ernst machen.«

Er sandte ihr einen bedeutungsvollen Blick zu.

»Was werden wir tun, Jasper?«

»Arbeiten und warten, denk ich.«

»Ich muß dir etwas sagen. Mein Vater meinte, ich sollte den Artikel über Harrington selbst zeichnen. Wenn ich es tue, so habe ich wohl ein Recht auf das Geld — es werden mindestens acht Guineen sein. Und warum sollte ich nicht fortfahren, für mich — für uns zu schreiben? Du kannst mir bei der Wahl der Themen helfen.«

»Vor allem, was ist mit meinem Brief an deinen Vater? Wir haben ihn ganz vergessen.«

»Er will nicht darauf antworten.«

Marian vermied eine nähere Beschreibung des Vorgefallenen, teils weil sie sich wegen der unvernünftigen Wut ihres Vaters schämte und fürchtete, daß Jaspers Stolz verletzt werden könnte, wodurch sie dann selbst litte, teils weil sie den Geliebten nicht durch die Erzählung all dessen, was sie ausgestanden hatte, belasten wollte.

»Oh, er will also nicht antworten! Das ist zweifellos ein außerordentliches Benehmen.«

Was sie gefürchtet hatte, schien einzutreten: Jasper richtete sich ziemlich steif in die Höhe und warf den Kopf zurück.

»Du kennst den Grund, Lieber. Dieses Vorurteil ist ihm in Fleisch und Blut übergegangen. Nicht du bist es, den er haßt, denn das ist unmöglich — aber er denkt über dich wie über jeden, der mit Fadge verkehrt.«

»Gut, gut, die Sache ist nicht von so großer Bedeutung. Aber was ich dich fragen wollte: ist es dir, solange du zu Hause lebst, möglich, eine unabhängige Stellung zu behaupten und zu sagen, daß du für dich arbeiten willst?«

»Zumindest habe ich auf die Hälfte des Geldes, das ich verdiene, Anspruch. Aber ich dachte...«

»Woran?«

»Wenn ich deine Frau bin, kann ich dir helfen... ich könnte wohl dreißig bis vierzig Pfund jährlich verdienen. Das wäre die Miete für eine kleine Wohnung.«

Sie sprach mit schwankender Stimme, die Augen auf sein Gesicht gerichtet.

»Aber, meine liebe Marian, dürfen wir ans Heiraten denken, solange die Einnahmen so knapp sind?«

»Nein — ich meinte nur...«

Sie stammelte, und ihre Zunge wurde so stumm, wie ihr Herz schwer.

»Es bedeutet einfach, daß ich Himmel und Erde in Bewegung setzen muß, um meine Lage zu verbessern«, fuhr Jasper fort, indem er sich niedersetzte und die Beine übereinanderschlug. »Du weißt, mein Vertrauen in mich selbst ist nicht gering; wer weiß, was ich alles tun kann, wenn ich alle Kräfte anspanne? Aber, auf mein Wort, ich habe wenig Hoffnung, daß wir selbst unter den günstigsten Umständen vor ein oder zwei Jahren heiraten können.«

»Ja, das verstehe ich vollkommen.«

»Kannst du mir versprechen, mir während dieser ganzen Zeit ein bißchen Liebe zu bewahren?« fragte er mit einem gezwungenen Lächeln.

»Du kennst mich zu gut, um etwas zu befürchten.«

»Es kam mir so vor, als zweifelst du ein wenig.«

Sein Ton war weit entfernt von verliebter Neckerei. Marian sah ihn angsterfüllt an. War es möglich, daß er ihr wirklich mißtraute? Er hatte nie die Sehnsucht ihres Herzens nach unendlicher Liebe befriedigt, und sie sprach nie mit ihm, ohne von dem Verdacht bedrückt zu werden, daß seine Liebe nicht so groß sei wie die ihre, ja, was noch schlimmer war, daß er die Hingabe, die sie ihm mit jedem Worte zeigen wollte, nicht völlig zu verstehen schien.

»Du meinst das doch nicht im Ernst, Jasper?«

»Aber antworte nur ernsthaft.«

»Wie kannst du daran zweifeln, daß ich jahrelang treu auf dich warten werde, wenn es notwendig ist?«

»Jahre dürfen es nicht sein, das steht fest. Ich finde es abgeschmackt, wenn ein Mann eine Frau in so hoffnungsloser Weise bindet.«

»Aber wer spricht denn davon, mich zu binden? Hängt die Liebe von einem festen Verlöbnis ab? Glaubst du, daß deine Liebe, wenn wir uns jetzt trennten, sofort der Vergangenheit angehören würde?«

»Oh, nein, gewiß nicht.«

»Aber wie kalt du sprichst, Jasper!«

Sie wagte nicht, ein Wort laut werden zu lassen, das

so gedeutet werden konnte, als fürchte sie, die Veränderung in ihren Verhältnissen könne eine Veränderung in seinen Gefühlen bewirken. Aber eben daran dachte sie. Daß sie dies befürchtete, bedeutete natürlich, daß sie ihm nicht völlig vertraute und seinen Charakter nicht für besonders edel hielt. In der Tat, eine Frau ist sehr selten von solchen Zweifeln frei, wie absolut auch ihre Liebe sein mag; und vielleicht geschieht es ebenso selten bei einem Manne, daß er im Grunde seines Herzens an all das Lob glaubt, mit dem er die Geliebte überhäuft. Die Liebe verträgt aber ein gutes Maß solcher gegenseitiger Zweifel. Je besser Marian Jaspers Charakter kennenlernte, desto größer wurde ihre Furcht, ihn zu verlieren.

Sie trat an seine Seite. Das Herz tat ihr weh, weil er sie in ihrem großen Leid nicht in die Arme genommen und ihre Sinne nicht mit Liebesworten betört hatte.

»Wie kann ich dir beweisen, wie sehr ich dich liebe?« murmelte sie.

»Liebste, du darfst nicht alles so wörtlich nehmen. Frauen sind so entsetzlich realistisch, das kommt sogar in ihren Liebesgesprächen zum Vorschein.«

Marian entging nicht die Ironie dieser Worte aus Jaspers Munde.

»Ich bin zufrieden, daß du so denkst«, sagte sie. »In meinem Leben gibt es nur ein wichtiges Faktum, und das kann ich nie aus dem Auge verlieren.«

»Nun, wir sind einander ja ganz sicher. Sag mir offen: hältst du mich für fähig, dich zu verlassen, weil du vielleicht dein Geld verloren hast?«

Die Frage ließ sie zusammenzucken. Wenn das Zartgefühl *ihre* Zunge fesselte — über die *seine* hatte es keine Gewalt.

»Wie kann ich dies besser beantworten, als wenn ich sage, daß ich dich liebe?« fragte sie zurück.

Das war keine Antwort, und Jasper, obgleich im

Vergleich zu ihr schwerfällig, begriff, daß es keine war. Dennoch war die Bewegung, die ihn zu diesen Worten bewog, sehr echt gewesen. Ihre Berührung, der Duft ihrer Leidenschaft erregten ihn; er fühlte in aller Aufrichtigkeit, daß es niedrig wäre, sie zu verlassen, eine Niedertracht, die durch den Verlust einer solchen Frau gerächt würde.

»Ich werde mich nach oben kämpfen müssen, statt den schönen, ebenen Weg zu gehen, den ich erwartet habe«, sagte er. »Aber ich fürchte mich nicht davor, Marian. Ich bin kein Mensch, der sich unterkriegen läßt. Du wirst meine Frau sein und dich in so viel Luxus bewegen können, als hättest du mir ein Vermögen mitgebracht.«

»Luxus! Oh, für wie kindisch du mich zu halten scheinst!«

»Keine Spur davon, der Luxus ist ein höchst wichtiger Teil des Lebens — lieber möchte ich gar nicht leben, als ohne ihn. Ich werde dir einen nützlichen Wink geben: wenn ich dir je zu erschlaffen scheine, so erinnere mich nur daran, daß der Journalist Soundso in seinem Wagen herumfährt und seiner Frau eine Loge im Theater bieten kann. Und wenn der Nebel in London am dicksten ist, dann frag mich, ganz nebenbei, ob ich nicht an die Riviera reisen möchte. Verstehst du? Das ist der Weg, mich stets wie eine Dampfmaschine in Gang zu halten.«

»Du hast recht, all dies bedeutet ein besseres und volleres Leben. Oh, wie grausam, daß ich — daß wir so beraubt worden sind!«

Sie war im Begriff, ihm zu gestehen, daß sie ohnmächtig geworden war, aber irgendetwas hielt sie zurück.

»Na, vorläufig will ich lieber glauben, daß das Geld noch nicht ganz verloren ist. Wenn die Schufte fünfzig Prozent zahlen, so bekommst du zweitausendfünfhundert Pfund heraus, und das ist immerhin etwas.

Ich selbst werde mich über die Rechtslage informieren. Wir müssen uns an den letzten Fetzen Hoffnung klammern, und unterdessen werde ich mich halb zu Tode arbeiten. Gehst du zu den Mädchen hinein?«

»Heute nicht. Du mußt es ihnen erzählen.«

»Dora wird sich die Augen ausweinen. Und Maud wird die Fühler einziehen müssen, ich werde sie wieder zur Sparsamkeit und Arbeit anhalten.«

Er versank abermals in sorgenvolle Träumereien.

»Marian, könntest du es nicht einmal mit der Belletristik versuchen?«

»Ich fürchte, daß ich nichts Gescheites zusammenbrächte.«

»Darum handelt es sich nicht. Könntest du etwas zusammenbringen, das sich verkaufen ließe? Bei sehr mäßigen Erfolgen in der Belletristik würdest du dreimal mehr verdienen als je bei dieser Schufterei für die Zeitschriften.«

»Ein Mädchen wie ich?«

»Nun, ich meine, daß Liebesszenen und dergleichen dir sehr liegen würden.«

Marian gehörte nicht zu denen, die leicht erröten; übrigens neigen erstaunlich wenig Mädchen dazu, auch wenn sie sehr provoziert werden. Zum ersten Male sah Jasper nun ihre Wangen in tiefem Rot erglühen, und zwar durchaus nicht vor Vergnügen. Seine Worte waren gröblich unbedacht und verletzten sie.

»Ich glaube nicht, daß das mein Fach ist«, sagte sie kalt und schaute zur Seite.

»Aber es ist doch nichts Böses dabei, wenn ich sage —«, er hielt erstaunt inne. »Ich wollte dich nicht beleidigen.«

»Das weiß ich, Jasper, aber du bringst mich auf den Gedanken, daß —«

»Nimm nicht wieder alles so wörtlich, lieber Schatz. Komm her und verzeih mir.«

Sie näherte sich nicht, aber nur weil der peinliche Gedanke, den er in ihr erregt hatte, ihre Schritte lähmte.

»Komm, Marian! — Dann muß ich also zu dir kommen.«

Er tat es und nahm sie in die Arme.

»Versuch es mit einem Roman, liebes Kind, wenn du dir Zeit dazu nehmen kannst. Laß mich darin vorkommen, wenn du Lust hast, und mach ein gefühlloses Mannsbild aus mir. Ich bin überzeugt, die Sache wäre einen Versuch wert. Auf jeden Fall schreib ein paar Kapitel und laß sie mich sehen.«

Marian gab kein Versprechen und schien seine Liebkosungen nicht zu erwidern. Ein Gedanke, der zuweilen alle Frauen mit starkem Gefühl beunruhigt, ging ihr durch den Kopf: War sie zu überschwenglich gewesen, hatte sie ihre Liebe unter ihrem Wert vergeben? Nun, da Jaspers Liebe gefährdet schien, verbot sie sich alle Zärtlichkeit, die sie in sich fühlte. Und zum ersten Mal fühlte sich Jasper enttäuscht; als sie sich dann verabschiedete, fragte er sich, was wohl der Grund für ihr verändertes Benehmen gegen ihn sei.

»Warum ist Marian nicht auf ein Wort hereingekommen?« meinte Dora, als ihr Bruder gegen zehn Uhr in das Wohnzimmer der Mädchen trat.

»Sie brachte mir eine sehr ermutigende Nachricht und hielt es für besser, daß ich sie an euch übermittele.«

Kurz teilte er ihnen mit, was vorgefallen war.

»Sehr ergötzlich, wie? Das stärkt das Vertrauen in die Vorsehung.«

Die Mädchen waren entsetzt. Maud, die lesend am Kamin saß, ließ das Buch in den Schoß fallen und runzelte finster die Stirne.

»Dann muß die Hochzeit natürlich verschoben werden?« sagte Dora.

»Nun, ich würde mich nicht wundern, wenn sich dies als notwendig erwiese«, antwortete Jasper bissig. Er konnte seinen Gefühlen jetzt Luft machen, die er in Marians Gegenwart, teils aus Rücksicht auf sie, teils dank ihrem Einflusse, unterdrückt hatte.

»Und werden wir wieder in unsere alte Wohnung zurück müssen?« fragte Maud.

Jasper gab keine Antwort, sondern stieß mit dem Fuß einen Schemel aus dem Wege und wanderte im Zimmer auf und ab.

»Müssen wir das wirklich?« rief Dora, wider ihre Gewohnheit gegen die Sparsamkeit protestierend.

»Vergeßt nicht, daß dies eure Entscheidung ist«, antwortete Jasper schließlich. »Ihr lebt ja von euren eigenen Mitteln.«

Maud blickte ihre Schwester an, aber Dora achtete nicht auf sie.

»Warum möchtest du hier bleiben?« fragte Jasper plötzlich das jüngere Mädchen.

»Es ist hier viel hübscher«, antwortete sie etwas verlegen.

Er kaute an den Enden seines Schnurrbarts, und seine Augen funkelten die ungreifbaren bösen Mächte an, die in seiner Phantasie die Luft um ihn zu erfüllen schienen.

»Eine Lektion, daß man nichts übereilen soll«, murmelte er vor sich hin und versetzte dem Schemel abermals einen Fußtritt.

»Hast du auch Marian gegenüber diese vernünftige Bemerkung gemacht?« fragte Maud.

»Es wäre nichts dabei gewesen, wenn ich es getan hätte. Sie weiß, daß ich kein solcher Esel gewesen wäre, ohne Aussicht auf etwas, wovon man leben kann, vom Heiraten zu sprechen.«

»Sie fühlt sich wohl sehr unglücklich?« meinte Dora.

»Hast du etwas anderes erwartet?«

»Und hast du ihr den Vorschlag gemacht, sie von der Last ihrer Verlobung zu befreien?« fragte Maud.

»Es ist jammerschade, daß du nicht reich bist, Maud«, antwortete Jasper mit einem unwillkürlichen Lachen. »Du würdest für äußerst witzig gelten.«

Er ging auf und ab und ließ sich in hypochondrischen Worten über sein Mißgeschick aus.

»Aber nun sind wir einmal hier und werden hier bleiben«, schloß er zuletzt. »Ich habe meines Wissens nur einen Aberglauben, und der verbietet mir, einen Schritt rückwärts zu tun. Wenn ich wieder in eine ärmliche Wohnung zöge, würde ich glauben, daß ich das Scheitern damit einlade. Ich werde bleiben, solange die Position sich halten läßt. Warten wir Weihnachten ab, dann können wir sehen, wie die Dinge sich entwickeln. Himmel, wenn wir nun geheiratet und nachher dieses Geld verloren hätten!«

»Du wärest nicht schlimmer dran gewesen, als viele andere Literaten«, sagte Dora.

»Vielleicht nicht; da ich aber entschlossen bin, viel besser dran zu sein als die meisten Literaten, so würde mich dieser Gedanke nicht besonders trösten. Die Dinge sind einfach wieder so, wie sie vorher waren — ich muß mich auf meine eigene Kraft verlassen. Wieviel Uhr ist es? Halb elf — ich kann vor dem Zubettgehen noch zwei Stunden arbeiten.«

Und ihnen ein Gutenacht zuwinkend, verließ er das Zimmer.

Als Marian ins Haus trat und die Treppe hinaufstieg, ging ihr die Mutter nach. Auf ihrem Gesichte lag ein neuer Kummer, sie mußte eben geweint haben.

»Hast du ihn getroffen?« fragte die Mutter.

»Ja, wir haben darüber gesprochen.«

»Was will er tun, mein Herz?«

»Es läßt sich nichts anderes tun als warten.«

»Dein Vater hat mir etwas erzählt, Marian«, sagte Frau Yule nach einer langen Pause. »Er meint, daß er blind wird. Es geht etwas mit seinen Augen vor, und er war heute nachmittag bei einem Doktor. Es wird immer ärger werden, und dann muß er sich operieren lassen, und vielleicht wird er seine Augen nie mehr recht gebrauchen können.« Das Mädchen hörte mit einem Ausdruck von Verzweiflung zu.

»War er bei einem Augenarzt?«

»Er sagt, bei einem der besten.«

»Und wie spricht er darüber?«

»Es scheint ihm gleichgültig zu sein. Er sagt, daß er ins Arbeitshaus gehen wird und derlei Sachen. Aber dazu wird es nicht kommen, nicht wahr, Marian? Jemand wird ihm doch helfen?«

»In dieser Welt ist nicht viel Hilfe zu erwarten«, antwortete das Mädchen.

Physische Erschöpfung brachte ihr, sobald sie sich niedergelegt hatte, ein paar Stunden Vergessenheit, aber ihr Schlaf nahm schon am frühen Morgen ein Ende; böse Träume ließen sie hochschrecken, und sogleich kamen ihr wieder die wirklichen Sorgen und Leiden zu Bewußtsein. Ein nebelverschleierter Himmel fügte noch seine Last hinzu, um ihren Geist niederzudrücken; um die Stunde, da sie gewöhnlich aufstand, war es noch so dunkel wie um Mitternacht. Aber heute hörte sie hinter der Tür die Stimme der Mutter, die sie mahnte, noch liegen zu bleiben und zu ruhen, bis es heller werde, und sie fügte sich gern, denn sie fühlte sich wirklich kaum fähig, das Bett zu verlassen.

Der dicke, schwarze Nebel durchdrang jeden Winkel des Hauses; man konnte ihn förmlich riechen und schmecken. Eine solche Atmosphäre erzeugt selbst bei kräftigen und hoffnungsvollen Menschen eine niedergeschlagene Stimmung; aber für jene, die vom Leiden erschöpft sind, ist sie der aus unermeßlichen Tiefen aufsteigende Dunst, der die Seele vergiftet. Mit einem Gesicht, so farblos wie das Kissen, lag Marian, weder wachend noch schlafend, in dumpfem Schmerz da; dann und wann rannen Tränen über ihre Wangen, und von Zeit zu Zeit wurde ihr Körper von einem Krampf geschüttelt, wie er von den Qualen der Folterkammer herrühren könnte.

Später am Morgen, als man noch immer nicht ohne künstliches Licht auskommen konnte, ging sie in das Wohnzimmer hinunter. Die Ordnung des Haushaltes war durch die Vorfälle der letzten zwei Tage empfindlich gestört; Frau Yule, die sich fast ausschließlich mit den Fragen der Sparsamkeit, der Reinlichkeit und der Küche beschäftigte, war nicht in der Verfassung, ihre Pflichten zu erfüllen, und statt, wie unter normalen Umständen, am Morgen mit dem »Herrichten« des Speisezimmers beschäftigt zu sein, wanderte sie ziellos und verzagt durch das Haus, gab dem Dienstmädchen verkehrte Befehle und tadelte sich dann selbst wegen ihrer Zerstreutheit. An den Sorgen ihres Mannes und ihrer Tochter hatte sie — zumindest was ihr Handlungsvermögen betraf — keinen größeren Anteil, als wenn sie eine treue, alte Haushälterin gewesen wäre; sie konnte nur klagen und trauern, daß zwischen den beiden, die sie liebte, eine solche Uneinigkeit aufgebrochen war und daß sie selbst nicht einmal die Kraft hatte, ihnen Trost zu spenden. Marian fand sie im Korridor stehend, den Staubwedel in der einen und den Wischlappen in der anderen Hand.

»Der Vater will dich sprechen«, flüsterte Frau Yule.

Marian trat in das Studierzimmer. Ihr Vater saß weder an seinem Platze vor dem Schreibtisch noch in dem Sessel, den er, wenn er Muße hatte, vor den Ofen zu schieben pflegte, sondern vor einem der Bücherregale, vorgebeugt, als suche er ein Buch; aber sein

Kinn ruhte auf der Hand, so als nehme er diese Stellung schon lange ein. Er bewegte sich nicht sogleich. Als er den Kopf hob, sah Marian, daß er älter aussah, und sie bemerkte — oder bildete es sich ein —, daß seine Augen einen ungewöhnlichen Ausdruck hatten.

»Ich danke dir für dein Kommen«, begann er mit förmlicher Zurückhaltung. »Seit ich dich zuletzt sah, habe ich etwas erfahren, das meine Lage und meine Aussichten sehr verändert, und es ist notwendig, darüber zu sprechen. Ich werde dich ein paar Minuten aufhalten müssen.« Er hustete und schien die nächsten Worte zu bedenken.

»Vielleicht brauche ich nicht zu wiederholen, was ich deiner Mutter gesagt habe? Du hast es wohl von ihr erfahren?«

»Ja, mit großer Trauer.«

»Ich danke dir, aber wir wollen diese Seite der Sache beiseite lassen. Noch einige Monate werde ich imstande sein, meine gewohnte Arbeit fortzusetzen, aber dann wird es wohl mit nicht mehr möglich sein, mir durch die Literatur mein Brot zu verdienen. Ob dies deine eigene Lage beeinflussen wird, weiß ich nicht. Willst du die Güte haben, mir zu sagen, ob du noch die Absicht hast, das Haus zu verlassen?«

»Ich habe nicht die Mittel dazu.«

»Ist die Wahrscheinlichkeit vorhanden, daß deine Hochzeit in, angenommen, vier Monaten stattfindet?«

»Nur wenn die Testamentsvollstrecker mein Geld retten oder wenigstens einen großen Teil davon.«

»Ich verstehe. Der Grund, weshalb ich frage, ist folgender: der Mietkontrakt für dieses Haus läuft Ende des nächsten März ab, und es wäre wohl nicht gerechtfertigt, ihn zu erneuern. Wenn du dich selbst versorgen könntest, bräuchte ich dann nur zwei Zimmer zu mieten. Diese Augenkrankheit ist vielleicht nur temporär, nach einer gewissen Zeit könnte eine Operation mich eventuell wieder arbeitsfähig machen. Ist die Krankheit unheilbar, so muß ich mich freilich auf das Schlimmste vorbereiten. Auf jeden Fall ist es besser, wenn du von heute an für deinen eigenen Unterhalt arbeitest. Solange ich hier bleibe, ist dieses Haus natürlich dein Heim; wir werden uns nicht über triviale Ausgaben streiten. Aber du mußt dir über meine Lage klar werden. Ich werde dir bald kein Zuhause mehr bieten können, du wirst auf deine eigene Kraft angewiesen sein.«

»Ich bin darauf gefaßt, Vater.«

»Ich glaube, es wird dir nicht schwer fallen, dich zu ernähren. Ich habe mein möglichstes getan, dich im Schreiben für Zeitschriften auszubilden, und deine eigenen Fähigkeiten sind beachtlich. Wenn du heiratest, so wünsche ich dir ein glückliches Leben. Das Ende des meinen, das Ende langer Jahre unermüdlicher Plage, ist Unglück und Elend.«

Marian schluchzte.

»Das ist alles, was ich dir sagen wollte«, schloß ihr Vater mit vor Selbstmitleid zitternder Stimme. »Ich möchte dich nur bitten, keine weiteren nutzlosen Diskussionen zwischen uns anzuknüpfen. Dieses Zimmer steht dir, wie immer, offen, und ich sehe nicht ein, weshalb wir über Gegenstände, die nicht persönlicher Art sind, nicht reden sollten. Vorläufig wäre es das beste, wenn du Verbindungen zu Verlegern anknüpfst. Dein Name wird dir eine Hilfe sein. Mein Rat ist, deinen ›Harrington‹-Artikel sofort an Trenchard zu schicken und ihm einen Brief beizulegen. Solltest du meinen Rat bei der Themenwahl wünschen, so bin ich dazu gern breit.«

Marian zog sich zurück. Sie ging ins Wohnzimmer, wo sich ein ockerfarbenes Tageslicht zu verbreiten begann, das allmählich die Lampe überflüssig machte. Mit dem Verschwinden des Nebels hatte der Regen begonnen, man hörte, wie er auf das schlammige Pflaster prasselte.

Frau Yule, noch immer den Staubwedel in der Hand, saß auf dem Sofa. Marian setzte sich neben sie. Sie sprachen mit leiser, erstickter Stimme und weinten zusammen über ihr Elend.

XXXI. RETTUNG UND APPELL

Es besteht durchaus die Möglichkeit, daß man für Männer wie Edwin Reardon und Harold Biffen weder Verständnis noch Sympathie empfindet. Man wird dann durch ihre Existenz bloß gereizt, sie kommen einem träge, schlaff, töricht, eigensinnig, schwächlich-neidisch, unfromm-aufrührerisch und dergleichen vor. Man ärgert sich über ihr Mißgeschick; warum raffen sie sich nicht auf und beteiligen sich an der Hetzjagd, warum nehmen sie die Fußtritte hin, solange ein paar Groschen Zeilengeld dabei herausspringen, warum schaffen sie sich nicht einen Platz in den Augen der Welt — kurz, warum machen sie es nicht wie Jasper Milvain?

Aber man versuche sich eine Persönlichkeit vorzustellen, die für das Getriebe und Gewühl des Arbeitsmarktes dieser Welt völlig untauglich ist. Vom gewöhnlichen Standpunkt aus sind solche Menschen wertlos; aber man versetze sie in eine humane Gesellschaftsordnung — und sie werden zu bewundernswerten Bürgern. Nichts ist leichter, als einen Charaktertypus zu verdammen, der den rohen Anforderungen des Lebens, die jeder Durchschnittsmensch so leicht erfüllt, nicht entspricht. Jene beiden waren mit den Tugenden der Güte und Phantasie reich begabt; macht der Umstand, daß das Schicksal sie in Not und Elend stieß, ihre Begabung weniger wertvoll? Man verachtet ihre Passivität, aber es ist ihre Natur und ihr Verdienst, passiv zu sein. Mit unabhängigen Geldmitteln versehen, hätte jeder von ihnen in den Augen der Welt anders dagestanden. Ihr ganzer Fehler bestand in der

Unfähigkeit, Geld zu verdienen — aber verdient diese Unfähigkeit wirklich nur Verachtung?

Es war eine große Schwäche von Harold Biffen, daß er den Hungertod so nahe an sich herankommen ließ, wie er es in den Tagen tat, als er seinen Roman beendete. Aber er hätte es zweifellos vorgezogen, zu essen und satt zu sein, wäre ihm irgendein Weg eingefallen, sich Nahrung zu verschaffen. Ich versichere Ihnen, er hungerte nicht aus purem Vergnügen an der Sache. Schüler waren um diese Zeit schwer aufzutreiben, und seine Manuskripte, die er an mehrere Zeitungen gesandt hatte, kamen wieder zurück. Er versetzte, was er entbehren konnte, und reduzierte seine Mahlzeiten auf ein Minimum. Trotzdem war er in seiner kalten Dachstube und mit seinem leeren Magen nicht traurig, denn »Herr Bailey, der Krämer«, näherte sich stetig seinem Ende.

Er arbeitete sehr langsam. Die beschriebenen Seiten ergaben vielleicht nur zwei Bände des üblichen Romanformats, aber er arbeitete seit vielen Monaten daran, geduldig, liebevoll, gewissenhaft. In jeden Satz legte er seine ganze Sorgfalt, jeder einzelne mußte ein Wohlklang für das Ohr sein, mit geschickt gesetzten Worten voll kostbarer Bedeutung. Ehe er sich zu einem Kapitel niedersetzte, entwarf er im Geiste einen minutiösen Plan; dann schrieb er eine Rohskizze nieder, dann feilte er das Ding Satz für Satz aus. Er dachte nie daran, ob eine solche Mühe mit gangbarer Münze belohnt werden würde, nein, es war sogar seine Überzeugung, daß das Buch schwerlich Geld einbringen würde, selbst wenn er einen Verleger dafür fände. Nur das Werk selbst sollte bedeutend sein, das war alles, was er verlangte. Er hatte nicht einmal die Gesellschaft bewundernder Freunde, die ihn ermutigt hätten. Reardon begriff den Wert der Arbeit, gestand aber offen, daß das Buch ihn abstieß. Dem

Publikum würde es nicht nur abstoßend erscheinen, sondern auch langweilig, vollkommen uninteressant. Aber das schadete nichts: es näherte sich seinem Ende.

Der Tag seiner Vollendung wurde durch ein selbst für den Autor noch viel stärker aufregendes Ereignis denkwürdig.

Um acht Uhr abends war nur noch eine halbe Seite zu schreiben. Biffen hatte bereits neun Stunden gearbeitet und schwankte, als er abbrach, um seinen Hunger zu stillen, ob er noch heute zu Ende kommen oder die letzten Zeilen auf morgen verschieben solle. Die Entdeckung, daß nur eine kleine Brotrinde im Schrank lag, bewog ihn, nicht mehr zu schreiben, denn er mußte fortgehen, um einen Laib Brot zu holen, und das war eine Störung. Wahrscheinlich weiß nicht jeder, daß in den Bäckerläden der ärmeren Straßen die Preise der halben und viertel Brotlaibe von Woche zu Woche schwanken. Gegenwärtig, das wußte Biffen, standen sie auf zweidreiviertel Pence, aber er besaß nur zweieinhalb. Er erinnerte sich jedoch, daß er gestern an einem Bäckerladen vorbeigekommen war, wo das Brot noch für zweieinhalb Pence angeschrieben stand. Dorthin mußte er.

Zu seiner Freude stand das Preisschild mit den zweieinhalb Pence noch immer im Fenster des Bäckers. Er erstand einen Laib, wickelte ihn in das Papier, das er mitgebracht hatte, denn die Bäcker gaben zu diesem Zwecke kein Papier her — und schritt freudig wieder heimwärts.

Nachdem er gegessen hatte, blickte er sehnsüchtig auf sein Manuskript. Nur noch eine halbe Seite. Sollte er es nicht doch fertig machen? Die Versuchung war unwiderstehlich. Er setzte sich hin, arbeitete mit ungewöhnlicher Eile und schrieb um halb elf mit einem prächtigen Schnörkel das Wort »Ende«.

Das Feuer war ausgegangen. Er hatte keine Kohlen

und kein Holz mehr, und seine Füße waren wie abgestorben vor Kälte. So konnte er unmöglich zu Bett gehen; er mußte noch einen Gang durch die Straßen machen. Solch ein Spaziergang paßte auch zu seiner Stimmung, und wäre es nicht so spät gewesen, hätte er sich auf den Weg zu Reardon gemacht, der bereits auf die Mitteilung dieser herrlichen Nachricht wartete.

Er verschloß die Tür hinter sich. Auf der Treppe stolperte er im Dunkeln über etwas oder jemanden.

»Wer ist da?« rief er.

Die Antwort war ein lautes Schnarchen. Biffen ging hinab und rief die Hauswirtin.

»Frau Willoughby! Wer schläft da auf der Treppe?«

»Sicherlich der Herr Briggs«, antwortete die Frau nachsichtig. »Kümmern Sie sich nicht um ihn, Herr Biffen, er hat nur ein bißchen zu viel geschluckt. Ich werde hinaufgehen und ihn ins Bett treiben, sobald ich meine Hände sauber habe.«

»Daß Sie nicht gleich nach oben gehen, leuchtet mir nicht ein«, bemerkte der Realist kichernd und ging seiner Wege.

Er streifte mit schnellem Schritt mehr als eine Stunde lang umher und näherte sich gegen Mitternacht wieder seiner Wohnung. Er kam gerade beim Middlesex Hospital vorbei, nicht weit entfernt von Clipstone Street, als Geschrei und Lärm seine Aufmerksamkeit erregten; eine Gruppe herumstreunender Vagabunden auf der anderen Straßenseite löste sich plötzlich auf, und während sie fortstürmten, hörte er das Wort: »Feuer!« Dies war ein zu gewöhnlicher Vorfall, um sein Gleichgewicht zu stören; er überlegte zerstreut, in welcher Straße das Feuer wohl sein möge, ging aber weiter, ohne sich zu erkundigen. Wiederholte Schreie und vorüberlaufende Menschen rissen ihn jedoch aus seiner Apathie. Zwei Weiber rannten an ihm vorbei, und er rief sie an: »Wo brennt es?«

»In Clipstone Street, heißt's!« schrien sie zurück.

Jetzt konnte er nicht mehr sorglos bleiben. Wenn die Feuersbrunst in seiner eigenen Straße ausgebrochen war, so konnte auch sein eigenes Haus betroffen sein, und in diesem Falle ... Er stürmte davon. Vor ihm befand sich eine immer dichter werdende Menge, gerade vor dem Eingang in die Clipstone Street. Bald konnte er nicht weiter, mußte sich durchkämpfen, jeden Schritt erzwingen und aufpassen, daß er nicht von dem Pöbel, der bei einem Feueralarm immer hervorbricht, niedergeworfen wurde. Jetzt konnte er schon den Rauch riechen, und plötzlich erschreckte eine schwarze, aus den oberen Fenstern hervorbrechende Wolke seine Augen. Sofort ward er sich bewußt, daß, falls nicht sein eigenes Zimmer, so doch eines der danebenliegenden in Flammen stehen mußte. Noch war keine Feuerspritze angelangt, und vereinzelte Polizisten begannen sich eben einen Weg zu der Schreckensszene zu bahnen. Mit größter Anstrengung rückte Biffen Schritt für Schritt vor, und eine Flammenzunge, die plötzlich die Häuserfronten erhellte, machte seinen Zweifeln ein Ende.

»Laßt mich durch!« schrie er der gaffenden, stoßenden Menge vor sich zu. »Ich wohne dort! Ich muß hinauf, um etwas zu retten!«

Seine gebildete Sprache erregte Aufmerksamkeit, und seine Bitte immer und immer wiederholend, gelang es ihm, vorwärts zu kommen; endlich war er nahe genug, um zu sehen, daß man Möbelstücke auf das Pflaster hinausschleppte.

»Sind Sie's, Herr Biffen?« schrie jemand.

Er erkannte das Gesicht eines Hausgenossen.

»Kann ich noch in mein Zimmer hinauf?« stieß er verzweifelt hervor.

»Da kommen Sie nicht mehr hoch ... Dieser ... Briggs« — das Attribut war anzüglich — »hat seine ... Lampe umgestoßen, aber ich hoffe, er wird gebraten werden!«

Biffen sprang über die Schwelle und stieß auf Frau Willoughby, die ein riesiges Wäschebündel trug.

»Ich habe Ihnen doch gesagt, daß Sie nach dem Trunkenbold sehen sollten!« rief er. »Kann ich noch hinauf?«

»Was geht das mich an, ob Sie es schaffen oder nicht!« schrie das Weib. »Gott, alle die neuen Sessel, die ich gerade erst gekauft hab ...«

Er hörte nicht mehr auf sie, sondern sprang über ein Wirrwarr von Hindernissen und war im nächsten Moment im ersten Stockwerk. Hier begegnete er einem, der nicht den Kopf verloren hatte, einem tapferen Mechaniker, der damit beschäftigt war, zwei kleinen Kindern die Mäntelchen überzuwerfen.

»Wenn niemand diesen Kerl, den Briggs, herunterzerrt, ist es aus mit ihm«, sagte der Mann. »Er liegt vor seiner Tür, ich hab ihn herausgezogen, aber mehr kann ich für ihn nicht tun.«

Der Rauch auf der Treppe wurde immer dichter. Der Brand beschränkte sich noch auf das Vorderzimmer im zweiten Stockwerk, welches dem unseligen Briggs gehörte, aber wahrscheinlich stand die Decke schon in Flammen, und so war es für Biffen fast unmöglich, in sein auf der Rückseite des oberen Stockwerks gelegenes Zimmer zu gelangen. Niemand machte den Versuch, das Feuer zu löschen, nur die eigene Sicherheit und die Rettung des Eigentums beschäftigte die wenigen Personen, die sich noch im Hause befanden. In verzweifelter Angst um sein Manuskript, seine Mühe, seine einzige Hoffnung, achtete der Realist kaum auf die Warnung, daß der Rauch nicht mehr passierbar sei und stürmte mit gesenktem Kopf weiter. Da lag Briggs, vielleicht schon erstickt, und durch die offene Tür sah Biffen wie in einen Hochofen hinein. Ein Weitergehen wäre Wahnsinn gewesen, hätte ihn nicht ein Umstand ermutigt: er wußte, daß von seiner Dachstube eine Leiter zu einer Falltür führte, durch die er auf das Dach gelangen konnte, um von dort aus auf die Nebendächer zu flüchten. Also vorwärts!

In der Tat, nicht mehr als zwei Minuten waren verflossen, seit er die Treppe betreten hatte, bis zu dem Moment, da er, fast ohnmächtig, den Schlüssel in seine Tür steckte und in reinere Luft hereinfiel — fiel, denn völlig entkräftet stürzte er auf die Knie nieder; ihm schwirrte der Kopf, und eine entsetzliche Todesangst bemächtigte sich seiner. Sein Manuskript lag auf dem Tisch, wo er es gelassen, nachdem er es freudig betrachtet und hin- und hergedreht hatte; obwohl es im Zimmer stockdunkel war, fand er den Haufen Papiere sofort. Jetzt hatte er es, jetzt stopfte er es fest unter den Arm, jetzt war er wieder draußen im Flur, in noch tödlicherem Rauch als zuvor.

»Wenn ich nicht sofort durch die Falltür herauskomme, ist es aus mit mir«, sagte er sich. Er wußte, daß die Tür einem kräftigen Stoß nachgeben würde, denn er war noch vor kurzem zum Vergnügen auf das Dach gestiegen. Er tastete sich zur Leiter, sprang hinauf und fühlte die Falltüre über sich. Aber er konnte sie nicht aufstoßen. »Ich bin ein toter Mann«, blitzte es ihm durch den Kopf, »und alles wegen ›Herr Bailey, der Krämer.‹« Eine wütende Anstrengung, die letzte, deren seine Muskeln fähig waren, und die Tür gab nach. Sein Kopf befand sich jetzt in der Öffnung, und obwohl der Rauch über ihn hinfegte, gab ihm dieser kalte Luftzug die Kraft, sich auf dem flachen Teil des Daches, das er jetzt erreicht hatte, niederzuwerfen.

So lag er ein paar Minuten da. Dann war er wieder imstande, aufzustehen, seine Lage zu überblicken und am Geländer entlang zu gehen. Er sah auf die wogende, schreiende Menge in Clipstone Street herab, aber wegen des Rauches, der aus den Fenstern unter ihm hervorquoll, konnte er sie nur zeitweise erblicken.

Was er jetzt zu tun hatte, sah er klar vor sich. Das Dach war von den Nachbardächern durch eine Reihe von Schornsteinen getrennt; wenn er auf die Spitze des Daches klomm, so konnte er die Schornsteinkappen erreichen, sich an ihnen in die Höhe ziehen und auf irgendeine Weise auf die sichere Seite gelangen. An dieses Unternehmen machte er sich sofort. Ohne Schwierigkeit erreichte er die Spitze, fand jedoch, daß er die Oberkante der Schornsteinkappe nur packen konnte, wenn er den Arm aufs Äußerste ausstreckte. Hatte er die notwendige Kraft, um sich an einem solchen Halt in die Höhe zu ziehen? Und wie, wenn die Schornsteinkappe brach?

Sein Leben war noch in Gefahr; die wachsenden Rauchwolken bedeuteten ihm, daß auch das oberste Stockwerk in wenigen Minuten in Flammen stehen würde. Er nahm den Überrock ab, um sich freier bewegen zu können; das Manuskript, jetzt eine Last, mußte ihm vorangehen, und dazu gab es nur einen Weg. Sorgfältig stopfte er die Papiere in die Taschen des Rockes, dann rollte er das Kleidungsstück zusammen, band es mit dessen eigenen Ärmeln fest, zielte entschlossen — und das Bündel war vorläufig in Sicherheit.

Nun kam das turnerische Wagnis. Auf den Fußspitzen stehend, erfaßte er den Rand der Schornsteinkappe und suchte sich in die Höhe zu ziehen. Er klammerte sich fest genug an, aber seine Arme waren viel zu schwach; er kam nicht hoch, obwohl er wußte, daß sein Leben von dieser letzten Anstrengung abhing.

Zu lange Zeit hatte er genügende Nahrung entbehrt und an dem entkräftenden Pult gesessen. Er probierte es da und dort, versuchte, eines seiner Knie auf die Höhe der obersten Ziegel zu bringen, aber es war keine Aussicht auf Erfolg. Da ließ er sich wieder auf den Schiefer fallen und saß verstört da.

Er mußte um Hilfe rufen. An dem oberen Geländer zu stehen, war wegen der schwarzen, jetzt mit Funken vermischten Rauchwolken unmöglich, aber vielleicht konnte er die Aufmerksamkeit von irgend jemandem in den Hinterhöfen oder Hinterfenstern der anderen Häuser erregen. Er ließ sich an dem rückwärtigen Dach hinabgleiten und blickte, sich an dem Mauerwerk der Schornsteine festhaltend, in den Hof hinab. Im selben Augenblick erschien ein Gesicht — das eines Mannes, der den Kopf zwischen den Schornsteinen des Nachbarhauses hervorstreckte, um das Dach des brennenden zu betrachten.

»Hallo!« rief der Fremde. »Was tun Sie da?«

»Ich will mich retten, helfen Sie mir auf Ihr Dach.«

»Bei Gott, ich dachte schon, daß das Feuer da herauskäme. Sind Sie der . . ., der die Lampe umwarf und das Haus ansteckte?«

»Oh nein! Er liegt betrunken auf der Treppe, vielleicht ist er jetzt schon tot.«

»Bei Gott, ich hätte Ihnen nicht geholfen, wären Sie es gewesen. Aber wie kommen Sie herüber? Hol mich der Henker, wenn ich's weiß. Sie brechen sich das Genick, wenn Sie's an der Ecke versuchen! Sie müssen über die Schornsteine steigen — warten Sie, ich hole eine Leiter.«

»Und einen Strick!« schrie Biffen.

Der Mann verschwand für fünf Minuten. Biffen schien es eine halbe Stunde. Er fühlte, oder meinte zu fühlen, wie der Schiefer unter ihm heiß wurde, und der Rauch benahm ihm von neuem den Atem. Endlich aber rief es von der Höhe des Schornsteinkastens. Der Retter hatte sich auf eine der Kappen gesetzt und war im Begriffe, auf Biffens Seite eine Leiter herabzulassen, auf der er von der anderen Seite heraufgestiegen war. Biffen stellte die Beine der Leiter sehr sorgfältig auf das Dach, kletterte so behende wie möglich hinauf, faßte zwischen zwei Schornsteinen festen Fuß, die Leiter wurde herübergezogen und die beiden Männer stiegen in Sicherheit hinab.

»Haben Sie keinen Rock herumliegen sehen?« war Biffens erste Frage. »Ich habe meinen hinübergeworfen. In den Taschen stecken wichtige Papiere.«

Sie suchten vergebens, der Rock war nirgends zu finden.

»Sie müssen ihn auf die Straße geschleudert haben«, meinte der Mann.

Das war ein furchtbarer Schlag, und Biffen vergaß in dem Jammer über das verlorene Manuskript seine Errettung vom Tode. Er wollte seine fruchtlose Suche fortsetzen, aber sein Gefährte, der das Übergreifen des Feuers auf die Nachbarhäuser fürchtete, zwang ihn, durch die Falltür und die Treppe hinabzusteigen.

»Wenn der Rock auf die Straße gefallen ist«, sagte Biffen, als sie sich im unteren Hausflur befanden, »so ist er natürlich verloren, denn er wurde sofort gestohlen. Aber kann er nicht in Ihren Hinterhof gefallen sein?«

Er stand in der Mitte einer Gruppe verschreckter Leute, die ihn erstaunt anstarrten, denn der Ruß, durch den er sich seinen Weg gebahnt hatte, verlieh ihm das Aussehen eines Schornsteinfegers. Seine Frage bewog jemanden, in den Hof hinab zu laufen, und bald darauf ward ein schmutziges Bündel herbeigebracht und ihm vorgewiesen.

»Ist das Ihr Rock?«

»Dem Himmel sei Dank, er ists! Es stecken wertvolle Papiere in den Taschen.«

Er rollte den Rock auf, sah nach, ob »Herr Bailey« in Sicherheit war, und zog den Rock wieder an.

»Will mich jemand in einem Zimmer niedersitzen lassen und mir einen Schluck Wasser geben?« fragte er, denn es war ihm jetzt zumute, als müsse er vor Erschöpfung zusammenbrechen.

Der Mann, der ihn gerettet hatte, erwies ihm auch diesen Dienst, und eine halbe Stunde lang blieb Biffen sitzen, um sich zu erholen, während ein unbeschreiblicher Tumult um ihn wütete. Nun war die Feuerwehr bereits bei der Arbeit, aber ein Stockwerk des brennenden Hauses war schon eingestürzt, und wahrscheinlich würden nur die nackten Mauern gerettet werden können. Nachdem Harold den Leuten, unter die er geraten war, alles von sich erzählt hatte, erklärte er seine Absicht fortzugehen; ihn verlangte nur noch nach Ruhe, und in der Nähe des Feuers konnte er sie nicht zu finden hoffen.

Mit Hilfe der Polizei bahnte er sich einen Weg durch die Menge und erreichte die Cleveland Street. Hier standen die meisten Haustüren offen, und er bat mehrmals um Gastfreundschaft, aber entweder bezweifelte man seine Geschichte, oder sein wüstes Aussehen nahm die Leute gegen ihn ein.

Doch schließlich erbarmte sich jemand seiner, und wenige Minuten später ergriff Biffen von einem Souterrainzimmer Besitz, das er für eine Woche zu mieten versprach.

Seine Schritte richteten sich am nächsten Morgen natürlich zuerst nach Clipstone Street; das Haus war eine schauerliche, noch rauchende Ruine. Die Nachbarn teilten ihm mit, daß man die Leiche Briggs in einem furchtbaren Zustande herausgeholt hatte, aber das war das einzige Menschenleben, das zu beklagen war.

Von dort aus wandte er sich nach Islington und kam um elf Uhr in die Manville Street. Er fand Reardon, sehr krank aussehend und heiser sprechend, am Ofen sitzend vor.

»Schon wieder erkältet?«

»Es sieht danach aus. Ich wollte, du gäbst dir die Mühe und gingest mir irgendein Gift kaufen. Das wäre das einzig Richtige für mich.«

»Und was ist mit mir? Sieh mich an, ich bin unverkennbar ein Philosoph, im buchstäblichen Sinne des Wortes *omina mea mecum porto*.«

Er erzählte seine Abenteuer, und zwar mit so humoristischer Lebhaftigkeit, daß beide zuletzt so lachten, als ob es nie etwas Amüsanteres gegeben hätte.

»Aber meine Bücher, meine Bücher!« rief Biffen mit einem wirklichen Stöhnen. »Und alle meine Notizen! Auf einen Schlag alles hin! Alter Freund, wenn ich nicht lachen würde, müßte ich mich hinsetzen und weinen. Alle meine Klassiker, mit den Randnotizen so vieler Jahre! Wie soll ich sie je wieder kaufen?«

»Du hast ›Herrn Bailey‹ gerettet, er muß dir alles zurückzahlen.«

Biffen hatte das Manuskript bereits auf den Tisch gelegt; es war schmutzig und zerknittert, aber nicht so, daß man es hätte abschreiben müssen. Liebevoll glättete er die Seiten und brachte sie in Ordnung, dann hüllte er alles in ein Stück braunes Papier, das Reardon herbeibrachte, und schrieb die Adresse einer Verlagsfirma darauf.

»Hast du Briefpapier? Ich will ihnen schreiben, denn in meinem jetzigen Aufzug kann ich unmöglich hingehen.«

In der Tat glich seine Kleidung mehr der eines bankrotten, herumziehenden Gemüsehändlers als der eines Literaten. Einen Kragen trug er nicht, denn den gestrigen hatte er wegen seiner Schwärze fortwerfen müssen, und um seinen Hals schlang sich ein schmutziges Taschentuch. Sein Rock war gebürstet, aber die letzten Erlebnisse hatten ihn der Auflösung, der er sowieso bald anheimfallen mußte, einen Schritt näher gebracht. Seine grauen Hosen waren jetzt schwarz und seine Stiefel sahen aus, als seien sie seit Wochen nicht geputzt.

»Soll ich etwas über den Charakter des Buches sagen?« fragte er, sich mit Papier und Feder zurechtsetzend. »Soll ich darauf hinweisen, daß es sich mit dem Durchschnittlich-Niedrigen befaßt?«

»Laß sie sich lieber ihre eigene Ansicht bilden«, antwortete Reardon mit seiner heiseren Stimme.

»Dann werde ich nur schreiben, daß ich ihnen einen Roman aus dem modernen Leben einsende, dessen Sujet gewissermaßen durch den Titel erklärt wird. Schade, daß sie nicht erfahren können, wie nah er daran war, ein Opfer der Flammen zu werden, und daß ich zu seiner Rettung mein Leben gewagt habe. Wenn sie so gut sind, es anzunehmen, werde ich ihnen die Geschichte erzählen. Und jetzt, Reardon — ich schäme mich vor mir selbst —, kannst du mir nicht ohne eigene Unannehmlichkeiten zehn Shilling leihen?«

»Mit Leichtigkeit.«

Nachdem er einige Briefe geschrieben und den halben Sovereign von Reardon in Empfang genommen hatte, ging er seines Weges, um das braune Paket beim Verleger abzugeben. Der Schreiber, der es entgegennahm, dachte wahrscheinlich, daß der Autor einen respektableren Boten hätte wählen können.

Zwei Tage später, früh am Abend, saßen die beiden Freunde wieder in Reardons Zimmer beisammen. Beide waren Patienten, denn Biffen hatte sich natürlich durch seinen Aufenthalt in Hemdsärmeln auf dem Dache eine Erkältung zugezogen und litt außerdem an einer Nervenerschütterung; aber der Gedanke, daß sein Roman jetzt sicher in Verlegerhänden sei, verlieh ihm die Kraft, all das zu überstehen. Es lag kein Grund vor, weshalb sie sich vor der zu Weihnachten eintretenden Trennung nicht häufig sehen sollten; aber Reardon befand sich in tief trauriger Stimmung und sprach mehrmals so, als sage er dem Freunde bereits jetzt Lebewohl.

»Ich will es nicht glauben, daß du dich immer in solcher Armut fortschleppen sollst«, sagte er. »Jedem Manne mit dem rechten Mut winkt einmal das Glück, und auch das deine wird schon kommen. Ich habe ein abergläubisches Vertrauen in ›Herrn Bailey‹. Wenn er dich zum Triumph führt, vergiß mich nicht ganz.«

»Rede nicht solchen Unsinn.«

»Eines Tages, wenn ich in Croydon eingerichtet sein werde, mußt du zu Mudie gehen und nachfragen, ob meine Romane je die Ausleihtheke überqueren, und mußt mir wahrheitsgetreu berichten, was für eine Antwort du bekommen hast. Sei sicher, der Mann hinter der Theke wird sagen: ›Oh, er ist ganz vergessen.‹«

»Das glaube ich nicht.«

»Einen, wenn auch nur kleinen Ruf gehabt zu haben und ihn dann zu überleben, ist so etwas wie ein vorweggenommener Tod. Jener Edwin Reardon, dessen Name manchmal mit Interesse genannt wurde, ist wirklich und tatsächlich tot. Und was von mir übrig ist, hat sich darein ergeben. Ich habe die seltsame Idee, daß mir das den Tod sogar erleichtern wird; jetzt braucht nur noch eine Hälfte von mir zu sterben.«

Biffen versuchte, dem düsteren Thema eine leichtere Wendung zu geben.

»Wenn ich an mein feuriges Abenteuer denke«, sagte er in seinem trockenen Tone, »so amüsiert mich vor allem die Vorstellung, wie du dich als Zeuge bei dem Verhör verhalten hättest, falls ich erstickt und verbrannt wäre. Ohne Zweifel wäre bekannt geworden, daß ich hinaufstürzte, um etwas zu retten — mehrere hörten mich dies ja sagen —, und nur du allein hättest vermuten können, was es war. Stelle dir die gaffende Verwunderung der Jury vor! Der ›Daily Telegraph‹ hätte einen Leitartikel aus mir gemacht. ›Dieser arme Mensch befand sich über den Wert eines Romanmanuskriptes, das er anscheinend eben vollendet hatte, in einer so grausamen Täuschung, daß er, um es zu retten, sein Leben opferte.‹ Und der ›Saturday‹ würde eine ganze Spalte voll ironischen Humors über das unerstickbar feurige Temperament der Autoren gefüllt haben. Auf jeden Fall wäre ich einen Tag lang berühmt gewesen.«

»Wo möchtest du sterben?« fragte Reardon sinnend.

»Zu Hause«, antwortete jener mit ergreifendem Nachdruck. »Ich habe nie ein Zuhause gehabt, seit ich ein Knabe war, und werde wohl nie eines haben. Aber zu Hause zu sterben ist eine der unvernünftigen Hoffnungen, die ich noch immer hege.«

»Wenn du nie nach London gekommen wärest, was würdest du jetzt sein?«

»Sicherlich ein Schullehrer in irgendeiner kleinen Stadt. Und du weißt, es gibt Ärgeres als das.«

»Ja, man kann in einer solchen Stellung sehr friedlich leben. Und ich — ich wäre jetzt im Büro eines Grundstücksmaklers, hätte ein ausreichendes Gehalt und wäre wahrscheinlich mit einem einfachen Landmädchen verheiratet. Ich hätte gelebt, statt nur den Versuch zu machen, ein Leben zu führen, das außerhalb meiner Möglichkeiten liegt. Und so wie ich irren heutzutage viele. Weil ich mich für begabt hielt, dachte ich, der einzige Platz für mich sei die Hauptstadt, sei London. Diese weitverbreitete Illusion ist leicht begreiflich. Wir bilden uns unsere Vorstellung von London aus der alten Literatur, denken an London, als wäre es noch immer das einzige Zentrum geistigen Lebens; wir denken und sprechen wie Chatterton. Die Wahrheit ist, daß der Intellektuelle heutzutage sein möglichstes tun muß, London fernzubleiben, nachdem er es einmal kennengelernt hat. Es gibt überall Bibliotheken, Zeitungen und Zeitschriften erreichen den Norden Schottlands ebenso schnell wie Brompton; nur aus seltenen Anlässen, für spezielle Arbeiten, ist man genötigt, in London zu leben. Und was die Genüsse betrifft, was gibt es, da ein englisches Theater nicht mehr existiert, in London, das man nicht überall in England genießen könnte? Auf jeden Fall genügt ein jährlicher Besuch, eine Woche lang. London ist nur ein riesiges Warenhaus, mit einem Hotel im oberen Stockwerk. Freilich, wenn man hier lebt, um sich für seine Werke inspirieren zu lassen, so ist es etwas anderes, aber weder du noch ich täten dies aus freier Wahl.«

»Ich glaube nicht.«

»Diese schillernde Anziehungskraft Londons auf junge, begabte Männer ist ein ungeheures Unglück. Sie kommen her, um sich entwürdigen und ruinieren zu lassen, wo doch ihre wahre Sphäre ein Leben friedlicher Zurückgezogenheit ist. Der Menschentypus, dem in London etwas glücken kann, ist mehr oder weniger hart und zynisch. Wäre mir die Erziehung von Knaben überlassen, so würde ich sie lehren, London als den letzten Ort zu betrachten, wo man würdig leben kann.«

»Und als den Ort, wo man am leichtesten im Elend sterben kann.«

»Das einzige glückliche Resultat meiner Erfahrungen«, sagte Reardon, »ist, daß ich von meinem Ehrgeiz geheilt bin. Wie elend würde ich sein, wenn ich noch immer von dem Wunsche besessen wäre, mir einen Namen zu machen! Ich kann mir diesen Gemütszustand kaum noch vorstellen. Mein einziger Wunsch ist jetzt eine friedliche Zurückgezogenheit. Ich bin erschöpft, ich will für den Rest meines Lebens nur Ruhe.«

»Du wirst in Croydon nicht viel Ruhe haben.«

»Oh, vielleicht doch. Meine Zeit wird nur von einem Kreislauf rein mechanischer Pflichten ausgefüllt sein, und ich denke, das ist für meinen Geist die beste Arznei. Ich werde nur wenig lesen und nur die Klassiker. Ich sage nicht, daß ich mit einer solchen Stellung immer zufrieden sein werde, vielleicht bietet sich in einigen Jahren etwas besseres. Aber vorläufig wird es sehr gut sein, und dann habe ich ja noch die Aussicht auf unsere griechische Reise. Ich denke ganz ernsthaft daran. Im übernächsten Jahr, wenn wir beide noch leben, reisen wir bestimmt dorthin.«

»Im übernächsten Jahr!« Biffen lächelte zweifelnd.

»Ich habe dir mathematisch bewiesen, daß es möglich ist.«

Jemand klopfte an die Tür, öffnete sie und sagte:

»Ein Telegramm für Sie, Herr Reardon.«

Die Freunde blickten sich an, als würden sie von einer Furcht ergriffen. Reardon öffnete die Depesche. Sie war von seiner Frau und lautete: »Willie an Diphterie erkrankt. Komm sofort. Ich wohne bei Ediths Mutter in Brighton.« Die volle Adresse war beigefügt.

»Wußtest du nicht, daß sie dort ist?« sagte Biffen, nachdem er die Zeile gelesen hatte.

»Nein, ich habe Carter seit mehreren Tagen nicht gesehen, sonst hätte er es mir vielleicht gesagt. Brighton — um diese Jahreszeit? Aber ich glaube, es ist jetzt irgendeine fashionable ›Saison‹, nicht wahr? Ja, das wird es sein.«

Er sprach in spöttischem Tone, aber seine Aufregung wuchs sichtlich.

»Natürlich fährst du hin?«

»Ich muß, obwohl ich nicht gerade in der richtigen Verfassung fürs Reisen bin.« Der Freund sah ihn ängstlich an.

»Hast du heute wieder Fieber?«

Reardon hielt ihm eine Hand hin, damit Biffen seinen Puls fühlen konnte. Er war schon vorher beschleunigt gewesen und hatte sich seit dem Eintreffen des Telegramms noch erhöht.

»Aber ich muß hin. Der arme kleine Kerl hat zwar in meinem Herzen keinen großen Platz, aber wenn Amy nach mir schickt, so muß ich gehen. Vielleicht steht das Schlimmste bevor.«

»Wann geht ein Zug? Hast du keinen Fahrplan?«

Biffen wurde beauftragt, einen zu kaufen, und mittlerweile packte Reardon ein paar Kleinigkeiten in eine kleine, alte, abgetragene Reisetasche, die er aber sehr lieb hatte, weil sie ihn auf seinen Wanderungen im Süden begleitet hatte. Als Harold zurückkam, blickte ihn Reardon erstaunt an: er war weiß von Kopf bis Fuß.

»Schnee?«

»Schon seit mehr als einer Stunde, und sehr heftig.«

»Da läßt sich nichts machen, ich muß doch fort.«

Der nächste Bahnhof für die Abfahrt war London Bridge, und der nächste Zug ging um 7 Uhr 20. Auf Reardons Uhr war es jetzt fünf Minuten vor sieben.

»Ich weiß nicht, ob ich es noch schaffen werde«, sagte er in wirrer Hast, »aber ich muß es versuchen. Der nächste Zug geht erst um 9 Uhr 10. Komm Biffen, begleite mich zum Bahnhof.«

Beide waren fertig. Sie stürzten aus dem Hause und eilten durch das dichte, stetige Schneeflockengewirbel nach Upper Street. Hier warteten sie mehrere Minuten, bis sich ein leeres Cab fand. Von dem Kutscher erfuhren sie, was sie ohne ihre Erregung selbst hätten wissen müssen: daß es unmöglich war, in einer Viertelstunde nach London Bridge zu gelangen.

»Auf jeden Fall fahren wir«, meinte Reardon. »Wenn der Schnee dichter wird, kann ich vielleicht nicht einmal einen Wagen bekommen. Aber du bleibe hier, ich vergaß, daß du gerade so unwohl bist wie ich.«

»Wie kannst du ein paar Stunden allein warten? Hinein mit dir!«

»Diphterie ist wohl für ein Kind dieses Alters höchst

gefährlich?« fragte Reardon, als sie durch die City Road dahinfuhren.

»Leider sehr gefährlich.«

»Warum ruft sie mich?«

»Was für eine törichte Frage! Du scheinst dich, was Amy betrifft, in einen höchst krankhaften Zustand verrannt zu haben. Sei doch menschlich und laß deinen verrückten Eigensinn beiseite.«

»In meiner Lage hättest du genau dasselbe getan. Ich hatte keine andere Wahl.«

»Vielleicht, aber wir sind beide viel zu unpraktisch. Die Kunst des Lebens ist die Kunst des Kompromisses. Wir haben kein Recht, unser Feingefühl zu hätscheln und uns zu benehmen, als ob die Welt ideale Beziehungen gestattete; das führt zum Elend, für uns wie für andere. Menschen wie du und ich müssen lernen, einen gesunden Zynismus zu entwickeln. Deine Antwort auf den letzten Brief deiner Frau war abgeschmackt. Du hättest aus eigenem Antrieb zu ihr gehen sollen, als du hörtest, daß sie reich sei, und sie wäre dir für diesen vielleicht etwas unedlen, aber doch sehr vernünftigen Schritt sehr dankbar gewesen. Ich beschwöre dich, mach diesem Unsinn jetzt ein Ende.«

Reardon starrte durch das Fenster auf den immer dichter fallenden Schnee.

»Was sind wir — du und ich?« fuhr der andere fort. »Wir glauben nicht an die Unsterblichkeit, wir sind überzeugt, daß dieses Leben alles ist, wir wissen, daß das menschliche Glück der Ursprung und das Ende aller moralischen Erwägungen ist. Was für ein Recht haben wir also, uns und andere durch unseren eigensinnigen Idealismus unglücklich zu machen? Es ist unsere Pflicht, das Beste aus den Verhältnissen zu machen. Warum willst du dein Brot durchaus mit einem Rasiermesser schneiden, wenn du ein zweckdienliches Brotmesser hast?«

Reardon sprach noch immer nicht. Der Wagen rollte fast lautlos dahin.

»Du liebst deine Frau, und daß sie dich ruft, ist ein Beweis dafür, daß ihre Gedanken sich dir zuwenden, wenn sie sich unglücklich fühlt.«

»Vielleicht hält sie es nur für ihre Pflicht, den Vater des Kindes wissen zu lassen, daß . . .«

»Vielleicht — vielleicht — vielleicht!« rief Biffen zornig. »Schon wieder das Rasiermesser! Sieh doch in allem, was geschieht, die einfachen, menschlichen Beweggründe. Frage dich, was der gewöhnliche Mensch tun würde, und tue desgleichen. Das ist die einzig richtige Lebensregel für dich.«

Von zu vielem Sprechen waren beide heiser geworden, und während der zweiten Hälfte der Fahrt sprach keiner von ihnen ein Wort. Auf dem Bahnhof aßen und tranken sie zusammen, aber mit sehr geringem Appetit, und blieben so lange wie möglich in den geheizten Warteräumen. Reardon war bleich und hatte angstvolle, ruhelose Augen; er konnte nicht sitzen bleiben, obwohl das Zittern seiner Glieder, wenn er ein paar Minuten umhergegangen war, ihn zwang, wieder auszuruhen. Es war für beide eine unaussprechliche Erleichterung, als der Moment der Abfahrt des Zuges herannahte.

Sie schüttelten sich herzlich die Hand und tauschten noch ein paar letzte Mahnungen und Versprechen aus.

»Verzeih meine derben Worte, alter Junge«, sagte Biffen. »Geh und sei glücklich.«

Dann stand er allein auf dem Bahnsteig und sah dem roten Licht des letzten Waggons nach, während der Zug in Dunkelheit und Sturm hinausjagte.

XXXII. REARDON WIRD PRAKTISCH

Reardon war noch nie in Brighton gewesen und wäre aus eigenem Antrieb auch nie dorthin gefahren, denn er war gegen den Ort eingenommen, weil der Name ihn an Modetorheit und den dazugehörenden Snobismus erinnerte. Er wußte, daß Brighton nur ein an die Küste verlegter Teil von London war, und da er den Strand und die Wogen um ihrer selbst willen liebte, hätte es ihn bloß geärgert, sie in solcher Verbindung zu sehen. Ein Teil dieser Gereiztheit quälte ihn auch während der ersten Hälfte der Fahrt und beeinträchtigte die freundliche Stimmung, mit der er sich Amy näherte; aber schließlich vergaß er alles über dem wachsenden Wunsch, seiner Frau in ihrem Leid zur Seite zu stehen. Seine Ungeduld ließ ihm die anderthalb Stunden endlos erscheinen.

Sein Fieber stieg. Er hustete häufig, sein Atem ging mühsam, und obwohl er beständig hin- und herrückte, fühlte er inmitten seiner Erregung den einzigen Wunsch, ruhig dazuliegen und sich der Lethargie zu überlassen. Zwei Männer, die mit ihm in dem Waggon dritter Klasse saßen, hatten einen Plaid über ihre Knie gebreitet und amüsierten sich damit, um unbedeutende Summen Karten zu spielen. Der Anblick ihrer dummen Gesichter, der Klang ihres Gelächters, der Inhalt ihrer Gespräche brachten ihn außer sich, und doch konnte er seine Aufmerksamkeit von ihnen nicht abwenden. Es schien ihm, als hätte ein unsichtbarer Folterknecht ihn dazu verdammt, an ihrem endlosen Spiel Anteil zu nehmen und ihre Gesichter so lange zu beobachten, bis ihm jede Linie ebenso verhaßt wie vertraut war. Einer der Männer hatte einen Schnurrbart von ungewöhnlicher Form; die Enden drehten sich ganz eigentümlich in die Höhe, und Reardon konnte es nicht lassen, darüber nachzudenken, durch welche Vorkehrungen dieser sonderbare Effekt erzielt wurde. Er hätte über diese Unfähigkeit, seine Gedanken anderen Gegenständen zuzuwenden, Tränen bitterer Verzweiflung vergießen können.

Als er am Ende seiner Reise ausstieg, wurde er von einem Zittern, einem heftigen und plötzlichen Schüttelfrost gepackt, der seine Zähne aufeinanderschlagen ließ. In dem Bestreben, dies zu unterdrücken, begann er, auf die Reihe von Droschken zuzulaufen, aber seine Füße versagten ihm den Dienst, und ein Husten zwang ihn, stehenzubleiben, um Atem zu schöpfen; noch immer zitternd, warf er sich in ein Gefährt und ließ sich zu der von Amy bezeichneten Adresse fahren. Der Schnee lag dick auf dem Boden, aber es fiel kein frischer.

Ohne auf die Richtung, welche der Wagen nahm, zu achten, litt er noch eine Viertelstunde an seiner physischen und geistigen Unruhe; schließlich sagte ihm das Anhalten des Wagens, daß das Haus erreicht war. Unterwegs hatte er eine Uhr elf schlagen hören.

Die Tür öffnete sich, kaum daß er die Glocke gezogen hatte. Er nannte seinen Namen, und das Dienstmädchen führte ihn in einen Salon im Erdgeschoß. Eine Lampe brannte auf dem Tisch, und das Feuer war zu einer roten Glut herabgesunken. Das Mädchen sagte, daß sie Frau Reardon sofort benachrichtigen wolle, und ließ ihn allein.

Er stellte seine Tasche auf den Boden, nahm seine Mütze ab, schlug seinen Überrock zurück und wartete. Der Überrock war neu, aber der Anzug darunter sein schäbigster, den er gewöhnlich in seiner Dachstube trug, denn er hatte weder Zeit gehabt, sich umzukleiden, noch hatte er daran gedacht.

Er hatte Amys Schritte nicht gehört; aber als sie ins Zimmer trat, merkte man, daß sie die Treppe hinuntergehastet war. Sie sah ihn an, dann trat sie mit ausgestreckten Händen auf ihn zu, legte sie auf seine Schultern und küßte ihn. Reardon schwankte so heftig, daß es ihn die größte Mühe kostete, sich aufrechtzuhalten; er ergriff eine ihrer Hände und preßte sie an seine Lippen.

»Wie heiß dein Atem ist!« sagte sie. »Und wie du zitterst! Bist du krank?«

»Nur eine böse Erkältung«, antwortete er heiser und hustete. »Wie geht es Willie?«

»Er ist in großer Gefahr. Der Doktor kommt heute nochmals; wir dachten, er hätte geläutet.«

»Du hast mich heute nacht nicht erwartet?«

»Ich war nicht sicher, ob du kommen würdest.«

»Warum hast du mich gerufen, Amy? Weil Willie in Gefahr war und du fühltest, daß ich es wissen müsse?«

»Ja ... und weil ich ...«

Sie brach in Tränen aus. Das kam sehr plötzlich; sie hatte mit fester Stimme gesprochen und nur ihre schmerzlich zusammengezogenen Augenbrauen bewiesen, was sie litt.

»Was tue ich, wenn Willie stirbt? Oh, was tue ich?« stieß sie unter Schluchzen hervor.

Reardon nahm sie in die Arme und legte seine Hand in der alten, liebevollen Weise auf ihren Kopf.

»Soll ich hinaufgehen und ihn sehen, Amy?«

»Natürlich, aber zuerst will ich dir sagen, warum wir hier sind. Edith — Frau Carter — wollte ihre Mutter besuchen und drang in mich, sie zu begleiten. Ich hatte keine rechte Lust dazu, ich war unglücklich und fühlte, daß es unmöglich sei, immer ohne dich weiterzuleben. Oh, wäre ich nur nie hierhergekommen! Dann wäre Willie so gesund wie immer!«

»Sag mir, wie und wann ist es dazu gekommen?«

Sie erklärte es ihm kurz und sprach dann wieder von anderen Dingen.

»Ich habe eine Krankenschwester genommen. Er liegt in meinem Schlafzimmer, und das Haus ist so klein, daß es hier kein Bett für dich gibt, Edwin. Aber ganz in der Nähe ist ein Hotel.«

»Ja, ja, mach dir deswegen keine Sorgen.«

»Aber du siehst so krank aus — du zitterst so. Bist du schon seit längerer Zeit erkältet?«

»Meine alte Gewohnheit, du weißt ja. Eine Erkältung nach der anderen, den ganzen verwünschten Winter hindurch. Was schadet das, wenn du wieder freundlich mit mir sprichst! Ich möchte lieber jetzt zu deinen Füßen sterben und die alte Sanftmut in deinem Blick sehen, als fern von dir weiter leben. Nein, küß mich nicht, ich glaube, diese abscheulichen Halsentzündungen sind ansteckend. Hast du mir dein Herz wieder geschenkt, Amy?«

»Oh, es war ja nur ein unseliger Irrtum! Aber wir waren so arm! Jetzt ist das alles vorbei, wenn mir Willie nur gerettet wird! Ich wollte, der Doktor käme endlich; das arme Kind kann kaum Atem holen. Wie grausam ist es, daß ein kleines Geschöpf, das nie Böses getan oder gedacht hat, so leiden muß!«

»Liebste, du bist nicht die erste, die sich gegen die Grausamkeit der Natur empört.«

»Gehen wir zu ihm, Edwin. Laß deinen Rock und die Sachen hier.«

Sie gingen leise in das erste Stockwerk hinauf und traten in das Schlafzimmer. Glücklicherweise war die Beleuchtung dort sehr trüb, sonst hätte sich die Krankenschwester, die an dem Bette des Kindes saß, über die Exzentrizität, mit der der Vater ihres Patienten gekleidet war, wundern müssen. Als Reardon sich über den kleinen Kranken beugte, empfand er zum ersten Male seit Willies Geburt ein starkes Vatergefühl; die Tränen stürzten ihm aus den Augen, und in dem Krampf des heftigen Schmerzes zerdrückte er fast Amys Hand, die er in der seinen hielt.

Eine lange Zeit blieb er, ohne zu sprechen, hier sitzen. Die Wärme des Zimmers hatte auf seinen mühsamen Atem und seinen häufigen, kurzen Husten durchaus keine beruhigende Wirkung — sie schien sein Gehirn zu betäuben und zu verwirren. Er spürte Schmerzen in der rechten Seite und konnte nicht aufrecht im Sessel sitzen.

Amy beobachtete ihn, ohne daß er es merkte.

»Hast du Kopfschmerzen?« flüsterte sie.

Er nickte, sprach aber nicht.

»Oh, warum kommt der Doktor nicht? Ich werde gleich nach ihm schicken.«

Aber sie hatte es kaum ausgesprochen, als unten ein Klingeln ertönte. Amy zweifelte nicht, daß es der Erwartete sei, sie verließ das Zimmer und kehrte in ein paar Minuten mit dem Arzt zurück. Als die Untersuchung des Kindes beendet war, bat Reardon den Doktor, mit ihm auf ein paar Worte hinabzugehen.

»Ich komme gleich zurück«, flüsterte er Amy zu.

Die beiden gingen hinab und traten in den Salon.

»Ist für den Kleinen Hoffnung?« fragte Reardon.

Ja, es gab Hoffnung, eine günstige Wendung stand zu erwarten.

»Jetzt möchte ich Sie einen Moment meinetwegen bemühen. Ich würde mich nicht wundern, wenn Sie mir sagen, daß ich Lungenentzündung habe.«

Der Doktor, ein eleganter Mann von fünfzig Jahren, hatte Reardon mit Neugierde betrachtet. Er stellte jetzt die nötigen Fragen und untersuchte ihn.

»Haben Sie schon einmal etwas an der Lunge gehabt?« fragte er ernst.

»Vor einigen Wochen eine ganz leichte Entzündung der rechten Lunge.«

»Ich muß Sie sofort ins Bett schicken. Warum haben Sie die Symptome so weit kommen lassen, ohne . . .«

»Ich bin soeben von London gekommen«, unterbrach ihn Reardon.

»Oh, oh! Sofort ins Bett, mein lieber Herr! Sie haben Lungenentzündung und . . .«

»Ich kann hier kein Bett bekommen, es gibt kein Zimmer. Ich muß ins nächste Hotel gehen.«

»Bestimmt? Dann bringe ich Sie hin, mein Wagen steht vor der Tür.«

»Nur eines — bitte, sagen Sie meiner Frau nicht, daß es ernst ist. Warten Sie, bis sie aus der Angst um das Kind heraus ist.«

»Sie werden eine Krankenschwester brauchen. Es ist sehr schade, daß Sie ins Hotel gehen müssen.«

Ganz ungewohnt war ihm das Gefühl, daß alles Notwendige bezahlt werden könne, und das erleichterte ihn unendlich. Für die Reichen hat Krankheit nicht jenen entsetzlichen Schrecken, der nur den Armen vertraut ist.

Amy stand auf der Treppe und kam herab, sobald ihr Gatte sich zeigte.

»Der Doktor ist so gut, mich in seinem Wagen mitzunehmen«, flüsterte er. »Es ist besser, daß ich mich zu Bett lege und versuche zu schlafen. Ich wollte, ich könnte mit dir aufbleiben, Amy.«

»Was ist es denn? Du siehst schlechter aus als vorhin, Edwin.«

»Etwas Fieber. Denk nicht daran, Liebste. Geh zu Willie. Gute Nacht.«

Sie schlang die Arme um ihn.

»Ich komme zu dir, wenn du um neun Uhr früh

nicht hier sein kannst«, sagte sie und fügte den Namen des Hotels hinzu, in das er gehen sollte.

Im Hotel war der Doktor wohlbekannt. Um Mitternacht lag Reardon in einem behaglichen Zimmer, mit einem riesigen Umschlag auf der Brust, und alle notwendigen Vorkehrungen waren getroffen. Ein Kellner hatte es auf sich genommen, im Verlaufe der Nacht mehrmals nach ihm zu sehen, und der Arzt versprach, am Morgen so früh wie möglich wiederzukommen.

Was für Töne waren das, sanft und fern, bald klarer, bald wirrer rauschend? Er mußte geschlafen haben, aber jetzt lag er plötzlich bei vollkommenem Bewußtsein da, und jene Musik klang an sein Ohr. Ah! Natürlich, die steigende Flut — die göttliche See war nahe.

Das Nachtlicht ließ ihn die größeren Gegenstände des Zimmers erkennen, und seine Augen schweiften müßig hin und her. Aber dieser Moment der Ruhe nahm durch einen Hustenanfall ein Ende, und eine große Unruhe befiel ihn. War seine Krankheit wirklich gefährlich? Er versuchte, tief Atem zu holen, und konnte es nicht. Er fand, daß er nur auf der rechten Seite etwas ruhiger liegen konnte, und die Anstrengung des Umwendens erschöpfte ihn vollends — im Verlaufe von zwei Stunden hatte ihn seine ganze Kraft verlassen. Unklare Befürchtungen blitzten beängstigend durch seine Gedanken. Wenn er Lungenentzündung hatte — das war eine Krankheit, an der man sterben konnte, und zwar rasch. Sterben? Nein, nein, unmöglich jetzt, da Amy, sein liebes, süßes Weib, zu ihm zurückgekommen war und das mitbrachte, was für ein langes Leben ihr Glück sicherte.

Er war ja noch ein ganz junger Mann, er mußte noch große Kraftreserven in sich haben. Und er hatte den Willen zum Leben, den mächtigen Willen, die leidenschaftliche, alles besiegende Sehnsucht nach Glück!

Wie er sich aufgeregt hatte! Nun, jetzt war er wieder

ruhiger und konnte wieder der Musik der Wogen lauschen. All die Torheit und Niedertracht, die an diesem Küstenstrich herumstolzierte, konnte die ewigen Melodien des Meeres nicht ändern. In ein paar Tagen würde er mit Amy am Strand spazieren gehen, an einer Stelle, wo die abscheuliche Stadt nicht zu sehen war. Aber Willie war krank, das hatte er vergessen. Armer kleiner Junge! In Zukunft sollte ihm das Kind mehr sein, wenn auch nie das, was die Mutter für ihn war — seine einzige Liebe, wieder und für immer zurückgewonnen.

Abermals fiel er in Bewußtlosigkeit, aus der ein jäher Schmerz in der Seite ihn hochschrecken ließ. Er atmete sehr rasch, konnte nicht anders. Er hatte sich noch nie so krank gefühlt, nie. War es nicht bald Morgen?

Dann träumte er. Er war in Patras, bestieg das Boot, um sich zu dem Dampfer hinüberrudern zu lassen, der ihn von Griechenland forttragen sollte. Eine herrliche Nacht, obwohl Ende Dezember; der Himmel tiefblau, dicht mit Sternen besät. Kein anderer Ton als das stetige Klatschen der Ruder oder eine Stimme von einem der vielen Schiffe, die im Hafen ankerten und deren jedes seine schimmernde Laterne zeigte. Das Wasser war so tiefblau wie der Himmel und funkelte in dessen Widerschein.

Und nun stand er im Licht des frühen Morgens auf dem Deck. Südwärts lagen die Ionischen Inseln; er schaute nach Ithaka aus und bemerkte, daß er in den Stunden der Dunkelheit daran vorbeigekommen war. Aber der nächste Punkt der Küste war ein felsiges Vorgebirge; es erinnerte ihn, daß in diesen Wassern die Schlacht von Actium geschlagen worden war.

Die Pracht verschwand. Er lag wieder als kranker Mann in einem Hotelzimmer und sehnte sich nach dem trüben, englischen Morgen.

Um acht Uhr kam der Doktor. Er gestattete ihm nur ein paar Worte, und sein Besuch war kurz.

Um zehn Uhr trat Amy in das Krankenzimmer. Reardon konnte sich nicht erheben, aber er streckte die Hand nach ihr aus und sah sie forschend an. Sie mußte geweint haben, davon war er überzeugt, und auf ihrem Gesicht lag ein Ausdruck, den er dort noch nie gesehen hatte.

»Wie geht es Willie?«

»Besser, Lieber, viel besser.«

Er forschte noch immer in ihrem Gesicht.

»Darfst du ihn allein lassen?«

»Still, du darfst nicht sprechen.«

Tränen brachen aus ihren Augen, und Reardon wußte, daß das Kind tot war.

»Die Wahrheit, Amy!«

Sie warf sich neben dem Bett auf die Knie und drückte ihre nasse Wange auf seine Hand.

»Ich bin gekommen, dich zu pflegen, mein Liebster«, sagte sie einen Augenblick darauf, indem sie aufstand und ihn auf die Stirne küßte. »Ich habe jetzt nur noch dich.«

Er fuhr zusammen, und einen Augenblick lang ergriff ihn ein so großes Entsetzen, daß er die Augen schloß und in völliges Dunkel zu versinken schien. Aber ihre letzten Worte wiederholten sich in seinem Geiste und brachten ihm schließlich tiefen Trost. Der arme kleine Willie war die Ursache der ersten Erkaltung zwischen ihm und Amy gewesen, ihre Liebe zu ihm hatte der Mutterliebe Platz gemacht. Nun war alles wieder wie in den ersten Tagen ihrer Ehe, sie würden einander wieder alles sein.

»Du hättest nicht kommen sollen, wenn du dich so krank fühltest«, sagte sie zu ihm. »Du hättest es mir schreiben sollen, Lieber.«

Er lächelte und küßte ihre Hand.

»Und du hast mir gestern die Wahrheit verheimlicht, aus Güte.«

Sie hielt inne, weil sie wußte, daß die Aufregung ihm schaden würde. Sie hatte gehofft, ihm den Tod des Kindes verheimlichen zu können, aber die Anstrengung war für ihre überreizten Nerven zu groß gewesen, und sie konnte auch nicht mehr als ein paar Stunden am Krankenbett weilen, denn die durchwachte Nacht und die plötzliche Agonie, mit der sie geendet, hatten sie ganz erschöpft. Bald nach Amys Abschied kam eine geschulte Krankenschwester, um den Schwerkranken zu pflegen.

Gegen Abend hatte sich sein ernster Zustand in keiner Weise gebessert. Der Kranke hatte aufgehört, zu husten und sich ruhelos umherzuwerfen, und lag in Lethargie da; später sprach er im Delirium, das heißt, er murmelte, denn seine Worte waren selten verständlich. Amy war um vier Uhr in das Zimmer zurückgekehrt und blieb bis tief in die Nacht; sie war erschöpft und konnte nicht viel mehr tun, als in einem Sessel neben dem Bette sitzen und stille Tränen vergießen oder in dem Schmerz ihrer plötzlichen Verzweiflung ins Leere starren. Sie hatte einige Telegramme mit ihrer Mutter gewechselt, die am nächsten Morgen eintreffen wollte; das Begräbnis des Kindes würde wahrscheinlich am dritten Tage stattfinden.

Als sie sich erhob, um für die Nacht zu gehen, und die Schwester zur Pflege zurückließ, schien Reardon in einem Zustand der Bewußtlosigkeit dazuliegen, aber gerade als sie sich von seinem Bette abwandte, öffnete er die Augen und sprach ihren Namen aus.

»Ich bin hier, Edwin«, antwortete sie, indem sie sich über ihn beugte.

»Willst du Biffen benachrichtigen?« fragte er mit leiser, aber ganz klarer Stimme.

»Daß du krank bist? Ich werde sofort schreiben, oder telegraphieren, wie du willst. Wie lautet seine Adresse?«

Er hatte die Augen wieder geschlossen und antwortete nicht. Amy wiederholte die Frage zweimal; sie wandte sich gerade verzweifelnd ab, als seine Stimme wieder verständlich wurde.

»Ich kann mich an seine neue Adresse nicht erinnern. Ich weiß sie, aber ich kann mich nicht erinnern.«

Sie mußte ihn so verlassen.

Am nächsten Tage ging sein Atem so mühsam, daß er gegen Kissen gestützt werden mußte, aber während der Tagesstunden war sein Geist klar, und von Zeit zu Zeit flüsterte er zärtliche Worte als Antwort auf Amys Blick. Er ließ nur ungern ihre Hand fahren, und immer wieder drückte er sie gegen seine Wange oder Lippen. Vergeblich versuchte er, sich die Adresse des Freundes ins Gedächtnis zurückzurufen.

In der Nacht lag er lange Zeit über im Delirium; zuweilen ging sein wirres Gemurmel in verständliche Reden über, denen seine Zuhörer vollkommen folgen konnten.

Zumeist war der Sinn des Kranken mit den Leiden beschäftigt, die er durchgemacht hatte, während er sich zum letzten Mal anstrengte, etwas seiner Würdiges zu schreiben. Amy brach das Herz, als sie ihn diese Zeit tiefsten Elends durchleben hörte — eines Elends, an dem sie so viel hätte lindern können, wenn nicht egoistische Ängste und verletzter Stolz sie bewogen hätten, sich immer mehr von ihm zurückzuziehen. Amy gehörte zu den Naturen, denen jegliche Art von Selbstdemütigung fremd ist, und hier wurde sie durch den bloßen Druck der Verhältnisse zur Reue getrieben; so konnte sie das, was sie getan oder unterlassen hatte, nicht rückhaltlos bereuen, und das Gefühl dieses Mangels bildete einen großen Teil ihrer Betrübnis. Wenn ihr Gatte in stummer Lethargie dalag, dachte sie nur an ihr totes Kind und betrauerte seinen Verlust; aber seine Fieberworte zwangen sie, diese bittersüße Beschäftigung aufzugeben, ihre Trauer mit Selbstvorwürfen und Angst zu mischen.

Er sprach immer mit ihr, wenn auch ohne Bewußtsein: »Ich kann nicht mehr, Amy. Mein Gehirn ist ganz ausgesogen, ich kann nicht dichten, ich kann nicht einmal denken. Sieh, ich sitze schon stundenlang da und habe nur dieses kleine Stück geschrieben, sechs Zeilen. Und solchen Unsinn obendrein! Ich möchte es verbrennen, aber das darf ich nicht. Ich muß mein tägliches Quantum schaffen, gleich was dabei herauskommt.«

Die Krankenschwester, die anwesend war, als er in dieser Weise sprach, sah Amy an.

»Mein Mann ist Schriftsteller«, antwortete Amy. »Vor kurzer Zeit mußte er schreiben, obwohl er krank war und ruhen sollte.«

»Ja, ich hab's mir immer gedacht, daß das Bücherschreiben eine schwere Sache ist«, meinte die Schwester kopfschüttelnd.

»Du verstehst mich nicht«, fuhr die Stimme fort, furchterregend wie jede Stimme, die willenlos spricht. »Du hältst mich für ein erbärmliches Wesen, weil ich nichts Besseres zustande bringe. Wenn ich nur Geld hätte, um ein paar Jahre auszuruhen, solltest du sehen. Nur weil ich kein Geld habe, muß ich so tief sinken. Und dich verliere ich auch, du liebst mich nicht!«

Er begann angstvoll zu stöhnen.

Plötzlich änderten sich seine Träume. Er verfiel in lebhafte Schilderungen seiner Erlebnisse in Griechenland und Italien, und nachdem er lange Zeit gesprochen hatte, wandte er den Kopf und sagte in vollkommen natürlichem Tone:

»Amy, weißt du, daß Biffen und ich nach Griechenland fahren?«

Sie glaubte, daß er bei Bewußtsein sei, und antwortete:

»Du mußt mich auch mitnehmen, Edwin.«

Er schenkte der Bemerkung keine Beachtung, sondern fuhr in demselben selbstverständlichen Tone fort.

»Er verdient es, nachdem er fast in den Flammen umgekommen ist, um seinen Roman zu retten. Stell dir den alten Knaben vor, wie er Hals über Kopf in die Flammen stürzt, um sein Manuskript zu retten. Jetzt sage noch, daß ein Autor nicht heroisch sein kann!«

Und er lachte fröhlich.

Ein neuer Morgen brach an. Es war möglich, sagten die Ärzte (ein zweiter war hinzugezogen worden), daß die herannahende Krise eine günstige Wendung bringen würde, aber Amy war überzeugt, daß das Schlimmste zu befürchten sei. Um die Mittagsstunde erwachte Reardon aus einem, wie es schien, natürlichen Schlaf — nur sein Atem ging rasend schnell — und erinnerte sich plötzlich an die Nummer des Hauses in der Cleveland Street, in der Biffen jetzt wohnte. Er stieß sie ohne jede Erklärung hervor. Amy begriff ihn sofort, und sobald sie ihre Vermutung bestätigt fand, telegraphierte sie an den Freund ihres Gatten.

Am selben Abend, als Amy in das Krankenzimmer zurückkehren wollte, nachdem sie bei der Freundin gespeist hatte, wurde ihr gemeldet, daß ein Herr namens Biffen sie zu sprechen wünsche. Sie fand ihn im Speisezimmer, und selbst in ihrem Kummer gewährte es ihr eine gewisse Befriedigung, daß er nicht mehr so nach Bohème aussah wie in den alten Zeiten. Alle Kleidungsstücke, die er trug, selbst Hut, Handschuhe und Stiefel waren neu. Biffen konnte nicht sprechen, er sah mit Entsetzen Amys bleiches Gesicht an. Mit wenigen Worten teilte sie ihm Reardons Zustand mit.

»Ich habe das befürchtet«, antwortete er leise. »Er war schon krank, als ich ihn nach London Bridge begleitete. Aber Willie geht es doch besser, hoffe ich?«

Amy wollte antworten, aber Tränen füllten ihre Augen und ihr Kopf sank herab. Entsetzen packte Harold. Trauer und Angst machten ihn stumm.

Sie sprachen noch ein paar Minuten, dann verließen sie das Haus, Biffen mit der Tasche in der Hand, die er mitgebracht hatte. Im Hotel angekommen, wartete er, bis Amy sich versichert hatte, ob er das Krankenzimmer betreten könne. Sie kam bald zurück und sagte mit einem schwachen Lächeln:

»Er ist bei Bewußtsein und freut sich sehr, daß Sie gekommen sind. Aber lassen Sie ihn nicht zuviel reden.«

Die Veränderung, welche mit dem Freunde vorgegangen war, fiel Harold natürlich mehr auf als denen, die an dem Bette gewacht hatten. In den verzerrten Zügen, den großen eingesunkenen Augen, den dünnen, farblosen Lippen las er nur zu deutlich das nahende Unheil. Nachdem er die abgezehrte Hand einen Augenblick in der seinen gehalten hatte, wurde er von einem krampfhaften Schluchzen geschüttelt und mußte sich abwenden.

Amy sah, daß ihr Gatte sprechen wollte und beugte sich über ihn.

»Sag ihm, daß er bleiben soll, Liebste. Besorg ihm ein Zimmer im Hotel.«

»Gewiß.«

Biffen setzte sich neben dem Bette nieder und blieb eine halbe Stunde sitzen. Reardon fragte ihn, ob er noch nichts von seinem Roman gehört habe; Biffens Antwort war ein Kopfschütteln. Als er sich erhob, winkte ihm Edwin, sich zu ihm herabzubeugen und flüsterte:

»Jetzt ist es gleich, was geschieht: sie ist wieder mein.«

Der nächste Tag war kalt, aber ein blauer Himmel glänzte über Land und Meer. Die Alleen und Promenaden waren von Leuten mit strotzender Gesundheit und überschäumender Laune erfüllt. Biffen betrachtete dieses Schauspiel mit grollender Verachtung; zu anderer Zeit hätte es ihn bloß belustigt; doch auch nachdem er jede menschliche Gesellschaft so weit wie möglich hinter sich gelassen hatte, konnte ihn der Gesang der Wogen nicht dazu bewegen, mit Ergebenheit die Ungerechtigkeit hinzunehmen, die so flagrant in den Geschicken der Menschen triumphiert. Gegen Amy hegte er nicht den Schatten eines unfreundlichen Gedankens; ihr Anblick, wie sie in Tränen aufgelöst dastand, hatte ihn fast ebenso tief bewegt, wie der der verwüsteten Züge des Freundes. Sie und Reardon waren wieder eins, und seine Liebe für beide war stärker als jedes zärtliche Gefühl, das er je gekannt hatte.

Nachmittags saß er wieder neben dem Bett. Jedes Krankheitssymptom des Freundes deutete auf das herannahende Ende: das leichenblasse Gesicht, die bläulichen Lippen, der Atem, der in eiligen Stößen kam und ging. Harold sehnte sich verzweifelt, noch einen Blick des Erkennens zu erhaschen; als er so dasaß, die Stirne in die Hand gestützt, berührte ihn Amy; Reardon hatte das Gesicht ihnen zugewandt, mit einem wachen Blick.

»Ich werde nie mit dir nach Griechenland fahren«, sagte er mit deutlicher Stimme.

Dann wieder Schweigen. Biffen wandte seine Augen nicht von dem maskenhaften Antlitz des Sterbenden ab; nach wenigen Minuten sah er, wie ein Lächeln dessen Züge erhellte, und Reardon sprach wieder:

»Wie oft haben wir es zitiert, du und ich: ›Wir sind solcher Stoff wie der zu Träumen, und dies...‹«

Die letzten Worte waren unverständlich, und als hätte die Anstrengung des Sprechens ihn erschöpft, schlossen sich seine Augen, und er versank in Lethargie.

Als Biffen am nächsten Morgen aus seinem Zimmer kam, teilte man ihm mit, daß sein Freund zwischen zwei und drei Uhr gestorben sei. Zur selben Zeit erhielt er von Amy ein Billet mit der Bitte, sie am Nachmittag zu besuchen. Er verbrachte den Tag mit einem langen Spaziergang entlang der östlichen Klippen; die Sonne schien wieder herrlich, und auf dem wechselnden Grün und Blau der See tanzten Schaumflocken. Es schien ihm, als habe er noch nie zuvor Einsamkeit gekannt — noch nie in all den Jahren seines einsamen, traurigen Lebens.

Vor Sonnenuntergang gehorchte er Amys Ruf. Er fand sie ruhig, aber mit den Spuren langen Weinens.

»Im letzten Moment«, sagte sie, »war er imstande, mit mir zu sprechen, und da erwähnte er Sie. Er wünschte, daß Sie alles mitnehmen, was er in seinem Zimmer in Islington hinterlassen hat. Wollen Sie, wenn ich nach London zurückkehre, mich dorthin führen und mir das Zimmer zeigen, in welchem er gelebt hat? Teilen Sie den Hausleuten mit, was geschehen ist und daß ich für alles, was er vielleicht noch schuldet, aufkomme.«

Ihre Entschlossenheit, Fassung zu bewahren, brach zusammen, sobald Harold mit erstickter Stimme zu antworten begann. Wildes Schluchzen erstickte ihre Stimme, und nachdem Biffen ihre Hand einen Augenblick ehrerbietig in der seinen gehalten hatte, ließ er sie allein.

XXXIII. DER SONNIGE WEG

An einem Frühsommerabend, sechs Monate nach Edwin Reardons Tod, saß Jasper, der Mann der leichten Feder, über sein Pult gebeugt, in dem warmen, westlichen Licht, das den nahen Sonnenuntergang verkündete, und schrieb mit großer Eile. Ein wenig entfernt von ihm saß seine jüngere Schwester; sie las, und das Buch in ihrer Hand trug den Titel: »Herr Bailey, der Krämer.«

»Wie wird sich das ausnehmen?« rief Jasper, plötzlich die Feder hinwerfend.

Und er las laut eine kritische Besprechung des Buches vor, mit dem Dora beschäftigt war, eine ausgesprochene Lobeshymne, die mit den Worten begann: »Es geschieht heutzutage sehr selten, daß ein geplagter Romankritiker die Aufmerksamkeit des Publikums auf ein neues Werk lenken kann, das sowohl kraftvoll wie originell ist«, und endete: »Ein kühnes Wort, aber wir zögern nicht, es auszusprechen: dieser Roman ist ein Meisterwerk.«

»Ist das für den ›Current‹?« fragte Dora, als er geendet hatte.

»Nein, für das ›Westend‹. Fadge läßt nicht zu, daß außer ihm jemand in diesem Stil lobt. Aber ich kann jetzt auch die Besprechung für den ›Current‹ schreiben, wo ich schon einmal dabei bin.«

Er wandte sich wieder seinem Schreibtisch zu, und ehe das Tageslicht gänzlich verschwunden war, hatte er einen vorsichtigeren Artikel verfaßt, ebenfalls im ganzen sehr wohlgesonnen, aber mit etwas Zurückhaltung und leichten Vorbehalten. Diesen las er Dora ebenfalls vor.

»Du würdest nicht auf den Gedanken kommen, daß das ein und derselbe Autor geschrieben hat, wie?«

»Nein, du hast den Stil sehr geschickt verändert.«

»Ich zweifle, ob es viel nützen wird. Die meisten werden das Buch mit einem Gähnen wegwerfen, ehe sie bei der Hälfte des ersten Bandes angelangt sind. Wenn ich einen Doktor wüßte, der viele Fälle von Schlaflosigkeit zu behandeln hat, würde ich ihm ›Herrn Bailey‹ als Heilmittel empfehlen.«

»Oh, aber es ist doch sehr geistvoll.«

»Kein Zweifel, ich glaube fast selbst, was ich geschrieben habe, und wenn wir durchsetzen könnten, daß es in irgendeinem Leitartikel erwähnt würde, wäre Biffens Ruhm bei der gebildeteren Leserschicht gesichert. Aber er wird keine dreihundert Exemplare verkaufen. Ob Robertson mich den Roman in seinem Blatt besprechen lassen wird?«

»Biffen müßte dir sehr dankbar sein, wenn er es wüßte«, sagte Dora lachend.

»Und trotzdem würden manche Leute schreien, das, was ich da treibe, sei schändlich. Das ist es aber gar nicht. Wir wissen, daß ein wirklich gutes Buch gewiß von zwei oder drei Kritikern eine günstige Besprechung erhalten wird, aber noch gewisser ist, daß es von der Flut der Literatur, die Woche auf Woche steigt, weggeschwemmt werden wird. Der Kampf um die Existenz unter den Büchern ist heutzutage so hart, wie der unter den Menschen. Wenn ein Schriftsteller in der Presse Freunde hat, so ist es die Pflicht dieser Freunde, ihm nach Kräften zu helfen. Was schadet es, wenn sie übertreiben, ja sogar lügen? Die nüchterne, einfache Wahrheit hat keine Aussicht, gehört zu werden, und nur durch Geschrei kann das Ohr des Publikums gewonnen werden. Was nützt es Biffen, wenn sein Werk sich nach zehn Jahren zur langsamen Anerkennung durchkämpft? Außerdem schwemmt, wie ich sagte, die steigende Flut der Literatur alles weg, was nicht gerade ersten Ranges ist. Wenn ein geistvolles, gewissenhaftes Buch nicht sofort Erfolg hat, so ist wenig Hoffnung, daß es überleben wird. Wenn es mir möglich wäre, ein Dutzend Kritiken für ebenso viele Blätter zu schreiben, würde ich es mit Vergnügen tun. Verlaß dich darauf, binnen kurzem wird das so gehandhabt werden. Und das ist ganz natürlich. Man muß seinen Freunden helfen, auf jegliche Weise, *quocumque modo*, wie Biffen sagen würde.«

»Er hält dich wohl gar nicht für einen Freund?«

»Höchstwahrscheinlich nicht. Ich habe ihn schon eine Ewigkeit nicht gesehen. Aber ich besitze viel Großmut, wie ich dir schon oft sagte. Es freut mich, wenn ich mir den Luxus erlauben kann, großmütig zu sein.«

Die Dämmerung senkte sich herab. Während sie so plauderten, klopfte es an die Tür, und auf das »Herein« erschien Herr Whelpdale.

»Ich komme gerade vorbei und konnte der Versuchung nicht widerstehen«, sagte er mit seiner respektvollen Stimme.

Jasper nahm ein Zündhölzchen und zündete die Lampe an. In dieser hellen Beleuchtung präsentierte sich Whelpdale als ein junger Mann von sehr verbessertem Äußeren: er trug eine cremefarbene Weste, für seine Krawatte hatte er einen dezenten Ton gewählt und für seine Handschuhe ein zartes Material; seine ganze Erscheinung strahlte Wohlstand aus. Es war freilich ein recht bescheidener Wohlstand, den er erlangt hatte, aber die Zukunft winkte ihm lockend zu. Anfang des Jahres hatte ihn sein Geschäft als »literarischer Ratgeber« mit einem vermögenden Manne in Verbindung gebracht, der ein Vermittlungsbüro für jene Autoren errichten wollte, die in der vorteilhaften Verwertung ihrer Erzeugnisse glücklos geblieben waren. Unter der Firma »Fleet & Co.« wurde dieses Unternehmen bald auf die Beine gestellt, und Whelpdales Dienste wurden sehr gut bezahlt.

»Nun, haben Sie Biffens Roman gelesen?« fragte Jasper.

»Nicht wahr, wunderbar? Ganz genial! Ha! Sie haben es da, Fräulein Dora! Aber ich fürchte, es ist nichts für Sie.«

»Und warum nicht, Herr Whelpdale?«

»Sie sollten nur von schönen Dingen, von lauter Glück lesen. Dieses Buch muß Sie deprimieren.«

»Aber warum, um Himmelswillen, halten Sie mich für so zartbesaitet?« fragte Dora. »Sie sprechen öfter so mit mir. Ich habe wirklich nicht den Ehrgeiz, eine Puppe aus so überfeinem Wachs zu sein.«

Der Gewohnheitsschmeichler sah tief bestürzt aus.

»Verzeihen Sie!« murmelte er demütig, indem er sich mit einem Blick zu dem Mädchen herabbeugte, der ihren Ärger entwaffnete. »Ich war weit davon entfernt, Ihnen Schwäche zu unterstellen. Es war nur ein natürlicher, unbedachter Impuls: es fällt einem so schwer, Sie, selbst als Leserin, mit gemeinen Szenen in Verbindung zu bringen. Das Niedrige, wie der arme Biffen es nennt, ist von der Sphäre, in der Sie Ihrem Wesen nach zu Hause sind, himmelweit entfernt.«

In seiner Redeweise lag etwas Erkünsteltes, aber der Ton bewies aufrichtiges Gefühl. Jasper beobachtete ihn mit einem halbgeschlossenen Auge und blickte gelegentlich zu Dora herüber.

»Ohne Zweifel«, sagte die letztere, »hat meine Geschichte in der ›Mädchenzeitung‹ Sie auf den Gedanken gebracht, mich für eine solche Marzipanjungfer zu halten.«

»Davon bin ich weit entfernt, Fräulein Dora, denn ich wartete nur auf die Gelegenheit, Ihnen sagen zu können, wie außerordentlich ich von den letzten zwei

Fortsetzungen entzückt war. In allem Ernst, ich halte Ihre Erzählung für das beste dieser Art, was mir je untergekommen ist. Sie scheinen ein neues Genre entdeckt zu haben; eine solche Lektüre ist jungen Mädchen wohl noch nie geboten worden, und alle Leser des Blattes müssen Ihnen unendlich dankbar sein. Ich kaufe es mir jede Woche — ja, das tue ich, der Buchhändler denkt wohl, ich kaufe es für eine Schwester. Aber jede Fortsetzung scheint mir besser als die vorige. Hören Sie meine Prophezeiung: Wenn diese Erzählung in Buchform erscheint, wird sie Furore machen. Fräulein Dora, Sie werden als die Bahnbrecherin einer neuen Schreibweise für moderne englische Mädchen gelten.«

Das Objekt dieser Lobeshymne errötete ein wenig und lachte. Unleugbar war sie erfreut.

»Hören Sie, Whelpdale«, sagte Jasper, »das darf ich nicht dulden; ich bitte, nicht zu vergessen, daß Dora nur um ein Geringes weniger eingebildet ist als ich. Sie werden sie unausstehlich machen. Ihre Geschichte ist in ihrer Art recht nett, aber dieses Genre ist doch recht bescheiden.«

»Das leugne ich!« schrie der andere erregt. »Wie kann man es eine bescheidene Arbeit nennen, wenn man eine zugleich geistvolle und rührende und köstlich reine Lektüre für den wichtigsten Teil der Bevölkerung schafft — für die gebildete, wohlerzogene Jugend, die gerade vom Mädchen zum Weibe heranwächst?«

»Der wichtigste Teil! Hahaha!«

»Mein lieber Milvain, Sie haben vor nichts Ehrfurcht. Ich kann mich nicht an Ihre Schwester wenden, denn sie ist zu bescheiden, um ihr eigenes Geschlecht nach seinem wahren Werte zu schätzen, aber die große Majorität der denkenden Männer würde mich unterstützen. Sie selber tun es auch, obwohl Sie sich zu dieser schnöden Redeweise herbeilassen. Und wir wissen«, er blickte Dora an, »er würde nicht so sprechen, wenn Fräulein Yule anwesend wäre.«

Jasper gab dem Gespräch eine andere Wendung, und bald konnte Whelpdale mit größerer Ruhe sprechen. Dieser junge Mann war seit seiner Verbindung mit Fleet & Co. sehr produktiv, was literarische Pläne anging, und gegenwärtig beschäftigte ihn ein sehr hoffnungsvolles Projekt.

»Ich suche einen Kapitalisten«, sagte er, »der die Zeitung ›Chat‹ kauft und bereit ist, sie nach meinen Ideen umzuwandeln. Das Blatt liegt ziemlich darnieder, aber ich bin überzeugt, wenn man es etwas anders aufzieht, könnte es eine Goldgrube werden.«

»Dieses Blatt ist der reine Blödsinn«, bemerkte Jasper, »und zwar — erstaunlich genug — ein Blödsinn, der die Leute nicht anzieht.«

»So ist's, aber dieser Blödsinn kann zu einem sehr wertvollen Artikel gemacht werden, wenn man nur das Richtige trifft. Hören Sie zu. Erstens würde ich den Namen ein wenig verändern, nur ein wenig, aber diese kleine Veränderung würde eine enorme Wirkung haben. Statt ›Chat‹ — ›Geplauder‹ — würde ich es ›Chit-Chat‹ — ›Schnickschnack‹ — nennen.«

Jasper platzte vor Lachen.

»Prachtvoll!« rief er. »Ein Geniestreich!«

»Meinen Sie das im Ernst? Oder machen Sie sich über mich lustig? Ich glaube, es ist ein Geniestreich. ›Geplauder‹ zieht niemanden an, aber ›Schnickschnack‹ wird abgehen wie heiße Semmeln. Ich weiß, daß ich recht habe, lachen Sie, soviel Sie wollen.«

Er lachte selbst mit, und da auch Dora in die Heiterkeit einstimmte, war ein paar Minuten nichts als Gelächter zu hören.

»Jetzt laßt mich weiterreden«, flehte der Projektemacher, als der Lärm nachließ. »Das ist nur *eine* Veränderung, obwohl eine sehr wichtige. Was ich als nächstes vorschlage, ist — ich weiß, daß Sie wieder lachen werden, aber ich werde Ihnen beweisen, daß ich recht habe —: Kein Artikel in dem Blatte darf über zwei Zoll Länge haben, und jeder Zoll muß in mindestens zwei Absätze unterteilt werden.«

»Superb!«

»Aber Sie scherzen, Herr Whelpdale, nicht wahr?« rief Dora.

»Nein, ich spreche in vollem Ernst. Ich will Ihnen mein Prinzip erklären. Das Blatt soll für die Viertelgebildeten bestimmt sein, das heißt für jene große neue Generation, die die heutigen Schulen hervorbringen, für jene jungen Männer und Frauen, die wohl lesen können, aber zu jeder länger anhaltenden Aufmerksamkeit unfähig sind. Leute dieser Art brauchen eine Beschäftigung in der Eisenbahn, im Omnibus oder in der Trambahn. Sie wollen das leichteste, luftigste Geplauder — ein bißchen Erzählung, ein bißchen Beschreibung, ein bißchen Skandal, ein bißchen Spaß, ein bißchen Statistik, ein bißchen Narretei. Habe ich nicht recht? Alles muß kurz sein, höchstens zwei Zoll lang, ihre Aufmerksamkeit läßt sich nicht länger als zwei Zoll fesseln. Geplauder ist für sie noch zu solid, sie wollen Schnickschnack.

Jasper hatte angefangen, ernsthaft zuzuhören.

»Daran ist etwas Wahres, Whelpdale«, sagte er.

»Ha! Hab ich Sie gefangen?« rief jener entzückt.

»Natürlich ist etwas daran!«

»Aber —« begann Dora und hielt inne.

»Sie wollten sagen...« Whelpdale neigte sich ehrerbietig zu ihr.

»Diese armen, dummen Menschen dürften in ihrer Schwäche nicht noch bestärkt werden.«

Whelpdales Gesicht wurde lang, er sah beschämt aus. Aber Jasper kam ihm schnell zu Hilfe.

»Unsinn, Dora, Narren bleiben Narren bis ans Ende

der Welt. Geben Sie dem Narren Narreteien, versorgen Sie den Dummkopf mit der Lektüre, die er verlangt, wenn er damit Geld in Ihre Tasche bringt. Du hast den armen Whelpdale bei einem der bemerkenswertesten Pläne der modernen Zeit entmutigt, Dora!«

»Ich denke nicht mehr daran«, sagte Whelpdale ernst. »Sie haben recht, Fräulein Dora.«

Jasper platzte abermals los. Seine Schwester errötete und sah verlegen aus. Dann begann sie schüchtern:

»Sie sagten, es sei nur für die Trambahn und den Omnibus?«

Whelpdale klammerte sich an diesen Hoffnungsstrahl.

»Ja, und dort ist es vielleicht besser, Geschwätz zu lesen, als ganz müßig zu sein oder dummes Zeug zu reden. Aber ich bin nicht ganz sicher. Ich beuge mich rückhaltslos Ihrer Ansicht.«

»Solange das Blatt nur zu solchen Zeiten gelesen wird«, sagte Dora, noch immer zögernd. »Freilich, ich weiß aus Erfahrung, daß man auf der Reise seine Gedanken nicht konzentrieren kann, selbst ein Artikel in der Zeitung ist zu lang.«

»So ist's! Und wenn *Sie* das finden, wie muß es dann der Masse ungebildeter Menschen ergehen, den Viertelgebildeten. Es *könnte* sogar bei einigen die Lust zum Lesen erwecken — glauben Sie nicht?«

»Ja«, meinte Dora nachdenklich. »Und in diesem Falle täten Sie sogar Gutes!«

»Ganz bestimmt!«

Sie lächelten einander freudig an. Dann wandte sich Whelpdale zu Jasper:

»Sie sind überzeugt, daß etwas daran ist?«

»Ganz im Ernst. Es würde alles von der Geschicklichkeit der Leute abhängen, die das Ding Woche für Woche zusammenbauen. Es müßte immer eine sensationelle Notiz darin sein — Artikel wollen wir es nicht nennen. Zum Beispiel: ›Was die Königin ißt!‹ oder ›Wie Gladstones Kragen aussehen!‹ — von der Art.«

»Gewiß, gewiß. Und dann«, fügte Whelpdale mit einem ängstlichen Blick auf Dora hinzu, »wenn die Leute von diesen Überschriften einmal angezogen worden sind, würden sie auch manches recht Nützliche darin finden. Wir würden hübsch geschriebene Schilderungen vorbildlicher Lebensläufe, heroischer Taten bringen und so weiter. Natürlich nichts, was wirklich unmoralisch wäre — *cela va sans dire*. Nun, was ich Sie fragen wollte: möchten Sie mit mir in die Redaktion des ›Chat‹ gehen und ein paar Worte mit meinem Freunde Lake, dem Unterredakteur, reden? Ich weiß, Ihre Zeit ist sehr kostbar, aber Sie kommen ja oft zum ›Irrlicht‹, und der ›Chat‹ ist im selben Haus, wie Sie wissen.«

»Kann ich Ihnen denn da von Nutzen sein?«

»Oh, äußerst nützlich. Lake hält nicht viel von meinen Ansichten, aber den Ihren würde er mit größtem Respekt zuhören. Sie sind ein bedeutender Mann, ich bin ein Niemand. Sicherlich könnten Sie die Leute vom ›Chat‹ überreden, meine Idee aufzugreifen, und wenn ich ihnen wirklich den Weg zu etwas Gutem zeige, werden sie mich vielleicht am Gewinn beteiligen.«

Jasper versprach, sich die Sache zu überlegen. Während sie noch über diesen Gegenstand sprachen, kam ein Paket mit der Post an. Milvain öffnete es und rief:

»Ha, das trifft sich gut. Da ist etwas, das Sie interessieren wird, Whelpdale.«

»Korrekturen?«

»Ja, von einem Artikel, den ich für den ›Wayside‹ geschrieben habe.« Er sah Dora an, die lächelte. »Wie gefällt Ihnen der Titel? ›Die Romane Edwin Reardons‹.«

»Was Sie nicht sagen!« rief Whelpdale. »Was sind Sie für ein gutherziger Mensch, Milvain! Das war wirklich zu schön von Ihnen. Bei Gott, ich muß Ihnen die Hand drücken! Armer Reardon! Armer Kerl!«

Seine Augen glänzten feucht. Dora, die dies bemerkte, sah ihn so sanft und freundlich an, daß es vielleicht gut war, daß er ihrem Blick nicht begegnete; es wäre zuviel für ihn gewesen.

»Es ist schon seit drei Monaten fertig«, sagte Jasper, »aber wir haben den Druck aus einem praktischen Grunde zurückgehalten. Als ich an dem Artikel schrieb, ging ich einmal zu Mortimer, um ihn zu fragen, ob man nicht eine Neuauflage von Reardons Werken erwägen sollte. Er hatte keine Ahnung, daß der Arme tot ist, und die Nachricht schien ihm wirklich nahezugehen. Er versprach mir, zu überlegen, ob eine neue Auflage sich lohnen würde, und bald darauf teilte er mir mit, daß er die zwei besten Romane in schöner Ausstattung neu auflegen wolle, falls ich meinen Artikel über Reardon in einer der großen Monatsschriften unterbringen könnte. Das war bald abgemacht. Der ›Wayside‹ antwortete mir, als ich ihm schrieb, sofort, daß man alles drucken würde, was ich schreiben wollte, denn Reardon genieße ihrer aller Achtung. Nächsten Monat werden die beiden Romane erscheinen — ›Auf neutralem Boden‹ und ›Hubert Reed‹. Mortimer ist überzeugt, daß nur diese beiden sich auszahlen werden. Aber wir werden ja sehen, vielleicht ändert er seine Meinung, wenn mein Artikel erscheint.«

»Lies ihn uns vor, Jasper, willst du?« fragte Dora.

Die Bitte wurde von Whelpdale unterstützt, und Jasper ließ sich nicht lange drängen. Er setzte sich so, daß das Lampenlicht auf die Blätter fiel, und las den Artikel vor. Er war ausgezeichnet (siehe »Wayside«, Juni 1884), und an manchen Stellen klang echtes Gefühl durch. Jeder intelligente Leser mußte erraten, daß der Autor mit dem Besprochenen persönlich bekannt war, obwohl diese Tatsache nirgends ausdrücklich zur Sprache kam. Das Lob war nicht übertrieben, dennoch waren die besten Seiten an Reardons Werken sämtlich bewundernswert plastisch herausgearbeitet. Alle, die Jasper kannten, hätten, ehe sie dies lasen, mit Recht bezweifeln können, daß er imstande sein würde, eine edlere Natur so zu würdigen.

»Ich habe Reardon bisher nie so gut verstanden«, erklärte Whelpdale. »Fräulein Dora, das ist etwas, worauf man stolz sein kann.«

»Ja, das finde ich auch«, antwortete sie.

»Frau Reardon muß Ihnen sehr dankbar sein, Milvain. Nebenbei, sehen Sie sie manchmal?«

»Ich habe sie seit seinem Tode erst einmal getroffen — und auch das nur durch Zufall.«

»Gewiß wird sie wieder heiraten. Wer wohl der Glückliche sein wird?«

»Der Glückliche — meinen Sie?« fragte Dora, ohne ihn anzusehen.

»Oh, ich habe mich leider etwas zynisch ausgedrückt«, beeilte sich Whelpdale zu antworten. »Ich dachte an ihr Geld. Frau Reardon kenne ich eigentlich kaum.«

»Ich glaube nicht, daß Sie das zu bedauern brauchen«, meinte Dora.

»Nun, nun«, warf ihr Bruder ein. »Wir wissen sehr wohl, daß sie nur wenig Schuld daran hatte.«

»Sogar *große* Schuld!« rief Dora. »Sie hat sich schändlich benommen! Ich würde nicht mit ihr sprechen, ich würde mich in ihrer Gesellschaft nicht niederlassen!«

»Ach, Unsinn! Was weißt du davon? Warte, bis du mit einem Mann wie Reardon verheiratet und von ihm ins Elend gebracht bist!«

»Wer mein Mann auch sein wird, ich werde zu ihm stehen, und wenn ich Hungers sterbe!«

»Auch wenn er dich schlecht behandelt?«

»Darum geht es nicht. Frau Reardon hatte dergleichen nie zu fürchten. Ein Mann wie ihr Gatte konnte nie roh werden. Ihr Benehmen war feig, treulos, unweiblich!«

»Freilich, die Frauen denken voneinander immer das Schlimmste«, bemerkte Jasper mit einer höhnischen Grimasse.

Dora warf ihm einen streng mißbilligenden Blick zu; man hätte meinen können, daß Bruder und Schwester bereits früher wegen dieses heiklen Themas aneinandergeraten waren. Whelpdale fühlte sich verpflichtet, einzugreifen, und hatte natürlich keine andere Wahl, als dem Mädchen beizupflichten.

»Ich kann nur sagen, daß Fräulein Dora einen sehr noblen Standpunkt einnimmt«, bemerkte er lächelnd.

»Eine Frau soll treu sein. Aber es ist nicht ratsam, über Angelegenheiten zu sprechen, von denen man nicht alle Umstände kennt.«

»Wir kennen die Umstände zur Genüge«, sagte Dora mit einer Hartnäckigkeit, die Whelpdale entzückte.

»In der Tat, vielleicht«, stimmte ihr Sklave zu. Dann wandte er sich wieder an Jasper: »Ich gratuliere Ihnen nochmals. Sobald Ihr Artikel erscheint, werde ich unaufhörlich davon reden und jeden meiner Bekannten drängen, Reardons Romane zu kaufen — obwohl es dem Armen nicht mehr nützt. Trotzdem, er wäre zufriedener gestorben, wenn er das hätte voraussehen können. Nebenbei, Biffen wird Ihnen gewiß äußerst dankbar sein.«

»Ich tue auch für ihn, was ich kann. Sehen Sie sich diese Druckfahnen an.«

Whelpdale überschlug sich vor bewundernden Worten.

»Sie verdienen es, daß Sie vorwärtskommen, lieber Freund. In ein paar Jahren sind Sie der Aristarch unserer literarischen Welt.«

Als der Gast sich erhob, um zu gehen, erklärte Jasper, daß er ihn ein Stück Weges begleiten wolle. Sobald sie das Haus verlassen hatten, machte ihm der zukünftige Aristarch eine vertrauliche Mitteilung.

»Vielleicht interessiert es Sie, zu hören, daß unsere Maud sich bald verheiratet.«

»Wirklich? Und darf man wissen, mit wem?«

»Sie kennen ihn nicht. Er heißt Dolomore — einer aus den besseren Kreisen.«

»Also reich, hoffe ich?«

»Recht wohlhabend ... er hat wohl drei- bis viertausend Pfund jährlich.«

»Gerechter Himmel! Das ist ja großartig!«

Aber Whelpdale sah nicht ganz so zufrieden aus wie seine Worte vermuten ließen.

»Wird es bald sein?« fragte er.

»Im Spätfrühling ... für mich und Dora wird sich dadurch natürlich nichts verändern.«

»Oh, wirklich nicht? Gar kein Unterschied? Sie werden mir also erlauben, Sie — beide — so wie früher zu besuchen?«

»Zum Teufel, warum denn nicht?«

»Gewiß, gewiß. Bei Gott, ich wüßte wirklich nicht, wie ich es aushalten könnte, ohne dann und wann abends bei Ihnen hineinzuschauen. Ich habe mich so daran gewöhnt — und Sie wissen, ich bin ein einsamer, armer Teufel. Ich gehe nicht in Gesellschaft, und wahrhaftig —«

Er brach ab, und Jasper begann von anderen Dingen zu reden.

Als Milvain wieder das Haus betrat, hatte sich Dora bereits in ihr Zimmer zurückgezogen. Es war noch nicht ganz zehn Uhr. Er ergriff das Duplikat der Korrekturen seines »Reardon«-Artikels, steckte es in ein großes Kuvert und schrieb dann einen kurzen Brief, der mit »Liebe Frau Reardon« begann und mit »Ihr sehr Ergebener« endete. Der Inhalt selbst war folgender:

»Ich erlaube mir, Ihnen die Korrekturen eines Artikels zu senden, der nächsten Monat im ›Wayside‹ erscheint, und hoffe, daß Sie damit einverstanden sein können und die Lektüre desselben Ihnen Vergnügen bereiten wird. Wenn Ihnen etwas einfällt, das ich hinzufügen sollte, oder wenn Sie etwas zu streichen wünschen, so bitte ich Sie, es mich so bald wie möglich wissen zu lassen, und Ihrem Wunsche soll sofort entsprochen werden. Ich höre, daß die neue Auflage von ›Auf neutralem Boden‹ und ›Hubert Reed‹ nächsten Monat fertig wird. Muß ich Ihnen sagen, wie sehr ich mich freue, daß die Werke meines Freundes nicht vergessen sein werden?«

Diesen Brief fügte er dem Kuvert bei, das er dann für die Post bereit machte. Dann saß er lange Zeit in tiefen Gedanken versunken da.

Spät am nächsten Tag erhielt er folgenden Brief:

»Lieber Herr Milvain! Ich habe die Korrekturen erhalten, eben gelesen und beeile mich, Ihnen von ganzem Herzen zu danken. Keinerlei Rat von mir könnte diesen Artikel noch besser machen, er erscheint mir vollkommen — in Takt, Stil und Inhalt. Kein anderer als Sie hätte dies schreiben können, denn kein anderer verstand Edwin so gut oder hat sich mit seinen Werken so beschäftigt. Hätte er nur wissen können, daß seinem Gedächtnis solche Gerechtigkeit widerfährt! Aber er starb in dem Glauben, daß er bereits gänzlich vergessen sei, daß seine Bücher nie mehr erwähnt werden würden. Es war ein grausames Schicksal. Ich habe über Ihren Artikel Tränen vergossen, aber es waren nicht nur Tränen der Bitterkeit. Es muß mir ja ein Trost sein, zu denken, daß bei seinem Erscheinen so viele Leute von Edwin und seinen Büchern reden werden. Ich bin Herrn Mortimer tief dankbar, daß er es unternommen hat, diese beiden Romane neu aufzulegen; wollen Sie, wenn sich eine Gelegenheit bietet, die große Güte haben, ihm in meinem Namen zu danken? Dabei darf ich nicht vergessen, daß Sie es waren, der ihn zuerst darauf aufmerksam gemacht hat. Sie sagen, daß der Gedanke, Edwin werde nicht vergessen sein, Sie erfreut, und ich bin sicher, daß der bewundernswerte Freundschaftsdienst, den Sie ihm erwiesen haben, auch Ihnen selbst größerer Lohn ist, als es jedes hilflose Dankeswort meinerseits sein könnte. Ich schreibe in Eile, denn ich will, daß Sie meine Antwort so bald wie möglich in Händen haben. — Ihre sehr ergebene Amy Reardon.«

XXXIV. EIN HINDERNIS

Marian arbeitete wie gewöhnlich im Lesesaal. Sie tat während der Stunden, die sie dort verbrachte, ihr möglichstes, sich in jene literarische Maschine zu verwandeln, die, wie sie hoffte, eines Tages konstruiert werden würde — aber aus einem weniger empfindsamen Material als dem menschlichen Nervengewebe. Ihre Augen schweiften selten über die Grenzen ihres Pultes, und wenn sie aufstehen und an eines der Regale treten mußte, sah sie unterwegs niemanden an. Sie selbst war jedoch manchmal für andere ein Gegenstand des Interesses. Mehreren Lesern waren die wichtigsten Tatsachen ihrer Lage bekannt. Sie wußten, daß ihr Vater jetzt arbeitsunfähig war und darauf wartete, daß seine kranken Augen für den Operationsarzt reif wären; man war sich darüber einig, daß von der Arbeit des Mädchens sehr viel abhänge. Herr Quarmby und seine Genossen faßten die Sache natürlich von der schwärzesten Seite auf; sie waren überzeugt, daß Alfred Yule sein Augenlicht nie wiedererlangen würde, und wenn sie sich die Geschichte von Marians Erbschaft erzählten, verspürten sie eine bitter-süße Befriedigung. Von ihren Beziehungen zu Jasper Milvain wußte keine dieser Personen, denn Yule hatte mit seinen Freunden nie über diese Angelegenheit gesprochen.

Jasper mußte an diesem Vormittag einen raschen Blick in eine bestimmte Enzyklopädie werfen, und es traf sich, daß Marian zufällig vor dem Fache stand, wohin ihn sein Geschäft führte. Er erblickte sie aus einiger Entfernung und blieb stehen; es schien, als wolle er sich umwenden; einen Moment lang erschien auf seinem Gesicht ein Ausdruck von Zweifel und Ärger. Aber dann ging er doch weiter. Beim Klang seines »Guten Morgen« fuhr Marian zusammen — sie stand mit einem offenen Buche in der Hand da — und ein Freudenblitz huschte über ihr Gesicht.

»Ich wollte dich heute sehen«, sagte sie, ihre Stimme auf den gewöhnlichen Konversationston herabdämpfend. »Ich wäre heute abend zu dir gekommen.«

»Du hättest mich nicht zu Hause gefunden. Von fünf bis sieben bin ich furchtbar beschäftigt, und dann muß ich mit ein paar Leuten essen gehen.«

»Und vor fünf kann ich dich nicht sehen?«

»Ist es etwas Wichtiges?«

»Ja.«

»Warte ... wenn du mich um vier Uhr an Gloucester Gate erwarten könntest, wäre mir eine halbe Stunde Spazierengehen im Park sehr angenehm. Jetzt aber darf ich nicht plaudern; ich muß dringend etwas nachschlagen. Also Gloucester Gate, punkt vier. Ich glaube nicht, daß es regnen wird.«

Er zog einen Band der »Britannica« heraus.

Marian nickte und kehrte auf ihren Platz zurück.

Zur verabredeten Stunde wartete sie in der Nähe des Parkes, den Jasper genannt hatte. Kurz zuvor hatte es ein wenig geregnet, aber jetzt war der Himmel wieder klar. Fünf Minuten nach vier wartete sie noch immer, und begann bereits zu fürchten, daß der vorübergehende Regen Jasper auf den Gedanken gebracht hätte, daß sie nicht kommen würde. Noch fünf Minuten, und die vertraute Gestalt stieg aus einem Cab, der eilig dahergerasselt kam.

»Verzeih!« rief er. »Ich konnte unmöglich früher kommen. Gehen wir nach rechts.«

Sie begaben sich zu dem von Bäumen beschatteten Teil des Parkes, der den Kanal begrenzt.

»Am Ende hast du wirklich gar keine Zeit«, sagte Marian, die sich durch diese zur Schau getragene Eile entmutigt und verwirrt fühlte. Sie bereute die Zusammenkunft; es wäre besser gewesen, das, was sie zu sagen hatte, hinauszuschieben, bis Jasper mehr Muße hätte. Aber seine Mußestunden schienen sehr selten geworden zu sein.

»Wenn ich um fünf zu Hause bin, macht es nichts«, antwortete er. »Was hast du mir zu sagen, Marian?«

»Wir haben endlich Nachricht wegen des Geldes.«

»So?« Er vermied es, sie anzusehen. »Und wie ist der Ausgleich?«

»Ich werde ungefähr fünfzehnhundert Pfund bekommen.«

»Doch so viel? Nun, das ist besser als nichts, nicht wahr?«

»Viel besser.«

Sie gingen schweigend weiter. Marian sah verstohlen auf ihren Begleiter.

»Ich hätte es für sehr viel gehalten, ehe ich an Tausende zu denken begann«, sagte sie plötzlich.

»Fünfzehnhundert... das macht wohl fünfzig Pfund jährlich aus.«

Er kaute an den Enden seines Schnurrbartes.

»Setzen wir uns auf diese Bank. Fünfzehnhundert ... hm! und auf mehr ist nicht zu hoffen?«

»Nein. Ich hätte gedacht, daß eine Firma auch nach dem Konkurs ihre Schulden zu bezahlen wünscht, aber es heißt, von diesen Leuten sei nichts zu erwarten.«

»Du denkst an Walter Scott und dergleichen«, lachte Jasper. »Aber so geht es in der Geschäftswelt nicht zu; Scott gäbe heut zutage ein gefährliches Beispiel ab. Nun also, was soll jetzt geschehen?«

Marian fand auf eine solche Frage keine Antwort. Der Ton derselben war ein neuer Stich in ihr Herz, das während des letzten halben Jahres so viel gelitten hatte.

»Ich will dich offen fragen«, fuhr Jasper fort, »und ich weiß, du wirst mir ebenso offen antworten; wäre es klug von uns, wenn wir auf dieses Geld hin heirateten?«

»Auf dieses Geld hin?«

Sie sah ihm mit schmerzlichem Ernst ins Gesicht.

»Du meinst«, sagte er, »daß es zu diesem Zweck nicht verwendet werden kann?«

Was sie wirklich meinte, wußte sie selbst nicht genau. Sie hatte hören wollen, wie Jasper die Nachricht aufnahm, um sich danach zu richten. Hätte er sie freudig aufgenommen, als Freibrief für ihre Heirat, so wäre sie selig gewesen, obwohl sie ihm dann alle die Schwierigkeiten hätte auseinandersetzen müssen, in denen sie sich befand; seit einiger Zeit hatten sie über die Lage ihres Vaters nicht mehr gesprochen, und Jasper schien sich entschlossen zu haben, diese Komplikation ihrer Sorgen zu vergessen. Aber er dachte nicht an Heirat und war augenscheinlich darauf gefaßt, zu hören, daß sie dieses Geld nicht mehr als ihr Eigentum betrachten könne. Das war einerseits eine Erleichterung, anderseits bestätigte es ihre Befürchtungen. Es wäre ihr lieber gewesen, wenn er sie angefleht hätte, ihre Eltern zu vernachlässigen, um seine Gattin zu werden. Die Liebe rechtfertigt alles, und sein Egoismus wäre ihr über der Beteuerung, daß er sie noch immer begehrte verzeihlich erschienen.

»Du sagst, daß es uns fünfzig Pfund jährlich eintragen würde«, antwortete sie mit gesenktem Kopf. »Wenn noch fünfzig Pfund dazukämen, wären meine Eltern versorgt, falls das Schlimmste eintritt. Ich könnte fünfzig Pfund verdienen.«

»Du willst mir zu verstehen geben, Marian, daß ich, wenn wir heiraten, keinerlei Mitgift zu erwarten habe.«

Sein Ton drückte Zustimmung aus, durchaus kein

Mißfallen. Er sprach, als wolle er an ihrer Statt etwas aussprechen, was sie selbst nicht zu sagen wagte.

»Jasper, es ist so hart für mich, so hart! Wie sollte ich denn vergessen, was du zu mir gesagt hast, als ich versprach, deine Frau zu werden?«

»Ich habe die Wahrheit etwas zu brutal ausgesprochen«, antwortete er mit freundlicher Stimme. »Denk nicht daran, vergiß es. Wir sind jetzt in einer ganz anderen Lage. Sei offen, Marian, du kannst meinem Verstand und meinen Gefühlen doch trauen. Lege die Gedanken an alles, was ich gesagt habe, beiseite und laß dich durch keine Furcht zurückhalten, daß du mir vielleicht unweiblich erscheinen könntest — das wirst du nie. Was wünschst du? Was möchtest du wirklich tun, jetzt, da keine Ungewißheit mehr einen Aufschub erfordert?«

Marian hob die Augen und wollte ihn ansehen, während sie sprach; aber bei ihrem ersten Laut senkte sich ihr Blick.

»Ich möchte deine Frau werden.«

Er wartete, nachdenklich mit sich kämpfend.

»Dennoch hältst du es für eine Herzlosigkeit, dieses Geld für unsere eigenen Zwecke zu verwenden?«

»Was soll aus meinen Eltern werden, Jasper?«

»Du gibst aber zu, daß die fünfzehnhundert Pfund sie nicht erhalten können. Du sprichst davon, jährlich fünfzig Pfund für sie zu verdienen.«

»Lieber, muß ich denn aufhören zu schreiben, wenn wir verheiratet sind? Würdest du mir nicht erlauben, ihnen zu helfen?«

»Aber liebes Kind, du gehst so fest davon aus, daß wir für uns selbst genug haben werden.«

»Ich meine ja nicht sofort«, erklärte sie hastig, »aber in kurzer Zeit — in einem Jahr. Du kommst so gut vorwärts. Ich bin überzeugt, du wirst bald ein ausreichendes Einkommen haben.«

Jasper stand auf.

»Gehen wir ein bißchen weiter, bis zur nächsten Laube. Sprich nicht, ich muß über etwas nachdenken.«

Neben ihm hergehend, schob sie sanft ihre Hand unter seinen Arm, aber die Haltung seines Armes lud sie nicht ein, den ihren zu stützen, und ihre Hand fiel plötzlich wieder herab. Sie erreichten eine andere Bank und ließen sich von neuem nieder.

»Ich habe alles bedacht, Marian«, sagte er mit schrecklichem Ernst. »Ernähren könnte ich dich — daran zweifle ich nicht. Maud ist versorgt, und Dora kann sich selbst erhalten. Ich könnte dich ernähren und es dir freistellen, deinen Eltern zu geben, was du durch deine eigene Arbeit erwerben kannst. Aber —«

Er hielt bedeutungsvoll inne. Es war sein Wunsch, daß Marian die Folgerung ergänzen möge, aber sie sprach nicht.

»Also schön!« rief er aus. »Wann wird also geheiratet?«

Der Ton der Resignation war nur allzu deutlich. Jasper taugte nicht zum Schauspieler, es fehlte ihm an Raffinesse.

»Wir müssen warten«, klang es mit verzweifeltem Flüstern von Marians Lippen.

»Warten? Aber wie lange?« fragte er leidenschaftslos.

»Möchtest du dein Wort zurückhaben, Jasper?«

Er war nicht stark genug, um einfach mit Ja zu antworten und so allen Verwicklungen ein Ende zu machen. Er fürchtete die Miene des Mädchens, und er fürchtete seine eigenen, späteren Gefühle.

»Du darfst nicht so reden, Marian. Es handelt sich einfach um die Frage: sollen wir ein Jahr oder sollen wir fünf Jahre warten? Nach einem Jahr werde ich wahrscheinlich in der Lage sein, ein kleines Haus irgendwo in der Vorstadt zu mieten. Wenn wir dann heiraten, werde ich wohl im Besitz einer so guten Frau ziemlich glücklich sein. Aber meine Karriere wird anders verlaufen. Ich werde eben gewisse Ambitionen über Bord werfen und stetig für den bloßen Lebensunterhalt arbeiten müssen. Wenn wir fünf Jahre warten, bin ich vielleicht Redakteur geworden, und in diesem Fall werde ich dir natürlich viel mehr bieten können.«

»Aber, Lieber, warum solltest du nicht Redakteur werden, auch wenn wir verheiratet sind?«

»Ich habe dir schon mehrmals erklärt, daß Erfolge dieser Art sich nicht mit einem kleinen Haus in der Vorstadt und mit den Fesseln eines beschränkten Einkommens vereinbaren lassen. Als Junggeselle kann ich frei herumkommen, Bekanntschaften machen, zu Dinners gehen, vielleicht dann und wann selbst einen nützlichen Freund bewirten — und so weiter. In meiner Branche bringt einen Talent allein nicht weiter. Da hilft nur Talent plus richtige Beziehungen. Wenn ich jetzt heirate, so verbaue ich mir eben alle Chancen.«

Sie schwieg.

»Du sollst mein Schicksal entscheiden, Marian«, fuhr er großmütig fort. »Fassen wir einen Entschluß und führen wir ihn aus! Eigentlich geht es dabei mehr um dich als um mich. Wärst du damit zufrieden, ein einfaches Leben ohne jeden Ehrgeiz zu führen? Oder würdest du es vorziehen, wenn dein Gatte ein Mann von einiger Bedeutung wäre?«

»Ich kenne deine eigenen Wünsche nur zu gut. Aber jahrelang zu warten ... Du wirst aufhören, mich zu lieben, und wirst mich als Hindernis auf deinem Wege betrachten.«

»Nun, von fünf Jahren habe ich natürlich nur wegen der runden Zahl gesprochen. Drei — zwei Jahre *könnten* auch schon eine Veränderung bewirken.«

»Wir wollen es so halten, wie du es wünschst. Ich kann alles eher ertragen als den Verlust deiner Liebe.«

»Du fühlst also selbst, daß es entschieden unklug wäre, zu heiraten, solange wir so arm sind?«

»Ja. Alles, wovon du überzeugt bist, ist mir recht.«
Er stand abermals auf und sah nach der Uhr.

»Jasper, du hältst mich doch nicht für egoistisch, weil ich jenes Geld meinem Vater überlassen will?«

»Es hätte mich sehr überrascht, wenn du das nicht gewollt hättest. Ich konnte mir doch nicht vorstellen, daß du sagen würdest: ›Sollen sie sehen, wie sie zurechtkommen!‹ Das wäre egoistisch gewesen und hätte sich gerächt.«

»Jetzt sprichst du wieder so lieb! Mußt du fort, Jasper?«

»Unbedingt. Vor sieben muß ich noch zwei Stunden gearbeitet haben. Ich werde jetzt, da wir zu einem Entschluß gekommen sind, mit noch größerer Energie ans Werk gehen.«

»Dora hat mich gebeten, am Sonntag mit ihr nach Kew zu kommen. Könntest du auch mitgehen, Lieber?«

»Bei Gott, nein! Ich habe für Sonntag nachmittag drei Verabredungen. Aber ich werde versuchen, den nächsten Sonntag für dich freizuhalten — ja, das werde ich tun.«

»Wohin mußt du jetzt?« fragte sie schüchtern.

Während sie nach Gloucester Gate zurückgingen, beantwortete er ihre Frage und bewies ihr, wie unverzeihlich es wäre, diese Leute zu vernachlässigen. Dann trennten sie sich, und Jasper wandte sich eiligen Schrittes heimwärts.

Marian schritt durch Park Street und dann Camden Road entlang. Das Haus, in dem sie und ihre Eltern jetzt lebten, lag nicht so weit draußen wie das frühere; sie bewohnten vier Räume, von denen einer zugleich als Alfred Yules Wohnzimmer und als Speisezimmer für die Familie dienen mußte. Frau Yule saß gewöhnlich in der Küche und Marian benützte ihr Schlafzimmer als Arbeitszimmer. Etwa die Hälfte der Büchersammlung war verkauft worden, aber der Rest bildete noch immer eine stattliche Bibliothek, welche die Wände des Zimmers, wo ihr trostloser Besitzer seine traurigen Tage verbrachte, fast bedeckte.

Er konnte täglich ein paar Stunden lesen, aber nur Großgedrucktes; und die Furcht vor einer Verschlimmerung bewog ihn, sich so zu schonen, wie es ihm seine Ratgeber empfohlen hatten. Obwohl er sprach, als sei sein Fall hoffnungslos, war er doch weit entfernt, sich in diese Überzeugung zu ergeben; die Aussicht, seine letzten Jahre in Dunkelheit und Müßigkeit zu verleben, war für ihn zu furchtbar, als daß er hätte daran glauben können, solange es noch einen Hoffnungsschimmer gab. Er sah nicht ein, warum die übliche Operation ihn nicht seinem Berufe wiedergeben sollte; und er hätte es sehr übel genommen, wenn seine Frau und seine Tochter je aufgehört hätten, der Verzweiflung, die er gern zur Schau trug, Hoffnungen entgegenzusetzen. Vertrauen gab es zwischen Vater und Tochter nicht; Yule sprach in einem ernsten, kalten, höflichen Tone mit Marian, und diese antwortete sanft, aber ohne Zärtlichkeit. Für Frau Yule erwies sich das Unglück der Familie entschieden als Gewinn; sie bedauerte natürlich die Erkrankung ihres Mannes, aber er begegnete ihr nicht mehr mit der verächtlichen Ungeduld früherer Zeiten. Zweifellos übte das Bewußtsein, so vieler Pflege zu bedürfen, einen besänftigenden Einfluß auf den Mann aus; er konnte nicht brutal zu einer Frau sein, die ihm doch zu jeder Stunde des Tages den Beweis ihrer völligen Ergebenheit brachte.

An diesem Nachmittag traf Marian ihren Vater beim Betrachten eines Bandes mit Kupferstichen an, den Herr Quarmby ihm geliehen hatte. Der Tisch war gedeckt, und Yule saß am Fenster, während er sein Buch auf einen anderen Stuhl aufgestützt hatte. Der Ausdruck seiner Augen bewies, daß seine Krankheit fortgeschritten war; aber sein Gesicht besaß eine gesundere Farbe als im vorigen Jahr.

»Herr Hinks hat sich heute sehr freundlich nach dir erkundigt«, sagte das Mädchen, als sie sich niederließ.

»Oh, ist Hinks wieder auf?«

»Ja, aber er sieht sehr schlecht aus.«

Sie sprachen von derlei Dingen, bis Frau Yule — nun ihr eigener Dienstbote — das Mittagessen hereinbrachte. Nach der Mahlzeit war Marian eine Stunde lang in ihrem Zimmer, dann ging sie zu ihrem Vater hinein, der müßig rauchend dasaß.

»Was tut die Mutter?« fragte er, als sie eintrat.

»Sie näht.«

»Ich muß sagen« — er sprach ziemlich steif und mit abgewandtem Gesicht —, »daß ich auf dieses Zimmer keinen ausschließlichen Anspruch erhebe. Da ich nicht mehr studieren kann, wäre es lächerlich, ungestörte Ruhe zu verlangen. Vielleicht sagst du deiner Mutter, daß es ihr freisteht, hier zu sitzen, so oft sie will.«

Es war für ihn charakteristisch, daß er diese Erlaubnis durch einen Stellvertreter erteilen wollte. Aber Marian verstand, was eine solche Ankündigung bedeutete.

»Ich werde es der Mutter sagen«, antwortete sie. »Aber jetzt möchte ich unter vier Augen mit dir reden. Wie rätst du mir, mein Geld anzulegen?«

Yule sah überrascht aus und antwortete mit kalter Würde.

»Es ist sonderbar, daß du mir eine solche Frage stellst. Ich habe gedacht, deine Interessen wären in den Händen ... einer sachkundigen Person. Leider muß ich es ablehnen, dir einen Rat zu geben oder mich sonst einzumischen. Aber da du das Thema aufs Tapet gebracht hast, kann ich ja eine damit zusammenhängende Frage stellen. Hast du eine Ahnung, wie lange du noch bei uns bleiben wirst?«

»Wenigstens ein Jahr, und wahrscheinlich noch länger«, lautete die Antwort.

»Soll ich daraus entnehmen, daß deine Hochzeit auf ungewisse Zeit verschoben ist?«

»Ja, Vater.«

»Und möchtest du mir sagen, warum?«

»Ich kann nur sagen, daß es uns beiden so besser schien.«

Yule hörte die schmerzliche Erregung heraus, die sie zu unterdrücken bestrebt war. Seine Auffassung von Milvains Charakter erleichterte es ihm, Mutmaßungen über die Gründe dieses Aufschubs anzustellen; es befriedigte ihn, daß Marian nun einsehen würde, wie richtig er ihren Freier beurteilt habe; und sein unwillkürliches Mitleid mit dem Mädchen hinderte ihn nicht, zu hoffen, daß diese verhaßte Verbindung nie zustande kommen werde. Nur mit Mühe konnte er ein Lächeln unterdrücken.

»Ich will dazu keinen Kommentar geben«, bemerkte er mit Nachdruck. »Aber soll die Anlage, von der du sprichst, nur deinem eigenen Vorteil dienen?«

»Dem meinen und dem eurigen.«

Ein paar Minuten herrschte Stillschweigen. Bisher war es noch nicht notwendig gewesen, zu überlegen, ob man einen Kredit aufnehmen müsse, aber in wenigen Monaten würde die Familie ohne jede Einnahmequelle dastehen — ausgenommen der Verdienst Marians, die, ohne darüber zu sprechen, alles, was sie für ihre Arbeit erhielt, einfach beiseite gelegt hatte.

»Du mußt einsehen, daß ich ein solches Anerbieten nicht annehmen kann«, sagte Yule endlich. »Wenn es notwendig ist, werde ich auf die Lebensversicherung ..."

»Warum solltest du das, Vater?« fiel Marian ein.

»Mein Geld ist auch das deine. Wenn du es als Geschenk zurückweist, kann ich es dir doch wie einem Fremden leihen. Zahl es mir zurück, wenn deine Augen wieder gut sind. Vorläufig haben unsere Sorgen ein Ende.«

Um seinetwillen drückte sie es so aus. Sollte er wirklich nie wieder imstande sein, etwas zu verdienen, so mußten freilich böse Zeiten kommen; aber daran wollte sie jetzt nicht denken. Wirkliches Unglück konnte nur über sie kommen, wenn Jasper sie verließ, und wenn das geschah, so hatte alles andere wenig zu bedeuten.

»Dies kommt sehr überraschend für mich«, sagte Yule in seinem zurückhaltendsten Tone. »Ich kann dir noch keine endgültige Antwort geben. Ich muß es erst überlegen.«

Auf diese Weise wurde die peinliche Situation beendet, und als Marian bei der nächsten Gelegenheit auf die finanzielle Situation zu sprechen kam, begegnete ihr Vorschlag keinem ernstlichen Widerspruch mehr.

Dora Milvain erfuhr natürlich, was geschehen war; ihr Bruder teilte ihr, um einer Kritik vorzubeugen, mit, welchen Entschluß er und Marian gefaßt hätten. Sie sann mit unzufriedener Miene nach.

»Es ist dir also ganz recht«, meinte sie zuletzt, »daß Marian sich abarbeitet, um ihre Eltern und sich zu erhalten?«

»Was soll ich machen?«

»Ich werde sehr schlecht von dir denken, wenn du sie nicht spätestens in einem Jahre heiratest.«

»Marian hat aber freiwillig diese Wahl getroffen. Sie begreift mich vollkommen und ist mit meinen Plänen ganz einverstanden. Dur wirst die Güte haben,

Dora, sie in ihrem Vertrauen zu mir nicht wankend zu machen.«

»Einverstanden; ich meinerseits werde dich wissen lassen, wenn sie Hunger zu leiden beginnt. Es wird nicht mehr lange dauern, bis es dazu kommt, da kannst du sicher sein. Wie können drei Menschen von hundert Pfund jährlich leben? Und dann ist es noch sehr zweifelhaft, ob Marian wirklich fünfzig Pfund verdienen kann. Aber tut nichts, ich werde es dich wissen lassen, wenn sie zu hungern beginnt, und ohne Zweifel wird dich das sehr amüsieren.«

Ende Juli heiratete Maud. Zwischen Dolomore und Jasper herrschte keine überschäumende Freundlichkeit, da jeder über des anderen Dünkelhaftigkeit empört war; aber nachdem Jasper einmal von den ernsthaften Heiratsabsichten dieses Herrn überzeugt war, hütete er sich, einen Mann zu verletzen, der ihm eines Tages nützlich werden konnte. Wenn die Heirat mit einem bescheidenen Glück für Maud endete, so war sie zweifellos eine gute Partie.

Um dieselbe Zeit trat noch ein Ereignis ein, das für die aufstrebende kleine Familie wichtiger werden sollte, als man hätte voraussehen können. Whelpdales merkwürdige Idee schlug ein; das Wochenblatt »Chat« wurde umgetauft und erschien als »Chit-Chat«. Von der ersten Nummer an war der Erfolg des Unternehmens über jeden Zweifel erhaben; nach Verlauf eines Monats widerhallte ganz England von dem Ruhm dieser edlen, neuen Entwicklung des Journalismus; der Eigentümer konnte ein solides Vermögen erwarten; und andere Leute, die Geld anzulegen hatten, begannen Nachahmungen zu planen. Es war klar, daß die Viertelgebildeten bald im Überfluß mit Lektüre nach ihrem Geschmack versorgt sein würden.

Whelpdales Wonne war grenzenlos, aber in der fünften Lebenswoche von »Chit-Chat« geschah etwas, das seinen nüchternen Verstand zu verwirren drohte. Jasper ging eines Nachmittags am Strand spazieren, als er seinen geistreichen Freund in einer Weise auf sich zukommen sah, die kaum erklärlich war — es sei denn, Whelpdale hätte seiner Abstinenz abgeschworen und sich zu einem Umtrunk hinreißen lassen. Der Hut saß dem jungen Mann auf dem Hinterkopf, und sein Rock flatterte wild, als er mit verschwitztem Gesicht und starren Augen einhereilte. Er wäre vorübergelaufen, ohne Jasper zu bemerken, wenn ihn der letztere nicht angerufen hätte; da wandte er sich um, lachte wie wahnsinnig, packte den Freund bei den Handgelenken und zog ihn unter ein Tor.

»Was meinen Sie?« keuchte er. »Was meinen Sie, ist geschehen?«

»Hoffentlich nicht das, wonach es aussieht. Sie scheinen verrückt geworden zu sein.«

»Ich habe Lakes Stelle beim ›Chit-Chat‹ bekommen!« schrie jener heiser. »Zweihundertfünfzig Pfund jährlich! Lake und der Herausgeber haben sich verzankt — geschlagen — keiner weiß oder will wissen, warum. Mein Glück ist gemacht!«

»Sie sind sehr bescheiden«, bemerkte Jasper lächelnd.

»Gewiß, das habe ich immer zugegeben. Aber vergessen Sie nicht meine Verbindung mit Fleet — die brauche ich ja nicht aufzugeben. Bald werde ich glatte sechshundert Pfund jährlich haben, mein lieber Herr, glatte sechshundert Pfund!«

»Das genügt so ja ziemlich.«

»Aber Sie dürfen nicht vergessen, daß ich nicht Sie bin! Mein lieber Milvain, vor einem Jahr hätte ich ein Einkommen von zweihundert Pfund für großartigen Überfluß gehalten. Sie werden sich nicht zufriedengeben, bis Sie Tausende haben, das weiß ich. Ich aber bin ein bescheidener Mensch. Übrigens, doch nicht ganz ... beim Zeus, nicht ganz! In einer Hinsicht bin ich nicht bescheiden — das muß ich gestehen.«

»Und welche sollte das sein...?«

»Das kann ich Ihnen nicht sagen — noch nicht, jetzt ist weder die Zeit noch der Ort dafür. Aber wann werden Sie zu mir kommen? Ich werde einem halben Dutzend meiner Bekannten irgendwo ein Dinner geben. Der arme alte Biffen muß auch kommen. Wann könten Sie kommen?«

»Lassen Sie es mich eine Woche früher wissen, und ich werde es einschieben.«

Das Dinner kam zustande. Am Tage danach verließen Jasper und Dora die Stadt; sie begaben sich auf die Kanal-Inseln und verbrachten mehr als die Hälfte der drei Wochen, welche sie sich gestattet hatten, auf Sark. Als sie von Guernsey zu dieser Insel hinüberfuhren, sahen sie zu ihrer Belustigung eine Nummer des »Chit-Chat« in der Hand eines wohlbeleibten und gutgekleideten Mannes.

»Ist *er* auch einer von den Viertelgebildeten?« fragte Dora lachend.

»Nicht in Whelpdales Sinne, aber streng genommen doch. Die Viertelgebildeten bilden in der Tat eine sehr große Klasse — wie groß, beweist der ungeheure Erfolg dieses Blattes. Ich werde Whelpdale schreiben, daß seine Wohltat sich sogar bis nach Sark erstreckt hat.«

Dieser Brief wurde geschrieben, und nach wenigen Tagen kam eine Antwort.

»Na sowas! Der Mensch hat ja auch an dich geschrieben!« rief Jasper, einen zweiten Brief ergreifend.

Dora summte eine Melodie vor sich hin, während sie das Kuvert betrachtete, dann nahm sie es mit in ihr Zimmer.

»Was hat er dir zu erzählen?« fragte Jasper, als sie wieder hereinkam und sich an den Tisch setzte.

Dora hatte noch nie so belebt und so frisch ausgesehen, seit sie London verlassen hatten; ihr Bruder bemerkte es und freute sich, daß die Seeluft so gut bei ihr anschlug. Er las Whelpdales Brief laut vor; er war drollig, aber seltsam respektvoll.

»Die Ehrerbietung, die dieser Mensch für mich hegt, ist erstaunlich«, bemerkte er lachend. »Das Komische dabei ist, sie wächst, je mehr er mich kennen lernt.«

Dora lachte ganze fünf Minuten lang.

»Oh, ein herrliches Epigramm!« rief sie. »Jasper, hast du diesen guten Witz beabsichtigt, oder ist er noch besser geworden, weil er dir aus Versehen herausgerutscht ist?«

»Du bist in merkwürdig guter Laune, meine Gute. Nebenbei, was hat er dir überhaupt zu schreiben? Wenn ich's bedenke, ist das eigentlich eine Unverschämtheit. Ich werde ihm einen Wink geben, seine Stellung zu bedenken.«

Dora war nicht ganz sicher, ob er im Ernst sprach oder nicht. Da beide mit ausgezeichnetem Appetit zu essen begonnen hatten, verstrichen ein paar Minuten, ehe das Mädchen antwortete.

»Seine Stellung ist so gut wie die unsere«, sagte sie.

»So gut wie die unsere? Der Unterredakteur eines Schundblattes wie ›Chit-Chat‹ und Gehilfe einer Literatur-Agentur!«

»Er verdient bedeutend mehr Geld als wir.«

»Geld! Was ist Geld?«

Dora geriet abermals in Heiterkeit.

»Oh, natürlich, Geld ist nichts! *Wir* schreiben für Ehre und Ruhm! Vergiß nicht, das zu betonen, wenn du Herrn Whelpdale Vorwürfe machst, es wird ohne Zweifel großen Eindruck auf ihn machen.«

Spät abends an jenem Tage, als Bruder und Schwester bei Mondschein bis zu der Windmühle spaziert waren, die den höchsten Punkt von Sark markiert, und

Ein Hindernis

während sie stehen blieben, um die weißliche, mit den Reflexen naher und ferner Leuchttürme gesprenkelte Meeresoberfläche zu betrachten, brach Dora das Schweigen, indem sie ruhig sagte:

»Warum soll ich es dir nicht sagen — Herr Whelpdale will wissen, ob ich ihn heiraten möchte.«

»Zum Teufel!« schrie Jasper auffahrend. »Als ob ich so etwas nicht halb geahnt hätte! Was für eine erstaunliche Dreistigkeit!«

»Meinst du das im Ernst?«

»Du etwa nicht? Du kennst ihn erstens gar nicht, und zweitens — ach, hol ihn der Teufel!«

»Schön, ich werde ihm sagen, daß seine Dreistigkeit mich erstaunt.«

»Wirklich?«

»Gewiß, natürlich in höflichen Ausdrücken. Aber das soll zwischen dir und ihm zu keinen Differenzen führen. Stelle dich, als wüßtest du von nichts.«

»Sprichst du im Ernst?«

»Vollkommen. Er hat auf sehr anständige Weise geschrieben, und es liegt kein Grund vor, unseren freundlichen Verkehr mit ihm abzubrechen. Ich habe ein Recht, in dieser Sache Anordnungen zu treffen, und du wirst so freundlich sein, ihnen zu folgen.«

Ehe Dora zu Bett ging, schrieb sie einen Brief an Whelpdale, in welchem sie seinen Antrag zwar nicht geradeheraus annahm, ihn aber doch mit großer Liebenswürdigkeit ermutigte, auszuharren. Dieser Brief wurde am nächsten Morgen aufgegeben, und seine Schreiberin fuhr fort, sich in der Sonne, dem Seewind und bei dem Herumklettern in Sark ganz erstaunlich zu erholen.

Als sie nach London zurückgekehrt war, hatte Dora schon bald das Vergnügen, ihren ersten Besuch im Hause ihrer Schwester, am Ovington Square, abzustatten. Maud hatte sich bereits inmitten des größten

Luxus eingelebt und sprach mit lachender Verachtung von den früheren Zeiten, als sie noch in »Grub Street« lebte; ihre literarischen Neigungen sollten ihr fortan nur als Cachet und weitere Zierde dienen, die ihre Überlegenheit in dem Kreise wohlgekleideter und glattzüngiger Leute, in dem sie gern glänzte, beweisen sollte. Einerseits hatte sie Kontakt mit der Welt der fashionablen Literatur, andererseits mit der der fashionablen Unwissenheit.

»Ich werde nicht oft hingehen«, meinte Jasper, als Dora und er das prächtige Leben der Schwester besprachen. »Das ist ja in seiner Art ganz nett, aber ich strebe nach Höherem.«

»Ich ebenfalls«, antwortete Dora.

»Das freut mich. Ich gestehe, du kamst mir gestern zu herzlich gegen Whelpdale vor.«

»Man muß doch höflich sein. Herr Whelpdale versteht mich vollkommen.«

»Bist du dessen auch ganz sicher? Er scheint nicht so niedergeschlagen zu sein, wie er es sein sollte.«

»Der Erfolg des ›Chit-Chat‹ erhält ihn bei guter Laune.«

Vielleicht eine Woche später erschien Frau Maud Dolomore ganz unerwartet bereits um elf Uhr vormittags in der geschwisterlichen Wohnung und hatte mit Dora ein langes Gespräch unter vier Augen. Jasper war nicht zu Hause; als er gegen Abend zurückkehrte, kam Dora mit einer Miene in sein Zimmer, die ihn bestürzte.

»Ist es wahr«, fragte sie ohne Einleitung, indem sie mit verschränkten Händen vor ihm stehenblieb, »daß du vorgegeben hast, mit Marian nicht mehr verlobt zu sein?«

»Wer hat dir das gesagt?«

»Das hat nichts mit der Sache zu tun. Ich habe es gehört und will von dir hören, daß es eine Lüge ist.«

Jasper schob die Hände in die Taschen und trat ein paar Schritte zur Seite.

»Ich kann anonymen Klatsch nicht zur Kenntnis nehmen«, sagte er gleichgültig und fuhr dann bedächtig fort: »Ich habe nie jemandem gesagt, daß meine Verlobung aufgelöst ist.« Das Mädchen sah ihm in die Augen.

»Dann habe ich also recht gehabt«, sprach sie. »Ich sagte sofort, daß das unmöglich sei. Aber wie ist man darauf gekommen?«

»Da könntest du mich ebenso fragen, wie Lügen in die Welt gesetzt werden. Ich habe dir die Wahrheit gesagt, und damit basta.«

Dora zögerte noch eine Weile, verließ dann aber, ohne noch etwas zu sagen, das Zimmer.

Sie blieb an jenem Abend lange auf, zumeist in Gedanken versunken, obwohl sie zu Zeiten ein offenes Buch in der Hand hielt. Es war fast halb eins, als ein sehr leises Klopfen an der Tür sie zusammenfahren ließ. Sie rief »Herein«, und Jasper erschien.

»Warum bist du noch auf?« fragte er, ihren Blick meidend, während er eintrat und sich hinter einen Sessel postierte.

»Oh, ich weiß nicht. Hast du etwas?«

Es entstand eine Pause, dann sagte Jasper mit unsicherer Stimme: »Ich tauge nicht fürs Lügen, Dora, und fühle mich wegen dem, was ich dir vorhin sagte, verdammt unbehaglich. Ich habe im gewöhnlichen Sinne nicht gelogen; es ist ganz wahr, daß ich niemandem gesagt habe, meine Verlobung sei aufgelöst. Aber ich habe gehandelt, als ob es so wäre, und es ist besser, wenn ich dir das sage.«

Seine Schwester blickte ihn empört an.

»Du hast gehandelt, als ob du frei wärst?«

»Ja. Ich habe Fräulein Rupert einen Antrag gemacht. Sie hat nie davon gehört, daß ich verlobt bin, ebensowenig wie ihre Freunde. So stehen also die Dinge. Es ist mir nicht angenehm, aber das habe ich nun einmal getan.«

»Willst du damit sagen, daß Fräulein Rupert eingewilligt hat?«

»Nein. Ich habe ihr geschrieben. Sie antwortete, daß sie auf ein paar Wochen nach Deutschland reise und daß ich von dort aus ihre Entscheidung erhalten werde. Ich warte.«

»Aber was für einen Namen soll man einem solchen Benehmen geben?«

»Höre einmal, wußtest du nicht ganz gut, daß es so enden mußte?«

»Meinst du, ich hätte dich für so schamlos gehalten, für so unbegreiflich grausam?«

»Ich bin wohl beides. Aber es war ein Moment entsetzlicher Versuchung. Ich hatte bei den Ruperts diniert — du erinnerst dich —, und mir schien, daß das Benehmen des Mädchens nicht mißzuverstehen sei.«

»Nenn sie nicht Mädchen!« unterbrach ihn Dora zornig. »Du sagst selbst, daß sie mehrere Jahre älter ist als du.«

»Jedenfalls ist sie intelligent und sehr reich. Ich bin der Versuchung erlegen.«

»Und hast Marian gerade in dem Moment verlassen, da sie deiner Hilfe und deines Trostes am meisten bedarf? Das ist furchtbar!«

Jasper ging zu einem anderen Stuhl und setzte sich nieder. Er war sehr verstört.

»Höre, Dora, ich bedaure es, wirklich, ich bedaure es ... und was mehr ist, wenn die Person mir einen Korb gibt — wie sie es höchst wahrscheinlich tun wird —, werde ich Marian bitten, mich sofort zu heiraten. Das verspreche ich dir.«

Seine Schwester machte eine Bewegung verächtlicher Ungeduld.

»Und wenn die Person dir *keinen* Korb gibt?«

»Dann kann ich mir nicht helfen ... Aber ich muß dir noch etwas sagen. Ob ich nun Marian oder Fräulein Rupert heirate — ich opfere meine größte Sehnsucht — im einen Falle dem Pflichtgefühl, im andern dem irdischen Vorteil. Ich war ein Idiot, als ich diesen Brief schrieb, denn ich wußte schon damals, daß es eine gibt, die mir weit mehr ist als Fräulein Rupert und all ihr Geld — eine, die ich vielleicht heiraten könnte. Frage mich nicht, ich werde dir nicht antworten. Da ich schon so viel gesagt habe, will ich, daß du meine Lage vollkommen begreifst. Du kennst jetzt mein Versprechen. Sage Marian nichts; wenn ich frei bleibe, werde ich sie so bald wie möglich heiraten.«

Damit verließ er das Zimmer.

Mehr als vierzehn Tage lang blieb er in Ungewißheit und führte ein sehr unbehagliches Leben, denn Dora wollte nur mit ihm sprechen, wenn es sich nicht umgehen ließ; außerdem fanden zwei Zusammenkünfte mit Marian statt, bei denen er seine Rolle spielen mußte, so gut er konnte. Endlich kam der erwartete Brief: sehr nett geschrieben, sehr freundlich, sehr schmeichelhaft, aber — ein Korb.

Er reichte ihn Dora über den Frühstückstisch hin, indem er mit einem gezwungenen Lächeln sagte:

»Jetzt kannst du wieder eine zufriedene Miene aufsetzen. Ich bin gerichtet.«

XXXV. FIEBER UND RUHE

Trotz Milvains geschickter Anstrengungen hatte »Herr Bailey, der Krämer« keinen Erfolg. Von zwei Verlegern war das Buch abgelehnt worden. Die Firma, welche es schließlich publizierte, bot dem Autor halben Gewinn und fünfzehn Pfund *a conto*, womit Harold Biffen sehr zufrieden war. Aber die Kritiker waren im allgemeinen entweder wütend oder kalt-verächtlich. »Herr Biffen möge bedenken«, sagte einer dieser Weisen, »daß es die erste Pflicht eines Romanschriftstellers ist, eine Geschichte zu bieten.« »Herr Biffen«, schrieb ein anderer, »scheint nicht zu verstehen, daß ein Kunstwerk vor allem Vergnügen gewähren muß.« »Ein anmaßendes Buch vom *genre ennuyant*«, lautete der kurze Kommentar eines Gesellschaftsblattes. Eine Wochenschrift von hohem Range begann ihre kurze Notiz mit der zornigen Bemerkung: »Wieder eines jener unausstehlichen Produkte, die wir dem gemeinen Realismus verdanken! Dieser Autor ist, das sei gleich gesagt, nie verletzend, aber man muß sein Werk durch lauter Negationen beschreiben: es ist nie interessant, nie belehrend, nie —« u. s. w. Die Eloge im »Westend« hatte ein paar schüchterne Echos. Die Lobesworte im »Current« hätten wohl mehr Nachahmer gefunden, aber unglücklicherweise erschienen sie, als die meisten Kritiken bereits gedruckt waren, und wie Jasper richtig sagte, hätte nur der Gleichklang einflußreicher Kritiker die Leute bewogen, ein Interesse an diesem Buche zu zeigen. »Die erste Pflicht eines Romanschriftstellers ist es, eine Geschichte zu bieten« — die ständige Wiederholung dieser Phrase sei eine Warnung an alle, die aus dem Leben schöpfen wollen! Biffen bot nur ein Stück Biographie, und man fand, daß es ihm an Farbe mangle.

Er schrieb an Frau Amy Reardon: »Ich kann Ihnen nicht genug für Ihren gütigen Brief über mein Buch danken; ich schätze ihn mehr, als ich das Lob aller Kritiker auf der Erde schätzen würde. Sie haben meine Absicht verstanden. Wenige werden es Ihnen nachtun, und kaum jemand könnte es mit solcher Wahrheit zum Ausdruck bringen.«

Wenn Amy sich nur mit einem höflichen Dank für das ihr gesandte Buch begnügt hätte! Sie hielt es für eine Wohltat, ihm so lobend zu schreiben, ihren Beifall zu übertreiben. Der arme Mensch war ja so einsam. Ja, aber seine Einsamkeit ward erst unerträglich, als eine schöne Frau ihn angelächelt und ihn soweit gebracht hatte, beständig von jener höchsten Lebensfreude zu träumen, die ihm versagt war.

Es war ein verhängnisvoller Tag, jener Tag, an dem Ams sich seiner Führung anvertraute, um Reardons ärmliches Zimmer in Islington zu besuchen. In den alten Zeiten war Harold gewohnt gewesen, die Gattin seines Freundes als eine vollkommene Frau zu betrachten; er hatte in seinem Leben sehr selten die Gesellschaft einer Frau genossen, und als er Amy zuerst begegnete, war es schon Jahre her, daß er mit einer Frau gesprochen hatte, die mehr für ihn gewesen wäre als eine Zimmervermieterin oder eine Näherin. Ihre Schönheit erschien ihm außerordentlich, und ihre geistigen Gaben erfüllten ihn mit einem Entzücken, das Männer, die nie in seiner Lage waren, nicht zu schätzen wissen. Als zwischen ihr und Reardon der Bruch eintrat, konnte Harold nicht glauben, daß sie irgendwie zu tadeln sei, und obwohl durch feste Freundschaft mit Reardon verbunden, klagte er ihn doch der Ungerechtigkeit gegen Amy an. Was er in Brighton von ihr sah, bestärkte ihn in diesem Urteil. Als er sie nach Islington begleitete, ließ er sie natürlich in dem Zimmer, wo Reardon gewohnt hatte, allein, aber Amy rief ihn bald herein und stellte allerlei Fragen. Jede Träne, die sie vergoß, ließ in dem Herzen des einsamen Mannes ein Gefühl leidenschaftlicher Zärtlichkeit aufkommen. Als er sich endlich von ihr trennte, schloß er sich in sein Zimmer ein, um sein Gesicht in Dunkelheit zu verbergen und an sie zu denken — immer an sie zu denken.

Ein verhängnisvoller Tag. Nun war es vorbei mit seinem Frieden, seiner Arbeitsfähigkeit, seinem geduldigen Ertragen des Elends. Einst, in seinem dreiundzwanzigsten Jahre, hatte er sich in ein Mädchen von sanfter Gemütsart und klugem Verstand verliebt; wegen seiner Armut konnte er auf Gegenliebe nicht einmal hoffen, und er ging fort, um sein Leid so gut wie möglich zu ertragen. Seither hatte das Leben, welches er führte, das Entstehen solcher Neigungen von selbst ausgeschlossen, denn er wäre nie imstande gewesen, eine Frau von noch so bescheidener Herkunft zu ernähren. Von Zeit zu Zeit fühlte er das volle Gewicht seiner Einsamkeit, aber glücklicherweise gab es lange Perioden, wo seine griechischen Studien und seine realistischen Romanversuche ihn gegen den Fluch, der auf ihm lag, gleichgültig machten. Aber nach jener Stunde intimen Gesprächs mit Amy war es um die Ruhe des Geistes oder Herzens geschehen.

Er nahm das Vermächtnis Reardons an und brachte die Bücher und Möbel in sein neues Zimmer. Es war in einem Stadtteil gelegen, der ihm für seine Lehrtätigkeit günstig erschien. Der Winter verstrich nicht ohne große Entbehrungen, aber im März erhielt er seine fünfzehn Pfund für »Herrn Bailey«, und das war ein Vermögen, welches ihn für sechs Monate den Klauen des Hungers entriß. Kurz darauf erlag er einer Versuchung, die ihn Tag und Nacht verfolgte; er stattete

Amy, die noch immer bei ihrer Mutter in Westbourne Park wohnte, einen Besuch ab. Als er in den Salon trat, saß Amy allein da und erhob sich mit einem Ausruf offensichtlicher Freude.

»Ach, Herr Biffen! Ich habe schon oft an Sie gedacht, wie nett von Ihnen, daß Sie mich besuchen!«

Er konnte kaum sprechen; ihre Schönheit, wie sie da in dem gefälligen schwarzen Kleide vor ihm stand, war eine Qual für seine erregten Nerven, und ihre Stimme in ihrer konventionellen Wärme übte eine Macht über ihn aus. Als er ihr in die Augen schaute, erinnerte er sich, wie ihr klarer Glanz durch Tränen getrübt worden war, und das mit ihr geteilte Leid schien ihn zu mehr als nur einem gewöhnlichen Bekannten zu machen. Als er von seinem Erfolge bei dem Verleger erzählte, war sie hocherfreut.

»Wann kommt es heraus? Ich werde die Ankündigungen mit größtem Eifer verfolgen!«

»Darf ich Ihnen ein Exemplar schicken, Frau Reardon?«

»Können Sie wirklich eines entbehren?«

Er wußte kaum, was er mit drei der sechs Belegexemplare, die er bekommen würde, anfangen sollte. Amy drückte ihren Dank auf die reizendste Weise aus. Ihre Umgangsformen hatten während des letzten Jahres viel gewonnen; ihre zehntausend Pfund flößten ihr das zu einem großzügigen Benehmen nötige Selbstvertrauen ein. Jene leichte Härte, die einst in ihrem Ton durchklang, war gänzlich verschwunden, und sie schien die Geschmeidigkeit ihrer Stimme noch zu kultivieren.

Frau Yule kam herein und war lauter Freundlichkeit. Dann erschienen zwei Besucher, doch sobald er sich zu geselligem Geplauder genötigt sah, war Biffens Vergnügen zu Ende; er machte sich so rasch wie möglich auf die Beine.

Er war nicht der Mann, der sich über den Eindruck täuscht, den er auf andere macht. Wie freundlich Amy auch sein mochte — sie machte keinen törichten Hagestolz aus ihm; sie sah in ihm einen armen Teufel, der oft seinen Rock versetzen mußte — einen begabten Mann, der nie in der Welt vorwärtskommen würde — einen Freund, den sie freundlich behandeln mußte, weil ihr verstorbener Gatte ihn geschätzt hatte: mehr nicht. Er begriff die Grenzen ihrer Gefühle vollkommen, aber das konnte die Erregung nicht dämpfen, mit der er noch den geringsten Beweis ihrer Freundlichkeit empfing. Er dachte nicht an das, was war, sondern an das, was unter veränderten Verhältnissen hätte sein können. Solche Phantasien waren nichts weiter als müßige Selbstquälerei; aber er war darin schon zu weit gegangen. Er wurde zum Sklaven seiner erhitzten Einbildungskraft.

In jenem Briefe, den er ihr als Antwort auf ihr Lob seines Buches sandte, hatte er sich vielleicht zuviel von seinen Gedanken zu verraten erlaubt. Er schrieb in hingerissenem Entzücken und wartete nicht auf eine spätere Stunde, die ihn vielleicht zu größerer Vorsicht gemahnt hätte. Als es zu spät war, hätte er gern manche der Ausdrücke gemildert, die in dem Brief enthalten waren. »Der Ihre in Dankbarkeit und Ehrfurcht« hatte er unterzeichnet — jene Phrase, die sich einem leidenschaftlichen Manne aufdrängt, wenn er gern mehr sagen möchte, als er wagt. Welchen Sinn hatte diese halbe Enthüllung? Keinen, es sei denn, er wünschte in der Tat durch eine höchst sanfte Abweisung ein für alle Mal zu erfahren, daß seine Huldigung nur so lange willkommen war, als sie sich in den konventionellen Grenzen hielt.

Er verbrachte einen Monat mit zerstreutem Müßiggang, bis ein Tag kam, da das Bedürfnis, Amy wiederzusehen, so gebieterisch wurde, daß er alle Zweifel besiegte. Er zog seine besten Kleider an und erschien gegen vier Uhr bei Frau Yule. Unglücklicherweise war zufällig ein Dutzend Besucher im Salon anwesend. — Ausgepeitscht zu werden wäre ihm lieber gewesen, als diese Feuerprobe zu bestehen. Außerdem war er überzeugt, daß sowohl Amy wie ihre Mutter ihn viel weniger herzlich empfingen als das letzte Mal. Er hatte das erwartet, aber er biß sich auf die Lippen, bis das Blut hervorkam. Was sollte er unter diesen Leuten? Ohne Zweifel wunderten sich die anderen Besucher über seinen bescheidenen Aufzug und fragten sich, wie er es wage, ohne den obligaten Zylinderhut einen Besuch abzustatten. Es war ein unseliger, törichter Fehler gewesen. Zehn Minuten später war er wieder auf der Straße und schwor sich, nie wieder in die Nähe Amys zu kommen ... Nicht, daß er an ihr etwas auszusetzen fand. Die Schuld lag ganz allein bei ihm selbst.

Er wohnte jetzt im dritten Stockwerk eines Hauses in Goodge Street, über einem Bäckerladen. Die Erbschaft der Möbel Reardons war ihm eine große Hilfe, da er so nur die Miete für ein leeres Zimmer zu bezahlen brauchte; auch die Bücher erschienen ihm nach dem Verlust seiner eigenen wie eine Gottesgabe. Er hatte jetzt nur noch einen einzigen Schüler und bemühte sich nicht, andere zu finden; seine alte Energie hatte ihn verlassen.

Der Mißerfolg seines Buches kümmerte ihn wenig. Er hatte nichts anderes erwartet. Die Arbeit war vollendet — die beste, deren er fähig war —, und das befriedigte ihn.

Es war zweifelhaft, ob er Amy im wahren Sinn des Wortes leidenschaftlich liebte. Sie war ihm alles, was eine Frau nur sein kann; für seine verhungerte Seele war sie das Wesen, das seinem armen Leben Erfüllung hätte geben können. Sie weckte jene Naturkraft in ihm, die bisher entweder geschlummert oder seiner Willenskraft gehorcht hatte. Einsam und untätig litt er alle Qualen, die den glücklich Verheirateten so lächerlich und verachtenswert erscheinen. Das Leben dünkte ihn leer und mußte ihm bald zur Last werden; nur im Schlaf konnte er die beharrlichen Gedanken und Wünsche abschütteln, die alles andere sinnlos erscheinen ließen. Durch welches Verhängnis war es ausgerechnet ihm versagt, die Liebe einer Frau zu gewinnen?

Er konnte es nicht ertragen, durch die Straßen zu gehen, wo schöne Frauengesichter ihm begegnen mußten. Wenn er notgedrungen das Haus verließ, wanderte er in den ärmlichen, engen Gassen umher, wo sich ihm nur Bilder von Rohheit, Not und Sorge boten. Doch auch hier ward er zu oft daran erinnert, daß die Armen jener Klasse, der die Armut etwas Selbstverständliches ist, nicht dazu verdammt sind, in Einsamkeit dahin zu vegetieren. Nur er, der keiner Klasse angehörte, der von seinen Genossen im Elend wie von jenen, denen er geistig ebenbürtig war, gleichermaßen zurückgestoßen wurde, mußte sterben, ohne die Berührung einer liebenden Frauenhand gekannt zu haben.

Der Sommer ging vorüber, und er spürte nichts von seiner Wärme und seinem Glanz. Wie seine Tage verstrichen, hätte er nicht zu sagen vermocht.

Eines Abends im Frühherbst, als er vor einem Buchladen in Goodge Street stand, rief ihn eine bekannte Stimme an. Es war Whelpdale. Vor ein paar Monaten hatte er sich hartnäckig geweigert, Whelpdales Einladung zu einem Dinner anzunehmen, und seither hatte der glückliche junge Mann seinen Weg nicht gekreuzt.

»Ich hab Ihnen etwas zu erzählen«, sagte der auf ihn Zutretende, indem er ihn am Arm faßte. »Ich bin ganz außer mir und brauche jemanden, dem ich mein Glück mitteilen kann. Sie können mich doch ein Stück weit begleiten, hoffe ich? Oder sind Sie wieder mit einem neuen Roman beschäftigt?«

Biffen gab keine Antwort, sondern ging, wohin jener ihn führte.

»Sie schreiben wohl ein neues Buch? Verlieren Sie nur nicht den Mut, alter Freund. ›Herr Bailey‹ wird sich schon durchsetzen. Ich kenne Leute, die Ihr Buch unleugbar für das Werk eines Genies halten. Wovon handelt das neue?«

»Ich habe mich noch nicht entschieden«, antwortete Harold, bloß um weitere Fragen zu vermeiden. Er sprach so selten, daß der Ton seiner eigenen Stimme ihm fremd war.

»Grübeln wahrscheinlich in ihrer gewohnten, soliden Weise darüber nach, wie? Übereilen Sie sich nur nicht. Aber ich muß Ihnen erzählen, was mir passiert ist. Sie kennen Dora Milvain; ich habe sie gefragt, ob sie mich heiraten möchte, und bei den Göttern! Sie hat mir eine ermutigende Antwort gegeben! Kein wirkliches Ja, aber ermutigend. Sie ist jetzt auf den Kanalinseln, und ich schrieb ihr . . .«

So plauderte er noch eine Viertelstunde fort, dann riß sich der Zuhörer mit einer plötzlichen Bewegung los.

»Ich kann nicht weitergehen«, sagte er heiser. »Adieu!«

Whelpdale war ganz bestürzt.

»Ich habe Sie gelangweilt. Das ist ein verwünschter Fehler von mir, ich weiß es.«

Biffen hatte mit der Hand gewinkt und war gegangen.

In ein oder zwei Wochen würde er kein Geld mehr haben. Er gab jetzt keine Stunden mehr und konnte nicht schreiben; von seinem Roman war nichts mehr zu erwarten. Warum sollte er kämpfen, um ein Leben fortzusetzen, das nichts als Elend versprach?

In den Stunden, welche seiner Begegnung mit Whelpdale folgten, geschah es zum ersten Male, daß er die wirkliche Todessehnsucht, den einfachen Wunsch zu sterben, kennenlernte. Man muß im Leiden sehr weit gekommen sein, ehe der angeborene Wille zum Leben so vollständig besiegt wird; ein Übermaß körperlicher Leiden kann zu dieser Verkehrung der Instinkte führen, seltener jene Verzweiflung unterdrückter Gefühle, die Harold befallen hatte. Die ganze Nacht hindurch waren seine Gedanken auf den Tod gerichtet — er bedeutete für ihn Ruhe, ewiges Vergessen. Und darin hatte er Trost gefunden.

In der nächsten Nacht war es dasselbe. Auch während er sich alltäglichen Bedürfnissen und Beschäftigungen widmete. ließ sein Kummer keinen Augenblick nach; aber wenn er sich in der Dunkelheit hinlegte, hörte er einen flüsternden, verheißungsvollen Ruf. Die Nacht, einst die schlimmste Zeit seiner Leiden, war ihm jetzt zur Freundin geworden; sie kam als die Vorbotin des Schlafs, der ewig währt.

Nach einigen Tagen überkam ihn eine Ruhe, wie er sie nie gekannt hatte. Sein Entschluß war gefaßt; er war nicht das Resultat eines kurzen, dramatischen Ringens, sondern eines schleichenden Prozesses, in dessen Verlauf sich seine Phantasie in den Tod verliebt hatte. Nun, da seine Gedanken sich von der einzigen Wonne des Lebens abgewandt hatten, sah er mit derselben tiefen Sehnsucht einem Zustand entgegen, der weder Furcht noch Hoffnung kennt.

Eines Nachmittags ging er ins Britische Museum und beschäftigte sich mehrere Minuten lang mit einem Band, den er der Abteilung für medizinische Literatur entnahm. Auf dem Heimweg suchte er mehrere Drogerien auf. Das, was er benötigte, konnte nur in sehr kleinen Mengen beschafft werden, aber durch die Wiederholung seines Verlangens an verschiedenen

Orten erhielt er eine genügende Dosis. Als er nach Hause zurückkehrte, leerte er den Inhalt der vielen kleinen Flaschen in eine größere und steckte sie in die Tasche. Dann schrieb er einen ziemlich langen Brief an seinen Bruder in Liverpool.

Es war ein schöner Tag gewesen, und es fehlten noch ein paar Stunden, ehe das warme, goldene Sonnenlicht verschwinden würde. Harold stand da und sah sich im Zimmer um. Wie immer, bot es einen hübschen, ordentlichen Anblick, aber sein Blick fiel auf ein Buch, das auf dem Kopf stand, und diesen Fehler — einem Büchermenschen doppelt verhaßt — behob er. Er legte den Löschpapierblock quer über den Tisch, schloß den Deckel des Tintenfasses und ordnete die Federn. Dann nahm er Hut und Stock, schloß die Tür hinter sich und ging hinunter. Im Flur sprach er mit seiner Hauswirtin und sagte ihr, daß er diese Nacht nicht zurückkommen werde. Sobald sich eine Gelegenheit vor, warf er, nachdem er das Haus verlassen hatte, den Brief in einen Postkasten.

Sein Ziel lag westwärts; mit ruhigem, zielbewußtem Schritt, mit heiterer Miene und Augen, in denen sich Vergnügen zeigte, so oft sie sich den sonnenbestrahlten Wolken zuwandten, ging er durch Kensington Gardens und dann weiter, Fulham zu, wo er die Themse nach Putney überquerte. Die Sonne ging eben unter; er blieb ein paar Minuten auf der Brücke stehen, betrachtete den Fluß mit einem stillen Lächeln und weidete sich an der Pracht des Himmels. Den Putneyhügel ging er langsam hinauf; als er die Anhöhe erreichte, begann es finster zu werden, aber ein eigenartiger Lichteffekt bewog ihn, sich umzuwenden und nach Osten zu schauen. Ein leiser Ausruf entschlüpfte seinen Lippen, denn vor ihm hing der eben aufgegangene Mond, ein vollkommenes Rund, groß und rot. Er betrachtete ihn lange Zeit.

Als das Tageslicht ganz verschwunden war, ging er weiter in die Heide hinein und schlenderte, wie müßig, zu einem versteckten Winkel, wo Bäume und Büsche unter dem Vollmond tiefe Schatten warfen. Es war noch ganz warm, und kaum ein Luftzug regte sich in den rötlich werdenden Blättern.

Als er sich endlich vor jedem Blick sicher wußte, drang er in ein kleines Dickicht ein und setzte sich dort ins Gras, den Rücken gegen einen Baumstamm gelehnt. Der Mond war jetzt verborgen, aber wenn er in die Höhe schaute, konnte er sein Licht auf einer langen, blassen Wolke und dem Blau des ruhigen Himmels sehen. Er verspürte einen unaussprechlichen Frieden. Nur Gedanken an schöne Dinge zogen durch seinen Geist; er war zu einer früheren Periode seines Lebens zurückgekehrt, da die Mission des literarischen Realismus noch nicht auf ihm lastete und seine Leidenschaften noch durch die Hoffnung besänftigt wurden. Das Andenken seines Freundes Reardon war ihm immer gegenwärtig, aber an Amy dachte er nur wie an jenen Stern, der eben über dem Rande des dunklen Laubes erschienen war — schön, aber unendlich fern.

Mit der Erinnerung an Reardons Stimme entsann er sich auch jener letzten Worte, die der sterbende Freund geflüstert hatte. Sie fielen ihm jetzt ein:

»*Wir sind solcher Stoff*
Wie der zu Träumen, und dies kleine Leben
Umfaßt ein Schlaf.«

XXXVI. JASPERS HEIKLE ANGELEGENHEIT

Erst als Jasper Fräulein Ruperts liebenswürdig formulierte Ablehnung erhalten hatte, wurde er sich bewußt, wie fest er auf ihre Einwilligung, seine Frau zu werden, gerechnet hatte. Er war ganz aufrichtig, als er Dora sagte, daß sein Antrag eine Albernheit gewesen sei; denn er empfand für Fräulein Rupert nicht nur keinerlei Neigung, sondern sogar etwas wie Antipathie; und zu gleicher Zeit war er sich innerer Gefühle, wenn nicht gar der Liebe, für eine andere bewußt, die selbst vom geschäftlichen Standpunkt aus keine schlechte Partie wäre. Dennoch verlockte ihn der Gedanke an ein großes Vermögen derart, daß er in banger Erwartung des Wortes, das ihn reich machen sollte, lebte, und sich noch mehrere Stunden nach der Enttäuschung ganz so fühlte, als hätte ein großes Unglück ihn heimgesucht.

Zum Teil rührte dieses Gefühl auch von dem Gedanken an die Verpflichtung her, die er nun erfüllen mußte. Er hatte sein Wort verpfändet, Marian ohne weiteren Aufschub zu heiraten, und sich aus dieser Pflicht herauszuschleichen, würde ihn auch in seinen eigenen Augen ehrlos machen. Deren Erfüllung aber bedeutete, wie er sich ausgedrückt hatte, daß er »gerichtet« sei; er würde jetzt mit Bedacht jenen Fehler begehen, der ihm bei anderen, die sich durch die frühe Ehe mit einer armen Frau geschadet hatten, immer so entsetzlich erschienen war. Er fühlte sich nach allen Seiten in verhängnisvolle Umstände verstrickt. Weil er in den Tagen seiner Unerfahrenheit mit einem Mädchen getändelt hatte, das freilich viele Reize besaß, war er Schritt für Schritt dazu gedrängt worden, dieser unreifen Liebschaft seine besten Hoffnungen zu opfern. Und was noch ärgerlicher war, es geschah das gerade an dem Punkt, wo er seinen Weg immer klarer vor sich liegen sah.

An Arbeit konnte er nicht denken. Zum ersten Mal, soweit er sich entsinnen konnte, wich sein Selbstvertrauen einem Anfall dumpfer Unzufriedenheit. Er fühlte sich vom Schicksal grausam behandelt und daher auch von Marian, die das Werkzeug dieses Schicksals war. Es lag nicht in seiner Natur, sich einer solchen Stimmung lange hinzugeben, aber sie enthüllte ihm die dunkeln Seiten, die sein Egoismus entwickeln würde, wenn das Unglück ihm einmal zu harte Proben auferlegen sollte. Eine Hoffnung, eine feige Hoffnung nistete sich in die Ritzen seines gebrechlichen Entschlusses ein.

Er schrieb an Marian, sie solle ihn, falls es ihr möglich sei, am nächsten Vormittag um halb zehn bei Gloucester Gate erwarten. Er hatte Gründe, einen neutralen Ort für diese Unterredung zu wünschen.

Früh am Nachmittag, als er zu arbeiten versuchte, kam ein Brief an, den er mit ungeduldigen Fingern öffnete; die Handschrift war die Amy Reardons, und er konnte nicht erraten, was sie ihm mitzuteilen hatte.

»Lieber Herr Milvain — Ich lese zu meiner grenzenlosen Betrübnis in der Morgenzeitung, daß der arme Biffen seinem Leben ein Ende gemacht hat. Ohne Zweifel können Sie mehr Details erfahren, als in dem bloßen Bericht von der Auffindung des Leichnams enthalten sind. Wollen Sie mir Näheres mitteilen, oder mich besuchen?«

Er las und war erstaunt. In seine eigenen Angelegenheiten vertieft, hatte er die Zeitung heute noch nicht geöffnet. Sie lag zusammengefaltet auf einem

Stuhl. Hastig überflog er die Spalten und fand zuletzt eine kurze Notiz, welche berichtete, daß die Leiche eines Mannes, der augenscheinlich Selbstmord durch Gift begangen hatte, bei Putney aufgefunden worden sei, daß mehrere Papiere in seiner Tasche ihn als einen gewissen Harold Biffen, zuletzt wohnhaft Goodge Street, auswiesen, daß eine Untersuchung stattfinden werde, und so weiter. Er ging zu Dora hinein und teilte ihr das Ereignis mit, ohne jedoch den Brief zu erwähnen, der ihn darauf aufmerksam gemacht hatte.

»Er hatte wohl keine Wahl zwischen Tod und Verhungern. Aber ich hätte nicht gedacht, daß Biffen sich umbringen würde. Hätte Reardon es getan, so wäre ich nicht im geringsten überrascht gewesen.«

»Herr Whelpdale wird uns ohne Zweifel Näheres mitteilen«, sagte Dora, die, während sie sprach, mehr an den Besuch dieses Herrn als an das Ereignis dachte, das ihn herbeiführte.

»Man kann wirklich nicht einmal traurig darüber sein. Es gab ja keine Aussicht, daß er je genug verdienen könnte, um anständig zu leben. Aber warum zum Teufel ist er so weit hinausgegangen? Wahrscheinlich aus Rücksicht auf die Leute, bei denen er wohnte; Biffen besaß viel angeborenes Zartgefühl.«

Dora empfand den geheimen Wunsch, daß ein anderer mehr von dieser wünschenswerten Eigenschaft besäße.

Als Jasper sie verlassen hatte, machte er schnell, jedoch sorgsam Toilette und war bald auf dem Wege nach Westbourne Park. Er hoffte, Mrs. Yules Haus zu erreichen, ehe die üblichen Nachmittagsbesuche kamen, und so geschah es auch. Er war seit jenem Abend, an dem er Reardon getroffen und seine Vorwürfe angehört hatte, nicht hier gewesen. Zu seiner großen Befriedigung war Amy allein im Salon; er hielt ihre Hand ein wenig länger als gerade notwendig war, und gab den eindringlichen Blick, mit dem sie ihn betrachtete, noch ernster zurück.

»Ich wußte noch nichts von der Sache, als Ihr Brief kam«, hob er an, »und machte mich sofort zu Ihnen auf den Weg.«

»Ich hoffte, daß Sie mir Nachrichten bringen würden. Was kann den Armen zu diesem Schritt getrieben haben?«

»Ich kann nur annehmen, die Armut; aber ich werde Whelpdale fragen. Ich habe Biffen schon lange nicht mehr gesehen.«

»War er noch immer so arm?« fragte Amy mitleidig.

»Leider. Sein Buch war ein völliger Mißerfolg.«

»Oh, wenn ich das geahnt hätte, würde ich ihm doch geholfen haben!« — Diese bedauernde Bemerkung hört man oft von den Freunden, wenn sie einen haben zugrunde gehen lassen.

In Amys Trauer mischte sich ein zärtliches Gefühl, welches dem Bewußtsein entsprang, daß der Tote sie angebetet hatte. Vielleicht war sein Tod teilweise dieser hoffnungslosen Liebe zuzuschreiben.

»Er hat mir ein Exemplar seines Romans geschickt«, sagte sie, »und ich habe ihn danach ein- oder zweimal gesehen; aber er war viel besser gekleidet als in früheren Zeiten, und ich dachte...«

Über diesem Thema gerieten die beiden rascher in ein behagliches Gespräch, als es sonst hätte der Fall sein können. Jasper beobachtete die junge Witwe sehr aufmerksam; ihre vollendete Anmut rief seine Bewunderung hervor und erschreckte ihn sogar ein wenig. Er sah, daß ihre Schönheit gereift war und daß sie deutlicher als je dem Frauentypus entsprach, den er verehrte. Amy konnte unter den Frauen von Welt einen hervorragenden Platz einnehmen. Bei einem Dinner, in großer Toilette mußte sie prächtig aussehen; bei Empfängen würde man flüstern: »Wer ist das?«

Das Gespräch wandte sich von Biffen ab.

»Es tut mir sehr leid, von dem Unglück meiner Cousine zu hören«, sagte Amy.

»Die Erbschaftsaffaire? Ja, das war sehr schade. Um so mehr, als ihr Vater von Blindheit bedroht ist.«

»Ist es so ernst? Ich hörte indirekt, daß etwas mit seinen Augen sei, aber ich wußte nicht . . .«

»Bald wird eine Operation möglich sein, und vielleicht gelingt sie. Aber unterdessen muß Marian seine Arbeit verrichten.«

»Dies erklärt dann — die Verzögerung?« kam es lächelnd von Amys Lippen.

Jasper rückte unbehaglich hin und her. Es war eine absichtsvolle Geste.

»Es erklärt die ganze Situation«, antwortete er mit leicht gespielter Impulsivität. »Ich fürchte sehr, daß Marian gebunden ist, solange ihr Vater lebt.«

»Wirklich? Ihre Mutter ist doch da.«

»Wie Sie wohl wissen, ist das keine Gefährtin für Herrn Yule. Selbst wenn er sein Augenlicht wiedererlangt, wird er höchst wahrscheinlich nicht mehr so wie früher arbeiten können. Unsere Sorgen sind so groß, daß . . .«

Er hielt inne, und ließ verzagt die Hand herabsinken.

»Ich hoffe, das alles behindert nicht Ihre Arbeit — Ihr Fortkommen?«

»In gewissem Grade doch. Sie erinnern sich, ich besitze ziemlich viel Willenskraft, und was ich mir vorgenommen habe, werde ich eines Tages ohne Zweifel erreichen. Aber — man begeht auch manchmal Fehler.«

Eine Pause entstand.

»In den letzten drei Jahren«, fuhr er fort, »hat sich meine Lage um einiges verändert. Erinnern Sie sich, wo ich stand, als Sie mich kennenlernten? Ich denke, ich habe es seither zu etwas gebracht, und zwar durch eigene Kraft.«

»Gewiß.«

»Gerade jetzt bedarf ich einiger Ermutigung. Sie haben doch kein Nachlassen in meinen Arbeiten bemerkt?«

»Nein.«

»Lesen Sie gewöhnlich meine Sachen im ›Current‹ und so weiter?«

»Ich glaube nicht, daß ich viele Ihrer Artikel übersehe. Manchmal glaube ich, sie selbst dann zu erkennen, wenn Ihr Name nicht darunter steht.«

»Auch Dora hat sich gemacht. Ihre Geschichte in der Mädchenzeitung hat Aufmerksamkeit erregt. Es ist ein großer Vorteil für mich, daß ich die Sorge um beide Mädchen los bin, doch kann ich nicht so tun, als wäre ich zufrieden.« Er stand auf. »Nun, ich muß versuchen, etwas mehr über den armen Biffen herauszufinden.«

»Oh, Sie gehen doch noch nicht, Herr Milvain?«

»Gewiß nicht, weil ich es wünsche, aber ich habe zu arbeiten.« Er entfernte sich einige Schritte, kam aber, wie von einem Impuls getrieben, zurück. »Darf ich Sie in einer sehr heiklen Angelegenheit um Ihren Rat bitten?«

Amy war ein wenig bestürzt, aber sie faßte sich und lächelte in einer Weise, die Jasper an ihren gemeinsamen Spaziergang durch Gower Street erinnerte.

»Lassen Sie hören.«

Er setzte sich wieder nieder und beugte sich vor.

»Bin ich, wenn Marian darauf besteht, daß es ihre Pflicht ist, bei ihrem Vater zu bleiben, berechtigt, darauf einzugehen, oder nicht?«

»Ich verstehe nicht ganz. Hat Marian den Wunsch ausgesprochen, sich in dieser Weise zu opfern?«

»Nicht offen, aber ich ahne, daß ihr Gewissen es ihr gebietet. Ich bin in ernstlichem Zweifel. Einerseits«, fuhr er in offenherzigem Tone fort, »wer wird mich

nicht verurteilen, wenn unsere Verlobung derart endet?
— Andererseits und ganz nebenbei, Sie wissen, daß ihr Vater sich dieser Heirat mit aller Kraft widersetzt?«

»Nein, das wußte ich nicht.«

»Er will von mir nichts sehen und hören, bloß weil ich mit Fadge in Verbindung stehe. Denken Sie, in was für einer Lage dieses arme Mädchen ist. Und ich könnte ihr so leicht die Ruhe wiedergeben, wenn ich alle Ansprüche auf sie aufgäbe!«

»Ich nehme an, daß . . . daß Sie sich durch einen solchen Entschluß selbst die Ruhe wiedergeben würden.«

»Sehen Sie mich nicht mit einem so ironischen Lächeln an«, bat er. »Was Sie sagten, ist wahr. Und letzten Endes, warum sollte ich mich nicht darüber freuen? Ich könnte jedenfalls nicht herumlaufen und erklären, daß mein Herz gebrochen sei. Die Leute sollen mich beurteilen, wie sie Lust haben, und ihr Urteil wird sicherlich ungünstig sein. Was kann ich machen? Was ich auch tue, unrecht wird es in jedem Falle sein. Offen gestanden, war ich in dieser Sache von Anfang an im Unrecht.

Um Amys Lippen ging ein leises Zucken, als er diese Worte sprach; sie hielt die Augen gesenkt und wartete ein wenig, ehe sie antwortete:

»Ich fürchte, der Fall ist zu heikel, als daß ich einen Rat geben könnte.«

»Ja, das fühle ich selbst. Vielleicht hätte ich gar nicht davon reden sollen. Nun, ich gehe zu meiner Kritzelei zurück. Es hat mich sehr gefreut, Sie wieder einmal zu sehen.«

»Es war sehr freundlich von Ihnen, sich die Mühe zu machen, hierherzukommen — da Sie doch so viele Sorgen haben.«

Wieder hielt Jasper die weiße, weiche Hand einen Moment zu lange fest.

Am nächsten Morgen war er es, der bei dem Rendezvous zu warten hatte; er ging mindestens zehn Minuten vor der festgesetzten Zeit in der Allee auf und ab. Als Marian endlich erschien, keuchte sie vom hastigen Gehen, und dies machte auf Jasper einen unangenehmen Eindruck; er dachte an Amy Reardons ruhige Miene und stellte sich vor, wie unmöglich es dieser eleganten Person wäre, in solche Unordnung zu geraten. Er bemerkte auch mit größerem Widerwillen als gewöhnlich die Symptome herannahender Armut an Marians Toilette, ihre nicht besonders sauberen Handschuhe und ihren altmodischen Mantel. Dennoch machte er sich wegen dieser Gefühle selbst Vorwürfe und wurde dadurch noch zorniger.

Sie gingen in derselben Richtung wie bei ihrer ersten Zusammenkunft. Marian mußte die Ruhelosigkeit in den glatten Zügen ihres Gefährten bemerken. Sie erriet, daß seinem Wunsch, sie zu treffen, eine ernste Ursache zugrunde lag; und das Keuchen, mit dem sie sich genähert hatte, rührte teilweise von den ängstlichen Schlägen ihres Herzens her. Jaspers langes Stillschweigen bedeutete nichts Gutes. Endlich begann er ohne Einleitung.

»Hast du gehört, daß Harold Biffen Selbstmord begangen hat?«

»Nein«, antwortete sie entsetzt.

»Er hat sich vergiftet. Du findest die Einzelheiten im heutigen ›Telegraph‹.«

Er erzählte ihr so viel, wie er selbst erfahren hatte, und fügte hinzu:

»Nun sind schon zwei meiner Kameraden in der Schlacht gefallen. Ich sollte mich glücklich preisen, Marian, nicht wahr?«

»Du bist besser für diesen Kampf gerüstet, Jasper.«

»Ich bin brutaler, meinst du.«

»Du weißt sehr gut, daß ich das nicht meine. Du besitzt mehr Energie und mehr Intelligenz.«

»Nun, es wird sich zeigen, wie ich mich entwickle, wenn größere Sorgen auf mir lasten, als ich bisher gekannt habe.«

Sie sah ihn forschend an, sagte aber nichts.

»Ich habe einen Entschluß gefaßt«, fuhr er fort. »Marian, wenn wir je heiraten sollen, dann muß es jetzt geschehen.«

Diese Worte kamen so unerwartet, daß sie ihr die Röte in Wangen und Stirne trieben.

»Jetzt?«

»Ja. Willst du mich heiraten, und es mit unserem Glück probieren?«

Ihr Herz klopfte heftig.

»Du meinst doch nicht sofort, Jasper? Du wirst doch warten, bis ich weiß, was mit meinem Vater geschehen wird?«

»Das ist der Haken. Glaubst du, daß du zur Zeit für deinen Vater unentbehrlich bist?«

»Unentbehrlich nicht. Aber ... würde es nicht sehr herzlos aussehen? Ich fürchte die Wirkung auf seine Gesundheit, Jasper. Man hat uns gesagt, daß von seinem allgemeinen Körper- und Seelenzustand sehr viel abhängt. Es wäre furchtbar, wenn ich die Ursache wäre...«

Sie hielt inne und sah mit einem rührenden Blick zu ihm auf.

»Ich verstehe das, aber laß uns einmal unsere Lage ins Auge fassen. Angenommen, die Operation gelingt — so wird dein Vater noch lange Zeit nicht imstande sein, seine Augen zu gebrauchen, und vielleicht vermißt er dich dann ebensosehr wie jetzt. Nehmen wir an, er erhält sein Augenlicht *nicht* zurück — könntest du ihn dann verlassen?«

»Lieber, ich glaube nicht, daß es meine Pflicht ist, dich aufzugeben, weil mein Vater blind geworden ist... und wenn er einigermaßen gut sieht, brauche ich auch nicht bei ihm zu bleiben.«

»Hast du auch etwas anderes bedacht? Wird er eine Unterstützung von einer Person annehmen, die Frau Milvain heißt?«

»Ich weiß es nicht«, antwortete sie unruhig.

»Und wenn er sich hartnäckig weigert, was dann? Was steht ihm dann bevor?«

Marian ließ den Kopf hängen und blieb stehen.

»Warum hast du dich anders besonnen, Jasper?« fragte sie endlich.

»Weil ich zu der Überzeugung gekommen bin, daß eine unbestimmt lange Brautzeit ein Unrecht gegen dich — und auch gegen mich wäre. Solche langen Verlobungen sind immer gefährlich; manchmal verderben sie den Charakter des Mannes oder der Frau.«

Sie hörte ängstlich zu und dachte nach.

»Ohne deine häuslichen Sorgen wäre alles ganz einfach«, fuhr er fort. »Wie ich dir sagte, ist es sehr zweifelhaft, ob dein Vater von dir Geld annehmen wird, nachdem du meine Frau geworden bist. Und zweitens, werden wir imstande sein, ihm eine solche Unterstützung zu gewähren?«

»Ich dachte, du wärest dessen sicher.«

»Um die Wahrheit zu sagen, ich bin mir nicht sicher. Ich bin unruhig. Ich kann nicht arbeiten.«

»Das tut mir sehr leid, sehr leid.«

»Es ist nicht deine Schuld, Marian, und ... Nun, dann läßt sich nur eines tun. Warten wir auf jeden Fall, bis dein Vater operiert worden ist. Wie das Resultat auch ausfallen mag, deine Lage, so sagst du, wird immer dieselbe sein.«

»Außer, Jasper, daß ich, wenn der Vater hilflos wird, Mittel zu seiner Unterstützung finden *muß*.«

»Mit anderen Worten, wenn du dies nicht als meine Frau tun kannst, so mußt du Marian Yule bleiben.«

Nach einer Pause sah ihn Marian fest an.

»Du siehst nur die Schwierigkeiten«, sagte sie mit

kälterer Stimme. »Ich weiß, es sind deren viele. Hältst du sie für unüberwindbar?«

»Ehrlich gesagt, fast kommen mir sie so vor«, rief Jasper verstört.

»Sie waren nicht so groß, als wir davon sprachen, in ein paar Jahren zu heiraten.«

»In ein paar Jahren!« wiederholte er mit trostloser Stimme. »Gerade das ist, wie ich eingesehen habe, unmöglich. Marian, du sollst die volle Wahrheit hören. Ich kann deiner Treue vertrauen, aber nicht der meinen. Ich würde dich jetzt heiraten, aber — in ein paar Jahren — wie kann ich sagen, was geschehen mag? Ich traue mir selber nicht.«

»Du sagst, du ›würdest‹ mich jetzt heiraten — das klingt, als ob du dich zu einem Opfer entschlossen hättest.«

»Das meinte ich nicht. Aber den Schwierigkeiten entgegenzutreten, ja, dazu habe ich mich entschlossen.«

Während sie sprachen, hatten schwere Wolken den Himmel verdunkelt, und jetzt begannen Regentropfen zu fallen. Jasper sah ärgerlich umher, als er die Tropfen spürte, aber Marian schien sie nicht zu bemerken.

»Wirst du ihnen gern entgegentreten?«

»Ich bin nicht einer, der bereut und murrt. Spann deinen Regenschirm auf, Marian.«

»Was liegt mir an ein paar Regentropfen«, rief sie mit leidenschaftlichem Schmerz, »wenn mein ganzes Leben auf dem Spiele steht! Wie soll ich dich verstehen? Jedes Wort, das du sprichst, scheint bestimmt zu sein, mich zu entmutigen. Liebst du mich nicht mehr? Wozu verbirgst du es, wenn das die Wahrheit ist? Meinst du das mit dem Mißtrauen gegen dich selbst? Wenn dies der Fall ist, so liegt der Grund dafür in der Gegenwart. Könnte ich *mir* mißtrauen? Könnte ich mich auf irgendeine Weise zu dem Glauben bringen, daß ich je aufhören werde, dich zu lieben?«

Jasper spannte seinen Regenschirm auf.

»Wir müssen ein anderes Mal darüber sprechen, Marian. In diesem Regen können wir nicht stehenbleiben — hol's der Teufel! Verwünschtes Klima, wo man keine fünf Minuten auf einen klaren Himmel rechnen kann!«

»Ich *kann* nicht gehen, Jasper, ehe du dich deutlicher ausgesprochen hast. Wie könnte ich auch nur eine Stunde in einer solchen Ungewißheit leben? Liebst du mich oder nicht? Wünschst du, daß ich deine Frau werde oder opferst du dich?«

»Ich wünsche es!« — Ihre Erregung hatte auf ihn Einfluß, und seine Stimme zitterte. »Aber ich kann nicht für mich bürgen — nein, kein Jahr lang. Und wie können wir jetzt heiraten, angesichts all dieser...«

»Was soll ich tun? Was soll ich tun?« schluchzte sie. »Oh, könnte ich nur gegen alle Menschen herzlos sein, außer gegen dich! Könnte ich dir das Geld geben und Vater und Mutter ihrem Schicksal überlassen! Vielleicht könnten andere das. Es gibt kein Naturgesetz, daß ein Kind seinen Eltern alles opfern muß. Du kennst die Welt viel besser als ich — kannst du mir nicht raten? Gibt es keinen Ausweg, um meinen Vater zu versorgen?«

»Großer Gott! Marian, das ist furchtbar, das kann ich nicht ertragen. Lebe weiter wie bisher. Warten wir!«

»Auf die Gefahr hin, dich zu verlieren?«

»Ich werde dir treu bleiben!«

»Und deine Stimme sagt, daß du das aus Mitleid versprichst.«

Er hatte den Schirm über sie halten wollen, aber Marian wandte sich ab, trat ein paar Schritte beiseite und blieb in einiger Entfernung unter dem Schutze eines großen Baumes stehen, das Gesicht von ihm abgewandt. Während er sich ihr näherte, sah er, daß ihr

Körper von lautlosem Schluchzen geschüttelt wurde. Als seine Schritte ganz dicht neben ihr waren, sah sie ihn an.

»Ich weiß jetzt«, sagte sie, »wie albern es ist, wenn man sagt, daß die Liebe selbstlos sei. Wo könnte es mehr Selbstsucht geben? Mir ist, als müßte ich dich um jeden Preis an dein Versprechen binden, obwohl du mir zu verstehen gegeben hast, daß du unsere Verlobung als dein größtes Unglück betrachtest. Ich habe das schon seit Wochen gefühlt — oh, seit Monaten! Aber ich konnte kein Wort hervorbringen, das dieses Elend beim Namen genannt hätte. Du liebst mich nicht, Jasper, und damit hat alles ein Ende. Ich müßte mich schämen, wenn ich dich heiratete.«

»Ob ich dich liebe oder nicht, kein Opfer wäre mir zu groß, das dir das Glück brächte, welches du verdienst.«

»Verdienst!« wiederholte sie bitter. »Warum verdiene ich es? Weil ich mich von ganzem Herzen und ganzer Seele danach sehne? Es gibt kein Verdienst. Glück oder Elend kommen uns durch das Schicksal zu.«

»Liegt es in meiner Macht, dich glücklich zu machen?«

»Nein, denn es liegt nicht in deiner Macht, eine tote Liebe wieder zum Leben zu erwecken. Ich denke, vielleicht hast du mich nie geliebt. Jasper, ich möchte meine rechte Hand dafür hingeben, wenn du gesagt hättest, daß du mich liebtest, ehe — ich kann es nicht in Worte fassen; es klingt zu niederträchtig, und ich will nicht sagen, daß du niederträchtig gehandelt hast. Aber wenn du gesagt hättest, daß du mich schon vorher geliebt hast, so hätte ich mich immer daran erinnern können.«

»Du tust mir nicht Unrecht, wenn du mich der Niedertracht anklagst«, antwortete er düster. »Wenn ich etwas glaube, so glaube ich, daß ich dich geliebt habe. Aber ich kannte mich selbst, und ich hätte meine

Gefühle nie verraten dürfen, wenn ich einmal in meinem Leben hätte ehrenhaft sein wollen.«

Der Regen plätscherte auf die Blätter und das Gras nieder, und der Himmel verdunkelte sich immer mehr.

»Das ist eine Qual für uns beide«, fügte Jasper hinzu. »Gehen wir jetzt, Marian, wir werden uns ein andermal wiedersehen.«

»Ich kann dich nicht wiedersehen. Was könntest du mir sagen, nach allem, was du mir bereits gesagt hast? Ich käme mir wie eine Bettlerin vor, wenn ich noch einmal vor dich träte. Ich muß mir ein wenig Selbstachtung zu bewahren trachten, wenn ich überhaupt weiterleben soll.«

»Dann werde ich dir helfen, meiner mit Gleichgültigkeit zu gedenken. Erinnere dich an mich wie an jemanden, der eine unschätzbare Liebe wie die deine mißachtete, um hinzugehen und sich eine stolze Stellung unter Narren und Schurken zu schaffen — ja, darauf läuft es hinaus. Du bist's ,die mich zurückstößt, und du hast Recht. Ein Mensch, der vom vulgären Ehrgeiz so abhängig ist wie ich, ist nicht der richtige Gatte für dich. Bald genug würdest du mich völlig verachten; und obwohl ich wüßte, daß ich das verdient habe, würde mein Stolz sich dagegen empören. Schon mehr als einmal habe ich mich bemüht, mich im Leben so edel zu verhalten, wie es mir in der Theorie durchaus gelingt, aber das endet immer mit Heuchelei. Männer meiner Art haben Erfolg; die Gewissenhaften und jene, die ein wirklich hohes Ideal haben, gehen zugrunde oder kämpfen in der Namenlosigkeit weiter.«

Marian hatte ihre Aufregung überwunden.

»Du brauchst dich nicht herabzusetzen«, sagte sie. »Was kann einfacher sein als die Wahrheit? Du hast mich geliebt, oder mich zu lieben geglaubt, und jetzt liebst du mich nicht mehr. Das ist etwas, was jeden

Tag geschieht, entweder beim Mann oder bei der Frau, und die *Ehre* verlangt nichts weiter als den Mut, die Wahrheit zu gestehen. Warum hast du es mir nicht sofort gesagt, als du wußtest, daß ich dir lästig bin?«

»Marian, willst du mir einen Gefallen tun? — Willst du unsere Verlobung noch ein halbes Jahr dauern lassen, aber ohne daß wir uns während dieser Zeit sehen?«

»Aber zu welchem Zweck?«

»Wenn wir uns dann wiedersehen, werden wir beide ruhiger sein und mit Sicherheit wissen, welchen Weg wir einzuschlagen haben.«

»Das kommt mir kindisch vor. Dir fällt es leicht, mit einer monatelangen Ungewißheit zu leben, aber für mich muß es jetzt zu Ende sein; ich kann es nicht länger ertragen.«

Der Regen fiel unaufhörlich und begann sich mit einem herbstlichen Nebel zu mischen. Jasper zögerte einen Augenblick, dann fragte er ruhig:

»Du gehst ins Museum?«

»Ja.«

»Geh heute lieber nach Hause, Marian. Du kannst nicht arbeiten...«

»Ich muß und darf keine Zeit verlieren. Adieu!«

Sie reichte ihm die Hand. Einen Augenblick sahen sie sich an, dann verließ Marian den Schutz des Baumes, öffnete ihren Regenschirm und ging rasch davon. Jasper sah ihr nach; er hatte den Gesichtsausdruck eines Mannes, der eine tiefe Demütigung erleidet.

Ein paar Stunden später teilte er Dora das Vorgefallene mit, ohne sein Benehmen zu beschönigen. Seine Schwester sagte sehr wenig, denn sie bemerkte an seinem Ton und an seinem Aussehen, daß er wirklich litt; aber als er fort war, setzte sie sich hin und schrieb an Marian.

»Ich habe weit größere Lust, dir zu gratulieren, als das Geschehene zu bedauern. Jetzt, wo Schweigen nicht mehr notwendig ist, will ich dir etwas sagen, was Dir Jasper in seinem wahren Lichte zeigen wird. Vor einigen Wochen hat er tatsächlich um eine Person angehalten, für die er nicht die geringste Neigung zu haben vorgibt, die aber sehr reich ist und töricht genug schien, ihn zu heiraten. Gestern früh erhielt er ihre definitive Antwort — einen Korb. Ich weiß nicht, ob ich recht hatte, dies vor Dir zu verheimlichen, aber vielleicht hätte ich durch meine Einmischung nur schaden können. Du wirst nun einsehen, obwohl Du sicherlich keines neuen Beweises bedarfst, wie gänzlich unwürdig er Deiner ist. Du kannst es gewiß nicht für ein reines Unglück halten, daß jetzt alles zwischen euch vorbei ist. Teuerste Marian, höre nicht auf, mich als Deine Freundin zu betrachten, weil mein Bruder sich entehrt hat. Wenn Du mich nicht besuchen kannst, so laß uns wenigstens einander schreiben. Du bist die einzige Freundin, die ich habe, und ich könnte Deinen Verlust nicht ertragen.«

Und noch viel mehr in derselben Tonart. Mehrere Tage verstrichen, ehe eine Antwort kam. Sie war so liebevoll und freundschaftlich wie immer, enthielt aber nur wenige Worte.

»Vorläufig können wir uns nicht sehen, aber ich bin weit entfernt, zu wünschen, daß unsere Freundschaft ein Ende nehmen soll. Ich muß Dich nur bitten, jene Dinge nie mehr zu erwähnen; erzähle mir nur immer von Dir selbst, und sei gewiß, daß ich nie genug von Dir hören kann.«

Dora seufzte, schüttelte ihren kleinen Kopf und dachte mit unsäglicher Verachtung an ihren Bruder.

XXXVII. BELOHNUNGEN

Zu gegebener Zeit unterzog sich Alfred Yule der Staroperation, und man glaubte zuerst, daß das Resultat günstig sein werde. Diese Hoffnung war von kurzer Dauer; obwohl man die größte Vorsicht walten ließ, zeigten sich böse Symptome, und nach wenigen Monaten war alle Aussicht auf eine Wiederherstellung seines Augenlichtes geschwunden. Angst und die verhängnisvolle Hoffnungslosigkeit untergruben seine Gesundheit; zugleich mit der Blindheit befiel ihn die Gebrechlichkeit vorzeitigen Alters.

Die Lage der Familie war verzweifelt. Marian hatte während des ganzen Winters an nervösen Anfällen gelitten und vermochte durch keine Willenskraft genügend literarische Arbeit zu verrichten, um das ihr aus den fünfzehnhundert Pfund zufließende Einkommen hinreichend aufzubessern. Im Sommer 1885 spitzte sich die Lage zu; Marian hatte keine andere Wahl, sie mußte ihr Kapital angreifen, um so die Gegenwart auf Kosten der Zukunft zu erleichtern, obwohl sie in dem armen Hinks und seiner Frau, die jetzt nur durch Mildtätigkeit vor dem Armenhaus bewahrt wurden, ein warnendes Beispiel vor Augen hatte. Aber da erschien ein Retter. Herr Quarmby und einige seiner Freunde wollten schon zugunsten der Familie Yule eine Kollekte veranstalten, als einer von ihnen — der Verleger Jedwood — mit einem Vorschlag herausrückte, der alle jeder weiteren Sorge enthob. Jedwood hatte einen Bruder, der Direktor einer öffentlichen Bibliothek in einer Provinzstadt war, und so war er imstande, Marian Yule eine Assistentenstelle bei diesem Institut anzubieten; sie sollte fünfundsiebzig Pfund jährlich erhalten, und konnte so, mit Hilfe ihres eigenen Einkommens, ihren Eltern die schlimmste Not ersparen. Die Familie zog sofort von London weg, und der Name Yule erschien nicht mehr in der Zeitschriftenliteratur.

Ein seltsames Zusammentreffen wollte es, daß gerade am Tage dieser Abreise eine Nummer des »Westend« erschien, in welcher der Ehrenplatz von Clement Fadge eingenommen wurde. Ein koloriertes Bild dieses berühmten Mannes forderte die Bewunderung aller heraus, die literarischen Geschmack besaßen, und zwei ganze Spalten voller Lob schilderten seine Karriere zu Nutz und Frommen der aufstrebenden Jugend. Dieser Artikel, natürlich anonym, entstammte der Feder Jasper Milvains.

Nur auf indirektem Wege erfuhr Jasper, wie Marian und ihre Eltern versorgt worden waren. Doras Briefwechsel mit der Freundin war bald im Sand verlaufen, wie es ja in der Natur der Dinge lag, und um die Zeit, als Alfred Yule total erblindete, hatten die Mädchen schon lange nichts mehr voneinander gehört. Ein Ereignis, das im Frühling stattfand, verlockte Dora zwar sehr zum Schreiben, aber aus Zartgefühl hielt sie sich zurück.

Denn damals geschah es, daß sie sich endlich entschloß, ihren Namen gegen den Whelpdales einzutauschen. Jasper konnte sich mit diesem Abstieg nicht recht versöhnen, und in verschiedenen Gesprächen versuchte er der Schwester zu beweisen, wieviel höher sie streben könne, wenn sie noch ein wenig Geduld haben würde.

»Whelpdale wird nie ein Mann von Bedeutung sein. Ein guter Kerl, das gestehe ich zu, aber *borné* in jeder Hinsicht. Laß dir sagen, Kind, daß ich eine Zukunft vor mir habe und daß — bei deinen persönlichen und geistigen Vorzügen — kein Grund vorhanden ist, weshalb du nicht eine glänzende Partie machen solltest. Whelpdale kann dir wohl ein ganz anständiges Zuhause bieten, aber in bezug auf die Gesellschaft wird er dir ein Hindernis sein.«

»Zufällig habe ich ihm aber versprochen, ihn zu heiraten«, antwortete Dora in bedeutungsvollem Tone.

»Nun, ich bedaure das, aber — du bist natürlich deine eigene Herrin. Ich kann Whelpdale recht gut leiden und werde mit ihm auf freundschaftlichem Fuß bleiben.«

»Das ist sehr gütig von dir«, sagte seine Schwester in verbindlichem Ton.

Whelpdale war ganz außer sich vor Freude. Als der Hochzeitstag bestimmt war, stürmte er in Jaspers Zimmer und vergoß tatsächlich Tränen, ehe er seine Stimme beherrschen konnte.

»Keinen Sterblichen auf der Erdoberfläche gibt es, der ein Zehntel meines Glücks empfindet!« keuchte er. »Ich kann es nicht glauben! Womit im Namen des Gerechten habe ich diese Seligkeit verdient? Denken Sie doch an die Zeiten, wo ich in meiner Dachstube fast verhungert wäre und kaum besser dran war als der arme, gute alte Biffen! Warum hab ich's so weit gebracht, und warum hat Biffen sich aus Verzweiflung vergiftet? Er war ein tausendmal besserer und klügerer Kerl als ich. Und der arme Reardon, im Elend gestorben! Kann ich mich auch nur für einen Moment mit ihm vergleichen?«

»Mein lieber Freund«, sagte Jasper ruhig, »beruhigen Sie sich und seien Sie logisch. Erstens hat Erfolg ganz und gar nichts mit moralischem Verdienst zu tun, und zweitens waren sowohl Reardon wie Biffen hoffnungslos unpraktische Leute. In einer so bewundernswürdigen sozialen Ordnung wie der unseren mußten sie zum Teufel gehen. Trauern wir um sie, aber erkennen wir die *causas rerum*, wie Biffen sagen würde. Sie haben Klugheit und Ausdauer bewiesen, nun ernten Sie den Lohn.«

»Und wenn ich bedenke, daß ich mich mindestens dreizehn- oder vierzehnmal unglücklich hätte verheiraten können! Nebenbei, ich beschwöre Sie, Dora von all diesen Geschichten nichts zu erzählen. Sie würde allen Respekt vor mir verlieren. Erinnern Sie sich noch an das Mädchen aus Birmingham?«

Er lachte grimmig.

»Ich gebe zu, daß Sie Spießruten gelaufen und wunderbar davongekommen sind. Aber jetzt seien Sie so gut, mich in Ruhe zu lassen. Ich muß bis Mittag mit dieser Kritik fertig sein.«

»Nur eins noch. Ich weiß nicht, wie ich Dora danken, wie ich für ihre Güte den richtigen Ausdruck finden soll. Wollen Sie es für mich tun? Sie können ja in aller Ruhe mit ihr sprechen. Wollen Sie ihr erzählen, was ich Ihnen gesagt habe?«

»Oh, gewiß. — Ich würde Ihnen irgendein beruhigendes Getränk empfehlen. Gehen Sie unterwegs bei einer Apotheke vorbei.«

Der Himmel stürzte vor dem Hochzeitstag nicht ein, und das neuvermählte Paar begab sich für einige Wochen auf den Kontinent. Sie waren wieder zurückgekehrt und seit einem Monat in ihrer Wohnung in Earl's Court eingerichtet, als eines Tages, um zwölf Uhr, Jasper, wie zufällig, vorsprach. Dora war mit Schreiben beschäftigt; sie dachte nicht daran, die Literatur gänzlich aufzugeben. Das Boudoir, in dem sie saß, konnte nicht zierlicher und den reizenden Eigenheiten seiner Besitzerin nicht besser angepaßt sein. Frau Whelpdale trug keine Literatennachlässigkeit zur Schau. Sie war in helle Farben gekleidet und sah so lieblich aus, daß selbst Jasper mit einem bewundernden Lächeln auf der Schwelle stehen blieb.

»Wahrhaftig«, rief er, »ich kann auf meine Schwestern stolz sein! Wie hast du Maud gestern abend gefunden? War sie nicht prachtvoll?«

»Gewiß, sie hat sehr gut ausgesehen; aber ich zweifle, ob sie sehr glücklich ist.«

»Das ist ihre eigene Schuld; ich habe ihr meine Meinung über Dolomere offen genug gesagt. Aber sie hatte es so schrecklich eilig!«

»Du bist abscheulich, Jasper. Kannst du dir wirklich nicht vorstellen, daß ein Mann oder eine Frau aus Zuneigung heiraten?«

»Durchaus nicht.«

»Maud hat ebensowenig des Geldes wegen geheiratet wie ich.«

»Du kennst ja das nordische Bauernsprichwort: ›Heirate nicht um Geld, aber geh dorthin, wo Geld ist.‹ Ein herrlicher Rat. Nun, wir wollen also zugeben, daß Maud sich getäuscht hat. Dolomore ist ein Tölpel, und das weiß sie jetzt. Hätte sie gewartet, so hätte sie eine der Größen der Zeit heiraten können, denn dem Aussehen nach ist sie wert, eine Herzogin zu sein. Aber ich war nie ein Snob, mir liegt sehr wenig an Titeln; mir geht es um geistige Werte.«

»Verbunden mit finanziellem Erfolg.«

»Na, das versteht man ja unter Werten.« Er sah sich lächelnd im Zimmer um. »Du hast es hier nicht unbehaglich, altes Mädchen. Ich wünschte, die Mutter hätte das noch erleben können.«

»Ich wünsche mir das sehr, sehr oft«, sagte Dora mit gerührter Stimme.

»Im großen und ganzen sind wir nicht schlecht dran. Du magst vom Gelde so verächtlich reden, wie du willst — wie aber, wenn du einen geheiratet hättest, der dir nur ein paar möblierte Zimmer bieten könnte? Wie würdest du das Leben dann auffassen?«

»Wer hat je den Wert des Geldes bestritten? Aber es gibt Dinge, die man nicht opfern darf, um es zu erlangen.«

»Wie du meinst. Nun, ich habe eine Neuigkeit für dich, Dora. Ich gedenke deinem Beispiel zu folgen.«

Doras Gesicht nahm einen Ausdruck ernster Erwartung an.

»Und wer ist es?«

»Amy Reardon.«

Seine Schwester wandte sich mit einem Blick tiefster Empörung ab.

»Du siehst, auch ich bin selbstlos«, fuhr er fort. »Ich könnte eine Frau finden, die Reichtum und soziale Stellung besitzt, aber ich wähle Amy mit Bedacht.«

»Eine abscheuliche Wahl!«

»Nein, eine ausgezeichnete Wahl. Ich kenne keine andere Frau, die so befähigt ist, mir in meiner Karriere zu helfen. Sie besitzt ein unbedeutendes Kapital, das für die nächsten zwei, drei Jahre nützlich sein wird...«

»Was hat sie denn mit dem übrigen gemacht?«

»Oh, die zehntausend Pfund sind unberührt, aber die sind doch nicht der Rede wert. Sie werden ausreichen, bis ich Chefredakteur und so weiter bin. Ich denke, wir werden Anfang August heiraten. Ich wollte dich fragen, ob du sie besuchen wirst.«

»Unter gar keinen Umständen! Ich könnte nicht einmal höflich gegen sie sein.«

Jasper runzelte die Stirne.

»Das ist ein idiotisches Vorurteil, Dora. Ich glaube, daß ich gewisse Ansprüche an dich stellen darf; ich war ziemlich gut zu dir, und...«

»Das warst du, und ich bin nicht undankbar, aber ich hasse Frau Reardon und könnte es nicht über mich bringen, freundlich zu ihr zu sein.«

»Du kennst sie nicht.«

»Nur zu gut. Du selbst hast mich sie kennen gelehrt. Zwinge mich nicht, zu sagen, was ich von ihr halte.«

»Sie ist schön und geistvoll und warmherzig. Ich kenne keine weibliche Eigenschaft, die sie nicht besitzt. Du wirst mich ernstlich beleidigen, wenn du ein Wort gegen sie sagst.«

»Dann werde ich schweigen, aber fordere mich nie auf, sie zu besuchen.«

»Nie?«

»Nie.«

»Dann ist es zwischen uns aus. Dora, das habe ich nicht verdient. Wenn du dich weigerst, meiner Frau freundlich entgegenzukommen, so hört aller Verkehr zwischen deinem und meinem Hause auf. Jetzt wähle. Beharrst du auf diesem albernen Eigensinn, so bin ich mit dir fertig.«

»Sei's drum!«

»Ist das deine definitive Antwort?«

Dora, die jetzt so zornig war wie er, nickte ein kurzes Ja, und Jasper verließ sofort das Zimmer.

Aber dabei konnte es nicht bleiben, denn Bruder und Schwester waren durch eine starke gegenseitige Neigung miteinander verbunden, und Whelpdale brachte bald einen Kompromiß zustande.

»Meine geliebte Frau«, rief er voller Verzweiflung über die drohende Kalamität, »du hast recht, tausend mal recht, aber du kannst dich mit Jasper unmöglich überwerfen. Du brauchst ja Frau Reardon nicht oft zu sehen . . .«

»Ich hasse sie! Sie hat ihren Mann umgebracht, davon bin ich überzeugt!«

»Liebste!«

»Ich meine, durch ihr niedriges Benehmen. Sie ist ein kaltes, grausames, gewissenloses Geschöpf! Jasper macht sich verachtenswerter als je, wenn er sie heiratet.«

Nichtsdestoweniger hatte Frau Whelpdale in weniger als drei Wochen Amy einen Besuch abgestattet, und diese hatte denselben erwidert. Die beiden Frauen waren sich ihrer gegenseitigen Abneigung vollkommen bewußt, aber sie erstickten dieses Gefühl unter konventionellen Liebenswürdigkeiten. Jasper zögerte nicht, Dora seine Dankbarkeit zu beweisen, und in der Tat wurde es den ihm Nahestehenden bald klar, daß diese Heirat durchaus keine bloße Geldheirat war: wenn dieser Mann je verliebt war, so war er es jetzt.

Wir überspringen das folgende Jahr und kommen zu einem Abend gegen Ende Juli 1886. Herr und Frau Milvain bewirten eine kleine, erlesene Gesellschaft zum Dinner. Ihr Haus in Bayswater ist weder groß noch prächtig, aber es ist vorläufig ganz gut für einen jungen Literaten, der auf viel Größeres hoffen darf — von dem sehr viel gesprochen wird, der kluge und wertvolle Leute um seinen Tisch versammeln kann, und dessen unvergleichliche Frau Männer von Geschmack auch in eine viel bescheidenere Wohnung ziehen würde.

Jaspers Äußeres hatte sich seit den letzten Ferien, die er bei seiner Mutter in Finden verlebt hat, sehr verändert. Gegenwärtig hätte man ihn für fünfunddreißig Jahre halten können, obwohl er erst in seinem neunundzwanzigsten Jahre stand; sein Haar lichtete sich merklich, sein Schnurrbart war dichter geworden, ein paar Runzeln zeigten sich unter seinen Augen, seine Stimme klang nun weicher und doch fester. Es braucht nicht betont zu werden, daß seine Abendtoilette tadellos war, und in mancher Hinsicht zeigte sie größere Sorgfalt als die der anderen anwesenden Männer. Er lachte häufig und mit einem Zurückwerfen des Kopfes, das etwas wie Triumph auszudrücken schien.

Amy verriet ihre Jahre deutlich, aber die Art ihrer Schönheit war, wie man weiß, von Jugendlichkeit nicht abhängig. Der Anflug von Männlichkeit, der an ihr bemerkbar war, als sie Reardons Gattin wurde, wirkte jetzt, bei der reifen, untadelig gebauten Frau, als vollendete Anmut. Man fühlte, daß sie mit vierzig, fünfzig Jahren eine der stattlichsten Damen sein werde. Wenn sie den Kopf der Person, mit der sie sprach, zuneigte, sah dies wie die Gunstbezeigung einer Königin aus. Sie sprach mit gerade genug Bedacht, um ihren Worten den Wert einer Meinung zu verleihen; sie lächelte mit einem köstlichen Anflug von Ironie, und ihr Blick besagte, daß nichts für ihr Verständnis zu fein sein konnte.

Es waren sechs Gäste da, und keiner von ihnen war unbedeutend. Zwei der Herren waren in Jaspers Alter und hatten sich bereits einen Namen in der Literatur gemacht; der dritte war ein Romanschriftsteller von stetig steigendem Ruf. Die drei Vertreter des stärkeren Geschlechtes waren von ausgesprochen modernem Typus, mit gefälligen, ständig zu Epigrammen gespitzten Lippen und schönen, breiten Stirnen.

Der Romancier stellte Amy eine interessante Frage:
»Ist es wahr, daß Fadge den ›Current‹ verläßt?«
»So geht das Gerücht, glaube ich.«
»Es heißt, daß er zu einer Vierteljahresschrift überwechseln wird«, bemerkte eine der Damen. »Er wird furchtbar selbstherrlich. Haben Sie die köstliche Geschichte gehört, wie er Rowland ermuntert hat, auszuharren, da sein letztes Werk sehr viel verspreche?«

Rowland war ein Mann, der bereits einen verdienten Ruf besaß, als Fadge sich noch auf den unteren Rängen des Journalismus befand. Amy lächelte und erzählte eine andere Anekdote von dem großen Chefredakteur. Während des Sprechens begegnete ihr Blick dem ihres Gatten, und vielleicht war dies der Grund, weshalb ihre

Geschichte zuletzt keine rechte Pointe zu haben schien — ein bei ihr, wenn sie erzählte, nicht eben häufiger Fehler.

Als die Damen sich zurückgezogen hatten, sagte einer der jüngeren Herren während des Gesprächs über ein gewisses Blatt:

»Thomas behauptet immer, es sei von dem ehrwürdigen alten Alfred Yule vernichtet worden. Nebenbei, er ist gestorben, wie ich höre.« Jasper beugte sich vor.

»Alfred Yule ist gestorben?«

»Das hat mir Jedwood heute erzählt. Er starb irgendwo in der Provinz, blind und mit der Welt zerfallen. Der Arme!«

Keiner der Gäste wußte etwas von einer engeren Beziehung zwischen dem Herrn des Hauses und dem Mann, von dem die Rede war.

»Ich glaube, er hatte eine kluge Tochter, die alles schrieb, was unter seinem Namen erschien«, sagte der Schriftsteller. »In Fadges Zirkel wurde viel darüber getratscht.«

»Oh, daran war viel übertrieben«, bemerkte Jasper mild. »Seine Tochter hat ihm ohne Zweifel geholfen, aber auf ganz legitime Weise. Man sah sie manchmal im Museum.«

Das Thema wurde fallengelassen.

Anderthalb Stunden später, als der letzte Gast Abschied genommen hatte, sah Jasper einige Briefe durch, die während des Dinners gekommen waren und auf dem Tisch in der Vorhalle lagen. Einen von ihnen offen in der Hand haltend, sprang er plötzlich die Treppe hinauf und stürmte förmlich in den Salon. Amy las eben das Abendblatt.

»Sieh nur!« rief er und hielt ihr den Brief hin.

Es war ein Schreiben der Verleger des »Current«, in welchem sie mitteilten, daß Herr Fadge binnen kurzem die Redaktion der Zeitschrift verlassen werde, und anfragten, ob Milvain geneigt sei, die vakante Stelle anzunehmen.

Amy sprang auf und schlang mit einem Freudenschrei die Arme um den Hals ihres Gatten.

»So bald! Oh, das ist großartig! Das ist herrlich!«

»Meinst du, daß man mir dies ohne das großzügige Haus, das wir seit kurzem führen, angeboten hätte? Nie! Nun, Amy, hatte ich mit meinen Berechnungen recht oder nicht?«

»Habe ich je daran gezweifelt?«

Er erwiderte innig ihre Umarmung und schaute ihr mit tiefer Zärtlichkeit in die Augen.

»Hellt sich die Zukunft nicht auf?«

»Sie schien mir immer hell, Jasper, seit ich deine Frau geworden bin.«

»Und ich verdanke dir mein Glück, lieber Schatz. Jetzt ist der Weg gebahnt!«

Sie ließen sich auf einer Couch nieder; Jasper hatte den Arm um die Taille seiner Frau gelegt, als seien sie zwei eben verlobte Liebende. Nachdem sie eine lange Zeit geplaudert hatten, sagte Milvain in verändertem Tone:

»Ich höre, dein Onkel ist gestorben.«

Er erzählte ihr, wie er es erfahren hatte.

»Ich muß mich morgen erkundigen. Wahrscheinlich werden der ›Study‹ und noch ein paar andere Blätter eine Notiz bringen. Ich hoffe, daß jemand die Gelegenheit ergreifen wird, dem Schurken Fadge einen Hieb zu versetzen.«

»Oh, du solltest doch über solchen Dingen stehen. — Woran denkst du?«

»An nichts.«

»Warum siehst du so traurig aus? Ja, ich weiß, ich weiß. Aber ich werde versuchen, dir zu verzeihen.«

»Amy, manchmal muß ich an das arme Mädchen

denken, ich kann mir nicht helfen. Ihr Leben wird jetzt leichter sein, da sie nur noch ihre Mutter zu erhalten haben wird. Jemand hat heute abend von ihr gesprochen und Fadges Lüge wiederholt, daß sie früher alle Artikel ihres Vaters geschrieben hätte.«

»Sie war fähig dazu. Ich muß dir im Vergleich zu ihr sehr hohlköpfig vorkommen. Nicht wahr?«

»Liebste, du bist eine vollkommene Frau, und die arme Marian war nur ein kluges Schulmädchen. Weißt du, mir kam es immer vor, als hätte sie Tintenkleckse an den Fingern. Der Himmel ist Zeuge, daß ich das nicht boshaft meine! Es kam mir damals sehr rührend vor, denn ich wußte, wie furchtbar viel sie arbeitete.«

»Sie hätte fast dein Leben ruiniert, vergiß das nicht.«

Jasper schwieg.

»Du willst das nie eingestehen, und das ist ein Fehler von dir.«

»Sie hat mich geliebt, Amy.«

»Vielleicht! Wie ein Schulmädchen liebt ... aber du hast *sie* nie geliebt.«

»Nein.«

Amy betrachtete prüfend sein Gesicht, während er sprach.

»Ihr Bild schwebt mir nur sehr schwach vor«, fuhr Jasper fort, »und bald werde ich kaum mehr imstande sein, es mir in Erinnerung zu rufen. Ja, du hast recht, sie hat mich fast zugrunde gerichtet. Und in mehr als einem Sinne. Armut und Kämpfe und Not hätten mich zu einem verabscheuenswerten Wesen gemacht. So wie die Dinge jetzt stehen, bin ich kein gar so schlechter Kerl, Amy.«

Sie lachte und streichelte seine Wange.

»Nein, ich bin weit davon entfernt, ein schlechter Mensch zu sein. Ich bin jedem gut gesinnt, der es verdient. Ich liebe es, edelmütig zu sein, in Wort und Tat. Glaub mir, es gibt manchen, der gern edelmütig sein möchte, den aber die Not abscheulich gemein macht. Wie recht hat Landor: ›Man hat oft genug wiederholt, daß das Laster zum Elend führt; warum erklärt uns niemand, daß das Elend zum Laster führt?‹ Ich besitze viel von jener Schwäche, die zum Laster führen kann, aber ich bin jetzt jeder Möglichkeit, lasterhaft zu werden, enthoben. Natürlich gibt es Menschen wie Fadge, die desto gemeiner werden, je glücklicher sie sind, aber das sind Ausnahmen. Das Glück ist die Amme der Tugend.«

»Und Unabhängigkeit die Wurzel des Glückes.«

»So ist's. ›Das köstliche Vorrecht, herrenlos zu sein‹ — ja, Burns hat die Sache verstanden. Geh ans Klavier, Liebe, und spiele mir etwas vor. Wenn ich mich nicht in acht nehme, verfalle ich in Whelpdales Manier und rede von meiner ›Seligkeit‹. Ha, ist die Welt nicht herrlich?«

»Für die Reichen.«

»Ja, für die Reichen. Wie ich die armen Teufel bedauere! — Spiel irgend etwas. Noch besser, wenn du singen wolltest, meine Nachtigall!«

So spielte also Amy zuerst, dann sang sie, und Jasper lehnte sich in träumerischer Glückseligkeit zurück.

INHALTSVERZEICHNIS

I.
Ein Mann des Tages 5

II.
Das Haus der Yules 16

III.
Ferien 27

IV.
Ein Autor und seine Frau 42

V.
Der Weg hierher 53

VI.
Der praktische Freund 66

VII.
Marians Zuhause 80

VIII.
Auf dem richtigen Weg 101

IX.
Ohne inneren Beruf 118

X.
Die Freunde der Familie 131

XI.
Aufschub 147

XII.
Arbeit ohne Hoffnung 155

XIII.
Eine Warnung 166

XIV.
Neulinge 177
XV.
Das letzte Mittel 191
XVI.
Ablehnung 211
XVII.
Der Abschied 227
XVIII.
Das alte Zuhause 245
XIX.
Wiederbelebte Vergangenheit 257
XX.
Das Ende des Wartens 271
XXI.
Herr Yule verläßt die Stadt 287
XXII.
Die Erben 302
XXIII.
Ein Investitionsvorschlag 319
XXIV.
Jaspers Großmut 334
XXV.
Ein nutzloses Treffen 352
XXVI.
Das Eigentum verheirateter Frauen 374
XXVII.
Der einsame Mann 390
XXVIII.
Zwischenzeit 413
XXIX.
Katastrophe 430

XXX.
Warten auf das Schicksal 449

XXXI.
Rettung und Appell 465

XXXII.
Reardon wird praktisch 485

XXXIII.
Der sonnige Weg 501

XXXIV.
Ein Hindernis 516

XXXV.
Fieber und Ruhe 537

XXXVI.
Jaspers heikle Angelegenheit 548

XXXVII.
Belohnungen 564

ZEILENGELD von George Gissing ist am 18. Januar 1986 als dreizehnter Band der ANDEREN BIBLIOTHEK bei der Greno Verlagsgesellschaft m. b. H. in Nördlingen erschienen.

Der Roman wurde zum ersten Mal 1891 bei Smith, Elder & Co. in London veröffentlicht; der Originaltitel lautet NEW GRUB STREET. Gissing hat das dreibändige Werk für eine französische Ausgabe gekürzt (*La Rue des Meurt-de-faim*, Paris 1899); der vorliegende Band wurde von Wulfhard Heinrichs nach dieser Fassung eingerichtet. Die Übersetzung von Adele Berger ist zuerst in der deutschsprachigen Budapester Tageszeitung *Pester Lloyd* vom 29. 11. 1891 bis 30. 4. 1892 erschienen; sie wurde von Helga Herborth durchgesehen und revidiert.

Limitierte Vorzugsausgabe.
999 Exemplare. ISBN 3921568676.

Dieses Buch wurde in der Werkstatt von Franz Greno in Nördlingen aus der Korpus Old French Monotype gesetzt und auf einer Condor-Schnellpresse gedruckt. Das holzfreie 80 g/qm Werkdruckpapier stammt aus der Papierfabrik Niefern. Das Handbütten à Fleur mit eingeschöpften Blüten und Blättern der Auvergne lieferte Richard de Bas in Ambert d'Auvergne. Dieses Buch und sein Lederschuber wurden bei G. Lachenmaier in Reutlingen von Hand gebunden.

Als Beigabe für dieses Buch haben wir eine Karte mit dem Porträt von George Gissing (nach einer Lithographie von William Rothenstein, 1897) ausgewählt.

DIESES BUCH TRÄGT DIE NR.

FÜR